El bucle
infinito

EL BUCLE INFINITO

Isabel Martín

Papel certificado por el Forest Stewardship Council®

Penguin
Random House
Grupo Editorial

Primera edición: enero de 2021

Printed in Spain – Impreso en España

ISBN: 978-84-666-6810-1
Depósito legal: B-7.875-2020

Compuesto en Comptex&Ass., S. L.
Impreso en Domingo Encuadernaciones, s. l.

BS 6 8 1 0 1

Son innumerables las cosas que están ocultas en la naturaleza, que aunque las vemos no pueden comprenderse fácilmente la razón y modo de ellas.

ANTOINE MIZAULD (1510-1578)

Prólogo

Los quinientos años de oscuridad se rompen con la luz difusa de la linterna, dorada de polvo y telarañas. Los ojos se achican, la humedad se hace más densa. La mujer tose y el hombre se acerca al hueco de apenas veinte centímetros de diámetro que se abre a un interior aún oculto a las miradas. El hombre apoya una mano impaciente en los adobes carcomidos, nota el olor de los siglos y siente un escalofrío de anticipación. Pide la linterna y la mujer se la entrega en la mano extendida. El haz de luz se introduce como una lanza en el pasado.

Es un hueco pequeño, de apenas un metro de ancho y unos centímetros de fondo. Un pequeño cubículo robado a la cueva. La luz se pasea por las paredes de roca oscurecida, reacia a enfocar la verdadera razón de que estén allí.

—¿Qué ves? —pregunta impaciente la mujer—. ¿Hay algo?

—Sí.

En el suelo, junto a la pared de roca, yace un amasijo de telas descoloridas coronado por una cabeza que aún mantiene unos pocos mechones de pelo. Las manos, la única otra parte del cuerpo que queda a la vista, parecen enguantadas en pergamino. Una de ellas, la derecha, yace exánime sobre el muslo; la otra sujeta en el regazo un pequeño cofre ennegrecido. El rostro, de mejillas hundidas y resecas, tiene la boca abierta en un grito mudo y los dientes grandes y oscuros sobresalen de la piel momificada.

—¿Qué ves? —vuelve a preguntar la voz con excitación.

Silencio, el hombre jadea como si hubiera corrido una gran distancia; la voz de la mujer, ansiosa, empuja, insiste.

—Dime algo.

—Joder, está aquí —contesta el hombre. Su voz tiene un tono de incredulidad y a la vez de euforia—. Lo hemos encontrado.

1

Cuando la puerta se abrió con su tintineo característico, supe que era ella, a pesar de la capucha que casi le ocultaba la cara. Se quedó allí, de pie, sacudiéndose el agua del abrigo, como un perrillo mojado, encogida por el frío y por la mirada un tanto desdeñosa del camarero que estaba junto a la entrada. O eso supuse. Se la veía tan fuera de lugar, tan indefensa, que me equivoqué completamente al juzgarla.

—El paraguas, en el paragüero.

Imaginé por el gesto que el camarero le decía algo parecido y que ella le contestaba sin mirarle que no tenía paraguas mientras me buscaba entre las mesas.

La lluvia y el viento habían convertido el paseo de Recoletos en un páramo inhóspito y El Pabellón del Espejo, una burbuja de otro tiempo en medio del tráfico de Madrid que yo solía utilizar de escondrijo, estaba más concurrido que de costumbre, pues servía como refugio a los transeúntes que habían desafiado al dios de la tormenta.

Me gustaban esos días. El mal tiempo me ofrecía la coartada perfecta para permanecer más de lo previsto en el trabajo. Mi madre no iba a llamarme, ni mis amigos, ni aquella novia casi invisible que aparecía de vez en cuando en mi vida y que cada vez me fastidiaba más. Estaba lloviendo y, cuando llueve en Madrid, los planes se posponen a la espera de una mejoría que nunca está lejos.

La había citado allí porque quedaba al lado de mi lugar habitual de trabajo, los sótanos de la Biblioteca Nacional, que se desdibujaba tras el manto de agua al otro lado del paseo.

Era una cita de trabajo, pero con unas condiciones de hermetismo que no solían exigir mis clientes.

Levanté la mano y enseguida vino hacia mí sin hacer ningún ademán de reconocimiento, con la misma seriedad que si la estuvieran invitando a sentarse ante un tribunal de oposición. Casi podía escuchar el chapoteo de sus pasos en el piso de mármol, aunque eso era también parte de mi cosecha, pues con el barullo que había en el café era imposible percibir un sonido tan leve.

Le eché un vistazo general mientras llegaba hasta mi mesa y se quitaba el abrigo, que no había conseguido proteger el pantalón de las manchas de lluvia. No tendría más de veinticinco años, aunque el pelo estirado y recogido en una coleta y la ropa oscura y sin forma le daban un aire envejecido. El rostro anguloso, de facciones afiladas, se suavizaba con unos labios grandes, pálidos y carnosos que contradecían su aspecto general de contención. Las manos largas, de uñas cortas, casi desaparecían bajo las mangas de una chaqueta negra de punto cuyos puños estiraba de vez en cuando como en un tic.

Me miraba muy fijamente, con el ceño un poco fruncido, como si no se creyera que yo era quien decía ser.

—¿Miguel Saguar? —Tenía una voz mucho más enérgica de lo que esperaba y me estrechó la mano con un fuerte apretón que contradecía su aspecto anticuado—. ¿Cómo me has reconocido?

—Internet.

La había encontrado en la foto de un congreso de no sé qué que se había celebrado en Madrid hacía poco.

—El Congreso de Biofísica. —Julia Serrietz parecía dispuesta a ir al grano—. Me han dicho que eres uno de los restaurado-res con más prestigio de la profesión y yo quiero al mejor. Pero necesito saber si, además de restaurar, serías capaz de transcribir el texto del libro.

Le dije que esa no era mi especialidad y que podía recomen-darle a varios profesionales competentes, pero ella no quería que interviniera nadie más en el asunto. Yo debía ser la única perso-na que viera el libro.

Tanto misterio me parecía una chorrada, pero el cliente... ya se sabe. Me arrellané en el respaldo de la silla y le pregunté por el tipo de transcripción que se suponía que tenía que hacer. ¿Era un libro escrito en castellano?

—Creo que sí. Está datado entre los siglos XVI y XVII. Pero está muy deteriorado, no se puede leer bien el texto.

Aquello me tranquilizó. Afortunadamente un libro de esa época era bastante legible si se estaba acostumbrado a ello, aun-que seguía sin entender algo.

—¿Puedo preguntar por qué es necesario que el trabajo lo haga una sola persona?

—No, no puedes.

No supe qué contestar. Aproveché que el camarero estaba cerca para dejar que ella pidiera un café mientras yo tomaba un sorbo del mío esperando que continuara. Se sentó erguida, al borde del asiento de terciopelo rojo que tan poco le pegaba. Permanecimos en silencio hasta que le trajeron el café mientras yo contemplaba sus manos, que no paraban de toquetear el azu-carero, lo que supuse se debía a inseguridad y a nervios. Qué poco la conocía.

En el exterior, las nubes negras de tormenta se arremolina-ban sobre la plaza de Colón y los árboles del paseo parecían es-culturas clamando al cielo por su desnudez. Siempre he sido un poco excesivo con las imágenes.

—Este libro es muy importante para mí —siguió—. Estoy dispuesta a pagarte una suma considerable si aceptas el trabajo.

Insistí. Yo no tenía ninguna experiencia en ese campo. Todos los restauradores, si además han estudiado Historia, como yo, tienen ciertos conocimientos de castellano antiguo y otras lenguas romances, pero suponía que ella necesitaba un profesional.

—Me arriesgaré.

—Como quieras. Pero te advierto que, si no quedas satisfecha con el trabajo, no devuelvo el dinero.

—Me parece justo —dijo tan seria como siempre, sin responder a mi broma, ¡por Dios!—. Entonces aceptas.

Antes, le dije, tenía que ver el ejemplar, evaluar los daños y comprobar si era capaz de transcribir el texto. Pero ella, sin bajar ni por un segundo la guardia, volvió a sorprenderme.

—No quiero que veas el libro antes de comprometerte con el trabajo.

Aunque me mostré irritado y dubitativo a la hora de aceptar, no dio su brazo a torcer. Era más terca que una mula.

—Estas son mis condiciones.

Su voz era firme y segura, como la de alguien acostumbrado a mandar, aunque no era capaz de imaginarla en ningún puesto ejecutivo.

—El libro está en la caja fuerte de un banco y no voy a sacarlo de allí hasta que aceptes el trabajo y me firmes un documento de confidencialidad —dijo—, pero te aseguro que no te vas a arrepentir. Este va a ser el trabajo más importante de tu vida.

Yo estaba tan asombrado que no sabía qué decir. Permanecí en silencio unos segundos analizando los pros y los contras de todo aquello. En primer lugar, no sabía qué credibilidad conceder a aquella mujer que parecía un poco chiflada. Y, sin embargo, me producía curiosidad su aspecto anticuado y su brusquedad, casi graciosa de tan extrema. También me tentaba, tengo que reconocerlo, el misterio que rodeaba el asunto, el hecho de que pudiera ser, de verdad, un trabajo tan especial. Pero, por otra parte, estaba la Biblioteca, el libro de horas que acababa de comenzar y también la novela eterna para la que llevaba toda la vida documentándome y que siempre era la excusa perfecta para dejar de hacer lo que no quería hacer.

Solía trabajar en la Biblioteca, pero no era funcionario. Nunca había querido entrar en su engranaje burocrático. Era personal contratado por obra; trabajaba en proyectos concretos y cuando estos acababan también lo hacía mi contrato. Aunque, en la práctica, siempre estaba más o menos relacionado con ellos, tenía la potestad de dedicarme a trabajos privados cuando las circunstancias así lo requerían.

Ella consultó el reloj de su muñeca sin disimulo y esta vez sí me miró a la cara fijamente, esperando una respuesta. Tenía los ojos muy negros, con unas largas pestañas que parecían más oscuras por la palidez de la piel que las rodeaba. Me recordó una madona renacentista, digna, erguida, de pelo tirante sujeto en un moño invisible y un óvalo de cara casi perfecto. Incómodo por su escrutinio, decidí aceptar su propuesta y le prometí que intentaría hacer el trabajo lo mejor posible.

—Pero sigo sin entender todo este misterio.

—No tienes por qué entenderlo —replicó—. ¿Cuándo puedes empezar?

—Cuando quieras.

—El libro no podrá salir de mi casa. Irás allí a trabajar. ¿Hay algún problema con eso?

Claro que había un problema y muy gordo. No iba a permitirle que me mangoneara de aquella manera. Tenía que dejar las cosas claras desde el principio. Agarré el anorak y la bufanda, dispuesto a levantarme en cualquier momento. Hasta entonces había aceptado todas sus condiciones, pero aquello no era negociable. En mi casa tenía un laboratorio muy bien instalado, incluida una caja fuerte ignífuga de última generación. Muchos de los libros que restauraba eran ejemplares únicos de gran valor.

—Tendrás que fiarte de mí y prestarme el libro. No te preocupes, no correrá ningún peligro.

Pareció dudar por primera vez desde que nos habíamos encontrado.

—Está bien. Pero quiero estar allí mientras trabajas. Abrirás y cerrarás la caja fuerte en mi presencia y me darás la llave.

Esa mujer me iba a complicar mucho la vida, lo sabía. Tuve que hacer un esfuerzo para no largarme de una vez y dejarla allí, con su flequillo mojado y su pinta monjil. Obviamente, no había ninguna llave. ¿Qué se creía, que tenía una caja fuerte del siglo XIX?

—Mira —dije, intentando contemporizar—, esto no va a funcionar si me tratas como si fuera un destructor en serie de libros antiguos. Puedes venir a mi casa cuando quieras, puedes quedarte todo el tiempo mirando cómo trabajo, aunque te vas a aburrir como una ostra, pero no tienes más remedio que confiar en mí. A tu libro no le va a pasar nada, te lo garantizo.

Se mordió el labio con fuerza y pareció reflexionar sobre mi propuesta. La observé mientras lo hacía. A pesar de tener unos rasgos agradables, su rigidez le hacía perder todo el atractivo.

—Confiaré en ti. —Se levantó de la mesa sin tocar su café—. ¿Puedes empezar mañana? Sacaré el libro del banco y te lo llevaré donde me digas.

No podía empezar así como así. Tenía asuntos que arreglar, dejar encauzado el trabajo en la Biblioteca, hablar con mis jefes para que buscaran un sustituto y también con mi casi exnovia para decirle que estaría ocupado, a lo que ella respondería con algún reproche desganado y una despedida indiferente. Después de concretar nuestra primera cita, me levanté. La reunión había terminado.

—¿Y después te dedicarás al libro en exclusiva? —preguntó mientras se ponía el impermeable.

—Te lo prometo. Nada de alcohol ni de mujeres hasta que ese dichoso libro esté tan limpio como mi conciencia.

—Espero que en tu trabajo seas más serio.

—Más serio que una inspección de Hacienda. No tendrás que reírte ni una sola vez.

Nos despedimos con un rápido apretón de manos, tan formal que tuve que ocultar una sonrisa, y ella se alejó caminando paseo de Recoletos abajo hacia Cibeles. La lluvia había parado, aunque el viento seguía soplando con fuerza, lo que no parecía molestarla. Hacía mucho frío, nada típico del mes de abril, pero me quedé un rato mirando la figura de aquella mujer que había irrumpido en mi vida de una forma tan sorprendente. Era delgada, demasiado para mi gusto, y eso hacía que pareciera más alta de lo que era en realidad: apenas metro sesenta y cinco, calculé. Caminaba con decisión, con la cabeza un poco inclinada para protegerse del viento. Toda ella gris, ni siquiera el pelo castaño aportaba color a aquel conjunto. Se me ocurrió entonces que no sabía absolutamente nada de ella salvo que trabajaba en el CSIC, que tenía un valioso libro del siglo XVI y que era la mujer más huraña que había conocido en mi vida. O no.

En ese momento recordé a mi abuela; hacía mucho que no pensaba en ella. Había muerto cuando yo aún era un adolescente. Por extraño que pareciera, Julia me recordaba a esa abuela arisca y antipática con la que, para mi desgracia, pasaba los veranos en el pueblo y que, más que abuela, era una carcelera dedicada a impedirme cualquier atisbo de diversión. Mi abuela era muy bajita, con una enorme delantera, un pelo blanco y brillante que llevaba siempre recogido en un moño y unas gafas de cristales oscuros que nunca se quitaba. Sus otros rasgos fundamentales eran que nunca se reía, nunca besaba, salvo los besos secos de recibimiento y despedida de las vacaciones y nunca mostraba el menor gesto de cariño o de intimidad. Por eso, cuando murió de pulmonía, no sentí apenas su pérdida. Estaba a punto de empezar la universidad y tenía demasiado recientes sus continuas prohibiciones y malas caras. Pero, para mi sorpresa, cuando se leyó el testamento, descubrí que mi abuela me había dejado su casa de Madrid y una carta en la que me decía lo mucho que me quería y lo feliz que había sido teniéndome con ella todos los veranos. La carta terminaba así:

Perdona si he sido demasiado dura contigo, nunca he sabido mostrar mis sentimientos, ni siquiera a tu madre o a tu abuelo, que en paz descanse. No repitas mis errores, Miguel, cuando quieras a alguien díselo, hazlo feliz y sé feliz tú también.

Cuando le di a leer la carta a mi madre, se echó a llorar. No había visto llorar a la vieja, ni siquiera en el entierro, y aquello se me quedó grabado para siempre.

Quizá Julia era como mi abuela, pensé mientras la veía alejarse, una mujer atormentada que era incapaz de relajarse y mostrar algún sentimiento. Sacudí la cabeza riéndome un poco de mí mismo mientras me abrochaba el anorak y me envolvía el cuello con la bufanda. Sería mejor que me pusiera en marcha y solucionara todos mis asuntos antes de seguir con el psicoanálisis. Ya tendría tiempo de pensar en ello en algún lugar menos desapacible.

El lunes siguiente, a las nueve en punto de la mañana, sonó el timbre. Iba vestida con la misma ropa que en el primer encuentro, o parecida, pero esta vez llevaba el pelo recogido en un moño más tirante aún que la coleta que reafirmaba su aspecto de madona. La única diferencia era que, contra la gabardina gris, como si fuera la carpeta de una adolescente, sujetaba un paquete envuelto en un incongruente papel de regalo con globos de colores.

—Aquí traigo el libro —dijo casi susurrando, como si fuera un camello al mostrar su mercancía.

—Me lo imaginaba —respondí también en voz baja. Cada vez me divertía más—. Pasa.

Mi piso, la herencia de mi abuela, tenía la típica distribución de las viviendas del centro de Madrid. A la derecha de la entrada se abría a un salón bastante grande con dos balcones a la calle y a la izquierda un pasillo conducía hacia el interior de la casa. Siguiendo mis indicaciones, Julia se sentó en uno de los sofás que miraban a los balcones. Estaba muy orgulloso de mi salón pintado de blanco y con muy pocos muebles, todos de colores neutros. Me gustaba que casi no hubiera ningún color salvo el que daban algunas piezas especiales que eran mis tesoros. Una virgen románica sobre un pedestal de metacrilato, el facsímil de un beato abierto en un atril junto a una chimenea que no funcionaba y unos originales de diversos documentos antiguos enmarcados en la zona del comedor.

—Me gusta tu casa —dijo para mi sorpresa—. No se parece a ti en absoluto.

—Vaya, gracias.

Julia se ruborizó en una explosión de color que le iluminó la cara.

—No era una crítica.

—No te preocupes —le dije—. Siempre me pasa. No tengo un aspecto muy sofisticado que digamos, pero te aseguro que la casa la he decorado yo de arriba abajo.

—No, no es eso...

Me reí para sacarla del apuro.

—Dejemos mis problemas de imagen. ¿Puedo ver el libro?

Hasta ese momento había mantenido el paquete contra el pecho. Ni siquiera se había quitado la gabardina. Ahora lo hizo y para ello dejó el envoltorio sobre la mesita frente al sofá.

—No, espera —saltó cuando me incliné para cogerlo—. Antes tengo que contarte los antecedentes.

—Te escucho.

Suspiré y me volví a recostar en el asiento. Había decidido seguir el juego a aquella mujer tan extraña que cada vez me sorprendía más.

Su padre era abogado, me contó; su abuelo, profesor, y sus antepasados se habían dedicado al comercio desde hacía siglos. En su familia también había habido algún que otro funcionario. A nadie, sin embargo, le había dado por la ciencia. Ella era la primera, y también la primera mujer de su familia que tenía una profesión.

—O, al menos, eso creía hasta hace poco.

—¿A qué te dedicas exactamente?

—Física teórica. No se me da muy bien la gente.

Abrí la boca y la volví a cerrar. Mejor sería guardarme los sarcasmos. No tenía ni idea de lo que podía significar ser física teórica, pero me abstuve de preguntar. No iba a entender nada.

—Como te decía, siempre creí que yo era la primera mujer científica de la familia. Hasta hace pocos meses, antes de la muerte de mi padre.

Cuando su padre se jubiló le dio por la genealogía e intentó descubrir sus orígenes. Se había pasado sus últimos años entre legajos y, por lo visto, se había convertido en un experto en brujulear por las bibliotecas y los archivos de toda España. Finalmente, consiguió completar el árbol genealógico hasta finales del siglo XVI, pero, al hacerlo, descubrió que el apellido Serrietz había aparecido en 1562 de la nada. No había referencias previas a nadie con ese nombre. Literalmente, sus antepasados de 1562 habían brotado como una seta.

—En la partida de nacimiento del primer Serrietz registrado solo figuraba el nombre de la madre: Julia Serrietz, como yo.

—O sea que llevas un nombre con solera familiar.

—En casi todas las generaciones de mi familia ha habido una Julia.

—El apellido es extraño, la verdad —dije—. Pero no el hecho de que no apareciera el padre en la partida. En aquella época era bastante corriente.

Mientras yo hablaba, ella iba desenvolviendo el paquete. Primero el papel de regalo, que a la vista de su contenido debía de ser una especie de camuflaje. Este envolvía una caja de madera tallada, de unos treinta centímetros por veinte. Julia la abrió con una llavecita que llevaba colgada al cuello y de ella sacó otro paquete de tela encerada que, a su vez, ocultaba otro de terciopelo oscuro. Yo contemplaba la maniobra embobado, mientras no me perdía una palabra del relato de Julia.

El nacimiento de este segundo Serrietz estaba registrado en un documento que su padre había encontrado en la Biblioteca Marqués de Valdecillas. Era el libro de una parroquia de Córdoba. En cuanto a la madre, no aparecía en ningún documento anterior. O, al menos, su padre no había encontrado su nombre. En la inscripción de Serven Serrietz, junto al nombre, estaba dibujada una marca.

—Es la misma que hay grabada en la última página de este libro —dijo—, un libro que ha pasado de generación en generación en mi familia.

Colocó el libro en su regazo, le dio la vuelta y abrió la contracubierta, de piel seca, deformada y machacada por el tiempo. Por desgracia, el cuidado que había demostrado Julia al manipular el libro no había sido la regla general en los siglos que llevaba de existencia. Debían de haberlo tenido guardado en un lugar muy húmedo, porque las hojas, salvo alguna del principio y del final, se habían convertido en un bloque apelmazado. Lo primero que tendría que hacer sería meterlo en una cámara de humectación. Era un proceso engorroso y lento, pero inevitable si se quería acceder al contenido. Además, el libro debía de ser un reservorio de hongos, bacterias e insectos. Me encantaban estos casos, los difíciles, documentos que parecían imposibles de recuperar y que, gracias a mis cuidados, volvían a mostrar sus secretos siglos después de ser concebidos. Me levanté y me senté junto a ella. En la última página, apenas visible por las manchas que cubrían el papel, se intuía el dibujo de una balanza. Sobre uno de los dos platillos aparecían dos serpientes mordiéndose respectivamente la cola y, en el otro, un símbolo que me resultaba familiar, pero que no reconocí.

—Estas dos serpientes representan la ambivalencia, el contacto con el más allá —expliqué—. Es el signo de Hermes, el símbolo de la sabiduría alquímica. Pero...

—Sí, todo eso lo sé —dijo sacudiendo la mano para hacerme callar—. Me lo contó mi padre. La tradición familiar dice que es un libro escrito por una mujer sabia y entregado a su primogénito antes de morir, pero yo nunca me había creído esta historia.

—¿Y qué ha cambiado para que ahora tengas tanto interés en él? —pregunté.

—Esta manía de mi padre por conocer a sus antepasados siempre me pareció una de esas locuras que le dan a la gente cuando no tiene nada mejor que hacer. Ya sabes que basta con que sea tu padre quien hace algo para que te parezca indigno prestarle la más mínima atención.

Su padre había muerto de cáncer y había tenido tiempo de

poner sus asuntos al día: uno de ellos había sido contarle a su hija la verdad sobre el libro y la historia de la familia.

—La mayor parte de lo que te estoy contando la conozco desde hace solo unos meses —continuó—. El libro y Serven Serrietz están unidos por este símbolo.

Yo seguía sin entender la urgencia y el misterio de todo aquello. ¿Quería encontrar a los progenitores de Serven? ¿Había decidido continuar el trabajo de su padre?

Tomó aire, lo soltó con fuerza y se irguió en el asiento como dispuesta a decir todo lo que había guardado hasta ese momento. Sus ojos brillaban y tenía los labios húmedos y enrojecidos, como si tuviera fiebre.

—El libro pasó de generación en generación hasta llegar a mi padre y, finalmente, a mí. Pero el legado iba unido a una advertencia: el libro no debía ser leído, ni siquiera abierto, hasta que, por herencia, pasara a manos de una mujer. Ella sería la que podría acceder a su contenido.

—Tu familia debe de ser la única a lo largo de la Historia patriarcal del mundo que deseara tener una hija como primogénita.

—Qué tontería —respondió sin apreciar mi sofisticado sentido del humor.

Por lo visto, nadie debía de haber hecho demasiado caso de la advertencia. La leyenda familiar decía también que la mujer había dejado escrito en ese libro recetas de encantamientos que cambiarían el mundo, así que, me dijo, era muy probable que algunos hubieran intentado descifrar el contenido, labor que, a medida que pasaba el tiempo, se convertiría en una tarea mucho más difícil.

—Durante el siglo XX, el libro quedó relegado al olvido. Ni mi abuelo ni mi padre hicieron caso de la leyenda; eran historias de viejas. Ambos eran hijos de su tiempo, de la ciencia y del empirismo. Como ves, nadie se preocupó de cuidarlo. Se daba también la circunstancia que de que nunca, a lo largo de todos esos años, había habido una primogénita en la familia o, al menos, una que sobreviviera.

—Hasta que llegaste tú.

—Hasta que llegué yo. Mi padre, con la edad y con sus investigaciones, se volvió mucho menos escéptico y comenzó a creer en todo ese... *totum revolutum* de la magia y la brujería. Al final estaba obsesionado.

Cuando le contó la historia del libro, su padre le hizo jurar que continuaría lo que él había empezado. Al parecer, ella era la clave, la elegida, y su deber como Serrietz, como mujer y como heredera era desentrañar el contenido del libro, terminó con una mueca de escepticismo.

Me dejé caer contra el respaldo del sillón. Todo lo que acababa de escuchar me parecía una mezcla de tontunas esotéricas y delirios de anciano. No sabía muy bien cómo afrontar aquella situación. Si accedía a trabajar en el libro, tenía la sospecha de que terminaría implicado en la historia y eso era algo que no me apetecía en absoluto. Este asunto me daba muy mala espina. Quizá toda la frialdad de Julia no era más que un disfraz que escondía a una mujer chiflada, heredera de una familia más chiflada todavía. Y yo, como un imbécil, me había dejado liar por su insistencia y la promesa absurda de que este trabajo sería el más importante de mi vida.

—Estoy alucinado. No sé qué decir.

—Eso sí que es nuevo.

—Y, además, has hecho un chiste. Va a ser cierto que este libro tiene poderes.

Me relajé. Al fin y al cabo, nadie me obligaba a seguir. En ese mismo momento, a pesar de lo que me atraía el reto, decidí declinar la oferta y desentenderme del encargo.

—Este libro no tiene poderes, no seas ridículo. —Su falta de sentido del humor seguía intacta, a pesar de todo—. Quería cumplir la promesa que le hice a mi padre y terminar lo que él empezó. Ya sé que es una tontería, pero él y yo nunca nos llevamos bien y quería que esto fuera una especie de compensación.

—Si es así, ¿por qué me dijiste, entonces, que este trabajo sería el más importante de mi vida y tuviste tanto interés en que fuera yo quien lo hiciera?

—Porque es verdad. —Se incorporó en el asiento y se volvió hacia mí con el mismo brillo en los ojos que había mostrado unos minutos antes—. No lo de los poderes mágicos del libro, claro, pero ¿y si es cierto que en este libro hay recetas que pueden cambiar el mundo? ¿Te imaginas? En cinco siglos, quizá sea la única persona que ha tenido este libro en sus manos que es capaz de entender lo que contiene, lo que apenas se intuye. Eso no puede ser una casualidad.

Todo aquello era absurdo y parecía mentira que ella, precisamente ella, tan científica y tan poco flexible, pudiera pensar algo así. Los conocimientos que existían en la actualidad estaban a años luz de todo lo que pudiera aparecer en ese libro. ¿Qué podía haber en él que fuera importante para alguien del siglo XXI?

—En el XVI hubo un gran auge científico, en la astronomía, en la óptica, en la química, fue la primera vez que se fabricaron medicamentos en el sentido moderno del término —siguió—. Pero a la vez fue un momento de gran represión ideológica: la Reforma, la Inquisición, ya sabes. Muchos libros que contenían estudios poco ortodoxos se perdieron. La Iglesia ocultó o destruyó un gran número de estas obras y con ellas un gran número de investigaciones que consideraron heréticas y que nos podrían haber llevado por derroteros muy distintos a los actuales. Recuerda a Miguel Servet, quemado en la hoguera, a Galileo. ¿No sería posible que este libro contuviera algo completamente nuevo que nos hiciera... no sé, adentrarnos por rumbos científicos nunca recorridos?

—Sí, ya sé todo eso, pero no significa nada. Lo que dices solo son conjeturas y suposiciones. No tienes nada concreto.

—«Encantamientos que cambiarán el mundo.» —Para mi sorpresa, me agarró de las manos—. ¿Te das cuenta de lo que implica?

En el siglo XVI cualquier pócima que, por ejemplo, hubiera salvado a las mujeres de morir de parto a los veinte años habría significado cambiar el mundo. Pero eso ya había sucedido. El mundo ya había cambiado y nada de lo que apareciera en ese libro podía tener ningún interés a estas alturas salvo para los historiadores.

Me soltó y sonrió casi por primera vez, como si conociera un secreto que solo ella era capaz de entender.

—No has dicho nada del otro símbolo de la balanza. ¿No lo has reconocido?

Volví a mirar el dibujo, una especie de espiral que parecía flotar sobre el platillo.

—Me suena, pero ahora mismo...

Respiró hondo y soltó el aire.

—Es una doble hélice de ADN.

Lo que me faltaba por oír.

—¿Perdona? No es que sepa mucho de ciencia, pero...

—Sé que es una locura, pero ese dibujo es, sin ninguna duda, la representación de la doble hélice del ADN y es el mismo que apareció junto al nombre de Serven Serrietz. Un dibujo que nadie hubiera podido entender hasta ahora. Estoy convencida de que el libro oculta algo muy importante, algo que no somos capaces de imaginar. Desde que lo tuve por primera vez en las manos he sentido lo mismo. Y tengo que descubrirlo. Si no es con tu ayuda, lo haré sola. Me he pasado la vida investigando. No creo que esto sea muy distinto. Y tú...

—¿Yo, qué? —Bufé bastante cabreado.

—Nada. —Sacudió la cabeza—. Olvida lo que he dicho. No quiero hacerlo sola. No puedo. Confía en mí. No estoy chiflada, aunque claro, si lo estuviera, tampoco te lo diría.

Por un momento me dio la sensación de que me ocultaba algo, pero ¿por qué?

Me levanté del sofá y me fui a la cocina, mi sitio de pensar. Abrí el frigorífico y saqué un tetrabrik de leche, mi líquido de pensar por excelencia. Bebí un largo trago directamente del cartón y caminé de un lado a otro de la cocina hasta que la cabeza me echó humo. ¿Una hélice de ADN en un libro del siglo XVI? ¿Es que estábamos todos locos? Que yo recordara, aquella hélice existía hacía apenas cincuenta o sesenta años. Estaba claro que era un error, una broma o una trampa. Pero la curiosidad me mataba. Volví al salón, donde Julia seguía donde la había dejado, erguida en el sofá, esperando una respuesta.

—Muy bien. Te ayudaré.

Su rostro se iluminó.

—Pero no quiero involucrarme en nada más —dije antes de que hablara.

Estaba seguro de que ese dibujo no era más que una broma de alguien que había tenido acceso al libro y yo ya sabía lo que pasaba con esas cosas. Te metías en una investigación que duraba años y luego todo se convertía en humo. Por eso me gustaba la restauración, porque era el aquí y el ahora. No había nada más que tus manos y el objeto, sin especulaciones.

—De acuerdo. Si eso es lo que quieres, eso será lo que tendrás.

—¡Entendido, princesa Leia!

Julia levantó las cejas como esperando una explicación. Había dicho exactamente lo mismo que le dice la princesa Leia a Han Solo cuando él le pide dinero como pago por ayudar a la alianza rebelde, pero esta información la dejó completamente fría. Me miró como si me hubiera vuelto loco de repente.

—¡*La guerra de las galaxias*! —Y como parecía seguir perdida, continué con un gesto de dolor exagerado—: No me digas que no sabes de qué te hablo, por favor.

—Claro que conozco *La guerra de las galaxias*, pero no la he visto. No me gusta la ciencia ficción.

—Pero *La guerra de las galaxias* no es... —Comencé a menear la cabeza con desesperación—. No, no, esto no puede funcionar. Es imposible. Nuestros mundos están demasiado alejados...

Julia se levantó del sofá con un suspiro.

—¿Empezamos a trabajar o vas a seguir diciendo tonterías sin sentido?

—Empezamos.

2

Nieva desde hace dos días y el recorrido se hace cada vez más difícil. El paisaje está oculto bajo un manto blanco, frío y crujiente que absorbe los sonidos y les obliga a frenar el paso de las caballerías, que hunden las pezuñas en la nieve, lanzan chorros de vaho a cada paso y relinchan de hambre. Arrecia el viento y la nevada se ha convertido en una ventisca que les dificulta el avance y que entumece las manos enrojecidas y sangrantes por el cuero helado de las bridas. Las dos últimas noches han conseguido guarecerse de la nieve. La primera, bajo el saliente de una gran roca; la segunda, en una cabaña de cabreros vacía. Pero hoy el paisaje se extiende llano e inclemente, sin ningún lugar que puedan utilizar como refugio, aunque los soldados no parecen preocupados. Avanzan con las cabezas gachas y envueltos en sus capas, arreando de vez en cuando a los caballos, que se hunden cada vez más en el sudario helado. La luz comienza a caer cuando vislumbran el perfil de una espadaña y un gran edificio casi oculto por la ventisca, y escuchan el eco de una campana que parece indicarles el camino.

—Es el monasterio —tiene que gritar uno de los soldados para que se le oiga.

Ella, montada en la mula y envuelta en un manto hasta las cejas, no contesta, pero siente una especie de náusea en el estómago. Por fin. Parecía que aquel viaje no iba a acabar nunca, que llevaba toda la vida bajo la nieve, que los sabañones de sus manos y sus pies habían formado parte siempre de su cuerpo. Al menos ya no sentía los dolores en el trasero, su martirio al principio del viaje. Ni le molestaban ya las miradas aviesas de los tres soldados que la acompañan.

Recuerda aquel primer día. Los golpes en la puerta de su choza, los mismos que había sentido en sus visiones, le dijeron que sí, que aquel era el momento, y miró a su alrededor despidiéndose de ese cuarto que había sido su hogar durante mucho tiempo. El jergón, en el que nunca más dormiría, cubierto de pieles de conejo; el taburete desvencijado; la mesa donde se amontonaban ungüentos, pócimas y utensilios de su oficio que debería embalar para el viaje; el suelo de tierra apelmazada; los haces de hierbas y flores que colgaban secos de la viga del techo, el fuego de la chimenea. Dijo adiós en voz muy baja mientras los golpes en la puerta se repetían impacientes, pero no se despedía solo de la cabaña, sino de la mujer que había sido todos estos años y que estaba a punto de dejar atrás también, quizá, para siempre.

Un hombre de cabeza pequeña bajo un casco oxidado del que escapaban unas greñas tan sucias como su cara ocupaba el umbral con gesto de pocos amigos. Tras él había dos soldados más, tan sucios y mal encarados como el primero. Hacía mucho frío en el exterior y de la boca del soldado escapaba un vaho denso que olía a cebolla.

—¿Eres tú la Madre Lusina?

—Así me dicen.

—La madre Josefa de Vargas, abadesa del convento de Santa María, necesita tus servicios. Coge tus ungüentos y tus brujerías. Te vienes con nosotros.

Aquel majadero abultó su tosquedad apartando la mirada y

santiguándose varias veces con cara de espanto. Pero ella estaba acostumbrada al miedo de las almas simples, así que se encogió de hombros, les echó una mirada de esas que sabía que ponían los pelos de punta a cualquiera y se dispuso a acompañar a aquellos hombres hacia el destino que la esperaba más allá de su hogar, de su guarida.

Al principio fue dando tumbos sobre el duro espinazo de un mulo envuelta en sus dos sayas y agarrada con fuerza a la silla de montar. Todas sus pertenencias se bamboleaban sobre las ancas de la caballería que cerraba la comitiva: la olla que le dejó Madre Lusina y que atesoraba como su posesión más valiosa, pellejos llenos de filtros de amor y de fortuna; haces de hierbas secas; odres de ungüentos; tarros de hongos, raíces... No estaba acostumbrada a montar y se aferraba a la silla aguantándose las ganas de gritar con cada movimiento de su cabalgadura.

—¿No podíais llevar un carro? —había protestado—. Me voy a partir la crisma y vuestra señora os dará de palos y andaréis por los caminos como ánimas en pena.

Los soldados se habían mirado entre sí con cara de espanto, como si sus palabras hubieran sido una maldición y no una queja, y ella se había echado a reír, aunque la risa había durado poco, transformada en un gemido por el siguiente bandazo del mulo, que le hizo aferrarse a la silla con el mismo espanto que sentían por ella los soldados.

Uno de ellos golpea ahora la puerta del monasterio. Al menos aquí la techumbre les protege del viento y la nieve. Ella ha descabalgado y se sacude la ropa empapada cuando una puerta pequeña junto al pórtico se abre por fin y una figura envuelta en una especie de saco pregunta con malos modos.

—¿Se puede saber qué se les ha perdido a vuestras mercedes? Los buenos cristianos están recogidos junto a la lumbre y no arriesgando su vida por estos caminos del demonio.

—Ya quisiera yo estar recogida y no muerta de frío y de hambre —refunfuña.

Uno de los soldados se adelanta y habla con la mujer en voz baja.

—Las reverendas madres están en el rezo de nonas —responde—. Deberéis esperar a que la abadesa dé su permiso.

Y con estas palabras, la mujeruca les cierra la puerta en las narices. Los soldados se encogen de hombros. Se envuelven en sus capas y se sientan muy juntos, pegados a la pared, mientras mastican tocino seco que han sacado del zurrón, dispuestos a esperar.

Ella, entretanto, se ha quedado absorta ante los relieves del pórtico. Nunca ha contemplado nada igual. En la iglesia de la aldea ha visto estas figuras desde niña pintadas en las paredes. Personajes hieráticos, de grandes ojos asombrados, que relataban la historia de Cristo y de los santos; que mostraban también los terrores del infierno y las alegrías del Paraíso. Pero nunca ha visto lo que tiene ante sí. Toca la fachada para asegurarse de que las figuras no son de carne y hueso, sino de una piedra que parece haber perdido su condición y haberse ablandado y retorcido, como si las propias manos de Dios hubieran formado aquellas figuras. O del demonio. Porque lo que ve son seres atormentados que salen de la piedra como escapando de suplicios sin nombre. El diablo quemando las almas de los condenados. Ojos espantados, cuerpos deformes y retorcidos, miembros dislocados por las tenazas de los acólitos de Satán, que parecen reír con sus fauces babeantes.

A pesar del frío, siente un estremecimiento mayor, un miedo que no ha experimentado nunca, aunque no es la primera vez que se enfrenta a lo que no tiene nombre, al terror de lo sobrenatural, de lo oculto. Siente en lo más hondo de sí misma que ese terror vigila muy de cerca en las tinieblas que se ciernen sobre el monasterio; le parece notar casi su aliento pútrido.

El pórtico se desdibuja y la visión que la acompaña desde hace tantos años se convierte en más real que lo que la rodea. Y vuelve a ver a esa mujer de ojos oscuros que la mira como si esperara una respuesta que ella no tiene. Se siente caer en un abismo infinito y volar como los halcones de sus sueños, y una náusea le revuelve las tripas hasta que no puede más.

Despierta de su ensoñación para comprobar que siguen en ese lugar extraño y se siente al borde del desfallecimiento. Está cansada y aturdida. El espanto aún permanece latente. No puede, como otras veces, prepararse una infusión de valeriana y melisa que le devuelva el sosiego. Respira hondo y se acomoda junto a los soldados que se han quedado dormidos a pesar de la inclemencia del tiempo.

La visión nunca ha sido más nítida; aquellas imágenes, que siempre ha vislumbrado a través de una niebla espesa, se muestran ahora con una claridad sorprendente, como si la bruma se hubiera disipado por fin y lo que permanecía oculto desde hacía tanto tiempo se hubiera revelado con toda su crudeza. Así que es aquí donde tiene que estar. Madre Lusina tenía razón.

Cuando se quedó sola en el bosque estuvo tentada muchas veces de emprender el camino sin atender a las señales, pero escuchaba en su cabeza las palabras de la vieja y desistía de su empeño.

—No desesperes —decía cuando ella se impacientaba—. Todo tiene su momento y el tuyo aún está por llegar.

—Me haré tan vieja como tú.

—Vieja tú —se reía Madre Lusina—, faltan aún muchos inviernos para que tu cuerpo pierda su firmeza y tu cara muestre los surcos de los años. Sé paciente y recibirás tu recompensa.

¿Era esta, pues, su recompensa? ¿Un monasterio rodeado por el mal que ha sentido en aquel pórtico maldito?

—Madre, ampárame —susurra.

Por fin, cuando las sombras han ocupado el pórtico y apenas se pueden distinguir ya las tallas que tanto la han turbado, la puerta se abre y la misma mujer les hace pasar sin decir una palabra.

Una novicia muy joven la precede por el claustro, que atraviesan casi en completa oscuridad. Solo la luz tambaleante de un pequeño candil les permite ver frente a sí. El clac clac de las sandalias de la novicia sobre el suelo de piedra es el único sonido que se escucha. Es noche cerrada ya, a pesar de que aún queda mucho para que llamen a vísperas. La luz del candil crea sombras en los capiteles, y las arpías, los grifos y las sirenas de piedra parecen cobrar vida y hacen muecas de burla a las dos mujeres que se apresuran por la galería norte que conduce al dormitorio. Ella camina con la mirada baja y la cabeza cubierta con el manto, dispuesta a pasar lo más desapercibida posible, aunque es difícil que su llegada en aquella noche de invierno pase inadvertida en una comunidad de mujeres alejadas del mundo.

No han hablado, la novicia la esperaba junto a la puerta, la ha saludado con una inclinación de cabeza y le ha hecho un gesto para que la siguiera. Caminando tras ella, se pregunta qué hace que mujeres sanas y jóvenes se encierren de por vida en un lugar como aquel. Y luego piensa que ella misma estuvo encerrada entre las cuatro paredes de su choza sin que nadie la obligara a ello y se encoge de hombros. A cada cual lo suyo.

El bosque había sido el único lugar donde se había sentido a salvo. Desde muy niña solía perderse entre los árboles. En el bosque no sufría tanto la mirada de Dios o, por mejor decir, el juicio y la condena de Dios que adivinaba en la cara del mosén cuando se atrevía a entrar en la iglesia y que podía sentir en la aldea al cruzarse con sus habitantes. En el bosque corría hasta perder el aliento, hasta que tenía que parar y apretarse el costado para acallar los pinchazos que no le dejaban respirar. Corría hasta que la luz ya no conseguía atravesar las ramas extendidas de las hayas. Saltaba las rocas con la misma agilidad que sus cabras, robaba huevos de los nidos y se tragaba su contenido de un golpe, dejando resbalar por la garganta la clara fresca y la yema untuosa y lenta. En verano se bañaba en el arroyo que recorría con fuerza el bosque hasta esconderse al final entre líquenes y zarzas; sabía evitar las guaridas de los lobos y los osos, sobre todo en primavera, cuando la protección de las crías los hacía más peligrosos.

Juzgaba conocer el bosque como su propia mano, pero una tarde se adentró por un desfiladero estrecho y umbrío que ignoraba y que quedaba disimulado por las ramas de un rosal silvestre y llegó a un claro rodeado por rocas escarpadas. En el claro había una cabaña, una choza pequeña de tejado muy bajo, cubierto de lajas de piedra, que se apoyaba contra una de las rocas verticales. Del agujero del tejado escapaba un humo amarillento y junto a la choza hozaba un cerdo casi adulto que rebuscaba entre unas sobras pestilentes.

Fue el animal el que avisó de su presencia. Se puso a gruñir y a sus gritos se abrió la puerta hecha de dos tablones desvencijados y casi podridos. Una figura, apoyada en una garrota, salió de la choza. Era una mujer pequeña de la que apenas se podía ver la cara. Se miraron la una a la otra hasta que la mujer se acercó renqueante hasta ella.

—Me cuesta andar con este frío. Es difícil poner a trabajar los huesos cuando están tan enmohecidos.

Ella no replicó nada ni se movió. Pensó en salir corriendo, pero algo en aquella mujer le hacía sentirse a salvo, una oleada de tranquilidad que emanaba de ella como de un manantial. La mujer debió de notar sus primeras intenciones porque sacó un brazo de debajo del manto y levantó la mano.

—Espera, no te escapes.

La mujer mantuvo inmóvil aquella mano sarmentosa hasta que llegó a su lado y la miró y la remiró de arriba abajo, le hizo dar la vuelta guiándola con la punta de su cayado, le levantó un poco las sayas y comprobó con el bastón la firmeza de sus tobillos. Ella permaneció quieta y tranquila, poseída por el hechizo. Cuando la vieja terminó su escrutinio se apartó un poco y se echó a reír mostrando unos dientes sorprendentemente enteros entre los labios resecos y una lengua larga que se movía como una serpiente sin cabeza. La visión era espeluznante y ella no pudo evitar dar un paso atrás.

—No te asustes, mentecata —gruñó la vieja—, soy yo la que debería salir corriendo a pesar de mis huesos.

Le levantó la cara con unos dedos escamosos de uñas negras y la miró a los ojos, sin miedo, como nadie antes lo había hecho.

—Así que tú eres Sabina, la demonia. —Y volvió a reír con ganas—. Valiente demonia estás tú hecha.

Ella mira ahora la figura de la novicia que la precede, la cabeza inclinada en sumisión perpetua, los hombros encogidos, el cuerpo delgado y pequeño, que parece a punto de desaparecer dentro del hábito y la toca blancos. No parece su ropa, sino la de una mujer mucho más corpulenta, lo que le da un aspecto de desamparo, como si acabara de salir de una larga enfermedad que la hubiera dejado exhausta.

Piensa en estas y otras cosas para olvidar la angustia que ha sentido en el pórtico y que aún turba su espíritu, y es entonces cuando se escucha el grito, o lo que parece más bien el aullido de un animal atrapado, aterrorizado. Un alarido que paraliza a las dos mujeres.

—¿Qué demonios ha sido eso? — susurra.

—Decís bien. Demonios y no otra cosa es —susurra también la novicia, volviéndose hacia ella con las facciones desencajadas. El candil tiembla en una mano extendida mientras se santigua apresuradamente con la otra—. Que el Señor nos proteja a todos.

—Pero ¿a qué esos gritos?

—Es la hermana Teresa de los Ángeles. —Baja la voz, tanto que Sabina tiene que acercarse a su boca para escucharla, y añade—: Está poseída.

3

Desde el principio, supe que Julia iba a volverme loco. Lo sabía y seguí adelante como un kamikaze, un inconsciente, un pelele. Así me llamaba a mí mismo cada vez que me quedaba solo, alejado de su influencia hipnótica. Eres un pelele y un gilipollas. Y es que ella tenía ese poder sobre mí, esa cualidad de hacerme comulgar con ruedas de molino, de deslumbrarme con sus elucubraciones enloquecidas como si yo fuera un animal frente a los faros de un todoterreno. No eran sus labios lo peligroso. Su carácter obsesivo, sus modales bruscos y su falta de sentido del humor impedían que me sintiera atraído por ella, a pesar de esos labios pálidos que no se merecía. Nuestra relación era profesional, aséptica, muy alejada de lo que hubiera sido normal entre un hombre y una mujer jóvenes que pasaban tanto tiempo juntos. No eran sus labios, no, era las palabras que salían de ellos lo peligroso, mantras que adormecían todas mis señales de alarma. Creo que sabes de lo que hablo.

El proceso inicial de restauración fue largo, más de lo que yo esperaba. El libro no podía estar más deteriorado. Tras la humectación, vino el trabajo de despegar cada hoja del libro y quitar el hilo que cosía las páginas. Es un proceso tedioso y delicado, que Julia no se cansaba de intentar acelerar.

—No puedo trabajar así —le dije un día. Solté el bisturí con el que cortaba la cuerda que unía las páginas y me volví hacia ella.

—¿Así cómo? —Me miró con cara de asombro.

—Llevas diez días resoplándome en la nuca. Y no es ninguna insinuación erótica. Me siento como un condenado a galeras.

—Solo quiero ayudarte.

—Pues no me ayudas. Solo me pones muy nervioso y te juro que soy la persona menos nerviosa del mundo. Este proceso es muy aburrido, lo sé, pero no tienes por qué vivirlo en directo. Vete a tu casa, a tu laboratorio, escribe tus fórmulas, confirma la teoría de cuerdas o lo que narices hagas, pero, por favor, déjame trabajar tranquilo y, sobre todo, solo.

Me miró como si la hubiera enviado al destierro. Apretó los labios, se dio media vuelta y se fue de casa.

—Te llamaré cuando tenga algo —le dije antes de que cerrara la puerta.

Tardé más de lo esperado en separar las hojas, que se habían convertido en una masa imposible. Después vino el proceso de limpieza. Primero la limpieza mecánica con borrador y pincel, después la fijación de la tinta con bórax, y, tras esto, el lavado a unos quince grados con reserva alcalina que contrarrestara el pH ácido del papel. Y, finalmente, el secado sobre un tablero y un papel secante que había que cambiar cada día para que las hojas no se combaran.

Julia había estado a punto de estropearme aquellos momentos, mis preferidos. Cuando comenzaba una restauración me olvidaba del mundo, entraba en un estado que debía de parecerse mucho a la meditación zen. La respiración se ralentiza, el yo desaparece, la mente se expande o eso dicen los yoguis. Así me sentía yo, desaparecido para todo lo que no fuera mi trabajo. Cuando yo restauraba, solo existían mis manos y el papel. Todo lo demás quedaba fuera.

Las hojas empezaron a ser legibles y fue entonces cuando llamé a Julia, quien, a pesar de su digna y ofendida salida de mi casa, no había dejado de machacarme con llamadas intempestivas. Después de casi un mes volví a verla y entonces sí empezamos a trabajar juntos.

El estado zen desapareció. Me apabullaba, me exasperaba. Cada vez que la veía aparecer en la puerta, cada vez que antes de decir ni siquiera un «buenos días», me soltaba alguna de sus locas ideas, me daban ganas de estamparle la puerta en las narices, echar el cerrojo y olvidarme para siempre de ella y sus chifladuras. Ni yo mismo sabía por qué le hacía caso. ¿El misterio, la novedad de trabajar con alguien tan excéntrico, la posible recompensa por un supuesto descubrimiento? Sí, podía ser cualquiera de esas cosas. O algo distinto, algo que aún no era capaz de definir.

Llevaba dos meses con la transcripción y ella parecía entender aquel caos ininteligible que yo reproducía a la buena de Dios, un poco por intuición, otro poco por experiencia y un mucho por el azuce de Julia, que no me dejaba vivir, siempre detrás de mí. «Este párrafo es fundamental», o «Sí, sigue por ese camino, ya casi lo tienes» o «Miguel, llevas quince minutos comiendo, no tenemos todo el tiempo del mundo».

Vitriolo, cohoba, mercurio seminal... Palabrería alquímica que a ella le encantaba y que yo había leído en innumerables escritos antiguos. La búsqueda de la piedra filosofal era un *leitmotiv* desde la Edad Media y en el siglo XVI eran muchos los alquimistas dedicados a la tarea. Incluso Felipe II había tenido una relación constante con taumaturgos de distintas nacionalidades que buscaban obtener oro y plata y otros resultados más sobrenaturales aún por métodos alquímicos, una actividad que incluso llegó a estar controlada por los burócratas del reino. Por entonces, ya sabía que Felipe II había protegido a estos hombres de la represión feroz de la Inquisición, por lo que no tuvieron demasiados problemas durante su reinado, cosa que cambió radicalmente tras su muerte.

Pero toda esa búsqueda, que se supiera, nunca dio ningún fruto tangible. Había constancia de varios libros fundamentales desaparecidos de forma muy oportuna, o cuyas instrucciones no valieron para nada. Todos ellos estaban escritos con esa palabrería esotérica que siempre ha servido para producir asombro en los ignorantes y enmascarar la propia ignorancia del que lo escribe. Nuestro libro no era muy distinto en este sentido y, sin embargo, entreveradas con las típicas instrucciones para la fabricación de la piedra filosofal, no por desconocidas menos absurdas, iban apareciendo fórmulas matemáticas y diagramas que, según Julia, podían estar incluso por delante de los conocimientos actuales. Junto a aquellas fórmulas, surgió un mapa muy deteriorado, doblado en cuatro, que dejé para el final.

Lo de las fórmulas matemáticas la tenía obsesionada; de hecho, nos tenía obsesionados a los dos, aunque a mí desde mi más absoluta ignorancia. Por una parte, era imposible que hubieran sido escritas en aquella época. Ponía los pelos de punta, hay que reconocerlo, pero lo cierto era que, según las pruebas de datación, parecía que aquellas fórmulas, que según Julia estaban relacionadas con la física de última generación, tenían más de cuatrocientos años de antigüedad.

Me hablaba de la teoría de cuerdas y su universo de once dimensiones, de los moones, de Van Stockum y la curva temporal cerrada, del cilindro de Tipler. Un batiburrillo de teorías físicas que ni ella misma conseguía entender del todo, pero que, al parecer, tenían mucho que ver con las ecuaciones que aparecían en el libro. Ella intentaba aclarármelo sin asumir que yo era incapaz de asimilar ni una nanopizca de sus explicaciones, por hablar en términos científicos. Se lo agradecía por lo que implicaba de confianza en mi capacidad de comprensión, pero tenía que reconocer en mi fuero interno que era una confianza completamente infundada.

—Tiene que haber una explicación lógica a todo esto —insistía yo—. Tiene que ser una falsificación perfecta.

—Pero ¿y la tinta? Tú mismo has dicho que la tinta era...

Desgraciadamente la datación de la tinta seguía siendo un estudio no categórico. Influían tantos factores en ella que los resultados nunca eran concluyentes. En esto sí que podía mostrar mis conocimientos y había averiguado que la composición de la tinta concordaba con la que se fabricaba en el siglo XVI, incluso había concretado su procedencia a la zona de Andalucía; la tinta entonces era completamente artesanal, claro, y sus componentes variaban de una región a otra. En cuanto a la datación, había analizado el grado de sequedad de la tinta, la oxidación —es decir, su ennegrecimiento a lo largo de los años— y el grado de difusión de los iones cloruros y los sulfatos, que se absorben de manera proporcional al tiempo transcurrido. Sin embargo, todo esto se basaba en factores que podían verse afectados por un gran número de variables como la humedad, el calor y el frío, la acidez del soporte, el lugar de conservación del documento; en fin, que las conclusiones nunca eran fiables al cien por cien.

Toda mi experiencia me decía que aquella tinta y lo que se había escrito con ella procedían del siglo XVI o XVII. Mi lógica y mi sentido común me decían lo contrario.

Pasábamos la mayor parte del tiempo en el laboratorio de mi casa, salvo el dedicado a dormir y a comer, aunque esto último tenía que hacerlo casi a escondidas, porque Julia parecía vivir del fuego interior que la alimentaba como una central nuclear.

Trabajaba contra reloj, pero el reloj no tenía agujas, tenía los ojos de Julia, esa mosca cojonera con coleta que no me dejaba vivir. Unos ojos siempre enfocados en mí, con sus eternas preguntas, sus despóticas exigencias.

—No hace falta que reintegres el papel. Solo necesito que limpies esta parte del texto. Lo necesito hoy mismo.

—Esto no funciona así. —Tomé aire y lo solté con suavidad, para no matarla— Es necesario consolidar el material. Si no, podría deshacerse entre las manos.

—Pues haré una foto y trabajaré con ella. Cuando pueda leer lo que está aquí escrito no necesitaré el libro para nada.

—Esto no es un solo un medio para llevar a cabo tus locuras. Es un tesoro, un libro irrepetible que tiene más de cuatrocientos años. Es la herencia de tu familia. ¿Es que eso no te dice nada?

—Sí, es muy emocionante, pero yo solo necesito tener el texto y cuanto antes, mejor. No sabes lo que está en juego.

—Soy todo oídos.

—Todavía no puedo decírtelo.

—¿Porque no lo sabes o porque no te da la gana?

—Un poco de las dos cosas —confesó al fin.

—Pues yo no puedo trabajar de otra manera. —Por una vez no me iba a dejar apabullar—. Si quieres otro tipo de restauración, búscate a otro.

Temí que siguiera discutiendo hasta el infinito, como era su costumbre cuando le llevaba la contraria, pero esta vez solo resopló varias veces y salió del laboratorio.

—Muy bien —dijo antes de salir dando un portazo—. ¡Pero no te entretengas con chorradas!

Metí la hoja de papel que tanto le interesaba a Julia en el tanque y vertí las fibras para que el lino que faltaba se fuera aposentando en el papel. Me descubrí sonriendo. Aquella lunática empezaba a caerme bien.

Dos meses después de empezar nuestra colaboración, Julia comenzaba ya a desentrañar las fórmulas matemáticas que aparecían en el libro y que, por lo visto, tenían que ver con láseres, óptica y singularidades gravitacionales, significara eso lo que significara. Yo, mientras, estaba volcado en el mapa de pergamino que encontramos entre las páginas. Había conseguido desplegarlo sin romperlo demasiado e intentaba limpiar la suciedad con jabón neutro y una esponja. Faltaban partes carcomidas por los insectos y el resto apenas se podía leer. Cuando finalmente conseguí que se viera algo del dibujo, me sentí muy defraudado.

—¿Cómo vamos a saber dónde está este lugar, aunque consiga restaurar el mapa? Apenas es un dibujo sin ninguna referencia.

—Encontrarás la manera.

«Encontrarás la manera», decía, y se quedaba tan ancha, como si yo fuera uno de esos magos medievales que poseyera conjuros a la carta, lo que no dejaba de producirme un cierto cosquilleo de orgullo.

Y es que, poco a poco, sus labios habían empezado a estar más presentes en mi imaginación, su pelo me parecía más brillante, sus salidas de tono me hacían más gracia. Mi ingesta de chocolate se iba incrementando sin tino, lo que en mi caso era un claro signo de inquietud, y empecé a sentir molestias estomacales, sudores, temblor de manos, que en principio achaqué a una indigestión. Pero la indigestión no remitía, al contrario, y pronto me di cuenta de que aquel barullo fisiológico se agravaba de manera considerable cuando Julia estaba a mi lado. A pesar de mis cortas entendederas y mi poca experiencia en esos asuntos, asumí que tanto el ansia de chocolate como los síntomas mencionados no eran más que la representación física de una atracción que nunca creí posible, pero que estaba ahí, inevitable como el paso del tiempo. Era un encaprichamiento raro, una fascinación absurda que, sin embargo, no impedía que siguiera sacándome de mis casillas. Ella, desde luego, no parecía afectada en absoluto.

—Eres la persona más desesperante que he conocido nunca —le dije un día que se puso más fastidiosa que de costumbre.

—No estamos aquí para hacernos amigos.

—Y la más borde también. Me gustaría saber si existe algún ser vivo con el que mantengas una relación emocional.

Se echó a reír, lo que me desarmó por completo, quizá porque no lo hacía con frecuencia.

—En las prácticas de la facultad tuve una rata de laboratorio a la que cogí mucho cariño. ¿Eso cuenta?

Ahí estaba otra vez lo que me descolocaba de ella. Esa mezcla entre la frialdad total y un extraño sentido del humor que aparecía casi de repente y se esfumaba sin dejar huella.

Se inclinaba sobre las últimas páginas que yo había restaurado. La luz del flexo que iluminaba el papel hacía brillar unos mechones que escapaban de su eterna coleta. Tuve por un instante el loco deseo de apartarle esos mechones de la cara y posar la mano en su nuca como quien sosiega a un animal arisco, lo que, por otra parte, no estaba muy lejos de ser cierto. No lo hice, claro; el cuerpo de Julia era terreno prohibido. Tenía la sensación de que nadie, nunca, había conseguido traspasar la barrera invisible de su intimidad.

—Vamos mejorando; tu relación con la rata de la facultad es lo más personal que me has contado hasta ahora —dije después de apartar la vista del mechón y la nuca inaccesibles.

—No tengo mucho que contar. Me he pasado la vida estudiando.

—Yo también me he pasado la vida estudiando, pero he hecho más cosas.

—Pues será que yo he estudiado más o que tú eres más listo.

Lo cierto era que tampoco yo había sacado la nariz demasiado fuera de los libros, viejos y nuevos. Y mucho menos en el terreno amoroso. Mi novia eterna acababa de entregarme la carta de despido definitiva después de la enésima cancelación de cita, una novia que había conocido en el primer año de facultad y con la que nunca había tenido una relación demasiado apasionada. Me excitaba mucho más el perverso mechón de Julia que todas las tardes de polvos aburridos con mi exnovia. Como mi experiencia sexual se limitaba a esta relación imperfecta, a pequeños escarceos previos y a un intenso sexo adolescente conmigo mismo, se podía decir que mi libido estaba prácticamente virgen. Y con este corto bagaje lascivo, me daba de sopetón con el revuelo corporal que me producía estar junto a Julia, su colonia con olor a manzana, su cuerpo siempre oculto por aquella ropa incalificable, sus ojos oscuros, su brusquedad y aquella pasión que le bullía por dentro y solo dejaba escapar en contadas ocasiones.

—Siempre he tenido problemas para relacionarme con los demás —dijo para mi sorpresa mientras seguía inclinada sobre sus papeles—. Supongo que pido demasiado: que me dejen tranquila cuando quiero estar tranquila, que no me agobien, que compartan mis obsesiones y que no me intenten cambiar. Me aburre casi todo lo que le gusta a la gente: el cine, la música, los bares, las vacaciones, la playa. Como ves, soy bastante repelente.

Quizá fue eso lo que me terminó de enganchar. Aquella confesión inesperada me rompió todas las defensas y me dejó abierto en canal, dispuesto a lo que fuera por conseguir escalar el muro, asaltar la fortaleza y cualquier otra metáfora de conquista que se me ocurriera. Era tan distinta a mí como podía serlo alguien nacido en Plutón, pero estaba colado por ella definitiva e irremisiblemente. Tenía tantas ganas de besarla y temía tanto su reacción que hice lo único que podía hacer; me di media vuelta y me enfrasqué en el jodido mapa sin ningún comentario.

Julia siguió examinando el texto que tenía delante y escribiendo sus fórmulas ininteligibles como si nunca hubiera hablado y yo hice lo mismo, con la cabeza como un bombo llena de respuestas ingeniosas y posibles líneas de actuación sin decidirme por ninguna hasta que el momento pasó y quedó flotando en la habitación como un gas narcotizante que nos impidiera volver a hablar.

Fue ese silencio forzado lo que me hizo fijarme de una manera distinta en el mapa que tenía frente a mí. Había despotricado de su falta de datos para la ubicación del lugar que dibujaba, pero quizá eso no era cierto. En una esquina, casi ocultas por la rosa de los vientos que marcaba los puntos cardinales, se podían intuir unas letras. Estaban bastante deterioradas y parecía como si se hubieran querido enmascarar con unos garabatos que no venían a cuento. Aunque, después de limpiar el pergamino con un hisopo, ahí estaba, otra vez, rompiéndome los esquemas y todo lo que sabía del mundo. La doble hélice, perfecta, imposible pero real. El corazón empezó a latirme muy deprisa. Aguanté las ganas de avisar a Julia de lo que había encontrado. Aún no tenía nada concreto, solo la confirmación de que nos encontrábamos ante algo sorprendente e inexplicable o de que éramos víctimas de un timo monumental. Seguí limpiando con mucha más lentitud de lo que hubiera deseado, pero sabiendo que aquellas letras podían ser la clave definitiva para avanzar en nuestra búsqueda.

Aparecieron poco a poco, un tesoro escondido que mostraba su poder lentamente como una fiera que se despereza. Era apenas una línea, apenas siete palabras que iban a cambiar nuestra vida para siempre. «Donde los pastores temen a las ovejas.»

—«Donde los pastores temen a las ovejas» —repetí en voz alta—. Pero ¿qué chorrada es esta?

Julia me miró sin entender. Le señalé la frase que había descubierto. Se acercó y se quedó mirándola durante tanto tiempo que tuve que darle un pequeño codazo para espabilarla.

—Esto es cada vez más absurdo —dije—. Es una tomadura de pelo, Julia, no entiendo nada. Además, ni siquiera es especialmente ingenioso. Menuda frase para la posteridad. Donde los pastores temen a las ovejas. Es como un haiku campestre.

—Calla, por favor. Déjame pensar.

Siguió en silencio. Miraba al mapa y luego hacia arriba, como intentando recordar algo y así una y otra vez. Se mordió una uña, se deshizo la coleta y la volvió a atar, caminó de un lado al otro de la habitación y siguió sin decir nada. Yo aguantaba como podía las ganas de zarandearla para sacarla del trance.

Al cabo de un tiempo infinito, me miró, sonrió como nunca la había visto hacerlo, con una sonrisa de asombro, de maravilla, de sorpresa inconcebible y, por fin, habló.

—Sé dónde está este lugar. Sé dónde hay que empezar a buscar.

4

Se han sentado en la zona más oscura de la iglesia, iluminada tan solo por una lamparilla en el altar. No hay nadie ni lo habrá durante un tiempo hasta el próximo rezo y la novicia la ha llevado allí para contarle la historia de la posesión. Parece ansiosa por hablar. Ella, arisca en un principio, se ha dejado ablandar por los modos naturales y amistosos de la novicia, unos modos ajenos al mundo que conoce.

—Teresa fue la primera hermana que conocí aquí y si hubiera estado en mi mano abandonar el convento, lo habría hecho en aquel mismo instante —comienza su relato la novicia, que se ha presentado como Ana Clevés—. Es una mujer antipática y soberbia que se cree mejor que todas nosotras porque su padre es conde y ella ha sido presentada en la corte. Me trató como a una sirviente y me advirtió desde el principio que aquí no tendría ninguno de los privilegios de ser hija de un pañero rico. Así llamó a mi padre, que es uno de los comerciantes más importantes de Valladolid. Aunque tiene las facciones bellas, está muy marcada por la viruela y se cubre la cara con un velo. Se dice que estaba prometida a un hombre poderoso cuando cogió la enfermedad y quizá por eso, por perder su belleza, terminó en el convento.

»Un poco antes de la Natividad —sigue contando la novicia—, durante la misa, la hermana Teresa comenzó a hacer unos ruidos muy extraños, una especie de risa espeluznante y murmullos y exclamaciones como si hablara con alguien que nadie veía. La madre abadesa le hizo salir de la iglesia y después estuvieron reunidas en sus aposentos. Teresa se mostró incluso más altiva con todas nosotras después de aquello y nadie se atrevió a mencionar lo acontecido. Pero unos días más tarde, en el refectorio, y sin mediar palabra, Teresa cogió la escudilla de sopa que estaba tomando, la estampó contra la cabeza de su compañera de mesa y después se lanzó sobre ella mordiendo, arañando, gritando como si hubiera enloquecido. Hicieron falta varias hermanas para separarlas. La madre abadesa hizo llamar al médico, que le recetó un cordial y que guardara cama durante unos días. Todo ha sido en vano. Teresa se pasa las noches gritando, se arranca la ropa al menor descuido haciendo gestos obscenos y, cuando más tranquila parece, se lanza babeando como un perro rabioso contra cualquiera que esté a su lado.

»Ahora está confinada en su celda, atada de pies y manos a su camastro y de vez en cuando lanza esos aullidos que acabas de escuchar. Y lo más terrorífico de todo esto es que varias hermanas están empezando a comportarse de manera extraña. Aparecen las sábanas desgarradas y durante la noche se escuchan chirridos de cadenas. Ya nadie duerme tranquilo y la madre abadesa ha dado parte al arzobispado de Valladolid, el protector del monasterio. Sin duda el demonio ha entrado en esta comunidad. Yo ya he escrito a mi padre pidiéndole que me saque de aquí.

Sabina se estremece. Así que es eso. Aquello que había sentido en el pórtico era el maligno al apropiarse del cuerpo de aquella monja. Se vuelve a sentir tan indefensa como en la aldea cuando era una niña. Ella, que hace mucho ya que no tiene miedo a nada, solo a esas visiones que la martirizan desde siempre y que la han llevado hasta allí para caer en otra trampa aún peor.

Desde siempre ha oído el nombre del diablo unido a su destino. «Demonia», decía su padre. «Bruja, demonia», le decían en el pueblo. Calumnias, majaderías. Ella no era el demonio ni tenía tratos con él. Satanás no se había dignado nunca pasarse por la aldea. De ser así, quizá más de uno hubiera deseado firmar un pacto con él que le sacara de la miseria. Mas el diablo, al parecer, sabe elegir bien a sus víctimas. ¿Qué mérito hay en tentar a quien nada tiene? Bien lo decía el mosén en sus largas homilías. El demonio está al acecho de las almas puras, de las más elevadas, de las más nobles. Y ella, para sus adentros, suspiraba con alivio de no poseer un alma tan apetitosa que la arrastrara al infierno.

Quizá ha sido todo un error, quizá nunca debió dejar el bosque, quizá haría mejor en salir de allí cuanto antes y no inmiscuirse en los tratos de aquellas monjas con Satán. Tiene que pensarlo, tiene que decidir qué hacer antes de que sea demasiado tarde. Simula, por tanto, un cansancio mayor incluso del que padece y solicita a la novicia que le proporcione un rincón donde pasar la noche sin molestar a nadie.

—Puedes dormir conmigo —propone la joven.

—En cualquier rincón me apañaré —responde ella con más hosquedad de la que quisiera. La amabilidad de la novicia todavía la confunde.

—No seas necia —dice la novicia y coge el brazo con familiaridad.

Ella se aparta un poco por instinto, pero Ana parece no darse por enterada y la atrae aún más hacia sí.

—La noche es fría —insiste—. Nos daremos calor.

No está acostumbrada a esa cordialidad. Le sorprende, incluso, que la novicia no haya dicho nada de sus ojos, esos ojos que le han causado tantos quebrantos.

Avanzan por el claustro hacia el dormitorio en un silencio

solo roto por el ulular de una lechuza y el roce de las sayas de la novicia sobre el suelo de piedra. Suben una gran escalera con balaustre de bellas filigranas y llegan a una puerta que gruñe con fuerza al abrirse.

La sala donde duermen las novicias es grande y larga. El techo alto apenas deja ver las nervaduras de los arcos que lo cruzan y las ventanas que se abren al exterior están cubiertas con pergaminos que evitan el paso del viento. Un par de braseros en el centro de la estancia intentan aliviar la noche, pero, así y todo, el frío es glacial. Los camastros se pierden en la oscuridad; consigue contar al menos veinte, distribuidos a lo largo de las paredes de la sala, todos ellos ocupados, salvo aquel al que le conduce la novicia.

Se siente extraña entre los sonidos del sueño de aquellas mujeres desconocidas. Cuerpos que cambian de postura, alguna que otra tos, ronquidos jóvenes. Ruidos nocturnos muy distintos a los de la lechuza o el cárabo. No está acostumbrada a ese hacinamiento de cuerpos, de olores. Pero aún queda mucha noche por delante y está agotada por el viaje, y el calor del cuerpo de su compañera la sume en un agradable sopor. La extrañeza se diluye, los miedos se desdibujan y, casi sin querer, se queda finalmente dormida.

No sabe el tiempo que ha pasado cuando el sonido de la campana la saca del sueño.

—Maitines —dice su compañera de cama con voz somnolienta mientras se incorpora.

La sala comienza a llenarse del murmullo de cuerpos semidormidos que se desperezan, toses, cuchicheos, alguna que otra queja contenida y el movimiento de los cuerpos en la penumbra que asemejan ánimas dolientes de esas que tanto temen las mentes simples de la aldea.

—¿Y yo? —pregunta.

—No es preciso que acudas al rezo. Puedes seguir durmiendo. La regla no obliga a los viajeros a cumplir las horas.

Se acurruca e intenta volver a dormir, pero la cama vacía le impide conciliar el sueño. Ana se ha llevado el calor, que ni siquiera puede recuperar con un ladrillo caliente. Está sola en aquella sala inmensa y se siente mucho más desprotegida que en su cabaña del bosque. La ventisca del exterior golpea el pergamino de las ventanas y el ulular del viento semeja el grito de almas perdidas, penando por entrar. Tiene el ánimo alterado por el relato de la novicia y por las visiones del pórtico que no logra quitarse de la cabeza. La leve luz de las ascuas de los braseros se ha extinguido y la oscuridad es tan densa que no puede siquiera ver su propio cuerpo tapado con una manta demasiado delgada.

Se abraza a sí misma para proporcionarse algo de calor y es en ese momento cuando siente que no está sola. Intuye una presencia en las tinieblas de la sala, una densidad en el aire, la intuición de un movimiento, una rabia contenida, el sonido casi imperceptible de unos pies desnudos en el suelo de piedra. El corazón empieza a retumbarle con fuerza en el pecho y el cuerpo se le cubre de sudor.

Quisiera moverse y solo puede mirar a la negrura con los ojos muy abiertos, como si con ello consiguiera abrir el cerrojo inviolable de la noche. Los pasos se acercan y escucha una respiración contenida, algo jadeante, más propia de un animal que de una persona, cada vez más cerca. Le parece incluso sentir un aroma distinto al de la sala, un olor a flores marchitas que le revuelve el estómago.

Cuando el corazón se le va a salir por la garganta y tiene ya los puños apretados y en tensión, dispuesta a la pelea, la puerta se abre y las novicias comienzan a entrar en la sala iluminando débilmente las sombras con unos cuantos candiles y rompiendo el silencio. La rabia que la rodea se diluye, mira alrededor y no ve a nadie. No es posible que haya sido una alucinación. Los pasos y la respiración que ha sentido no tenían la cualidad inmaterial de sus visiones. El corazón se le va aplacando poco a poco y cuando Ana se tumba a su lado consigue simular que está dormida. No quiere hablar ni que le hablen, tampoco puede volver a conciliar el sueño. El terror que ha sentido hace unos instantes sigue ahí, oculto entre las sombras del dormitorio.

Llaman a laudes y todavía no ha conseguido dormirse. Ha estado atenta a los sonidos de la noche como una pieza de caza que intuye a su cazador en la espesura. Cada roce, cada suspiro han vuelto a alterar su reposo y por tres veces ha oído los aullidos inhumanos de la monja poseída. Aullidos lejanos que provienen del ala sur del convento, donde deben de encontrarse las celdas de las monjas, y que llegan acompañados de brutales oleadas de ira.

Por eso, cuando Ana despierta para el rezo, se levanta con ella. No quiere volver a quedarse sola. Prefiere afrontar las inclemencias de la noche y se une a la procesión de novicias que se dirige a la iglesia. No van calladas, hay cuchicheos entre las mujeres y la voz de Ana junto a su oído:

—Han faltado tres monjas más a los rezos de maitines. La madre abadesa nos ha hablado después y nos ha prohibido contar nada de lo que está pasando. No podemos escribir a nuestras familias ni salir de la abadía por nosotras mismas. Se espera la visita del arzobispo para cuando amaine la tempestad. Gracias al cielo que ya mandé aviso a mi padre.

Unas lamparillas en el altar y varios cirios en los costados de la iglesia permiten distinguir apenas las siluetas blancas y negras de las monjas, alineadas como estatuas sedentes en la sillería que rodea el ábside. Se coloca tras las novicias que ocupan su lugar en el fondo de la iglesia y se abstrae contemplando las sombras que proyectan los cirios en el techo de la nave. Es un edificio grandioso, sin comparación con la pequeña ermita de su aldea, la única que conoce. Aquí, la Iglesia muestra todo su poder y también todas sus sombras. Un magnífico escenario donde Dios se percibe como un juez severo e inclemente. El altar, profusamente labrado, brilla en la noche con destellos irreales y en los flancos de la nave, adornados con altas y alargadas vidrieras apenas visibles en la oscuridad, las estatuas de Cristo crucificado, de la Virgen y los santos, parecen reírse de aquellas mujeres aterrorizadas que buscan el consuelo en la oración.

Se oye una voz:

—*Domine labia mea aperies.*

El resto de voces contesta:

—*Et os meum annuntiabit laudem tuam.*

El canto de monjas y novicias comienza a llenar el aire gélido del templo. Hace tanto frío que las voces se escuchan entrecortadas y el vaho forma nubecillas que se disipan al instante.

—*Venite exsultatione Domino hortatur ad do rock salutis...*

No conoce aquellos rezos y por ello, por no estar cantando, es quizá la primera que se apercibe de una figura que atraviesa la misma puerta lateral por la que entró la procesión de novicias. Está bastante cerca como para darse cuenta de ciertas singularidades en su apariencia. Lleva hábito y va destocada. El pelo corto le da un aire masculino, aunque la cara es, sin duda, la de una mujer. Con aquella luz, los rasgos se suavizan y las marcas de la viruela son imperceptibles, pero está segura de que se trata de la monja endemoniada. Su mirada no deja lugar a dudas. Avanza con determinación, casi corriendo, hacia la cabecera del templo. Ahora ya todas se han percatado de su presencia y el canto ha ido enmudeciendo acá y allá en las gargantas hasta que se produce el silencio.

Mira a un lado y a otro, con gestos de animal perseguido, se encamina al altar y cuando está a punto de tocarlo se detiene como si una fuerza superior le impidiera continuar. Suelta un gruñido animal, da la vuelta y se dirige de nuevo a la trasera del templo sacudiendo la cabeza y farfullando un galimatías incomprensible. Cuando llega hasta las novicias, estas le abren el paso apresuradas y se santiguan invocando a todos los santos. Entonces, la mirada errática de la monja se fija en ella, que ha quedado expuesta por la huida de las jóvenes de su alrededor. La mujer enloquecida se acerca lentamente, ahora parece casi normal, alguien que intenta recordar si ha visto alguna vez una cara desconocida. Cuando está tan cerca que siente en la piel su jadeo caliente, se detiene y con gran delicadeza comienza a acariciarle la mejilla. Ella no se mueve. Se escuchan murmullos en la iglesia. La mirada vacía de Teresa se dulcifica. Sabina ve en sus ojos un sufrimiento lacerante que durante un latido parece dominar el corazón de la mujer.

—Perdóname —dice.

El demonio toma de nuevo posesión de su cuerpo, el odio vuelve a imperar en la monja y la mano que le acaricia la cara se transforma en una garra que araña con furia. Ella grita y aparta de un manotazo a la monja loca.

Teresa sale corriendo, aullando y chocándose con las novicias, que se apartan de su camino como si su contacto quemara. Se alza una voz por encima de los gritos que ordena detenerla y varias monjas, las mayores, se interponen en su camino, la tiran al suelo y consiguen reducirla. Ella sigue gritando, se retuerce entre los brazos de sus compañeras, su cuerpo se arquea, echa espuma por la boca. No parece un ser humano.

En aquel momento, hay un revuelo en la cabecera de la iglesia. Dos monjas comienzan también a aullar, se tiran al suelo, se revuelcan, se arrancan el hábito hasta quedar desnudas salvo la toca.

Los nervios se desatan y el resto de las hermanas lloran y

gritan presas del miedo. Muchas se arrodillan ante el altar y rezan suplicando ayuda del cielo, otras huyen de la escena demoníaca. Se vuelcan varios cirios y el paño que cubre el altar comienza a arder. Unas monjas se apresuran a arrancarlo, lo tiran al suelo e intentan apagarlo; lo pisotean y lo golpean con sus propios hábitos.

Ella contempla atónita todo aquel maremágnum. Con la mano aún en el arañazo del cuello, respira hondo para evitar la náusea que también comienza a sentir y toma una decisión. Se acerca a Ana, que se apretuja junto a sus compañeras en una esquina del templo y la agarra del brazo.

—Arrea. Mis remedios se quedaron con los soldados y no conozco el convento. Hay que calmar a estas mujeres.

—¿Cómo vas a calmarlas? —pregunta Ana. Tiembla tanto que casi no se entienden sus palabras—. ¿Es que tienes tratos con Lucifer?

Suelta un bufido.

—¡Deja de mentar a Lucifer! —contesta, y se santigua—. Tengo una pócima que las hará dormir.

5

Era un día caluroso de junio y se agradecía la sombra de los castaños que protegían y escalaban los muros del castillo. Julia, por una vez, había dejado de lado su eterna ropa de bibliotecaria y llevaba una gorra de béisbol mugrienta, una camiseta de tirantes y unos vaqueros deshilachados cortados a medio muslo. Nada de esos pantaloncitos precarios tan de moda. Los suyos eran grandes, informes, como si los hubiera heredado de su padre. Sin embargo, la camiseta pegada al cuerpo por el sudor me permitía apreciar, por primera vez, unos pechos más grandes de lo que había imaginado y mucho más deseables. Saltaba entre las piedras con un ímpetu que ya hubiera querido yo, escaqueado bajo la sombra de los árboles y sin ninguna gana de enfrentarme al calor mortífero del sol de media mañana. Ella tenía una fotocopia del mapa en las manos y lo consultaba mientras aparecía y desaparecía por las dependencias que se intuían en esas piedras rotas y vencidas por los siglos. Yo remoloneaba con la espalda apoyada en un castaño y bebía una cerveza recién sacada de la nevera portátil. No parecía necesitarme para nada, así que aproveché para descansar y contemplarla con tranquilidad mientras recordaba lo que nos había llevado hasta allí y, quizá con el repaso, encontrar alguna lógica a todo el asunto.

—Cuando tenía diez años —me había contado Julia aquel día en mi casa, al descubrir las palabras escondidas en el mapa—, fui con mis padres de vacaciones a un pueblo de León. A mi padre le gustaba mucho el campo, cuanto más alejado de los típicos sitios de veraneo, mejor. Dormíamos en una pensión de un pueblo muy pequeño, no recuerdo ahora el nombre, y hacíamos excursiones por toda la zona. Un día, visitando las ruinas de un castillo, nos encontramos con un rebaño de ovejas. Era el típico rebaño guiado por un pastor y varios perros. Los perros, al contrario de lo que es habitual en los perros pastores, se acercaron a nosotros como si fueran unos cachorrillos y nos hicieron carantoñas sin ningún amago de agresividad. Yo me puse a jugar con ellos, a pesar de que mi madre tenía miedo de que me hicieran algo, y mi padre empezó a hablar con el pastor, que dijo algo que nos sorprendió mucho. «Aquí la gente no teme a los lobos, teme a las ovejas», dijo. «¿Y eso?», preguntó mi padre. «Porque las ovejas son imprevisibles y testarudas, son malas. Los lobos van de cara, no te engañan. Saben lo que quieren. Las ovejas no, las ovejas son malas», repitió, «no puedes fiarte». Yo miraba a esos animales que eran como un solo organismo de varios cuerpos y me parecía imposible que aquellas ovejas con cara de tontas fueran tan malas como decía el pastor. Más tarde, en el pueblo, cuando mi padre le contó al dueño de la pensión la conversación que había tenido con el pastor, el hombre sacudió la cabeza y se echó a reír. «Es el Faustino, está como una chota. Tanto tiempo solo cuidando de las ovejas le ha reblandecido el cerebro. Le da por decir eso todo el tiempo.» Por lo visto, hasta Rodríguez de la Fuente lo había sacado hacía años en su programa en defensa de los lobos. Y la gente de la zona, cuando quería fastidiar a los del pueblo, decía: «sí, es donde los pastores tienen miedo de las ovejas».

Había escuchado el relato sin abrir la boca, pero en aquel

momento se me abrió del todo. Así que en un libro del siglo XVI hacían referencia a una anécdota que había vivido Julia cuando tenía diez años. Era todo tan absurdo que no sabía por dónde empezar a protestar. Decidí intentar ser comedido en mis argumentos, ir poco a poco para no despertar a la fiera.

—Julia, en este tiempo que llevamos juntos he aprendido a valorar tu inteligencia y tus conocimientos. —Le puse las manos sobre los hombros—. Hemos avanzado mucho, hemos conseguido restaurar y transcribir buena parte del libro, algo que, la verdad, no tiene demasiado mérito, porque la sintaxis y el vocabulario son sorprendentemente claros, pero tienes que reconocer que esto no tiene ni pies ni cabeza. Estamos perdiendo el tiempo con un engaño mayúsculo. Alguien te está tomando el pelo, quiere algo de ti o intenta hacerte daño. Lo entiendes, ¿verdad?

Sacudió los hombros con fuerza para librarse de mis manos. Parecía que le había tocado con un hierro al rojo vivo.

—No hace falta que me trates como si fuera una fanática a punto de saltarte al cuello.

Se levantó, se acercó a la ventana del laboratorio y miró hacia la plaza. Era ya verano, la hora de la siesta, y había poca gente en la calle. Apenas un par de vecinos paseando al perro y el sonido de alguna moto de reparto. Habían pasado ya tres meses desde que mi vida se había convertido en una irracional sucesión de despropósitos. Comprendí que estaba buscando las palabras justas para volver a convencerme, pero esta vez no se iba a salir con la suya. Esta vez iba a ser fuerte y atendería más a la lógica que a sus métodos de convicción.

—Ya sé que no tiene ni pies ni cabeza. —Se volvió hacia mí con su cara de «yo tengo razón y tú no»—. Ya sé que es imposible. Todo lo que vamos descubriendo es imposible y, sin embargo, está ahí, real, tan real como tú y como yo. ¿Quién se iba a tomar la molestia de inventar un timo tan complicado? Como experto, tienes que reconocer que todos los datos apuntan a que no es una falsificación. Si así fuera, alguien con unos conocimientos enormes estaría detrás. ¿Y quién iba a querer hacerme algo así a mí? No soy nadie, no tengo enemigos. Puestos a ello, ni siquiera tengo amigos.

Así que otra vez me llevó al huerto, como siempre, y unos días después, cuando el calor ya derretía los sesos, Julia consiguió descubrir cuál era ese lugar de su infancia que no recordaba. Así que allí estábamos, en Cea, en medio de la nada leonesa, rebuscando entre las ruinas de su castillo, por llamarlo de alguna manera, porque del castillo apenas quedaba un torreón. Al parecer, a principios del siglo XX había sido utilizado como cantera para construir una iglesia. Aquello era perfecto para nuestros planes. Estaba lo suficientemente apartado del pueblo, no tenía ninguna vigilancia y tampoco se veía ningún visitante. El torreón tendría unos seis o siete metros de altura de mampostería y sillería melladas. El mapa señalaba el interior de la pared norte de la torre como el lugar donde buscar, justo al abrigo de las miradas.

Habíamos pasado toda la mañana examinándola sin encontrar nada, a pesar de las indicaciones precisas del mapa. Entonces, mientras miraba a Julia saltar entre las piedras, comprendí que la cota de altura que marcaba el mapa no era correcta. Habían pasado más de cuatro siglos. Era lógico pensar que el suelo se había ido cubriendo de tierra y que lo que en apariencia parecía la base de la torre podría estar quizá a más de un metro de altura por encima del suelo original.

Había que cavar. Por fortuna, se me había ocurrido llevar un pico y una pala por si acaso, además de escoplos y martillos. Mis conocimientos de construcción no llegaban a más, y esperaba que fueran suficientes. Los habíamos comprado en un pueblo algo alejado del castillo, para no levantar sospechas. A Julia le parecía una bobada, pero yo llevaba encima muchos capítulos de series de intriga como para no tener en cuenta algo tan básico.

Así que nos pusimos a ello siguiendo las instrucciones del mapa. Era muy fácil decirlo, aunque hacerlo fue un infierno. Primero, cavar con aquel calor era como remar en galeras; el suelo estaba seco y duro y ninguno de los dos era lo que se dice experto en excavaciones. Además, lo que hacíamos podía considerarse un expolio: era, de hecho, un expolio. Aunque estábamos resguardados por los muros del torreón y nadie podía vernos desde fuera, cualquier sonido, un motor lejano, el ladrido de un perro, hasta el piar de un ave, nos hacía dejar las herramientas y otear desde la loma del castillo para asegurarnos de que no venía nadie. En cualquier momento podía aparecer una pareja de la Guardia Civil o un grupo de japoneses a la búsqueda de la España profunda.

El sol estaba casi en el horizonte cuando lo encontramos. Habíamos conseguido bajar la cota del suelo unos cincuenta centímetros con el mismo esfuerzo que si hubieran sido cincuenta metros, y lo encontramos. Contra todo pronóstico y toda lógica, ahí estaba la marca del asesino, por utilizar una referencia cinematográfica que esperaba no fuera premonitoria. Las sombras del atardecer daban mayor volumen a las señales de las piedras y pudimos apreciar con claridad una marca de cantero pequeña en una de las sillerías que habíamos desenterrado. La doble hélice otra vez, indiscutible y absurda.

Nos pusimos a dar saltos de alegría como dos de esas ovejas que tanto temía el pastor del cuento de Julia. Incluso tuve la osadía de abrazarla hasta sentir su camiseta sudada y plantarle un sonoro beso en la mejilla que ella no rechazó. Incluso tardó casi tres segundos en deshacer el abrazo, un gran cambio desde aquella sacudida de hombros de hacía tan poco tiempo. Bueno, algo es algo, pensé.

Lo habíamos conseguido. Ahora, solo había que sacar la piedra y encontrar lo que hubiera dentro de ella. Tendríamos que hacerlo en un momento más discreto del día, o incluso durante la noche, siempre que hubiera una luna suficiente para no tener que encender linternas. Además, no sabía si las herramientas serían suficientes para sacar una piedra que al menos llevaba cuatrocientos años fusionada con las de su alrededor. Por fortuna, el sillar era bastante pequeño, con lo que esperábamos poder hacernos con él una vez lo hubiéramos separado de los otros. Ya era tarde, estábamos agotados y, aunque todavía había un poco de luz, decidimos dejarlo para el día siguiente.

—¿Qué crees que puede haber ahí dentro? —me preguntó Julia mientras cenábamos. Tenía la cara quemada por el sol, lo que le hacía aún más deseable.

—Un tesoro que nos hará ricos para siempre. O puede que nada.

Nos alojábamos en el típico hotelito con encanto que tanto habían proliferado en los últimos años. Ideal para una escapada romántica, o eso es lo que debía de ser para el resto de los huéspedes que ocupaban el comedor, solo dos parejas, pues aún era jueves. Yo no dejaba de imaginar las actividades que tendrían lugar en las habitaciones después de aquella afrodisíaca cena de foie con setas y tarta de chocolate y frambuesas. Un gran desperdicio en nuestro caso, para mi desgracia. Sin embargo, la aventura que estábamos a punto de emprender conseguía atenuar en parte la decepción que sabía que me esperaba durante la noche, en una habitación doble de dos camas que habíamos reservado porque lo contrario, insistí yo, hubiera sido demasiado raro. No se puede tener todo, me dije. Aquellas parejas, pobres, solo iban a echar un buen polvo y a dar un paseo matutino por el campo agarrados de la mano. ¿Qué era eso comparado con descubrir un secreto oculto a lo largo de más de cuatro siglos?

Aunque estaba agotado de cavar durante todo el día, el dolor de espalda y hasta las ampollas desaparecieron cuando cerramos la puerta de nuestro dormitorio. Estaba solo con Julia en la habitación más romántica del mundo, aunque para mí, en aquel momento, hubiera sido romántica una celda de Alcalá Meco. No, la habitación era objetivamente romántica. Hasta Julia se dio cuenta.

—Qué bonita—dijo mientras miraba a su alrededor. Duró poco—. Será mejor que nos acostemos. Mañana tenemos que levantarnos muy temprano.

Una de cal y otra de arena.

—¿Quieres pasar tú primero al aseo? —pregunté para mostrarme atento.

—Entra tú si quieres. Así puedes acostarte antes. Creo que voy a aprovechar la bañera. En casa solo tengo ducha.

Imaginarme a Julia dándose un baño de espuma al otro lado de la puerta no iba a ser lo mejor para conciliar el sueño. Lo que no podía imaginar es que, al volver del aseo, me la encontraría en ropa interior, una ropa interior que no era en absoluto estilo bibliotecaria. Transparencia y escasez: esas eran las dos palabras que podían definirla. Era de color rosa y tenía una especie de florecillas bordadas, muy virginal, pero el sujetador era asombrosamente escotado y las bragas tan pequeñas que dejaban al aire una buena parte de un culo que me pareció perfecto.

Al verme no se inmutó, más bien mostró la misma indiferencia que si estuviera en la habitación con un eunuco. Cogió una toalla y el camisón y entró en el baño con la más absoluta tranquilidad, contoneando ese culo que no podía dejar de mirar. Yo me quedé en medio de la habitación, como un pasmarote, con la boca abierta y otra parte de mi cuerpo, entumecido por el esfuerzo del día, despierta a cañonazos.

Se me ocurrió que Julia era una especie de autista del amor o del sexo, y que iba a ser muy difícil pasar de ese autismo indiferente a la relación fogosa que yo soñaba.

Gracias al cansancio pude dormir, no sin tener un extraño sueño erótico en el que se mezclaban ovejas de largas pestañas, dobles hélices insinuantes y una Julia vestida de monja que me obligaba a arrodillarme y rezar mientras me apretaba la cabeza contra su vientre.

Sobre las cinco de la mañana, llegamos al castillo. Esperábamos que a esa hora no nos interrumpiera nadie. Baste con decir que mis habilidades, por entonces, no tenían mucho que ver con el mundo del bricolaje. Y Julia no me iba a la zaga. Después de un arduo trabajo lleno de cortes, caídas y demás torpezas, conseguimos sacar la piedra hacia media mañana sin ser descubiertos, lo que fue un milagro, dados los gritos y maldiciones que salieron de nuestras bocas mientras luchábamos contra aquellas herramientas del demonio.

No había creído de verdad en todo aquello. Me había dejado llevar más por la atracción que sentía por Julia y por su entusiasmo que por pensar que la investigación nos iba a llevar a algún lado. Seguía convencido en mi fuero interno de que se trataba de una broma sofisticada que alguien le quería gastar a Julia y que no íbamos a encontrar nada en ese hueco. Por eso, cuando apareció el envoltorio de tela encerada, resultó una sorpresa mucho mayor para mí que para ella. Hasta ese momento, tenía la sensación de estar participando en una especie de yincana divertida sin otra trascendencia. Sin embargo, allí estaba, tangible y real. Un cilindro de unos veinte centímetros de largo y tres de ancho atado con un cordel de cuero endurecido, que guardamos enseguida en una bolsa para evitar contaminaciones.

Yo tenía la suficiente experiencia como para darme cuenta de que la piedra que lo ocultaba no había sido movida en muchísimo tiempo, demasiado como para tratarse de una broma actual. Y el cilindro tenía el olor, la apariencia y la fragilidad correspondientes a su datación. Por primera vez creí de verdad en todo lo que Julia había intentado hacerme ver desde el principio, dejando aparte mis hormonas y mis amores no correspondidos. Seguíamos sin saber hacia dónde nos conducía todo aquello, pero a partir de ese momento me propuse aceptar todo lo que ocurriera, por muy inverosímil e imposible que fuese.

Esperamos a estar en el hotel para abrirlo y las manos me temblaban de impaciencia en el asiento del copiloto. Julia apenas había abierto la boca desde que encontráramos el supuesto tesoro y conducía en silencio, ajena a todo lo que no fuera estar atenta al volante y a sus pensamientos. Yo tampoco hablé, por extraño que fuese en mí, y, a pesar del silencio, el tiempo que tardamos en llegar al hotel se convirtió en el momento más intenso que habíamos compartido hasta entonces.

Ya en la habitación, desplegué sobre la mesa mis instrumentos de trabajo. Guantes de látex, lupa, paletina para desempolvar, algodón, borrador en polvo; en fin, toda la parafernalia. Julia me metía prisa con los ojos y con su continuo ir y venir, pero yo sabía que, si me precipitaba, podía destruir algo fundamental del documento, algo irreparable. La paciencia y la meticulosidad eran fundamentales a la hora de conseguir buenos resultados. Así que, sin hacer caso de sus nervios, intenté aplacar los míos y dedicarme a la tarea con profesionalidad y rigor.

Era otro mapa. Otro mapa que significaba nuevas investigaciones, nuevos viajes, nuevas búsquedas.

—Quien haya montado toda esta historia tenía un curioso sentido del humor.

—Es una solución perfecta para mantener algo escondido —dijo Julia—. Un lugar que nadie puede descubrir salvo quien conoce las pistas y que, a su vez, remite a otro lugar. Solo nosotros podemos encontrarlo.

Por fortuna, las condiciones de conservación eran bastante buenas. No había sufrido demasiados cambios de temperatura, por lo que no se había craquelado ni arrugado. Seguía estando bastante dúctil. Lo desplegué, lo limpié y lo coloqué entre dos planchas de polipropileno. Ahora podíamos analizarlo con tranquilidad. Era el plano de lo que parecía un convento. Estaban marcados la iglesia, la sala capitular y el claustro, donde aparecía, cómo no, la doble hélice. La novedad era que, junto al plano del monasterio, se podía ver el dibujo de una especie de cueva, en cuyo interior se había dibujado la misma marca. También había un texto escrito en la parte superior que no éramos capaces de distinguir. Necesitaría un tratamiento adicional.

—No voy a preocuparme nunca más de la paradoja de todo esto —dije como quien hace una promesa solemne—. Si alguien del pasado, por un agujero de gusano o invocación brujeril o vete tú a saber qué, conoce nuestra vida y nos está enviando un mensaje, pues estupendo. Estoy dispuesto a seguir hasta el final, ya lo sabes. Así que propongo que no volvamos a Madrid, estoy seguro de que este convento no debe de estar muy lejos de aquí. Cuanto antes lleguemos a donde sea, mejor.

No estaba muy lejos. De hecho, se encontraba tan cerca que no tuvimos siquiera que cambiar de alojamiento. Cuando conseguí descubrir las letras oscurecidas por la humedad que aparecían en el plano, pudimos leer tres líneas muy claras: «La diferencia entre el pasado, el presente y el futuro es solo una ilusión persistente. Monasterio Valle Silencio. Cien Norte. Sesenta Este». El mensaje incluía también un símbolo que hasta yo conocía: una especie de aspas encerradas en un triángulo: el aviso de radiación.

—Esta frase me suena —dijo Julia, y se puso a buscarla en su móvil—.¡Lo sabía! —exclamó pocos segundos después—. Es una frase de Einstein.

—Una frase de Einstein, radiación y un recuerdo de tu niñez en un libro del siglo XVI. Normal. Sin problemas.

Yo, a mi vez, había buscado en Google «Monasterio Valle Silencio». Silencio con mayúscula, porque el silencio y los monasterios daban para miles de páginas en internet. Había dos entradas y, como suponía que el libro no hablaba de un convento de monjas en Paraguay, solo quedaba el monasterio de San Pedro de Montes de Valdueza, en el valle del Silencio, que se encontraba, qué casualidad, bastante cerca de donde estábamos.

Recordé una excursión fascinante y agotadora que había hecho con mi antigua novia unos años atrás. Después de una hora de viaje por la carretera más peligrosa por la que había conducido nunca, llegamos a Peñalba de Santiago, un pueblo minúsculo y muy bello, de casas de piedra oscuras y balcones de madera, sitiado por unas montañas que lo rodeaban como si quisieran engullirlo. Recordé que, a pesar de ser verano, había mucha niebla y lloviznaba y comimos un guiso contundente que nos encantó. A unos tres kilómetros antes de llegar al pueblo, la carretera se desviaba hasta el monasterio de San Pedro, abandonado tras la desamortización y convertido en una ruina que casi nadie visitaba, ni siquiera nosotros aquel día. La carretera hasta Peñalba nos había acobardado tanto que nos fuimos sin verlo.

—¿Y ahora qué? —preguntó Julia.

—Pues habrá que ir a ese monasterio y buscar de nuevo la doble hélice —dije—. Espero que esta vez no haya que cavar.

Como ella no decía nada, fui yo quien tuvo que remarcar lo evidente.

—No sé si te has dado cuenta de que hay un símbolo un poco preocupante. Igual sería conveniente prevenir una posible contaminación radiactiva.

—No creo que haya ningún problema. Se sabría. Pero si quieres, podemos llevar un contador Geiger.

—Vaya, el mío está en el taller.

—Eres muy gracioso. Conozco a alguien en la Universidad de Valladolid que puede prestarnos uno.

—Perfecto. Pues habrá que ir a Valladolid.

Mi flema iba adquiriendo dimensiones británicas. Me había prometido seguir las pistas como un perro de caza, sin descanso y sin preguntas.

La carretera era tan peligrosa como recordaba. Por fortuna, no nos encontramos con nadie. No podía imaginar qué tendríamos que hacer si nos cruzábamos con otro coche. La anchura de la carretera apenas dejaba pasar un vehículo y las curvas se sucedían sin descanso, izquierda, derecha, un mareo de volante que Julia manejaba con bastante pericia. Yo solo podía agarrarme al salpicadero e intentar no mirar el barranco que se abría a nuestro lado hasta llegar al río Oza, aunque la tupida vegetación de castaños, hayas, robles, laureles y tejos ocultaba el desnivel. Era un sitio sorprendente, fuera del tiempo, y estar allí junto a Julia me hacía verlo con ojos distintos. Ambos íbamos callados: ella, suponía, por la concentración que requería conducir por aquella carretera y yo, porque me sentía desbordado por el lugar, por nuestros planes, por estar junto a esa mujer que me había trastocado la vida.

Después del desvío y tras un tramo aún más impracticable que los anteriores, llegamos por fin al monasterio, un lugar vallado por montañas y envuelto en verdor. Piedras milenarias sitiadas por un entorno agreste, Historia en sordina, el destino de una aventura que yo aún seguía sin creerme del todo. Lo único que se mantenía en pie era la iglesia. El claustro, abierto al valle, conservaba los arcos románicos y junto a la antigua entrada de este se podía ver una lápida grabada en caracteres mozárabes que hablaba de la consagración del monasterio a finales del siglo X. De aquella época se conservaban unas columnillas en las ventanas del campanario. Muy cerca, colgado del monte que surgía a espaldas del monasterio, estaba el pueblo minúsculo. En aquel lugar podía pasar cualquier cosa.

Para nuestra consternación, había un minibús de una agencia de viajes aparcado delante de la iglesia del monasterio y varios turistas haciendo fotos y triscando por los alrededores. No era tan raro, teniendo en cuenta que estábamos a primeros de agosto, aunque no me podía creer que aquel vehículo hubiera sido capaz de llegar hasta allí.

A pesar de la fecha, tuvimos que ponernos las sudaderas, hacía ya un poco de frío. Me pregunté cómo sería vivir allí un invierno, aislado del mundo. Cómo sería aquel lugar remoto cuando los monjes fundaron el monasterio más de mil años atrás. Me imaginaba a unos hombres un poco enloquecidos por la soledad, apretujados contra el frío frente a la chimenea, comiendo castañas asadas, pan mohoso y alguna que otra liebre, si la nieve permitía la caza. Siempre sentía lo mismo en aquellos lugares. Una mezcla de simpatía e incomprensión por esas gentes que lo dejaban todo y se adentraban en lo más recóndito para rezar por un mundo del que abominaban.

Comenzamos a recorrer el perímetro del claustro. Cada uno rodeó la planta cuadrada desde un lado, arriba y abajo; toqueteamos cada piedra, comprobamos cada muesca, hasta que, cuando estábamos a punto de juntarnos, lo vi. Estaba en el vértice del claustro más alejado de la iglesia. En la tercera piedra de la columna que sustentaba el arco. Una pequeña marca de cantero casi cubierta por el liquen. Parecía una mella sin sentido, pero después de limpiar la superficie, ahí estaba, clara y magnífica. Tenía que reconocer que, a esas alturas, estaba ya completamente entregado. No me cuestionaba nada, seguía los pasos que íbamos dando como si fuera el participante de un juego de rol. Buscaba la recompensa sin saber cuál era y disfrutaba del camino. Y tener a Julia junto a mí lo hacía todo más emocionante aún.

—¿Qué buscáis?

Era una niña de unos diez años, que debía de habernos estado vigilando desde lejos y se había acercado sin que nos diéramos cuenta.

—Hola. ¿Qué tal? ¿Te gusta el monasterio? —pregunté.

—¿Qué buscáis? —repitió sin hacer caso a mis tontos intentos de ganar tiempo.

—Somos historiadores y buscamos marcas de cantero en las piedras.

—¿Qué es eso?

—Las marcas que dejaban los que tallaban las piedras para decir que eran suyas, que las habían hecho ellos.

—¿Como la firma de un cuadro?

—Exacto. Eres muy lista.

Se acercó a la doble hélice.

—¿Y qué dice aquí?

—No se sabe. Es lo que tenemos que averiguar. Hacemos fotos y luego buscamos en los archivos para ver a quién pertenece. ¿Ves?

Saqué el móvil y fotografié la marca desde varios ángulos.

—Parece un gusano —dijo, y acercó más la nariz a la piedra.

—Un gusano bastante chapucero —dijo Julia, que se había acercado a nosotros.

La verdad es que era una hélice un poco rara, muy distinta a las otras, como si la hubiera tallado un niño. A mí me gustaba.

—Tampoco está tan mal. —Seguí hablando con la niña—. ¿Te gustaría ser historiadora?

—No, voy a ser colona de Marte.

—Vaya, eso es genial. A lo mejor nos encontramos por allí.

—Ya eres muy viejo. —Y se echó a reír como si yo hubiera dicho la mayor tontería del mundo.

En aquel momento alguien gritó «¡Clara, ven aquí!», y la niña se volvió hacia la mujer que la había llamado haciéndole señas de que esperara.

—Adiós.

Se dio media vuelta y salió corriendo hacia la mujer.

—Qué habilidad para hablar con los niños. Yo nunca sé qué decir —dijo Julia con una media sonrisa.

—Durante los veranos de la carrera trabajé de monitor de campamento.

—A mí me dan un poco de miedo. Son como bombas activadas a punto de estallar.

—Cuando tengas hijos propios cambiarás.

—No voy a tener hijos.

Se dio media vuelta como para dar a entender que el tema estaba zanjado y se puso a recorrer con el dedo la marca de la hélice.

—¿Y ahora qué hacemos?

—Pues seguir las indicaciones. Supongamos que los cien norte y los sesenta este se refieren a pasos. Probemos a ver qué encontramos.

Brújula en ristre, comenzamos a bajar la colina campo a través porque justo por ahí no había senderos. Ninguno de los dos era muy atlético, aunque conseguimos llegar sin ninguna caída hasta la base de la montaña, que bordeaba un arroyo con bastante caudal. Por fortuna, los cien pasos no nos obligaron a cruzar el río y seguimos por la margen izquierda hasta completar los sesenta pasos al este.

Allí, a unos cinco metros de altura sobre el nivel del río, en la pared rocosa, se intuía la entrada de una cueva. La boca era bastante angosta y estaba casi oculta, pero parecía que, si la limpiábamos de maleza, podríamos entrar a cuatro patas. Después de comprobar que no hubiera nadie por los alrededores, subimos hasta la cueva agarrándonos a los matojos y a las piedras de una pendiente muy empinada. En las mochilas llevábamos unas palas plegables y unos picos, además del famoso contador Geiger portátil que Julia había conseguido de un antiguo compañero de carrera que trabajaba en el departamento de Física Nuclear de la Universidad de Valladolid.

—¿Y para qué necesitas tú un Geiger? —preguntó mientras nos entregaba el aparato.

Julia comenzó a hablar de niveles freáticos, iones, de radiación residual, de una zona donde iba a comprar una casa junto a un río que pasaba cerca de una central nuclear; en fin, un montón de datos y verborrea que dejó a su amigo quizá mosqueado, aunque sin argumentos, como solía quedarme yo.

Al entrar en la cueva, el cambio de luz desde el exterior nos dejó completamente ciegos. Encendimos las linternas y avanzamos a gatas; yo primero, luego Julia, hasta que a unos seis metros de la entrada el techo se elevó y pudimos ponernos de pie. En ese mismo lugar, había una hélice pintada en un rojo desvaído parecido al de los dibujos de Altamira. Debajo de la ella, una pequeña flecha. Seguimos avanzando por el pasillo hasta que se abrió y llegamos a una sala de unos tres metros de anchura por cuatro de largo. El suelo de roca estaba cubierto de excrementos, restos de pellejos secos y huesecillos.

La hélice era un poco más grande y debajo de ella había dibujada una cruz. Era allí. ¿Dónde estaba lo que tenía que estar? Ahí solo había porquería de animales y roca viva.

—No pretenderán que nos pongamos a picar como si fuéramos mineros —dije—. Haría falta dinamita para echar esta pared abajo. No lo entiendo, tiene que haber algo más por aquí.

—Calla y acércate —dijo Julia.

Había pegado la oreja a la pared y golpeó esta con el pico varias veces, aquí y allá, hasta que sonrió y separó la cabeza de la piedra.

—Esto no es roca —dijo con una gran sonrisa. Y se puso a raspar con la parte ancha del pico la capa de musgo, líquenes y humedad que la cubría.

En efecto, aquello no era una roca, sino una pared hecha de adobes disimulada por los organismos nacidos de la humedad y del tiempo.

Julia levantó el pico para golpear la pared.

—¡Espera! ¿Qué tal si utilizamos ese contador tan chulo que hemos traído?

Puso cara de fastidio, dejó el pico y abrió la mochila. El contador no era nada demasiado espectacular; parecía un teléfono móvil más grande y ancho de lo normal con una pantalla pequeña y una especie de micrófono alargado unido al aparato por un cable. Julia lo encendió y fue acercando el micrófono a la pared en distintos lugares.

—La radiación es un poco alta, pero está dentro de los niveles de seguridad.

—¿Y la advertencia del mapa?

—No lo sé, pero, desde luego, aquí no hay peligro.

—¿Y cuándo tiremos abajo la pared?

—Volveremos a medir. No te preocupes. Ahora, manos a la obra.

Volvió a levantar el pico.

—Espera. —La detuve de nuevo—. No vayamos a lo loco. Primero, vamos a abrir un hueco pequeño para mirar dentro.

Suspiró y me dejó hacer a mí. Golpeé la pared con cuidado al principio; el adobe estaba húmedo y se deshacía fácilmente. No tendríamos que esforzarnos demasiado para tirar la pared abajo. Cuando conseguí abrir un hueco de unos veinte centímetros a la altura de la cabeza, dejé el pico y cogí la linterna.

—Déjame mirar —dijo Julia mientras me empujaba para apartarme del agujero.

—Estate quieta. Por una vez, hazme caso, por favor. Sé lo que me hago.

El haz de luz iluminó un pequeño hueco que no debía de tener más de sesenta o setenta centímetros de fondo.

—¿Qué ves? —me preguntó Julia impaciente mientras me empujaba—. ¿Hay algo?

Yo no tenía voz para contestar. En el suelo, junto a la roca del fondo, había un amasijo de telas descoloridas coronado por una cabeza de pómulos secos y hundidos y unos cuantos mechones largos que dejaban al aire el cráneo pelado. Las manos de uñas largas, la única parte del cuerpo que se veía además de la cabeza, parecían enguantadas en pergamino. Una de las manos, la derecha, yacía exánime sobre el muslo; la otra sujetaba en el regazo un cofre ennegrecido. La cabeza tenía la boca abierta, como una figura de Munch, y los dientes grandes y oscuros sobresalían de la cara momificada.

—¿Qué ves? —volvió a preguntar.

Me puse a jadear como si hubiera corrido una maratón. La voz de Julia me llegaba desde muy lejos, ansiosa, insistente.

—¡Miguel! Dime algo —gritó, y casi consiguió apartarme del agujero a empujones.

Levanté el brazo para sujetarla sin dejar de mirar al interior, mientras ella intentaba escabullirse de mi presa.

—Joder, está aquí —contesté cuando por fin pude hablar—. Sea lo que sea, está aquí, lo hemos encontrado.

6

La novicia abre la boca de pasmo.

—¿Dormir a las endemoniadas? Si el médico no pudo con el diablo, ¿cómo vas a conseguirlo tú? —pregunta con ojos espantados.

—Porque me barrunto que el médico es un zopenco que no sabe dónde tiene la mano derecha. —Sabina tira de Ana hacia la salida de la iglesia—. Andando, llévame hasta los soldados.

Vuelven a recorrer en sentido contrario el claustro en penumbra. Ana no deja de temblar y se agarra a su brazo como si en ello estuviera su salvación. Ambas van en silencio. Sabina nunca ha sentido un odio así, tan absoluto, y sigue conmocionada por la escena que acaba de vivir. Y eso que en cuestión de malquerencias tiene un buen inventario desde muy niña.

Primero de su padre, al que siempre recordaba dando golpes. Golpeaba a los mulos del regidor, a los cerdos que criaba para la feria, a su madre, a sus hermanos. A ella no, a ella ni la miraba, era poco menos que un animal del rebaño, menos que el tocino que colgaba del gancho junto al fuego. Mejor así, porque las pocas veces que la miraba era para rezongar. «Esos ojos —murmuraba—, ojos de demonio», y desviaba la vista hacia otro lado, se santiguaba y escupía y luego se metía una castaña en la boca y la movía de un lado a otro para intentar ablandarla y poderla tragar porque los pocos dientes que tenía ya no le daban para mucho. Nunca la miraba ni le hablaba, solo algún resoplido indiferente si se acercaba demasiado. Ojos de demonio. «No, de demonio no —decía su madre en un susurro—, de hada, ojos de reina.» Pobre madre. Ya casi no la recordaba; había muerto como vivió, sin molestar a nadie.

Cuando su padre también murió se fue a vivir con Madre Lusina. Estaba sola, sus hermanos llevaban tiempo en una guerra que parecía no tener fin y por la aldea se había extendido el rumor de que Sabina había envenenado a su padre, aunque todos llevaban años escuchando esa tos de perro enfermo que parecía arrancarle las entrañas y que le llevó a la tumba. Una noche, durante uno de esos ataques que le dejaban sin resuello, se puso azul, cayó despatarrado junto al fuego, con la boca y los ojos abiertos y la lengua fuera y no se movió más.

Nadie la llamaría más «endemoniada», no al menos mientras estuviera entre las paredes de adobe de su choza. En la aldea se apartaban de ella con jaculatorias y aspavientos, sobre todo desde la llegada del nuevo mosén, venido de tierras germanas, que veía brujas en cada esquina. Así que después del entierro, antes de que la falsedad sobre la muerte de su padre corriera por la comarca, hizo su hatillo y se encaminó a la choza de la bruja, esta vez para quedarse.

Con Madre Lusina se sentía a salvo. Junto al fuego escuchaba las historias de la vieja, historias antiguas de caballeros andantes y damas en peligro. De señores crueles y siervos astutos. Historias más antiguas aún de criaturas fantásticas que juegan con los mortales. La bruja le hablaba de bebedizos, pócimas, ungüentos, bálsamos y aceites, y le enseñaba a machacar, macerar o cocer las hierbas y raíces que recogía en luna llena hasta que el olor y el color mostraban que estaban listas para curar los males que ocupaban las vidas de los hombres y mujeres del bosque.

La leyenda de la primera Madre Lusina se perdía en el pasado. Su procedencia era incierta, quizá de los bosques húmedos y oscuros de las tierras gallegas, allá donde la palabra de Cristo había tardado más en penetrar, donde cada año se despedía a la luz y se entraba en las tinieblas en compañía de los muertos. Ella veía en su cabeza a la primera Madre Lusina, una de esas magas chupadoras de sangre y ladronas de untos, que volaban a caballo de los estadojos de los carros, que envejecían prematuramente y vivían muchos años. Y a muchas otras, veidoras que tenían tratos con el más allá y adivinaban lo por venir.

A pesar de ello, de saber que su maestra procedía de una larga saga de mujeres sabias, conocedoras de arcanos, transformadoras de hierbas, unidas al bosque en sus raíces, en sus aguas y sus criaturas, había tardado en hablarle de sus visiones, acostumbrada desde niña al terror que producían en la aldea.

—Yo era muy pequeña —habló por fin una noche junto a la lumbre—. Había una pelea a pedradas. Entonces vi en mi cabeza a uno de los niños. Se tapaba un ojo con la mano y la sangre le chorreaba por los dedos. Grité: «¡Cuidado, el ojo!». Chillé tan fuerte que todos se quedaron pasmados, pero la piedra salió volando y ocurrió tal cual lo había visto. El canto le arreó al niño en el ojo. Sangraba como un gorrino.

Esa había sido la primera vez. Sabina no comprendía por qué los demás no podían ver lo que veía ella. En esa ocasión, nadie se dio cuenta; al fin y al cabo, era una pelea, era normal avisar del peligro. Todo había cambiado cuando vio la muerte del alcalde.

Estaban en la iglesia, escuchando al mosén hablar del pecado, del infierno y de las almas condenadas cuando ella vio al alcalde tumbado en su cama, con la piel grisácea, las mejillas hundidas y una pierna hinchada y pútrida de la que salían gusanos. Sabina gritó y lloró mucho y contó lo que había visto.

—Todos me miraban raro, y cuando el alcalde se tajó con una horca y la herida se emponzoñó y murió tal como yo vi en mi cabeza, empezaron a apartarse de mí y a llamarme «demonia».

—Tienes un don muy peligroso —le dijo Madre Lusina aquella noche—, pero es tu destino, y contra el destino es inútil luchar. Debes hacer que esa maldición se convierta en una gracia.

Sabina pasó cinco inviernos junto a la lumbre de la choza escuchando a su maestra instruirla en remedios y arcanos. Cinco primaveras y veranos de recolección de plantas que luego ponía a secar y guardaba en tarros tapados con cera de abeja para protegerlas de las inclemencias del tiempo. Cinco bailes alrededor de la hoguera en la Candelaria, que Madre Lusina le enseñó a llamar «Ostara», cuando la oscuridad se aleja del bosque y todo empieza a nacer de nuevo. Cinco invocaciones a la diosa madre en «Litha», la noche más corta del año, en la que el olor de la madreselva impregna el corazón de impaciencias. A lo largo de esos años, las visiones se habían ido espaciando hasta casi desaparecer. Todas salvo una, esa que no la dejaba descansar y contra la que no valían los conjuros de Madre Lusina.

Ahora espera fuera de la celda de la endemoniada; Ana ha sido enviada a su dormitorio tras informar a la priora. Es esta última, pues, quien la ha conducido hasta la celda y la que ha entrado para poner a la madre abadesa al tanto de sus intenciones. Dentro se escuchan los gritos de la monja, que abjura de Dios y blasfema contra la Iglesia y todo lo sagrado. Las palabras de Teresa parecen chocar con los muros como si las rocas de una montaña se precipitaran sobre el convento. Hay tanto dolor y tanto miedo en aquellos gritos que Sabina tiene que hacer un esfuerzo para no salir corriendo y olvidar todo este turbio asunto.

Unos instantes después, la abadesa sale a la galería. Es una mujer de mediana edad y de una belleza que consigue trascender la vestimenta monjil. De porte altivo y mirada fría, parece haber nacido ya envuelta en el hábito blanco y las tocas negras del Císter. Solo una piel grisácea y sudorosa y unas ojeras oscuras afean su belleza.

—¿Eres capaz de ayudar a las hermanas?

—Sí.

—Debes llamarme «reverenda madre» —interrumpe la abadesa.

—Sí, reverenda madre.

Y le muestra el macerado de hierbas que utiliza para aliviar el dolor de muelas. Es un líquido muy concentrado que debe mezclarse con vino o con agua. Si la hermana Teresa lo toma puro, dormirá varias horas.

—¿Qué hierbas son esas?

—Hierbas de mi huerto —responde con vaguedad—. Melisa, valeriana y otras.

Sabe que no debe revelar la composición de sus pócimas a nadie. La gente tiene miedo de ciertos preparados, que emparejan con la brujería y las prácticas ocultas. En especial la raíz de la mandrágora o la belladona, que es precisamente lo que intentará administrar a Teresa. Teniendo en cuenta la situación que se vive en el convento, hacer referencia a cualquiera de esas plantas sería una temeridad.

—Sé lo que me hago.

—Eres casi una niña.

—Viví muchos años con mi maestra. No soy una novicia.

La abadesa parece reflexionar unos instantes y, finalmente, accede a permitirle el paso a la celda.

Teresa de los Ángeles está tumbada con las piernas y los brazos atados. Mueve la cabeza de un lado a otro y sus ojos solo muestran el vacío. No es la mirada de una persona sino de un animal atrapado en un cuerpo que no reconoce. Ahora está callada, la boca perfilada de saliva seca y la cara cubierta de sudor. Parece exhausta, pero tiene fuerzas aún para volverse hacia Sabina y mirarla fijamente.

—Al fin has venido, ramera de Babilonia —dice con una voz cavernosa que produce escalofríos—. Puta lasciva y nauseabunda, engendro de los ángeles. ¿Te ha mandado él? ¿Ha sido él? Quiere matarme, sí, quiere matarme, quiere tomar mi cuerpo y refocilarse en él como un cerdo en su pocilga y matarme después para seguir gozando de todas las putas de este convento...

A medida que habla, Teresa parece recuperar las fuerzas y termina a gritos, arqueando el cuerpo e intentando soltarse de las cuerdas que la retienen.

Ella tiembla de miedo, se arrepiente de haber hablado, pero ya no puede echarse atrás y saca del talego que ha traído consigo un pequeño recipiente de arcilla. Lo destapa con cuidado y vierte un poco de líquido en la cuchara que le ha dado la madre priora.

—¿Qué os parece, hermana Bárbara? —pregunta la abadesa.

Una de las monjas, una mujer pálida y delgada, se acerca a Sabina. Lleva el hábito lleno de manchas y de la toca escapa un mechón de pelo. Va remangada; no parece notar el frío. Tiene las manos y las mejillas enrojecidas y mira con interés la cuchara que Sabina tiene en la mano.

Ella no puede moverse ni hablar, casi no consigue que el aire entre en su cuerpo. Porque en ese momento comprende por qué está aquí, por qué su instinto le ha llevado hasta este monasterio perdido. La mujer que husmea el contenido de la cuchara allí delante, con unos ojos oscuros que parecen contener todas las respuestas, es su destino, es la persona que lleva poblando sus visiones desde niña; la razón de que saliera de la aldea y haya llegado hasta aquel lugar maldito. La cuchara le tiembla en la mano y el líquido que contiene se derrama sobre el suelo de paja.

—No te asustes, está bien atada —dice la llamada hermana Bárbara—. No te hará daño.

Ella no escucha la voz consoladora de aquella mujer; sigue pendiente de sus ojos, de esa cara que tan bien conoce, y quizá por primera vez en su vida no tiene palabras que la protejan ni pensamientos que la libren del vacío. Todo su cuerpo se estremece como si padeciera unas fiebres repentinas. Siente miedo y a la vez alivio; debilidad y también euforia. Quisiera gritar y salir corriendo y, sin embargo, siente un deseo intenso de seguir junto a aquella mujer que la mira pasmada, tan conocida y tan anónima a la vez, tan próxima y tan extraña. Una mujer que la acompaña desde la noche que probó la pócima secreta de Madre Lusina.

Era la luna llena del equinoccio de primavera y las curanderas de los alrededores se reunían en el claro para invocar a la madre Tierra, la diosa fecunda que hacía crecer las flores y los frutos, que alumbraba a los hijos y protegía las cosechas. Se encendía una gran hoguera y todas ellas bailaban a su alrededor. Adoraban a la triple diosa, doncella, madre y bruja, y Madre Lusina preparaba para entonces su pócima más secreta, la que más tiempo tardó en enseñarle, un bebedizo compuesto de plantas prohibidas que se debía fabricar con extremo cuidado y que solo se tomaba en aquella noche mágica.

Para probarla, ella tuvo que esperar a que la sangre manchara sus calzas. Era la señal. Aquella noche, su primera noche, su maestra le acercó un palito a la boca: «Chupa despacio, siente cómo el calor entra en tu cuerpo y se extiende por tus brazos y tus piernas...». El entorno se fue difuminando poco a poco, la luz de la hoguera parecía extenderse hasta los confines del bosque, y sintió cómo su cuerpo se aligeraba, flotaba y se unía al vuelo de un halcón para alejarse del claro del bosque.

—¿Estás indispuesta? —pregunta la hermana Bárbara, y le pone la mano sobre el brazo en una pequeña caricia que intenta reconfortarla—. No tienes que quedarte aquí si tienes miedo. Dame a mí el preparado y yo se lo administraré a Teresa.

El contacto de aquella mano le produce un escalofrío y la saca de su trance. Aparta el brazo con brusquedad, intenta recomponerse. No es momento de ensoñaciones. Ya habrá tiempo después de pensar en todo aquello. Respira hondo, sacude la cabeza para quitar importancia a su desmayo, y se aparta de la monja para llenar de nuevo la cuchara y acercarse al camastro donde Teresa sigue desvariando. Aprieta con una mano sus mejillas para hacerle abrir la boca y vuelca dentro el contenido de la cuchara. Teresa de los Ángeles traga, se atraganta con el brebaje y escupe con asco.

—¡Malditas púas! —grita y se retuerce—. Queréis envenenarme, pero yo soy inmortal, soy el alfa y el omega, soy la que todo lo ve y todo lo sabe...

Así sigue desvariando hasta que el preparado empieza a hacer efecto y la voz de la mujer se debilita, su cuerpo en tensión se relaja y cierra los ojos. Su respiración, aunque jadeante, se tranquiliza y todas las mujeres de la habitación suspiran de alivio y se vuelven hacia Sabina. En el silencio que ha seguido a la escena de terror se escucha un resoplido de la hermana Bárbara que más parece una risa contenida.

—Te estamos muy agradecidas —dice la priora, que es mucho mayor que la madre abadesa y también más amable—. El médico es muy anciano y se niega a venir con esta tormenta. Y nuestro vicario partió a Valladolid en busca de ayuda.

—Estamos a merced de Satán —gime otra de las hermanas que se encuentran en la celda.

—Callad, hermana —dice con acritud la abadesa—. No hace falta meter más miedo. —La abadesa sigue hablando—: Hay otras tres monjas infectadas por el mal ¿Podrías administrarles el mismo preparado? La madre priora te acompañará a sus celdas. Después, desearía hablar contigo.

La luz del amanecer se dibuja ya en la ventana del despacho cuando Sabina es admitida en la estancia. Es una habitación no muy grande, ocupada en su mayor parte por una gran mesa de patas torneadas y un sillón de respaldo alto donde se sienta la madre abadesa. Un crucifijo y un cuadro oscuro del martirio de un santo adornan las paredes y, tras la mesa, ocupada en su mayor parte por un gran libro encuadernado en tafilete, un bargueño ricamente tallado oculta sus secretos. El suelo está cubierto de paja limpia y seca que amortigua el frío de las baldosas de barro.

—Siéntate —dice la monja con su habitual aspereza y señala un escabel frente a sí. Sus ojeras son aún más oscuras—. Me temo que te has visto involucrada en este turbio asunto cuando mi intención a la hora de mandar a buscarte era muy distinta.

—A vuestro servicio.

—Tienes un extraño color de ojos, demasiado llamativo para una mujer vulgar.

—Decís bien. Que el demonio me lleve si no querría cambiarlos. Para mi pesar, no hay pócima que sirva a tal efecto.

—Así que eres tú la curandera —dice la abadesa con una mueca de disgusto—. No esperaba encontrarme con alguien tan joven. Ese nombre de Madre Lusina induce a error.

—Es el nombre por el que siempre se conoció a la curandera de la aldea.

—No soy partidaria de esas prácticas paganas. Los milagros

son cosa de santos, no de mujeres ignorantes que se creen en comunión con la naturaleza. La comunión solo debe ser con Dios Nuestro Señor.

—A lo peor el Señor me envía aquí para aliviar a las hermanas. —Procura dar a su voz toda la formalidad que requiere el momento, aunque aquel asunto del demonio cada vez le suena más a farsa.

La abadesa frunce el ceño y se yergue en su asiento; no parece acostumbrada a escuchar réplicas a sus sentencias. La mira con todo el desprecio de su cargo y sonríe con una mueca más inquietante aún que los gritos de la monja endemoniada.

—Eso son silogismos peligrosos. Soy yo quien te ha hecho llamar, no nuestro Señor. Y está por ver si la enfermedad de las hermanas se debe a la naturaleza o a la irrupción del diablo en el convento. Si es esto último, solo un exorcista podrá sacárselo del cuerpo y ninguna poción, por muy mágica que sea, conseguirá librarlas del mal.

—Pues no será el diablo el que endemonia a estas mujeres. No dormirían tan buenamente con mi preparado.

—El diablo es astuto y esconde bien sus cartas —casi grita la abadesa, dando un golpe en el brazo de su asiento—. Quizá se hace el dormido para poder atacar después con mayor virulencia.

—Reverenda madre, yo no entiendo de latinajos ni doctrinas. —Sabina está agotada y las palabras de la monja se confunden en su mente—. Quiera Dios que vuestras hermanas se repongan de su mal. Con una cucharada de la poción disuelta en un vaso de vino estarán tranquilas hasta que el médico o el sacerdote las atienda. No puedo hacer más.

—Sí debes hacer algo más —le interrumpe la madre abadesa—. Debes jurar sobre la Biblia que nunca revelarás a nadie lo que ha sucedido esta noche.

—Descuidaos. —Sabina sacude una mano intentando restar solemnidad a las palabras de la monja—. Nunca diré nada.

—Debes jurar sobre la Biblia —replica la abadesa y golpea de nuevo el brazo de su asiento—. Vivimos tiempos oscuros, tenemos que cuidar más que nunca de nuestra reputación. Esta es tierra de herejes y nada les gustaría más que se corriera la voz de que el demonio ha irrumpido en las vidas de unas mujeres santas, seguidoras de la regla.

—¿Herejes?

—Unas gentes perversas que están en contra del sacramento de la confesión —escupe las palabras—, que niegan la virginidad de María nuestra señora y que quieren socavar el poder de la Iglesia. Siguen a ese Martin Luther, un borrachín, un monje alemán; cómo no, todo lo malo procede del Imperio germánico. Habrás oído hablar de él.

Niega con la cabeza y ahoga un bostezo. Lo único que quiere es quedarse sola para pensar en el encuentro con la hermana Bárbara y dormir, sobre todo dormir. Le parece que hace un siglo que descansara de verdad, sin gritos ni despertares intempestivos ni enfrentamientos con sus miedos más antiguos.

Le habla la monja de Luther, o Lutero, como algunos le llaman. Un sacerdote que predicó varios sermones contra las indulgencias eclesiásticas que levantaron mucho revuelo, y lanzó a voz en grito proclamas contra la riqueza y la avaricia de la Iglesia, acusándola de paganismo y no sabe cuántas cosas más.

—¿Riqueza? ¿Avaricia? Vivimos en la miseria, no comemos carne salvo en Navidad, sufrimos la enfermedad y la muerte con entereza, cumplimos la regla de la orden con pulcritud, dedicamos toda nuestra vida a servir al Señor y rezar por el mundo.

La madre abadesa, que se ha ido encendiendo con el discurso, se calla. Inclina la cabeza, parece mareada.

—¿Estáis mala?

La abadesa respira hondo y parece volver a su frialdad habitual. Mira a Sabina, que no puede mantener los ojos abiertos.

—Estoy perfectamente. Eres tú quien no parece sana —dice la monja con sequedad.

—Lo que relatáis es de mucho interés, pero los ojos se me cierran de sueño. ¿Cómo pintan esos herejes para el caso de que me los cruce en el camino?

—Lo harás, no hay duda. Están por todas partes. Y todo gracias a ese invento infernal que también procede del reino germánico.

—¿Un invento?

—Habrás oído hablar de la imprenta.

Niega con la cabeza.

Al parecer, la imprenta lo había infestado todo. Había dejado sin trabajo a muchos *scriptorium* de los que dependían otros tantos monasterios, había propagado la herejía a los cuatro vientos sin que Su Santidad hubiera podido evitarlo.

—Son tiempos difíciles, tiempos oscuros. Los hombres reniegan de Dios, de los sacramentos, del poder del papa; hasta pretenden que el sol es el centro del universo. La brujería se extiende por tierras europeas y, como veis, el demonio está por doquier. Y la Iglesia, por fin, ha reaccionado. En Trento se está celebrando un concilio que conseguirá unificar las posturas y echar del seno de la Santa Madre Iglesia a todos los sacrílegos que la contaminan.

—¿Y cómo es ese invento infernal?

—Es una máquina que hace en un día el trabajo de cuatro copistas en una semana. Los monasterios apenas reciben ya encargos y la copia de textos ha dejado de ser una fuente de rentas para las comunidades cistercienses. Se pasa hambre y frío y ese monje maldito aún se permitía decir que se vive en la opulencia.

Entiende muy poco de lo que cuenta la abadesa. No sabe qué

es un *scriptorium* ni un copista, pero calla. Está desfallecida y no quiere hacer ninguna pregunta que alargue la conversación. Pone cara de comprender, se lamenta con la abadesa de la maldad de los tiempos y jura, sobre la Biblia que le presenta esta, que guardará silencio.

—Veo que el sueño te impide atender como es debido a mis palabras. Duerme. Ya hablaremos de la razón por la que te he hecho llamar, si es que decido hacerlo.

Cuando camina hacia el dormitorio, las campanas suenan de nuevo y, antes de llegar, las novicias comienzan a salir y le impiden la entrada. Ana Clevés está entre ellas y cuando ve a Sabina la coge del brazo y le hace andar a su lado hacia la iglesia y le pide, en voz baja para evitar que la guardiana de novicias la escuche, noticias de lo que ha acontecido en la noche.

—¿Es que aquí nadie duerme más que la siesta de un perro? —gime.

—Te acostumbras —replica Ana encogiéndose de hombros—. Después de los rezos de prima pasaremos al refectorio.

La mención de la comida ayuda a Sabina a mantenerse en pie y seguir a Ana hasta la iglesia. Hace mucho que no come y con el estómago vacío el frío es aún más cruel, y esas horas de la madrugada, justo al amanecer, son las peores. Se relame pensando en un cuenco de sopa caliente y un buen trozo de pan que le acallen las tripas y, en la iglesia, consigue dar alguna que otra cabezada que le alivia el cansancio.

—Bien decía la monja cuando hablaba de pobreza —se lamenta en voz baja.

—Pobreza la nuestra, que ella sí que se echa buenos bocados a la andorga —susurra Ana a su lado.

Sentada en un banco, al extremo de una larga mesa que ocupa todo el lateral del refectorio de las novicias, contempla con decepción el mendrugo que tiene delante. Para poder morderlo tendrá que mojarlo en el vino, el único alimento que se sirve con generosidad, si es que puede llamarse así a ese mejunje aguado y agrio que le han vertido en una escudilla de madera. El vino, al menos, está caliente y compensa el sabor con la tibieza que se extiende por su cuerpo aterido.

Mientras comen en silencio, una monja se ha subido a un balconcillo y desde allí lee con voz monótona y somnolienta un pasaje de las Sagradas Escrituras. Ese en el cual Lot, el único hombre justo de la Tierra, es avisado por Dios de que destruirá las ciudades pecadoras de Sodoma y Gomorra. Lot escapa con su familia, pero su esposa mira hacia atrás y se convierte en estatua de sal. Ella lo conoce, lo ha escuchado más de una vez en boca del mosén, aunque él ponía mucho más entusiasmo en describir las aberraciones y maldades de los hombres y mujeres de las ciudades malditas que en alabar las bondades de Lot. Mira a su alrededor y solo ve las tocas blancas de las novicias inclinadas sobre la comida y escucha el sorber de las bocas y algún que otro murmullo que la monja que vigila contiene con severidad.

Por un momento desearía estar en su cabaña, con sus noches silenciosas, sus plantas y bebedizos. Desearía que nada de todo lo vivido aquella noche hubiera pasado. Pero adónde ir. Su camino acaba aquí, no hay nada más, solo aquella mujer, aquella hermana Bárbara de cara pálida y ojos oscuros. Tiene que quedarse allí, tiene que descubrir quién es, qué significa en su vida y, sobre todo, qué se esconde detrás de los sentimientos de rechazo y de atracción que le provoca.

Recuerda la primera vez que la vio. Tras tomar la pócima mágica de Madre Lusina el vuelo del halcón la acercó a unos lugares extraños que no sabía interpretar. Tierras yermas o feraces, humeantes aún por fuegos pasados o jugosas de verdor. Imposibles aglomeraciones de edificios inmensos o apiñamiento de chozas miserables, adosadas a murallas envueltas en humo. Gentes de rostros famélicos huyendo de peligros desconocidos, y gentes felices, danzando en salones de brillos prodigiosos. Y lo más extraño de todo: un ave inmensa y brillante que cruzaba el cielo dejando una estela de humo que rompía el cielo en dos.

Y luego el mar. Supo que era el mar. Una extensión de agua sin fin que se elevaba y se dejaba caer en una respiración eterna bajo el brillo de un sol no velado por el abrigo de los árboles. El halcón que transportaba su conciencia se lanzó en picado contra aquella superficie azul y profunda y se sumergió unos instantes y Sabina pudo sentir en su lengua un sabor de lágrimas que, sin embargo, le produjo una exaltación inesperada.

En aquel momento, todo se difuminó y la vio por primera vez: una mujer desconocida que parecía asustada. Después apareció otra mujer, alguien de ojos muy azules y pelo encrespado. Había visto tan pocas veces su cara que al principio no se reconoció: una visión adulta de sí misma. Ambas permanecieron así, una frente a otra, como si se miraran en un espejo deformante. A su alrededor solo había piedras derruidas, unos objetos extraños de cristal, cenizas, parecían estar en un lugar muy antiguo y tenebroso. Cuando la mujer extendió los brazos hacia ella, algo muy cálido le recorrió el cuerpo. Entonces sintió el vértigo, como si cayera a un pozo de profundidad infinita. Su propia imagen desapareció de la visión y la mujer gritó. Siempre se detenía ahí. Y en ella permanecía una sensación de vacío absoluto, de pérdida, una náusea que incluso, en ocasiones, cuando la visión era especialmente intensa, le hacía vomitar. Cada vez que veía a aquella mujer, se sentía morir.

Junto a ella Ana, callada como todas, la mira de reojo y le hace muecas entre bocado y bocado. Ella deja de lado sus pensamientos y, a su pesar, sonríe a la novicia. Es agradable y sorprendente sentir a alguien tan afectuoso.

—Herejes, imprenta, *scriptorium*, concilio —susurra para sí.

Palabras nuevas de un nuevo mundo. Se rebulle contra el duro asiento de madera. Tiene ganas de orinar. Son los nervios de la anticipación, el deseo de que lo que está por venir llegue cuando antes. Habrá que esperar, tener entereza y averiguar con discreción lo que está oculto. Pero ella nunca ha sido paciente y de nuevo siente la tentación de olvidarlo todo, de salir corriendo bajo la nieve, deprisa, muy deprisa, de volver a su cabaña y alejarse cuando antes de aquel lugar que oculta su futuro.

7

Antes de abrir la caja, recordé a Julia que volviera a utilizar el contador Geiger. Entonces sí que saltó la aguja.

—Emite una especie de rayos gamma, pero están bien protegidos —dijo tras analizar los datos que aparecían en la pantalla—. Hay que tener mucho cuidado. La caja debe de ser de plomo, aunque el contador marca una elevación de la radiación, así que tenemos que protegernos cuanto antes. La momia podría haber muerto por ello.

No tuvimos tiempo de examinar el cuerpo con más atención. En cuanto abrimos el hueco y lo tocamos se convirtió en un montón de polvo y huesos. Lo dejamos allí mismo, reposando en el lugar que había sido su sepultura durante siglos.

Envolvimos la caja en una bolsa de plástico sin tocarla con las manos desnudas y fuimos a buscar la nevera portátil que llevábamos en el coche. La llenamos de agua en el río y metimos dentro el cofre, protegido del agua por la bolsa de plástico hermética. Nada más llegar a León buscamos a un chatarrero y conseguimos pequeñas planchas de plomo. Después compramos dos cajas de madera de distinto tamaño que forramos con el plomo. Y guardamos el cofre dentro de las dos, como una muñeca rusa, utilizando unos guantes aislantes que compramos en una tienda especializada en ropa de trabajo.

En el viaje de vuelta a Madrid no dejamos de especular, bueno, yo no dejé de especular sobre lo que podía significar todo aquello, porque Julia no soltaba prenda. Seguía con su estilo desesperante, me decía a todo que sí, o que tal vez, o puede ser, o ya veremos. Yo apostaba que era un aparato de comunicación que nos permitiría hablar con quien nos hubiera enviado la información para construirlo. Ella me miraba con cara de póquer.

—Puede ser —dijo por enésima vez.

Parecía distraída y molesta, como si mis palabras fueran una mosca pesada que tuviera que apartar de vez en cuando con un manotazo.

Había otra posibilidad que se me había pasado por la cabeza, pero ni siquiera quería verbalizarla de tan absurda que me parecía y que achaqué a mis lecturas friquis. Así que me la guardé para mí porque si no lo decía en voz alta, si no lo pensaba siquiera, quizá dejara de ser una posibilidad real.

—¿Tú qué crees realmente? —pregunté, aburrido de sus evasivas.

—No creo nada hasta que lleguemos a Madrid, estudie todos los datos y analice el contenido de la caja.

En cuanto llegamos, Julia desapareció con la nevera portátil y la caja en su interior. Necesitaba un laboratorio en el que pudiera examinar su contenido con seguridad y, para ello, había vuelto a su departamento del CSIC, donde había trabajado hasta la excedencia que solicitara cinco meses atrás para dedicarse en exclusiva a nuestro proyecto. Seguía teniendo autorización de acceso a las instalaciones y la posibilidad de trabajar sin que la molestaran.

—Los científicos somos un poco paranoicos —me confesó—. No es frecuente que cotilleemos el trabajo de otro, al menos directamente, porque no queremos que nadie se entrometa en el nuestro.

Estaba tan acostumbrado a pasar todo el tiempo con ella que me sentí abandonado, lo que no me gustó nada. ¿Me había vuelto tan dependiente de una mujer a la que conocía desde apenas unos meses atrás? Quizá se debiera a mi frustración sexual, me dije. Suponía que si Julia y yo hubiéramos llegado a algo, nuestra relación sería más reposada. La tensión sexual que existía por mi parte, ya que no por la suya, me hacía querer estar a su lado, escuchar sus locuras, contemplar la curva de su nuca mientras se inclinaba sobre sus papeles. No podía negarlo más. Estaba colado por ella como un imbécil.

Lo cierto es que no tenía tiempo de tontunas amorosas. Debía analizar las últimas pistas que habían aparecido junto a la momia. Se trataba de una plancha de barro de unos treinta centímetros por quince, escrita mientras el barro estaba blando y luego cocida, una especie de tablilla sumeria a la española.

En ella aparecían unas coordenadas, una fecha y una hora. Las coordenadas correspondían a un lugar en medio del campo, cerca de Salamanca. La fecha era el 22 de septiembre, a las 20.02, lo que correspondía exactamente con el equinoccio de otoño de ese año. Quedaba apenas un mes. La tablilla incluía también un dibujo muy preciso de cómo y dónde había que colocar el láser, los espejos, el material óptico y el elemento radiactivo que había dentro del cofre.

Como colofón, al final de la tablilla, en una de las esquinas, junto al dibujo de un ojo, había escrito un nombre: «Juan de Salinas y Montenegro».

Busqué aquel nombre en internet y solo encontré una referencia en un documento que descubrí después de mucho brujulear en páginas de acceso a investigadores. Se trataba de una carta de patente concedida a un tal Juan Salinas para la explotación de una mina en León a principios del siglo XVI.

¿Qué tenían que ver todos estos elementos? Unas lentes especiales e instrumentos ópticos, un láser casero, un oscuro personaje de quinientos años atrás y un elemento radiactivo encontrado en una cueva. Datos todos ellos enviados por alguien desconocido por medio de una comunicación imposible a través de los siglos. Me estaba volviendo loco.

Aunque no lo creas, nunca había sido un hombre de acción. Más bien era del tipo tranquilo y comodón que no quiere problemas. Mi trabajo me había permitido hasta el momento ser inmune a la locura general del tiempo que me había tocado vivir, a las luchas competitivas, a los trepas, a los intereses espurios que contaminaban la investigación académica. Mis libros y yo, ese era el tándem perfecto en el que me había refugiado toda la vida. Me fascinaban el pasado y el futuro. Historia y ciencia ficción, cualquier cosa que me alejara de la realidad cotidiana. Es decir, un personaje pasivo, un *voyeur* de la Historia, de la que ya había ocurrido y de la que podría ocurrir. No estaba preparado para una aventura así. No lo estaba. El entusiasmo de Julia me había arrastrado hasta aquel momento, pero su ausencia me hacía ver las cosas de otra manera, de una manera calmosa y un poco cobarde. Mi manera.

Tres días después, volvió de su retiro científico. Había prescindido de la nevera portátil y de las cajas forradas de plomo y traía el elemento radiactivo dentro de un moderno contenedor metálico, un cilindro no demasiado grande con una tapa giratoria, uno de esos que roban los terroristas en las películas.

—Es una especie de piedra artificial de unos diez centímetros de diámetro —me explicó—. Su composición tiene mucho que ver con los elementos alquímicos que aparecen en el libro, aunque no estoy segura de cómo han sido refinados y amalgamados. He consultado con un químico del CSIC con discreción, como si fuera una especulación teórica, y tampoco me ha sabido explicar el proceso.

Yo le conté a mi vez los datos que aparecían en la tablilla de barro.

—Parece que tenemos todo lo necesario —dijo muy entusiasmada—. Así que manos a la obra.

No las tenía todas conmigo. Confieso que lo de la piedra radiactiva me acojonaba bastante. Había visto muchas imágenes de las consecuencias de la radiactividad en los seres vivos y yo quería seguir siendo un ser vivo por mucho tiempo. Pero sentía mucha curiosidad, casi tanta como Julia. No había pasado cinco meses junto a ella sin que se me hubiera pegado algo de su inconsciencia y su espíritu suicida. Pensaba, para darme ánimos, que era absurdo que alguien se hubiera molestado en montar un embrollo de tal envergadura solo para dejarnos fritos con un arma desconocida.

Los quince días que quedaban hasta la fecha señalada en la tablilla los utilizamos en poner a punto los espejos y las lentes, montándolos y desmontándolos hasta que Julia quedó satisfecha, y a fabricar el láser que especificaban las instrucciones.

Yo no tenía ni idea, pero resultaba que se podía incrementar la energía de un puntero láser hasta convertirlo en un rayo de bastante potencia. Había tutoriales en internet que mostraban cómo fabricar desde la espada láser de Luke Skywalker o una cortadora láser, hasta una especie de arma letal al alcance de cualquier descerebrado.

Las piezas para construirlo se podían encontrar en cualquier tienda. Solo se necesitaba un puntero láser, del que se utilizaba la lente; un diodo extraído de una grabadora de DVD, unas resistencias, un regulador de tensión, un condensador electrolítico y una pila de nueve voltios. Con todo ello se construía un circuito electrónico y, ¡tachán!, un láser operativo y mortífero. No pude dejar de pensar mientras Julia lo montaba que vivíamos en un mundo cada vez más autodestructivo. Y, qué demonios, también en un mundo en el que teníamos acceso, con un clic, a cualquier información, por delirante que esta fuera. Espero que sepas aprovecharlo.

El 21 de septiembre nos pusimos de nuevo en camino, esta vez hacia Salamanca. Alquilamos una furgoneta, en la que cargamos los espejos y las lentes, algo de comida, una tienda de campaña por si no encontrábamos dónde dormir y nuestro poco equipaje. Desconocíamos el tiempo que estaríamos fuera. De haberlo sabido ni siquiera nos habríamos molestado en llenar la mochila.

Tras unas dos horas y media de viaje, el GPS nos condujo por un estrecho camino de asfalto resquebrajado hasta las ruinas de una ermita. La roca de la que emergía la iglesia era un impresionante farallón de unos veinte metros de altura coronado por pinos y matorral en el que debían de anidar varias parejas de buitres por el color blanco de las deposiciones que tachonaban la pared. El ábside, el único elemento que se mantenía en pie por haber sido excavado en la roca, era simple, con elementos de un románico tardío. El resto había desaparecido casi por completo, salvo un altar de piedra, que parecía tallado en el mismo peñasco, y la base de un arco triunfal. La mayor parte del suelo de la ermita se había derrumbado y desde el exterior se podía ver la cripta, a la que era factible acceder por una escalera de peldaños desgastados y rotos. Se intuía también el inicio de un pasadizo que debía de discurrir bajo el farallón, con el techo derrumbado por completo a pocos metros de la entrada. El único elemento exento de la cripta era un sencillo sarcófago sin tapa junto a la escalera.

Cerca de la construcción, se apreciaba el cauce seco de un riachuelo que aún guardaba la humedad suficiente para mantener en pie algunos chopos brillantes y amarillos de otoño.

Estaba atardeciendo, así que decidimos acampar y comenzar la colocación de los espejos al día siguiente. La hora que marcaba la tablilla eran las 20.02, lo que nos daba tiempo suficiente para prepararlo todo. Además, queríamos montar el tinglado lo más cerca posible de la hora marcada para evitar ser descubiertos por cualquiera que pasara por la zona.

No podía dormir. La tienda era pequeña y tenía tan cerca de mí a Julia que notaba su calor y su olor, un aroma a manzana, fresco y seco como ella. La tienda tenía una mosquitera que dejaba pasar algo de luz, la suficiente para intuir el óvalo de su cara, el mechón de pelo caído sobre los ojos, el lento subir y bajar de su pecho. Intenté pensar en lo que nos esperaba ahí fuera, pero sentía una especie de vértigo incontrolable. El corazón me palpitaba a mil por hora y no dejaba de pensar en todo lo malo que podía pasarnos. Así transcurrió mi última noche, temiendo lo peor e imaginando toda clase de escenarios horribles. Nada comparable con lo que realmente pasó, nada tan inconcebible, tan asombroso.

Después del desayuno de donuts y café, comenzamos a montar los espejos según las indicaciones de la tablilla de barro. Nos situamos en el lugar indicado, en la cripta. Los peldaños de la escalera estaban tan desgastados que tuvimos que bajar las lentes y los espejos ayudándonos de una cuerda. Dispusimos los espejos en un círculo de dos metros de diámetro, lo que nos llevó más tiempo del esperado. La irregularidad del terreno, lleno de piedras y algún que otro capitel cubierto de musgo, nos dificultaba la colocación de los trípodes y tuvimos que despejar la zona antes de conseguir situarlos en su lugar.

A mediodía paramos a comer, aunque no nos entraba nada. Apenas mordisqueamos unos sándwiches y bebimos grandes cantidades de Coca-Cola y café con leche. Durante la tarde terminamos de instalar las lentes, que iban situadas entre los huecos que dejaban los espejos. Por último, colocamos el láser sobre un trípode en el centro del círculo, tal y como indicaba la tablilla, enfocado al espejo situado al norte. El cilindro que contenía la piedra, delante de la trayectoria del láser. Lo abriríamos en el último momento.

Después de instalarlo todo según las instrucciones, nos sentamos a esperar. Las pocas horas que quedaban hasta el momento señalado pasaron lentamente. No abrimos la boca. De vez en cuando, nos mirábamos y Julia debía de verme tal cara de susto que intentaba sonreír con una mueca tensa que no me servía de mucho. No quería pensar, sobre todo no quería pensar lo que estaba pensando y me dediqué a tatarear cancioncillas absurdas en la cabeza para evitarlo.

Eran las ocho de la tarde según la hora solar, dos horas menos que la que marcaban nuestros relojes. Era el momento. Julia abrió el cilindro que guardaba la piedra y encendió el láser. Nos colocamos en la posición que mostraba la tablilla, dentro del círculo de espejos. El láser lanzó su rayo contra el espejo frontal y rebotó en uno y otro creando una luz tan potente que tuvimos que taparnos los ojos. Se oyó un zumbido que se hizo cada vez más agudo. Por un instante me sentí algo ridículo. Casi esperaba que de un momento a otro apareciera alguien con un ramo de flores gritando «inocente» y que todo acabara ahí, en una broma monumental en la que habíamos caído como pardillos. No fue así. No fue así en absoluto.

8

El zumbido continuó cada vez más intenso y se levantó un vendaval. Miré hacia los árboles zarandeados por el viento. Las ramas y las hojas se convirtieron en un borrón ambarino y el entorno empezó a fluctuar y a desvanecerse, como si mirara a través del agua o de una lente desenfocada. Sentí una sacudida, como ese salto al vacío que se experimenta a veces en los sueños. Después, ceguera. Y silencio. Todo se quedó blanco y me sentí flotar en una especie de enorme recipiente lleno de leche. No puedo calcular cuánto duró. Era una percepción del tiempo distinta. Parecía que llevaba toda la vida en esa blancura indefinida y, a la vez, sabía que apenas habían pasado unos segundos.

Poco a poco, la blancura fue disolviéndose y volvió la visión borrosa. Entonces sentí de pronto el peso de mi cuerpo y aparecieron las náuseas, unas náuseas como nunca había tenido, como si algo maligno dentro de mí intentara escapar por la boca. Conseguí apoyarme en lo que parecía una pared de piedra y vomité sin control grandes cantidades de café y Coca-Cola. Escuché otras arcadas junto a mí que supuse de Julia, pero era incapaz de atender a otra cosa que no fuera ese alien que tenía en el estómago.

Cuando intenté hablar, resultó que el alien aún no había salido del todo. Fuese lo que fuese que nos había pasado, nos estaba sentando fatal. Con mucho esfuerzo, conseguí preguntar a Julia si seguía viva.

—Casi —contestó con un hilillo de voz.

Cuando la vista se me aclaró, apenas podía distinguir lo que había a mi alrededor. La única luz de la estancia era la que proporcionaba un pequeño agujero a modo de tragaluz que había en el techo. A pesar de la penumbra que nos rodeaba, vi que Julia estaba desnuda. Desnuda del todo. Bajé la mirada y comprobé que yo también lo estaba. Tanto tiempo imaginando su cuerpo y el mío desnudos en un mismo lugar, a la misma hora, y cuando lo conseguía solo podía resollar apoyado en una pared mientras intentaba limpiar el vómito de mi cuerpo.

Julia se acercó a mí y pude entrever en su cara el mismo asombro y espanto que yo debía de reflejar en la mía. Nos pusimos a hablar a un tiempo, tan excitados que no nos entendíamos el uno al otro.

—¿Qué coño ha pasado? —grité.

—¡Estamos desnudos! —dijo.

—¿Qué coño ha pasado?

—Creo que ha funcionado.

—¿Qué ha funcionado?

—La piedra, el portal. Ha funcionado.

—¿Cómo que ha funcionado? ¿Qué quieres decir? ¿Qué tenía que funcionar? ¿Dónde estamos?

Pude distinguir una sala pequeña, de techo bajo y abovedado, con nervaduras que confluían en el centro. Había varios sarcófagos junto a las paredes y una escalera de piedra. Subí por ella a trompicones. La escalera terminaba en una puerta que, por fortuna, no estaba cerrada con llave. Abrí. Era una pequeña iglesia que parecía recién restaurada. Tampoco aquí había demasiada luz, aunque fuera debía de ser de día porque el sol entraba por el pequeño rosetón que había sobre la puerta de entrada, iluminando las paredes cubiertas de frescos. No había bancos ni ninguna otra ornamentación salvo los frescos de las paredes, de vivos colores.

¿Dónde coño estaba? Me preguntaba una y otra vez qué había pasado, aunque una idea, esa sensación que había conseguido encerrar en mi subconsciente durante aquellos meses, comenzaba a levantar la tapa de la caja donde la había encerrado.

—Ha funcionado, Miguel —repitió Julia detrás de mí como si fuera un mantra.

—¡Como vuelvas a decir que ha funcionado voy a salir corriendo!

Se acercó a mí y me agarró por los hombros. Estaba allí, frente a mí, desnuda y temblando de emoción, lo que yo había deseado tanto tiempo. El susto que aún sentía impidió que mi cuerpo reaccionara como lo hubiera hecho en cualquier otro momento y, quién lo hubiera dicho, hice más caso a sus palabras que a su contacto.

—El agujero de gusano, o portal temporal, o como quieras llamarlo. ¿No te das cuenta? Mira a tu alrededor. ¿Qué ves?

El lugar me resultaba conocido, aunque nunca había estado en esa ermita. Abrí la puerta y salí con precaución al exterior. Seguía mareado y el movimiento y la luz del exterior me produjeron una nueva sucesión de arcadas, que conseguí aliviar fuera de la iglesia. Doblado sobre mí mismo, volví a vomitar hasta que, poco a poco, las náuseas se fueron calmando. Julia había salido también detrás de mí y se apoyaba en el muro boqueando como un pez.

—Me siento como si tuviera una resaca tremenda.

Ni la iglesia ni los árboles de alrededor me decían nada. Lo que sí era igual era la enorme pared rocosa contra la que se apoyaba el edificio. Era la misma roca de antes del mareo y la ceguera. La misma en la que estaba excavada la iglesia en ruinas donde habíamos situado los espejos.

—¿Dónde estamos? ¿Y nuestra ropa? ¿Y mi móvil?

—Mejor pregunta cuándo estamos. Y no creo que tu móvil tenga cobertura aquí.

Ay, Dios, que no lo diga, rogué para mí. Por favor, no lo digas. Julia lanzó una especie de grito de guerra y se abrazó a mí riendo sin importarle nuestra falta de ropa. Menudo momento había elegido para mostrarse cariñosa. Por increíble que parezca, la aparté de mí.

—Si no me explicas ahora mismo y con claridad qué ha pasado y dónde estamos, yo sí que me voy a poner a gritar.

Entonces respiró hondo, volvió a agarrarme de los hombros y me clavó esa mirada suya un poco enloquecida y brillante.

—¿Quieres dejar de hacerte el pánfilo? ¿Es que no te das cuenta? Las fórmulas del libro, los espejos y las lentes, la radiación de la piedra, las instrucciones del cofre, todo llevaba a la misma conclusión, pero no podía estar segura hasta que lo probáramos.

Volví a mirar la pared rocosa. Donde antes solo había ruinas, ahora había una ermita románica en perfecto estado.

Mientras yo seguía asimilando lo que acababa de escuchar, Julia entró de nuevo en la iglesia. La oía ir de acá para allá mientras hablaba sola y se reía de vez en cuando de manera espeluznante. Cuando volvió a salir estaba luminosa. Se acercó a mí y volvió a agarrarme por los hombros, quizá porque sabía que lo que iba a decir haría que me cayera redondo al suelo.

—Ha funcionado —dijo por tercera vez—. Escucha. Si no me equivoco, y estoy segura de que no, hemos viajado en el tiempo a través de un agujero de gusano.

—¡¿Estás de coña?! —Y otra vez aparté sus manos con una sacudida.

—Solo era una hipótesis, no estaba segura —siguió como si estuviéramos en una charla de café—. El láser y los espejos han debido de crear una singularidad gravitacional y la radiación de la piedra ha proporcionado la energía para abrir el portal. Lo sabía. Sigo sin entender cómo ha ocurrido, pero aquí estamos, Miguel. Te juro que nunca creí que fuera posible de verdad.

—¿Quieres decir que tú sabías que todo eso nos iba a permitir viajar en el tiempo? —Estaba a punto de ponerme a vociferar—. Y supongo que, por un descuido tonto, se te olvidó comentármelo.

—En ciencia, lo único que vale es la experimentación. La teoría parecía correcta, pero hasta que lo probáramos no podíamos saber si funcionaría.

—Me estás tomando el pelo.

—Estoy segura de que ya lo sospechabas, no te hagas el tonto. ¿Por qué niegas la evidencia?

Julia golpeó el suelo con un pie. Estaba empezando a cabrearse. Me agarró por los hombros y me volvió hacia la iglesia.

—¿No ves la ermita? ¿No ves la roca?

Sabía que estaba diciendo la verdad, lo sabía desde el principio, desde mucho antes de que abriera la boca; no se pasa uno media vida leyendo ciencia ficción para negar que decía la verdad. Pero no estaba preparado para admitirlo. Me sentía como un imbécil. Julia, como siempre, se había lanzado, nos había lanzado al abismo sin preocuparse por las consecuencias.

—Llevamos meses trabajando juntos y todo este tiempo me has engañado. ¿Por qué no me dijiste lo que iba a pasar?

—Porque pensé que intentarías disuadirme.

—¡¿Es que te has vuelto loca?! —Me aparté de ella, no podía ni mirarle a la cara—. ¿O ya lo estabas desde el principio y yo no quería verlo?

—¡No, eres tú el que está loco! —gritó.

Comenzó a ir de un lado a otro, a toquetearse el pelo, a ponérselo detrás de las orejas, a intentar hacerse una coleta, todo ello signo inequívoco de que el cabreo iba en aumento. Ni siquiera la goma que llevaba en el pelo había sobrevivido al viaje, así que se volvió otra vez hacia mí.

—¿Se puede saber qué narices te pasa? Hemos vivido la experiencia más alucinante que pueda vivir nadie. A su lado, las películas y los libros de ciencia ficción que tanto te gustan no son más que chorradas sin sentido. Hemos viajado en el tiempo, ¿te enteras? Hemos viajado en el tiempo, supongo que a la época de la que procede el libro, y tú estás aquí, protestando como un niño mimado al que se llevan de vacaciones sin preguntarle su opinión.

Estaba tan furioso que no podía ni hablar. Julia se quedó frente a mí en jarras, negando con la cabeza como si no pudiera entender mis razones. Después respiró hondo, se acercó a mí con cara de resignación y me agarró de las manos.

—¿No estás contento? Creí que como historiador estarías encantado. Es como entrar en uno de tus libros de Historia.

—¡¿Encantado?! Estoy desnudo en un lugar y en un tiempo desconocidos. Un tiempo, supongo, lleno de enfermedades para las que no estamos inmunizados, lleno de violencia, de hambre, de supersticiones. —Estaba otra vez fuera de mí—. Precisamente por ser historiador entiendo lo que significa estar aquí. No estamos en la recreación de un mercadillo medieval, Julia. Esto es la realidad. ¿Cómo vamos a sobrevivir? ¡Somos carne de hoguera!

La mirada de Julia mostraba asombro y también decepción. Me sentí fatal. Cabreado, pero fatal. Me estaba portando como un cobarde y un acojonado. Aunque yo tenía razón, éramos los conejillos de indias de un experimento que, para nuestra desgracia, había salido bien. Estábamos indefensos, sin recursos, ¡sin ropa!, por el amor de Dios.

No dijo nada más. Me soltó las manos y se puso a andar hacia el arroyo.

—¿Se puede saber a dónde vas? —dije caminando tras ella.

—A beber agua.

La agarré del brazo.

—Ni se te ocurra. —La sujeté—. ¿Todavía no te ha entrado en la cabeza que estamos en un lugar peligroso? El agua puede estar contaminada.

—¿Más que en el siglo XXI?

—De forma distinta. Te recuerdo que, como poco, te puede provocar diarrea y fiebre y hay un montón de enfermedades que ni siquiera conocemos. No podemos beber y comer lo que se nos antoje. Y no podemos ir al médico. Hazme caso, por favor.

—De acuerdo. Tendré cuidado, pero estoy muerta de sed y de hambre.

Se dio media vuelta y se puso a caminar por el sendero que partía de la ermita como si estuviera de excursión por el campo un día cualquiera de verano. Me quedé mirando el hipnótico vaivén de su culo.

—¿Y ahora qué haces?

—Voy a buscar ayuda. Aquí no podemos quedarnos.

Estaba claro que no me iba a dar más tregua. Así que suspiré y me rendí.

—Vuelve aquí, por favor. Tenemos que pensar antes de actuar, aunque eso sea un concepto desconocido para ti.

Por fortuna, no hacía frío. Por los árboles y la temperatura debíamos de estar a finales del verano. Las hojas empezaban a amarillear. El sol estaba en su cenit y no se veía ni una sola nube. Había que dar gracias a los dioses por los pequeños favores. Era un día perfecto para cambiar de siglo en pelotas.

El lugar estaba bastante protegido de las miradas; por un

lado, estaba la gran roca y la ermita y por el otro un bosquecillo de chopos entre los que circulaba un riachuelo.

Lo más extraño era el olor. Y el sonido. Supongo que es algo que nunca se piensa. El olor debe de ser único en cada época y en cada lugar. Hay un sinfín de factores que lo configuran. Fábricas, tráfico, el asfalto, el monóxido de carbono, la vegetación, los animales, los propios seres humanos; en fin, cientos de variables que configuran un entorno determinado. Este no era el nuestro y el olor nos lo confirmaba. Olía a verdor, a pescado, a madera quemada y a estiércol. Y luego estaba el ruido. Se escuchaban muchos pájaros, los gritos de varias aves rapaces que nos sobrevolaron, además del cloc cloc de una pareja de cigüeñas que descubrimos en el tejado de la ermita. Sin embargo, había algo especial. No te das cuenta de que no hay ningún motor encendido en miles de kilómetros a la redonda hasta que escuchas su falta.

Empezaba a experimentar la misma euforia que Julia por lo que había pasado y, mientras intentaba asimilar todo lo que veía, el silencio se rompió. De entre unas matas de jara apareció un cerdo escuchimizado que se acercó a nuestros vómitos y empezó a zampárselos con gruñidos de placer, lo que me produjo nuevas arcadas. Y no estaba solo. Con rapidez se fue acercando toda la piara que hozaba por los alrededores y que se dispuso a participar del banquete. Se iban arremolinando a nuestro alrededor y cuando ya parecía que iban a seguir el festín con nuestras piernas, y Julia intentaba apartarlos a patadas, unos gritos los ahuyentaron.

—Aus, aus —escuché, o algo similar.

Era un hombre pequeño, vestido con unos andrajos inmundos y con la cabeza cubierta con una especie de gorro de piel al que le colgaban dos orejeras como los típicos bolivianos. La cara y las manos parecían pellejos secos de tan curtidas. Abría mucho la boca, no sé si de asombro o porque no podía respirar por la nariz, torcida hacia un lado como si se hubiera roto y soldado al libre albedrío. Le faltaban muchos dientes y los pocos que le quedaban tenían pinta de seguir el mismo camino, por sus caries y su tono general amarronado.

Vi de reojo cómo Julia se separaba de mí y, con buen criterio, se escondía tras unos arbustos.

—¿Vois monios or animas? —farfulló con un garrote en una mano mientras se santiguaba con la otra.

Si tenía alguna duda de nuestro viaje, aquel hombre la disipó en un segundo. Estaba seguro de que nadie en la España del siglo XXI hablaba esa jerga ni tenía unos dientes así.

Me aparté del hombre y de su palo con las manos alzadas en señal de rendición y busqué con la mirada a Julia, que asomaba apenas la nariz tras una jara a la espera de acontecimientos.

—¿Monios or animas? —repitió el hombrecillo, que parecía cada vez más nervioso.

Hablaba muy deprisa y aferraba el garrote haciendo gestos de golpear, sin atreverse a hacerlo. Aunque era incapaz de entender lo que decía, sonaba a castellano, si es que podía llamarse castellano a esos farfulleos ininteligibles. Por el gesto y la entonación deduje que preguntaba qué hacíamos allí, con cara de imbéciles y en pelotas.

—Buen hombre, disculpad nuestra apariencia. Sabed que somos extranjeros venidos de tierras lejanas y que hemos sido atacados por unos bribones que nos dejaron como veis, sin monturas, sin ropas y sin bienes.

Me sentía ridículo hablando como un personaje del *Quijote*, pero no se me ocurría otra forma de hacerme entender. El hombre seguía con la boca abierta y no bajaba el palo, así que insistí de la mejor manera que supe para que reaccionara.

Se echó a reír con la boca bien abierta, lo que enseñaba sus pocos dientes podridos sin pudor. Creí conveniente demostrar a aquel gañán que éramos gente de alcurnia, por lo que pudiera tener eso de ventaja.

—¿Cómo osáis reíros de un gentilhombre y su dama, malandrín?

Empezaba a cogerle gusto a la representación e incluso hice ademán de sacudirle con su propio palo, que le quité en un descuido, a lo que el hombre por fortuna reaccionó como yo esperaba. Dejó de reír, agachó la cabeza y mostró el respeto que creyó que nos merecíamos.

El porquero no dejaba de buscar de reojo a Julia, que seguía escondida: parecía que, por fin, le había entrado un poco de sensatez en la mollera. Yo no paraba de hablar para que el hombre perdiera su miedo. Le devolví el palo y le dije que necesitábamos ropa, que teníamos que llegar a Salamanca a la mayor brevedad posible y que cuánto tardaríamos en hacerlo.

El buen hombre no sabía muy bien cómo explicarse. Hablaba de dos o tres jornadas hasta llegar a la ciudad y supuse que serían andando. Eso confirmaba que estábamos a unos cincuenta kilómetros de Salamanca, por lo menos por la carretera nacional que tardarían en construir aún unos siglos. Teníamos que conseguir alguna ropa para ponernos en marcha, lo que no parecía tan fácil. No me imaginaba a aquel individuo con un fondo de armario que incluyera ropa de hombre y de mujer.

Le pregunté si tendría algo con lo que vestir a la dama. El porquero se rascó la cabeza, sonrió, levantó una mano como pidiéndonos que esperáramos y se encaminó hacia un pinar cercano.

—¿Dónde va? —preguntó Julia ya de pie, desde su escondite.

—Ni idea. Espero que a por algo con lo que taparnos.

—Menos mal que has sabido qué decirle.

—¿Ya no te parezco un niño malcriado?

—Todo lo contrario. Ahora me pareces un adulto muy dispuesto.

—Tenemos mucho de lo que hablar todavía.

—Pues aprovecha. Ese hombre no tardará en volver.

—Mientras le decía que estábamos desnudos y que no nos quedaba nada, me he dado cuenta de que estamos desnudos y no nos queda nada. Es decir, no tenemos la piedra, no tenemos el libro, ni los espejos ni las lentes. No tenemos nada de lo que nos ha ayudado a abrir el dichoso portal. Dime, por favor, que sabes cómo vamos a volver.

—No, no lo sé, pero lo averiguaremos. Ahora tenemos que ir por partes. Primero, conseguir ropa y después ya veremos.

Sacudí la cabeza con resignación. Era como hablar con una piedra cabezota. La capacidad que tenía Julia para desarmar todos mis argumentos era cosa de magia. Y esta vez, como tantas otras, cedí a su lógica demente. Estábamos allí y parecía que allí seguiríamos durante un tiempo. Había que tranquilizarse, reflexionar, aprovechar nuestros conocimientos y sacar el mayor partido de la situación. Ya tendríamos tiempo después de pensar en nuestra vuelta. De momento, había que asegurar la supervivencia en un lugar hostil y desconocido.

—Podría ser peor —dije—. Estamos cerca de Salamanca, que es como decir cerca del centro cultural, científico y social del mundo, si es que estamos entre los siglos XIII y XVII. Combinando nuestros conocimientos, deberíamos poder salir adelante.

—¿Lo ves? Te preocupas por nada.

Preferí no responder a eso.

—¿En qué fecha estaremos?

—Yo voto por el siglo XVI. El libro era de esa época.

—Sí, es lo más probable: siglo XV o XVI. Eso son doscientos años. Me gustaría poder concretar un poco.

—Se lo preguntaremos al porquero cuando vuelva.

—No es tan fácil. No parece que tenga muchas luces, y en general la gente de aquella época, o de esta época, no se rige por un calendario demasiado preciso.

Poco después llegó el hombrecillo. Traía un saco con el que, al parecer, había estado recogiendo piñas. Lo vació y con una navaja cabritera que sacó del zurrón abrió un agujero en la base y dos a los lados. Después me lo dio mientras señalaba a Julia.

El saco le llegaba apenas a las rodillas. En cualquier otra persona hubiera sido un atuendo de patíbulo o de manicomio, pero ella lo llevaba como si fuera su ropa habitual y parecía tan feliz.

—¿Y ahora qué? —preguntó.

—Ahora habrá que llegar a algún sitio civilizado, aunque te recuerdo que yo sigo en bolas.

Me señalé a mí mismo y el hombre volvió a reír. Se quitó una especie de capa y me la dio.

—Neos mío vesto —entendí.

Lo que para aquel hombre era una capa que le llegaba por debajo del culo, para mí era una tela ridícula y apestosa con la que apenas pude taparme las vergüenzas rodeándome con ella la cintura como si fuera una bailarina de ballet. Entonces, el hombre nos hizo señas de que le acompañáramos. Al parecer, su amo vivía no muy lejos de allí y él nos ayudaría, o eso creí entender. Así que nos pusimos en marcha tras el porquero y la piara de cerdos, que nos siguieron como perrillos.

Estábamos tan excitados que no podíamos dejar de hablar, nos quitábamos la palabra uno al otro y el hombre nos miraba como yo miraría a dos extraterrestres a los que hubiera prestado unos vaqueros.

—¿Te das cuenta de lo que significa esto? —dijo Julia—. Hemos convertido en realidad las teorías de Mallet.

—No tengo ni idea de lo que hablas. Lo que yo me pregunto

es si se puede cambiar la Historia. Si, por ejemplo, yo voy y mato a Carlos V. Todo cambiaría. Imagina que los cristianos pierden la batalla de Lepanto contra los turcos. Imagina que Colón no descubre América, imagina que la princesa de Éboli no se queda tuerta...

—Sí, sí, ya. He demostrado que se puede curvar el tejido espaciotemporal por medio de la gravedad utilizando vórtices de luz coherente y...

Caminábamos entre castaños que debían de estar allí desde siempre, unos castaños que recordamos haber visto cuando nos dirigíamos a las ruinas de la iglesia, aunque ahora eran bastante menos impresionantes. Había pequeñas parcelas ya cosechadas de lo que parecían cereales. Y también árboles frutales —manzanos, perales, ciruelos— y huertas con distintas hortalizas, sobre todo me pareció ver acelgas, de aspecto bastante pocho.

—Quizá por eso estamos aquí, para cambiar la Historia... pero ¿cómo? ¿Te das cuenta de la responsabilidad? No sabría por dónde empezar.

—Hay que volver. Tenemos que contar esto. Hay que investigar los vórtices láser envolventes, el cilindro rotatorio de...

—¿Has leído a Asimov? ¿Has oído hablar del Cambio Mínimo Necesario...?

Cuando hablaba Julia, el hombre escuchaba con un respeto reverencial y, cuando lo hacía yo, se reía a mandíbula batiente, lo que no dejaba de asombrarme. No se veía a nadie en el campo, el sol estaba ya declinando y debía de ser tarde para seguir con las labores. Estábamos en un valle. No demasiado lejos, a uno y otro lado del camino, los montes iban adquiriendo el color violeta del crepúsculo. El río que había junto a la ermita seguía su curso a un lado de la calzada.

Después de unos quince minutos andando, mientras especulábamos cada uno por nuestro lado sobre las consecuencias y posibilidades de lo que había pasado, comenzamos a resentirnos y a cojear. El terreno no era demasiado accidentado, pero íbamos descalzos y yo, al menos, era la primera vez en mi vida que caminaba sin calzado, salvo en la playa. Cuando el hombrecillo se dio cuenta de que nos movíamos como pingüinos, nos llevó bajo un árbol y nos hizo señas de que nos sentáramos y le esperáramos. Él volvería muy pronto, presto, nos dijo. Y nos dejó allí, al cuidado de los cerdos.

Mientras esperábamos al porquero, tuvimos tiempo de hacer planes con tranquilidad.

—Hay que contar una historia, nuestra historia. —No iba a desaprovechar la ocasión—. Podríamos ser un matrimonio extranjero de viaje por España. Así justificamos nuestra manera de hablar.

—No.

—No, ¿qué? ¿No quieres ser extranjera?

—No quiero que seamos un matrimonio —dijo mientras se apoyaba contra el tronco del árbol.

—¿Por qué? Sabes que las mujeres solteras no tienen ninguna libertad de movimientos en esta época. Sería mucho mejor para ti.

—Sí, lo sé. No podemos ser un matrimonio. Tendríamos que compartir dormitorio. No es que me importe, pero prefiero tener intimidad.

—¿Dormitorio? Eres muy optimista. Tendremos suerte si compartimos un pajar.

—Antes o después viviremos bajo techo y yo no quiero dormir todos los días contigo. Seremos hermanos.

El alma se me cayó a los pies. Había recorrido centenares de años para seguir en el mismo punto muerto. Menudo viaje iniciático.

—Si es lo que quieres... Te juro que puedo ser mucho más divertido como marido que como hermano.

—No lo dudo, pero prefiero aburrirme contigo de día que aguantarte de noche.

Y no lo decía en broma. Julia nunca decía nada en broma, para mi desgracia.

—Bueno, tú te lo pierdes. Luego no vengas a mí llorando.

—Casi nunca lloro.

Ya que no quería que fuéramos matrimonio, se me ocurrió que podía hacerse pasar por la viuda de un científico al que ella hubiera ayudado en sus investigaciones. Estaban excluidas de las universidades, pero nadie prohibía a una mujer ejercer la ciencia como afición y eso es lo que nos inventaríamos para Julia. Una esposa aficionada a los estudios de su marido.

Otra cosa me rondaba por la cabeza.

—Julia, ¿te das cuenta de una cosa? Hasta ahora no nos habíamos preguntado, o yo al menos no mucho, quién estaba detrás de todo esto. Solo tenemos la referencia de ese Serven Serrietz del que te habló tu padre. Y también el nombre de la tablilla, el tal Juan de Salinas. Puede que sepamos el quién, si es que se trata de él, pero ¿no te preguntas para qué? ¿Cuál es la razón de todo esto? ¿Cómo y, sobre todo, por qué nos ha dado las claves para viajar en el tiempo?

—Sí, claro que me lo he preguntado. Y la verdad, de momento no tengo ni idea de quién ni por qué ha hecho esto. Ya lo descubriremos.

Típica respuesta de Julia.

—Me muero de hambre —añadió con un gemido.

Miré a mi alrededor. Había varios árboles cargados de fruta. Supuse que eso sí podríamos comerlo sin peligro. Al acercarme, comprobé que se trataba de un tipo de pera pequeña y oscura no demasiado apetitosa. Cogí varias, las llevé bajo el árbol y nos pusimos a devorar como náufragos. Estaba seguro de no haber probado algo tan rico y dulce, no sé si por el hambre o porque en nuestro tiempo el sabor de la fruta se perdía entre almacenes y viajes en camión.

Poco después de terminar de comer, mientras nos limpiábamos las manos pringosas del jugo de las peras, escuchamos los cascos de un caballo. Por el camino se acercaba un carro arrastrado por un mulo tan escuálido como los cerdos que seguían hozando por la zona. No parecía ser la mejor época para los animales. Sentado en el suelo del carro, con las piernas colgando, iba el porquero, que frenó junto a nosotros con su gran sonrisa llena de caries. Dijo que su señor nos esperaba y que era él quien le había prestado el carro para acudir en nuestro auxilio, o algo parecido.

Después de un corto trayecto, mucho más cómodo, llegamos a un villorrio de una treintena de casas, o más bien chozas de adobe. El río, que en aquel lugar tenía un color blanquecino, bordeaba la población. Varias mujeres cogían agua en cubos de madera. En el pueblo no había un solo árbol ni se veía ningún bosque por los alrededores, que supuse esquilmados por la necesidad de leña. Nadie se fijó demasiado en nosotros, pues íbamos sentados en la parte trasera, y pudimos ver a la gente que transitaba por la calle.

Lo primero que chocaba era la suciedad general. Yo sabía que la higiene española en el pasado dejaba mucho que desear, pero una cosa era leerlo y otra verlo y, sobre todo, olerlo. Las faldas y las blusas de las mujeres estaban llenas de manchas y los pañuelos con los que se cubrían el pelo, tiesos de mugre. Las caras, churretosas, y las pieles, curtidas por el sol, como la del porquero. Por supuesto, las calles eran de tierra sin ningún viso de acera o similar. No vimos a ningún hombre adulto. Sí ovejas, cabras y cerdos buscándose la vida entre las casas del pueblo y también bastantes niños cubiertos de porquería. Estos estaban en una pequeña plaza, dedicados a un juego que combinaba sin sentido golpes, gritos y carcajadas. Uno, agachado, apoyaba las manos en una pared y los demás le daban patadas en las piernas y le tiraban lo que parecía fruta podrida mientras todos reían a carcajadas, incluida la víctima de los golpes. Julia me agarró de la mano sin decir nada. El olor a establo era allí más acusado. A establo y a urinario. El suelo estaba lleno de bosta de los animales y el río también dejaba escapar un cierto tufo a cloaca.

Me entró un vértigo repentino. Para mí, para nosotros, toda aquella gente, aquellos niños gritones, aquellas mujeres churretosas llevaban siglos muertos. Todo lo que pasara había pasado ya. Todo lo que viéramos, sintiéramos o escucháramos había desaparecido. Era como haber entrado en una película antigua. Sentí la misma sensación de irrealidad. No podía concebir que esas personas eran seres vivos, pensantes, con los que poder hablar y convivir.

Llegamos al centro del pueblo, un poco más limpio, pero poco. Junto a la iglesia, pequeña y románica con algún elemento renacentista, lo que nos daba cierta pista de la época, se levantaba la casa solariega que debía de pertenecer a nuestro salvador. La vivienda era de dos plantas y bastante grande. Tenía muy pocas ventanas y estas eran muy pequeñas, una buena protección contra el frío, que debía de ser extremo en el invierno de aquella latitud. No tenían cristales, aunque suponía que en invierno las cubrirían con pieles o pergamino encerado. Solo un pequeño escudo sobre la puerta y un balcón en el primer piso con barandilla de hierro forjado donde sí había puertas de madera daban cierta sensación de empaque al edificio.

Antes de bajarnos del carro, que se paró frente a la entrada de la casa, se abrió la puerta de madera forrada de clavos de hierro y por ella salió un personaje sorprendente. Era bastante gordo y alto, casi un gigante para la época, y llevaba unas calzas rojas muy cortas, acuchilladas, con jubón y medias amarillos. Completaban el cuadro unos pelos canosos revueltos como si no se hubiera peinado ni lavado en la vida y unos zapatos con unas grandes hebillas doradas. A lo que más se parecía era a un hombre anuncio del pollo Kentucky.

Al acercarse con los brazos abiertos, nos llegó una tufarada a sudor indescriptible, a pesar de que llevábamos todo el camino soportando la del porquero. El olor de este hombre superaba todo lo imaginable. Julia me miró con cara de espanto y los ojos muy abiertos, y yo asentí sabiendo lo que me quería decir. Hubiéramos dado cualquier cosa por tener a mano un frasco de colonia.

Nos dio la bienvenida con grandes aspavientos y un gran vozarrón acorde con su volumen y nos hizo entrar en su casa como si fuéramos enviados del mismísimo Carlos V, o quien fuera que mandara en aquel momento.

—Sed bienvenidos a mi residencia, caballero y gentil dama. Espero que esa fementida canalla no os haya malherido.

9

El claustro está vacío. La tormenta no amaina y las monjas viven aletargadas, envueltas en el frío glacial que no logran mitigar ni braseros ni mantas. Solo la visita a las cuadras ofrece un poco de calor animal a los habitantes del monasterio, tanto que hay peleas por ordeñar las vacas y las cabras, o incluso limpiar las pocilgas, tareas que suelen realizar las criadas y que ahora reclaman las novicias y hasta las monjas más veteranas.

Para ella, por fin, ha llegado el momento. Con las piernas tan débiles como las de un potrillo recién nacido, se dirige al encuentro con la hermana Bárbara.

—Eres fuerte, eres fuerte —murmura mientras camina—. Ella tiene las respuestas. No tengas miedo.

Lleva cuatro días ya dedicada al cuidado de las endemoniadas sin atreverse a dar paso alguno hacia ese encuentro, que, finalmente, ha sido solicitado por la monja.

Cada mañana y cada tarde administra el preparado de mandrágora que reduce a las mujeres a un sopor inquieto, pero silencioso, e interviene a su pesar en la vida cotidiana con su larga sucesión de rezos interminables y despertares inoportunos. Siempre con hambre, con frío y con sueño, siempre esperando encontrarse con la hermana Bárbara, y siempre con el miedo de que esto pase.

A Bárbara no se la suele ver por las dependencias del monasterio; acude a alguno de los rezos de horas, sin participar en las demás actividades de la comunidad. La botica está en los sótanos, alejada del claustro, y la hermana Bárbara permanece en ella la mayor parte del tiempo.

—Tiene dispensa de la reverenda madre —le dice Ana en voz baja —. Siempre está ocupada con sus cosas.

Se cuenta que la hermana Bárbara anda en tratos secretos con la mismísima corte del rey don Felipe el Segundo, muy dado, dicen, a cosas de botica. No entró en el convento siendo una niña, como casi todas ellas, sino como mujer ya avezada en latines. Poco más se sabe, salvo que es la única a la que la reverenda madre parece respetar.

—La hermana Bárbara llegó aquí en la misma época que la madre abadesa. Y se asegura que nunca se han soportado. La reverenda madre se muestra fría con ella, pero no se mete en sus asuntos. Y la hermana Bárbara procura desaparecer siempre que la madre está cerca.

Escucha el ulular de un búho mientras atraviesa el claustro solitario y siente un estremecimiento. El sonido le recuerda las palabras que la hermana Teresa deja caer en su oído cada vez que acude a atenderla y que solo ella escucha. Palabras que la sumen en una inquietud desconocida. Palabras que hablan de deseos extraños, de actos oscuros, lascivos, que ella apenas entiende.

—Él ha venido esta noche —susurra Teresa con voz pastosa—, mi amante, mi macho cabrío...

Procura no escucharla, le dan escalofríos aquellas palabras, aquella risa llena de costras y babas. Las palabras llegan a sus oídos a su pesar y entran en su espíritu emponzoñándolo todo. Siente la ira, y también otras emociones que le son desconocidas, deseos sin satisfacer, anhelos de otros cuerpos, que la monja muda en dolor lúbrico, en deseo atormentado. Las mejillas de Teresa, estropeadas por marcas antiguas, se hunden de consunción y los ojos, que debieron de ser claros y bellos en otro tiempo, la miran abiertos de par en par, sin un parpadeo, y siguen sus movimientos como los de un animal acosado, mientras una sonrisa más atroz que el peor de los espantos deforma aún más su rostro.

—Mi señor me arrastra a su guarida y me arranca la ropa y me llena con su leche agria.

Después, cuando empieza a adormecerse por el efecto del preparado, inicia su letanía sacrílega.

—Señor de la verga endurecida, ven a mí; señor de las manos poderosas, entra en mí; señor de la lengua afilada, hurga en mí...

Sabina teme el momento del día en que ha de entrar en la celda, pero nada puede hacer para evitarlo. Debe cumplir lo que le mandan. Para su desgracia, la razón por la que fue llamada ya no existe y en cualquier momento pueden echarla del monasterio.

Ocurrió la segunda noche de su estancia allí. Estaba soñando con un túnel en el que no encontraba la salida cuando alguien la zarandeó para que despertara. Al abrir los ojos, la priora estaba inclinada a su lado.

—Acompáñame —susurró—. En silencio.

Cogió un manto para guarecerse del frío y se disponía a seguir a la priora cuando esta la detuvo.

—Coge tus pócimas.

La priora la condujo hasta el claustro alto, un lugar del convento que no conocía. Golpeó con suavidad la maciza puerta de madera y entró sin esperar respuesta.

Era una celda mayor de lo normal. En las paredes se podían contemplar varios cuadros de santos y el suelo estaba cubierto con una especie de tapiz que ofrecía un agradable consuelo al frío constante de la piedra. Había varias lamparillas y a su luz vio a la madre abadesa. Estaba en la cama, una cama grande y cubierta de pieles. Tenía los ojos cerrados y una palidez cadavérica. A pesar del frío, estaba empapada en sudor y jadeaba al respirar.

—Madre, he traído a la curandera —dijo la priora.

Los ojos de la abadesa se abrieron. Así, sin la toca y con el pelo corto y rubio, parecía mucho más joven.

—Creo que voy a tener un aborto.

Sabina se acercó a la cama y le tocó la frente. Ardía de fiebre. Antes de que retirara la mano, la monja le agarró la muñeca con una fuerza inesperada.

—Nadie debe saber esto. Júralo.

—Lo juro, reverenda madre.

—Si hubiera sabido que eras tan joven, nunca te hubiera traído aquí —dijo jadeante mientras ella comprobaba su estado—. Me hablaron de una curandera sabia y apareces tú.

Así que era eso. Para eso la había mandado a buscar. Esa mujer todopoderosa no había tenido más remedio que ponerse en sus manos, a pesar de lo poco que mostraba confiar en sus habilidades.

Expulsó el feto casi al amanecer. Era un niño, apenas del tamaño de una mano. El sangrado era lo más peligroso, aunque la monja era fuerte y Sabina consiguió controlar la hemorragia con una infusión de ciprés y una cataplasma de ortiga.

Entre la madre priora y ella cambiaron la saya y el colchón empapado en sangre. La abadesa descansaba. Seguía muy pálida, pero ya no tenía fiebre.

—Lo siento —le dijo Sabina cuando se disponía a irse.

—No lo sientas. El Señor ha hecho el trabajo para el que te hice venir. Y recuerda tu juramento. Si alguien sabe lo que ha pasado aquí esta noche irás de cabeza al infierno.

Así que, desde entonces, sigue con su labor lo mejor posible, a pesar de lo que le desagrada acercarse a la hermana Teresa. Para ello, intenta recordar la cancioncilla que le cantaba su madre de pequeña: «Yo iba con mi madre a las rosas coger, y hallé mis amores dentro del vergel», canturrea para sí mientras cierra el entendimiento a las palabras turbias de Teresa. Esta, cuando tiene algo de lucidez, se une a ella durante unos instantes en los que los ojos se encuentran y Sabina cree ver algo de la mujer que antes estuvo allí. «Dentro del vergel moriré, dentro del rosal muerta seré...».

—Mi señora doña Teresa —dice entonces mientras le limpia la saliva de la boca—, dejad aspavientos y frescuras. Si la Santa Madre Iglesia escucha vuestros decires, no quedará de vos ni el hollejo.

Procura no estar nunca sola, ella, que nunca tuvo miedo al aislamiento del bosque. Ahora, mientras baja las escaleras que le llevan a la botica, piensa que los peligros de aquí son más tenues, más emponzoñados. No le molesta el trato de las monjas, que, salvo Ana, parecen ignorarla. Pero hay otras muchas maldades e incertidumbres: Teresa, los trucos del demonio, el secreto de la madre abadesa, la hermana Bárbara y su misterio, ella misma y sus visiones, que no dejan de atormentarla durante la noche. Porque es en la noche, en el silencio cargado de avisos de la noche, cuando las imágenes vuelven a poblar su cabeza. Son sensaciones tan nítidas que llega a confundirlas con la realidad, como aquella primera vez en el monasterio, cuando sintió los pasos y el dolor y la ira junto a su cama. Ahora casi no es capaz de distinguir si la hermana Bárbara está de verdad junto a ella o es el espíritu de Bárbara que se crea en su cabeza. La noche es un pozo lleno de locuras, las suyas propias y las de Teresa, que parecen también recrudecerse con la oscuridad y el silencio.

Nada más entrar siente la calidez de la estancia, calentada por el fuego que arde con vigor en una gran chimenea de piedra. Allí bulle un caldero que deja escapar un sutil aroma a flores. La hermana Bárbara parece contenta de recibirla en sus dominios y le hace sentarse en un escabel junto al fuego. Sabina acerca las manos con agradecimiento a la fuente de calor. Es la primera vez en días que siente el cuerpo reconfortado, lo que le reanima también el espíritu demasiado inquieto. Bárbara se ha sentado frente a ella y la mira con una sonrisa que Sabina no sabe cómo interpretar. El hábito muestra varias manchas de origen incierto, no lleva puesta la toca y tiene el pelo muy oscuro, recogido en un moño del que escapan varios mechones de pelo. Su aspecto es bastante desaliñado incluso para ella, poco dada a pensar en apariencias. Es un desaliño reconfortante, como si la monja le mostrara su yo más cercano, más personal.

—¿Por qué no atendéis vos a las hermanas? —suelta de repente.

Es algo que se ha preguntado desde el primer día. Y también es una manera de romper el silencio.

—No quiero participar en esa intriga de despropósitos —refunfuña la hermana Bárbara mientras se baja las mangas del hábito—. Yo sé muy bien lo que le pasa a Teresa y a sus imitadoras. No diré nada. Cuando llegue la Inquisición y comience con sus interrogatorios, podré decir que no he participado en este maldito teatro. Quizá tú ya te habrás ido por entonces, y te aconsejo que lo hagas, pero yo seguiré aquí y cuanto menos tenga que ver con todo eso, mejor.

No puede apartar la vista de la cara de la monja. Le parece un milagro estar hablando con ella, como un sortilegio nigromante, tan extraño como escuchar hablar a un animal del bosque o a las piedras de la hoguera.

—No te he traído para parlotear sobre Teresa y sus desvaríos —sigue Bárbara, ajena a su inquietud—. Quiero que me des la receta de la pócima que hace dormir a las hermanas.

—Os la daría de buen gusto si la conociera —dice Sabina, e intenta parecer sincera—. La fórmula era de mi maestra. Yo solo la aprovecho.

—Sandeces —interrumpe la hermana con un resoplido con el que parece burlarse de sus excusas—. Sé bien qué contiene ese brebaje, aunque me hiciera la tonta delante de la madre abadesa. Solo quiero saber cómo maceras la mandrágora para conseguir esa mixtura tan concentrada. Te prometo que nunca revelaré tu secreto. Me interesa tan poco como a ti que se descubra. Ya te he dicho que pretendo mantenerme alejada de la Inquisición. Lo que me digas quedará entre nosotras. Solo quiero aprender.

En los estantes de madera se alinean vasijas, retortas y unos recipientes que Sabina nunca ha visto; son de una especie de vidrio azulado, tan transparente como el aire, que deja ver con nitidez el contenido.

—Cristal. *Cristallo* veneciano —dice la hermana Bárbara—. Es muy fácil de romper, pero tiene la ventaja de que puedes identificar los preparados con la vista en lugar del olfato y no se contamina con lo que guarda en su interior. Si me das la receta de la maceración de la mandrágora te regalaré uno.

—Es como un trozo de mar —dice sin darse cuenta.

—¿Conoces el mar?

—Sí... no.

Bárbara la mira sonriendo.

—Bien, tú sabrás. ¿me dirás la fórmula?

Sabina duda, pero ¿a quién quiere engañar? Está entregada a la mirada de Bárbara. Si le pidiera la campana de la iglesia, buscaría una escalera bien alta para subir hasta ella.

—Recojo la raíz de mandrágora después de la lluvia, así está más esponjosa y se sacan mejor los jugos. La corto en trozos muy pequeños y la dejo en vino de luna a luna. Después la machaco y la ciño entre dos piedras para no perder nada del jugo. El líquido se pone al fuego hasta que se queda en la mitad y se echan las flores de beleño. Con estas, vuelve a reposar otra luna más y después se cuela todo.

Está tan poco acostumbrada a hablar tan seguido que la lengua se le traba en alguna frase.

—Debe de ser el beleño lo que le añade las propiedades soporíferas. Eres muy buena. Voy a anotarlo todo para añadirlo a mi libro de recetas.

Fascinada, mira cómo la monja se levanta con agilidad y se acerca a los estantes. Bárbara abre un pequeño frasco que deja escapar un olor acre, coge una varita de avellano, añade un poco de vino y comienza a remover el contenido del frasco.

—¿Qué es eso? —pregunta ella.

—La fabrico yo misma con una antigua fórmula.

Bárbara sonríe, como si hubiera hecho una broma. Sabina la mira sin entender y permanece en silencio.

—Es tinta —explica Bárbara—. Sirve para escribir. Está hecha con un cuarto de onza de vitriolo, media de goma arábiga y una de agallas de roble. Se agregan ocho onzas de vino, se deja macerar tres días agitando a menudo y se cuela. Añado más vino cuando voy a escribir para aclarar la mezcla y hacer más sencilla la escritura.

Ella no sabe a qué atender: a la propia hermana Bárbara, a la explicación sobre esa sorprendente mixtura o a un libro que ha atraído su atención. Está sobre un atril en la mesa donde la monja sigue con sus componendas y tiene bellas imágenes de plantas. A su alrededor, hay varios papeles y pergaminos emborronados con anotaciones. Es una habitación grande, sucia y revuelta, y para Sabina es como el cofre de un tesoro que acabara de descubrir.

—Llevo tiempo escribiendo un tratado donde recopilo las recetas que he aprendido a lo largo de los años.

—¿Sabéis escribir? —pregunta con respeto reverencial—. Ni siquiera el mosén de la aldea sabe más que los latines de la misa.

—Qué afortunada eres —dice Bárbara.

—¿Afortunada yo?

Recuerda las miradas aviesas, la soledad, la desconfianza. ¿Afortunada?

—Tienes tantas cosas que aprender. Vivimos nuevos tiempos donde la luz se está abriendo paso entre las tinieblas. Tú podrás ser testigo de todo ello si mantienes los ojos bien abiertos y la boca bien cerrada. Son tiempos de cambio, tiempos admirables, y también peligrosos.

A Sabina le parece haber vuelto a su cabaña, a las noches junto a la lumbre, y a las palabras de Madre Lusina sobre los peligros del mundo. La monja es también una mujer sabia y a su lado se siente alejada del ambiente sombrío del convento. Quizá en este lugar, con esta mujer, todo sea distinto.

—Yo no espero ver esos cambios —dice la boticaria como para sí misma—, así que dejaré por escrito todo lo que sé. Esta será mi contribución al conocimiento.

Conocimiento. La palabra le hace cosquillas en la lengua y en el espíritu mientras mira aquellas figuras dibujadas con todo detalle. Con las manos a la espalda, para evitar tocarlo, se acerca a contemplar las imágenes.

—¡Estas las conozco! —grita con sorpresa al reconocer en los dibujos algunas de las plantas que lleva años utilizando para sus remedios.

—Pues claro, mujer —dice la boticaria mientras sigue removiendo la tinta con la varita de avellano—. Eso es el gran *Catalogus plantarum*, de Conrad Gessner; pocos tienen la suerte de poseer una copia. Es uno de los tesoros del convento.

La monja se acerca a una estantería y saca un libro que pone sobre el mostrador.

—Mira —dice con entusiasmo—, y este es el *Pedacio Dioscorides Anazarbeo*, habla de los venenos mortíferos y está ilustrado con figuras de plantas exquisitas y raras. Es de Andrés Laguna, un médico y botánico de Segovia. Ahora enseña en la Universidad de Bolonia y tuvo la amabilidad de enviar su libro al convento en cuanto fue impreso.

Sabina cierra un momento los ojos y se apoya en una de las mesas para recuperar el resuello.

—¿Te encuentras mal, hija?

—¡Me da vueltas la cabeza, hermana! La tinta, los libros, este convento, vos misma...

—¿Yo? —Ríe Bárbara— Muy aislada has debido de vivir.

—No conocí otra cosa hasta ahora, pero me da en la nariz que el mundo ha de ser más largo y difícil que mi bosque. Quizá no debí salir de él.

—Jamás te arrepientas de conocer cosas nuevas, y te lo digo yo, que he tenido que pagar un precio muy alto por ello.

Una sombra parece cubrir el rostro de la hermana Bárbara. Su mirada se pierde, como si contemplara un lugar muy lejano. Sabina la mira embobada.

—Hablemos de otros asuntos. —Bárbara suspira y se vuelve hacia ella—. Aún no sé por qué estás aquí. ¿Te mandó recado la madre abadesa?

—Ha sido todo un error. —Recuerda el juramento y, muy a su pesar, decide no contar nada—. La reverenda envió a buscar a Madre Lusina, mi maestra, mas ella murió el pasado invierno. Yo ocupé su lugar y tomé su nombre. Barrunto que está arrepentida de haberme traído hasta aquí, pero de momento le sirvo para calmar a las hermanas.

—Debió de llevarse un buen chasco cuando apareciste. —Bárbara ríe con ganas—. No hay nada que le fastidie más que los planes no salgan según sus disposiciones.

—¿Vos sabéis por qué mandó a buscarme?

—Imagino que será algo de enjundia y te debe de considerar demasiado inexperta para ello. ¿Cuántos años tienes?

—Unos dieciséis o diecisiete.

—Es cierto que eres muy joven para saber tanto de plantas.

—Tuve una maestra muy sabia.

—¿Era tu madre esa Madre Lusina de la que hablas?

Niega con la cabeza. Sus ojos se llenan de lágrimas y una gran angustia le turba el ánimo. No sabe muy bien qué le pasa. Quizá nunca tuvo tiempo de llorar a su maestra como era debido. Ahora se siente más sola, más huérfana y más frágil de lo que nunca se ha sentido. La capa de dureza con la que se ha ido envolviendo a lo largo de los años parece resquebrajarse junto a aquella mujer. Bárbara le toma una mano entre las suyas y la angustia se disuelve como los carámbanos de hielo bajo el sol de la primavera.

—¿Cuál es tu historia, hija mía? Imagino que no demasiado apacible.

Ya ha anochecido cuando Sabina termina de contarle a la hermana boticaria los hechos que han dispuesto su vida hasta entonces. Intenta hablar con finura, como lo hacía su maestra, como lo hace Bárbara y las monjas del convento.

Le habla de su madre y de su muerte hace tantos años, de la repudia de su padre, esos «demonia» que salían de su boca al menor contratiempo y que la acompañan desde que tiene recuerdos, de Madre Lusina y el alivio que supuso su vida con ella. Le habla incluso de sus visiones proféticas, de la fama que eso le reportó entre los habitantes de su aldea, del miedo y los insultos. Lo único que ha callado es lo que más deseos tiene de contar: la visión de Bárbara y de sí misma y la angustia que eso le produce, pero el recelo le hace callar.

No han acudido a los rezos. Están sentadas junto al fuego mientras beben una tisana muy caliente de melisa y flor de saúco.

—Haces bien en ocultar tus habilidades —habla por fin la hermana boticaria—. La aparición de Lucifer en el convento ha encrespado los ánimos. El arzobispo llegará de un momento a otro con un dominico que intentará exorcizar al demonio que ha poseído a las hermanas, así que cuanto antes te alejes de aquí, mejor será para tu salud.

—¿No creéis que yo esté endemoniada?

Bárbara resopla, como burlándose de sus palabras

—Bobadas —dice—. Todavía no he visto ningún endemoniado que lo esté realmente y te aseguro que tú no eres la excepción. Naciste con un don especial, igual que naciste con esos ojos tan únicos y tan bellos. En todo caso, es el Señor quien te ha hecho especial, no el diablo. Lo demás son estupideces de ignorantes. Estoy tan cansada de la ignorancia.

Ella ya no la escucha. La hermana Bárbara le ha dicho que tiene unos ojos bellos. No ha dicho, como la madre abadesa, que eran demasiado llamativos, ni la ha tildado de demonia, como su padre, no: ha dicho unos ojos bellos. Es la primera vez en su vida que alguien, aparte de su madre, le hace un cumplido, que alguien alaba alguna parte de su persona.

—La estupidez no atiende a razones, así que procura ocultar a todos el asunto de tus visiones —sigue la hermana Bárbara, sin darse cuenta de su turbación—. Y te aconsejo que no te fíes de nadie.

—¿Ni de vos?

—Yo también tengo mucho que ocultar —responde la monja. Y, por primera vez, muestra un rostro grave y una mirada oscura.

10

Hice gala de todos mis conocimientos y conseguí que aquel tipo tan estrafalario me entendiera, a la vez que mostraba unos modales cortesanos que le encantaron. Su ropa nos confirmaba que estábamos en el siglo XV o a principios del XVI, aunque era difícil saberlo con exactitud. No recordaba con tanta precisión la moda de la época.

El hombre se llamaba don Baldomero de León, caballero de la Orden de Calatrava, y comprendí que era un hidalgo con muchas ínfulas y pocos posibles, por el aspecto raído de su ropa y de los pocos muebles que ocupaban la sala de recibo.

Su esposa nos esperaba allí. Era todo lo contrario a don Baldomero. Bajita y delgada, de ojos azules y pelo rubio y sucio recogido en un moño cubierto con una especie de toca. Tendría unos treinta y tantos años y mucho brío. Sus sayas parecían limpias, pero olía a una mezcla de suciedad y perfume dulzón que era casi tan ofensiva como la pestilencia del marido.

—El Señor os ha conducido hasta nosotros, mi señora. —Alzaba mucho la voz y las manos al cielo en una plegaria excesiva, como si quisiera compensar su escaso tamaño—. Debéis de estar desfallecida y aterrorizada. Yo me ocuparé de vos.

Tomó a Julia del brazo y se la llevó hacia el interior de la casa con extrema cortesía mientras iba murmurando «pobre criatura», «qué prueba más espantosa», «se os ve aterida y famélica» y cosas por el estilo. No tenía ni idea de por qué nos trataban con tanta deferencia, pero mejor eso que quedarnos al raso.

La sala donde estábamos era de una sobriedad rayana en el minimalismo. Apenas dos butacas de madera con el asiento de cuero junto a una chimenea en la que, a pesar del clima benigno, se quemaban varios troncos, un bargueño que había vivido mejores tiempos y un baúl enorme sin ninguna floritura sobre el que se amontonaban algunos pergaminos enrollados, dos lámparas de aceites pringosas y varios elementos que supuse arreos de caballería. Las paredes estaban vacías de cuadros o tapices, salvo una especie de palmatorias cubiertas de churretes de cera de mil velas.

Don Baldomero me ofreció una copa de vino ácido que bebí con auténtico deleite y me condujo hacia sus aposentos sin parar de hablar sobre lo encantado que estaba de nuestra llegada y de lo afortunados que éramos por haber sido atacados en aquel momento.

—Habéis tenido buena estrella, mi señor. Ya deberíamos haber partido hacia Salamanca, mas una indisposición de mi esposa nos ha retenido en la villa.

Llegamos a lo que supuse su dormitorio. Estaba amueblado únicamente con una cama con dosel rodeado de cortinas que parecían rebozadas en polvo, un baúl y un gran brasero de hierro en el centro de la habitación. El suelo, de baldosas rojas y desiguales, como el de toda la casa, estaba frío, lo que aliviaba la irritación de mis pies descalzos. Entró un criado con una jofaina con agua, en la que me lavé como pude la mugre de la vomitona y del camino. Hubiera dado cualquier cosa por que la palangana tuviera el tamaño de una bañera y meterme dentro. Me temía que lo de los baños iba a ser uno de los muchos placeres de la vida que echaría de menos.

Don Baldomero abrió el baúl y me entregó un montón de prendas que no sabía muy bien cómo ponerme. Unas calzas negras, afortunadamente no tan cortas ni tan estrambóticas como las que él llevaba, una camisa más o menos blanca, y un jubón también negro que olía a demonios y que me estaba enorme. Lo que más me costó ponerme, por la falta de costumbre, fueron las medias, de un color indefinido entre el marrón y el gris, pero al final conseguí que todo quedara más o menos en su sitio. Los zapatos o escarpines, o como se llamarán, eran incomodísimos y me estaban un poco grandes, aunque me alegré de tener por fin los pies protegidos.

Al parecer, iban a emprender viaje en pocos días con sus cinco hijos y nos ofreció que los acompañáramos. Después dijo algo que me dejó sin palabras.

—¿Qué os llevaba a Salamanca, señor? Supongo que los esponsales.

Dije que sí sin pensar. Los esponsales de los que hablaba debían de ser tan importantes que no parecía necesario nombrar a los contrayentes.

—¿Acudiréis vos a la ceremonia?

El hombre se echó a reír, lo que produjo un movimiento bamboleante de tu enorme tripa.

—Mi buen don Miguel, soy hidalgo, pero no de cuna tan alta como para acompañar a nuestro amado señor al altar. Me conformaré con disfrutar de las celebraciones que tendremos en la ciudad.

«Amado señor», había dicho. Si estaba en lo cierto sobre la época en la que nos encontrábamos, creí tener una idea de quién podía ser tal señor. Me arriesgué.

—¿Se encuentra ya el príncipe en Salamanca?

—Se comenta que ha acudido a la Extremadura en busca de su prometida doña Mariana. Los jóvenes no saben de paciencias.

Había acertado. Don Baldomero hablaba de la primera boda de Felipe II o, mejor dicho, de quien con el tiempo sería Felipe II. Entonces ya sabía la fecha en la que estábamos: 1543. Felipe se había casado cuatro veces y la primera boda había tenido lugar en Salamanca cuando él apenas contaba dieciséis años. Creía recordar que los esponsales de Felipe y Mariana de Portugal se habían celebrado a finales de año, y nosotros debíamos de estar en septiembre u octubre. No podíamos haber llegado en mejor momento.

Cada vez me sentía menos acobardado y más curioso. El temor estaba dando paso a la maravilla que significaba ser testigo de la Historia. Como bien había dicho Julia, para un historiador era la culminación del deseo más descabellado.

Volvimos a la sala y estaba a punto de beberme otra copa de vino que me había servido nuestro anfitrión cuando apareció una Julia sonriente seguida por la esposa de don Baldomero.

Parecía que había nacido para vestir esa ropa. Aunque la tela se veía sencilla, el color marrón de la falda y el corpiño y el blanco de la camisa hacía resplandecer su piel pálida. El corpiño le realzaba el pecho y la cintura estrecha de la falda, las caderas. Llevaba el pelo recogido en un moño en la nuca. Las faldas le quedaban un poco cortas, pero en conjunto no podía estar más guapa. Por su gesto, comprendí que se aguantaba la risa al verme con mi nuevo atuendo.

—Pareces don Quijote —susurró—. La mujer quería ponerme una especie de cartón aplastándome el pecho y me negué. He conseguido decirle que en mi país no se usa. He hecho como que no la entendía bien, lo que es bastante cierto.

Nos invitaron a acompañarlos a la mesa, por fin. Después de todo el día sin comer ni beber, salvo las pocas peras del camino, estábamos desfallecidos. Por no hablar de la gran vomitona. En la sala, que debía de servir para todo, dos criados pusieron la mesa.

Es decir, colocaron dos caballetes y encima un tablón de madera y lo cubrieron con un mantel blanco muy tieso lleno de manchas mal lavadas. A mí me sentaron en la cabecera, con Julia a mi izquierda y el señor de la casa a mi derecha y, a su lado, tres chicos de entre unos ocho y doce años. Junto a Julia, la señora y al lado de esta, una niña de unos diez u once. Ninguno de los niños habló, solo nos miraban de reojo. No debía de estar bien visto que los niños hablaran delante de los mayores. Todos nos sentamos en el mismo lado de la mesa, como si fuéramos un tribunal. Nos pusieron un plato a cada uno con una navaja, todo tapado con una servilleta, y trajeron varias bandejas con lo que parecían fiambres y fruta, además de una gran hogaza de pan.

—He de excusarme por la frugalidad de los manjares. No he tenido tiempo de ordenar un festín a la altura de vuestras mercedes —dijo la mujer de don Baldomero, que atendía al nombre de doña Casilda.

Después del lavatorio de manos, el señor de la casa se lanzó a una larga retahíla de rezos, a la que contestamos todos con una oración, en nuestro caso un murmullo sin sentido, y un amén final.

Los fiambres tenían un sabor a sebo bastante fuerte y me supieron a gloria. Se sirvió el mismo vino agrio que ya había probado, que bebí como si fuera el mejor rioja. Por la rapidez con que Julia vació su vaso, supuse que lo apreciaba tanto como yo. Las manzanas y las peras estaban de muerte. Muy dulces y muy maduras. El pan, sin embargo, era incomible. Duro como una piedra, tanto que tuvimos que mojarlo en el vino, como vimos hacer a nuestros anfitriones.

Dejamos hablar a don Baldomero. Yo entendía bastante bien lo que decía; al fin y al cabo, llevaba años leyendo textos de la época, aunque de lo escrito a lo hablado había bastante diferencia. A Julia, en cambio, parecía que le costaba mucho seguir la conversación. No dejaba de fruncir el ceño mirando a unos y a otros y, de vez en cuando, me daba pataditas bajo la mesa para hacerme partícipe de su desconcierto. Les dije que mi hermana sabía poco castellano, lo que le dio bastante tranquilidad para ir acostumbrándose a lo que nos rodeaba. Los miraba con sus ojos enormes y parecía que quería absorberlo todo como un cachorro recién nacido.

No quise decir que éramos flamencos, lo que había sido mi primera idea. Después de saber de la boda del príncipe, temía que nos encontráramos con muchos viajeros de Flandes en Salamanca. Sería mejor decir que veníamos de cualquier otro país más alejado del Imperio español. Decidí que fuera Suecia, de cuya historia sabía algo por un trabajo del doctorado sobre la instauración del protestantismo.

—Mi buen don Miguel, ahora que parecéis algo repuestos, quisiera conocer los pormenores de vuestro infortunio.

Al parecer, llevaban una vida muy apartada y éramos los primeros extranjeros que conocían.

—Siempre estamos ansiosos por escuchar historias de los juglares que pasan por la villa —dijo don Baldomero—. No somos gente viajera, mas nos placen sobremanera las crónicas de viajes. ¿Seréis tan magnánimo de hablarnos de vuestras andanzas?

Era un pago inevitable para agradecer sus atenciones, así que me dispuse a contar una historia que fuera medianamente verosímil, aunque teniendo en cuenta el poco mundo de nuestros anfitriones, no creía que tuviera demasiados problemas para que me creyeran.

—Pues bien, mis señores, sabed que somos suecos católicos huyendo de la reforma protestante del rey Gustavo Vasa.

—¡Válgame Dios! —exclamó doña Casilda mientras se santiguaba con grandes aspavientos—. ¿Hasta esos lugares remotos ha llegado el demonio de la Reforma? ¿Y decís que vuestro rey ha consentido en abrazar la herejía? ¿Dónde se ha visto tamaño dislate?

—Bien decís, señora, es un dislate que los verdaderos cristianos hayan de huir de su propia tierra. Pero, gracias a ello, hemos cumplido un sueño que ha mucho acariciábamos. Conocer el reino de España y a sus gentes. Nosotros los hiperbóreos seguimos siendo unos bárbaros ajenos a la eclosión cultural de nuestros tiempos. Tiempos de cambios, tiempos de...

Julia volvió a darme un pellizco bajo la mesa, esta vez supuse que para que me callara. Me estaba entusiasmando demasiado con la perorata y a punto estuve de ponerme en pie con una mano sobre el pecho y otra en alto mientras cantaba las alabanzas del siglo.

—Después del cambio religioso de nuestro país —seguí mientras bajaba el tono— y de la muerte de mi cuñado, decidimos instalarnos en Salamanca. Mi hermana Julia es viuda de un famoso científico de nuestro país.

—Olof Rudbeck —dijo Julia de repente—, médico, astrónomo y botánico.

Me la quedé mirando sin saber qué decir. Ella me sonrió con su mejor cara de no haber roto un plato.

—Sí, mi cuñado Olof, un gran hombre —seguí yo como pude.

Nuestros anfitriones nos miraban con ojos de asombro y de profundo respeto. Hasta los niños se habían quedado con la boca abierta mientras yo contaba mi historia.

—En cuanto a mí, señores, habéis de saber que soy humanista, discípulo en mi juventud del gran filósofo Erasmus Roterodamus, fallecido por desgracia hace unos años.

Los «oh» y los «ah» se sucedían entre los esposos, aunque estaba seguro de que nunca habían oído hablar de Erasmo. Yo estaba lanzado.

—También he sido soldado. Luché por mi país y no recibí más que desdicha y destierro. No quiero hablar más de Suecia, no volveré a hablar en sueco, ni siquiera pensaré en sueco. Desde ahora, proclamo mi adhesión a su católica majestad, el emperador Carlos, que Dios guarde muchos años.

Todos se santiguaron como si hubiera nombrado al mismísimo Jesucristo. Nosotros, por supuesto, hicimos lo mismo.

—Y ahora, mi señor, si tenéis a bien, relatadnos el incidente que os ha conducido hasta nuestra humilde residencia.

—Habíamos parado a descansar del calor del camino junto a la ermita —dije después de pensar unos instantes—. Nos sentamos a la sombra de un árbol y, al punto, fuimos rodeados por un gran número de bandidos armados con palos y navajas. No tuve tiempo de reaccionar. Me había deshecho de mi espada y me encontraba indefenso. Los dos criados que nos acompañaban resultaron cómplices de los ladrones. Nos obligaron a desnudarnos y nos robaron todas nuestras pertenencias, dejándonos como nos encontró vuestro porquero.

—Lo que me asombra sobremanera es que no hayáis resultado golpeados o incluso muertos. Y que vuestra señora hermana —aquí se inclinó hacia Julia con respeto—no sufriera abusos de esos malandrines sin escrúpulos.

—Eso es, señor, lo más sorprendente —seguí y miré a Julia, que no perdía ripio de mi discurso y asentía en silencio, tan interesada, al parecer, como nuestros anfitriones—. Cuando los bandidos se prestaban a atacarnos, se escuchó un estruendo, como un gran trueno, a pesar de no haber una sola nube en el cielo. Los bandidos se asustaron y, como ya habían conseguido todo lo deseado, salieron a escape dejándonos inermes, pero ilesos.

—Ay, mi señor —se volvió a santiguar doña Casilda—, a buen seguro que habéis tenido la gracia de ser salvados por intervención directa de la Virgen de la Vega, nuestra patrona. Ella, bendita sea, os guio hasta su ermita.

Después de cenar, y del enorme esfuerzo que me supuso responder a todo aquel interrogatorio, caí rendido en un duro camastro que imaginé relleno de paja. Me dio igual. Hubiera dormido en la pocilga abrazado a los cerdos de don Baldomero. No habíamos tenido mala suerte en nuestro primer día en el viejo mundo. Desconocía lo que nos esperaba, pero los primeros miedos se iban acallando y comenzaba a comprender de verdad lo que nos había pasado, el prodigio que significaba encontrarme en aquel dormitorio, en aquel pueblo y en aquel siglo.

A pesar del agotamiento, era incapaz de dormir. Las imágenes de todo lo que había pasado no dejaban de darme vueltas en la cabeza. Hacía apenas veinticuatro horas, o casi quinientos años, según se mirase, estaba consultando en el GPS de mi coche híbrido las coordenadas que aparecían en la tablilla de barro y en aquel momento me removía en un jergón de paja lleno, seguro, de pulgas, sin tener ni idea de qué hacer en este mundo de reglas desconocidas.

Me disponía a repasar sistemáticamente mis conocimientos de la época para no sentirme tan perdido cuando escuché unos golpes discretos en la puerta. Antes de tener tiempo de responder, la puerta se abrió y entró Julia vestida con un camisón de tela tiesa que le llegaba hasta los tobillos.

—No puedo dormir —dijo, y se sentó de golpe a los pies de la cama.

—Yo tampoco. Estaba pensando en lo que podemos hacer para...

—No quiero hablar de eso ahora. Mi cama tiene pulgas y está dura como una piedra. Y he bebido mucho vino. Tenía el estómago vacío y ese vino parecía aguardiente.

—¿Ya has superado la aversión a compartir dormitorio?

—No es aversión, es sentido práctico.

—Entonces ¿qué quieres?

—¿Puedo acostarme contigo?

Tragué saliva.

—Claro —dije.

Solo eso. Si decía algo más no respondía de mis palabras.

Se levantó y se metió bajo las sábanas, a mi lado. Yo me quedé inmóvil, sin atreverme a hacer ningún gesto que ella pudiera malinterpretar. Sin embargo, Julia era Julia y siempre hacía lo más inesperado. En aquel momento, se volvió hacia mí y me puso la mano sobre el pecho. Yo levanté el brazo con torpeza y le rodeé los hombros. Ella se acurrucó contra mí.

—Qué aventura —dijo.

—Sí. —No podía casi hablar, los latidos de mi corazón debían de escucharse en toda la aldea.

La lámpara de aceite iluminaba tenuemente su pelo, que tenía al alcance de la boca. Entonces levantó la cabeza y me miró con esos ojos suyos llenos de luz y de preguntas.

—Me he portado como una bruja, ¿verdad?

—Solo como una demente —susurré—. Pero me alegro de estar aquí contigo.

—¿De verdad?

—Ya lo sabes, Julia.

Entonces pasó. Acercó su boca a la mía y me besó. Y yo respondí a su beso. Me perdí en sus labios, en su lengua, en su saliva con sabor a vino. Nos besamos mil veces, hasta que el deseo superó el apocamiento inicial y Julia se sentó a horcajadas sobre mí, se sacó el camisón por la cabeza y pude sentir el tacto de su cuerpo, su olor a fruta, sus manos sabias y también su destreza en los juegos amatorios. Era mucho más experta de lo que suponía, mucho más experta que yo, desde luego.

Nunca había vivido una exaltación así de los sentidos, como

si mis terminaciones nerviosas hubieran quedado al aire, indefensas. Como si hubiera nacido para eso, para estar dentro de ella. Besé, lamí, palpé cada hueco de su cuerpo, ese cuerpo prohibido durante tanto tiempo. Creo que dije que la quería, no lo sé. Lo que sí escuché fue su silencio. No habló, solo se abrió a mí sin reservas. Me amó como quien hace un regalo, y yo intenté corresponder con manejos que supuse torpes y demasiado apresurados. Las manos de Julia, sus labios, su sexo, me pusieron al borde de un precipicio del que terminé por caer en esa noche infinita y perfecta en la que me convertí en otro hombre, un hombre colmado, seducido y deseoso de lo que hubiera de venir.

Al final se durmió y mientras sentía su respiración pegada a mi cuerpo, mientras gustaba aún su sabor en mi lengua, pensé en todo lo que nos esperaba ahí fuera y me invadió un entusiasmo inesperado. Tenía a Julia junto a mí y, mientras siguiéramos unidos, podríamos hacer frente a todo lo que nos ocurriera. Ella estaba en lo cierto, nos esperaba una aventura extraordinaria y no iba a ser yo quien nos aguara la fiesta.

11

Lo primero que me sorprendió al entrar en Salamanca fue el bullicio. Pudiera parecer extraño que a alguien acostumbrado al ruido de una ciudad del siglo XXI le abrumara la cacofonía, el jaleo anárquico de aquellas calles plagadas de gente que iba y venía como en una romería enloquecida, pero así fue. Era un galimatías de gritos, imprecaciones, risas descontroladas, juramentos, ruedas de carros contra el empedrado, cascos de caballos... Estaba claro que la gente iba a atemperar sus maneras durante los próximos quinientos años. O quizá los ruidos eran distintos, las voces tenían otra resonancia, los diálogos eran más vociferantes. Parecía una discusión de sordos que compitieran por hacerse oír. Todo se decía con aspavientos. Me recordó un viaje que hice por Marruecos en mis años de universidad. En los zocos marroquíes me sentí agredido por los gritos de los comerciantes, por la intensidad de sus reclamos, por la cercanía de sus cuerpos, acostumbrado como estaba a la asepsia de las relaciones con mis compañeros y mis amigos. Así era Salamanca en 1543, una especie de casba inmensa donde todos se comunicaban a base de exclamaciones y encontronazos.

El trazado de la ciudad era muy distinto a como lo recordaba: una impresionante ciudad renacentista, Patrimonio de la Humanidad, de piedras doradas y magnífica iluminación nocturna.

Las calles eran mucho más estrechas; las viviendas, más miserables. Había bastantes palacios, sí, y casas de buena planta, y también muchas viviendas de adobe de dos o tres pisos que parecían mantenerse en pie por pura voluntad.

Por mi parte, tras aquella noche con Julia, seguía en un estado de estupidez agridulce. No era así en su caso. Parecía como si nada hubiera pasado. Durante la noche había vuelto a su habitación mientras yo dormía y al día siguiente se comportó conmigo con la misma familiaridad desapegada de siempre. En mi primer intento de acercamiento me dejó muy claro que todo había sido un espejismo.

—Miguel, no quiero que te hagas una idea que no es. Lo de anoche fue sorprendente, desde luego, pero prefiero que todo quede como estaba. Tenemos una tarea muy difícil. No debemos complicarla más con tonterías sentimentales.

En voz alta me mostré tan pragmático como ella. Tenía toda la razón, menudo jaleo se montaría si dos hermanos fueran pillados in fraganti.

—Como poco, la hoguera —dije con una risa que intenté que fuera creíble—. Hay que enfocar todos nuestros esfuerzos en conseguir volver. Ya habrá tiempo, entonces, para jueguecitos amorosos.

Julia hizo un levantamiento de cejas que interpreté como cierto escepticismo ante mis últimas palabras y no dijo nada, lo que le agradecí.

De puertas para adentro estaba hecho polvo. Me había montado la película de la pareja feliz en busca de aventuras y me había dado de bruces contra la realidad juliana. Me sentía como un pringado que recibe sexo por compasión, un imbécil ingenuo al que le habían dado con la puerta en las narices después de vislumbrar un trozo de paraíso. Muy bien, si así estaban las cosas, yo no iba a rogarle. Me tragaría mis sentimientos como lo había hecho hasta entonces, aunque esta vez sin la esperanza de que la situación pudiera llegar a cambiar.

En una cosa Julia tenía razón: nos esperaba una tarea muy difícil. No iba a tener tiempo de lamentaciones y «tonterías sentimentales», como ella había dicho con su tacto habitual. Me conformaría con atesorar aquella noche como un recuerdo que, esperaba, iría difuminándose hasta ser una vaga memoria de algo que pasó.

Entramos en Salamanca por el puente romano en el carruaje de nuestros benefactores, una especie de cajón oscuro con duros asientos de madera y dos ventanillas a los lados que apenas dejaban entrar algo de luz. Por el ventanuco de mi lado vi en lo alto las siluetas de las dos catedrales, una de ellas aún en construcción. Era sorprendente poder contemplar la torre románica de la catedral vieja, la auténtica, tan esbelta y austera. Nada que ver con esa mole enorme que habían construido, que construirían a su alrededor para paliar los desperfectos ocasionados por el terremoto de Lisboa un siglo después. Estaba descubriendo la Historia en vivo y eso me producía una exaltación que ni los desplantes de Julia podían menoscabar.

Íbamos un poco apretujados entre el pestilente corpachón de Baldomero y las pestilentes sayas de doña Casilda, por no hablar de sus pestilentes hijos, que saltaban de un lugar a otro excitados por el viaje. Al menor lo habíamos conocido al día siguiente de nuestra llegada. Era un niño de unos dos años, que en aquel momento lloraba a moco tendido en el regazo de su madre, mientras esta intentaba acallarlo ofreciéndole una castaña asada.

El calor era excesivo para la época o quizá era la falta de aire en aquel cubículo estrecho y aromatizado por los mencionados efluvios, a los que se añadía el olor a meados del niño pequeño, que, al parecer, aún se orinaba encima sin que aquello pareciera molestar a nadie. Los dos criados que acompañaban la comitiva tenían mejor suerte, pues iban junto al cochero, sentados al aire libre sin tener que soportar el ambiente cargado del interior del carruaje.

A pesar de las molestias, el viaje había sido muy fructífero. Tanto, que incluso nos sirvió para encontrar empleo.

—Don Baldomero —dije cuando nos acercábamos a Salamanca y nos propuso pernoctar en su casa—, habéis sido amable en exceso conmigo y con mi hermana. No podemos seguir abusando de vuestra amabilidad.

Él sacudió la mano quitando importancia a mis palabras.

—Sandeces, señor. Hemos hecho lo que cualquier buen cristiano haría. Y aún he de serviros para algo más, si me lo permitís. Por vuestras palabras he creído entender que os encontráis en una situación extrema. ¿Qué pensáis hacer sin dinero, sin caballos, sin las cartas de crédito que también os robaron?

—Había pensado buscar un empleo de preceptor. Creo que con mis conocimientos no me sería difícil conseguirlo.

—¡Ajá! Es lo que suponía. Estoy muy satisfecho de poder ofreceros una ocupación.

—¿Con vuestros hijos? —Esos mastuerzos, desde luego, necesitaban alguien que los puliese.

—No, no, mis hijos mayores ya saben todo lo que tienen que saber y el pequeño es demasiado niño aún. El mayor pronto se estrenará como paje del marqués de Casaquemada y, con el tiempo, se hará cargo de su herencia como primogénito. Los dos siguientes ingresarán en el cuartel uno y en el monasterio el otro, para comenzar sus carreras.

—¿Y vuestra hija? —preguntó Julia.

Don Baldomero la miró como si le hubieran preguntado por el destino de su gato.

—Mi hija está prometida con el barón de Castro Andrade.

—¡Si no tiene ni doce años!

—Disculpad a mi hermana, don Baldomero —dije mientras miraba a Julia intentando trasmitirle que se callara—, ha vivido muy retirada del mundo y a veces no entiende de costumbres sociales.

—Estamos muy orgullosos de este enlace —intervino doña Casilda—. El barón posee grandes fincas en la Extremadura.

Julia abrió la boca para hablar y le di un pellizco de advertencia. Tomó nota y permaneció en silencio, para tranquilidad de todos.

—Volviendo a lo que nos ocupaba, don Miguel —siguió nuestro compañero de viaje—, creo que estoy en disposición de aseguraros un empleo en el palacio de mi primo, don Álvaro de Andrade y Mendoza, conde de Pimentel. Desde hace un tiempo, el conde anda buscando un preceptor para su único hijo, un muchacho de alto ingenio que está llamado a grandes empresas como heredero del condado. Ya os dije que no podíais haber llegado en mejor momento. Su antiguo ayo murió hace poco, coceado por un caballo en una montería, y, desde entonces, mi primo busca alguien que sustituya sus buenos haceres.

—Os agradezco mucho vuestro interés, don Baldomero, mas temo no estar preparado para señor tan ilustre.

—Fruslerías, señor. Un preceptor extranjero y de tan lejano país será sin duda del agrado de mi primo, que aquí, entre nos, peca de cierta afectación debido a la gran estima que le otorga don Carlos, nuestro rey y señor.

Acepté el ofrecimiento con alguna muestra más de modestia. Lo cierto es que aquello nos situaba en una posición inmejorable para entablar relación con personajes ilustres de la época y, por extensión, esperaba que con ese misterioso Salinas que aparecía en la tablilla de barro. Las cosas no podían ir mejor.

—¡Qué buen escenario! —dijo don Baldomero cuando comenzamos a transitar por las calles salmantinas—. Vive Dios que ya se huele el próximo enlace. Nunca había visto una tal multitud.

—Sí se huele, sí —dije yo.

—Os alojaréis en nuestra vivienda —dijo doña Casilda— y mañana mi esposo os acompañará al palacio del conde.

—Nada os he comentado aún de la ocupación que tengo pensada para vuestra señora hermana —siguió Don Baldomero, cual eficiente empleado del INEM. Nunca hubiera imaginado lo fácil que era encontrar trabajo en el siglo XVI—. Los condes tienen, para su pesar, tres hijas casaderas y creo que vuestra hermana podría muy bien convertirse en su dueña, aunque he de hablarlo primero con la señora condesa. Así ambos podríais vivir bajo el mismo techo.

—No sé cómo cumplir tantas bondades, mi señor. Os estaré eternamente agradecido.

—Pamplinas. No es tan sencillo encontrar por aquí una mujer de tan grandes dotes como doña Julia. Su belleza, su elegancia y sus saberes harán las delicias de la duquesa, que, entre nos, también sufre de la misma afectación que su señor esposo. Nada le gustará más que contar a su servicio con la viuda de un afamado científico. Y sueca, para más abundancia de virtudes.

El palacio del conde era un edificio renacentista fabricado en la maravillosa piedra dorada que aún daría color a la ciudad tantos siglos después. Parecía una especie de maqueta cinematográfica. Los adornos almohadillados, los medallones y escudos, las columnas y capiteles y las pilastras decoradas con el bello encaje del plateresco no mostraban ningún deterioro, ningún desgaste; todo era reciente, demasiado perfecto. Me quedé pasmado, contemplando la magnífica fachada.

—Veo que admiráis el lugar.

—Nunca había visto un palacio tan nuevo.

—¿Nuevo?

—Excusadme. Bello, quise decir. En ocasiones, confundo las palabras.

—Imagino que allá por el norte no disfrutáis de un arte tal.

—Desde la conversión del rey Gustavo Vasar se dejaron de construir mansiones aristocráticas. Ahora, el país está sembrado de castillos que más bien son fortalezas. Nada comparable con la hermosura de estos palacios.

—Este fue construido por el obispo Fonseca, un gran hombre. A su muerte, pasó a manos de mi primo, el conde. Entremos de una vez, no hagamos esperar a su señoría.

Había dormido solo, claro, y después de una noche insomne me había levantado con el ánimo alicaído, aunque mostré un entusiasmo con el que conseguí engañar a Julia. Todo era fantástico, habíamos caído de pie, íbamos a conocer a uno de los hombres importantes del momento, amigo, nada menos, que del gran Carlos V. Qué más se podía pedir.

Después de deambular por unas estancias decoradas por grandes tapices y alfombras, en las que, sin embargo, había pocos muebles, fuimos introducidos en lo que debía de ser el despacho del conde. Me recordó mucho a la consulta del pediatra de mi infancia, que siempre me había producido pesadillas. La evocación iba asociada a las ganas de orinar, unas ganas que en varias ocasiones no había podido contener frente a aquel hombre de bata blanca que me aterrorizaba. Qué recuerdo más inoportuno, pensé mientras apretaba los esfínteres.

Era un lugar oscuro, con grandes sillones de madera y cuero, una mesa de despacho de patas torneadas maciza y enorme, y varios bargueños con taracea de marfil y marquetería. Los cortinajes oscuros estaban descorridos y dejaban ver unas ventanas de cristales algo toscos que tamizaban la luz de aquel día de otoño. Detrás de una mesa tan grande como una cama, se encontraba el personaje que, si todo iba bien, sería mi jefe a partir de aquel momento.

El conde era un tipo delgado y no demasiado alto, aunque estaba tan estirado que simulaba medir dos metros. Parecía recién salido de un cuadro de El Greco. De facciones algo toscas, grandes bigotes y barba puntiaguda, ojos pequeños y mejillas hundidas, su cara era tan siniestra como su ropa. Llevaba una lechuguilla pequeña como remate de un jubón negro, muy ajustado, que tenía toda la pinta de ser incomodísimo. La lechuguilla era un signo de alcurnia, por lo que esperaba no tener que someterme nunca a tal tortura. Si era incapaz de aguantar una corbata del siglo XXI, no podía suponer cómo sería llevar el cuello ahogado por una moda tan absurda.

El conde no se levantó ni nos invitó a sentarnos.

—Querido primo, me alegro de veros —dijo en un tono tan lánguido que más parecía que le habíamos levantado de la cama—. Por vuestro mensaje he creído entender que tenéis algo que ofrecerme.

—Mi buen primo, os traigo la solución a vuestros problemas.

—¡Pardiez! —El conde soltó una carcajada desganada—. ¿Habéis descubierto cómo acabar con la expansión otomana en el Mediterráneo o con la plaga de cochinilla de mis tierras de León?

Don Baldomero no pareció amilanarse por la ironía de su primo.

—Os presento al mejor preceptor que pudierais encontrar para vuestro hijo.

—Algo me habéis informado en vuestro billete. De ser verdad la mitad de lo que mi buen primo habla de vos —me dirigió una displicente mirada de reojo—, debería sentirme afortunado de teneros a mi servicio.

—Don Baldomero es muy generoso, excelencia. —No sabía muy bien como dirigirme al conde, pero supuse que cuanto más elevado el tratamiento, mejor sería recibido—. Es cierto que poseo conocimientos humanistas y que he sido discípulo del gran Erasmo. Sería un honor para mí ofrecer estos saberes en la educación de vuestro hijo.

—Mi heredero está llamado a ser alguien importante en la corte. Ha de recibir la educación más elevada. Soy un hombre de mi tiempo y considero que un noble debe cuidar su instrucción, no solo en las armas y las reglas cortesanas, sino en el conocimiento de las cosas modernas y en el estudio de las antiguas, como bien dice el gran sabio Maquiavelo.

—Veo que vos también sois hombre de letras. —No hay nada mejor para llegar al corazón de un hombre que una buena dosis de adulación.

—Me gusta estar informado. —Hizo una mueca que podría considerarse sonrisa—. Un noble que, como yo, goza de la amistad de don Carlos, nuestro rey y señor, debe estar al tanto de todo.

Noté de reojo cómo don Baldomero levantaba una ceja como diciendo «¿Lo veis?».

—Vivimos tiempos de cambios y novedades sin fin —siguió el conde—. El mundo se ha hecho amplio y confuso. Deseo que mi hijo aprenda a desenvolverse en este nuevo mundo con los mejores pertrechos que pueda ofrecer una buena educación.

—No puedo estar más de acuerdo con vos, señor. Y estoy a vuestra disposición para intentar cumplir vuestros deseos.

—Os presentaré a mi hijo. Tratadlo con la obediencia y el respeto debidos. El que seáis su preceptor no quiere decir que no seáis también su sirviente. No sé qué se cuece por vuestras tierras, mas aquí no permitimos familiaridades entre el servicio y sus señores. Tenedlo siempre en cuenta.

Nos instalamos, pues, en el palacio Fonseca, o Casa de las Muertes, como se conocía por las calaveras que adornaban los balcones del primer piso. Julia había conseguido el puesto de dueña de las tres hijas de los condes y ambos fuimos recibidos con cortesía por el resto de la servidumbre del palacio y con condescendencia por parte de nuestros señores. En una época donde las clases sociales estaban marcadas a fuego sin las ambigüedades que existirían siglos después, nosotros nos situábamos en el grupo de sirvientes con privilegios, pero sirvientes, al fin y al cabo.

Como era de esperar, el primogénito, mi alumno, resultó repelente. Tenía doce años y una altanería digna de un adulto. Era tan escuchimizado como su padre y caminaba tan tieso como él. Todo un mini conde consciente de su importancia y su futuro como grande de España. Cuando le conocí, me adelantó la mano para que se la besara y para ello, dada mi altura, tuve que doblarme como un camarero japonés. Al inclinarme, noté que la mano le olía raro. Después me di cuenta de que tenía el tic de pasarse el dorso por la nariz, lo que le había dejado una película seca de mocos en el mismo lugar donde tuve que acercar la boca con todo el asco del mundo. Junto a él, un muchachito algo mayor, vestido como un criado, por fortuna para él, me dirigió una mirada aviesa mientras se escondía detrás de su señor. Al principio, no entendí esa enemistad hacia mí, ya que acababa de conocerle. Tras la primera clase todo quedó claro. Yo sabía que los monarcas tenían la sana costumbre de educarse junto a un pobre desgraciado que se llevaba los palos de su señor cuando este no se sabía la lección. Creía que aquello era una práctica poco extendida, pero tuve la gran suerte de sufrirla.

Mi incapacidad para propinar una paliza, o ni siquiera un pescozón, a alguien que no había hecho nada por merecerlo me restaba autoridad y no quería que eso llegara a oídos del conde. Así que decidí adaptar el sistema a mi conveniencia. En lugar de golpear, castigaba y premiaba. El premio, claro, era para don Jaimito, como yo lo llamaba para mí, y el castigo se lo llevaba Bartolillo, que para eso estaba el muchacho, aunque procuraba que fueran castigos que le aportaban más beneficios que inconvenientes. Por ejemplo, si don Jaimito hacía algo mal, situación harto frecuente, yo castigaba a Bartolillo a que se estudiara tal o cual lección. Así, mientras el amo no avanzaba demasiado, su sirviente se fue convirtiendo en todo un estudioso. El chaval era bastante despierto, mucho más que su señor, y aunque al principio no parecía recibir los castigos con demasiado gusto, al poco tiempo me di cuenta de que estaba deseando que don Jaimito se equivocara para poder echar mano de los libros que, de otra manera, le estaban vedados. No imaginaba entonces el fruto que sacaría Bartolillo de aquel aprendizaje.

Los primeros días de nuestra estancia en el palacio apenas pude ver a Julia. Me había contado su encuentro con la condesa, que no había sido muy diferente del mío con el conde. Antes de ser presentada, doña Casilda la había conducido a una sala donde le hizo cambiarse de ropa para ofrecer un aspecto más acorde con la importancia del momento. La propia doña Casilda se ofreció a ayudarla a vestirse.

—Esta ropa es un infierno —se quejó Julia cuando nos encontramos y me quedé mirándola como un imbécil—. La camisa es muy áspera, aunque supongo que las grandes damas llevarán tejidos más delicados. Además, esta especie de chaleco de una tela que no me imagino cómo será con treinta grados a la sombra y, luego encima, el jubón. Y nada menos que tres faldas, tres, una sobre la otra. ¿Para qué se necesitan tres faldas, por favor?

—Casi nada de lo que tiene que ver con la moda es necesario —dije—, pero estás muy guapa.

Era cierto. Me asombraba lo que la embellecía la ropa de esta época. En el siglo XXI, a pesar de sus ojos y su boca, Julia no destacaba especialmente por su belleza. Su aspecto era descuidado, anodino con su ropa oscura e informe y su eterna coleta. Y esta nueva indumentaria parecía haber sacado a la luz una mujer nueva, mucho más atractiva, más deseable; no para mí, que no podía desearla más, sino para el resto del mundo, lo que no dejaba de preocuparme. Como ya dije, parecía haber nacido para llevar esta ropa, por muy incómoda y absurda que le pareciera.

—Déjate de chorradas —dijo—. ¿Y qué me dices de los zapatos con esta suela de corcho?

—Te acostumbrarás. Espera a tener que ponerte una gorguera.

—Ni loca. La condesa llevaba una que parecía un platillo volante.

—¿Cómo es tu señora?

—¿Mi señora? No sé si voy a poder soportarla. Lleva el culo tan apretado que si le metieran carbón saldría un diamante. Casilda me contó mientras me ayudaba a vestirme que es de origen flamenco. Es muy rubia, de ojos azules y pálida como una muerta. Si no fuera tan tiesa podría ser incluso guapa. Supongo que lo fue de joven. Parece tener unos cuarenta años, aunque no puedes fiarte mucho de las apariencias. Por lo visto, la casaron con el conde cuando era casi una niña por indicación del rey, como compensación a su padre por no sé qué historias que no he entendido muy bien.

—En eso del carbón podéis hacer muy buenas migas.

—Si quieres decir que no me gustan las tonterías, de acuerdo. Pero puedo ser tan divertida y tan graciosa como la que más.

—Sí, desde que te conozco no paro de reírme —dije—. Entonces ¿te has ganado el puesto?

—¿Acaso lo dudabas? Aunque a ti no te lo parezca, soy encantadora. Mi hechizo natural y mi acento sueco han sido irresistibles.

—Por cierto, ¿de dónde te sacaste el nombre de tu difunto marido?

—Me vino a la cabeza en ese momento. Es el único científico sueco de esta época que me suena. Creo que aún tardará en nacer unos años; no creo que nadie lo compruebe. —Luego siguió—: Mientras esperaba a que me recibiera la condesa, estuve contemplando los tapices de la sala. Es sorprendente lo nuevo que está todo. Los colores de la lana y de la seda. En el más grande se veía una mujer de pelo largo y una mirada muy dulce, un ángel con las alas blancas en la espalda, que intentaba tranquilizar a un dragón de seis cabezas. Era un tapiz inmenso, de colores muy brillantes. Rojos, verdes, azules. Nunca había visto un tapiz con unos colores así.

—Estamos acostumbrados a ver estos tapices amarronados y bastante desvaídos. No puedo dejar de pensar que estos son imitaciones.

—Sí, doña Casilda se rio cuando me vio la cara y me contó que la condesa había posado para esa tabla, y que el tapiz se había confeccionado en un famoso taller de Bruselas, de un tal Pana no sé qué...

—¿Pannemaker?

—Eso. Cuando entré en la sala y vi a la condesa, pude comprobar el parecido, aunque la modelo del tapiz era mucho más joven.

—Parece que hemos caído entre la *crème de la crème* del momento.

—Y que lo digas. Cuando entré en el salón de recibo había varias mujeres sentadas y reclinadas en cojines en un estrado, como si fuera un escenario. Todas llevaban ropas suntuosas, de colores oscuros, con grandes collares de perlas y de oro que les cubrían toda la delantera. Daban un poco de miedo, mirando así, con esa altivez.

—Sí que debe de ser temible la condesa para que te diera miedo.

—Con decirte que me salió hasta una reverencia casi sin darme cuenta. Todas me miraban como si estuvieran en un zoo y yo fuera un ejemplar exótico que nunca hubieran visto.

—Una armadilla.

—Ja.

—Bueno, entonces ¿serás la dueña de sus hijas?

—Sí, también estaban allí. Son bastante guapas, pero mudas.

—Pues habrán salido a la madre, porque el padre es como un renacuajo vestido de terciopelo.

—Se parecen bastante a ella, sí, aunque no son tan rubias. Tienen trece, quince y diecisiete años. Aurora, Elvira y Mencía. No se dignaron a dirigirme la palabra o, a lo mejor, es que no se les permite. Cualquiera sabe. La mayor parece más lista que las otras, no sé. Ya te iré contando. No creo que puedas verlas mucho porque parece que apenas salen, solo a misa, a los toros y a las procesiones cuando las hay.

—En esta época, afortunadamente para ellas, hay mucho de eso. Tanto de misas como de fiestas. Ya sabes, el pan y el circo. Creo que veremos muchas corridas de toros y muchos saltimbanquis. Todo relacionado con las fiestas religiosas, aunque con mucha jarana.

—¿Has conseguido saber algo de Salinas?

—Aún no. Empezaré a hacer averiguaciones discretas en cuanto me sienta más seguro.

—Es como si estas tres faldas fueran unos grilletes que me tuvieran prisionera. Quiero salir y conocer todo esto y ayudarte a buscar a ese hombre. Me parece que lo único que se me va a permitir es rezar y bordar, y no sé hacer ninguna de las dos cosas.

—Paciencia. Y en cuanto a lo de rezar, no te lo tomes a broma. Estamos en una sociedad fanática e intransigente. No se permite ninguna desviación de la regla, y menos si eres una mujer. Trata de no dar el cante, por favor, sigue las normas y, sobre todo, intenta no ser tú misma.

Julia me miró con fastidio. Yo sabía que era lo suficientemente inteligente como para ser consciente de lo que se jugaba, pero confiaba menos en su carácter que en su inteligencia. Teníamos que interiorizar en lo más profundo de nosotros mismos que no solo estábamos en una época distinta, sino muy peligrosa, sobre todo para dos personas acostumbradas a decir en voz alta sus opiniones sin miedo a ser quemadas en la hoguera.

12

Los vigila desde la distancia, de reojo, a través del pelo que le cubre parte de la cara, un escondite instintivo ante una autoridad que imagina hostil. Desde pequeña se acostumbró a llevar el pelo largo, desgreñado sobre los ojos, como si así el color y la rareza de estos fueran menos agresivos. En el convento suele recogerlo y cubrirlo con un manto, tanto por el frío como porque nota que a las monjas no les gusta ver lo que ellas están obligadas a ocultar. Hoy el pelo recogido le produce, sin embargo, una extraña sensación de desamparo, como si tuviera que mostrarse desnuda ante esos hombres oscuros, y lo ha liberado y se vuelve a sentir una mujer del bosque entre tanta piedra.

Son dos. Uno de ellos, supone que el arzobispo por ser el de mayor edad, alto y fuerte, de pelo rubio, rostro afilado y grandes bigotes, parece más lo que ella imagina que es un cortesano que un hombre de Iglesia. El otro es tan alto como aquel, mucho más joven, y tan delgado que la capa negra y la túnica blanca de los dominicos le cubren sin mostrar ninguna forma, como si fuera un palo, como una de esas estatuas de santos de la iglesia. La tonsura es una gran calva rodeada por un rodete de pelo oscuro. Ella nunca ha visto una tonsura así, que refleja como un tambor la luz del sol invernal. Debe de ser para infundir miedo, para ser único, un hombre alejado del mundo, pero a ella le parece, sobre todo, un disfraz que intenta ocultar la juventud de su dueño.

Deben de dirigirse a la sala capitular, donde han sido convocadas todas las monjas. Por fortuna, no tiene que estar presente. Como bien dijo la hermana Bárbara, cuanto menos sepan de ella, mejor. Ahora tendría que estar en la botica, pero se ha entretenido demasiado en la celda de Teresa y va a tener que cruzarse con ellos; no hay posibilidad de escape. Permanece quieta, pegada a la pared del claustro, intentando hacerse invisible y poder evitar un encuentro indeseado.

Desde que estuviera ese primer día en las dependencias de Bárbara, pasa allí todo el tiempo que le permiten sus tareas. Al ver trabajar, escribir y hablar a la monja boticaria, comprendió que había muchas cosas que ignoraba, lo que la sorprendió grandemente. Ella era un personaje importante, se sentía un personaje importante para sus vecinos. Su habilidad con plantas y remedios hacía tiempo que había vencido la mala fama que arrastraba desde niña y, a pesar de los miedos que aún despertaba su presencia en la aldea, era un miedo casi agradable, pues iba envuelto en el respeto que despierta quien puede aliviar un dolor de muelas o asistir en un parto difícil. Por eso, cuando comprendió aquel día que todos sus saberes eran una menudencia comparados con los del mundo, decidió que tenía que hacer algo para solucionarlo. Pocos días después, se atrevió a pedir a Bárbara lo que le rondaba la cabeza desde entonces.

—Hermana, ¿me entraría a mí en la mollera lo de aprender las letras? Leer, escribir y hacer esa tinta que tanto os gusta, y escribir yo también en un libro mis recetas.

Bárbara la abrazó con una calidez que casi había olvidado. La monja era un poco más baja que ella, pero en aquel momento se sintió pequeña, casi diminuta, la niña que era la última vez que la abrazó su madre. Los ojos se le humedecieron y tuvo que respirar muy hondo para aguantar las lágrimas.

—Nada me gustará más que enseñarte a leer y a escribir —le dijo Bárbara—. El mundo será mucho más interesante, te lo aseguro.

Para su alivio y sorpresa, a partir de aquel día la visión desapareció y desde entonces casi no sabe cómo vivir sin esa desazón constante. Ha estado a punto de contárselo a Bárbara muchas veces y siempre calla en el último momento. Tiene tanto miedo de que eso estropee su trato con ella, que desconfíe si sabe su secreto y que no quiera volver a enseñarle, ni a reír, ni a comer o charlar con ella al calor de la chimenea de la botica. Así que, desde entonces, calla; calla y aprende.

Con mano más firme de lo que hubiera imaginado empieza ya a trazar las letras, que son pequeños destellos de sabiduría. Sujeta la pluma y la moja con cuidado en la mixtura de tinta y luego inicia con ella un baile sinuoso, mientras saca un poco la lengua, un gesto que le ayuda a la concentración. Aprende también a recitar las letras y a emparejarlas en el pergamino y es mejor que la magia. Y a usar palabras que no solo hablan de males y remedios. Palabras que le abren el mundo y lo iluminan, como una de esas grandes ventanas de colores que rodean el altar. Siente paz en aquel lugar, se sabe especial, discípula y amiga de aquella mujer sorprendente que le muestra tanta belleza.

Ahora, mientras vigila desde la penumbra las figuras ominosas de los sacerdotes, nota de nuevo el anticipo, ese mareo indefinido que precede a las visiones. Se ha acostumbrado demasiado pronto a su ausencia, pero ahí está otra vez y, como siempre, en el momento más inoportuno. «No, ahora no» y golpea con rabia el suelo con el pie, pero nadie escucha sus súplicas, la realidad se aleja y la bruma la envuelve como antaño.

No es Bárbara la que aparece en su visión. Es un hombre. Un soldado. De pie, frente a ella, con la espada desenvainada, los brazos abiertos y cubierto de sangre. Solo los ojos, como dos pozos oscuros bajo el casco, se han librado de la carnicería. Está rodeado de humo, de estampidos y gritos de muerte. No lo conoce, pero es capaz de leer en su rostro emociones opuestas. Euforia, tristeza, sorpresa. La mira a ella, directamente a ella, y presiente que la batalla que le rodea está a punto de concluir y que él está en peligro, como cuando presagió la muerte del alcalde y, más tarde, la de su madre, un dolor que no quiere recordar. «¡Vete! ¡Sal de ahí!», quiere gritarle.

El hombre sigue ahí y se interpone entre ella y el claustro que la rodea. Un olor picante le escuece en la garganta, tiene que toser. Escucha más gritos, relinchos de caballos, órdenes lejanas que no sabe interpretar.

—¿Qué quieres? —susurra enfadada—, déjame tranquila. Ahora tengo otros asuntos que atender.

El corazón le late con fuerza, la respiración se le acelera, tiene que apoyarse contra una pared para no caer.

—¿Necesitas ayuda? —escucha.

La visión desaparece dejándola exhausta y en su lugar se topa con la cara sanguínea del arzobispo. Le mira sin saber muy bien dónde se encuentra, tan intensa ha sido la visión.

—¿Estás bien, hija mía? —vuelve a preguntar.

Como ella sigue sin contestarle, se vuelve hacia el dominico, quien se encuentra a sus espaldas.

—Qué muchacha tan extraña. Espero que no sea una de las endemoniadas. —El arzobispo se santigua y hace también la señal de la cruz en dirección a Sabina.

Eso le hace reaccionar y recomponerse. Se inclina en una torpe reverencia que imagina es lo que se debe a tan alta jerarquía.

—No soy una endemoniada. Solo fue un vahído provocado por el ayuno del viernes.

—¿Y se puede saber quién eres tú? No pareces novicia ni lega, ni tampoco sirvienta.

No sabe muy bien qué decir. Vuelve a quedar en silencio y baja la mirada ante aquel hombre de gesto entre hosco y sorprendido.

—Habla, niña, no me hagas perder más el tiempo.

—Es mi pupila, monseñor —escucha a su espalda.

Bárbara ha llegado sin que notara su presencia y ella, que ha estado aguantando la respiración sin darse cuenta, coge aire como si saliera del agua.

—¿Vuestra pupila, hermana Bárbara?

—Sí, excelencia. La estoy preparando para que sea mi ayudante en la botica. Es una moza un poco soñadora, aunque muy servicial. —Bárbara muestra su mejor sonrisa—. Ya no soy tan joven, monseñor, y vos sabéis el gran trabajo que llevo a mis espaldas.

—Sois muy joven aún y alabo vuestra modestia —dice mientras Bárbara se inclina para besarle el anillo.

El arzobispo parece nervioso. Se vuelve hacia Sabina, la mira de arriba abajo y levanta las cejas con un cierto desprecio. Tras él, y un poco apartado, el dominico contempla la escena sin decir nada.

—Ya hablaremos vos y yo de este asunto —le dice el arzobispo a Bárbara—. Y no me parece bien que la moza recorra el monasterio con esos pelos de loca. Haréis bien en vigilarla. El diablo ronda cada esquina.

—Así haré, excelencia reverendísima, gracias por vuestros consejos.

Bárbara la agarra por el brazo y se la lleva de allí con prontitud. La obliga a caminar como si alguien las persiguiera y no parece descansar hasta que ambas entran en la botica y Bárbara cierra la puerta con un gran suspiro de alivio.

—Te dije que no aparecieras por el claustro. —Parece muy enfadada—. ¿Es que quieres que esos fanáticos la tomen contigo?

Ella la mira sin entender.

—¿Fanáticos?

—Fanáticos, obsesivos, escrupulosos, llámalos como quieras —dice con una mueca—. O, mejor, no les llames nada y apártate de ellos. Hazme caso, sé de lo que hablo.

—No os entiendo, pero os haré caso. Me apartaré de su camino, como decís, aunque si la abadesa me reclama...

—Encontraremos la manera.

Ella se tranquiliza como por ensalmo. Siente que mientras esté junto a la boticaria nada malo le puede pasar.

—Además, ha sido la abadesa quien te ha encargado su cuidado. Que sea ella quien dé las explicaciones.

A pesar de sus palabras, le parece que Bárbara está más preocupada de lo que aparenta. Durante todo el día ambas permanecen en la botica a la espera no sabe muy bien de qué. Para su alivio, la abadesa le ha mandado recado de que no necesitará sus servicios hasta nueva orden y se ha dedicado a practicar las letras junto a la chimenea mientras Bárbara se ocupa de sus asuntos arcanos. Con el paso de los días, ha ido comprendiendo que la monja no parece interesarse demasiado por las cosas de botica. Poco caso hace a lo que ella está tan orgullosa de enseñarle. Maceraciones, destilados, cataplasmas, todo lo escucha y anota en su libro con aparente atención, pero ella siente que el interés de Bárbara está en otro lugar. Es más una intuición que una certeza; algo hay en el mundo de la boticaria que ella no conoce y que parece ocupar sus pensamientos por encima de cualquier otra cosa. Sabe que Bárbara oculta un secreto, algo que se intuye en su mirada, en sus palabras a veces enigmáticas, en sus silencios.

Lleva ya un tiempo durmiendo en un camastro en la botica. En cuanto la hermana Bárbara se lo propuso aceptó con entusiasmo. Le recuerda a su cabaña del bosque, con las hierbas secándose al calor de la lumbre, el caldero siempre en ebullición, los olores de las plantas y los preparados. Solo sintió disgustar a Ana por su abandono. La novicia ya la ha perdonado y aprovecha cualquier descuido para acercarse por allí y contarle los cotilleos del dormitorio.

La noche de la llegada de los sacerdotes, ya acostada junto a la chimenea, vuelve a escuchar los aullidos de Teresa, las maldiciones, los insultos, las palabras soeces, las risas enloquecidas.

Hace mucho que las demostraciones de Teresa han dejado de asustarla, le parecen más bien una farsa, como la de los saltimbanquis que aparecen de tanto en tanto por la aldea. Así que decide acercarse a la celda para enterarse de lo que allí acontece. La negrura es absoluta y, cuando está a punto de llegar a su destino, la tenue claridad de una lamparilla de aceite dibuja dos siluetas apostadas junto al dormitorio de Teresa. Debería marcharse, pero la curiosidad es mayor que la prudencia. Se detiene, se cubre aún más con el manto y se guarece tras una columna, dispuesta a escuchar. Una de las sombras levanta más alto el candil y entonces puede distinguir a la madre abadesa y al arzobispo, tan curiosos, al parecer, como ella de los tratos de Satán con el dominico.

La voz del exorcista se escucha grave y potente tras la puerta de la celda. Le parece asombroso que de un cuerpo tan delgado pueda salir una voz tan enérgica. Habla en latines que ella no entiende, aunque sí comprende que los gritos de Teresa no consiguen amedrentarlo. La voz continúa firme y las palabras desconocidas parecen agotar a la monja, cuyos gritos son cada vez más débiles, más inconexos.

—Este hombre es un auténtico soldado de Cristo —susurra el arzobispo—. Tan joven y ya ha adquirido un gran predicamento en la corte. Sus métodos no son muy ortodoxos, mas su eficacia es portentosa.

—Te estoy muy agradecida —responde la abadesa—. No sabía cómo obrar. Siendo tú...

—Lo sé. No tengas cuidado, el padre Lope conseguirá solucionar todo este enredo sin que salga de las paredes del convento.

—Dios te oiga.

—Descuida, siempre me oye. Y si no, tengo otros recursos menos devotos.

—Te he extrañado mucho. Si no llega a ser por lo de tu sobrina...

—Mi tiempo no me pertenece. Sabes que este lugar está siempre en mi pensamiento por encima de todo.

—Aunque no por lo que yo desearía.

Tras la columna, Sabina asiste a esa conversación sin entenderla. Parece que el arzobispo y la abadesa tienen una estrecha relación, quizá demasiado estrecha para las normas. Se pregunta quién será esa sobrina de la que hablan. Y qué tendrá que ver con la llegada de monseñor.

—He visto a Bárbara con su nueva pupila.

—Un error. La hice llamar para aquello. Por fortuna se solucionó casi sin su intervención.

Así que el arzobispo está al tanto. Deben de tener una relación muy particular para que él sepa lo del aborto, después de hacerle jurar a ella que nadie se enteraría. Por un instante piensa si no será él el padre de la criatura que no llegó a nacer, pero enseguida se arrepiente. Es un arzobispo, casi un papa. Un hombre santo. Es pecado pensar esas cosas. Se encoge de hombros, allá cada uno con sus secretos.

—La defendió con energía —dice el arzobispo en aquel momento—. Espero que la mantenga al margen de todo.

—Pronto se irá.

El corazón se le detiene un instante. «Pronto se irá», ha dicho. Sí, ahora que la Iglesia ha tomado cartas en el asunto de Teresa, ella ya no es necesaria. Tendrá que dejar a la hermana Bárbara, volver a ese bosque que ya no considera su hogar. Intenta calmar su inquietud y atender a la conversación de aquellos dos.

—No la soporto —escucha en aquel momento decir a la abadesa—. Con su soberbia y sus aires de no ser de este mundo. Si no dependiéramos tanto de ella...

—Llegará un momento en que así será. Y ese momento está muy cerca.

—Me encantará bajarle los humos.

—Cada cosa a su tiempo.

El corazón de Sabina comienza a palpitar con fuerza. ¿Una intriga contra la hermana Bárbara? Y nada menos que con la ayuda del arzobispo. Tiene que ponerla al tanto de lo que se fragua contra ella. Bárbara nunca habla de la madre abadesa, aunque las pocas veces que las ha visto juntas ha notado la antipatía que existe entre ellas. Ahora hay algo más, algo tangible, real, que acecha. Gracias a Dios que se le ocurrió la idea de ir hasta allí. Bárbara es muy lista, sabrá defenderse. Siente gran inquietud unida a un entusiasmo extraño. Se ve luchando junto a Bárbara, y esta vez no es ninguna visión, sino un anhelo difícil de reprimir en un espíritu impaciente. Pero, antes que nada, debe asegurar su permanencia en el convento.

Se aleja sin hacer ruido, tanteando la fría superficie de piedra de los muros como un ciego que busca su camino. No hay ninguna luz que alivie la negrura de la noche, aunque ella conoce ya bastante bien los pasajes por los que ha de transitar y consigue dominar el miedo a esa niebla maligna que envuelve la noche del convento. Llega sin contratiempos a la celda de la boticaria. Golpea la puerta con suavidad. No hay respuesta. Abre esperando encontrar a la hermana dormida, ya que no estaba en la botica. No hay nadie. Solo un pequeño candil encendido junto al jergón y la ropa de la cama sin deshacer, como si la hermana aún no se hubiera acostado a pesar de haber pasado hace tiempo el rezo de maitines.

Se dispone a esperarla y termina por quedarse dormida, tumbada de lado en el camastro. Le despierta el frío. No se ha cubierto con la manta y el relente de la madrugada le ha entumecido los huesos. La hermana Bárbara no ha vuelto a su celda, así que decide regresar a la botica e intentar calentarse junto a la chimenea a la espera de poder hablar con ella cuando aparezca. Recorre de vuelta los pasillos del monasterio, donde ya se vislumbra esa cierta claridad que precede a la luz de la mañana.

La aventura de la noche aún no ha terminado. Cuando está a punto de entrar en la farmacia tiritando de frío, una voz la detiene. Es la misma que ha escuchado tras la puerta de Teresa, profunda y demasiado alta, pero esta vez sin la solemnidad del rezo.

—Pronto os levantáis.

Se vuelve. El dominico lleva un farol en la mano que produce sombras oscuras bajo sus ojos y le enrojece la piel. A pesar de que Sabina es alta, tiene que levantar la cabeza para mirarle a la cara y comprende que es el cansancio de la noche lo que le hunde las mejillas y le marca unas arrugas en el ceño demasiado pronunciadas para sus años. El gesto es duro, sin un atisbo de cordialidad. No la mira de frente, sino con la cabeza un poco ladeada, como de reojo.

—El día es corto y las tareas muchas, padre.

—Me gustaría saber cuáles son esas tareas. Esta mañana la hermana boticaria os ha llamado su pupila. ¿En qué consiste ese pupilaje?

Se siente como un animal atrapado en una trampa. Ahora no tiene a Bárbara para que la libre del apuro. Tiene que ser ella la que se enfrente sola a aquel hombre por quien se siente juzgada sin clemencia.

—Aprendo a leer y a escribir y también melecinas para sanar a los enfermos.

El sacerdote sonríe con una mueca irónica que parece más de enfado que de diversión. La sonrisa le hace parecer más joven. Tiene unos dientes grandes y muy blancos, un poco conejiles, que le restan solemnidad. Sabina se pregunta cuántos años más que ella tendrá. No demasiados, deduce, aunque su seriedad y su reserva le añaden muchos.

—Así que estáis aprendiendo. Pues yo diría que sois ya toda una experta, si he de guiarme por la pócima que habéis administrado a las hermanas enfermas. Todo el mundo en el monasterio se hace lenguas de su eficacia.

—Ese preparado no lo hice yo, padre. Fue mi maestra curandera, con la que viví desde niña.

—Estoy seguro de ello.

Otra vez esa sonrisa que aparece y desaparece como por ensalmo dejando a su dueño con cara de un conejo que se come algo amargo. La inoportuna imagen que se le forma en la cabeza hace que a Sabina se le escape una risa que intenta simular con un carraspeo.

—Veo que os divierten mis palabras. No os entretengo más. Atended a vuestras ocupaciones. Ya tendremos tiempo de un hablar más reposado.

El dominico da media vuelta y se aleja sin decir más. Sabina permanece petrificada junto a la puerta, viéndolo desaparecer hacia el claustro. Comprende que ha cometido un grave error. No es muy inteligente reírse de un hombre de la Iglesia, eso lo sabe hasta ella, a pesar de no conocer nada del mundo, y teme que muy pronto tenga que pagar las consecuencias.

13

Para mi sorpresa, casi nunca veía a mi señor. El palacio era muy grande y nuestros intereses no coincidían. Los hijos de entonces —los de la nobleza, claro, los otros solo se preocupaban por sobrevivir— eran como apéndices a los que había que cuidar y educar, siempre que lo hicieran otros, y a los que no se prestaba ninguna atención. Para ser el primogénito y único hijo varón del conde, este pasaba bastante de su hijo, que vivía rodeado de sirvientes: el lacayo con el que practicaba esgrima; el palafrenero con el que montaba; yo mismo, quien se suponía que debía administrar disciplina además de conocimientos, y los criados que cuidaban de sus necesidades cotidianas. Ni el conde ni la condesa aparecían por sus aposentos salvo en raras ocasiones. Por ejemplo, cuando Jaime debía acudir con ellos a algún evento que requiriera la presencia de toda la familia, cosa que no era habitual. Entonces, su madre supervisaba su atuendo y sus habilidades sociales y su padre le instruía en la alcurnia de cada familia para que no cometiera ninguna metedura de pata protocolaria. A él, sin embargo, no parecía que este abandono le afectase. Tenía una vida muy activa. Frustrantes sesiones de estudio por la mañana conmigo, entrenamientos con la espada, cacerías junto con los adolescentes de las casas más linajudas de la ciudad y juegos varios, como la pelota, que practicaba casi todos los días con Bartolillo y los hijos de otros sirvientes. Siempre ganaba, claro, lo que era un aliciente más para disfrutar del juego.

Cuando no tenía ganas de abrirle la cabeza con el tomo más grande que encontrara, me producía ternura la rudeza de aquel chaval, su mala educación, sus ínfulas de superioridad no suavizadas por unos buenos sopapos. Le estaba tomando cariño.

Don Jaimito era bastante torpe para los estudios y un fanático de la caza y de las armas. Por lo visto, se le daban muy bien la espada y la ballesta, y lo mismo acertaba a un corzo en el corazón que a un muñeco de entrenamiento entre los ojos, según sus palabras. No dejaba de hablar de las monterías en las que había participado; de sus prácticas con el mosquete, arma recién inventada que su padre le había regalado al cumplir los doce años; de las batallas en las que participaría y de todos los soldados a los que pasaría a sangre sin ninguna piedad.

—¡Combatiré al infiel y a los enemigos de la verdadera fe! ¡Hundiré mi espada en las entrañas de todo aquel que ose enfrentarse a nuestro rey y señor! —gritaba exaltado sin venir a cuento, mientras blandía la pluma manchada de tinta.

Me aturdía con una cháchara sin fin que yo escuchaba, resignado, mientras intentaba que atendiera a mis explicaciones. En cuanto a esto, me llevaban los demonios por toda la sarta de sandeces que tenía que enseñar. Por ejemplo, ¿era seguro hablar del heliocentrismo? ¿Ya había publicado Copérnico su tratado? Procuraba limitarme a los escritos de Erasmo, bastante sensatos a pesar de sus inexactitudes y su vena misógina. Repetía como un loro los textos filosóficos y científicos que sabía permitidos por la Inquisición y evitaba cualquier tema que fuera controvertido. No me sentía demasiado bien por ello, pero me decía que lo importante era no significarme. Había que procurar mantenerse alejado de las autoridades. Lo primero era encontrar al tal Juan de Salinas. ¿Sería Salinas quien nos diera las respuestas a todas nuestras preguntas? ¿Sería él quien nos había enviado la información para viajar? Era necesario encontrarlo cuanto antes e intentar volver a nuestro tiempo.

Sin embargo, había algo que empezaba a rondarme la cabeza más de lo debido. Recordaba la historia de *Regreso al futuro*, aquella película en la que el viajero del tiempo conseguía cambiar la vida de sus padres y, por extensión, la suya, al modificar los acontecimientos del pasado. ¿Podríamos nosotros hacer lo mismo? ¿Cambiaríamos el pasado para que nuestro futuro, todo el futuro, fuera distinto?

Pensaba que cualquier alteración de la desastrosa historia de España sería para bien. Muy tonto había que ser para estropear aún más aquel sinsentido de decisiones equivocadas, derroches absurdos, fanatismos varios y gobierno de incapaces.

Por otra parte, estaba la teoría inversa que postulaban otras obras de ciencia ficción. Por ejemplo, en *Terminator* no importaba lo que se hiciera para modificar el futuro. La realidad era obstinada y tendía a mantenerse.

Y, luego estaban las famosas paradojas. Si mato a mi abuelo, no podré nacer. Y si no puedo nacer, cómo voy a poder matar a mi abuelo. En fin, toda una serie de especulaciones que me ponían la cabeza como un bombo.

No dejaba de pensar en todo esto y en las posibilidades que tendría un tipo como yo para influir en el devenir de la Historia. Fluctuaba entre la consciencia de mi absoluta incapacidad para acometer tamaña empresa y una inmensa seguridad en mí mismo con la que veía un futuro paradisíaco sin guerras ni hambrunas, sin religiones castrantes ni mujeres explotadas, sin políticos corruptos ni programas de televisión insufribles, sin pintadas en las paredes ni cacas de perro en las aceras. Iba de lo sublime a lo cotidiano como si cambiara compulsivamente de canal y me desesperaba cuando la realidad de cada día me mostraba tal como era, un maestrillo que intentaba meter algo de cordura en la mollera de un fanático de la guerra y de la caza.

Lo que no imaginaba era que la posibilidad de influir en la Historia, o quién sabe, hasta de crearla, iba a venir a mí sin que yo la buscara. Una noche, al volver de la taberna, me encontré a Bartolillo, el insigne *sparring* de don Jaimito, muy afanoso en la cocina, raspando con rabia un pliego que ya mostraba ciertos estragos. Tenía la cabeza inclinada sobre el papel y mascullaba improperios por su mala letra y cabeza. Como lo pillaran gastando el aceite de la lámpara, le iba a caer una buena tunda. En el poco tiempo que le conocía, había crecido y tenía los miembros largos y desgarbados de un adolescente.

Me acerqué con sigilo a la mesa y le di un buen susto.

—¿Se puede saber en qué andas metido?

Se levantó e intentó escapar farfullando disculpas. Lo arrinconé contra un armario y, antes de que pudiera escabullirse, conseguí sujetarlo por el cuello de la camisa y volví a sentarlo en el banco.

—Si osaras decirme qué te traes entre manos, quizá yo pudiera ayudar.

—No es nada, mi señor. Locuras que se le ocurren a uno.

—Cuéntame.

Tras varios intentos, comprendió que no podría escaquearse de mis preguntas y habló:

—Desde que vuestra merced tiene a bien enseñarme las letras y latines, tengo en la mollera poner en el papel el cuento de mi vida —dijo—. Mas no sé cómo empezar, me estrujo la cabeza y me desespero.

—¿El cuento de tu vida? Poca vida habrás para contar.

—Decís mal, señor, que ya voy para los dieciséis inviernos.

Salí de mi casa de Tejada con muy pocos años y he sufrido tamañas aventuras antes de llegar a esta ciudad que sería menester no enterrarlas en la sepultura del olvido.

—¿De Tejada? —Sus palabras resonaron en mi memoria como un gong chino.

—Sí, mi señor. Aunque tomole el parto a mi madre en el río Tormes y pariome allí mismo. De Tejada partí con un ciego que me mató de hambre y que me enseñó grandes astucias. Si me hicierais la venia de ayudarme en tal empresa, os quedaría agradecido de por vida.

—¿Y cómo puedo yo ayudarte?

—Yo os relataría mis cuitas y peripecias y vos las pondríais en el papel con vuestra sapiencia.

No pude evitar soltar una carcajada que Bartolillo escuchó con asombro. Reí un buen rato sin parar. No todos los días te piden que escribas uno de los mayores clásicos de la literatura.

—Claro que te ayudaré, Bartolo —dije dándole una buena palmada en la espalda— ¿Has pensado ya cómo vas a nombrarlo?

—Eso sí lo sé. La vida de Bartolo de Tormes y de sus fortunas y adversidades —respondió con tono engolado.

—Bartolo no es nombre ilustre —le dije—. ¿No te gustaría más que el protagonista de tu historia se llamara, por un decir, Lázaro? Es más bíblico, más enjundioso.

Bartolillo se quedó un rato pensativo.

—No, mi señor. Bartolo es mi nombre y de Bartolo serán las aventuras.

Lo dejé pasar. Ya habría tiempo de cambiarlo.

Veía poco a Julia y, cuando lo hacía, casi siempre estábamos rodeados de testigos que nos impedían hablar a nuestras anchas. Su dormitorio lindaba con el de sus pupilas y el mío se encontraba en la otra punta del palacio. No coincidíamos en las comidas ni en las relaciones sociales. Solo podíamos vernos a solas cuando ambos salíamos a la calle, lo que para Julia era bastante difícil.

Habíamos quedado en el mercado, el mejor lugar para poder hablar sin que nadie nos hiciera caso. Julia se levantaba la falda, quizá más de lo debido a juzgar por las miradas de algunos, para evitar la verdura podrida del suelo, los regueros de desperdicios y las aguas menores que se lanzaban desde las ventanas y añadían aromas más intensos a las piedras de la calle. Iba sujeta a mi brazo, todo el contacto permitido. A pesar de la fetidez reinante, yo seguía siendo capaz de encontrar su olor entre todos aquellos atentados a la pituitaria. No imaginaba cómo, pero aún olía a manzana.

Llevaba unos días preocupado por ella. Y esta vez no por su mal carácter o su indiferencia. Su piel pálida tenía un aspecto mortecino. Parecía cansada, lenta en los movimientos, como si hubiera perdido toda su energía. Tenía miedo de que enfermase, pero ella lo negaba siempre.

—No seas pesado. Estoy perfectamente —me dijo cuando le volví a mostrar mi preocupación por su aspecto—. Nunca me pongo mala. Es esta ropa, que no me deja ni respirar. Y la dieta de garbanzos. Nunca había tenido tantos gases. Por no hablar de las niñas, que son una pesadilla. Las dos pequeñas parecen medio bobas, solo piensan en casarse y que sus padres les busquen un marido rico. La mayor, Mencía, tiene un carácter del demonio, y no lo digo yo, lo dice también su madre, que no ve el momento de quitársela de encima. La verdad, es la única que me estimula un poco hasta que encontremos a Salinas. Es muy lista. En los pocos momentos en los que se puede hablar con ella sin que te lance un grito o un peine a la cabeza, muestra interés por aprender, por el mundo al que no tiene acceso. Me pregunta por Suecia y por mi vida allí. Imagínate las chorradas que le cuento. Nunca he sido muy aficionada a la Historia. No tengo la más remota idea de lo que hablo; intento desviar siempre la conversación hacia asuntos científicos.

—Espero que no le hables del bosón de Higgs.

—No, del bosón no, aunque estoy deseando contarle lo de la singularidad gravitacional que nos ha traído hasta aquí.

—¡¿Qué dices?!

—Yo también sé bromear, querido —respondió con una sonrisa angelical.

Sin embargo, mientras hablábamos no dejaba de ver sus ojeras y temblaba pensando que tuviéramos que necesitar a un matasanos de la época antes de volver a nuestro tiempo. Desde luego, intentaría cualquier cosa antes que eso. Mejor echar mano de una curandera que de un médico cuyo tratamiento más sofisticado fueran las sanguijuelas.

Sin dejar de hablar de los asuntos que nos importaban, aprovechábamos para empaparnos de todo lo que ocurría a nuestro alrededor. La cercana boda del príncipe había convertido la ciudad en un hervidero de gente de la más variada facha entre las que, a duras penas, conseguíamos abrirnos paso. Me había acostumbrado a llevar una pequeña daga con la que en ocasiones pinchaba, con cuidado, eso sí, las nalgas de quien se interponía en nuestro camino. No estaba muy orgulloso de ello, pero había visto que aquella era la única manera de transitar con cierta velocidad y hay cosas que se aprenden rápido.

Parecía que todos los mendigos del reino habían recalado en las calles de Salamanca en busca de la generosidad o el descuido de los invitados a la boda. Estos seguían llegando a la ciudad en una riada sin fin rodeados de sus pequeñas cortes itinerantes. Dábamos gracias a todos los dioses por que el frío del otoño hubiera llegado al fin. Aquella multitud a cuarenta grados hubiera sido mortal. Los carruajes y las caballerías, algunos muy historiados, recorrían las calles sin descanso, para desesperación de los viandantes, que debían apartarse a toda velocidad si no querían ser arrollados o al menos salpicados de inmundicias. Y es que los cocheros de los grandes señores y los caballeros en sus monturas no tomaban demasiado en cuenta a quienes se atravesaban en su camino. Las reglas de circulación eran, por así decirlo, inexistentes. Imperaba la ley del más fuerte, como en casi todos los órdenes de la vida cotidiana.

La ciudad estaba envuelta en los colores de las libreas de las distintas casas nobles, que se estorbaban en los callejones y llenaban de brillos la ciudad. Estaba, por ejemplo, la de terciopelo morado de la comitiva del arzobispo de Valladolid, la primera que Julia y yo vimos mezclados con la gente que aclamaba su llegada con vítores como si fuera un cantante de rock. La corte del arzobispo consistía en un séquito de ochenta mulas cargadas de todos los pertrechos de cocina, camas, capilla y demás cosas incomprensibles, además de sus escuderos, servidumbre y familia, todos ellos ataviados con diferentes colores acordes con sus profesiones y oficios.

—Esto sí que es un séquito como Dios manda —dije mientras los veía pasar.

—Y nunca mejor dicho —respondió Julia, tan asombrada como yo.

En mi tiempo libre salía con don Baldomero. Resultó que mi amigo era un juerguista de cuidado. Las tabernas que frecuentábamos eran antros infectos donde se bebía un vino asqueroso y donde la higiene era un concepto desconocido. Pero, eso sí, tenían un éxito indiscutible. Siempre estaban abarrotadas de estudiantes ruidosos y pendencieros, hombres de toda calaña, mujeres resignadas de rostros demacrados y maquillados con exageración y niños descalzos a la puerta en busca de una moneda o una bolsa que llevarse a las manos. Por fortuna, aún tardarían unos años en descubrirse las cualidades «terapéuticas» del tabaco y el aire no estaba lleno de humo, como lo estaría un siglo después. Baldomero se sentía a sus anchas en aquellos lugares y parecía conocer a todo el mundo, y a todo el mundo invitaba con un dinero que igual merecía otro destino.

Conocí a una mujer, con la que solía charlar en una de las tabernas. Era bastante joven, y aún no había sucumbido al desgaste emocional y físico que suponía su oficio. Se llamaba Eufrasia aunque, afortunadamente para ella, todo el mundo la llamaba Asia. Era bajita, de formas contundentes, con una gran mata de pelo rizado y una piel color caramelo que remitía a ancestros del sur.

El primer día se había acercado a mí con andares insinuantes y me había echado mano a la entrepierna sin mediar palabra, lo que me hizo dar un salto y un grito muy poco masculinos.

—¡Pardiez con el caballerete! —exclamó la mujer soltando una carcajada—. Descuidad, señor, que no pretendo robaros vuestros tesoros. Solo ponerlos a buen recaudo en mis aposentos.

La rechacé como pude alegando una indisposición. Lo cierto es que aquel contacto inesperado me había puesto como una moto, pero enseguida recordé la sífilis, las ladillas, la peste, yo qué sé, un montón de enfermedades que debían de pulular por allí como Pedro por su casa y se me bajó rápidamente la calentura. Entonces se sentó junto a mí, poniéndome el gran escote en la cara, supongo que, para intentar convencerme de sus encantos, que no eran pocos, y empezamos a charlar. A partir de ese primer día, se acostumbró a sentarse a mi mesa cuando el negocio estaba tranquilo. Desde que conseguí convencerla de que no quería de ella nada más que su compañía, a expensas de aparecer como un desgraciado con problemas de erección, se relajó y pudimos convertirnos en casi amigos. Lo cierto es que había muchos momentos en que la tentación era difícil de resistir, pero, además de las posibles enfermedades, no podía dejar de pensar en Julia y en aquella única noche que no conseguía quitarme de la cabeza.

Descubrí que Asia era una joven muy espabilada, con las ideas claras y planes de progreso, lo que no dejaba de ser un proyecto muy optimista visto el lugar en el que se encontraba.

—Tendré mi propia posada junto a la universidad —decía—. Daré comida y cama a los estudiantes y seré rica en poco tiempo. No hay alojamientos decentes en la ciudad y los estudiantes acaban malviviendo en pupilajes donde los matan de hambre o en fondas donde les roban y los matan de hambre.

Era proverbial la penuria de los estudiantes en la Salamanca de aquellos tiempos. Yo lo había leído en varias novelas picarescas y sabía que la vida podía ser muy dura para aquellos jóvenes, muchas veces sin ninguna experiencia de la vida, que llegaban a la ciudad para convertirse en doctores y que eran esquilmados por astutos salmantinos que a su vez necesitaban a esos pardillos para sobrevivir. Recordé una copla leída no sé dónde y se la recité a Asia.

—*Un estudiante tunante se puso a pintar la luna y, del hambre que tenía, pintó un plato de aceitunas.*

Asia se puso a reír como una loca y se la cantó a todo el mundo de la taberna. Tuvo tanto éxito que a partir de aquel día la escuché en varios lugares. Con el tiempo comprendí que esa copla que yo había leído en algún libro olvidado cinco siglos después había salido por primera vez de mi boca, creando otro de esos curiosos bucles temporales que tanto me fascinaban.

También he de reconocer que utilizaba a Asia para darle celos a Julia o, al menos, para intentarlo.

—Es asombroso lo lista y lo valiente que es —le dije al hablarle de ella—. Es una mujer analfabeta, de piel demasiado oscura para lo que gusta por aquí, que ha llevado una vida de culebrón y, sin embargo, nada se le pone por delante. No deja de hacer planes. Está convencida de que va a conseguir todo lo que se proponga.

—Creí que habías dicho que en esta sociedad nadie lograba escapar del lugar en el que había nacido —me contestó, completamente inmune, al parecer, a mis patéticos intentos.

—Los libros solo hablan de los grandes números, pero cada persona es única. Es cierto que la sociedad está muy estratificada, aunque estamos en los primeros tiempos de una burguesía incipiente. Estoy seguro de que alguien con el valor y el entusiasmo de Asia puede llegar a alcanzar una posición desahogada.

—Envidio su libertad de movimientos, aunque no me imagino todo lo que tendrá que aguantar cada día en esos antros.

—¿Y no envidias que pueda disfrutar de este caballero irresistible venido del norte?

—Desde luego. Me encantaría poder ir también a la taberna y pasar la noche de juerga en vez de aguantar a las princesitas. Aunque supongo que sería un estorbo para tus escarceos.

Aquí me pareció notar cierto tonillo de celos, pero no quise insistir.

—Lo que más me gustaría sería tener libertad para buscar a Salinas —siguió Julia con voz de reproche—, cosa que tú llevas con mucha tranquilidad, por lo que veo.

Me sentí culpable. Era cierto. Al principio, todo el tiempo que tenía libre lo había ocupado en buscar a Salinas. A pesar de ello, y tras los dos meses que llevábamos en Salamanca, no había conseguido descubrir nada sobre su existencia. Había preguntado discretamente por él a don Baldomero y a los sirvientes, pero nadie de la casa del conde parecía conocerlo. Después amplié las indagaciones. Fue inútil. Ni en las tabernas, ni en la universidad ni en los burdeles conocían su nombre. Solo me restaba preguntar a los condes, con los que, por otra parte, no tenía ninguna relación. Me los imaginaba mirándome desde la altura de su desdén y se me quitaban las ganas. No veía cómo esos seres tan estirados y ajenos al mundo podrían ayudarme en mis pesquisas. Cómo echaba de menos en aquellos momentos un buen terminal con conexión 4G donde buscar a aquel hombre misterioso.

La única pista real era la suposición de que tenía algo que ver con los textos del libro, con las fórmulas alquímicas y los planos de las lentes. Pero si ese tipo era un alquimista, personajes no demasiados bien vistos por la Inquisición, no iba a ser fácil encontrarlo. Felipe II iba a convertirse en un gran aficionado a la alquimia, tanto que llegaría a crear un gran laboratorio en El Escorial donde recibiría a los alquimistas más afamados de la época. Desgraciadamente, todo aquello pertenecía al futuro. Por el momento, el príncipe Felipe apenas había cumplido dieciséis años y sus intereses se dirigían más hacia la caza y la fiesta que a las investigaciones científicas, algo a lo que se aficionaría a raíz de sus muchas dolencias, por un lado, y a la necesidad de conseguir oro para las arcas del Estado, esquilmadas por la guerra.

Era cierto que, dada la imposibilidad de descubrir ninguna pista sobre el paradero de Salinas, me había ido relajando casi sin darme cuenta. Había tanto que ver, que aprender a mi alrededor. Era todo tan asombroso que la búsqueda de Salinas se fue convirtiendo en algo que, sí, seguía allí presente, pero que ya no ocupaba el cien por cien de mi atención.

Sin embargo, las cosas iban a dar un giro inesperado.

Como en cualquier palacio importante que se preciase, en el sótano de nuestra vivienda había una botica muy bien surtida, regentada por un anciano desagradable con quien Julia hizo buenas migas desde el principio. Se llamaba Gaspar y era alemán, un estudioso de las plantas que había venido con la primera riada de gentes que acompañaron al emperador Carlos cuando heredó el reino de España. Todo el servicio del palacio le tenía un miedo reverencial y él no hacía nada por suavizarlo. Sus gritos, cuando algo no se hacía como él ordenaba, se podían escuchar hasta en las buhardillas, y era el único que trataba con cierta asiduidad a los condes.

Yo había empezado con mal pie con él. Cuando me conoció me habló en alemán y, al ver que no le entendía, soltó un bufido y se alejó de mí mascullando no sé qué sobre los suecos y su ignorancia. Desde entonces, las pocas veces que nos cruzábamos en el palacio hacía como que no me veía y cuando intenté preguntarle por Salinas, como a todos los sirvientes de la casa, me miró de arriba abajo con el ceño fruncido y se alejó sin responder una palabra.

Su posición en el organigrama palaciego era bastante ambigua. Era casi como un invitado perpetuo que hacía el favor de ofrecer a los condes sus conocimientos.

Cuando Julia le conoció, su feudo de retortas, hornos y alambiques se convirtió para ella en una especie de refugio donde acudía cuando sus pupilas le ponían al límite de su escasa paciencia. El hecho de que ella hablara un poco de alemán le abrió las puertas de la botica y del seco corazón del anciano. Quiso que Gaspar le enseñase a fabricar elixires, bálsamos, sales y quintaesencias. Le encantaba elaborar aceites aromáticos de canela, de clavo, de anís, de espliego. Destilaba aguardiente para el conde y perfumes para la condesa. En aquella botica, rodeada de aparatos que le recordaban vagamente su laboratorio del CSIC, era libre para ser casi ella misma.

Y, además, gracias a Gaspar, y contra todo pronóstico, encontramos a Salinas.

14

Era frío y altivo, más hinchado que un pavo real, como todos estos nobles españoles, orgullosos hasta el delirio. Eso lo comprobé después. Cuando por fin conocí a Juan de Salinas y Montenegro, yo solo tenía ojos para Julia. Ella estaba a su lado y lo miraba con una expresión que me produjo un repentino malestar en el estómago. Joder, si alguna vez ella me hubiera mirado así, nada se me habría puesto por delante. A pesar de su palidez y las ojeras que me preocupaban desde hacía un tiempo, Julia resplandecía. Tenía la barbilla levantada y me recordó a una pastorcilla de Fátima al mirar a la Virgen: la misma cara de tonta. Estaba acostumbrado a los entusiasmos un poco enloquecidos de Julia, pero nunca a esa mirada, a esa especie de devoción que veía en sus ojos. Me tragué la bilis que me vino a la boca y conseguí incluso sonreír al saludar a aquel hombre.

Yo no había sido testigo de su encuentro, aunque Julia me lo había contado con pelos y señales. Por una vez no fue al grano, sino que puso en su relato una minuciosidad poco habitual en ella. Esto fue lo que me produjo la primera sospecha.

Había bajado a la botica mientras las niñas se vestían para ir a la iglesia, lo que les llevaba más de dos horas. Julia, como siempre, se desesperaba con la tardanza y había decidido bajar al sótano para terminar de destilar no sé qué esencia. Cuando llegó,

Gaspar no estaba solo. Había un hombre de espaldas, inclinado sobre una retorta. Iba en camisa, remangado, con unas calzas de terciopelo bordado en oro y botas altas. Tenía el pelo muy oscuro, largo y recogido en una coleta. A Julia le había parecido un pirata de película.

Gaspar, más simpático que de costumbre, se acercó a ella con una sonrisa para presentarle a aquel hombre. Don Juan de Salinas y Montenegro, conde de Lara, «un gran sabio al que tenía el placer de llamar amigo».

—No sé cómo pude disimular. Cuando oí el nombre, me quedé clavada. Debí de ponerme tan pálida que Gaspar me agarró como si estuviera a punto de desmayarme. Aguanté como pude y conseguí saludar a Salinas con cierta normalidad.

Julia me contó que Salinas la había mirado fijamente y se había limitado a inclinar la cabeza como saludo.

—Tiene una cicatriz que le cruza el lado derecho de la cara, desde la oreja hasta la comisura de la boca. Debe de acomplejarle, porque mira un poco de lado, como si quisiera esconderla. No lo entiendo, supongo que no es consciente de lo atractivo que es, del aire peligroso que le da la cicatriz, como si hubiera vivido mil aventuras emocionantes.

Según escuchaba a Julia, supe que algo iba mal, algo que me estaba poniendo muy nervioso: la pasión que ponía al describir a Salinas. Se le abrían demasiado los ojos, hablaba muy deprisa, tenía los labios rojos y hasta me parecía que hinchados. Respiré hondo e intenté concentrarme en sus palabras, en sus gestos, en todo lo que me sirviera para descubrir qué había detrás de esa actitud. Bien mirado, me dije, ella siempre muestra mucho entusiasmo por todo lo nuevo. Eso tenía que ser, la novedad, la emoción de haber encontrado, por fin, a Salinas. Aquel hombre podía ser la ayuda que necesitábamos para salir de esta, para conseguir volver a nuestro tiempo, a nuestra vida. Cómo no iba a estar emocionada. Yo también lo estaba y ni siquiera conocía aún a aquel tipo. Habíamos estado perdidos, perplejos, agobiados. Salinas era nuestro balón de oxígeno, la prueba de que todo era posible. Sí, era eso, nada más.

Ni yo mismo me lo creía.

—Ha estudiado en las mejores universidades —seguía Julia sin parar de hablar—. En Bolonia y en Heidelberg. Acaba de volver de las Indias y se ha acercado a saludar al viejo. Por lo visto, es primo lejano de la condesa. Me contó que era la segunda vez que viajaba a América. Bueno, él no lo llamó América, claro. Hace años acompañó a la expedición de Ponce de León.

—¿La que buscó la fuente de la eterna juventud? —silbé. Me seguía pareciendo imposible poder hablar de estas cosas con sus protagonistas—. No la encontraron, pero se inventaron Florida.

—Sí, eso me contó él. Que descubrieron una tierra llena de mosquitos y manglares. Primero pensaron que era otra isla; luego comprendieron que estaban en el continente.

—¿Y por qué volvió a las Indias?

—Ha estado en Nueva España seis años. Eso es México, ¿no? Por lo visto está interesado en las minas que han descubierto en esa zona. Hay plata y oro para aburrir.

—Sí, la maldición de nuestro país.

—¿Por qué dices eso?

—El oro que entró en España solo sirvió o servirá para afianzar el retraso con respecto a los demás países del entorno. Las guerras de religión y el oro de América nos convertirán en un país endeudado y miserable. Mientras en el resto de Europa se inicia una incipiente industrialización, España se limitará a esquilmar las minas, como ha hecho tu amigo, a comprarlo todo, a gastar a lo loco y a endeudarse hasta el cuello financiando guerras sin fin.

—Pues sí que te cabrea el asunto.

—Mejor hubiera sido quedarnos en casa en lugar de intentar hombradas absurdas por encima de nuestras posibilidades. Al final, los que ganan siempre son los banqueros alemanes. Es nuestro sino. Pero dejemos las Indias. ¿Mostró en algún momento que nos conocía, que sabía quiénes éramos?

—Me miraba muy fijamente, me puse muy nerviosa.

—¿Nerviosa? ¿Tú?

—Tiene una mirada muy intensa. En cuanto a lo otro, no noté nada. Ni una señal, ni una palabra ni un gesto que indicara un reconocimiento. Juraría que no tiene ni idea de quién soy.

—¿Y qué pasó después?

—Cuando Gaspar me presentó como la viuda de un gran científico e interesada en la alquimia, estuvo muy dispuesto a compartir sus conocimientos conmigo. Por desgracia, no me pareció que tuviera otra intención que ser amable.

—Sí, seguro que quería ser muy amable. —Me llevaban los demonios. No solo parecía que Salinas no iba a ser la solución de nuestros problemas, sino que, además, sospechaba que se convertiría en el desencadenante de otros nuevos—. Puede que disimulara por estar Gaspar delante. Tengo que conocerlo. Hay que hablar a solas con él.

No veía el momento de ver a aquel hombre, por lo que significaba para nuestro futuro y quizá también para comprobar en directo lo que sospechaba. Sin embargo, antes tuve un encuentro inesperado que resultó aún menos agradable.

Ese mismo día, después de comer, se requirió mi presencia en las dependencias de la condesa. Era la primera vez que lo hacía. Tenía fama de ser altiva y antipática y no tenía yo el cuerpo para aguantar impertinencias, después de mi conversación con Julia, pero no me quedó más remedio que acudir a su llamada.

Estaba sentada en su salón de recibir, apoyada en unos grandes cojines que se distribuían encima de una tarima, como si fuese la protagonista de una obra de Lope de Vega, aunque a este le quedaran aún varios años para nacer. Moño historiado, traje negro, gorguera blanca y varios collares de perlas que caían por debajo de la cintura y que debían de molestar lo suyo, a pesar de lo tiesa que estaba.

Junto a ella, sentado en un sillón de cuero, había un sacerdote. Era joven, de unos treinta años, alto, con cierto sobrepeso y bastante atractivo. Llevaba el manteo con esclavina y la sotana clerical, todo ello de muy buen paño. Lucía grandes bigotes y un pelo brillante y ondulado, algo más oscuro que el de la condesa. Era una mezcla entre el corpachón de Porthos y la elegancia de Aramis.

Últimamente no dejaba de comparar a todo bicho viviente que conocía con los personajes de *Los tres mosqueteros*, mi libro favorito de la infancia y en el que siempre soñé vivir. Aquel libro había sido mi primera incursión en la lectura de adultos. Aún recordaba las tardes escondido en el cuarto de baño, el único lugar donde conseguía que me dejaran en paz, mientras devoraba las páginas amarillentas de una edición antigua, a dos columnas, que encontré perdida entre los libros de mi padre. *Los tres mosqueteros* fue, sin duda, la causa de que me decidiera por la Historia y, en especial, por la Edad Moderna. Casi olvidaba que aquellos personajes eran fruto de la imaginación de un hombre del siglo XIX. Para mí, los cuatro mosqueteros de Luis XIII eran tan reales como el propio rey o su malvado primer ministro, Richelieu. Y cuando se cumplía mi sueño, de la forma más improbable que se pudiera imaginar, resulta que llegaba con cien años de adelanto.

—Don Miguel, os presento a mi hermano pequeño, don Diego de Covarrubias, obispo de Calahorra. Ha llegado hace poco para la boda de nuestro príncipe. Le gustaría hablar con vos.

—Estoy a vuestra disposición, monseñor.

—Un placer conoceros, don Miguel. He notado en mi sobrino un gran cambio en sus hábitos. Siempre ha sido un niño demasiado exaltado y, en mi última entrevista con él, me ha parecido más sereno. Supongo que este cambio he de atribuirlo a vuestra influencia.

—Eso espero, monseñor. Los jóvenes son exaltados por naturaleza, pero don Jaimi... Jaime tiene muchas virtudes que yo no hago más que encauzar.

—Sin embargo, habrá que cuidar que esa placidez no se trastoque en apocamiento y cobardía. Mi sobrino está llamado a luchar por su rey y no a meter las narices en los libros. Eso queda para los segundones como yo, no para el heredero de un gran condado.

—No creo que haya peligro en que don Jaime se vuelva apocado. Tiene demasiado espíritu pendenciero para ello.

—No es de eso de lo que quiero hablaros —dijo el obispo sacudiendo la mano como si apartara moscas—. También he conocido a vuestra hermana y debo deciros que he quedado desagradablemente sorprendido.

Se me encogió el estómago del susto. ¿Qué había hecho Julia? Poco había tardado en topar con la Iglesia. No estaba preparado para enfrentarme con la escolástica de estos tipos acostumbrados a mandar y ser obedecidos sin preguntas. Esa maldita costumbre de las religiones de fastidiar a las mujeres revestía allí un peligro real del que había querido advertir a Julia desde el principio.

—Os hablo como amigo, no como religioso. No quisiera que ciertas palabras y actitudes se escaparan de entre estas paredes y llegaran a oídos poco dispuestos a ser magnánimos, como yo lo soy, por el momento.

—Os escucho. —Me costaba seguir las palabras de aquel hombre, tan retorcidas como sus bigotes.

—Vuestra hermana exhibe unos modos libres en exceso, se mueve con demasiada soltura, habla demasiado alto. Mis sobrinas están en una edad donde cualquier mal influjo puede ser funesto para su educación.

—Tened en cuenta, monseñor, que venimos de unas tierras de costumbres distintas. Mi hermana es una mujer profundamente cristiana y respetuosa. Os aseguro que esos modos que os parecen excesivos se atemperarán sin duda en poco tiempo. El ejemplo exquisito de la señora condesa —me incliné ante aquella mujer más tiesa que una vara que nos escuchaba en silencio— será inestimable para ello.

—Hablad con ella. A las mujeres hay que doblarles las guardas, acortarles los pasos, ponerles hierros y quitarles ocasiones para que no se pierdan. Decidle esto a doña Julia. Más pareciera que intenta amistarse con sus pupilas, lo que no puede acarrear más que confusión. Si no os veis con autoridad para ello, seré yo quien la adoctrine.

—No —salté quizá con demasiada vehemencia—, no os apuréis, monseñor. Hablaré con mi hermana y os aseguro que tomará buena cuenta de lo que le diga.

—No seáis muy duro, don Miguel —dijo con una sonrisa beatífica mientras me extendía la mano para que le besara el anillo—, mas tampoco consentidor en demasía. La mujer es como la anguila en manos del pescador. Si la aprieta, se desliza; si la afloja, se resbala.

Esperaba de todo corazón que Julia no escuchara nunca esa frase. No respondía de lo que pudiera decir o hacer al respecto.

Con esta nueva preocupación en la cabeza me dirigí a encontrarme con Salinas. Había quedado en reunirme con ellos en el segundo patio del palacio a una hora en la que no era probable que nos encontráramos con nadie. El atrio renacentista de columnas esbeltas y arcos de medio punto nos protegería de miradas indiscretas. En cuanto los vi llegar, uno al lado del otro, tuve una premonición. No era la primera vez en mi vida que me pasaba algo así. Una especie de vuelco del estómago, como si me hubiera sentado mal la comida. Sentí en lo más hondo de mí mismo que aquel hombre era peligroso, que teníamos que alejarnos de él. Entonces ¿qué nos quedaba? Si Salinas desaparecía, estábamos solos.

Tampoco estaba seguro de que aquella especie de premonición se debiera al hombre en sí, o más bien a la visión de ellos dos mientras se acercaban hacia mí, uno junto al otro, demasiado cerca, tanto que sus brazos se rozaban. No podía apartar la mirada de Julia. A pesar de estar más delgada y macilenta que cuando llegamos, parecía haber emergido de una crisálida. Toda la adustez, los modales secos, su aspecto de bibliotecaria rancia habían desaparecido. Era como si su vida en el siglo XXI hubiera sido una especie de traje estrecho en el que nunca se hubiera sentido a gusto. Parecía haber nacido para llevar esa ropa, para vivir en este mundo curiosamente tan distinto a ella. Mientras se acercaba junto a aquel hombre sentí un nuevo vuelco del estómago y un pensamiento rebelde que nunca hubiera querido tener: parecen hechos el uno para el otro. No, no era eso, no podía ser eso. Se acercaban y me sentí como un intruso al espiar sus miradas enlazadas como hiedras libidinosas.

—Don Miguel. —Salinas inclinó la cabeza como saludo—. Me congratulo de conoceros al fin. Vuestra hermana me ha hablado mucho de vos.

—Me admira que haya tenido tiempo para hacerlo. Según creo, apenas os presentaron hace dos días.

—Decís bien, pero en este tiempo he tenido el placer de conversar largo con doña Julia y, además de admirar su inteligencia y su belleza, he comprobado el gran cariño que os guarda.

¿Quién se creía ese tío? Conocía a Julia hacía cinco minutos y ya se permitía hablar de ella como si fueran amigos íntimos. Tenía toda la pinta de querer congraciarse conmigo a base de elogios y chorradas. Con su tonillo condescendiente, su coleta y su cicatriz de pirata me estaba tocando mucho las narices. No sabía muy bien qué decir, me sentía incómodo y cabreado. Y le pregunté por sus viajes. Por lo menos, así evitaba mirar a Julia y ver su expresión atontada.

Habló de las nuevas tierras conquistadas, de batallas, de expediciones, de alimentos extraños para él, como el maíz o el jitomate, y de una planta que algunos llamaban «nicociana» y que le había producido gran interés.

—Los indígenas secan las hojas, las envuelven en forma de tubo, las encienden por un lado y aspiran el humo por el otro. Al parecer provocan la expectoración y alivian el asma como por milagro. También embotan las penas y producen cierta embriaguez. En Nueva España muchos hidalgos ya las utilizan. Espero que pronto lleguen aquí.

—Yo tendría cuidado con las cosas nuevas. No siempre son tan beneficiosas como parecen —dije.

—Veo que sois prudente, lo que os honra. Mas en la vida, en ocasiones, hay que dejar a un lado la cordura y lanzarse a por lo que uno desea con fervor —respondió el imbécil mirando a Julia.

Al hablar, la boca se le torcía por el efecto de la cicatriz, pero, aunque se me revolvían las tripas, Julia tenía razón. En lugar de resultar desagradable, aquella cicatriz le daba un aspecto fiero que, por la actitud adolescente de Julia, debía de ser irresistible. Me hubiera gustado preguntarle cómo se había hecho aquella herida, aunque estaba seguro de que me contaría una hazaña tan heroica que sería mi puntilla. Mejor callar que hablar más de la cuenta.

—He oído que sois alquimista, señor —dije.

—Un mero aprendiz, amigo mío. Poseo minas en León y la alquimia ayuda a arrancarle a la tierra sus dones más preciados y más secretos. Creo que vuestra hermana posee también muchas habilidades que han atraído a mi amigo don Gaspar. Y él no es de los que se dejan deslumbrar sin razón.

—Don Gaspar es muy generoso conmigo —dijo Julia con una risita que no parecía de ella—. Sabe que necesito escapar de vez en cuando de mis pupilas y aprovecho para aprender técnicas de destilado. Siempre me ha gustado la alquimia y ahora tengo tiempo para ampliar mis conocimientos.

—No dejáis de asombrarme, señora, habláis casi como un hombre.

—¿Ah, sí? ¿Digo muchas necedades?

Salinas se quedó parado con el ceño fruncido y la boca abierta. Una imagen muy poco aventurera. Unos segundos después, asintió con la cabeza mientras cerraba la boca y sonreía, como haciendo ver que comprendía la broma, aunque yo estaba seguro de que le resultaba inconcebible imaginar que una mujer pudiera burlarse de él de esa manera. Julia en estado puro. Aún quedaba algo de esperanza. A pesar de todo, Salinas sonrió con esa boca torcida que parecía ser tan fascinante mientras ella le acompañaba en la risa. Vomitivo.

—Será un honor para mí ayudaros con mis modestos conocimientos. Estoy seguro de que seréis una alumna muy aventajada.

—¿Vais a quedaros en Salamanca? —pregunté.

—Así es. Nunca había vivido en esta gran ciudad, pero tengo ciertos negocios con mi amigo don Gaspar y me alojaré en el palacio durante un tiempo. La condesa es prima lejana mía. De esta manera, señora, tendréis la oportunidad de avanzar en vuestros estudios bajo mi tutela.

—Sois muy amable, don Juan —respondí antes de que ella

hablara—, pero mi hermana está muy ocupada con sus labores de dueña de las hijas de los condes. No creo que cuente con tiempo para dedicaros.

—Sandeces, querido hermano —dijo Julia. Cada vez era más ducha en el habla de la época—. Tengo tiempo de sobra. Las niñas se acuestan con las gallinas y después no tengo otra ocupación salvo aburrirme en mi dormitorio.

—En verdad que sois insólita —dijo Salinas con su sonrisa torcida.

—Don Juan, ¿no nos hemos conocido en otro tiempo? —me lancé.

—Lo pongo en duda, señor. Estoy cierto de que nunca os hubiera olvidado —me respondió, pero solo la miraba a ella—. Ni vos habéis viajado a las Indias, ni yo a vuestras tierras del norte.

Intenté interpretar su actitud además de sus palabras. No parecía estar disimulando. Se le veía relajado, muy entretenido en engatusar a Julia con sus ojos de demonio y sus modales de opereta.

—Lamento tener que abandonaros —dijo entonces con una inclinación—. He de debatir ciertos asuntos con don Gaspar. Ha sido un honor conoceros, don Miguel, espero volver a veros pronto. Y, señora, no olvidéis nuestra cita.

—Allí estaré —respondió Julia, sonriente y atontada.

Salinas hizo una floritura con el sombrero y se alejó como si estuviera en un desfile de la semana de la moda. Los dos nos quedamos mirándolo, supuse que con muy distintos sentimientos. No pude contenerme y en cuanto desapareció hablé con toda la rabia que había ido acumulando.

—¿Se puede saber qué cita es esa?

—Nos veremos esta noche en la botica. Vamos a comenzar mis lecciones de alquimia.

—Sí, ya sé yo las lecciones que te va a dar este tío. Tengo

miedo de que te metas en la boca del lobo. Los dos sabemos lo imprudente que eres. —Antes de que pudiera contestarme, levanté la mano para hacerla callar—. Y hablando de imprudencia. Esta tarde he tenido un encuentro muy interesante. El hermano de la condesa, don Diego de Covarrubias, me ha hecho llamar para hablarme de los modos demasiado libres de mi hermana. Está preocupado por la moral de sus sobrinas.

—¡Esto es increíble! —dijo, colorada hasta el cuello—. Ese imbécil me ha visto solo cinco minutos. Y fui absolutamente correcta. Si casi no abrí la boca.

—Te advertí de la obsesión de esta gente, y, sobre todo, de su poder. No te enfrentes a ellos, ¿me oyes? Siempre tendrán las de ganar. No estaría de más que tuvieras un confesor. Te ayudará a no levantar sospechas y a estar a bien con la Iglesia. Hay que ser muy precavido.

—Te juro que no dije ni hice nada incorrecto. Ese hombre es un estúpido. Me preguntó por sus sobrinas y mentí. Le dije que las dos pequeñas eran unas niñas encantadoras y que Mencía tenía mucho carácter y grandes dotes para el estudio, lo cual es cierto. ¿Se puede saber qué mal hay en eso?

—A mí no me preguntes. No tengo ni idea de lo que puede pasar en una mente tan cerril. Me habló de modales demasiado libres y voz demasiado alta y no sé qué demasiado más. Por favor, te lo pido por favor, ten mucho cuidado. Busca a un confesor, no abras la boca en presencia del obispo, baja la mirada, muéstrate sumisa, no opines, no especules, no seas tú.

—Intentaré no cruzarme con él en absoluto. No creo que se quede mucho tiempo en el palacio. La boda del príncipe es en quince días. Procuraré desaparecer hasta entonces.

—En la botica, ¿no? No sé quién me da más miedo, el obispo o tu amiguito. Por lo menos, al primero se le ve venir, pero Salinas...

—No seas ridículo. Te recuerdo que Salinas es la única referencia que tenemos para intentar volver a casa. Su nombre aparece en la tablilla, lo que significa que tiene algo que ver con todo esto.

—Y tú estás encantada, claro.

—Pues sí, estoy encantada. Es nuestra única oportunidad y no voy a desperdiciarla por tu paternalismo estúpido. No te pases, Miguel, y no me trates como a una niña, no lo aguanto.

—Una niña no, una adolescente salida. ¿Tú te has visto con tus risitas y tu cara de pánfila?

—¿Qué tonterías dices?

—Mira, déjalo, tienes razón. —Estaba negro de rabia—. Puedes reírte y poner la cara que quieras. Ahora, lo importante es averiguar cómo volver. Y si Salinas es el camino, pues habrá que aguantar a Salinas.

—No te preocupes. Tú no tendrás que aguantarlo, como dices. Yo soy quien tratará con él e intentaré averiguar qué tiene que ver con nuestro viaje.

—Perfecto. Todo tuyo.

15

Sabe que su visita a la abadesa puede significar el fin de su estancia en el convento. Pero no va a echarse atrás. Es el plan que ha preparado con la hermana Bárbara y no puede decepcionarla. Será hoy, un poco más tarde, cuando la abadesa se retire a su despacho para atender los asuntos del día. Decide aprovechar el sol que calienta débilmente la tierra helada para escapar, aunque sea poco tiempo, del ácido ambiente del monasterio y aplacar los nervios hasta entonces. Busca a Ana y la convence para salir a la huerta. La novicia acepta encantada; cualquier cosa antes de seguir con las tareas de bordado que tanto le disgustan.

No es momento todavía de trabajar al aire libre, pero aquel día que anuncia la primavera les ofrece una tregua para el frío que aún tardará en desaparecer. La huerta del monasterio es enorme, tanto que casi no se ve el final. Pronto comenzarán a brotar las acelgas, los rábanos, chirivías, cebollas, ajos, garbanzos, lentejas e incluso una planta que ha llegado del Nuevo Mundo y que Sabina nunca ha visto, el pimiento, que Ana le contó que se come cocido o se deja secar para utilizarlo como aderezo. Más allá hay una zona de árboles frutales y, aún más alejado, un bosque de pinos donde se recoge la resina. A ambos lados, un muro de piedra se pierde en la lejanía, como si rodeara el mundo.

La novicia protesta por la falta de noticias de casa. Sigue esperando que la saquen de allí. No ve el momento, dice, de estar de nuevo en la comodidad de su hogar de Valladolid, rodeada de sus hermanos pequeños, bordando junto al fuego o ayudando a su madre a batir mantequilla o a hilar la lana del año. Se inclina para coger una flor azul que ha salido junto al único montoncillo de nieve que aún aguanta la embestida del sol.

—Me casaré —asegura—. Mi padre me buscará un buen hombre con quien pasar mis días, tendré hijos y tú serás siempre bienvenida en mi casa. Nos sentaremos junto a la ventana para espiar a los vecinos mientras tomamos un caldo. Yo te contaré de mi vida y tú hablarás de la tuya. Nos acordaremos de estos días y nos burlaremos de la madre abadesa y de las intrigas del demonio.

Dice esto riéndose y enseguida se santigua, como arrepentida de su osadía.

Sabina ve a una figura en el lado del huerto que está en barbecho, cerca de la zona de frutales. Alta y blanca, parece flotar sobre el terreno. La figura se levanta las faldas y comienza a correr como si alguien le persiguiera. Se queda en suspenso, mirando las evoluciones del hombre y entonces escucha un grito agudo que no parece provenir de aquella figura alargada. El dominico, pues no es otro que él, corre como enloquecido. Con el hábito levantado y las piernas velludas, salta por encima de los rastrojos y va de acá para allá como una gallina a la que le han cortado la cabeza mientras lanza esos gritos tan poco monacales. Sabina mira a Ana con los ojos muy abiertos y ambas sueltan una carcajada que intentan reprimir sin resultado. El sacerdote da media vuelta y sigue corriendo, esta vez hacia ellas, que dejan de reír.

No se atreve a moverse. El hombre está tan cerca que ya puede ver con claridad el blanco de sus dientes de conejo y el brillo de la calva tonsurada, roja ahora por el esfuerzo, como sus mejillas. Él no parece darse cuenta de su presencia hasta que casi choca con ellas. Cuando las ve, se frena en seco. Traga saliva y recompone con rapidez su atuendo dando unos golpes a las faldas del hábito. Sin el manto negro, parece incluso más flaco, si eso fuera posible, y el encendido de sus mejillas muestra la juventud que la tonsura quiere ocultar.

—Creí que podría dedicarme a mis ejercicios sin ser molestado —dice, y mira solo a Ana—. Ya veo que es imposible en un lugar con una disciplina tan relajada.

Sin más, da media vuelta y se dirige con parsimonia hacia el monasterio, mientras Sabina mira a Ana con las cejas levantadas.

—Cada vez que me cruzo con este hombre, tiemblo como si hubiera cometido un pecado —dice la novicia con cara de susto.

—Apuesto a que lo has hecho, al menos a sus ojos —dice ella.

—¿Has escuchado los gritos de la hermana Teresa? Tengo que dormir con los dedos dentro de los oídos. El demonio no descansa y tampoco lo hace el dominico. Comprendo que corra como un loco, debe de ser terrorífico luchar contra el mal cada noche.

—Veremos quién se cansa primero.

Sabina tiene otra cosa en la cabeza: su permanencia en el convento.

Cuando Bárbara supo por su boca de la conversación que había escuchado a escondidas entre la abadesa y el obispo, se quedó pensativa. No parecía sorprendida, solo preocupada.

—No te inquietes —dijo al final—. Conseguiremos que te quedes.

—¿Y vos? ¿No estáis en peligro?

—La reverenda madre sabe que me necesita. No se atreverá a hacerme nada. Intriga mucho, pero siempre he conseguido eludir sus amaños.

—¿Por qué os odia?

—No me odia. Solo es una mujer muy posesiva.

Volvió a quedarse callada y frunció el ceño, como si se le hubiera ocurrido algo de repente.

—Creo que podremos conseguir que te quedes.

Desde entonces, la idea de Bárbara ha seguido su curso. Sabina se siente importante, el centro de una conjura. Lo único que lamenta es su separación de la hermana boticaria, pero es fundamental que todo el mundo crea que la ha repudiado.

Siete días antes, a la salida de tercias, cuando las monjas paseaban por el claustro dedicadas a sus meditaciones, en el mejor momento para que todo el mundo lo escuchara, la hermana Bárbara fue detrás de ella llamándola «berzotas» e «ignorante» a gritos. Sabina había respondido a gritos también, diciéndole que era ella la ignorante, a pesar de todos sus libros y sus saberes.

—Yo he visto muchos más casos de garrotillo, hermana —dijo para que todas la oyeran—, y aunque no conozco a ese Velisario del que habláis, sé manejarme mejor que vos.

—¡No quiero verte más por la botica! Es como intentar enseñar a una cabra.

Sabina había salido corriendo y llorando. A pesar de ser un teatro para mostrar su desavenencia, el llanto no era del todo fingido. Pensar que no podría tratarse con Bárbara le encogía el corazón.

Cuando recuerda esa escena, vuelve a atenazarla la angustia. Desde entonces, no han cruzado palabra y tampoco ha sido convocada por la abadesa, lo que creyeron que pasaría tras su fingida pelea. Teme que en cualquier momento la obliguen a abandonar el monasterio y entonces no sabría qué hacer. Su vida ya no puede volver al lugar en el que la dejó. A pesar de que ha pasado poco tiempo desde que abandonara el bosque, se siente una persona distinta y eso le gusta.

Si al menos pudiera amistarse con el dominico, pero parece que es algo imposible. Las pocas veces que se han cruzado o bien la ha ignorado, como ahora en el huerto, o ha mostrado una manifiesta antipatía, como ocurrió ayer en la celda de Teresa.

Había decidido acercarse a hacer una visita a la monja poseída. Aunque aquel lugar estaba vedado a todos los habitantes del monasterio, suponía que, al haber sido su cuidadora, no habría inconveniente en que la visitara. La echaba de menos. Había pasado tanto tiempo dedicada a su cuidado que le angustiaba no saber de ella. Desde la llegada de los sacerdotes no había podido verla.

Además, tenía tiempo de sobra. Después de su fingida discusión con Bárbara, nada podía hacer salvo practicar la escritura y acudir puntual a los rezos para mostrarse tan piadosa como fuera posible. Le sorprende lo poco que trabajan las monjas, que dejan la mayor parte de las labores diarias en manos de las criadas y las legas. Algunas se ocupan de la cría de gusanos de seda o bordan encajes delicados que tienen fama en la zona, siempre de manera voluntaria. Ese «ora et labora» que tanto repiten tiene un significado que se le escapa. Cuando le preguntó a Ana por el asunto, esta se encogió de hombros y recitó como si lo hubiera aprendido de memoria: «Una mujer de buena cuna no puede dedicarse a trabajos menesterosos. Estamos aquí para rezar por el mundo. El trabajo es un sacrificio elegido, no impuesto».

Cuando llegó, Teresa dormía de forma agitada. Otra monja

cuidaba a la enferma y cabeceaba junto a su jergón. Sabina le dijo que podía salir un rato, que ella la vigilaría. La hermana se lo agradeció con un suspiro y escapó con presteza de la habitación maldita.

Estaba atada de pies y manos. Tenía algunas calvas en la cabeza, como si alguien, tal vez ella misma, se hubiera arrancado el pelo a mechones. Pareció despertar al escuchar la voz de Sabina, o quizá estaba despierta con los ojos cerrados.

—Hermana, ¿cómo estáis? —le susurró.

La monja pareció reconocerla e incluso esbozó una pequeña mueca que podría querer ser una sonrisa.

—Os parecéis tanto a ella —dijo con una voz normal, como si fueran dos amigas charlando junto al fuego.

—¿Yo? ¿Yo me parezco a alguien? ¿A quién?

—Los maté. Los maté.

—Deliráis, hermana. Debéis descansar.

—Yo los maté.

Siguió con la misma letanía durante un tiempo. Al menos está tranquila, pensó Sabina, pero, como si la hubiera escuchado, la hermana Teresa comenzó a inquietarse.

—¡Está ahí, está ahí! —gritó y se retorció tirando de las ataduras que la mantenían sujeta al jergón— ¡Ayúdame! ¡No fue mi culpa!

La cordura de un momento antes se diluyó. La cabeza se movió a un lado y a otro, los ojos escrutaron cada rincón de la celda como si vieran algo oculto para los demás. Se retorcía sin hacer caso de las ataduras, que le laceraban las muñecas y los tobillos hasta sangrar. Sabina intentó calmarla, le acarició el pelo, le susurró palabras de consuelo. Le conmovía aquella cara que debió de ser bella en otro tiempo y que por su delgadez mostraba más que nunca las marcas de la viruela. Teresa se quedó paralizada, todo el cuerpo en suspenso, como si escuchara con todos los poros de su piel. Inmóvil, miraba a Sabina con fijeza, como si fuera la primera vez que la veía, mientras ella seguía acariciándole el rostro, los brazos.

—Tienes que huir —susurró con una sonrisa enloquecida—. Vete, vete, antes de que te encuentre.

—¿Quién me ha de encontrar, hermana? ¿Qué masculláis?

—Vete, vete. Te encontrará. No es mi culpa. No es mi culpa. Dile que no es mi culpa.

Comenzó a sollozar como una niña. Ella siguió acariciándola mientras Teresa lloraba cada vez más suavemente. Cuando parecía que estaba a punto de quedarse dormida, la puerta se abrió.

—¿Qué hacéis aquí? —preguntó el dominico con una voz que le taladró los oídos—. Sabéis que está prohibido acercarse a esta celda.

—Excusadme, padre, solo quería ver cómo estaba. Pasé mucho tiempo atendiéndola.

Miró a Teresa. A sus ojos había vuelto el vacío. Por la comisura de la boca se le escapó un hilo de baba, que le limpió antes de separarse.

—¿Atendiéndola? Curiosa palabra. —El sacerdote la miró con la cabeza inclinada, como si escuchara algo que ella no podía oír—. Ya que hablamos de atenciones, ¿qué creéis vos que merece más atención? ¿El cuerpo de la hermana o su alma?

—Tenía mucho sobresalto y locura —dijo enfadada, elevando un poco la voz.

El padre Lope exhibió su sonrisa conejil.

—Lo que necesita la hermana Teresa no son preparados misteriosos ni charla de mujeres, sino la ayuda espiritual que solo un hombre de Iglesia puede prestarle. Os ordeno que no volváis a esta celda o tendré que tomar medidas más enérgicas para alejaros de ella.

Sabina había salido furiosa de la celda tras echar una última mirada a la monja, que la seguía con los ojos como si quisiera prevenirla de algo.

Mientras camina junto a Ana por la huerta piensa en aquella escena y escucha, a medias, la cháchara constante de la novicia. No ha dejado de preguntarse qué quiso decir Teresa. ¿Había algún peligro en el convento que ella desconocía o eran meras fantasías de su mente enferma? Lamenta amargamente no poder hablarlo con Bárbara.

Cuando están a punto de dejar el huerto y atravesar la puerta de entrada al claustro, Sabina nota el mareo característico que precede a sus visiones.

—No me encuentro bien. ¿Puedes traerme un poco de agua del pozo?

Apenas tiene tiempo de decir eso cuando la realidad se desdibuja. Ya no escucha a Ana preguntándole qué le pasa ni atiende a sus intentos por ayudarla a sentarse en un poyete de piedra.

Vuelve a la batalla que ya vio días atrás. El mismo soldado lleno de sangre, los mismos gritos, los mismos relinchos, el humo, los estallidos. El hombre que la mira es alto, y poco más puede ver bajo la sangre que le empapa la cara y el cuerpo. Su mirada dice tantas cosas que Sabina se siente abrumada: dolor y soledad, y también expectación. Esto último lo siente en lo más profundo de sí misma. El hombre espera que ella le salve. Lo sabe y se angustia, porque no es capaz de imaginar cómo o qué puede hacer ella para salvar a ese desconocido.

Cuando la visión desaparece, Ana está a su lado, con cara de susto, intentando que beba el agua que le ha traído.

—Son unos tabardillos que me ocurren de tanto en tanto, desde niña. No te apures. Ya estoy repuesta.

—Deberías ir a la botica —propone Ana—. La hermana Bárbara puede darte algún cordial. No va a negarse a pesar de vuestra riña.

—Solo he de reposar.

No sabe qué es lo que más le inquieta: si esta extraña visión que la martiriza desde hace días, los planes de Bárbara para conseguir que se quede en el convento o la antipatía que le muestra el dominico. Siente como un vuelco en el estómago cuando ese hombre le sonríe. La hermana Bárbara le ha avisado tantas veces del peligro de los curas que puede que lo que sienta es miedo. Además, están las palabras de Teresa, aquellas extrañas palabras que parecían advertirle de un peligro. Le dan ganas de gritar. Son demasiados misterios, demasiados miedos. También están la excitación por descubrir lo que permanece oculto, los deseos de llevar a cabo con éxito los planes de Bárbara, los anhelos de un futuro desconocido.

No puede esperar más. Ha de hablar con la madre abadesa y saber qué le tiene reservado.

Consigue deshacerse de Ana, que no quiere dejarla sola, y se aleja con determinación hacia los aposentos de la superiora. Están en el claustro alto, el lugar más soleado del monasterio. Sube corriendo las escaleras, aunque ya le han advertido de lo impropio de sus corretos, y llama casi sin aliento a la puerta de sor María Josefa del Señor, la mujer en cuyas manos está ahora su destino.

—Entrad —escucha al otro lado.

Abre la gran puerta de cuarterones brillante de cera y entra en el despacho. La monja tiene una pluma en la mano y escribe en un gran libro abierto sobre la mesa. Levanta solo un instante la mirada y vuelve a sus escritos. Han pasado más de dos meses desde aquella noche clandestina y la monja ha recobrado toda su lozanía. Es una mujer tan fuerte por dentro como por fuera. Recuerda que el día siguiente del aborto pudo levantarse y atender los asuntos del monasterio con normalidad.

—Siéntate —dice. No parece sorprendida por la visita de Sabina—. Me preguntaba cuándo vendrías a verme.

Sigue escribiendo durante un tiempo que a ella se le hace eterno. Por fin, espolvorea el secante sobre las letras que acaba de escribir y sopla después para limpiarlo. Coloca la pluma en una bandeja manchada de tinta y cierra el libro con cuidado.

—¿Qué puedo hacer por ti?

—Reverenda madre, cuidé de la hermana Teresa desde mi llegada al monasterio, pero como el padre se ocupa de ella, no tengo ya menesteres que hacer aquí. La hermana Bárbara no me deja entrar en la botica y tampoco atender los males de las hermanas. Quisiera vuestro permiso para volver a mi cabaña.

—Por supuesto —dice sin abandonar la sonrisa—. Tienes mi permiso. Te agradezco mucho tus servicios.

El estómago le da un vuelco; no puede demostrar la angustia que le producen las palabras de la abadesa.

—Nada deseo más que alejarme de esa mujer para siempre y cuanto antes.

—Hablas, creo entender, de la hermana boticaria.

—De quién si no. Me trata con más ínfulas que un obispo, es avara en sus enseñanzas, no tiene en cuenta mis saberes de plantas y ungüentos. Creí que podría aprender de su entendimiento y ella del mío, pero la hermana cree conocerlo todo y desprecia lo que yo digo y hago.

—No me sorprende —dice la abadesa. Sabina nota su satisfacción y también su interés por disimularlo—. La hermana Bárbara se distingue por su falta de humildad, aunque todas apreciamos su sabiduría.

—A mi corto entender, parte de la sabiduría es estimar la de los demás.

La abadesa se queda mirándola con la cabeza inclinada, como

sopesando sus palabras, como si intentara averiguar si puede confiar en ella. Sabina no dice nada más, no quiere forzar la situación, aparentar un odio que puede resultar excesivo.

Tras unos instantes de silencio, la abadesa parece decidida.

—¿Te resultaría muy gravoso permanecer un tiempo más en el monasterio?

En ese momento, la puerta se abre y el arzobispo entra como una exhalación. Al ver a Sabina, se detiene.

—Madre, debo hablar con vos.

—Déjanos solos. —La abadesa se dirige a Sabina con cortesía—. Y no te alejes mucho. He de hacerte un ofrecimiento.

Ella se levanta, se inclina ante el arzobispo con humildad y sale de la estancia, pero, en vez de permanecer en el pasillo del claustro, comprueba que el lugar está desierto y entra en la habitación contigua al despacho. Es una especie de almacén forrado de estanterías donde se acumulan legajos, pergaminos y enormes libros que Sabina supone que tiene que ver con la administración del monasterio. La puerta entre ambas estancias está entornada, algo en lo que se había fijado durante la conversación con la abadesa.

—Déjate de cháchara, Ramiro —escucha desde su escondrijo—. No tiene ninguna importancia.

—Esa ratilla de ojos azules me...

Se le eriza el pelo de la nuca: ¡están hablando de ella! Le cuesta entender algunas palabras y se acerca más a la puerta que separa las habitaciones.

—No es más que una curandera, pero nos puede ser útil. Ha demostrado...

—Tenía entendido que era la pupila de Bárbara.

—No hay tal. La ha repudiado. Sabes que es... No ha podido soportar la competencia de esa niña. No veo el momento de doblegar su soberbia.

—No digas desatinos —dice el obispo—. Tu enemistad acabará por descomponerlo todo.

La abadesa responde algo que ella no logra escuchar.

—Ten cuidado. —La voz cortante del arzobispo atraviesa la puerta entornada—. Tus manejos en este monasterio perdido te han dado un cálculo errado de tu poder. No me provoques o serás tú quien tenga que pedir clemencia.

—Querido mío, no sabes entender una chanza —ríe la abadesa—. No peleemos entre nosotros. Tenemos un destino común y... sin disputas necias. Permíteme que me ocupe de esto con mis reglas.

—He hablado con ella. No puede haber más dilaciones. El momento se acerca. Has de estar dispuesta. Entonces seremos todopoderosos, nada nos impedirá... —El hombre baja la voz.

—Dios te oiga.

—Deja eso de mi cuenta. Y tú... —No consigue entenderle—. Porque si no es así, me temo que habré de reconsiderar los muchos favores que te brindo —continúa el hombre en voz más alta—. En especial, el que te mantiene a salvo del Santo Oficio.

Sabina no se atreve a respirar en el silencio ominoso que sigue a aquellas palabras. Hay un rebullir de telas en el despacho de la abadesa.

—Solo quería que supieras que el tiempo se acaba —sigue el arzobispo—. ¿Está todo preparado?

—He escuchado eso muchas veces —se queja la monja con un tono más humilde—. Lo creeré cuando lo vea...

Tiene apenas el tiempo justo para dejar la habitación y sentarse en un banco algo alejado de la puerta cuando el arzobispo sale del despacho. El hombre pasa a su lado sin decir nada, pero unos pasos más allá se detiene y se vuelve hacia ella.

—¿Cuánto hace que no te confiesas? —pregunta el arzobispo.

Ella le mira con terror. Pum pum pum, el corazón le retumba en la garganta. No puede decirle que hace casi un año, por Pascua, fue la última vez que se arrodilló en un confesionario. Mentir sobre el sacramento de la confesión ha de ser un pecado terrible.

—Hizo un año por Navidad, monseñor.

—¿Cómo es eso posible?

—No había vicario cuando llegué. —Intenta contener el tartamudeo que le produce este hombre—. Cu... cuando volvió, estuve muy ocupada con la hermana Teresa y la hermana Bárbara.

El hombre sonríe.

—¿Y la hermana Bárbara no te conminó a que cumplieras con tus deberes cristianos?

Sabina se queda muda. No sabe qué responder.

—Sí, monseñor, sí lo hizo. Pero yo...

—Tú creíste que por estar en lugar sagrado nada podía pasarte. —El tono del hombre se dulcifica—. Es comprensible. Percibo que has vivido alejada del Señor no por voluntad, sino por las circunstancias de tu vida.

—Soy buena cristiana, monseñor, y cumplo con los santos mandamientos. —Se siente ahora más segura.

—No eres tú quien ha de juzgar tu comportamiento, sino Dios nuestro Señor.

En aquel momento, la puerta del despacho se abre y la abadesa aparece en el umbral. Cuando la ve hablando con el arzobispo, parece contrariada.

—Te estoy aguardando.

Sabina hace una reverencia al sacerdote y se dispone a marchar cuando él adelanta la mano para que le bese el anillo.

—Te espero en la iglesia después de vísperas —dice en voz baja mientras ella se inclina—. Repararemos el daño de esa tibieza religiosa.

Está sentada en el borde de la silla con la abadesa frente a sí. No es capaz de tranquilizarse. Todo lo que ha escuchado le bulle en la cabeza y le genera cien preguntas para las que no tiene respuesta. ¿Qué pretende aquella mujer que muestra una sonrisa tan dulce?, ¿qué ha de responder ella a sus requerimientos?, ¿qué busca el arzobispo al reclamarla en el confesionario? Y, sobre todo, ¿qué se traen esos dos entre manos y qué papel desempeña Bárbara en todo ello?

—Bien, querida. —La palabra «querida» en labios de la abadesa le produce más rechazo que un insulto—. Ahora podemos hablar con tranquilidad.

16

Desde el día que conocí a Salinas, dejé de ver a Julia casi por completo. Estaba cabreado y celoso, y me sentía un idiota integral. No soportaba que estuvieran juntos y evitaba por todos los medios encontrarme con ellos, incluso en las comidas, que era el único momento en el que podíamos coincidir. Julia pasaba las noches en la botica. Supongo que apenas dormía, porque durante la jornada tenía que atender a las hijas de los condes. Las pocas veces que me cruzaba con ella, apenas me informaba de sus avances. Había adelgazado, las ojeras que venía arrastrando desde hacía un tiempo eran más oscuras y me confirmó que seguía con problemas estomacales.

—No te preocupes, aunque me veas hecha un asco. Es de dormir poco. Desde que tomo infusiones de hinojo, manzanilla y menta ya no tengo tantos gases. He dejado de comer garbanzos y ahora solo como esa berza espantosa con tocino que, increíblemente, me sienta mejor.

Yo no me fiaba demasiado de sus palabras, pero no podía hacer nada más. Y, en cuanto a Salinas, que pasara lo que tuviera que pasar. Yo no podía ni quería hacer nada por evitarlo. Si ella era incapaz de ver más allá de unos ojos negros y esa coleta de pijo renacentista, a lo mejor no merecía la pena que siguiera penando por ella como un imbécil.

Mientras, según habíamos acordado, me puse a buscar a alguien que nos construyera las lentes y los espejos. No sabíamos siquiera si en esa época conseguiríamos unas lentes del tamaño necesario y, por supuesto, era imposible reproducir el láser que debía crear la singularidad gravitacional. Siguiendo la filosofía juliana, cada cosa a su tiempo.

Fui a la universidad, no tan abarrotada de gente como en el resto de Salamanca. La miseria de las calles se maquillaba aquí con la belleza de su fachada, de sus patios, de sus aulas. Me impresionó más que todo lo que había visto hasta entonces. Estaba en el centro del mundo y se notaba. Me senté en una esquina y contemplé embobado a los estudiantes que jugaban a las cartas en los claustros, peleaban a gritos e incluso a espada o alardeaban de las prostitutas con las que se habían acostado. En fin, salvo por las espadas y las referencias a las prostitutas, no difería demasiado de la Complutense del siglo XXI. Era sorprendente verlos jugar y jurar a voz en grito en aquel lugar de belleza trascendente, como si estuvieran en una taberna.

Recordé que Felipe II obligaría a las prostitutas a vivir fuera de la ciudad durante la Cuaresma y la Semana Santa. Una vez pasados esos días, el llamado «Padre Putas» las traería de vuelta a Salamanca y ese día se llamaría «Lunes de Aguas», la fiesta donde todos comían y bebían en honor de aquellas mujeres. La fiesta aún se seguiría celebrando cinco siglos después, obviamente reformada. Todo eso quedaba en el futuro y esperaba no tener que disfrutarlo en persona sino leerlo en algún libro de Historia en mi piso de la calle de la Palma, como documentación para la novela autobiográfica que esperaba escribir a mi vuelta. Ya me veía frente al ordenador, escuchando a U2 y bebiendo una Coca-Cola con mucho hielo, dos de las muchas cosas que echaba de menos en este mundo del pasado.

Entre los estudiantes había bastantes religiosos de distintas órdenes, sobre todo dominicos. Su tonsura exagerada y su hábito blanco y negro eran inconfundibles y parecían ser los únicos que conseguían reprimir los modos canallas del resto de los estudiantes. Mientras cotilleaba el mundo estudiantil, me fijé en un fraile muy joven, casi un niño, vestido todo de negro, que escuchaba a hurtadillas y con cara de susto la conversación de cuatro estudiantes con pinta de juerguistas.

—Cuatro reales me quiso cobrar la hideputa —gritaba uno de ellos—, pero yo salté por la ventana y corrí como el mismo diablo.

—Ándate con cuidado, amigo —dijo otro a carcajadas cogiéndole por los hombros— o serás señalado en las buenas mancebías y habrás de conformarte con las rabizas de los desmontes del río.

—O buscar esposa entre las beldades que acuden a la misa mayor de la catedral —dijo un tercero.

—¡Vive Dios! —respondió el interpelado—, ni mientes tales beldades, que no son otra cosa que mordazas en la boca y grilletes en los pies. Prefiero mil veces una buscona alegre y dispuesta que ninfas de mirada lánguida a las que apenas puedes robar un beso en el transepto de la iglesia.

Todos rieron como monos las palabras de su amigo y se alejaron abrazados mientras seguían soltando barbaridades a diestro y siniestro.

El joven religioso que había escuchado la conversación un poco alejado del grupo se santiguó y murmuró algo que no entendí.

—Qué estudiantes tan alegres —dije para entablar conversación.

Me miró y luego se volvió hacia atrás, como preguntándose si era con él con quien hablaba. Me hacían gracia su cara de susto y su juventud. Por su pequeño tamaño, parecía un morador de las arenas de *La guerra de las galaxias* más que un monje. Solo le faltaba ocultar la cara con la capucha.

—¿Amigos vuestros? —insistí.

—No, señor —contestó cuando por fin comprendió que me dirigía a él—, que no gusto de compañía de pícaros ni malvivientes.

—Hacéis bien, padre.

—No debéis llamarme así, solo soy un novicio. Acabo de llegar de Cuenca para entrar en la orden.

—¿Estudiáis en la universidad?

—Sí señor, estudiaré Teología. Es mi primer mes aquí y aún estoy poco diestro en los usos y costumbres.

—Espero que no adoptéis las costumbres de vuestros compañeros aquí presentes.

—¡Pardiez! Os... os aseguro que nunca, que nunca... Yo soy casto, señor, yo...

El chico se puso tan colorado que temí que le diera un mareo. Cada vez me hacía más gracia y no quise importunarlo más. Parecía tan desvalido que le aseguré que en mí podía contar con un amigo para cuando quisiera escapar de las conversaciones de mancebía.

—Os estoy muy agradecido, mi señor. ¿Cuál es vuestro santo?

—Miguel Larson, para serviros. —Había adoptado ese nombre sueco por fácil de pronunciar y como homenaje a uno de mis escritores favoritos—. Espero veros pronto.

—Estaré complacido, señor, aunque mis muchas tareas no me permiten demasiada holganza. Ahora debo dejaros. He de seguir con mis estudios. —Mientras le veía alejarse a toda prisa, se volvió hacia mí—: Soy Luis de León y estoy de novicio en el convento de los agustinos.

Me atraganté con mi propia saliva y me dio un ataque de tos.

Luis de León. Aquel adolescente tímido que me hacía tanta gracia sería con el tiempo fray Luis de León, el doctor en Teología, el acusado por la Inquisición que, después de varios años apartado de la docencia, retomaría sus clases en Salamanca con una de las frases más famosas de la Historia de España, ese «decíamos ayer» que todo el mundo conocía.

Era la primera vez desde mi llegada que me encontraba con un personaje histórico conocido. Al ver delante de mí al proyecto de vida que sería Luis de León volví a pensar en lo mudable de la Historia. Intenté imaginar qué pasaría si yo influyera en este jovencito para que abandonara los hábitos, para que dejara Salamanca y se dedicara a criar cerdos o para que se embarcara hacia las Indias a buscar fortuna. No lo iba a hacer, claro, más que nada porque no veía en qué podía beneficiar eso al futuro, pero era consciente de la posibilidad real que existía. El proceso acumulativo que un acto mío provocaría en el futuro era difícil de imaginar y eso me producía un vértigo que tenía mucho de placer culpable.

Había otra cosa en la que no había reparado hasta entonces, quizá por mi incapacidad para pensar a lo grande. Siempre fui poco ambicioso, pero a nadie le amarga un dulce. Si había la posibilidad de que cuando volviera a mi tiempo me estuviera esperando una gran fortuna, no le iba a hacer ascos. No sería tan fácil como invertir en Google o en Amazon antes de que nadie los conociera a finales del siglo XX. Aquí el asunto tendría que ser más a largo plazo, a muy muy largo plazo. ¿Qué propiedad podía pasar desde el siglo XVI al XXI sin que se quedara en el camino? ¿Cómo conseguir en este siglo algo de poco valor que con el tiempo se convirtiera en una fortuna? Pensé en comprar, por ejemplo, un cuadro de un pintor de la época poco conocido aún y ocultarlo en lugar seguro para encontrarlo a mi vuelta. ¿Cómo esconder un cuadro para que nadie lo encontrara en cinco siglos y que se mantuviera, además, en un estado de conservación aceptable? Tenía que pensar en ello con detenimiento.

Pero para recibir en el futuro las rentas de una fortuna oculta durante siglos, primero había que volver. Y, para ello, debía buscar a alguien que nos construyera las lentes. Hablé con varios profesores de la universidad. La óptica no era una materia que se impartiera en esas aulas, y menos en su aspecto más práctico. Lo que allí se enseñaba era demasiado teórico para mis intereses.

Debía buscar un artesano, una especie de protoóptico que supiera pulir un cristal de tamaño considerable hasta convertirlo en las lentes que necesitábamos. El uso de anteojos no estaba aún muy extendido. Creía recordar que las lentes cóncavas para la miopía empezarían a usarse más avanzado el siglo, por lo que daba todos los días gracias a los dioses por haberme operado unos años atrás. No imaginaba cómo hubiera sido contemplar este mundo a través de la bruma de mis siete dioptrías.

Esperaba, sin embargo, que hubiera algún artesano capaz de fabricar las lentes convexas que necesitábamos. Tenía que encontrar a alguien al que le gustaran los retos. Tampoco quería ir preguntando a diestro y siniestro. La Inquisición tenía una imaginación calenturienta y en cualquier momento se le podía ocurrir a un devoto purista que las lentes eran para ver mejor la cara del demonio o vete tú a saber qué otras memeces.

Me hablaron por fin de un vidriero en el barrio de los artesanos que tenía fama de buen trabajador, pero también de gustar el vino de la taberna más que el de la misa. Era un comienzo. Decidí buscarle en su lugar favorito, donde seguramente estaría más inclinado a atender mis peticiones.

Era noche cerrada. Otra de las cosas sorprendentes de este mundo. La oscuridad. Apenas unas antorchas aquí y allá creaban pequeñas islas de luz en la penumbra de las calles vacías. Los pocos que deambulaban al caer el sol se apresuraban pegados a las paredes, envueltos en sus capas y llevando en ristre pequeños candiles que les alumbraran el camino. Todos parecían huir de encuentros indeseados y yo me sentía en medio de una comedia de capa y espada. Imaginaba que los pocos con los que me cruzaba se dirigían a un lance amoroso o a batirse en duelo en algún descampado, aunque lo más probable es que fueran camino de su casa para cenar una sopa aguada y meterse en el catre.

Era la hora de los pobres. La pobreza extrema proliferaba en aquellas calles oscuras y malolientes; se respiraba, se pegaba a la piel como un sudario húmedo. Empezaba a hacer frío de verdad en Salamanca y las noches al raso se complicaban. Había mucho mendigo purulento, cubierto de llagas, mucho niño desarrapado y casi ningún anciano. En este mundo del sálvese quien pueda, pocos llegaban a los sesenta años, y los que lo hacían en la calle duraban muy poco.

La única luz que rompía la negritud era la que salía de las tabernas, iluminadas con un sebo apestoso y humeante. Pero al menos era una luz, y a una de aquellas luces me dirigí envuelto en mi capa, temeroso de aquella oscuridad habitada por seres desconocidos y peligrosos. Aunque me sentía menos vulnerable así cubierto, tampoco es que llevara la capa de Superman y no me serviría para convertirme en un héroe capaz de afrontar cualquier peligro.

El rugido de un monstruo antediluviano escapó al abrir la puerta. Entre el bramido de los parroquianos se escuchaba tímidamente el sonido de una vihuela, que tocaba una de las mancebas de la taberna sin ningún éxito. Nadie le hacía caso, pero ella continuaba con su melodía (bastante chapucera, por cierto), sin hacer caso alguno de los que la rodeaban. Los golpes en las mesas, ya fuera con las jarras de vino o con el puño, eran la forma de comunicación más extendida, lo que añadía aún más follón al conjunto.

¿Cómo iba a encontrar entre tanto barullo a mi vidriero borracho? Preguntando. Y eso fue lo que hice. Pregunté hasta que alguien me señaló una de las mesas, donde cuatro hombres jugaban a las cartas entre risas y sopapos.

—¿Sois alguno de vosotros el vidriero Pedro Palos?

—¿Quién lo pregunta? —dijo uno de los cuatro, un hombre de brazos fuertes y cara enrojecida.

—Miguel Larson, preceptor en el palacio Fonseca. Busco a Pedro Palos para hacerle un encargo.

—Eso está muy bien, amigo. —El hombre se levantó y me dio unos cuantos golpes en la espalda que me hubieran salvado la vida en caso de ahogo—. Sentaos con nosotros, don Miguel *Lasón*, y tomad una jarra de vino. Los negocios se hacen mejor con el corazón alegre y el estómago lleno.

—No lo pongo en duda, caballero, mas ando con cierta prisa y...

—Nadie le niega una jarra de vino a Pedro Palos. —Me puso la manaza en el hombro y me obligó a sentarme en un taburete pringoso—. ¡Y nadie le llama caballero! ¿Acaso me habéis visto vestir lechuguilla o calzar botas de cuero?

—No quise ofenderos, don Pedro. Tomaré un vino con vos.

—Así me gusta. —El hombre soltó una carcajada, por lo que imaginé que se estaba quedando conmigo—. Muchacha, una jarra de tu mejor vino para don Miguel.

El vino no era malo para lo que se cocía en aquel siglo. Fuerte y áspero, pero menos ácido de lo habitual. O quizá me estaba acostumbrando.

Los compañeros de Pedro Palos eran también menestrales de distintos oficios. Un cordelero, un talabartero y un herrero, todos hombres recios de manos como platos y piel de elefante curtida por mil soles y nieves. Me resultaba difícil entenderles con sus gritos y sus bromas. Yo debía de parecerles un pardillo de quien reírse a sus anchas, cosa que no dejaron de hacer mientras estuvieron allí. Se burlaron de mi acento, de mis calzas, de mi piel suave de damisela, de mis modales extranjeros. Tuve que soportar con estoicismo aquellas risas porque no me veía yo peleando con unos armarios como ellos. Me parecía haber vuelto al instituto. Aunque entonces llevara una daga al cinto, no me sentía por ello menos idiota.

Cuando, por fin, me quedé solo con Pedro Palos, pudimos hablar del asunto que me había llevado hasta allí, aunque por la rojez de sus ojos no estaba seguro de que se acordara al día siguiente de nuestra conversación.

—¡¿Dos palmos de lado y dos pulgadas y media de grosor?! —gritó como si le hubiera pedido un cohete para llegar a la luna—. Yo diría que el vino se os ha subido a la mollera muy pronto, señor. Eso es imposible. Nadie puede soplar un vidrio de ese tamaño.

—He oído que vos sois capaz de cualquier cosa. Todos hablan maravillas de vuestra pericia, don Pedro.

—No intentéis embaucarme con lisonjas. ¡Si yo digo que no se puede, es que no se puede!

Y soltó un manotazo contra la mesa que volcó las enésimas jarras de vino que nos acababan de servir, lo que agradecí con fervor.

—Si os viene a bien, mañana me acercaré a vuestro taller y hablaremos con tranquilidad del asunto. Estoy dispuesto a pagar lo que me pidáis.

—¡No es cuestión de dinero, vive Dios, es que no es posible!

—Estoy seguro de que vos podréis hacerlo.

—¿Se puede saber para qué queréis un vidrio de ese tamaño?

—Mañana os lo contaré con pelos y señales —dije. Saqué mi faltriquera, la abrí y le mostré a aquel hombre todo el dinero que había recibido del conde como pago adelantado por mis servicios de un año. Esperaba que aquello le atrajera lo suficiente.

Cuando salía de la taberna, borracho como una cuba, me di de bruces con Julia y Salinas. Caminaban muy juntos, ella agarrada de su brazo. Casi la adiviné, porque iba completamente cubierta, pero él era inconfundible. Se inclinaba hacia ella y la luz de la taberna me dejó ver la cicatriz que le cruzaba la cara.

Entraron en una vivienda bastante modesta. Me quedé en la puerta, intentando aguantar de pie el vino que empezaba a revolverse por dentro. Y seguí allí hasta que vi encenderse una vela en la primera planta de la casa. Las sombras de la vela se movieron de un lado a otro, como si alguien la estuviera cambiando de sitio. Luego la luz desapareció tras las contraventanas, que se cerraron a la noche. No sé cuánto tiempo pasó. Mi cuerpo había quedado reducido a dos ojos y dos orejas que vigilaban una ventana. Creo que oí una risa de mujer, un jadeo de hombre. Me pareció sentir el frufrú de la ropa al caer al suelo, el roce de carne desnuda, cuchicheos, suspiros. Juro que escuché un grito ahogado que decía su nombre, incluso más alto que los golpeteos de mi corazón en la garganta. Delirios de borracho. Supongo que el único ruido de la calle era el de los gritos que salían de la taberna cada vez que se abría la puerta. Las contraventanas no se movieron, la luz de la vela no rompió la oscuridad. Julia y Salinas no volvieron a aparecer.

Permanecí en la calle hasta que el frío, tanto el de dentro como el de fuera, me caló los huesos y comencé a tiritar sin remedio.

Me di media vuelta para regresar al palacio. Ya no tenía miedo de la noche. Solo rabia y dolor, y el vino rancio, que quería salir de mi cuerpo por el mismo lugar por el que había entrado. Vomité en una esquina. Lo vomité todo. Entonces escuché una voz a mis espaldas.

—¿Os sentís bien, caballero?

17

Una mujer me miraba desde arriba. Yo estaba inclinado aún sobre mí mismo, demasiado borracho para enderezarme, demasiado cabreado para atender a su amabilidad.

—Déjame en paz. —Me apuntalé contra la pared para guardar el equilibrio.

—Necesitáis auxilio. Apoyaos en mí. —Me agarró el brazo y se lo puso sobre los hombros—. No podéis caminar solo.

—¡No necesito nada, joder! ¡Estoy de puta madre! —grité.

La mujer lanzó una exclamación, se santiguó y se alejó unos pasos.

Iba descalza. Las sayas, demasiado cortas, dejaban al aire los tobillos. La capa apenas conseguía cubrirle los hombros. Entre la oscuridad y la borrachera, era incapaz de distinguir sus facciones.

—No debéis hablar así a la dama —dijo una voz de hombre a mis espaldas—. Sois muy malagradecido, caballero.

Intenté darme la vuelta a pesar del mareo, pero no me dio tiempo. Sentí un golpe muy fuerte junto a la oreja y la poca estabilidad que me quedaba se fue a la mierda. Caí como un saco sobre un charco maloliente. Me puse a cuatro patas para escapar de los golpes. Las manos se me resbalaban en el pringue de la calle y no podía avanzar mucho. El hombre seguía detrás de mí, supongo que se regodeaba en mis patéticos intentos de huida.

Me dio una patada en el culo y caí de bruces. Me incorporé. Esta vez se puso delante de mí y me impidió continuar. Se lo estaba pasando en grande. Volvió a darme una patada y ya no me levanté. Si iba a morir, mejor tumbado. Entre la borrachera y los golpes no me veía con fuerzas para moverme del sitio. Me puse boca arriba. Estaba encima de mí, su figura recortada en la poca luz de la noche, como un demonio a punto de conseguir su presa. Cuando le vi con el palo en ristre, solo me dio tiempo de levantar el brazo para evitar el siguiente golpe. No lo conseguí. Después, todo se quedó negro.

Cuando desperté estaba helado y la cabeza me dolía como si la hubieran utilizado para jugar al fútbol. Intenté incorporarme, pero me escurrí en el suelo pringoso y volví a caer, lo que no mejoró el dolor de cabeza. No sabía qué había pasado. Recordaba entre brumas a una mujer y una voz de hombre y un golpe que me había dejado fuera de juego. Me palpé la ropa en busca del móvil. Tenía que llamar a la policía, a una ambulancia. La ropa estaba húmeda. Era gruesa e incómoda.

Noté un movimiento. Un chico de unos doce años me miraba con la boca abierta. ¿Iba disfrazado? Intenté hablar con él y salió corriendo.

La cabeza me dolía a rabiar y al tocármela descubrí un enorme chichón tras la oreja y el pelo pringoso de sangre, mi sangre. Era incapaz de recordar cómo había llegado hasta allí. Había un silencio extraño y demasiada oscuridad. Pensé que era un apagón. Por fortuna, estaba amaneciendo. Las casas empezaban a perfilarse contra el cielo color violeta de la madrugada.

Intenté incorporarme y esta vez lo conseguí. Me quedé sentado en el suelo, apoyado en una pared de piedra. Olía a rayos, a orina y vómitos.

En aquel momento se hizo la luz, y no solo por el amanecer. Todo se me colocó en su sitio en la cabeza. No hay nada más evocador que un buen olor nauseabundo. Supe dónde y cuándo estaba. Y recordé al vidriero y la cantidad ingente de vino que había tomado con él, a Julia y a Salinas entrando en aquella casa, mi borrachera y el golpe en la cabeza. Eché mano a la cintura y no encontré nada. La bolsa con el sueldo de todo un año, el dinero que iba a pagar las lentes que necesitábamos para volver a casa, había desaparecido. Hay que ser muy imbécil para enseñar dinero en una taberna llena de ladrones.

Tenía que levantarme o cogería una infección.

—Lo lamento mucho, caballero. Él me obligó a hacerlo.

Junto a mí había una mujer descalza cubierta apenas con una capa astrosa. No reconocí su cara, aunque algo en ella me resultó familiar.

—¿Perdón?

—Cuando se le mete una cosa en la mollera... jipió vuestra bolsa en la taberna y allá que fue.

—¿Quién ha sido? Debéis decirme su nombre. Hay que avisar a la policía... a los alguaciles.

Me levanté del suelo sujetándome la cabeza. Me dolía tanto que sentía los sesos intentando escapar por los oídos.

—No señor, no puedo deciros *na*. Me mataría. Solo he venido para ver si estabais tieso por el golpe, pero tengo que largarme.

—No tan deprisa.

Le agarré el brazo. No podía permitir que desapareciera. Era la única manera que tenía de recuperar mi dinero. Ella intentó escapar. La sujeté por detrás, la rodeé con mis brazos y dejé que se retorciera sin aflojar la presa, aunque la cabeza me palpitaba de dolor.

—¡Soltadme, malnacido, os arrancaré el pellejo, truhan, bellaco, cobarde! —Intentó morderme y mantuve los brazos fuera de su alcance. Cuando vio que no conseguía zafarse, empezó a aullar como si la estuviera matando.

La gente empezó a arremolinarse a nuestro alrededor. Ya había luz suficiente y los viandantes parecían deseosos de un buen espectáculo. Nos rodeaban como si se tratase de una actuación de saltimbanquis, pero nadie parecía dispuesto a intervenir. Reían, nos señalaban y lanzaban gritos jaleándonos cuando el cansancio nos hacía parar.

—Eso es, caballero, dadle un buen sopapo —gritó un energúmeno mientras se metía algo en la boca como el que come palomitas en el cine—. Que aprenda a obedecer a su hombre, aunque sea tan flaco como vos.

Todos rieron. Aquel imbécil no tenía ni idea de que pasarían casi cinco siglos antes de que su comentario fuera políticamente incorrecto. Me dieron ganas de soltar a la mujer e incluso de pedirle perdón, pero me aguanté. Ella era la única que me podía llevar hasta la bolsa.

—Don Miguel, ¿qué os ha hecho la moza para arrufaros de tal guisa?

Era Asia, que contemplaba el espectáculo tan risueña como el resto de público.

—Tienes que ayudarme, esta mujer me ha robado la bolsa.

—No le hagáis caso, señora, yo no he *afanao na*. Solo intentaba socorrer a este caballero, como buena cristiana.

—No es cierto. Ella y su compinche me han birlado todo mi dinero.

—Mentira. Yo iba a maitines cuando he visto a este caballero caído en el suelo. Maldita sea mi estampa. Si llego a saber que me iba a echar el guante hubiera salido *espantá pa* la iglesia.

—Sí, mucha iglesia y mucha misa —rio Asia—. Devuelve el dinero al señor, buena pieza.

—Os juro por mi madre y por mi padre, que la espicharon muchos inviernos ha, que no he robado *na* a este caballero.

—No ha sido ella —respondí—. Ha sido su hombre, su chulo o quien sea. Ella me distrajo y él me golpeó y me vendimió la bolsa.

—Pues poco podemos hacer. Soltad a la moza, que bastante castigo le espera. Cuando la encuentre su rufián se va a llevar una buena ración de palos por dejarse atrapar.

—Es mejor que no la soltemos entonces.

—En verdad que sois curioso. Hace un momento buscabais alguacil y ahora queréis ser su protector.

El público, ante la falta de sangre, se había ido dispersando. Yo aún mantenía agarrada a la chica, que a la luz del día era poco más que una niña. Como ya no se revolvía, había dejado de apretar, así que aprovechó para darme un pisotón y salir disparada como un cohete hasta perderse entre la gente que empezaba a abarrotar las calles.

Se me cayó el alma a los pies. Me había quedado sin dinero y sin posibilidades de recuperarlo, lo que significaba que no podría pagar las lentes. Unas lentes que, por otra parte, no estaba claro que alguien pudiera fabricar. Estupendo. Casi había conseguido olvidar a Julia y Salinas. Casi. El golpe no había sido lo suficientemente fuerte.

—Vivo muy cerca de aquí —dijo Asia y se agarró de mi brazo—. A fe mía que necesitáis un buen lavado y alguien a quien contar vuestras cuitas. No lo digáis muy alto, pero tengo una tina para que os lavéis y dos orejas hermosas para escucharos.

Palabra mágica. Necesitaba lavarme con urgencia y me daba lo mismo que no fuera Navidad ni Pascua o cualquier otra festividad que mereciera una limpieza completa.

El cuchitril donde vivía Asia más parecía un cuarto trastero que una vivienda. Medía menos de diez metros cuadrados y estaba en el tercer piso de un edificio lóbrego al que se accedía por una especie de callejón lleno de desperdicios. Debía de ser práctica común tirar por los ventanucos los restos de comida, el contenido de los orinales y demás exquisiteces, de lo que se aprovechaban varias gallinas y un cerdo pequeño. Junto a los animales había un niño, casi un bebé, desnudo y cubierto de suciedad, que masticaba con deleite un trozo de lo que parecía un nabo podrido. Asia se lo quitó de la boca, lo cogió en brazos y lo subió con nosotros para entregárselo a una mujer de greñas cubiertas apenas por un pañuelo negruzco. Desgranaba garbanzos en el descansillo del primer piso y apenas levantó la vista.

—Si no cuidáis mejor a vuestro rapaz, un día se lo comerá el cerdo.

La mujer apenas lanzó un gruñido como respuesta y se limitó a dar un capón al niño, que se agarró a sus faldas llorando.

—Hay algunos peores que las bestias —murmuró Asia mientras seguíamos subiendo.

Hasta entonces no había entrado en ninguna casa de gente humilde. Había vivido en un limbo, como si un extraterrestre que llegara a la Tierra se encerrara en el palacio de Oriente y a partir de ello dedujera cómo vivían todos los terrícolas. Yo sabía, por los libros, claro, la situación del país, asfixiado entre la nobleza y el clero. Pero los libros no se huelen ni se sienten. No podía ni imaginar cómo vivirían los verdaderamente pobres, aquellos que no tenían un cuerpo que vender, como Asia, o la habilidad para cortar una bolsa, como mis atracadores. Supuse que los artesanos y la incipiente burguesía se apañaban mejor, aunque no demasiado.

El cuarto de mi amiga tenía un ventanuco por el que apenas entraba la luz del día. Un catre, un arcón y un brasero. La poca ropa estaba colgada de unos clavos junto a la cama y, debajo de esta, asomaba un orinal. El mobiliario, si se podía llamar así, se completaba con una palangana y un jarro, una mesa, una silla y una estantería donde reposaban un par de escudillas, un cuenco de barro, una navaja y una cuchara de madera.

—Voy a mandar por la artesa. Hay un fuego abajo. Os calentaré agua.

—No os molestéis, no es necesario. Me lavaré con agua fría.

Asia soltó una carcajada y salió por la puerta mientras decía:

—Cuanto más os conozco más extraño me parecéis. Desnudaos y dejad de decir sandeces. Vuelvo presto.

Me quedé en medio de la habitación sin saber qué hacer. Mientras decidía si me desnudaba, la puerta se abrió y entró un niño que arrastraba un barreño de cobre más grande que él. Sin decir nada, lo dejó en medio de la habitación y se marchó por donde había venido.

Después de varios viajes que Asia se negó a compartir conmigo, el barreño estaba medio lleno. Impedí que bajara a por más, me desnudé por fin y me senté como pude. El agua me llegaba a la cintura y tenía un aspecto turbio, pero estaba caliente y pude frotarme toda la porquería que se me había quedado incrustada después de mi noche al raso. Asia se remangó y se puso a la tarea de limpiarme la herida de la cabeza, primero, y refregarme después la espalda con una tela y un jabón rancio que me olió a gloria. Parecía estar a sus anchas y yo, muy violento al principio con la situación, me dejé hacer. Era agradable volver a sentir unas manos en el cuerpo, un escote cerca que mostrara sus encantos, unos labios entreabiertos por el esfuerzo de frotar. Me sentía como un vaquero de una película del oeste al que una amable prostituta ayuda a quitarse la mugre. Por fin algo agradable después de una noche tan espantosa.

Hasta que vi la expresión en la cara de Asia no me di cuenta de que estaba llorando. Sí, me eché a llorar sin ser consciente de ello. Al principio con suavidad, como un recipiente que rezuma por estar demasiado lleno, pero, poco a poco, las lágrimas se convirtieron en sollozos incontrolados. No recordaba haber llorado así en mi vida. Los acontecimientos de aquella noche me habían dado la puntilla. No estaba preparado para esto. Yo solo era un friki que ni siquiera se decidía entre *La guerra de las galaxias* y *Star Trek*. Un tipo tranquilo que siempre buscaba el camino fácil y huía de los conflictos. Ese era yo entonces. Cómo podía sobrevivir alguien así en un lugar como aquel. Ni siquiera tenía el apoyo de Julia. Me habían puesto los cuernos, me habían pegado, me habían robado. Y en aquel momento, lloraba metido en un barreño mientras una prostituta me acunaba contra sus pechos y esperaba con paciencia a que me desahogara sin dejar de frotarme la espalda.

Mis lamentos de perro enfermo se fueron espaciando y por fin desaparecieron. Cuando mi salvadora vio que estaba más tranquilo me metió la mano entre las piernas con total desfachatez.

—Dejad libres los compañones, don Miguel, que no os los voy a robar.

Mis «compañones» se encogieron del susto. La visión del escote, el agua caliente, el estado de beatitud en que había caído tras el llanto, hicieron que todo lo que Asia manipulaba por ahí abajo despertara de su letargo y muy pronto mostré un interés evidente que ella recibió con una de sus carcajadas.

—Veo que resucitáis, mi señor. Ya pueden abominar los curas de los baños de asiento; no hay nada mejor para reconfortar el cuerpo y el alma. Mas no lo digáis por ahí, que la Iglesia tiene las orejas muy largas.

—No abriré la boca —jadeé mientras sentía su mano como una culebra de fuego que se metía entre las piernas, recorría la espalda y lo que dejaba de ser la espalda, husmeaba en los sobacos y el pecho, y volvía a la entrepierna en una danza maligna y muy eficaz.

No sé si alguna vez leerás estas páginas y tampoco sé si es correcto que te cuente ciertas cosas, pero, qué narices, a qué ser discreto a estas alturas. Hablar de Asia y de cómo comenzó nuestra relación es un homenaje a la mujer sin cuya ayuda yo no estaría escribiendo esto. Nuestra amistad duró más de lo que nunca hubiera imaginado y me devolvió la esperanza en momentos muy difíciles. Asia fue eso para mí: una luz brillante en un túnel largo y oscuro.

Cuando consideró que me había puesto lo bastante cachondo, me dejó salir de la bañera. Y entonces, por segunda vez en pocas horas, olvidé dónde estaba. Esta vez, el olvido fue todo lo animado y placentero que se pueda pedir. Solo diré que, en cuestiones sexuales, no habíamos mejorado demasiado a lo largo de los siglos. O puede que, a tenor de mis experiencias posteriores, Asia fuera una adelantada a su tiempo. Lo cierto es que no hubo nada que echara de menos, salvo las palpitaciones del corazón y el pellizco en el estómago. Era estupenda. Y no era Julia.

Mientras reposaba en el camastro, fue el primer pensamiento racional que se me vino a la cabeza. Asia no era Julia y nunca podría serlo, pero la realidad estaba ahí fuera, una realidad con coleta y cicatriz, y no me quedaba otra que aceptarla.

No sabía muy bien cómo plantear el asunto del dinero. Yo nunca había estado con una prostituta, pero Asia vivía de esto y yo no podía dar por supuesto que todo el asunto había sido un regalo por mi cara bonita.

—Sabes que me han dejado sin un real. En cuanto consiga algo de dinero tú serás la primera en cobrar —dije, con una torpeza absoluta.

—Dejad vuestros dineros en la bolsa, caballero, y aprovechadlos para menesteres más apremiantes. —No parecía ofendida, más bien burlona—. Sois muy gentil y he disfrutado mucho, lo que os juro por mi vida que no es frecuente. Me pregunto qué habréis estado haciendo todos vuestros años para tener unas manos tan delicadas y tan expertas.

Era así, alegre y descarada, y con unas ideas muy claras sobre la vida y su futuro. Como ya he dicho, quería montar una pensión para estudiantes y ahorraba todos sus ingresos para conseguirlo. Prostituta, mujer, de orígenes moriscos, tenía todas las papeletas para morir de sífilis a los veinte años en un cuartucho infecto. Y, sin embargo, estaba decidida a convertirse en toda una empresaria, en una mujer libre de servidumbres indeseables. Estoy seguro de que si hubiéramos viajado un siglo atrás no hubiera conocido a alguien como ella. Era el espíritu del Renacimiento, que en Asia brillaba como un faro.

Después de la noche miserable, del llanto y el inesperado sexo matutino, volví al palacio dispuesto a meterme en la cama y no levantarme en tres días. Había dado aviso de que estaba enfermo y no esperaba encontrarme con nadie. Las sorpresas no habían terminado. Faltaba el fin de fiesta, personificado en la hija mayor de los condes, que me esperaba delante de mi dormitorio con claras muestras de impaciencia. Caminaba de un lado a otro de la sala y abría y cerraba con fuerza un abanico que, por el frío que hacía en aquel lugar y por la manera de sujetarlo, debía de usar solo como arma.

Nunca había hablado con ella. Vivíamos en mundos separados, aunque compartiéramos la misma vivienda. Apenas la había visto alguna vez de lejos y pocas veces nos habíamos cruzado en alguna estancia. Siempre que había ocurrido esto, me había mirado con desgana y apenas había respondido a mi reverencia. Sabía, por lo que contaba Julia, que era una joven bastante espabilada, con mucho carácter y un humor de perros.

—Don Miguel, os llamáis así, ¿no es cierto?

—Así es, mi señora doña Mencía.

—Debo hablar con vos de un asunto importante.

—Estoy a vuestra disposición.

—Alejémonos de oídos indiscretos. No quiero que doña Julia me vea hablar con vos.

La seguí hasta una estancia en la que yo nunca había entrado. Debía de ser un lugar exclusivo para las mujeres. Había un telar y varios canastos con lanas de colores, además de distintas telas, tijeras, agujas, todo ello bastante revuelto. Estaba cada vez más inquieto. No veía la razón para que aquella niña me hablara a no ser que Julia hubiera hecho una de las suyas y su pupila buscara mi intervención, como ya hiciera el obispo.

Era bastante guapa. Muy parecida a su madre y nada a su padre, por fortuna para ella. Bajita, rubia, de ojos claros, llevaba el pelo suelto, sujeto tan solo con una diadema de perlas. Tenía las mejillas muy coloradas, lo que supuse que se debía a la vergüenza de hablar con un hombre desconocido. Estaba equivocado.

—Sé que estáis al tanto de que en el palacio se hospeda desde hace un tiempo mi pariente don Juan de Salinas.

—Mi hermana me lo presentó. Al parecer, está trabajando con don Gaspar en la botica.

—Eso no me interesa —dijo mientras sacudía la mano del abanico—. Debéis saber que don Juan es mi prometido, o lo será en breve, cuando mi señor padre designe la dote. Es inapropiado que doña Julia se entreviste con él a solas. Sé por don Juan que vuestra hermana insiste en compartir sus estudios, lo que a él le incomoda sobremanera. He intentado explicárselo a doña Julia con buenas palabras pero, aunque parece escucharme, sigue haciendo su voluntad sin atender a razones.

—No sé qué deciros, señora. —Era difícil imaginar a Mencía

hablar con buenas palabras. Y a Julia escucharlas sin más—. Veo poco a mi hermana últimamente.

—Os creo. Tampoco yo la veo mucho. Si esto sigue así, tendré que hablar con mi madre. Dentro de las obligaciones de una dueña no está el pasarse la noche en la botica con el prometido de otra mujer, en especial si esa mujer es su ama.

—Tenéis toda la razón, señora. En defensa de Julia he de decir que provenimos de un país de costumbres muy distintas. —Me estaba aburriendo de decir siempre lo mismo—. Mi hermana es una viuda reciente que colaboró estrechamente con su esposo en labores de ciencias. Para ella, ha supuesto un gran consuelo seguir aquí con sus estudios. Estoy cierto de que en sus intenciones no está ofenderos, ni ofender a vuestro prometido.

—Dejemos a un lado las ciencias. Ni sé ni me interesa a qué se dedica mi dueña en sus horas de libranza. Pero, ni aquí ni en las Indias, una dama decente osa frecuentar a un hombre que no es su esposo. Es un acto inmoral e impúdico.

A medida que hablaba, el rojo de su cara adquiría un tono más oscuro. Comprendí que no era un rubor de doncella tímida lo que coloreaba sus mejillas sino una ira creciente que era incapaz de ocultar.

Para tener solo diecisiete años, parecía muy segura de sí misma. Mostraba sin tapujos lo que Julia me decía siempre, que era una joven muy inteligente y de carácter difícil.

Tengo que confesar que caí en el lado oscuro. Juan de Salinas prometido a aquella adolescente irascible era un giro de los acontecimientos que no me esperaba. Vi la posibilidad de influir en la relación entre Julia y aquel hombre. Los celos no me dejaban pensar con claridad, lo sé, pero era mi única oportunidad de no permanecer pasivo ante la catástrofe que se fraguaba delante de mis narices, de sofocar la frustración que me invadía cada vez que los veía juntos. Incluso de aplacar el terror que me producía pensar que Julia se quedara con Salinas para siempre, olvidando nuestros planes de volver a nuestro tiempo. Era mi oportunidad y no iba a desaprovecharla.

—Siento un gran disgusto por lo que me habéis referido, señora. Tengo tanto interés como vos en que mi hermana no sea objeto de comentarios malintencionados. Ya habréis comprendido que doña Julia es una mujer de carácter recio y poco dada a aceptar consejos, ni siquiera de su propio hermano. Os propongo que juntos busquemos la manera de impedir estos encuentros sin que nos veamos implicados. Discreción y astucia. Os aseguro que es la mejor forma de obrar.

Los ojos de Mencía se iluminaron y, por primera vez desde nuestro encuentro, mostró una ligera sonrisa.

18

Ya en el despacho de la abadesa, respira hondo. Intenta alejar de sí todas las preguntas para las que no tiene respuesta. Ha de estar atenta, alerta, dispuesta a mentir a aquella mujer que parece controlarlo todo.

—Estoy a vuestra disposición.

—He comprobado que tu juventud no ha sido obstáculo para atender las obligaciones que te impuse y creo que ha llegado el momento de que hablemos.

—Os escucho, madre.

—Te recuerdo los juramentos solemnes que hiciste a tu llegada al monasterio y en mi celda. Nada de lo que aquí ha sucedido y pueda suceder debe saberse y, mucho menos, salir de entre las cuatro paredes del convento.

—A fe mía que sé guardar un secreto.

Su pensamiento se aleja por un instante y vuelve a su cabaña. A esas tardes oscuras de invierno, cuando alguna mujer de la aldea llegaba al amparo de la oscuridad y se cobijaba junto al fuego mientras solicitaba en voz baja un remedio para alejar al marido, o despertar su lujuria, o curar las pústulas de un hijo contraídas en alguna cama ajena. Todas sus historias quedaban en esa cabaña al abrigo del mosén, que abominaba de sus métodos desde el púlpito de la iglesia cada domingo. La vida daba muchas vueltas.

—Has de saber que en los monasterios se producen situaciones delicadas que nunca deben atravesar sus puertas ni llegar a oídos de almas cándidas que puedan malinterpretar ciertos hechos —continúa la abadesa—. Al servicio del Señor hay mujeres de todo tipo, algunas incluso reacias a aceptar las sujeciones del convento. Nuestra orden es estricta en cuanto a las visitas masculinas, pero siempre existen circunstancias que hacen que las hermanas se vean sometidas a la tentación de la carne y a sus consecuencias más de lo que querríamos.

La escucha con la boca abierta. La abadesa habla como si aquello no fuera con ella, como si lo que sucedió en su celda hubiera sido una pesadilla, una ensoñación de Sabina.

—Sé que hay hierbas, pócimas y conjuros que impiden la llegada a término de ciertas situaciones comprometidas.

Ella asiente sin poder hablar. Es lo último que esperaba oír. De no haber sido testigo y parte de su aborto, pensaría que la abadesa es una mujer virginal que se preocupa únicamente por el bienestar de las hermanas. Recuerda también la conversación que escuchó con el arzobispo y se maravilla de la capacidad de disimulo que muestra aquella mujer. Su tono, su voz, su sonrisa son otras. Ahora, todo invita a la confidencia, a la intimidad.

Mientras la monja le habla de embarazos clandestinos, de escándalos, de los peligros que esto supone para la buena reputación del monasterio, Sabina escucha a medias. Suspira para sí. La abadesa es demasiado complicada para ella.

Por otra parte, le está ofreciendo la posibilidad de permanecer en el convento por un tiempo indefinido y eso es lo único que importa.

Se siente aliviada.

—Reverenda madre, ¿vivió la hermana Teresa alguna cuita semejante?

Si es verdad todo lo que cuenta la abadesa, se pregunta si las convulsiones y desmayos de Teresa no tendrán más que ver con lo terreno que con lo sobrenatural.

—Teresa es un caso extremo de lo que te hablo. Sucumbió a las lisonjas de un hombre demasiado vehemente que abusó de su posición como confesor. El vicario fue enviado a otra congregación, mas el mal ya estaba hecho. Tras el embarazo y el parto, Teresa comenzó a comportarse de un modo extraño hasta que llegó a la situación que ves ahora. Satanás se aprovechó de la confusión del alma de nuestra hermana y nos la arrebató.

—¿Qué pasó con el nacido?

—Murió a las pocas horas —dice la abadesa sosteniéndole la mirada—. Está enterrado junto a otros en el huerto, bajo el rosal.

—Pobre hermana Teresa. Debió de sufrir mucho.

La expresión de la monja se endurece.

—El sufrimiento ha de servir para limpiar nuestra alma del pecado, no para caer en él con mayor obstinación. Otras hermanas han vivido los mismos inconvenientes y no por ello han sucumbido al mal.

Le asombra su frialdad. No parece sentirse afectada por lo que allí se habla a pesar de haberlo vivido en sus propias carnes poco tiempo atrás. Pero Teresa no es la reverenda madre y ahora comprende que su locura es una locura del corazón y como tal habría que tratarla, no con exorcismos ni con pamplinas religiosas.

Ella nunca ha tenido demasiado trato con los hombres. Algún que otro tocamiento furtivo cuando aún era muy niña. No le gustan los hombres, fanáticos de la caza y de la guerra, de voces duras y modales zafios. Siempre prefirió tenerlos lejos y ellos, gracias a Dios, casi nunca se fijaron en su persona, salvo para llamarla «demonia» y apartarse de ella con jaculatorias. Solo una vez fue distinto, pero es algo en lo que nunca ha querido pensar y lo aparta con rapidez de su cabeza. A partir de entonces, comprendió, por fin, que quien se acercaba a ella lo hacía para mostrar su valor al rondar a la «bruja» y no porque en verdad lo deseara.

En su cabaña del bosque apenas se dejaban ver, eran las mujeres las que acudían a ella para solicitar sus remedios. Por su experiencia diría que la mayor parte de los hombres, como su padre o sus hermanos, solo sirven para dar gritos y golpes, beber y comer y dejar preñadas a sus mujeres, las mismas que acudían después a solicitar su ayuda para no morir en el parto o para que este nunca ocurriera.

Los sacerdotes son otra cosa, mucho más resbaladizos, más peligrosos aún. Y, por lo que escucha, tampoco ajenos a los yerros de los hombres corrientes.

—¿Conoce el padre Lope el asunto?

—No es de su incumbencia. Él se ocupa de impedir el dominio infernal del cuerpo de Teresa. Cómo entró Satanás en la hermana carece de importancia.

Abre la boca para replicar, pero comprende que es inútil. No debe enfrentarse a la abadesa. Por el contrario, ha de crear la intimidad que propicie la confidencia.

—Durante mis años junto a Madre Lusina aprendí a aliviar preñeces. Los hijos son una bendición para los hombres, que necesitan manos jóvenes para el campo y para el cuidado de los animales. Aunque, a veces, las mujeres se preñan de tan continuo que el cuerpo se les agota y buscan huidas a espaldas de los esposos.

—Nada quiero saber de tus manejos brujeriles. Ese será tu cometido. Durante el invierno, el monasterio, como has visto, permanece aislado del mundo y de sus servidumbres. Ahora se acerca el buen tiempo y con él la tentación. En la Semana Santa muchas son las personas que hacen penitencia acudiendo a los oficios, que son de los más afamados de la zona. Hay reuniones pías, visitas al Santísimo, el miserere, las Tinieblas y los rosarios comunales. Es tiempo de recogimiento y oración, pero también de promiscuidad y excitaciones. Estarás atenta a todo aquello que acontezca y pondrás el remedio que sea pertinente. En cuanto a los posibles embarazos, si es que se dan, procurarás que no concluyan.

—Como digáis, madre. Solo hay algo que me confunde. ¿Por qué no atiende estas cuestiones la hermana Bárbara? A fe que ha de conocer los mismos remedios que yo.

—No es de tu incumbencia. Ya has comprobado su auténtica naturaleza. Es una mujer de poco fiar y te recomiendo que mantengas la distancia con ella.

Después de concluir la reunión con la abadesa, tuvo que acudir a la confesión con el arzobispo. Ahora es noche cerrada y acaba de salir de la iglesia. Maldice entre dientes al hombre que la ha tenido arrodillada en el confesionario durante más de media hora. El arzobispo ha husmeado en su vida y sus pecados como un lebrel.

Tiene que pensar con tranquilidad en lo que ha pasado aquel día que parece no tener fin. Se acerca a la cocina para mendigar un caldo aguado y un trozo de pan, pues se ha perdido la cena, y sale de nuevo a la huerta, el lugar más solitario y también el único donde puede pisar tierra. Se descalza y se arrebuja en el manto para evitar el relente. A pesar del frío, acaricia con los pies desnudos la hierba que crece junto a los surcos vacíos. Pasea arriba y abajo, mordisquea el mendrugo y recuerda la confesión con el arzobispo.

—Ave María Purísima —dijo al santiguarse.

—Veo que al menos conoces la liturgia, hija mía.

—Monseñor, no soy mala cristiana, aunque es cierto que hace tiempo que no me confieso. El vicario no se encontraba en el monasterio cuando llegué debido a la gran tormenta de este invierno.

—La nieve se retiró hace más de un mes y el vicario volvió hace tiempo.

—Lo sé, pero el cuidado de la hermana Teresa y...

—No quiero disculpas. Ahora debo escuchar tus pecados. Reza conmigo el Yo pecador.

Intentó olvidarlo todo y concentrarse en su confesión. Había de ser lo más sincera posible al tiempo que ocultaba aquello que el arzobispo no debía saber.

Después de un tiempo eterno en el que repasaron mecánicamente los mandamientos y sus transgresiones, el sacerdote carraspeó y bajó el tono de voz. Aquí está, pensó Sabina, para esto ha querido confesarme, para tenerme a su merced.

—Nadie mejor que tú sabe que el mal ha entrado en esta casa a través del cuerpo de la hermana Teresa —comenzó el hombre con suavidad—. La madre superiora habla maravillas de tus remedios para aplacar la furia del demonio. Sin embargo, hay algo que me preocupa. La hermana Bárbara parece ser ajena a la conmoción que ha producido Satanás, ha mostrado incluso en ocasiones su incredulidad ante los manejos demoníacos. Ya que has convivido varios meses con ella, quisiera saber cuáles son sus pensamientos sobre este asunto.

—Nunca escuché a la hermana Bárbara comentar cosa distinta a lo que se dice en el convento, monseñor. Ella me enseña a escribir y cosas de ungüentos y pócimas y...

—Te recuerdo que estás bajo obligación de confesión —le corta el arzobispo—, y que mentir o esquivar una respuesta a un representante del Señor en un sacramento es pecado mortal y de excomunión. —Enseguida el tono se dulcifica—. Confía en mí, muchacha. Nadie te va a hacer daño. Yo te protegeré, pero debes decir la verdad. Yo te lo ruego, Dios te lo ordena.

—A pesar de nuestros conflictos, no puedo decir nada en contra de la hermana Bárbara sobre este asunto. Siempre se ha mostrado pesarosa del mal de la hermana Teresa y dispuesta a rezar por su alma y su salvación.

—No es eso lo que yo he escuchado. —El hombre endureció el tono y bajó aún más la voz—. Se dice, incluso, que la hermana boticaria se dedica a ciertas diligencias nocturnas que poco tienen que ver con sus deberes.

—Nada sé de ese menester, monseñor.

Y era sincera. ¿Diligencias nocturnas? ¿Es por eso por lo que en ocasiones no la encontraba en su celda? ¿Qué le ocultaba la hermana Bárbara?

—Veo que te asombran mis palabras —dijo el arzobispo, y parecía satisfecho—. Debes saber que la hermana Teresa es mi sobrina y que le profeso un gran afecto. Ese mismo afecto es el que me mueve a preocuparme por su bienestar, al igual que por el del resto de las monjas. Estás bajo el sacramento de la confesión. Si mientes, toda la ira de Dios caerá sobre ti. Solo quiero estar seguro de que no conoces nada de los asuntos de la hermana Bárbara.

—Monseñor, juro ante Dios que no sé de qué me habláis. —Se alegró de no tener que mentir— Yo aprendía a leer y a escribir y cosas de ungüentos. Nada más.

—Te creo, hija mía. Y me congratulo de ello. Pasemos, pues, a otro asunto. ¿Cuánto tiempo llevas ya en el convento? ¿No estarás rehuyendo tus deberes con la gente de la aldea?

Comenzó a temblar. Todo se difuminó y sintió de nuevo una presencia maligna. Un olor agrio, a podredumbre, se le pegó a la piel como un sudario. Escuchó muy a lo lejos las palabras del sacerdote, pero algo la retenía con fuerza, la paralizaba, ni el cuerpo ni la voz le respondían.

La iglesia en penumbra se iluminó como si amaneciera. Las esculturas de los santos parecieron adquirir vida desde sus peanas. El suelo se ablandó, osciló bajo sus rodillas. Perdió el equilibrio y se sintió caer, cada vez más abajo, más abajo. Todo se volvió negro.

Vio un lugar desconocido, un espacio grande rodeado de casas como nunca había visto, altas como los árboles más altos del bosque. El espacio estaba ocupado por una multitud vociferante. Algunos hombres y mujeres eran de piel oscura, iban ataviados con extrañas vestiduras, plumas, collares, y llevaban el rostro pintado con dibujos de colores, como esculturas vivientes. Estos no gritaban, estaban apartados de la multitud, contemplaban el espectáculo con rostros pétreos y miradas oscuras. Entonces pudo ver al destinatario de los gritos: era un hombre vestido con un saco que le dejaba las piernas al aire, sucias de lodo y sangre, el rostro gacho, el cuerpo vencido. Iba subido a un carro flanqueado por dos dominicos cubiertos con capucha que parecían mascullar rezos sin fin. Llevaba una cuerda gruesa al cuello y las manos atadas. Poco a poco se fueron acercando al centro de la plaza rodeados por los gritos e insultos de la multitud. Allí se levantaba un gran montón de leña con un poste en el centro. Los dominicos, ayudados por dos soldados, bajaron al hombre del carro y lo ataron al poste. El hombre levantó la cabeza y entonces lo reconoció. El arzobispo la miraba directamente a ella, sin atender a los gritos de la multitud. Uno de los sacerdotes encendió la pira y cuando las llamas comenzaron a desdibujar la imagen fue ella la que sintió la asfixia del humo, el mordisco de las llamas, mientras el arzobispo la miraba y reía, ajeno al dolor y a la muerte. El dolor se hizo insoportable, el humo la impedía respirar, se sintió morir mientras el hombre seguía erguido tras las llamas sin mostrar ningún signo de sufrimiento. Cuando creía no poder aguantar más aquel suplicio, se encontró de nuevo en la iglesia del monasterio. Estaba tumbada en un banco, jadeaba, tenía el corpiño suelto y el arzobispo le golpeaba con suavidad la mejilla.

—¿Quizá has exagerado el ayuno de cuaresma? —le dijo mientras la ayudaba a incorporarse—. Mira bien que un exceso de celo es tan malo como la tibieza.

—Eso ha de ser, monseñor. —No podía mirarle a la cara.

—Ve a las cocinas y que te den un caldo. Eso te reconfortará.

En la huerta, su cabeza es un torbellino de preguntas sin respuesta. Nunca ha tenido una visión así, tan real. El dolor, el ahogo siguen ahí, en su cuerpo, en esa mirada y esa risa terroríficas que no consigue explicar. Sacude la cabeza. No quiere seguir pensando en la visión. Le produce tanto terror, que tiene que abrazarse para dejar de tiritar.

Intenta pensar en otra cosa, pero entonces recuerda las palabras del arzobispo: Teresa es su sobrina. Si no hubiera tenido aquella visión, quizá podría creer que el sacerdote solo es un hombre santo que vela por el bien de su pariente. Pero ¿acaso no escuchó sus planes? ¿Acaso hace solo unas horas no le oyó intrigar con la madre abadesa por no sabe qué asuntos extraños? ¿Acaso no le ha visto reír como un brujo entre las llamas de la Inquisición?

En ese torbellino de preguntas sin respuestas, hay otra cosa que la angustia: la posibilidad de que Bárbara le haya engañado. ¿Hace mal en confiar en ella? ¿Se ha dejado embaucar por sus modos amistosos? Los temores de los primeros tiempos vuelven con la misma fuerza que entonces.

Con el pecho encogido mira el horizonte, ese cielo inmenso, tan distinto al que contempló desde niña. En su bosque, los árboles y los farallones de roca le permitían apenas contemplar un pequeño trozo de cielo. Allí, el cielo no tiene fin y esa noche, en especial, las estrellas se extienden hasta reposar en la cima de las montañas que se intuyen a lo lejos. Brillan y aclaran la oscuridad con extraños dibujos que la fascinan.

—Ese es Orión —escucha a su espalda—, el cazador.

En su estado de inquietud, aquellas palabras le sobresaltan más de lo debido. Se vuelve con rapidez sin poder acallar un grito de sorpresa y descubre al padre Lope, iluminado apenas por un farol que levanta a la altura de su cara. Le mira fijamente, sin darse cuenta de la prolongación de su silencio, asombrada por el tono cálido del sacerdote en contraposición con su habitual voz estridente. Como sigue callada, el hombre, por fin, inclina la cabeza, farfulla una disculpa, le da la espalda y empieza a caminar hacia el convento.

—¿Orión? —pregunta Sabina, que no sabe muy bien cómo compensar su torpeza.

El sacerdote se vuelve de nuevo hacia ella.

—Orión, el cazador, ¿veis las tres estrellas? —señala con el dedo—. Son el cinturón y esas, los brazos y las piernas. Y, ¿veis?, ese es el arco.

—Nunca había contemplado así el cielo —responde e intenta hablar con las palabras nuevas que Bárbara le ha enseñado—. En el bosque los árboles lo cubren todo.

—De niño, en Berbería, serví a un astrónomo árabe. —El padre Lope se encoge de hombros—. Hay cosas que no se olvidan. Disculpad.

Da media vuelta y se aleja.

—Me gustaría conocer más cosas de las estrellas —dice con precipitación. No quiere quedarse sola—. ¿Qué son? ¿Por qué no caen sobre la Tierra? ¿Qué es la luna? ¿Por qué a veces es redonda y grande y otras apenas una línea brillante?

El padre Lope se vuelve de nuevo y sonríe. En la oscuridad que les rodea, sus dientes brillan. Es la primera vez que ella le siente franco, como si se hubiera quitado por un instante esa máscara de solemnidad que le acompaña siempre.

—No imaginaba que mi comentario iba a despertar tamaño interés.

—Siempre he sido muy fisgona. Mi padre me castigaba por ello —dice con una mueca—. Además, la vida en el monasterio es muy enojosa. Habladme de la luna.

—Hay distintas teorías. Unos dicen que es un disco; otros, que es una esfera perfecta. Algunos, incluso, creen que es como la Tierra, que tiene montañas y valles y que en ella viven seres como nosotros.

—¿Y vos qué creéis?

—Desearía que estos últimos tuvieran razón. Quizá si vive gente en la luna consiga hacer mejor las cosas.

—¿Qué cosas?

—Me estoy convirtiendo en un charlatán —dice Lope, y parece arrepentido de sus palabras—. No me hagáis mucho caso, doña Sabina.

Es la primera vez que dice su nombre. De hecho, no creía que lo conociera. Ese «doña» le suena tan raro que no puede por menos que soltar una carcajada.

—Y veo que os sigo haciendo mucha gracia.

—Con vos siempre meto la pata —se le escapa.

El dominico la mira en silencio como si dudara entre reír o enfadarse. Finalmente, parece optar por lo primero.

—Disculpadme, padre, es que nadie me había otorgado tamaña distinción. Ni mi nombre, ni mi edad ni mi persona merecen ese «doña».

—Quizá decís bien en cuanto a la edad. Pero vuestros méritos no son discutibles, aunque sí algo comprometidos.

—No soy más que una curandera de aldea que ha caído en un lugar que no le corresponde. La madre abadesa me ha solicitado ayuda para ciertos problemas del convento y espero poder ayudarla.

—¿Problemas?

—Perdonadme, no tengo libertad para hablar. He jurado discreción.

El padre Lope la mira en silencio. La cabeza tonsurada refleja el brillo de la luna, que acaba de salir tras los árboles. Ella se siente cada vez más incómoda con el escrutinio. Siempre que la han mirado así ha sido para reprocharle el color de sus ojos o para llamarle «bruja».

—Sois leal, eso es encomiable —habla él por fin y se acerca aún más a ella. El aliento le huele a castañas asadas—. Yo no solo estoy aquí para exorcizar a la hermana Teresa.

La cercanía del dominico le produce un cosquilleo en los brazos. El vello se le eriza e, inconscientemente, da un paso atrás. El padre Lope parece sentir el rechazo y se aparta también de ella con celeridad.

—Este convento posee ciertas características especiales que me hacen indagar más allá de lo aparente —sigue con un tono menos amistoso—. Vos sois la única persona ajena al monasterio y, como tal, me sería de gran ayuda vuestra confianza.

No es posible. La hermana Bárbara, la madre abadesa, el arzobispo y, ahora, el padre Lope. ¿Cómo ha podido congregar a su alrededor tamaña red de intrigas? Tiene ganas de escapar y no detenerse hasta llegar a su cabaña. Lo primero es quedarse sola y pensar en todo con calma. El día parece no tener fin y ella ya no puede más de visiones, conversaciones extremas y reclamos chocantes.

—Acabo de sufrir un desfallecimiento —dice con brusquedad—. Os ruego dejar estos comercios para otro instante y que me permitáis retirarme.

—No os importuno más. —El padre Lope no parece ofendido por sus modos—. Descansad. Mañana será otro día.

19

A las puertas del palacio de Monterrey, entre apretujones y voces de protesta por la espera, volví a maravillarme de dónde me encontraba. Yo ya conocía el palacio recién construido, la joya renacentista por excelencia. Lo había visto por fuera en mis paseos por la ciudad y lo admiraría cinco siglos después. En el siglo XXI, su grandeza se vería retada por la Universidad Pontificia, pero en aquel momento estaba rodeado de casas de adobe y algún que otro palacio menor. Nada le hacía sombra.

Era la residencia de don Alonso de Zúñiga y Acevedo Fonseca y su esposa, María Pimentel de Mendoza, condes de Monterrey, entre otros muchos títulos y apellidos interminables, y allí iba a celebrarse la fiesta más esperada en los festejos de esponsales.

Solo faltaban cuatro días para la misa de velación, donde don Felipe tomaría por esposa a su prima, doña Mariana de Portugal. Hasta entonces, los novios no podrían verse, aunque eso no le importaba demasiado a la nobleza castellana que había acudido al enlace y que abarrota los palacios de la ciudad como si de mesones se trataran. Los festejos no tenían fin y, aunque el frío se había instalado ya en Salamanca, los carruajes recorrían las calles sin descanso, transportando a damas ricamente engalanadas. Los caballeros, por su parte, lucían sus colores a lomos de monturas cubiertas con orlas de seda recamada en oro. Yo los miraba con envidia. Esa era una de mis asignaturas pendientes: montar a caballo. No saber montar en aquella época era mucho peor que no tener carné de conducir en el siglo XXI. Me había inventado una historia sobre un caballo que me había coceado de niño, apoyado por una cicatriz que tenía en el hombro y que me había hecho al caer de una bici. A consecuencia de este infortunado accidente, explicaba, había cogido aversión a montar. La historia sirvió para que quienes me rodeaban me respetaran aún menos, en especial don Jaimito, pero también me permitió intentar aprender sin que resultara absurdo a mis años.

Era una noche muy fría. Había atasco de carruajes junto al palacio, el vaho salía disparado del hocico de las caballerías y los invitados tiritábamos bajo las capas mientras nos agolpábamos a la entrada. Las velas hacían brillar las ventanas del palacio y sorprendía el resplandor de los centenares de antorchas que circundaban el edificio. A pesar de las grandes dimensiones de la puerta principal, no daba abasto para acoger tanto engalanamiento.

Yo esperaba junto a otros muchos para entrar por una puerta lateral, la que correspondía a los pequeños hidalgos, los comerciantes significativos de la ciudad, los sacerdotes de rango intermedio y unos pocos sirvientes privilegiados de las casas más nobles, entre los que me encontraba. Supongo que el exotismo de mi origen había hecho que mi amo y señor se dignara invitarme al festejo junto con Julia y Gaspar, sus sirvientes más presentables. Me recordó las colas a la entrada de un concierto de rock o las de un partido de futbol. Todos aguardábamos nuestro turno empujando al de delante y siendo empujados por el de detrás. Hay cosas que nunca cambian.

Por desgracia, lo que sí había cambiado era la indumentaria. Para aquella gran ocasión no había tenido más remedio que colocarme la maldita lechuguilla, que me enmarcaba la cabeza como si fuera una tarta, aunque yo la llevaba un poco abierta en plan rebelde. Bajo la capa, por supuesto, calzón acuchillado de terciopelo verde oscuro, jubón y coleto, todo a juego, todo ello estrecho e incómodo a más no poder. Sin embargo, el bigote y la perilla que me dejaba crecer desde mi llegada me daban un aire intrépido y mi altura me hacía despuntar entre los asistentes, así que, en conjunto, a pesar de las estrecheces, me sentía bastante satisfecho de mi aspecto. De hecho, no se me escaparon algunas miradas, sonrisitas y acercamientos innecesarios de las damas más atrevidas.

Había hecho un paréntesis en mi vida, todos lo hicimos. Se acercaba el gran día y los habitantes de Salamanca y alrededores disfrutábamos de los fastos que acompañaban la boda del príncipe, en especial la fiesta de Monterrey donde en aquel momento intentaba entrar. Iba solo; Julia había aceptado la invitación de Salinas, cómo no, para ser su acompañante, y yo sentía su ausencia en cada centímetro de mi piel helada. La fascinación por todo lo que me rodeaba quedaba algo empañada por no poder compartirlo con ella. Porque, sin duda, estaba fascinado.

No puedo explicar la impaciencia con que había esperado este acontecimiento. No solo por lo que significaba históricamente, sino porque serviría para iniciar mis planes con Mencía. Hablaba a menudo con ella, con discreción, para perfilar los detalles. Me tenía la cabeza loca, y yo la dejaba hablar y hablar, le daba esperanzas e imaginaba mil y una actitudes de Salinas que confirmaran su amor por ella. No hay nada que guste más a una persona enamorada que dejarse convencer de que su amor es correspondido. Yo había aparcado cualquier consideración moral. Iba a ponerles todas las trabas posibles y no me importaba cómo.

Aparte de mis asuntos personales, me había dedicado a contemplar con ojos atónitos aquel acontecimiento del que tanto leí en el futuro. La primera boda del hombre que se convertiría en pocos años en el más poderoso del mundo. El suceso fue tan importante en su momento que recordaba una crónica de la época que hablaba de los festejos de la boda e, incluso, que describía la ropa que llevaba cada invitado, como un *Hola* del Renacimiento del que yo ahora iba a ser también protagonista o, al menos, testigo.

Llevaba unos días sin parar de entrar y salir. Quería absorberlo todo, verlo todo, sentirlo todo. Con Asia del brazo, casi tan asombrada como yo, recorría unas calles engalanadas donde la suciedad se mantenía impertérrita al margen de los festejos. La bosta de las caballerías, las aguas mayores y menores lanzadas a los desagües al aire libre, los rapazuelos llenos de costras y mugre, las verduras podridas en el suelo del mercado, todo seguía allí, pero las casas nobles mostraban en los balcones sus insignias, y los hidalgos y las damas llevaban sus mejores galas, envueltos, eso sí, en el pestilente vaho de unos perfumes que revolvían el estómago. Me había acostumbrado a soportar aquellos atentados al olfato y a la vista. Ya casi no notaba el hedor constante, a no ser que hubiera algún pico de olor que me atacara directamente a la pituitaria. Ni me importaba demasiado que las botas de cuero cordobés que me había regalado el conde para celebrar el enlace se cubrieran de todo tipo de porquerías. Qué importaba todo, qué importaban las bostas, los olores y la mugre. Estaba en el centro de mundo.

La curiosidad del príncipe Felipe por conocer cuanto antes a la mujer con la que ya se había casado por poderes le hizo acompañar a hurtadillas a la comitiva de María Manuela desde Extremadura hasta Salamanca y entrar en la ciudad sin recibimiento de las autoridades y la nobleza. Aunque no se le viera, sabíamos que había llegado y por eso todos queríamos acudir al festejo del palacio de Monterrey, pues se esperaba que sería allí donde se dejaría ver por primera y última vez antes de la boda.

Por la ciudad había corrido como la pólvora el relato del encuentro secreto de los novios. Se contaba que el príncipe salió con su séquito de incógnito y que en la villa de Aldeanueva se escondió en un mesón ubicado en la calle por donde iba a pasar la princesa y que cuando esta llegó a la altura del establecimiento, don Antonio de Rojas, amigo del príncipe, levantó la manta detrás de la que este se ocultaba dejándolo a la vista de la princesa y de sus damas. Doña Manuela, tan joven como él, colorada hasta la raíz del cabello, había ocultado la cara tras su velo, mostrando lo suficiente para que Felipe quedara complacido con la princesa. Pobre. Nadie podía imaginar entonces que el matrimonio apenas duraría dos años.

—A estas edades, la sangre hierve como el vino en un caldero —dijo Asia cuando escuchamos el relato del encuentro—. Se comenta que doña Manuela es moza guapa, entrada en carnes y muy fogosa, lo mejor para despertar en el príncipe ansias de coyunda.

Yo sabía por los libros que el emperador Carlos estaba muy preocupado por los efectos que pudieran tener en su hijo los excesos del matrimonio, pues se decía que así había muerto su tío Juan, primogénito de los Reyes Católicos. Don Juan de Zúñiga, amigo de don Carlos, iba a ser el encargado de impedir esos excesos.

Se lo conté a mi acompañante, sabiendo lo que le gustaría el cotilleo. Había comprobado que el respeto reverencial que oficialmente se sentía por los monarcas no tenía demasiado eco entre la gente corriente, siempre dispuesta a reírse de los poderosos. El recurso del pataleo.

—¿Impedir un duque los excesos del matrimonio? ¿Cómo es eso posible? —se asombró.

Representé para ella una escena de vodevil. El príncipe, un niño de miembros enclenques, se encontraba entre los brazos opíparos de su esposa, saboreando los placeres de alcoba. Y don Juan de Zúñiga, como un ángel justiciero, arrancaba al esposo de los brazos de su amada y lo arrojaba al pasillo como a un cachorro desobediente.

—El folgar no entiende de protocolos y tiene más fuerza que cualquier maquinación de cortesanos viejos —dijo Asia entre esas risas suyas que me encantaban, sobre todo si era yo quien las había provocado—. No le envidio el cometido al duque ese. Me gustaría mirar por un agujero cómo se las apaña.

No tenía acceso al salón principal, que debía de medir más de treinta metros de largo, así visto desde la puerta. Allí todos aleteaban como gallinas enloquecidas a la espera de la llegada del príncipe. Nuestra fiesta de segunda clase se celebraba en otro salón adyacente, cubierto con tapices flamencos, del que habían retirado los muebles para favorecer el movimiento de la masa. Todo estaba a rebosar, la zona noble y la menos noble, donde había mucha más jarana y diversión que en el gran salón patricio. Teniendo en cuenta que Salamanca debía de tener entonces unos veinte mil habitantes, y si restábamos estudiantes, menesterosos y mendigos, es decir, la mayoría, el resto parecía estar en aquella fiesta.

Había risas, ostentación y música. En cuanto a esta, se hablaba de una novedad importante que los condes de Monterrey habían conseguido para celebrar los esponsales. A la flauta dulce y el clavicordio se unía el violín, desconocido en España hasta entonces.

—El músico de los duques se educó en la corte de Francisco I y toca con maestría —dijo alguien a mi lado.

El nuevo sonido, agudo y doliente, levantó exclamaciones de asombro entre los invitados y nostalgia de tiempos futuros en mis oídos.

Contemplaba todo aquello con la boca abierta, sin creer aún, a pesar de los meses transcurridos, que me encontrara de verdad donde me encontraba. Era algo que me pasaba de cuando en cuando, aunque cada vez menos. Se me ocurría pensar, de repente, que todo lo que veía y sentía era fruto de un tumor cerebral que me mantenía en coma en la cama de algún hospital soñando demencias relacionadas con mi profesión. Aunque comprendía que un coma no podía ofrecer una vida tan plagada de acontecimientos, no por eso la realidad era menos increíble. Fuera lo que fuese, realidad o delirio, para mí era auténtico, tanto como la Julia que en aquel momento se plantó delante de mí y me dejó sin respiración.

Estuve a punto de soltar un silbido que murió cuando vi del brazo de quien iba. A él apenas le saludé con una inclinación de cabeza, pero a ella no le podía quitar los ojos de encima. Por primera vez veía a Julia vestida con ropajes suntuosos, supuse que prestados por la condesa. En lugar del traje de sarga oscura y camisa cerrada hasta el cuello que era su uniforme cotidiano, llevaba un vestido de color vino con bordados negros y un escote cuadrado oculto en parte por un largo collar de perlas y rodeado por un gran cuello de encaje almidonado que enmarcaba la cabeza. El pelo, recogido en un moño complicadísimo, estaba entrelazado con un cordón dorado y los ojos le brillaban como solo ellos podían hacerlo. Su piel pálida parecía aún más pálida, sus ojos eran aún más oscuros y sus labios, tan apetitosos como siempre. Estaba radiante.

—Mírame las manos —dijo con una sonrisa. Llevaba varias sortijas que supuse también de la condesa—. He conseguido quitar las manchas de azufre con limón. Y mira este vestido. Me siento como una reina.

Cuando Salinas se alejó unos pasos para saludar a unos conocidos, Julia se acercó a mí y habló en voz baja:

—Por Dios, ¿cómo se puede respirar con estas apreturas de corpiño? —Se rio—. Pero no me voy a quejar. Es como un sueño. Si no fuera por este olor insoportable... He tenido que usar toda mi persuasión para conseguir bañarme. La doncella se escandalizó, tenía miedo de que pillara la peste, la sífilis o yo qué sé. Quería que me untara con ese mejunje que llaman perfume. Me negué, aunque está claro que los demás se han puesto hasta las cejas. No importa. Esto es alucinante.

No dejaba de sorprenderme lo a gusto que parecía sentirse Julia en este lugar, mucho más, por cierto, que en el siglo XXI. Era yo quien se suponía que tendría que estar más integrado y, sin embargo, ella se movía como pez en el agua, soportaba con un encogimiento de hombros los olores, la suciedad, los modales untuosos y ladinos a la vez, la carencia de comodidades modernas, incluso su confinamiento en el ámbito doméstico. Su trabajo en la botica la tenía tan fascinada que cualquier otra cosa le parecía superflua. Yo vivía aquello como un investigador, siempre con la mirada puesta en mi tiempo. Disfrutaba cada momento, pero, desde luego, quería volver, siempre tenía presente que aquel no era mi lugar, que era como un entomólogo contemplando un hormiguero, como un diosecillo que hubiera bajado a la tierra a divertirse con sus criaturas. Ella no, ella lo vivía como si siempre hubiera pertenecido a aquella época, sin echar nada de menos, sin sentirse ajena a lo que vivía. Cada vez que yo me lamentaba por la falta de internet, de un inodoro con cisterna o de una bicicleta, ella se echaba a reír y se burlaba de lo que llamaba mis pijadas de primer mundo. Desde que habíamos llegado a Salamanca era otra. A mi pesar, tenía que reconocer que en parte se debía al maldito Salinas, pero, además, simplemente parecía estar a gusto en aquel tiempo. Al principio de conocernos me había confesado que no le gustaba casi nada de lo que hacía la gente para divertirse: el cine, salir de copas, viajar. Sin embargo, aquí disfrutaba de todo, incluso de los inconvenientes, que no eran pocos.

—Me siento desnuda después de llevar esas camisas tan cerradas. —Me guiñó un ojo—. Aunque el ama de la condesa dice que el escote es imprescindible en una fiesta.

—Bien por el ama.

Salinas no consideró que estuviera en el lugar que le correspondía por rango y se abrió paso entre el gentío para hablar con los lacayos que impedían la entrada al salón principal. Era incapaz de entender cómo podía sentirse Julia atraída por un tipo tan fatuo. Una vez confirmada su identidad, consiguió acceso al Olimpo no solo para él sino para sus dos acompañantes, nosotros. Julia iba de su brazo y yo detrás, como un paje, o como un gilipollas.

Allí el gentío no era menor, pero sí más engalanado. Se veían más oros, más perlas, más terciopelos y sedas, aunque los modales no distaban mucho unos de otros. Las narices estaban más erguidas, pero los eructos eran igual de sonoros. Los colores. No dejaba de disfrutar de aquellos colores de las telas, tan distintos a los que se exhibían en el Museo del Traje o en cualquier exposición del Renacimiento. Llevaba toda la vida contemplando telas viejas, amarronadas, polvorientas, que remitían a personajes sin vida. Los colores de aquella fiesta no dejaban de sorprenderme. Los azules, los rojos, los morados, incluso los blancos tenían un brillo desconocido, tan nuevo, tan real que, junto a los olores, era lo que más me hacía sentir la autenticidad de lo que me rodeaba.

Me alegré cuando descubrí a don Baldomero, vestido de rojo y verde, como un gigantesco papagayo, y a doña Casilda, de azul oscuro, más discreta e igualmente entusiasmada con la fiesta. Los cinco conseguimos cierta holgura e incluso echar mano del vino y las almendras garrapiñadas que servían los criados vestidos con la librea azul y oro de los duques. Debido a la gran afluencia, solo se serviría cena para unos pocos privilegiados, entre los que no nos encontrábamos, claro.

En plena vorágine de almendras y vino empezamos a percibir un olor picante y maravilloso que se extendía como aceite caliente por los salones atestados del palacio.

Julia y yo nos miramos como niños en Navidad.

—Es...

—Cacahuatl, mi señora, aunque algunos también lo denominan chocolatl —interrumpió Salinas con su tonillo de sabihondo— ¿Acaso conocéis este manjar de dioses? ¿Cómo es posible?

Una voz vino a salvarnos.

—Bien decís, amigo mío.

Nos volvimos. Un dominico de cejas gruesas y nariz ganchuda sonreía de oreja a oreja.

—De no ser pecado contra la Santa Madre Iglesia diría que se trata de una bebida sagrada, tanto reconforta el cuerpo y el espíritu —siguió el religioso.

—Gran día de reencuentros, fray Bartolomé —respondió Salinas con una gran sonrisa mientras saludaba al dominico con unas palmadas en la espalda muy poco ceremoniales—. El cacahuatl y vos, una mistura perfecta.

—Hace unos meses tuve el honor de dárselo a probar a nuestro príncipe, cuando recibió a la representación de los mayas kekchí de Alta Verapaz, y quedó tan maravillado que él mismo solicitó a la duquesa que lo ofreciera en la fiesta en su honor. Un

servidor ha sido el encargado de traer las nueces y enseñar al co-
cinero del palacio a prepararlo. Nadie que no sea sacerdote o
valiente soldado ha probado en España el cacahuatl, pero don
Felipe está decidido a que sea reconocido en todo el reino.

—En mi estancia en Nueva España me acostumbré a tomar-
lo y es una de las cosas que más echo en falta de aquellas tierras
—nos explicó Salinas—. Los aztecas y mayas lo tienen en tal estima que sus nueces sirven de moneda para sus comercios.

Se veía a varios invitados bebiendo de unos pocillos que distribuían los criados en grandes bandejas. Aunque todos alaba-
ban el sabor con aspavientos, había muchos que, vueltos de espaldas, mostraban gestos de desagrado.

—Dios confunda estos inventos llegados de las Indias —dijo
don Baldomero con un bufido.

Al parecer, había sido de los primeros en probarlo y se había
quemado la lengua.

—Solo nuestro Señor sabe las atrocidades que habremos aún
de contemplar —se hizo eco doña Casilda del malestar de su santo esposo.

—Debéis catarlo —dijo Salinas a Julia con entusiasmo sin
hacer caso de las protestas de nuestros amigos—. No habréis gustado nada igual en vuestra vida.

—Lo haría encantada.

—Yo puedo ayudaros en eso —intervino el dominico—. Dejadme un instante y os traeré un pocillo.

El sacerdote se alejó con rapidez, a pesar de sus hábitos,
abriéndose camino a codazos entre el gentío que abarrotaba el
salón.

—Sí que ha de ser sagrada la bebida para que os haga mostrar tanto contento —dijo Julia.

—Lo es, señora —replicó Salinas—. Y no me juzguéis hasta
que la hayáis catado. Aunque he de decir que gran parte de mi

contento es haberme encontrado con fray Bartolomé de las Casas, un hombre santo, y mirad que no suelo ser hombre de santidades, y además muy jovial.

—Ha hablado de unos indios que presentó al príncipe junto con ese bendito brebaje —dije por decir algo. Estaba demasiado asombrado por aquel encuentro.

—Sí, fray Bartolomé es su mayor defensor. Gracias a él su majestad ha publicado recientemente las Leyes Nuevas, en las que se suprimen las encomiendas y el trabajo forzado de los indios.

—Eso no gustará demasiado a los señores de esas tierras —dije.

—A fe que no —me respondió Salinas—. Los encomenderos se han indignado y se habla incluso de rebelión en el virreinato del Perú.

—¿Cómo son esos indios? —preguntó doña Casilda.

—Muy distintos unos de otros, según las tierras en las que viven. Los caribes son fieros y luchadores. Aman su libertad por encima de todo y están dispuestos a dar la vida para conservarla. Los indios de Nueva España son más civilizados, aunque sus rituales puedan parecer salvajes.

—¿Es cierto que no tienen alma? —siguió doña Casilda.

—Fray Bartolomé grita a los cuatro vientos que son hombres como nosotros, solo que paganos y faltos de conocimientos. Lucha contra los abusos, que son muchos en esas tierras.

En aquel momento escuchamos la voz del sacerdote, que pedía paso. La gente se apartó, mientras fray Bartolomé llegó hasta nosotros sosteniendo una pequeña vasija humeante con los brazos levantados para evitar chocar con los asistentes.

—Lo siento, amigo mío, solo he podido conseguir esta pequeña ración para vuestra acompañante —resopló con el rostro colorado por el esfuerzo.

—Permitid que os presente, padre.

Julia se inclinó a besar la mano del sacerdote, pero este la detuvo.

—Dejaos de aspavientos, señora, que bastantes reverencias debemos hacer ante los poderosos.

—Don Miguel Larson y su hermana, doña Julia Larson de Rudbeck, una amiga muy querida y también mi estudiante más aventajada.

Julia levantó las cejas tras oír la palabra «estudiante», pero sonrió.

—¿Os interesa la alquimia, señora?

Julia asintió sin comprometerse demasiado. Me sorprendió que fray Bartolomé de las Casas hablara abiertamente de un asunto tan poco del gusto del clero. Yo aún seguía un poco atontado, sin creer que fuera él a quien estábamos saludando.

—Siempre he pensado que las mujeres tienen un don especial para lo arcano, aunque deban dedicar todo su esfuerzo y su tiempo a las cosas más terrenales —afirmó fray Bartolomé—. Mas no seré yo quien lo diga en voz alta. Mis queridos hermanos de la Santa Inquisición son muy poco generosos a la hora de valorar los logros mujeriles.

Julia se acercó el pocillo a la nariz, cerró los ojos y aspiró los aromas que escapaban de aquella mezcla oscura, densa y tan poco atrayente para alguien que nunca lo hubiera catado. No era mi caso, claro, y penaba por poder probar aquel manjar de dioses, como muy bien había sido calificado. El chocolate era mi debilidad y una de las primeras cosas que había echado en falta en aquellos meses. Hasta mí llegó el aroma picante y denso, muy distinto al del siglo XXI, pero igualmente apetitoso. Julia acercó la taza a la boca y bebió e hizo una mueca.

—Y bien, ¿qué pensáis? —preguntó Salinas.

—A fe mía que no podría decir si se trata de una bebida celestial o un engendro del infierno.

—Deja que lo cate —dije sin poder contenerme.

Julia me tendió el pocillo y por fin pude probarlo. Se me cayó el alma a los pies. Todo parecido con una taza de chocolate de mi tiempo era pura coincidencia. Era muy denso, amargo y demasiado dulce a la vez, con aromas que no era capaz de identificar y que enmascaraban su auténtico sabor.

—¿Y bien? —volvió a preguntar Salinas.

—Digamos, señor, que vuestro cacahuatl es... difícil —dije yo, encantado de no estar de acuerdo con él.

—Quizá si se pudiera probar con menos especias podría encontrar un mejor gusto —siguió Julia—. Me parece enmarañado en exceso, como las pócimas que fabricamos en el sótano.

—Señora, me asombráis —dijo el dominico—. Llevo diciendo lo mismo desde que el abad del monasterio de Piedra consintió en dejarme probar tal maravilla. Los aztecas lo toman frío, amargo y picante y fue a fray Jerónimo Aguilar a quien se le ocurrió añadirle azúcar y canela. Fray Secundino, que es quien lo prepara en el convento, se empeña en añadir chile, que es una cosa de mucho picor que estropea todo el conjunto, además de otros inventos. Mi hermano siente demasiado la ausencia de las tierras indígenas y busca recordarlas a través de su paladar.

—Bueno, creo que prefiero un buen vaso de vino si no os parece mal, padre —concluyó Julia tras mojarse de nuevo los labios con la bebida.

—Cómo habría de parecerme mal. Disfrutemos cuanto podamos de los regalos de Nuestro Señor.

—Habéis puesto el dedo en la llaga, mi querido fray Bartolomé —intervino Salinas—. Si es como decís, los nuevos productos que vienen de las Indias son regalo de Nuestro Señor y, si no hay más dios verdadero que el dios de los cristianos, parecería que los indios de las nuevas tierras hubieran sido bendecidos por

Jesucristo más que aquellos que le rinden adoración. ¿No encontráis en esto una paradoja inquietante?

El dominico le contempló con el ceño fruncido.

—No vais a arrastrarme a vuestros sofismas, amigo mío. El Señor sabe lo que hace y nosotros solo podemos acatar sus designios. Y ahora, sus designios son que disfrutemos de esta magnífica fiesta y nos dejemos de teologías peligrosas. Yo, por lo pronto, voy a moverme por ahí. Hacía mucho que no volvía a mi *alma mater* y he de regañar a unos cuantos.

Salinas rio y palmeó la espalda del fraile, que se alejó del grupo saludando aquí y allí, a pesar de las caras de disgusto que algunos ponían a su paso. No debía de ser muy popular entre la nobleza y el clero alguien que les afeaba su crueldad. Además de las leyes de las que había hablado Salinas, fray Bartolomé había llegado a condenar en público a los que utilizaban a los indios como bestias de carga para acumular riquezas y los había acusado de estar en pecado mortal, un asunto bastante peliagudo en la época.

Salinas tomó al vuelo dos copas de vino de la bandeja que llevaba uno de los criados y ofreció una a Julia con una inclinación burlona. Parecía a sus anchas, tan irreverente, tan chocolatero, tan pagado de sí mismo. Y yo, mientras, mudo cual pasmarote, debía de aparecer a los ojos de Julia como un personajillo sin ningún interés.

—Bebed, pues, vino, señora, ya que no apreciáis la bebida sagrada.

—Confieso que el sabor me ha sorprendido, pero si tanto os gusta tendré que probarla de nuevo para aprender a apreciar sus cualidades.

—¡Ese es el espíritu! Estoy seguro de que el chocolatl acabará siendo una bebida muy notoria.

Una bebida muy notoria. Aquellas palabras me destellaron

en el cerebro como un anuncio de neón. Notoria significaba «popular» y popular quería decir dinero. Yo sabía lo que iba a representar el chocolate en la sociedad española en pocos años, ¿por qué no aprovecharlo? ¿Por qué no conseguir la concesión, el permiso o lo que hubiera que hacer para importar el cacao antes que otros y montar una chocolatería allí mismo, en Salamanca? Incluso podía adelantarme un siglo e inventar el chocolate con leche. Sería la manera de conseguir el dinero necesario para las lentes e incluso, me puse a desbarrar, para dejar una fortuna que luego encontráramos a nuestro regreso al futuro. Estaba tan excitado que había olvidado dónde me encontraba hasta que escuché una voz conocida a nuestro lado.

—Querido primo, os he buscado por todos lados. Debéis invitarme a bailar. Es mi primera fiesta y tenéis que enseñármelo todo.

Mencía llevaba un vestido de seda azul claro con bordados en plata que hacía juego con sus ojos y su larga melena rubia suelta hasta la cintura, sujeta por una diadema de terciopelo también azul incrustada de perlas y lo que parecían zafiros. Era como un cuadro estilizado de Rubens. Todos nos quedamos en silencio contemplándola unos segundos. Cada uno, supongo, con muy distintos sentimientos. Salinas le lanzó una clara mirada de admiración mientras Julia fruncía el ceño. Yo estaba eufórico al ver que Mencía me había hecho caso y se mostraba sonriente y traviesa, lo que no era nada habitual en ella. Aquella sonrisa incrementaba considerablemente su belleza.

—Nada me placería más, prima —contestó Salinas con una inclinación de cabeza—, pero he acudido al festejo como acompañante de doña Julia y...

—Ah, si ese es el obstáculo, descuidaos, ¿verdad, querida dueña? Doña Julia estará complacida de bailar con su hermano o con cualquier caballero que se quede prendado de su belleza, que serán muchos.

—Por supuesto, bailad con vuestro primo cuanto deseéis —dijo Julia con una sonrisa—. A mí no me gusta mucho el baile.

Mencía soltó una carcajada y apoyó la mano en el brazo de Salinas.

—Curiosa forma de hablar: «No me gusta mucho el baile» —dijo imitando la voz de Julia y se dirigió a su primo como haciéndole partícipe de su regocijo—. Esta dueña aún sigue asombrándome. Es tan extraña.

—Lo sé, e intentaré no ofenderos con mis extrañezas —replicó Julia—. Mientras, disfrutad de la danza, yo os contemplaré con placer.

Nos quedamos mirando en silencio cómo se alejaban, la mano de Mencía sobre la de Salinas, anadeando entre los invitados con esa altivez y elegancia que se conseguían de fábrica, supongo, al nacer y vivir en un palacio. Don Baldomero y doña Casilda salieron también disparados hacia la zona de baile. Nos quedamos solos.

—Menuda bruja —dijo Julia entre dientes.

—Es una niña y es su primer baile. Sé generosa.

—Esa fiera tiene de niña lo que yo de monja. Creo que es la primera vez que la veo reír desde que la conozco. Pobre Juan, menuda velada le espera.

—No parecía muy disgustado.

Julia me miró de reojo y se calló.

—Muy bien, pues que disfruten los dos. —Se agarró de mi brazo—. Tú y yo vamos a dar una vuelta por ahí, a ver si vemos a Pizarro, a Velázquez o al mismísimo Felipe II.

—Menudo batiburrillo. Uno ha muerto ya y el otro no ha nacido. En cuanto a Felipe, aún no tiene número y, con un poco de suerte, a este sí que lo veremos por aquí, aunque me temo que de lejos. El protocolo es muy estricto. Sin embargo, acabas de conocer a un personaje también muy importante, al menos para los indios.

—Fray Bartolomé de las Casas. Qué hombre tan vital y tan encantador. Al final, no todos los dominicos son unos seres perversos.

—Baja el tono —dije en un susurro.

Un revuelo inesperado nos empujó el uno contra el otro y tuve que echar mano de toda mi voluntad para no estrecharla entre mis brazos y besar la frente que había quedado junto a mis labios. La rodeé el hombro para protegerla de la avalancha y respiré el misterioso olor a manzana que siempre iba con ella y que emanaba en oleadas calientes de su escote. El ruido y el gentío desaparecieron y, por un instante, estuvimos solos, como dentro de una campana de cristal. Mi corazón se aceleró, me faltó la respiración. La tenía tan cerca, estaba tan preciosa, parecía tan feliz, que sentí una gran angustia. Toda aquella felicidad y aquella nueva belleza que la hacían resplandecer no eran para mí. Estaba fuera de mi vida, solo nos unía un hipotético futuro que cada vez sentía más lejos. Julia se dio cuenta de que algo me pasaba y me miró con extrañeza. Entonces, creo, por una vez comprendió lo que sentía y me sonrió con más cariño del que me había demostrado en mucho tiempo. Me apretó un segundo el brazo, se separó de mí sin decir nada y echó a andar para encontrarse con doña Casilda y don Baldomero, que volvían del baile con las mejillas acaloradas y una gran sonrisa. Yo la seguí.

—¿Qué ha sucedido? —pregunté al llegar junto a nuestros amigos—. ¿A qué estas apreturas?

—Creo que su alteza acaba de llegar y todos se lanzan a ser los primeros en verle —dijo doña Casilda.

—Pobre muchacho —se me escapó.

—¿Pobre? —se extrañó don Baldomero—. Linda manera tenéis de hablar de nuestro príncipe. Está a punto de casarse con una joven bella y fogosa a decir de todos y si Dios lo permite se convertirá a no tardar en uno de los monarcas más poderosos del mundo.

—Es apenas un muchacho que está a punto de desposar con todo un Estado. Y cuando se convierta en rey tendrá que lidiar con una caterva de cortesanos a cuál más intrigante que le harán la vida imposible.

—Será el amo del mundo, señor —intervino doña Casilda muy ofendida—. ¿No es eso digno de admiración?

—No le envidio el tedio de la corte, ni el protocolo, ni las guerras que tendrá que batallar, ni las traiciones en que deberá incurrir para mantener su poder.

—Yo os conozco y os quiero, amigo mío —dijo Baldomero—, pero os aconsejo que guardéis para vos tales opiniones. Me temo que sois pájaro demasiado parlanchín para los gustos cortesanos.

—Seguiré vuestros sabios consejos. —Me incliné ante mi compañero de tabernas—. Ahora, si os parece bien, acerquémonos al sol, quizá sus rayos consigan calentar un poco nuestras almas ateridas.

—No sé si nuestras almas, ateridas o no, podrán acercarse lo bastante al sol como para ser reconfortadas. —Rio mi amigo—. Intentémoslo al menos.

Mientras nos abríamos paso hacia el otro lado del salón, con tanta dificultad como si nadáramos contra corriente, vi a un hombre entre la multitud que miraba a Julia con fijeza. Era un tipo de semblante sombrío, lo que no dejaba de ser chocante entre tanta jarana. Llevaba unas greñas grasientas que le caían a los lados de la cara y que cubrían parcialmente sus facciones. Junto a él descubrí al hermano de la condesa, el obispo, al que no había vuelto a ver desde nuestra conversación. Iba ataviado con sus mejores galas de púrpura y armiño. El hombre siniestro se acercó a su oído y le susurró algo sin apartar la vista de Julia. El obispo se atusó el bigote y le habló a su vez. Su compañero asintió y desapareció después entre el gentío, sinuoso como una serpiente. El obispo, entonces, me vio, me sonrió, me saludó inclinando la cabeza y me dio la espalda mientras entablaba conversación con alguien a su lado. Sentí un escalofrío, una especie de premonición, la misma que al conocer a Salinas. La convicción de que algo muy malo iba a pasar. Aquella mirada me había revuelto el estómago.

Como me había quedado rezagado, Julia volvió a buscarme.

—Venga, date prisa. Juan nos va a presentar al príncipe.

Intenté despejar la cabeza de malos pensamientos, respiré hondo y conseguí sonreír. Iba a conocer a uno de los hombres clave de la historia de España y del mundo. Tenía que olvidarme de todo lo que me preocupaba y disfrutar al máximo de aquel encuentro inverosímil.

Cuando llegué al grupo, Julia se acercaba también de la mano de Salinas. Junto a Felipe se encontraba Mencía. Al parecer, al ser ambos casi de la misma edad, habían jugado juntos de niños y Felipe la honraba con su afecto. El príncipe saludaba a todos con desenvoltura a pesar de sus pocos años, y con una seriedad y altivez que se notaban un poco impostadas, aunque, con el tiempo, se convertirían en sus rasgos más definitorios. La mirada de Felipe se posó en Salinas y su espontaneidad juvenil traspasó por un instante su pose de príncipe.

No podía dejar de pensar en la leyenda negra que le acompañaría a lo largo de los siglos. Felipe sería un personaje tan calumniado como adorado. Sin necesidad de Twitter, los ingleses se cuidarían de hacer circular por el mundo exageraciones y mentiras sin fin sobre su persona y los españoles seríamos los primeros en creerlas. Recordaba una frase de Carlyle: «A Felipe II habría que examinarle por trozos, como un territorio, colocándose lejos y con telescopio».

—Conde —exclamó el príncipe y se acercó a Salinas a pesar del protocolo—, no sabía que estabais en Salamanca. Os creía aún en las Indias.

—Señor —se inclinó Salinas—, hubiera cruzado el mundo para tener el honor de postrarme ante vuestra alteza. Sin embargo, he de confesar que ya llevo un tiempo en Salamanca.

—Me congratulo de tener a los amigos que aprecio junto a mí en estos momentos de dicha —sonrió el príncipe.

Su mirada se posó en Julia con curiosidad.

—Permitidme presentaros, alteza. —Pronunció nuestros nombres con afectación—. Proceden del reino de Suecia. Ambos son fervientes católicos y decidieron escapar de la reforma religiosa impuesta por su rey.

Supongo que nada era mejor carta de presentación que aquella para un hombre que se pasaría la vida peleando contra los protestantes.

Julia consiguió hacer una gran reverencia que me asombró. Debía de haberla ensayado durante días. Yo no me atreví a tanto y me limité a inclinar la cabeza. El príncipe tomó la mano de Julia y la ayudó a levantarse. Era apenas unos centímetros más alto que ella y mostraba una gravedad que hacía gracia en alguien tan joven. Aunque seguramente nunca le habían permitido ser joven del todo. Tras las maneras cortesanas de alguien habituado desde la cuna al respeto de quienes le rodeaban, se podía entrever a una persona tímida pero consciente de su condición. Estaba tan estiradito, tan serio, tan en su papel de heredero del mundo, que volví a sentir pena por aquel muchacho solitario. La gente se pasaría cinco siglos poniéndolo a parir.

—Me congratulo de conoceros, señor, señora —habló el príncipe—. Y admiro el valor con que os habéis enfrentado al hereje.

—En verdad, más que enfrentamiento fue una huida en toda regla —dije yo con mi bocaza.

—Abandonar la tierra de uno para siempre por no acatar unas leyes sacrílegas ya es en sí una valerosa gesta que no debéis desestimar —replicó Felipe con los ojos muy abiertos y el mentón levantado, como si dictara sentencia.

Tenía voz de un niño que se está convirtiendo en hombre, llena de agudos incontrolados. Mucho más rubio de lo que aparecía en los cuadros, sus labios eran carnosos y rosados, casi de mujer. Parecía un anteproyecto del retrato de Tiziano que se exhibiría en El Prado. Era un niño y parecía un niño, a pesar de que estuviera a punto de meterse en la cama con otra niña a la que apenas conocía.

Me los imaginé a ambos inexpertos y asustados. Y junto a ellos, el arzobispo de Valladolid, de mirada censora y seguro que libidinosa, presente para dar fe de la consumación del matrimonio. No era capaz de imaginar cómo serían aquellos momentos para ambos, en especial para la desposada, ignorante de lo que iba a pasar, aterrada primero, dolorida y sangrante después, entre sollozos de niña desvirgada. O quizá la razón de Estado se encontraba tan grabada en su espíritu que soportaría aquella humillación con los labios apretados y el deseo de agradar. Quizá con el tiempo y la práctica, Mariana consiguiera disfrutar del sexo, aunque lo dudaba. Para eso estaba don Juan de Zúñiga, para evitar repeticiones innecesarias del coito. Mariana tardaría casi dos años en quedarse embarazada, quizá por esa represión a la que fueron sometidos los recién casados. Y gracias a eso, quizá también, pudo disfrutar de dos años más de vida. Murió al dar a luz a su hijo Carlos, aquel que tantos quebraderos de cabeza traería a la corona.

—No debéis contemplar con tamaña fijeza a vuestro príncipe —dijo Felipe con su voz de adolescente pretencioso.

Salí de mi trance. Sí, estaba mirando al futuro Felipe II con la boca abierta como un palurdo.

Incliné la cabeza en señal de disculpa y callé. Ya había hecho el ridículo suficiente. Era uno de mis hábitos más estúpidos. Contemplar a la gente con cara de bobo mientras divagaba sobre cosas que no venían a cuento.

—Sí, señor, en Zacatecas, a varias leguas de la ciudad de México —decía Salinas en aquel momento—. Estoy cierto de que bajo aquella tierra habremos de encontrar una gran cantidad de plata. Todos los aventureros y buscafortunas están prestos a salir de estampida hacia allá.

—Mi padre y señor don Carlos estará muy satisfecho con tan buenas nuevas —dijo el príncipe—. Nunca hay suficiente plata para atender las necesidades del reino, como bien saben nuestros banqueros. Ahora, conde, disfrutemos de la fiesta y dejemos los asuntos del reino para momentos más sosegados.

Felipe agarró a Salinas del brazo y ambos se alejaron del grupo mientras los cortesanos se inclinaban a su paso.

—¡Alucinante! —me dijo Julia en un susurro.

—Todavía no me lo creo —repuse yo aún en trance—. Ni me creo lo idiota que he estado.

—Yo tampoco he brillado mucho que digamos. No he abierto la boca. Pero ha sido genial, como meterse en un cuadro de Velázquez.

—Velázquez nunca pintó a Felipe II. Y deja de decir esas cosas en voz alta.

—¿Bailamos?

Mientras seguía a Julia, volví a pensar en lo que siempre me rondaba la cabeza: la posibilidad de cambiar la Historia. Yo era un personaje insignificante, incapaz de modificar el flujo de acontecimientos históricos. Felipe no. Felipe era una pieza clave para el futuro de España e incluso del mundo. Si el futuro rey cambiaba sus decisiones, su estrategia, su obcecación en mantener la hegemonía de la Iglesia en Europa y en el mundo, si el oro de América servía para crear un Estado moderno en lugar de pagar guerras sin fin, ¿no modificaría todo eso el futuro drásticamente?

El príncipe era aún un muchacho, moldeable, susceptible de ser educado en valores, ambiciones y creencias diferentes. Todo estaba por ocurrir y las cosas podrían ser muy distintas.

Estaba mareado, con tanto jaleo no podía pensar con claridad. Me despedí con brevedad de una Julia sorprendida y me abrí paso como pude entre el gentío. Tenía que salir de allí, no quería ver cómo Julia inventaba una disculpa para quedarse con Salinas. Prefería ser yo quien se fuera primero. Además, tenía que estar solo para pensar. En una noche se me habían ocurrido dos ideas que me venían demasiado grandes. Yo, un historiador friki, comodón y algo cobarde, quería convertirme en un magnate chocolatero y, por si eso fuera poco, se me había pasado por la cabeza la posibilidad de que Felipe de Habsburgo cambiara su política, sus intereses y sus alianzas. Aunque mi nombre nunca aparecería en la portada, ya estaba escribiendo un clásico de la literatura, qué más quería. Estaba claro que el chocolate se me había subido a la cabeza.

20

Una mañana, varios días después, Julia entró furiosa en mi dormitorio.

—¿Se puede saber qué haces? —grito y cerró de un portazo.

—Me pongo las medias.

—Déjate de chorradas. Sé que has sido tú el que le ha metido esas ideas estúpidas en la cabeza.

—Querida, no sé de qué me hablas.

—Te hablo de Mencía y de su súbito interés por la ciencia. Te hablo de Mencía y de sus súbitos miedos nocturnos.

No nos habíamos visto desde la boda. Aquellos días todos nos habíamos vuelto un poco locos, sobre todo yo, pero la vida volvía a su aparente tranquilidad. Después de sopesar mis ideas megalómanas y comprender que había experimentado una enajenación transitoria, decidí tomármelo con calma. Ya habría tiempo para pensar en el negocio del chocolate. De momento, me dedicaría a lo que tenía entre manos, que no era poco: separar a Julia de Salinas sin que ello menoscabara la investigación, encontrar a alguien que fabricase las lentes y dinero para pagarlas y, por supuesto, volver al siglo XXI. Los festejos habían significado una tregua para todo. Para mis celos, para mi búsqueda, para nuestros planes.

Nadie lo vio venir. Yo no lo vi venir. Seguía con mis chorradas conspirativas, mis clases, mis encuentros libidinosos, mis paseos por la ciudad donde intentaba absorber todo lo que encontraba a mi paso. Vivía con pasión cada momento y, a pesar de mis penas amorosas, gozaba como un niño al que sueltan en un campo de juegos que abarca toda una ciudad, todo un siglo. Qué incauto fui, qué inconsciente, qué memo.

Disfrutaba de las perlas reaccionarias de mi amigo Baldomero sintiéndome superior y civilizado. Me encantaba, sobre todo, escuchar los sermones en las iglesias donde se aglomeraban los pecadores en busca del perdón pascual. Los sacerdotes tenían sus seguidores, como blogueros vestidos con casulla. Los había apocalípticos, misóginos, patrioteros, incluso alguno compasivo y sensato. A la salida del templo, había discusiones y hasta peleas entre partidarios de los distintos predicadores y yo solía participar de aquellos corrillos. Escuchaba argumentos delirantes sobre la Trinidad, el pecado de lujuria o las maldades de los luteranos, e incluso intervenía en ocasiones, siempre que no viera peligro para mi integridad física.

En una ocasión libré a Baldomero de ser pisoteado por una muchedumbre, sin saber que aquel gesto me ayudaría en un momento crucial, no mucho después. La gente se arremolinaba junto a la catedral para contemplar la salida de la misa mayor donde acudía lo más granado de Salamanca. Baldomero había bebido más de la cuenta, quiso saludar a un conocido que descubrió a las puertas del templo y se puso a apartar a todo el mundo con sus manazas enormes. Esto no gustó demasiado al populacho, que, aprovechando el tumulto, comenzó a empujarlo sin miramientos. Al principio, Baldomero resistió bien los embates mientras lanzaba todo tipo de exabruptos a voz en grito hasta que un tipo de su mismo tamaño gigantesco consiguió tirarlo al suelo. Ahí la gente perdió el norte y, entre risas e insultos, le pateó, le escupió, le tiró del pelo y hasta consiguió arrancarle el jubón de color amarillo chillón que lucía según su costumbre. Cuando vi que la cosa se ponía fea de verdad, saqué el puñal que llevaba siempre conmigo y me puse a pinchar el culo de todos los que tenía a mi alrededor hasta que conseguí abrirme paso hasta Baldomero, que, borracho perdido, estaba casi inconsciente. No sé cómo, pero conseguí mantener a raya a los atacantes dando vueltas con mi puñal en ristre hasta que llegaron dos alguaciles que dispersaron por fin a la multitud.

Después de recomponerle mínimamente, acompañé a Baldomero a su casa, donde doña Casilda le recibió entre aspavientos y lo ayudó a meterse en la cama.

—Os debo la vida, amigo mío —farfulló cuando estaba a punto ya de dormirse—. Y un León de Acevedo no olvida sus deudas.

Creo que durante aquellos días fue cuando dejé de pensar que vivía en el pasado y simplemente empecé a vivir. El trato con Mencía, el odio hacia Salinas, la relación con Asia, las clases con don Jaimito, las salidas nocturnas con don Baldomero, incluso asistir a la fiesta en honor del príncipe, todo ello comenzó a transformar lo que para mí habían sido meras figuras de un decorado imposible, sombras desaparecidas quinientos años atrás, en seres humanos tan reales como yo.

Me había convertido en un habitual del cuchitril de Asia y de sus remedios para olvidar todo lo que me atormentaba. Allí y en mis noches de taberna aprendía más del mundo que me rodeaba que en todos los palacios de Salamanca. Baldomero no dejaba de alucinarme con sus ideas sobre las clases sociales, la religión y, sobre todo, las relaciones sentimentales. Esto era, quizá, entre todas las cosas que me asombraban cada día, una de las que me producía más estupor. No te das cuenta de lo arraigada que tienes una idea hasta que te la ponen en solfa de dos patadas.

—Debéis tomar esposa, amigo mío —me dijo unos días después de estar a punto de ser linchado—. No hay nada más placentero que llegar al hogar y encontrar mujer sumisa y complaciente, parca en palabras y poco sabia en goces amorosos.

—No os entiendo, don Baldomero. Si es poco sabia en amores poco podréis disfrutar del matrimonio.

—¡Pardiez que sois extraño! ¿Quién piensa en disfrutar en el hogar habiendo rameras de grandes talentos? A fe mía que hicisteis bien en escapar de vuestra tierra. Esos luteranos tienen ideas muy peligrosas.

—No creo que los luteranos disten mucho de vos en estas apreciaciones.

—¿De dónde habéis sacado, pues, tamañas doctrinas?

—De mis propios pensamientos, señor. Creo que la felicidad en el hogar sería más completa si hombre y mujer compartieran el lecho con igual gusto.

—¡Voto a Judas! ¿Habéis perdido el juicio? Si una esposa disfruta de las delicias del tálamo, el esposo nunca estará a salvo de sus anhelos pecaminosos. La buena casada ha de ser joven e inexperta para asegurar la paz del hogar y, sobre todo, la legalidad del linaje. Los hijos son la única razón para asuntos de alcoba con la esposa.

—Mas...

—Ni más ni menos, señor. Cuando desposé a doña Casilda, apenas contaba dieciséis años. Y tras veinte años de matrimonio me congratulo de decir que permanece tan pura y simple como el primer día. Ese es el perfecto matrimonio. Así son las cosas y así serán por el resto de los tiempos.

—No estaría yo tan seguro.

Qué hubiera pensado el cazurro de mi amigo al ver a Julia aquella mañana frente a mí, en jarras y furiosa, la viva imagen de lo que no debía ser una mujer.

Hacía mucho tiempo que no la veía con el pelo suelto. Le había crecido y enmarcaba un rostro pálido, como siempre, y con unas manchas de color en las mejillas que no dejaban lugar a dudas de su cabreo. Su aspecto había mejorado. Ya no tenía ojeras y me pareció que había engordado un poco; la vista se me fue hacia el pecho, que, aunque contenido por el corpiño, mostraba un volumen muy atrayente.

—De verdad que no sé de qué me hablas. Mencía es la hija mayor de los condes, ¿no?

—No me cabrees más, por favor. Y ten al menos el valor de ser sincero conmigo.

—¿Igual que tú lo eres conmigo, quieres decir?

—Pues sí, igual que yo lo soy contigo. ¿Es que te he mentido en algo?

—La falta de información también es una mentira.

—¿Qué falta de información? —Sacudió la cabeza—. Mira, no me enredes. No estamos hablando de mí sino de tus tontas manipulaciones.

—¿Quieres calmarte y explicarme de qué va todo esto? Te juro que no entiendo nada.

Julia me miró con suspicacia. Yo, con cara de tonto.

—Siéntate y cuéntame qué te pasa. ¿Has discutido con tu pupila?

Julia siguió en silencio con los brazos en jarras, como decidiendo si creerme o no y yo conseguí no desviar la mirada. Al final, pareció convencerse de mi inocencia, suspiró y se sentó de golpe en mi cama.

—«Me interesa mucho la alquimia y anhelo aprender todo lo que mi querido primo pueda enseñarme» —dijo mientras imitaba la voz de Mencía—. No nos deja en paz. Está todo el tiempo con nosotros. Y, por la noche, ha decidido que yo duerma en su habitación. Teme que se le cuele un demonio en la cama.

—¿Y qué tiene que ver eso conmigo? —Intenté no mostrarme eufórico.

—Os he visto hablando varias veces.

—Y por eso ya has deducido que me he aliado con ella para no sé qué planes malvados. ¿Por qué haría eso?

—Está loca por Juan. Tiene la tonta idea de que va a casarse con él y está celosa de que pasemos tanto tiempo juntos.

—Repito, ¿y qué tiene que ver eso conmigo?

Julia se quedó cortada. Todo lo cortada que ella podía quedarse. Por una vez, pareció sopesar lo que iba a decir.

—No sé... supuse que a ti tampoco te hacía mucha gracia y que os habíais aliado para separarnos.

—Salinas no es santo de mi devoción, pero si pasáis tiempo juntos es para que volvamos cuanto antes a casa, ¿no? ¿Por qué iba a boicotear eso? Yo tengo tantas ganas como tú de volver.

—Sabes que hay algo más entre nosotros. Nunca hemos hablado de esto, pero creo que es evidente.

—Sí, es bastante evidente. —Toda mi euforia había desaparecido.

—Lo siento. No quiero hacerte daño, de verdad, por eso no te había dicho nada. Es que nunca me había pasado algo así. Ya sé que a veces soy muy bruta y no me paro a pensar en los sentimientos de los demás, pero desde que estoy con Juan me he dado cuenta de que tú...

—Que yo estaba colado por ti y que puede que incluso sufriera por veros juntos. Es un detalle por tu parte.

—Lo siento.

—Deja de decir que lo sientes. Tú no tienes la culpa. Te has enamorado de ese tío y ya está. No te preocupes, se me pasará.

No, joder, no se me iba a pasar.

—De hecho, ya lo he superado —seguí todo lo flemático y sonriente que pude—. ¿Te acuerdas de la mujer de la que te hablé, Asia?

Julia asintió sin decir nada.

—Estamos medio enrollados.

—Pero...

—Sí, es una prostituta. ¿Algún problema?

«Tu Salinas es un gilipollas odioso y prepotente y ahí estás tú, encoñada hasta las cachas.»

Esto último no lo dije en voz alta, claro.

—Solo te advierto de que tengas cuidado. —Me puso una mano en el brazo. Tenía un tonillo condescendiente que me revolvió las tripas.

—Pues ya está. Todos contentos.

—No del todo. ¿Qué hacemos con Mencía? Si está todo el tiempo con nosotros no podremos avanzar en la investigación.

—En eso poco te puedo ayudar.

—Entretenla de alguna manera.

—Se me dan fatal los juegos malabares.

—¿Qué tal si intentas cortejarla?

—No digas chorradas. Si es una niña.

—En el siglo XXI. Aquí es una doncella casadera.

—Sí, y da la casualidad de que yo soy del siglo XXI y para mí es una niña, por muy casadera que sea.

—No te estoy diciendo que te cases con ella. Solo que la entretengas. No sé, alaba su figura, su belleza, háblale de sitios remotos y de historias de conquistas. Ya sabes, cosas de esas. Cuando quieres eres muy divertido.

—Vale, no hace falta que me hagas la pelota. Haré lo que pueda, pero si esa niña está enamorada de Salinas, no creo que cambie de opinión porque yo le haga cuatro carantoñas —dije para que me dejara en paz.

Me había costado mucho mantener el tipo, pero, al final, no podía haber salido mejor. A partir de entonces, podría encontrarme con Mencía sin que Julia sospechase.

Nuestro plan siguió su curso. A Julia y su amante les era cada vez más complicado estar juntos a solas. Yo, claro, tenía ideas encontradas al respecto. Me alegraba de los problemas que yo había provocado. También me daba cuenta de que esta dificultad ponía en peligro todos nuestros planes. Cerebro contra vísceras y, de momento, ganaban las vísceras. Era muy fácil provocar encuentros entre Mencía y Salinas para que este la acompañara a las múltiples misas, a los toros, a las procesiones varias que cada dos por tres recorrían las calles de Salamanca. Me enteraba de que estaban solos y entonces mandaba recado a Mencía para que se presentase en la botica o dondequiera que estuviesen sin perder tiempo. La instruía para que hiciera a Salinas preguntas estúpidas sobre los elementos alquímicos, sobre las Indias, sobre sus minas; en fin, para que no los dejara en paz. Me imaginaba la desesperación de Salinas y de Julia y me reía para mí, como el idiota que era.

Aquella situación no duró mucho. Todo cambió cuando Julia volvió a entrar unos días después en mi dormitorio. Parecía nerviosa y hasta asustada, algo tan extraño en ella que me temí lo peor.

—Tengo que contarte una cosa. Pero prométeme que vas a pensarlo antes de ponerte como un energúmeno —dijo sin ni siquiera sentarse.

—Pues empiezas bien.

—Prométeme que respirarás hondo antes de cabrearte y que dejarás que me explique.

—No te prometo nada. Dime de una vez lo que sea.

Creo que por primera vez desde que la conocía, Julia parecía no saber cómo continuar. No me imaginaba qué podía ser tan malo como para que no se atreviera a decírmelo. Se sentó con parsimonia frente a mí, se mordió una uña, respiró hondo.

—Le he contado a Juan quiénes somos.

—¿Perdón? —Me puse de pie como si me hubieran pinchado en el culo.

—Me has oído perfectamente. Deja que te explique por qué.

—Le has dicho a Salinas que hemos viajado en el tiempo y que venimos del siglo XXI.

—Sí.

No sabía qué decir. Ni siquiera tenía ganas de gritarle. Me quedé callado, mirándola, como el que mira a un loco peligroso que no sabes si está a punto de saltarte a la yugular. Ella aprovechó el asombro y la impotencia que debió de ver en mi cara. Me tiró del brazo para obligarme a que me sentara y empezó a hablar a toda velocidad. Ahora que había soltado la bomba, parecía tener el discurso muy ensayado.

—Se lo he contado por dos razones. Una personal y otra práctica. La personal, te la puedes imaginar. No puedo tener una relación tan íntima con un hombre al que miento constantemente.

Estupendo.

—La segunda es la más importante y nos afecta a los dos. Pero, antes, tengo que contarte algo que aún no sabes y que creo que puede ser la clave de todo esto.

—Tú dirás. —Me crucé de brazos dispuesto a escuchar cualquier despropósito.

—¿Has oído hablar de Nicolás Flamel?

El brusco cambio de asunto me descolocó. Claro que había oído hablar de él. Flamel era un alquimista francés del siglo XIV, rodeado de leyendas. Se contaba que recibió un grimorio alquímico, es decir, un libro mágico de un desconocido, o de un ángel, según las versiones. Para descifrarlo vino a España, donde conoció a un rabino que le tradujo el libro. Se supone que así descubrió la fórmula de la inmortalidad y de la trasmutación del oro.

—Juan tiene el libro de Flamel —dijo Julia.

—Ese libro solo es una leyenda. Y, además, ¿qué tiene eso que ver con que le hayas dicho la verdad sobre nosotros?

—Déjame que te lo cuente hasta el final.

Al parecer, hacía dos días, Salinas había entrado en la botica con un paquete. Julia no solía estar allí a esas horas y cuando él la vio se quedó cortado. Gaspar se acercó a él y juntó las manos como si fuera a rezar. «Por fin lo habéis traído», dijo, y se calló de repente. Ambos cruzaron una mirada. Gaspar negó con la cabeza. Juan dudó, el alemán volvió a negar con más fuerza y Salinas le pidió a Julia que los dejara solos.

—Estaban muy nerviosos, tenía que ser algo importante y lo primero que pensé es que quizá era lo que estábamos esperando. No podía permitir que me dejaran al margen. Esa noche, cuando me quedé a solas con Juan...

Julia me miró de reojo, como si hubiera hablado más de la cuenta.

—No seas tan cuidadosa con mis sentimientos. No te pega nada.

Esa noche Julia intentó averiguar qué era lo que les tenía tan emocionados, pero Salinas no quiso hablar de ello. Le dijo que hacía muchos años ambos hicieron el juramento de que, si encontraban lo que él había hallado no lo revelarían nunca a nadie más.

Salinas le habló de un secreto muy peligroso. Quien lo poseyera conseguiría riquezas y poder más allá de cualquier imaginación, aunque también sería víctima de una maldición que podría destruirlo.

—Siguió diciéndome que no tenía miedo de enfrentarse al peligro, pero no permitiría que yo sufriera el mismo destino. Me burlé un poco de su tono misterioso y siniestro, pero él estaba cada vez más nervioso. «Sois lo más preciado para mí», dijo, «y si he de separarme de vos para proteger este secreto y manteneros a salvo, no dudaré en hacerlo, aunque con ello pierda la salud y la dicha que me proporcionáis».

—Qué valiente y qué enamorado. Yo diría más bien que lo que quiere mantener a salvo son los millones que espera conseguir con lo que sea que esconde.

—Lo que tú digas —dijo con cara de fastidio—. Estaba muy afectado, y también decidido a guardar el secreto. Y yo no podía permitirlo. Estaba segura de que tenía que ver con nosotros.

Así que Julia había hecho un trato con él: un secreto por otro. Él le revelaba qué había en ese envoltorio y ella le contaría a él algo que le asombraría como nada lo había hecho antes. También le dijo que estaba segura de que ambos secretos estaban relacionados.

—Y le has contado algo que nos puede llevar a la hoguera por una loca intuición de las tuyas.

—Es más que una intuición. Escúchame: Juan no es un experto alquimista. Estoy segura de que sus conocimientos no van más allá de algunas técnicas para la extracción de metales en sus minas de León y México. ¿Por qué entonces aparecía en la tablilla? Tenía que ser por algo distinto, algo secreto que hubiera descubierto. ¿Y qué puede ser si no este misterioso asunto del que espera riquezas y gloria? Déjame hablar y verás cómo tenía razón.

—De acuerdo, tiene su lógica, aunque no veo la necesidad de ponernos en peligro de esa manera. Siempre haces las cosas sin pensar y esta vez te has lucido.

—Confío en Juan. Es un científico y además...

—Además te adora y daría la vida por ti. Sí, ya lo has dicho.

—Aunque te burles, es verdad. Sé que me quiere y sé que se enfrentaría a todos por nuestro amor.

—Joder, pareces sacada de un culebrón venezolano. Vale, dejemos el asunto del amor y del sacrificio. Cuéntamelo todo.

—Le hice el juramento de revelarle mi secreto cuando supiera el suyo. Después de mucho cavilar y darle vueltas, al final se decidió. Entonces bajamos a la botica y Juan corrió un armario. Detrás había un hueco donde estaba guardado el paquete. Era un hatillo de cuero y al desenvolverlo apareció una especie de legajo que parecía muy antiguo, o más bien unas cuantas hojas entre dos tapas de cobre, aunque apenas se notaba el color original. Estaban negras de suciedad. Las pocas páginas que contenía estaban combadas por efecto de la humedad. Juan lo colocó con cuidado sobre un atril de la mesa y me habló de Flamel, contándome lo mismo que tú y dando por supuesto que es una historia cierta.

Salinas llevaba toda la vida buscando el libro. Le contó a Julia que hacía muchos años, en su primer viaje a las Indias, conoció a un hombre. Él fue quien metió en la cabeza de Ponce de León la idea de encontrar la fuente de la eterna juventud. «Nadie sabe lo que os voy a contar salvo Gaspar —le dijo—. Todos los que estaban allí han muerto a lo largo de estos años o no comprendieron de lo que se habló. Yo era un joven de quince años y por entonces ya estaba interesado en los poderes esotéricos. Aquel hombre nos habló del libro de Flamel, fue la primera vez que oí nombrarlo, y también nos contó que en él estaba la fórmula para dominar el tiempo y el espacio. Comprendí que estaba hablando de la eternidad, de la inmortalidad. Y ahora lo tenemos en nuestras manos. El poder absoluto.»

Tras un tiempo de búsqueda infructuosa, Salinas desistió y marchó de nuevo a las Indias. A su vuelta, un viejo germano, compañero de hermandad de Gaspar, y que trabajaba en sus minas de León, le dio ciertas pistas que le condujeron a Toulouse. Allí visitó abadías, conventos e iglesias, los lugares con las mejores bibliotecas, y cuando estaba a punto de darse por vencido, conoció la existencia de la biblioteca de un judío de origen español que acababa de morir sin hijos.

—Compró todos los libros a la viuda y lo encontró camuflado dentro de un tratado árabe de astronomía. Las tapas están tan sucias que es difícil distinguir lo que hay grabado. Por lo visto, son caracteres griegos y árabes, pero aún no lo ha traducido. El libro tiene tres veces siete páginas, número poderoso de la Cábala, según Juan, y no son de pergamino ni de papel, sino de corteza de árbol.

En la primera página del libro había un texto escrito en letras capitales doradas. Salinas lo había traducido: ABRAHAM JUDÍO, PRÍNCIPE, SACERDOTE, LEVITA, ASTRÓLOGO Y FILÓSOFO. A LA NACIÓN JUDÍA DISPERSA POR LA IRA DE DIOS, SALUD Y VIDA ETERNA, D.I..

—El resto no lo quiso traducir. Al parecer eran maldiciones contra aquel que posase sus ojos en el libro sin ser sacrificador o escriba.

—¿Sacrificador? —pregunté.

Julia se encogió de hombros.

—Ni idea.

En la segunda página, Abraham escribía palabras de consuelo a sus correligionarios y, después de esto, en las páginas siguientes y en latín, enseñaba a su pueblo, cautivo de los romanos, la manera de pagar sus tributos obteniendo oro por medio de la trasmutación metálica.

—Ahora agárrate, porque vas a alucinar —dijo Julia con una enorme sonrisa—. Juan abrió el libro por una página que mostraba el dibujo de dos serpientes mordiéndose la cabeza la una a la otra, ambas sobre una vara que cruzaba el dibujo.

—El mismo dibujo que encontramos en tu libro. —El corazón comenzó a palpitarme a toda velocidad. Empezaba a estar tan emocionado como ella—. No es concluyente. Las dos serpientes unidas son un símbolo gnóstico bastante extendido. Es el símbolo de la ambivalencia, del contacto con el más allá.

—Sí, y de la sabiduría alquímica. Pero eso no es lo más importante. Después de varias páginas que son un galimatías, aparece un tercer dibujo: muchas serpientes corriendo por un desierto. En medio del dibujo hay una fuente donde paran a beber. Cuando llegan a ella, están arrugadas, viejas, y al alejarse parecen mucho más jóvenes, con pieles lisas y brillantes. El texto aún no lo ha traducido. Parece que está escrito en griego y aparece varias veces y en letras grandes la palabra «hodoiporía».

—Viaje —traduje de forma automática.

—Para Juan esto es la confirmación de que en el libro está la fórmula de la inmortalidad. A mí se me ocurre otra cosa. ¿Por qué esa palabra? ¿Cómo representarías un viaje en el tiempo? ¿Alguien o algo viejo que se vuelve joven, por ejemplo?

Nos miramos con cara de atontados.

—Mi libro podría ser la traducción de este. El mío no tenía dibujos, salvo el de las serpientes, pero son demasiadas coincidencias. Estoy segura de que es lo que nos trajo hasta aquí —dijo Julia.

—Y lo que nos puede devolver al futuro.

Estaba tan agitado que olvidaba la segunda parte de esta historia: la confesión de Julia.

—¿Qué ha dicho cuándo le has contado tu secreto? —le pregunté cuando conseguí tranquilizarme.

—Al principio se rio. No me creía, claro. Luego, después de escuchar en silencio todas mis explicaciones me ha dicho claramente que estaba loca. Incluso se ha apartado de mí como con miedo. Contaba con ello. Es normal. Hay que tener en cuenta que en esta época ni siquiera se han planteado la posibilidad de los viajes en el tiempo. Nosotros tenemos toda una cultura de ficción e incluso científica que lleva postulando esta posibilidad desde hace más de un siglo. Él es un hombre de otro tiempo, es...

—No hace falta que lo defiendas. Me parece estupendo que no se haya creído nada. Eso que ganamos en seguridad. Y, a pesar de ello, ¿va a dejarte participar en el asunto del libro?

—No he dicho que no me crea —dijo Julia con una sonrisa—. Tardé toda una noche, pero he conseguido que, al menos, conciba la posibilidad de que le digo la verdad. Por lo menos, ya no piensa que estoy loca de atar.

Julia no parecía consciente de lo que había hecho. Estábamos rodeados de superstición, de acusaciones de brujería, de fanatismo, de ignorancia. ¿Y si a Salinas le daba por denunciarnos a la Inquisición? ¿Y si se le ocurría contárselo a alguien y este alguien nos denunciaba? Me sentía tan expuesto como un muñeco del tiro al blanco.

—Salinas no creerá que estás loca, pero yo sí. Espero que no tengamos que arrepentirnos de esto.

—Claro que no. Confesar la verdad a Juan me ha servido para conocer el libro de Flamel. Aún nos queda mucha investigación por delante, pero estamos en el camino correcto. Es el principio del fin. Lo presiento.

Cuánta razón tenía.

21

Después de un día tan ajetreado, ha dormido mal. Las conversaciones con la abadesa, con el arzobispo y con el padre Lope se mezclaban en su cabeza y cuando, finalmente, consiguió dormirse, cayó en un sopor del que le cuesta salir. No ha sido consciente ni de las llamadas al rezo de las horas, ni de las entradas y salidas de Ana del camastro que comparten; ni siquiera se ha despertado como suele hacer al reclamo de las tripas pidiéndole algo caliente. Cuando se levanta está sola en el dormitorio de las novicias. Se viste con prontitud y acude corriendo al refectorio, donde la hermana maestra la mira con el ceño fruncido. Hace una pequeña reverencia de disculpa y se sienta junto a Ana, que ya está masticando su trozo de pan mojado en vino. El desayuno es magro, pero, al menos, entona el estómago.

—No quise despertarte —susurra Ana—. Ayer llegaste muy tarde al dormitorio y parecías desfallecida.

—Ayer fue un día muy raro y muy largo.

—Que tú no me vas a contar. Ya he aprendido que hay muchas cosas que te guardas para ti.

—No soy dueña de esos misterios, Ana. Y te aseguro que me placería mucho compartirlos contigo.

La novicia se encoge de hombros y da un trago de vino.

—No me importa que no me hables de tu enfado con la hermana Bárbara, ni de tus pócimas para llevar consuelo a la hermana Teresa, ni siquiera de tu conversación con la reverenda madre. Lo que no te perdono es que no me cuentes qué hacías de anochecida en el huerto con el padre Lope.

Ella deja de masticar, sorprendida. Ana sigue comiendo como si nada.

—Como verás, al final, me entero de todo.

—No sabía nada de tus dotes de alguacil. Ya no tengo nada que contarte, pues.

—Solo hay que estar atenta y en el lugar adecuado.

Abre la boca para replicar cuando la maestra de novicias da un golpe en la mesa con su vara y ella la vuelve a cerrar. Aprovecha el silencio para pensar en todo lo ocurrido el día anterior y para decidir qué hacer. Antes de nada, ha de hablar con la hermana Bárbara con discreción. Ahora que la abadesa le ha encargado un quehacer en el convento, se siente más segura.

No la encuentra por ningún lado. Recorre el monasterio de arriba abajo. No está en la botica, ni en la iglesia, ni en su celda, ni en el huerto. Nadie la ha visto. Con el día ya anochecido, al dirigirse al dormitorio, distingue la tenue luz de un candil por la zona de las cuadras y ve salir de allí a Bárbara bajándose las mangas del hábito.

—No soy muy dada a sensiblerías, pero tengo que confesar que te he echado mucho de menos, niña —dice la hermana ya en la botica mientras comparten una tisana de melisa.

Se siente reconfortada. Bárbara tiene la virtud de decirle siempre lo que ansía oír. Ella también la ha echado en falta y no se ha dado cuenta de cuánto hasta que se ve de nuevo sentada junto a ella frente a la chimenea.

Después de escuchar todos los acontecimientos de los últimos días, incluida esa visión angustiosa que aún la estremece,

Bárbara no hace ningún comentario. Solo se queda callada, bebiendo su infusión y mirando el fuego.

—Me encantaría que esa visión fuese cierta —dice por fin y luego ríe como para quitar solemnidad a lo dicho—. No te preocupes. Están nerviosos. Nada de esto va contigo. Serás mi espía doble.

—¿Vuestra qué?

Bárbara vuelve a reír y la atrae hacia ella con un achuchón cariñoso. No recuerda si alguna vez alguien le ha hecho un gesto así. Madre Lusina no era mujer de arrumacos. Ofrecía seguridad, cobijo, pero no cariño o, al menos, no el que se expresa con caricias. Ese abrazo de Bárbara es el que alguna vez, seguro, le dio su madre. Hace mucho que no pensaba en ella, en esa madre de la que ni siquiera recuerda si era rubia o morena, pequeña o alta, como ella.

Tiene que hacer un esfuerzo para atender a las palabras de la monja.

—El arzobispo, la abadesa y yo tenemos un negocio. Eso ya lo sabes porque los dos han intentado sonsacarte. Lo único que temen es que conozcas la verdad. Supongo que no les gusta que haya nadie cerca de mí. Has hecho muy bien en negarlo todo.

—Si hubiera dicho otra cosa, habría mentido —replica fastidiada—. Una noche os busqué en la celda y no os encontré. Es todo lo que sé de vuestros manejos.

—Y vas a seguir así.

—No confiáis en mí.

—Más que en cualquier otra persona. Por eso no vas a saber nada. No quiero que pagues por los pecados de otros.

—No os entiendo.

—Mejor.

Sabina se calla y se resigna. De momento, le basta con estar a su lado.

—Ahora tenemos que saber qué se trae el dominico entre manos —dice la hermana.

—Parece un buen hombre. Ayer me habló de las estrellas.

—Un exorcista romántico —dice Bárbara con un resoplido—. ¡Quién lo hubiera imaginado!

—Decís unas palabras muy raras, hermana.

—No me hagas caso. Esto va a ser más fácil de lo que yo suponía.

—Siempre que estoy con él me altero y digo lo que no quiero.

—Pues retén la lengua y escucha. Hablando no se aprende.

—¿Qué pensáis de las palabras de la hermana Teresa?

Bárbara suspira y da un trago a su tisana.

—Teresa siempre ha sido una mujer muy atormentada.

—¿La conocéis bien?

—Hace mucho tiempo fuimos enemigas. Luego, cuando nos volvimos a encontrar, casi nos perdonamos. Ambas sufrimos y Teresa no supo volver a estar en paz.

—¿Y vos sí?

—Unas necesitan paz y otras, aguijones. Yo soy de las últimas.

Imagina que los aguijones de los que habla Bárbara han de tener que ver con sus misteriosos asuntos. Tiene la esperanza de que, en algún momento, todo se aclare, al menos para ella.

Después de Bárbara, ha de hablar con el padre Lope. La hermana boticaria parece preocupada por lo que el dominico puede buscar en el convento además de exorcizar los desvaríos de Teresa. Le ha insistido mucho en que le escuche e intente sonsacarle información, pero con cuidado. Tiene que conseguir su confianza. Tiene que ser su espía, una palabra nueva que le hace sentirse importante, aunque también un poco traidora.

A la tarde siguiente, le busca en el huerto. Aprovecha el rezo de vísperas, que sabe que el padre Lope utiliza para hacer sus ejercicios. Y allí está, corriendo junto a los árboles frutales. Viste solo una saya corta hasta las rodillas que dejan al aire unas piernas largas y delgaduchas. El hábito blanco y negro cuelga de la rama de un ciruelo como un espantapájaros. Es un buen sitio para hablar con tranquilidad y sin testigos. Se acerca a él con lentitud, sin saber muy bien cómo abordarle. Como le recomendó Bárbara, lo mejor será dejarle hablar. «No hagas preguntas. Que no note ningún interés especial. Estos dominicos son muy ladinos. Seguro que te quiere llevar al huerto.»

Sonríe al recordar la frase de Bárbara. Llevarla al huerto. La hermana tiene una insólita manera de hablar. Ha de ser porque es extranjera.

Pues sí, la ha llevado al huerto. Allí están los dos. El padre Lope aún no la ha visto y ella le llama desde lejos para no sorprenderle.

Cuando llega hasta él, se ha detenido ya y jadea, colorado por el esfuerzo. Apoya las manos en las rodillas y la mira desde abajo, resoplando. Parece mucho más joven, casi tan joven como ella.

—Nunca he visto a nadie que corriera sin intención de alcanzar un lugar, padre.

—*Orandum est ut sit mens sana in corpore sano.*

Le mira sin comprender y él sonríe.

—«Ora por tener una mente sana en un cuerpo sano.» Lo dijo Juvenal, un escritor del Imperio romano.

—¿El del papa?

El padre Lope suelta una carcajada. Es la primera vez que le oye reír.

—Disculpadme. Sí, allí está el papa, pero Juvenal vivió mucho antes de que los papas se instalaran en Roma.

La conversación ha empezado mejor de lo que ella esperaba. El padre Lope está muy risueño. Las sayas cortas ayudan a quitarle solemnidad, lejanía. Solo la enorme tonsura recuerda su condición. Sus palabras, además de dar confianza, le abren mundos desconocidos.

—¿Qué había antes del papa?

—Un gran imperio de paganos.

Se da cuenta de que ya no le tiene miedo. Al contrario, le da un poco de pena; es demasiado joven para luchar contra el demonio cada noche. Le siente muy cercano. Ella también ha tenido que pelear con sus visiones desde niña, enfrentada a la muerte desde mucho antes de entender su significado.

—¿Ese escritor del que habláis era pagano también?

—Sí, lo era.

Se queda pensativa.

—Y vos, padre, seguís las consejas de aquel hombre. ¿Es falso, entonces, que todo lo pagano es malo?

Lope inclina la cabeza de esa forma tan típica suya. Se ha quedado serio y ella teme que se haya enfadado. Maldita lengua. Ya le advirtió Bárbara de que no hiciera preguntas innecesarias y no ha tardado ni un instante en olvidarlo.

—Sois tan sagaz como imprudente. Haríais bien en medir más vuestras palabras. Nunca se sabe los oídos que pueden estar escuchando.

—¿Lo veis? Con vos siempre digo algo incorrecto.

—Es alentador escuchar sinceridad en lugar de hipocresías, aunque también es peligroso si no sabéis con quién estáis hablando.

—¿Es peligroso con vos?

Lope parece indeciso, va a hablar y duda. Después sonríe.

—Os aseguro que conmigo no debéis sentir temor.

Las palabras de Lope le dan fuerza. Ha de saber si puede

confiar en él de verdad o si son solo discursos para embaucarla.

—Si es cierto lo que decís, quisiera hablaros de la hermana Teresa.

Camina junto al sacerdote entre los árboles frutales, que empiezan ya a mostrar pequeños botones de color entre las ramas secas del invierno. Mientras le relata las cuitas de Teresa y sus temores, no se atreve a mirarle. Va pendiente del suelo.

—Sé que soy una curandera ignorante que no sabe de teologías ni maldiciones —concluye—, creo que la hermana Teresa solo es una mujer que sufre.

—Así pues, la sedujeron, quedó preñada y perdió a su hijo. A muchas mujeres les pasa lo mismo y no por ello blasfeman contra la Iglesia y contra todo lo sagrado.

—Cada cual se enfrenta a sus dolores como puede, y no por ello han de ser siempre asuntos del demonio.

—¿Qué haríais vos en mi lugar?

Se detiene y levanta la cabeza, sorprendida. No esperaba aquella pregunta y no sabe muy bien qué decir. Piensa según habla.

—Creo que intentaría que contara a alguien todo lo que le hace sufrir. Le haría tomar tisanas que le tranquilizaran el espíritu, que comiese bien; la sacaría al sol, a pasear por la huerta. El cuerpo sano para una mente sana que vos decís.

El dominico la mira a los ojos con una intensidad especial, pero no parece asustado, no como los que la han observado así durante toda su vida. Más bien es una mirada de sorpresa, como si no la conociera, como si esa fuera la primera vez que la ve. Lope sacude un poco la cabeza. Está demasiado serio como para que ella se sienta tranquila. Por fin, Sabina aparta los ojos. Aún tiene muy presente el recelo que provocaba su color entre los aldeanos. No quiere que el padre Lope termine por espantarla con jaculatorias.

—Me alarma lo que despertáis en mí —dice Lope casi en un susurro.

—Siempre ha sido así. —Suspira. Este rechazo le amarga más que nunca—. Mis ojos son extraños, pero no os voy a causar ningún mal. Me mantendré apartada de vos.

Da media vuelta. Él le agarra una mano solo un instante.

—No quiero que os mantengáis apartada.

Se vuelve hacia él y esta vez no desvía la mirada. Siente aún el calor de esa mano en la suya.

—He menester de vuestra ayuda con la hermana Teresa —dice Lope y ahora su tono es más formal, más suyo—. Creo que es cierto lo que decís. Llevo demasiado tiempo luchando contra algo que no tiene nombre. Quizá no sea Satanás, sino el dolor de la hermana.

Respira aliviada. El momento de cercanía ha pasado, pero lo prefiere. Se siente rara, como si hubiera corrido mucho y se hubiera quedado sin resuello. Tiene ganas de orinar.

—¿Somos amigos? —pregunta el dominico.

—Sí, padre.

—Quisiera hablaros entonces de otro asunto.

En aquel momento se acerca un grupo de novicias y legas. Llevan cubos y herramientas de labranza. Es el tiempo de preparar el huerto para la siembra de primavera, uno de los pocos trabajos de los que se encargan también las novicias.

El dominico cambia de expresión al instante. Corre al ciruelo de donde cuelga su hábito y se lo intenta meter precipitadamente por la cabeza. Lo hace con tanta torpeza, que la cabeza se le queda trabada entre las sayas. Ella le mira aguantando la risa. Parece como si el espantapájaros que colgaba del ciruelo hubiera cobrado vida y luchara por cumplir su deber de asustar a las aves. Por fin, ella se acerca y le ayuda con las mangas y la capucha hasta que, entre los dos, consiguen colocar cada cosa en su sitio. La cara de Lope está tan roja que da miedo. Se termina de colocar el hábito y, con él, vuelven los modos envarados del exorcista. Hace una pequeña inclinación de cabeza.

—Debo retirarme. Si tenéis a bien, reuníos conmigo en la celda de la hermana Teresa después de completas. Intentaremos vuestros métodos.

Le ve alejarse. «Intentaremos vuestros métodos.» No puede contener la felicidad que aquello le produce. Ha creído en ella. La ha tratado como a una igual. Ha confiado en sus palabras. Se acerca corriendo a Ana y le agarra de las manos. Tiene ganas de saltar y de reír, pero se contiene. La novicia levanta las cejas.

—El padre va a intentar otros métodos con la hermana Teresa —responde a la pregunta muda de Ana y utiliza las mismas palabras de Lope sin darse cuenta.

—¿No más exorcismos?

—Se verá —dice ella prudente.

—Es apuesto, a pesar de esos dientes de conejo. —Ana mira hacia el convento.

—No paras de hablar y yo tengo mucha tarea —dice ella.

El comentario de Ana le ha puesto de mal humor y huye para evitar más observaciones absurdas de la novicia.

Está deseando quedarse sola para pensar en la conversación con el padre Lope. Da varias vueltas al claustro. No puede estar quieta. No entiende qué le pasa. El padre Lope la ha escuchado. ¿A qué, entonces, esta inquietud? No deja de pensar en el contacto de su mano, en su mirada, en sus piernas flacas, en esos dientes de conejo que ya no le hacen tanta gracia. Es una emoción que no le es desconocida, aunque esta vez no va unida al tormento de aquella otra que se resiste a recordar.

Entra en la botica y se hace una infusión de valeriana. Para darse calor, sujeta con las dos manos el cuenco mientras bebe a pequeños sorbos. Espera con impaciencia el rezo de completas.

Nada desea más que encontrarse con el padre Lope e intentar sacar a Teresa de su desvarío.

—Ahí sentada, al contraluz del fuego, pareces un cuadro —escucha a la hermana Bárbara, que acaba de entrar en la botica.

—No soy ninguna santa para aparecer en un cuadro —refunfuña.

—No solo se pinta a los santos —responde Bárbara y se sienta junto a ella—. Estás triste.

—No entiendo casi nada de lo que pasa a mi alrededor.

—Yo diría que esa es la condición general del ser humano.

—No es así. Vos lo sabéis todo.

—Unos años atrás, te hubiera dado la razón —dice Bárbara con una sonrisa—. Hace mucho que comprendí que no tengo idea de nada.

—Vos también parecéis triste.

—Solo cansada. No he dormido en toda la noche.

Más misterios. Prefiere no preguntar. Quiere seguir sentada junto al fuego, cerca de la hermana Bárbara, calentita y tranquila.

—Aún no he podido averiguar qué es ese otro asunto para el que ha venido al monasterio, pero creo que ha estado a punto de decírmelo —dice tras contarle a Bárbara su conversación con Lope—. Esta noche, después de completas, iremos los dos a la celda de Teresa.

—Aún no me creo que te haya escuchado.

—Es un hombre muy afable.

—Yo no me fiaría. Estos dominicos tienen más capas que una cebolla.

A ella se le escapa la risa. La hermana Bárbara siempre la pone de buen humor. Ambas ríen y Bárbara la atrae hacia sí. Se acurruca un instante en el regazo de la monja. Esos abrazos nuevos son como pócimas que alivian su desasosiego.

—No sé si es buena idea que estés tan cerca de la Iglesia, por muy amable que te parezca el padre Lope. —Bárbara ha vuelto a quedarse seria.

Mira a las llamas y murmura algo para sí que ella no consigue entender.

—¿Qué te parece si voy contigo esta noche?

—Nada me placería más, aunque no sé si el padre Lope lo aprobará.

—Quiero comprobar una cosa. Si él no quiere que esté allí me iré sin replicar.

Cuando entran en la celda, Lope aún no ha llegado. Bárbara se acerca a Teresa, que está bastante tranquila, adormilada. Sabina nunca las había visto juntas y percibe una unión entre ellas más allá de la hermandad del monasterio. La hermana que suele cuidarla les dice que acaba de darle un caldo y se retira.

Ella le hace a Teresa una pequeña caricia en la mejilla. La monja abre los ojos, la mira y después se fija en Bárbara.

—Has tardado mucho en venir —farfulla con una sonrisa espeluznante—. ¿Me tienes miedo?

—Algo sí que te tengo —dice Bárbara, que coge un paño que hay encima de un escabel y limpia la cara de Teresa, llena de churretes de caldo.

—Cómo te pareces a ella —repite Teresa.

—¿Lo veis, hermana? Siempre dice lo mismo —susurra detrás de Bárbara.

—¿Quién se parece a quién, Mencía? —pregunta Bárbara.

Sabina la mira sin entender: ¿Mencía?

La hermana Teresa no contesta. Tiene de nuevo la mirada perdida, la boca ligeramente abierta y la baba se escapa por la comisura.

—¿Por qué no te dejas ya de pamplinas? —Bárbara le agarra la barbilla—. Vas a conseguir que te quemen en la hoguera.

—No le digáis eso, hermana —dice ella—. Se va a asustar.

—Pues eso es lo que debería hacer: asustarse. Y volver en sí de una vez. Hasta ahora todo esto se ha mantenido en secreto, pero llega la primavera y no tardará mucho en saberse en la ciudad. Entonces no habrá quien la salve.

—Estoy de acuerdo con vos —dice Lope a sus espaldas.

Ella se sobresalta, pero a Bárbara no parece importarle que la haya escuchado.

—¿Qué hacéis aquí, hermana? —pregunta Lope.

—Sabina me habló de vuestro pacto. Tengo un interés especial en la hermana Teresa y me gustaría ayudar.

—Eso que vos llamáis «pacto» es solo un esfuerzo desesperado —dice Lope. Sabina no sabe dónde meterse. Siente que ha traicionado la confianza del sacerdote—. Si Lucifer está en verdad en esta celda, ningún acuerdo, ni pócima ni buenas palabras servirán para vencerlo. Solo la palabra de Dios es todopoderosa.

—Amén, padre. Pero, como bien decís, hay que intentar cualquier cosa antes de dar por perdida a la hermana Teresa.

—Se hará, mas no con vos. Os ruego que nos dejéis solos. No quiero apartaros de vuestras ocupaciones, por muy misteriosas que estas sean.

Ambos se miran como retándose. Bárbara abre la boca, pero, sin decir nada, la cierra, inclina la cabeza y sale de la celda.

Una semana después de que empezara a ayudar al padre Lope a tratar a Teresa como a una mujer enferma y no como una endemoniada, la monja ha comenzado a mostrar leves signos de mejoría. Sabina pasa mucho tiempo junto a él, sentados ambos frente al lecho de la monja, mientras Teresa farfulla sus delirios o duerme tras una charla dolorosa. La luz del día entra con timidez por el ventanuco de la celda de Teresa e ilumina sus muñecas y sus tobillos, envueltos en las cataplasmas de árnica que le ha puesto para aliviar las heridas que le produjeron las ataduras de aquellos meses. Ahora Teresa duerme de lado, liberada por fin de sus grilletes. Reconoce que la mejoría es insignificante; al menos han disminuido los ataques de ira, los gritos salvajes, las palabras blasfemas. Desde que el padre Lope la trata como a un ser humano, la monja llora casi de continuo y habla o más bien masculla sus miedos y sus recuerdos, que vienen a ser lo mismo. También duerme, duerme mucho, gracias a la valeriana que le hace beber cada poco.

Este mediodía, el sol había entibiado lo bastante el aire como para sacarla a dar un pequeño paseo por el jardín del claustro. De momento, Teresa no tiene fuerzas para más. Siempre que salen, las monjas se santiguan a su paso y se alejan. Lope dice que es mejor así.

Disfruta de esos paseos en los que Teresa apenas dice nada. Ella, sin embargo, no cierra la boca. Aprovecha para hablar con el dominico de maravillas que nunca había imaginado. Son tantas las cosas que desconoce. Sobre todo, quiere saber de las estrellas. Desde aquella noche en que Lope le hablara de Orión y de la luna, mira el cielo con ojos más curiosos. Y él parece disfrutar mucho al responder a sus preguntas. Las mejillas le enrojecen, sonríe más, la mira con otra cara.

—Es muy grato y también insólito hablar de estos asuntos con tranquilidad. La astronomía no es una ciencia que guste a mis hermanos —dice, y se encoge de hombros, como con resignación—. La Iglesia se niega a admitir cualquier cambio. Ahora clama contra las teorías de Copérnico, que postuló que la Tierra gira alrededor del Sol y no al contrario.

—¡Os reís de mí! —dice ella.

—Nunca haría tal cosa.

—¿Cómo es eso posible? La Tierra no se mueve y el Sol va de un lado al otro del cielo.

—En apariencia es así, pero es el Sol el que permanece quieto y la Tierra la que gira a su alrededor. Tarda un año en dar una vuelta completa al Sol y, además, gira sobre sí misma, por eso nos parece que es el Sol el que se mueve. Así pasamos del día a la noche cada veinticuatro horas.

—Es sorprendente esto que decís. Casi produce mareo pensar que la Tierra se mueva tanto, aunque no lo notemos.

—No es nada nuevo —dice Lope—. Ya Aristarco de Samos lo postuló hace casi dos mil años.

—¿Otro pagano? —pregunta ella y sonríe. Se siente lo bastante segura con él como para embromarle.

Pasan los días y se acerca la Semana Santa. Ahora que el arzobispo se ha marchado en compañía de la reverenda madre para no se sabe qué asuntos de la jerarquía, Lope es el único hombre que permanece en el monasterio, además del vicario, que acude cada mañana para cantar misa y confesar a las hermanas. Aunque a veces estén rodeados de monjas, legas o criadas, siente como si Lope y ella vivieran encerrados en una crisálida en la que nadie más tiene cabida, ni siquiera Bárbara.

La ausencia del arzobispo y de la abadesa ha coincidido con un aumento de la actividad secreta de la boticaria. Se esfuma durante horas y reaparece agotada, con ojeras. Pregunta con escaso interés por los progresos de Teresa, aunque bien se ve que sus pensamientos están en otro lado. Le gustaría que Bárbara fuera más discreta.

Pasan mucho tiempo en la celda de Teresa. Lope ha cambiado los modos, ya no es el sacerdote severo e inclemente. Hasta su voz es distinta. Esa destemplanza del principio ha dado paso a un hablar más sosegado, al que Teresa responde mostrándose tranquila, aunque apática.

—Tuvisteis un hijo —dice el dominico con esa nueva voz apacible.

Teresa le mira con el ceño fruncido, como si intentara recordar.

—Un hijo que murió al nacer —sigue Lope.

La monja lanza una carcajada.

—Decís sinsentidos. —Menea la cabeza como el que intenta hacer entender algo a un niño—. Yo solo le quise a él y se fue.

—El vicario os mancilló. No podía permanecer en el convento.

—¿El vicario? —pregunta la monja con cara de sorpresa.

—El padre de vuestro hijo —interviene Sabina y le acaricia la mano.

—¿Qué hijo?

Le ha dado una infusión de melisa con unas gotas de beleño. Así se mantiene tranquila y pueden hablar. Ese día Teresa no sale de lo mismo: no recuerda haber tenido un hijo, no recuerda al vicario, solo habla de alguien a quien amó y desapareció. Así una y otra vez.

—Descansemos un poco —dice Lope con un suspiro.

Sale con el sacerdote de la celda y se sienta con él al sol del mediodía. En el jardín del claustro hay varios almendros florecidos y el verde de la hierba y el rosa de los capullos alivian la grisura de la piedra. Siente que respira mejor, el aire huele a nuevo, el cuerpo se desentumece.

Es entonces cuando Lope, por fin, se decide a hablar.

—¿Conocéis bien a la hermana Bárbara? ¿Os fiais de ella?

—Sabe mucho de plantas y de otras cosas que ni siquiera entiendo, y no le gusta demasiado el trato con la gente, pero es una mujer buena. —Procura parecer tranquila.

—Se diría que tenéis una relación diferente.

—La conozco desde hace apenas unos meses, y no siempre hemos sido amigas. Es mi maestra y le debo gratitud.

—¿Nada más?

—¿Qué más podría haber?

—¿Ninguna promesa? ¿Ninguna lealtad más allá de las normas?

—No os entiendo, padre.

El corazón le late con fuerza. ¿De qué lealtades habla? ¿Qué sabe de sus visiones, del vínculo que la une con la hermana desde hace tantos años?

Desconoce lo que le va a confiar el padre Lope, pero es lo que imaginaban: tiene que ver con Bárbara.

—¿Me guardaríais un secreto? —pregunta Lope en voz baja.

—Lo hago a menudo —dice ella.

—¿Aunque ese secreto tenga como consecuencia vigilar a la hermana Bárbara y contarme lo que descubráis?

—Me confundís.

En estos últimos días ha aprendido a confiar en Lope, a apreciar su inteligencia, su humanidad, pero no va a vigilar a Bárbara, eso está más allá de cualquier duda. Aunque tampoco quiere defraudarle. Necesita saber más. Por Bárbara, y también por ella misma, para no cortar de raíz la confianza en ese hombre con el que cada vez se siente más a gusto.

No deja de maravillarle que en apenas unos meses haya creado una relación tan personal con otros seres humanos. Bárbara, Lope, Ana. Ha comprendido que en la aldea estaba marcada sin remedio. Su propio padre la llamaba «demonia» desde que nació y ella le creía. Y las visiones habían sentenciado su relación con los vecinos. En este monasterio, por primera vez, se siente libre, siente que es una más, alguien a quien incluso se puede querer. Ahora, todo es posible.

—Si alguien se entera de lo que os diga, en especial mis hermanos de la Inquisición, todos estaríamos en peligro.

—¿Por qué entonces os arriesgáis a contármelo?

—Porque necesito vuestra ayuda, porque he de saber qué enigmas se trae entre manos sor Bárbara y he de hacerlo antes de que el arzobispo vuelva al monasterio. No quiero perjudicar a la hermana boticaria. Creo que ella también es víctima de una intriga que existe desde hace muchos años.

—Os escucho.

—Sé que habéis aprendido a leer y a escribir en muy poco tiempo, aunque también imagino que no sois mujer de latines. Con esto me refiero a que sabéis poco del mundo y menos de asuntos teológicos y arcanos.

—En el bosque también se aprenden cosas que no están en los libros ni se cuentan en los púlpitos.

—Preferiría no saberlas —dice Lope.

—Y yo preferiría no contároslas.

Sus ojos se cruzan con los del dominico. Ambos sonríen. Siente cómo la sangre le sube a la cabeza y aparta la mirada.

—Volvamos a lo que nos ocupa —dice Lope y el instante pasa—. ¿Habéis oído hablar de la alquimia?

Ella niega con la cabeza.

—Es un proceso que pretende revelar los elementos que constituyen el universo. Busca trasmutar los metales y descubrir el elixir de la vida eterna.

—Eso es querer ser como Dios.

—Cierto. Quienes practican la alquimia pretenden emular a nuestro Creador y pasar por encima de sus leyes y sus mandamientos.

—¿Y qué tiene que ver eso con la hermana Bárbara?

—El rey Felipe está interesado en parte de estos procesos, a pesar del desacuerdo de la Iglesia. Pero, al fin y al cabo, es el rey.

Una de las bondades de la alquimia, se dice, es transformar los metales pobres en oro y su majestad necesita mucho oro para seguir pagando su guerra santa contra el hereje.

—No os entiendo, padre.

—Aquí se llevan a cabo prácticas alquímicas con el auspicio de su majestad, pero don Felipe cree que bajo ese manto de estudio se oculta algo muy secreto, algo prohibido que puede poner en peligro no solo al rey, sino al propio Imperio y a toda la cristiandad. Por ello estoy aquí. Su majestad me ha encomendado la misión de descubrir los secretos de este monasterio.

22

Tras la revelación de Julia, sabía que Salinas no pararía hasta hablar conmigo. Tenía que confirmar que su amada estaba loca como una cabra y quién mejor que yo para hacerlo. Desde luego, cualquier cosa antes que creerla. Era imposible que un hombre del siglo XVI, por muy Salinas que fuera y por muy enamorado que creyera estar, concibiese la posibilidad de viajar en el tiempo. No tenía más que recordar mi pasmo cuando comprendí lo que había pasado, y eso que yo era el tipo perfecto para creer en cualquier demencia científica.

¿Qué hacer? Si confirmaba la confesión de Julia, nos convertiríamos en carne de hoguera. Si la desmentía, conseguiría mi propósito: separarlos para siempre; nadie sigue enamorado de una chiflada. Pero eso también nos alejaría del libro de Flamel, con todo lo que implicaba. La cabeza me daba vueltas. De momento, mientras pensaba en ello, tenía que evitar a Salinas como fuera.

Al día siguiente, cuando le vi rondando por las dependencias de don Jaimito, cosa que nunca hacía, supe que venía por mí y salí disparado en dirección contraria. Sorteé a varios criados, me enredé con unas cortinas que separaban dos habitaciones, tropecé y casi caí en un caldero de agua caliente que llevaban entre dos lacayos hacia las habitaciones de la condesa y terminé en las cocinas, donde un pinche me regaló un puñado de castañas asadas que acababa de sacar de la lumbre y que me abrasaron la mano. Heroico.

Aquella misma tarde, en cuanto acabé mi trabajo, salí pitando del palacio. Con Asia estaría a salvo. Ni siquiera me acerqué por la taberna. Más de una vez me había encontrado allí a Salinas rodeado de una soldadesca infame que escuchaba sus batallitas indígenas con la boca abierta.

Al día siguiente, seguía sin saber qué hacer. Ambas posibilidades, mentir o decir la verdad, eran igual de peligrosas. Así que decidí escabullirme otra vez. Tuve la gran suerte de que mi pupilo estuviera de caza con su padre. Podía desaparecer y tenía el lugar perfecto para hacerlo. Subí al desván del palacio, más arriba incluso de las buhardillas donde dormían los criados, el lugar en el que el hidalgo Salinas no se dignaría nunca a buscar. Era la guarida reciente de Bartolillo, donde el mancebo y yo nos retirábamos para llevar a cabo la insigne tarea de escribir sus memorias.

Llevaba varias semanas en el noble oficio de negro literario, lo que me traía de cabeza. Bartolo me contaba sus andanzas, que yo, por otra parte, tan bien creía conocer, y un servidor las intentaba pasar al papel con gracejo y estilo picaresco. No era tan fácil como parecía. Yo había leído el *Lazarillo* hacía más de quince años y no le había prestado demasiada atención.

—No, don Miguel, que yo sé bien lo que me digo. —Golpeó el suelo con el pie—. El clérigo sospechó que el silbido de la llave que guardaba en la boca era una culebra y me lanzó un buen garrotazo, que de tal tengo la matadura que veis en el labio.

Yo solía desesperarme al no recordar con exactitud las palabras del libro y me peleaba con Bartolo intentando enmendar la plana de algunas de sus aventuras. En aquel momento lo comprendí todo. Si era yo quien escribía el dichoso libro, serían mis palabras las que yo leería quinientos años después. Bien estaba, pues, todo lo que escribiera, ya que ese y no otro sería el auténtico *Lazarillo de Tormes*. Seguí escribiendo, pues, con más alegría y menos preocupación por el contenido.

Poco quedaba ya para dar por acabado el cuento y ambos nos sentíamos muy orgullosos con el resultado.

—Te aseguro, Bartolillo, que este libro será conocido por los nietos de los nietos de tus biznietos y todos disfrutarán tanto como yo de tus aventuras. Vas a tener gran fama, chaval.

—No sé qué es eso de «chaval», don Miguel, cosa de vuestra tierra, presumo, pero que Dios os oiga y os premie por el favor que me hacéis.

Esa fue mi última alegría antes de que se desataran las furias del infierno.

Pasé así el segundo día de escaqueo, ofreciendo por última vez, aunque aún no lo sabía, mi aportación a la magna obra de Bartolo sin que Salinas me descubriera y sin que yo hubiera decidido qué responder a sus preguntas. El tercero, cuando intentaba salir de mi dormitorio de la manera más discreta posible, unos golpes en la puerta me pillaron con la guardia baja. Era un criado que venía en mi busca de parte de su señora doña Mencía. Lo que faltaba. Tenía muy abandonada a la marquesita desde los últimos acontecimientos, pero estaba claro que no iba a dejarme en paz así como así.

El palacio estaba en plena efervescencia por la celebración de la Navidad. Poco había durado la paz que siguió a los esponsales de Felipe. Una nueva locura se había instalado en Salamanca, aunque nuestras circunstancias no fueran las más propicias para disfrutarla. No había árbol, ni guirnaldas ni espumillón, claro, y aún faltaban un par de siglos para que los belenes se pusieran de moda, pero la celebración no desmerecía por ello. La principal actividad era la comida, por lo menos en palacio. Las cocinas no descansaban y los patos, los gansos, los corderos, los terneros y todo tipo de animales de dos y cuatro patas caían sin parar en las cazuelas y los hornos. Había celebraciones, misas, procesiones sin fin. Se amasaban grandes cantidades de almendras y miel para hacer los turrones y los criados corrían de un lado al otro del palacio como pollos sin cabeza. Una larga fila de pobres aparecía cada mañana junto a la entrada de las cocinas, a la espera de la sopa boba que en estos días se espesaba con algo de carnero viejo y castañas. Caridad navideña.

Cuando llegué a la sala que me indicó el criado, Mencía no estaba sola. Para mi sorpresa y alarma, allí estaba Covarrubias, su tío el obispo. No sabía que había vuelto. Desde luego, no parecía que tuviera demasiadas obligaciones pastorales en su diócesis, si es que tenía alguna. No hacía ni dos semanas que se había ido y allí estaba otra vez, imaginé que para celebrar la Navidad con la familia, si es que una reunión así era también tradición en la época. Fuera por lo que fuese, allí estaba, junto a su sobrina. Parecía mucho más padre de ella que el propio conde. El mismo pelo rubio, los mismos ojos claros, la misma languidez de movimientos, como si caminaran bajo el agua. Ambos me recibieron muy sonrientes. Mala señal.

—Mi muy querido don Miguel, espero que gocéis de buena salud.

Después de asegurarle que mi salud era perfecta, interesarme por la suya e intercambiar varias fórmulas almibaradas, el obispo fue al grano.

—Muy a mi pesar, me veo en la obligación de recriminaros de nuevo por vuestra hermana. Han llegado a mis oídos ciertos hechos alarmantes que me obligan a requerir vuestra pronta y sincera respuesta. Esta vez no es fruto de mi puntillosa guarda de la decencia y la moral, como hombre de Dios y de la Iglesia. Ha sido mi propia sobrina, una joven pura, inocente e inexperta en las lides de la vida, quien ha reparado en el dudoso comportamiento de doña Julia.

—Vos diréis, excelencia.

No quería pillarme los dedos. Que hablara él y ya vería qué contestaba yo.

—¿Practica vuestra hermana rituales contrarios a los requerimientos de la Santa Madre Iglesia?

Era lo último que esperaba oír. Miré a Mencía, que mantenía la vista recatadamente baja y la cabeza inclinada, como en oración. Valiente farsante. La había infravalorado. Creía que hablaría a su tío de la relación de Salinas y Julia, aunque, claro, eso la hubiera dejado a ella en evidencia. Así que se había inventado una patraña para desprestigiar a Julia y quedar ella al margen. Muy astuta.

—No os comprendo. ¿Rituales? Mi hermana es buena cristiana y nunca haría nada contrario a los mandamientos religiosos. Bien sabéis que escapamos de Suecia para no...

—Sí, sí, ya estoy enterado —dijo con fastidio—. Muy encomiable por vuestra parte. Pero el alma de las mujeres es frágil y, de suyo, más propensa al pecado. Unas compañías inapropiadas pueden destruir en un instante la virtud de toda una vida.

—No sé a qué compañías os referís, monseñor. Mi hermana pasa su tiempo entre la atención de vuestras sobrinas y la botica del palacio, donde solo se relaciona con don Juan de Salinas y don Gaspar, personas ambas de confianza de los condes.

Mencía y su tío intercambiaron una mirada, y ella siguió sin abrir la boca.

—Estoy al tanto de las actividades que se realizan en la botica y aunque no puedo estar de acuerdo con ellas, tampoco es eso lo que me inquieta. Ha llegado a mis oídos que, de un tiempo acá, doña Julia desaparece por las noches de sus aposentos. Un criado la vio merodeando por ciertos lugares extramuros donde ni siquiera los alguaciles osan acercarse. Se dice que en ellos se realizan actos blasfemos en los que están envueltos Satanás y sus discípulos.

Aquí se santiguó. Yo no sabía qué pensar. ¿Qué era todo aquello? Miré a Mencía, pero esta seguía con la cabeza gacha y los ojos entornados, como si estuviera drogada o se hubiera vuelto boba de repente.

—Ha de ser un malentendido. El criado debió de equivocarse. Mi hermana nunca saldría sola de noche y mucho menos para participar en ningún acto impío.

—Quiera Dios que así sea. Vos debéis estar al tanto para responder con contundencia, si estos hechos se probaran.

—Os aseguro que llegaré al fondo de este sinsentido. Entretanto, apelo a vuestra bondad y magnificencia, monseñor. Confiad en mí. Yo os sabré dar fe de la inocencia de mi hermana.

—Por lo pronto, quedará entre nosotros —dijo el obispo como si me hiciera un gran favor—. No deseo que esta casa se vea salpicada por ningún escándalo. Pero si las sospechas continúan, me veré en la obligación de tomar las riendas de este oscuro asunto y hacer que vuestra hermana responda de sus actos ante un tribunal. Como comprenderéis, mis sobrinas no pueden estar expuestas a tamaños delirios.

—No tengo ninguna duda de que todo quedará aclarado para tranquilidad de vuestra eminencia. Os doy mi palabra.

Mencía pareció espabilarse en cuanto su tío desapareció por la puerta. Levantó la mirada. Sonreía y sus ojos brillaban como si tuviera fiebre.

—¿Habéis sido vos, no es cierto? —casi le grité—. Habéis hecho correr este rumor y ahora mi hermana puede acabar en las mazmorras de la Inquisición.

—No seáis excesivo, don Miguel —me regañó como a un niño pequeño—. Solo quiero asustar a vuestra hermana un poco para que alcance a entender que no puede pleitear conmigo. Yo soy más lista. Cuando lo comprenda y deje en paz a mi pariente, todos los rumores desaparecerán como por ensalmo.

—¿No os dais cuenta de lo que podéis provocar? Es muy difícil acallar cualquier rumor y este es uno muy peligroso. No sabéis lo que habéis hecho.

Me miró con cara de asombro, como si nunca se le hubiera pasado por la imaginación que yo me negaría a sus estúpidos manejos de niña mimada.

—Creí que éramos aliados.

—¿Aliados para llevar a mi hermana a la hoguera? ¿Habéis perdido el seso?

La sonrisa desapareció de sus labios. El cambio fue tan brusco que me produjo un escalofrío. Aquella mirada no era la de una niña de diecisiete años. Era la de un demonio encerrado en un cuerpo angelical vestido de seda.

—Recordad vuestro lugar. No me placería ser vuestra enemiga. Y a vos tampoco.

—No olvido mi lugar, señora, pero deseo saber en qué os beneficia esta intriga. Si vuestro primo ama a mi hermana, ¿no os odiará por haberla puesto en peligro? ¿No será peor el remedio que la enfermedad?

Mencía se quedó callada. Ya no parecía tan segura de sí misma. Antes de que pudiera abrir la boca, Salinas entró en la habitación.

—Querida prima, me alegra veros. —Hizo una pequeña reverencia a Mencía y después se dirigió a mí—: Os he buscado por todas partes, don Miguel. Debo hablaros.

No podía ser verdad. No todo a la vez. Deseé esfumarme de aquel lugar de la misma manera que había aparecido. Tuve la tentación de fingir un desmayo, de implorar perdón de rodillas, de salir corriendo y no parar hasta perder de vista a todos aquellos personajes.

En lugar de todo ello, incliné la cabeza y comencé a caminar tras Salinas como una vaca que se dirige al matadero, lentamente. Con la salvedad de que, a diferencia de la vaca, yo sí sabía lo que me esperaba.

23

Le seguí hasta sus aposentos. Ninguno habló por el camino. Yo, porque tenía la lengua de lija y él, supongo, porque debía tener la cabeza ocupada en el asunto por el que me había requerido. Aún no sabía qué contestar a la pregunta que me haría, así que decidí seguir mis impulsos. Diría lo primero que me viniera a la cabeza.

Su dormitorio era mucho más lujoso que el mío. Cama con dosel de madera labrada, dos arcones, un bargueño taraceado en marfil, una mesa y dos butacones de cuero. En ellos nos sentamos. En el suelo, un gran brasero de bronce despedía cierto calor, pero la habitación estaba congelada, o era yo, que no tenía ya sangre en las venas. A los pocos segundos apareció un criado con una jarra de vino y dos copas. Lo dejó todo encima de la mesa y desapareció con una reverencia.

Salinas sirvió el vino y se recostó contra el respaldo de su asiento con su copa en la mano, como el que se dispone a pasar un largo rato de charla. Yo, sin embargo, respiré hondo y me bebí la copa de un trago. Estaba sentado en el borde de la butaca, dispuesto a salir corriendo a las primeras de cambio. La luz gris de un día nuboso se colaba por los cristales del balcón y dejaba en penumbra el rostro marcado de Salinas.

—Alcanzo a entender que conocéis la razón de mi reclamo, señor.

—Creo conocerla.

—¿Y bien?

—Preferiría que fuerais vos quien dijera lo que deseáis de mí.

—Si es así como lo queréis, no tengo inconveniente en hacerlo.

—Os lo agradezco —dije por alargar lo más posible el momento.

Se inclinó hacia delante. Ya no parecía tan a sus anchas como hacía unos segundos.

—No dudo de que sabéis el afecto que profeso a vuestra hermana. Su belleza y, por qué no decirlo, su entendimiento, más allá que el de cualquier mujer que haya conocido, me han cautivado. Es por ello que...

—¿Deseáis pedirme su mano?

Mi interrupción pareció descolocarle. Se irguió.

—No es eso de lo que deseo hablaros. Soy un hombre de cierta fortuna y no debo cuentas a nadie. Vuestra hermana es una mujer viuda. No necesita de vuestra autorización para desposar.

—Es cierto, pero mi hermana y yo estamos muy unidos —dije con una sonrisa beatífica—. Ninguno haría nada que incomodara al otro.

—¿Es que acaso os incomodan nuestros amores?

—Me parecen ocultos en exceso. Si, como decís, no tenéis que rendir cuentas a nadie, no entiendo el misterio.

Eso pareció descolocarle aún más.

—Veo que vuestras costumbres difieren bastante de las nuestras. En este reino, la primera cualidad de una mujer no es la honestidad sino la vergüenza. Es más importante la forma que la propia decencia. Nunca haría nada que pudiera dañar la honra de vuestra hermana.

—Salvo acudir con ella a cierta vivienda del arrabal, donde se os ha visto entrar a ambos a altas horas de la noche.

Siempre creí que eso de quedarse blanco como el papel era

una hipérbole literaria. No fue el caso. Salinas perdió todo el color como si le hubieran sorbido la sangre con una jeringuilla. Se levantó tan rápido que se le derramó la copa y se manchó su pintón coleto de terciopelo.

—Yo os aseguro... os aseguro que...

Por primera vez tenía a aquel fatuo contra las cuerdas. Una pequeña victoria que solo me dejó amargor en la boca.

—No sigáis, señor. Como bien habéis dicho, mi hermana es viuda y libre de elegir a sus amantes.

Entonces, la palidez dio paso a un enrojecimiento tal que temí que le diera un ictus.

—¿Amantes? ¿Amantes, decís?

—Amantes, digo. Si mi hermana se ha encaprichado ahora con vos, no seré yo quien se lo impida.

Me levanté antes de que se repusiera de la sorpresa.

—Si es eso lo que queríais decirme, dicho queda. Podéis seguir con vuestros amoríos. Tenéis mi bendición.

Salí disparado, rezando a todos los dioses para que su pasmo me diera un poco de cuartelillo. Casi había llegado a la puerta cuando su voz me detuvo. Le había infravalorado.

—¡Aguardad! Aún no hemos hablado de la cuestión por la que os he requerido.

Suspiré y me di la vuelta.

—Pues hablemos. Aunque no imagino qué otra cosa podemos tener vos y yo en común.

—Esto es muy difícil para mí...

—¿Más que mantener con mi hermana una relación contraria a los mandamientos de la Iglesia?

—¡Callad de una vez y dejadme hablar! —gritó y dio un puñetazo en el brazo de la butaca.

Ya no iba a poder seguir desbarrando. Así que me senté, resignado a lo que viniera.

—Iré al asunto antes de que volváis a enredarme con vuestro parloteo. —Levantó la mano cuando vio que yo abría la boca—. Ni una palabra más.

Se puso en pie y comenzó a caminar de un lado a otro de la estancia sin mirarme a la cara.

—Vuestra hermana me confió hace unos días un sinsentido que, he de confesar, me ofuscó las entendederas. —Se paró frente a mí y me miró con fijeza—. Asegura que sois viajeros del futuro, de un tiempo alejado de este unos quinientos años. Asegura que...

Me eché a reír. Reí mientras Salinas me miraba con cara de pasmo. La risa trajo tos y la tos más risa y esta, más tos. Era un ataque de nervios en toda regla. Salinas me ofreció un vaso de vino que bebí con ansia. Estaba agotado, pero, gracias a la risa, se me ocurrió una idea.

—Así que lo ha vuelto a hacer —dije entre jadeos—. Creí que ya lo habría olvidado.

—No os entiendo.

—Julia tiene una imaginación prodigiosa. Sabéis que su esposo era un importante científico, y también un visionario. Entre ambos dieron en pensar toda clase de ideas enloquecidas. Una de ellas era viajar en el tiempo, no me preguntéis cómo. No era brujería ni magia, os lo aseguro. Solo fruslerías científicas que les mantenían entretenidos mientras llevaban a puerto sus investigaciones más serias.

—Pero parece creerlo —farfulló Salinas aún más descolocado.

—En cierta manera es así. Pensad que Julia amaba mucho a su esposo. Cuando murió quedó desconsolada. Supongo que hablar de las locuras que inventaron juntos le hace seguir unida a él. Creí que habría olvidado esas ideas, pero parece que no es así. Imagino que, al ser vos también científico, le han vuelto a la mente aquellos tiempos. Debéis perdonarme, don Juan, creí que seríais uno de tantos, pero si Julia os ha contado su desatino es que os tiene en gran estima.

Según iba hablando, Salinas era un mapa de emociones contradictorias. Primero pareció desconcertado; luego, cuando hablé de «los otros tantos», volvió a palidecer y después, al hablar de la estima que al parecer le tenía Julia, se hinchó como un pavo.

—Mi hermana no está loca. —Tenía que dejar esto muy claro—. Solo es imaginativa, fantasiosa, si es así como se dice en castellano. Os recomendaría que le siguierais la fábula. Eso le hará mucho bien y la unirá a vos más que cualquier lisonja.

No lo podía creer. Había salido airoso de aquel trance. Me despedí de Salinas, todo sonrisas, mientras él apenas se daba cuenta de que me marchaba. Parecía en trance. Supongo que tenía muchas cosas en las que pensar.

Busqué a Julia. Necesitaba verla cuanto antes, tenía que contarle lo que había pasado para decidir entre ambos cómo continuar. Era probable que, si Salinas creía que Julia estaba medio chiflada, se negara a seguir compartiendo con ella el estudio del libro de Flamel. Esperaba que fuera lo suficientemente persuasiva para convencerlo de lo contrario, aunque me negaba a imaginar las artes que utilizaría para ello. Temía, por otra parte, que con mis palabras los hubiera acercado más que nunca, pero a estas alturas no podía sino resignarme. Era la única manera de mantener a Julia a salvo. Y, por extensión, a mí mismo.

La encontré en el sótano destilando no sé qué cosa que olía a demonios. Por fortuna estaba sola. Sin mediar palabra me la llevé al rincón más discreto de la botica.

—¿Has hablado con Juan? —me preguntó agarrándome con fuerza del brazo.

—Me parece que he hablado con todo bicho viviente de este palacio. Y todos parecen haberse puesto de acuerdo en hacernos la vida imposible.

—¿Qué ha pasado?

—Dirás qué no ha pasado. Primero, el señor obispo, don Diego de Covarrubias, me ha asegurado que te han visto cometiendo actos satánicos por los desmontes de la ciudad.

Julia abrió los ojos y la boca.

—Déjame terminar. Después, tu querida pupila me ha confesado haber hecho correr ese bulo para que comprendas que es todopoderosa y que puede destrozarte la vida cuando quiera si no dejas en paz a Salinas.

—¡Será... puta!

—Y que lo digas. Para fin de fiesta, he conseguido que tu caballero andante acepte que esa historia del viaje en el tiempo solo es un intento por recordar los maravillosos días pasados con tu esposo el científico.

—¿Por qué has hecho eso? Ahora no confiará en mí.

—Sí que lo hará. Le he dicho que si le has contado eso es porque le adoras y le tienes en un pedestal. También le he pedido que te siga la corriente. Le he asegurado que no estás loca, como él pensaba, sino nostálgica de tiempos pasados. Y que le estimas tanto que has querido compartir con él la emoción que sentías investigando con tu marido.

—¿Y de dónde te has sacado toda esa historia?

—De la desesperación, supongo.

—Eres una caja de sorpresas —dijo sonriendo, aunque enseguida se puso seria—. ¡Ay, Dios! ¿Y qué vamos a hacer con Mencía y el obispo?

—Haces bien en invocar a Dios. Como no nos envíe un rayo salvador, no sé cómo vamos a salir de esta.

—No puedo dejar de ver a Juan. Incluso aunque rompiéramos nuestra relación, tenemos que seguir investigando el libro.

—Lo sé. La única solución que veo para intentar arreglarlo es que te arrodilles a los pies de Mencía, te humilles, llores, te rasgues las vestiduras y le asegures que nunca has querido hacerle daño, que Salinas la adora y que tú solo tienes un interés científico. Tampoco estaría de más que el propio Salinas confirmara lo que le digas.

—¿Estás loco? No voy a hacer algo así.

—Sí, ya me imaginaba que dirías eso. —La agarré por los hombros con fuerza y la miré a los ojos—. Escucha bien lo que te voy a decir. El obispo puede hacer contigo lo que quiera. Aquí no valen leyes. Estamos solos en esto. Puedes acabar en las mazmorras de la Inquisición y no tienes la menor idea de lo que eso significa. En el mejor de los casos, la tortura y la cárcel. En el peor, la muerte.

Se quedó callada, lo que, en Julia, era un triunfo. Por fin había conseguido asustarla. Solo esperaba que ese miedo le durara lo suficiente como para superar su orgullo y pedirle perdón a Mencía de todas las formas posibles.

—Nos iremos de aquí. Con tu Salinas, si eso es lo que quieres, pero tenemos que marcharnos cuanto antes. Esa niña es muy peligrosa. Incluso en el caso de que ahora se eche atrás, no podrás confiar nunca en ella. Mientras arreglamos todo para irnos, tienes que hacer lo que te he dicho. Hay que ganar tiempo como sea.

Julia asintió sin decir una palabra. Tenía los ojos muy abiertos, respiraba con rapidez. Parecía realmente asustada, lo que me alegró. Quizá aún podríamos salir con bien de este asunto. Todo había sido muy fácil desde nuestra llegada. Tan fácil y tan rodado que habíamos menospreciado la realidad. Nuestra vida no era una película ni un videojuego donde éramos los héroes de una aventura histórica. Estábamos prisioneros de este tiempo, de sus reglas y sus miserias y no había ninguna tecla de escape para cuando el juego se pusiera peligroso.

Al día siguiente, pasé la tarde buscando un carruaje que pudiéramos alquilar para nuestra huida. No era nada fácil con el trasiego constante que se vivía en la ciudad, y más en aquellas fiestas. También fui a despedirme de Asia.

—Os añoraré mucho —me dijo, y me echó los brazos al cuello.

Había tenido que utilizar toda mi persuasión para que nuestra despedida no terminara en la cama. No tenía el cuerpo yo para retozos.

—Sois el amante más extraño que he tenido nunca. Y lo digo como alabanza. Cuando volváis, venid a buscadme. Espero que, para entonces, me encontréis en una vivienda más lujosa.

Al llegar al palacio, helado hasta los huesos, decidí tomarme un caldo en la cocina. Era el único rincón donde no hacía un frío polar. En el portal, los lacayos me miraron de reojo cuando pasé a su lado y se pusieron a cuchichear a mis espaldas. En la cocina había un alboroto mayor de lo habitual. Todos hablaban a la vez mientras hacían las labores de la casa. Tres chiquillos haraganeaban junto al fuego jugando a las tabas, un paje limpiaba los arreos de las caballerías, dos mujeres pelaban los faisanes de la cena y llenaban todo de plumas y otras dos mezclaban una gran cantidad de harina y agua en una artesa, remangadas y sudorosas sobre la masa de pan.

—¡Válgame el cielo! ¡Cómo gritaban! —dijo en ese momento la doncella de Mencía, que remendaba medias en un rincón.

—Tampoco es eso nuevo en el palacio —respondió la cocinera, una mujer muy delgada, de cejas espesas y a la que le faltaban varios dientes—. Vuestra ama es bien dada a los excesos.

—Bien dices, pero de habitual es ella la que grita y los demás callamos.

—Pues en esta ocasión ha encontrado una buena rival.

—Y tanto —dijo un lacayo—. Doña Julia gritaba incluso más que ella.

Me quedé de piedra. Para variar, Julia no me había hecho caso o, al menos, no todo el caso necesario. Estaba claro que ni se había humillado ni rasgado las vestiduras como le había suplicado que hiciera. Maldije en voz baja. Al verme, la cocinera se encaró conmigo.

—¿Vos no sabéis a qué la pelea?

—¿Yo? Acabo de entrar por la puerta. —Me encogí de hombros—. No sé nada. ¿De qué pelea habláis?

—Mi señora está celosa de doña Julia —afirmó la doncella de Mencía—. No os ofusquéis, don Miguel, pero vuestra hermana tiene tratos demasiado íntimos con don Juan. Y a estas alturas todos sabemos que doña Mencía bebe los vientos por ese pariente que ha salido sabe Dios de dónde. Ya sabía yo que esto no tendría buen arreglo.

Varios criados soltaron la carcajada y comenzaron a especular sobre la naturaleza de las relaciones entre Julia y Salinas, como si yo no estuviera delante, y sin dejar demasiado margen a la imaginación. Estaba a punto de intervenir para salvaguardar la honra de mi hermana cuando entró un hombre en la cocina.

Su cara me era familiar, pero no conseguí descubrir de qué le conocía hasta que se quitó el sombrero que le tapaba la cabeza. Esa melena lacia y grasienta era la misma que había visto un instante en la fiesta ofrecida al príncipe Felipe. Era el hombre que miró fijamente a Julia mientras hablaba con el obispo, el mismo que me había producido un vuelco en el estómago: la premonición de que algo malo iba a pasar. Ahí estaba él y lo malo ya estaba pasando. Aquel pájaro de mal agüero aparecía en el momento más inoportuno. Se acercó a la mesa y pidió algo de comer.

—¿Se puede saber quién sois vos? —preguntó la cocinera con los brazos en jarras.

—Pertenezco a la servidumbre de monseñor —dijo el hombre en susurros, como si estuviera en la iglesia.

—No os había visto antes por aquí. Creía que vuestro amo partía hoy mismo hacia Calahorra —repuso alguien.

—Las circunstancias han cambiado —susurró mientras me miraba fijamente—. Mi amo debe permanecer en Salamanca para solucionar ciertos asuntos.

Aquella mirada dejaba claro que yo tenía algo que ver con el cambio de planes. Buscaba intimidarme y vaya si lo consiguió. Para disimular el miedo, bebí un gran trago de la escudilla de caldo que tenía en la mano y me abrasé la lengua. Solté una maldición, lo que dibujó una tenue sonrisa en su cara siniestra.

—Pues sed bienvenido —dijo la cocinera sin darse cuenta de nada— y sentaos a la mesa. Aquí tenéis un buen trozo de tocino y una hogaza de pan, y no os faltará una jarra de vino para mojar el gaznate.

—¿A qué se debe el retraso del viaje? —preguntó el lacayo que limpiaba los arreos—. El mayordomo de vuestro amo me encargó ayer mismo que lo tuviera todo dispuesto para la marcha.

—Ni yo ni vos somos quienes para debatir las decisiones de su eminencia. —No apartaba la vista de mí—. Solo os diré que algo grave ha de ser para que monseñor posponga su labor pastoral.

Me escabullí de la cocina. No quería seguir oyendo a aquel enviado del infierno. Bastante tenía con enterarme de la pelea entre Mencía y Julia.

Cuando la encontré, hablaba con Salinas y ambos estaban acalorados. Al verme, se callaron. Salinas besó la mano de Julia, me saludó con una inclinación de cabeza y salió escopetado.

—Espero que vos la convenzáis —me dijo antes de abandonar la habitación.

—Supongo que ya te has enterado —Julia tenía un arañazo que le cruzaba la cara y el pelo un poco revuelto.

—¿Se puede saber qué te pasa? ¿Cómo puedes ser tan inconsciente?

—Por favor. No empieces a regañarme tú también. No tienes ni idea de cómo es esa niña. Lo he intentado todo, de verdad. Le he pedido perdón, le he asegurado que Juan solo era mi maestro, que estábamos sumidos en una investigación muy importante y que nunca me quedaría a solas con él si ella me lo pedía. No me ha dejado terminar. Se ha puesto como una loca, me ha gritado que soy una mentirosa y una ramera. Yo no sabía por qué se ponía así. He intentado calmarla, pero solo he conseguido que se abalanzara sobre mí y me hiciera este arañazo. Entonces me he cabreado de verdad y le he dicho todo lo que pensaba: que era una pija mimada, aunque esto no creo que lo haya entendido; que nunca podría enamorar a un hombre como Juan porque tiene menos interés que una acelga; que tiene un carácter del demonio y que no hay Dios que la soporte. En fin, que hemos terminado a grito pelado.

—Hay que salir de aquí.

—¿Sabes por qué estaba tan furiosa conmigo? Porque Juan le acababa de confesar que me amaba. Al muy idiota no se le ha ocurrido otra cosa que intentar convencerla de que no se interpusiera entre nosotros.

—No me extraña que te haya arañado. Para ser un científico, tu Salinas es un poco corto de entendederas.

—Tal como están las cosas, quiere hablar con el conde cuanto antes para pedirle mi mano. Por lo visto, como soy su empleada, él es quien tiene que dar el visto bueno al matrimonio.

—¿Al matrimonio?

—Cree que esa es la única manera de escapar de la venganza de Mencía y la influencia del obispo. Al principio me ha parecido una locura, pero ahora creo que es lo único que podemos hacer. Nos casaremos y nos iremos a sus tierras de León. Los tres. Allí podremos seguir con el estudio del libro de Flamel.

Julia y Salinas casados. Era lo último que podía imaginar aquella mañana. Me sentía como si cayera por un precipicio, por una cascada de acontecimientos sobre los que no tenía ningún control. Julia y Salinas casados. La única manera de escapar de las maquinaciones de Mencía. Julia y Salinas casados. Era tan surrealista y probablemente tan inevitable que era incapaz de reaccionar.

—Aunque se me revuelvan las tripas al decirlo, creo que Salinas tiene razón.

Nos iríamos en cuanto el conde diera su permiso. No queríamos desaparecer como fugitivos. Teníamos que comportarnos con normalidad. Eso decidimos: ser cautos y actuar con corrección. Cautela y normalidad. La peor decisión que habíamos tomado en la vida.

24

Bárbara está sentada junto al fuego y contempla las llamas como si allí fuera a encontrar la respuesta a sus inquietudes. Ella espera en silencio. La hermana no es mujer de aspavientos y, cuando le contó las sospechas del sacerdote, solo mostró su turbación al enrojecer de repente. Se mordió los labios y se dejó caer en un taburete. Desde entonces, abrazada a sí misma, solo mira el fuego y calla.

Cuando Sabina no puede aguantar más la inquietud, se acerca y le pone la mano en el hombro.

—Hermana —dice en voz baja.

Bárbara la mira unos instantes como si no la reconociera, pero enseguida parece salir del trance. Se levanta de golpe, se sacude las sayas y lanza un suspiro.

—¡Bien! Dejémonos de tonterías. Hay que actuar antes de que lo hagan otros.

—¿Estáis en peligro?

Bárbara la abraza.

—No te va a pasar nada.

—No es por mí por quien temo —dice algo enfadada mientras se separa—. ¿Estáis vos en peligro?

—Tengo que moverme rápido, antes de que ellos vuelvan. Aún queda mucho por hacer y yo sola no puedo.

—Os ayudaré, si me decís cómo.

—¿Lo harías sin saber siquiera a lo que te enfrentas?

—Lo haría por vos.

Bárbara la mira con cara de asombro.

—No sé qué he hecho para despertar tamaña lealtad, pero te lo agradezco.

—Hay una cosa que nunca os he contado, hermana. Quizá si lo sabéis, entendáis mejor mi lealtad.

—Así que tú también tienes secretos.

—Os conozco desde mucho antes de llegar a este convento.

Le habla de sus visiones, de lo que Bárbara ha significado en su vida, de la sorpresa y de sus sentimientos contradictorios al conocerla.

—En mis visiones, cuando os tenía frente a mí era como si me viese a mí misma, como si mi cuerpo se hubiera dividido en dos y vos fuerais la otra parte. Sentía que estaba en el lugar en que debía estar y, cuando yo desaparecía de la visión, toda aquella paz se transformaba en terror.

—¿Por qué no me lo habías contado antes?

—Temía que me rechazarais, que creyerais que estaba loca. Después, cada vez me costaba más contároslo.

—¿Has oído hablar de la resonancia límbica? —dice por fin Bárbara tras un silencio que a Sabina le cuesta soportar—. No, claro, qué bobada.

Ella espera que se explique. Está acostumbrada a las palabras extrañas de la monja.

—Yo también tengo que confesarte algo —sigue Bárbara—. Cuando nos conocimos sentí por ti una inclinación muy fuerte. Pensé que era porque llevaba demasiados años sola y estaba harta de no fiarme de nadie. Quizá haya algo más. Quizá estemos unidas por fuerzas más allá de nuestra comprensión. Hay teorías que dicen que existen personas capaces de compartir estados emocionales profundos. Eso es la resonancia límbica.

—No comprendo casi nada de lo que decís, pero os creo. ¿Sabéis qué significa la visión? Vos y yo estamos frente a frente. Entonces yo desaparezco. Vos gritáis y yo me siento enferma.

—No tengo ni idea.

—¿Será que voy a morir delante de vos? —El corazón se le encoge al pronunciar en voz alta sus temores más antiguos.

—No digas sinsentidos. Tú no vas a morir, y menos delante de mí. —Bárbara le agarra las dos manos—. No lo permitiría.

Sabina se abraza a ella como quien se guarece de la tormenta. Siente las fuerzas del mal a su alrededor, cercándolas como el enemigo en un campo de batalla. Entonces recuerda al soldado. Es el momento de contarlo todo, de quedar limpia de secretos.

—Estos últimos tiempos he tenido otra visión distinta, hermana...

—Quizá es algo simbólico —dice Bárbara cuando se lo cuenta. Ella la mira sin comprender—. Quiero decir que puede que estés viendo la representación de un peligro. Ese soldado sería el símbolo de la lucha que tienes que librar contra tus enemigos.

—Sentí lo mismo al veros a vos y, si sois real, él también puede serlo. No, no era eso que decís, una representación. Era un hombre de carne y hueso, cubierto de sangre, y me miraba a mí. Yo notaba en mi cabeza lo que él sentía: estaba solo y triste, y yo podía salvarle.

Bárbara sacude la cabeza.

—No tenemos tiempo de ocuparnos de eso. Primero debemos solucionar el asunto del dominico.

No es tiempo de visiones, es cierto, así que decide callar el delirio del confesionario. Tiembla al recordarlo y no se siente con fuerzas para convertirlo en palabras.

—¿Y cómo lo hacemos?

—De momento, sigue acercándote a él. Algo se me ocurrirá. Y ten cuidado, no me fío de sus buenas palabras.

El monasterio se ha llenado de fieles que acuden a la celebración de Semana Santa. Ahora comprende por qué la abadesa le advirtió del peligro de aquellos días. Las monjas relajan su retiro, reciben a familiares y también a damas de alcurnia y caballeros principales de la ciudad de Salamanca, que se encuentra a pocas leguas. Todos deambulan sin trabas por las dependencias del monasterio. Incluso entran en las celdas de las monjas, se dice que para conversar y hacer penitencia. Inundan la iglesia de rezos y cánticos de miserere. El humo de las velas, el perfume pesado del incienso y el toque a muerto de las campanas crean un entorno de pesadilla, del que procura apartarse. La abadesa no ha vuelto. Parece que pasará la Semana Santa en Valladolid, donde el arzobispo ha de cumplir con sus deberes litúrgicos.

Con la llegada de los visitantes, algunas monjas se han acercado a ella. La abadesa debió de hablar con la congregación antes de partir. Unas la reclaman con descaro; otras, las más jóvenes, avergonzadas. Ella las atiende sin preguntas. Les explica cómo tomar las infusiones de ajenjo, de poleo. Cómo usar el perejil y la ruda. Las monjas guardan los remedios entre las sayas y se alejan con rapidez y malas caras, como si ella fuera la culpable de su debilidad. Está acostumbrada.

Mientras, la hermana Bárbara ha decidido esperar el próximo movimiento de Lope para tomar una decisión. Sigue ajena a todo. Desaparece durante horas y vuelve exhausta, apenas come y cae en el camastro que tiene en la botica, donde duerme unas pocas horas como si perdiera el sentido, tanto que Sabina se acerca de vez en cuando para ver si respira.

Esta época fue siempre para Sabina un tiempo de recelo y

ocultación. En Semana Santa el fervor delirante de sus vecinos la obligaba a permanecer aún más aislada. El miedo se hacía más tangible, las miradas más aviesas: era el chivo expiatorio del terror que se instalaba en la aldea. Prefería desaparecer, alejarse de los ritos que conmemoraban la muerte del Cristo. Durante toda la semana, al llegar la noche, el mosén reunía a los aldeanos en la iglesia. Allí, frente a una audiencia entregada, describía con detalle cada golpe, cada caída, cada escarnio, cada azote sufrido por Jesucristo en la Pasión. No escatimaba crudeza en sus descripciones. Todavía recordaba los feroces sermones que escuchó de muy niña, cuando aún vivía su padre y acudía con él a la iglesia. Las palabras del mosén le hacían notar en propia piel los desgarros de los latigazos, los agujeros sangrientos de la corona de espinas clavada en la frente hasta el hueso, el rezumar de sangre y agua de la llaga, el dolor en las manos y los pies destrozados por los clavos.

La imaginación de aquella gente temerosa se inundaba de sangre y de dolor. Había rezos sin fin, cantos fúnebres, flagelaciones alrededor de la iglesia. El Viernes Santo un hombre se dejaba crucificar como penitencia por sus pecados y sus lamentos de perro enfermo envolvían a la aldea en un manto amargo. Todo aquel dolor lo volcaban después en lo que les era más ajeno: ella. Poco valía que les hubiera curado mil veces, que hubieran acudido a su cabaña encogidos de dolor, asustados, esperanzados. Ella volvía a ser la diferente, el enemigo, la representación del mal que había asesinado al Cristo redentor. Por fortuna, podía mantenerse apartada de todo aquel exceso, aunque cada año había un insulto de más, una pella de barro lanzada por manos anónimas, una rata muerta delante de su cabaña. Nada demasiado peligroso. Antes o después, habrían de volver en busca de remedios.

Por precaución hace lo mismo en el convento. Procura no

cruzarse con los visitantes y cuando lo hace, baja la cabeza, mira al suelo, se envuelve aún más en su manto e intenta pasar desapercibida. Así ha conseguido mantenerse alejada de todos. Hasta que llega el Viernes Santo.

Lope la aborda en el claustro y le pide que acuda al rezo de las estaciones de la Cruz.

—La que llaman vía Dolorosa, en Jerusalén, era el principal sitio de culto de la cristiandad. Es el recorrido de los lugares en los que Nuestro Señor vivió su martirio. Miles de peregrinos la transitaban cada año, pero desde la toma de la ciudad por los otomanos, la visita es más complicada y se ha comenzado a simbolizar la vía en distintos lugares de culto. El camino de la Cruz se representa en este monasterio en los cuadros que rodean el claustro. El vicario me ha pedido que dirija yo el rezo. ¿Asistiréis?

—No me agrada mezclarme con extraños.

—Sois curandera. Imagino que lo haréis de seguido.

—Mi aldea tiene pocas almas y nunca salí de allí hasta ahora. Conocía a todos mis vecinos y también a los que venían buscando remedios de aldeas cercanas.

—Debéis de ser muy valiosa para ellos. Como el maná de la Biblia.

Ella suelta una carcajada.

—Sí, un maná maldito con ojos de bruja.

Él la mira y alarga una mano como si quisiera tocarla, pero la vuelve a bajar.

—La ignorancia puede convertir en maldito algo celestial —dice en voz muy baja—. Lamento si os he hecho recordar malos tiempos.

—Eran los que eran. No conocí otros.

El corazón le palpita tan fuerte que teme que Lope lo escuche. Se aparta de él. No puede soportar la conmoción que le han producido sus palabras. Ha de hacer un esfuerzo para no liberar a gritos esa sensación que le desborda. Nota las lágrimas quemándole los ojos. Tiene ganas de hablar mucho o de permanecer en silencio. De escapar o de abrazarse a él muy fuerte, hasta notar sus huesos y quedarse así, unida a su cuerpo, para siempre.

—Iré a los rezos de la vía Dolorosa.

Se aleja con premura, antes de que él la vea llorar.

El claustro está rodeado de lámparas de aceite que iluminan como nunca los capiteles de grifos y quimeras. Delante va Lope, asistido por el vicario del monasterio, que carga con un gran crucifijo. Detrás, los señores y las damas principales de Salamanca portando velas perfumadas, vestidos de negro, aunque con unas telas que ella nunca ha visto. Ana le habla de la seda y el terciopelo, y le explica qué es un duque, un conde o un marqués. Lo mira todo con ojos de asombro, con la cara en penumbra bajo el manto que la cubre de pies a cabeza. Detrás de los principales va la congregación en pleno, menos Bárbara, que, ahora que el monasterio está plagado de visitantes, ha incrementado aún más su aislamiento. A pesar de todo lo nuevo que tiene para contemplar, sus miradas van una y otra vez hacia Lope. El hábito blanco y negro del dominico está recién lavado; la tonsura, afeitada. Le contempla desde lejos, a través de los arcos del claustro. Sus ojos se cruzan y él hace una levísima inclinación de cabeza y un amago de sonrisa que nadie, salvo ella, es capaz de percibir. Solo Ana, a su lado, parece darse cuenta, porque la mira con el ceño fruncido. Ella no se da por enterada. Se sorprende al sentirse orgullosa por la dignidad del porte de Lope, como si él le perteneciera, como si su aspecto fuera cosa suya. Sacude la cabeza. Se está volviendo loca. Después de su última conversación no piensa en nada más. Ni Bárbara, ni los misterios del convento, ni los manejos del arzobispo, ni los peligros que los acechan han conseguido que deje de recordar la cara de Lope, el contacto de su mano, sus miradas, su aspecto turbador después de correr por la huerta, y también sus palabras, esas palabras que han sido como árnica para su espíritu.

Al llegar a la botica después de su encuentro, hubiera deseado estar sola y poder llorar a sus anchas o reír y pensar en esos sentimientos que acababa de descubrir de golpe. Por una vez, la hermana Bárbara estaba allí, comiendo un plato de garbanzos sentada junto al fuego.

—Tenía tanta hambre que casi me desmayo —dijo la monja con la boca llena—. Desde hace días no como más que algún trozo de pan duro de vez en cuando. Siéntate conmigo. Hazme compañía y cuéntame las nuevas.

Se sentó a su lado y rechazó con un gesto la escudilla de garbanzos, pero bebió a grandes tragos de la jarra de vino que le ofreció la monja. Las palabras de Lope aún resonaban en sus oídos como si las acabara de escuchar. Le había dicho que ella era celestial; que sus ojos no eran malditos, sino celestiales.

—Estás nerviosa. ¿Ha ocurrido algo?

—Hermana, vos no ingresasteis en el convento de niña, ¿no es cierto?

—No, ya te dije que entré con veintiséis años.

—¿Y cómo fue antes vuestra vida? Nunca me habéis hablado de esos años.

—Mi vida era tan distinta que no te lo creerías —dice Bárbara con un resoplido.

—Conoceríais a muchos caballeros.

La monja deja de comer, aparta la escudilla, se limpia los labios con una tela y se encara con ella.

—Desearía que no dieses más vueltas a lo que quieres decir y lo soltaras de una vez.

—Solo me preguntaba si habríais conocido el amor antes de haceros monja.

Bárbara pone cara de asombro y se da una palmada en los muslos.

—Es lo último que esperaba oír.

—¿Lo conocisteis?

—¿A qué tanta pregunta? ¿Qué importa si una vieja como yo ha estado enamorada alguna vez? Las monjas solo amamos a Cristo.

—No sois vieja. Decidme: ¿conocisteis el amor?

—Sí, chismosa, lo conocí. —Bárbara se levanta y empieza a ordenar unos tarros de cristal. Baja la voz—. Dos veces.

—¡Dos veces! En los relatos de Madre Lusina el amor era eterno. Cuando una dama entrega su corazón...

—Menuda bobada. Yo quise a dos hombres muy diferentes, los quise de manera muy distinta.

—¿Y qué pasó?

—Desaparecieron.

—¿Murieron?

—Unos años atrás tuve esperanzas. —Bárbara se encoge de hombros—. Hace mucho que dejé de esperar.

—¿Estuvisteis casada, entonces?

—No.

—¿Y vos...?

—Sí, yací con ellos, o como quieras decirlo, si es lo que deseas saber. Tuve un hijo. O una hija, nunca lo supe. Nació muerto y me lo quitaron antes de poder verlo.

—¿Por eso estáis en el convento?

—Aún no me has dicho a qué viene todo este interrogatorio.

Duda si hablar. Lope es un hombre de Iglesia y, además, enemigo de Bárbara.

—¿No será por el padre Lope?

Mira al suelo.

Bárbara lanza una especie de bufido. Ella se endereza y le aguanta la mirada. Ya que su secreto ha salido a la luz no va a acobardarse. La monja parece contener a duras penas las ganas de regañarla, pero después suspira, le pone las manos en los hombros y niega con la cabeza.

—No sé de qué me extraño. Supongo que era algo inevitable. Parece que sigo sin comprender las emociones que mueven el mundo. Al menos, desearía entender las tuyas. —La abraza con fuerza—. No te voy a dar consejos amorosos. Soy la menos indicada para hacerlo, pero, por favor, por favor —le dice en voz baja mientras la estrecha aún más—, ten mucho cuidado. No podría soportar que te pasara algo por mi culpa.

—Decís que tuvisteis dos amores —susurra mientras se separa—. Yo tuve uno, hace unos años.

Es la primera vez que se atreve a hablar de aquello en voz alta.

—Serías una niña.

—Casi. Fue hace tres veranos. Él era el hijo del porquero y comenzó a acercarse a mí cuando iba por el pueblo. Aparecían regalos en la puerta de la choza: castañas, un odre de vino, algún conejo. Madre Lusina se preguntaba de quién serían. Yo no decía nada, pero sabía que eran de él. Por primera vez sentí que podía formar parte de la aldea, que dejaba de ser la endemoniada. Empezamos a vernos a escondidas en el bosque. Yo era muy dichosa. Un día, no paró en los besos y comenzó a desvestirme. Yo le dejé hacer. No podía pasarme nada malo. Quedé en cueros mientras él aún seguía vestido. «Cierra los ojos», me dijo. Le obedecí. Me acercó a un roble y me apoyó contra el tronco. Entonces sentí algo caliente que me cubría la cabeza y me bajaba por el cuerpo. Los ojos empezaron a escocerme. Olía muy fuerte a resina. Quise gritar, pero la resina me llenaba la boca. Entonces escuché risas. No veía nada, debían de ser todos los chicos de la aldea. Me cubrieron con plumas de gallina y me dejaron allí, él me dejó allí después de burlarse de mí, de gritarme «bruja» y «demonia», como todos.

Bárbara la mira con cara de espanto.

—¿Qué pasó después?

—Poca cosa. Madre Lusina me encontró. Después de quitarme la resina, lo que llevó bastante tiempo y dolor, fue al pueblo y lanzó todo tipo de maldiciones hasta que el mosén la obligó a callar. Al fin y al cabo, había sido una broma de chiquillos, nadie había muerto. Nunca dije quién había sido y dejé de ir por la aldea. Una vez me lo encontré en el bosque. Parecía enfermo. Cuando me vio empezó a temblar y a santiguarse. Parece que la maldición de Madre Lusina había hecho su efecto. Al convertirme en la nueva curandera, fue como si nada de eso hubiera pasado.

—¿Y él?

—Marchó a la guerra y murió en Flandes.

25

Caminé tras el hombre por un pasillo enlodado por el agua que rezumaban las paredes de piedra viva. La humedad y el frío se colaban hasta el alma. Poco o nada se podía ver a la luz de la antorcha que llevaba el carcelero. Mejor así. Protegido por la oscuridad. Desde que entré en la cárcel no había visto a nadie, salvo al alguacil que me había dejado pasar tras mostrarle el salvoconducto y al hombre silencioso que me precedía con la antorcha. Se oía de vez en cuando algún gemido lejano, algún sollozo. No podía dejar de imaginar a qué se debían aquellos sonidos. Recordaba con claridad los instrumentos de tortura que tantas veces había contemplado con interés académico en fotografías o exposiciones: grilletes, el potro, la doncella de hierro, la horquilla, el aplastacabezas. Terrores que estremecían pero que siempre había sentido tan lejanos como los viajes a Marte. En aquel momento, sin embargo, esos artilugios podían estar detrás de cualquiera de esas puertas, en manos de seres reales que los usarían para destruir el valor y la vida de otros seres reales, de carne y hueso, tan reales como Julia. No podía pensar en eso porque, si lo hacía, la poca esperanza que me quedaba se rompería en pedazos. Y tenía que aguantar. Por ella. Las faldas del hábito con el que me había disfrazado me trababan las piernas como si quisieran apartarme del peligro. Las sandalias chapoteaban en el agua del suelo, tenía los pies ateridos y solo pensaba en una cosa: ver a Julia, comprobar que seguía viva, intentar reconfortarla.

La posibilidad de que hubiera sido torturada, mutilada o, incluso, que estuviera muerta me producía náuseas. No dejaba de repetirme que las cosas no eran tan horribles como se habían contado a lo largo de los siglos. Que la leyenda negra contra la Inquisición española había magnificado los hechos. Que los intereses políticos contaminaron de tal modo la realidad que era imposible saber lo que había ocurrido, ocurriría o iba a ocurrir. Todo eso lo pensaba con la cabeza, no con el estómago. Sí, era cierto que la mayoría de los ejecutados por la Inquisición lo habían sido durante los primeros cincuenta años de su existencia. Recordaba la frase de un profesor de la universidad que afirmaba con sorna que la gente del siglo XVI ya sabía que la Inquisición mataba poco. Todo eso estaba muy bien, pero a mí no me tranquilizaba. ¿Qué era «matar poco»? ¿Qué significaba «la mayoría» de los ejecutados?

La única verdad es que la mujer a la que quería estaba encerrada en una cárcel del siglo XVI, lo que es lo que mismo que decir en el infierno, y que yo, vestido de monje y con más miedo del que había sentido en mi vida, no sabía si podría hacer algo por ayudarla.

Todo había sido tan rápido que las imágenes de los últimos días se repetían una y otra vez en mi cabeza como los fotogramas de una película delirante.

Los gritos, los sollozos histéricos y sobreactuados de Mencía que se escapaban por las ventanas del palacio. Sus acusaciones contra Julia y también contra Salinas, casi ininteligibles de tan rabiosas: actos lujuriosos, enseñanzas sacrílegas, blasfemias, pactos con Satanás. No faltaba ningún pecado en la lista de aquella desequilibrada.

La gente, arremolinada ante el palacio. Los cuchicheos primero, los gritos después, la sed de espectáculo, las caras enrojecidas por el frío y la excitación. Era el día de Reyes, qué mejor momento para una buena juerga y para ponerse, de paso, a bien con la Iglesia clamando a coro contra los impíos.

Los condes, por una vez preocupados por su hija o por lo que de su hija se dijera en la ciudad. Dentro el palacio, el obispo había tomado las riendas de la situación junto al hombre de la melena grasienta, que ya no parecía su sirviente sino su consejero. Siempre presente, siempre a su lado, como un perro guardián o como un demonio tentador.

Mis intentos infructuosos por ver a Julia, a la que habían encerrado en su dormitorio, donde solo el obispo podía entrar. Mis gritos. También yo grité frente a los aposentos de Mencía. Nadie respondió.

Y la imagen más espeluznante. La llegada de los alguaciles de la Inquisición. Seis hombres vestidos de negro. La detención de Julia y de Salinas. Él, con la mirada baja. Ella, callada y orgullosa. Yo imaginaba el terror que sentiría por dentro, pero iba erguida, mirando a todos con ojos de asombro. Cómo la quise en ese momento. Me acerqué y la abracé unos segundos.

—Todo se va a aclarar —le dije al oído sin creérmelo, antes de que nos separaran de un empujón—. Te lo juro.

Después de aquello, mi entrevista con el conde. Mi despido fulminante. La amenaza de que no volviera por allí o yo también sería acusado de los mismos crímenes que mi hermana.

—Habéis burlado mi confianza y mi generosidad. Desapareced de mi vista. No debí fiarme de unos extranjeros. Ya me lo advirtió mi esposa y no quise creerla. Solo Dios sabe los crímenes de los que veníais huyendo.

No me despedí de nadie. Me prohibieron ver a Jaime, desaparecido desde que estallara todo el escándalo. Los criados me miraban con recelo y se escabulleron cuando salí de la casa. Era un proscrito y nadie se atrevía a tener contacto conmigo.

Me alejé todo lo que pude del palacio con el hatillo donde guardaba mis pocas pertenencias. Dormí, o al menos pasé la noche, en una fonda miserable junto al río. Al día siguiente me guarecí en una taberna desconocida, donde nadie pudiera encontrarme. Allí pasé los tres días siguientes, frente a una jarra de vino, intentando pensar. Por las noches volvía a la fonda y estiraba el cuerpo en un camastro lleno de pulgas, donde era incapaz de conciliar el sueño. No sabía qué hacer. La poca gente que conocía no iba a ayudarme en aquellas circunstancias. La mano del Santo Oficio era muy larga y nadie quería interponerse en su camino. Mi primera opción, Asia, era impensable. No podía comprometerla, era demasiado vulnerable. Solo veía una solución: escapar, irme de Salamanca. Cosa que, por supuesto, no iba a hacer.

—¡Alabado sea Dios! ¡Llevo días buscándoos! —escuché una mañana a mis espaldas cuando acababa de empezar a beber.

Asia, envuelta en una capa que la ocultaba casi por completo, se sentó frente a mí y pidió otro vaso de vino mientras se bebía el mío de un trago.

—Lo sé todo —me dijo antes de que yo pudiera reaccionar—. Esperaba que vinierais en mi busca, pero ya veo que no soy digna de ayudaros.

—No quería ponerte en peligro.

Sacudió la cabeza.

—Si cuando digo que sois el hombre más extraño que han visto mis ojos... —Se volvió y pidió otra jarra de vino y unas gachas—. Tenéis que comer. A buen seguro que no habéis metido nada en el buche desde hace tiempo.

—No tengo hambre.

—Pues yo sí.

Me obligó a comer unas gachas calientes con tocino que al principio no podía tragar y que terminaron por reconfortarme. No me había dado cuenta del hambre y del frío que tenía. Asia comió también con voracidad. Debía de ser verdad que llevaba días buscándome. Cuando ambos entramos en calor, comenzó a hacer planes.

—Debéis salir presto de Salamanca. Yo os ayudaré. Conozco...

—No voy a irme sin Julia.

—Eso es imposible. Cuando el Santo Oficio echa el guante a alguien, no hay nada que hacer. Vuestra hermana, cuando menos, pasará un largo tiempo en las mazmorras. No podéis ayudarla. Será mejor que os ayudéis a vos mismo.

—No voy a irme sin Julia.

Asia se quedó mirándome con el ceño fruncido.

—Ojalá hubiera tenido yo un hermano así que me protegiera cuando aquel soldado me levantó las faldas en el pajar. Más parecéis un enamorado que un hermano.

—Solo nos tenemos el uno al otro. Estamos en un país extraño, con costumbres distintas, con peligros desconocidos. He de verla y saber cómo está. Tengo que buscar a alguien que la defienda, que responda por ella.

—Pues bien —dijo después de un tiempo en el que pareció pensar con intensidad—, si os empeñáis en ver a vuestra hermana, habremos de estrujarnos la mollera. No creáis que es fácil burlar a los servidores del Santo Oficio. Hemos de urdir una artimaña.

Fue a ella a quien se le ocurrió hablar con Baldomero. No en su casa, claro. No podíamos comprometerlo. Asia estaba segura de que él nos ayudaría. Yo, no tanto. Baldomero era un hidalgo disfrutón y poco dado a aventuras. Tenía cinco hijos y una esposa que dependían de él. Cómo iba a arriesgarse por un amigo al que conocía apenas hacía unos meses. Pero no tenía a nadie más. Así que enviamos un chico a buscarlo con una nota escrita por mí. Solo decía: «Un amigo requiere vuestra ayuda. Acudid a la taberna de los gatos. Sed discreto». Sin firma.

No le hubiera reconocido si no fuera por su gran tamaño. Era la primera vez que lo veía vestido de negro y ocultaba el rostro con un embozo extraño que solo le dejaba al aire los ojos.

—Imaginé que erais vos —dijo al descubrirnos sentados junto al fuego mientras se quitaba el antifaz—. Fui a buscaros al palacio y me dijeron que os habían despedido. Preferí alejarme. En estos momentos no debo de ser persona grata por aquellos lares.

—Os agradezco en el alma que hayáis venido. No sé a quién acudir.

—Estoy muy triste por vuestra hermana. Y doña Casilda, también. Esperemos que la ley no sea muy inclemente con ella.

—Tenéis que ayudarme, amigo.

—Haré lo que esté en mi mano. No olvido que os debo la vida. Conozco a un capitán de los Tercios que para en Salamanca. Saldrá hacia Flandes en unos días. Siempre andan buscando soldados. No será difícil que os admita en su compañía.

—No voy a irme de Salamanca.

Baldomero me miró como si le hubiera dicho que quería viajar a la luna.

—¿Y se puede saber a santo de qué os queréis quedar en este lugar del demonio?

—No puedo dejar sola a mi hermana. Tengo que verla. Tenéis que ayudarme.

—¿Estáis loco? Nadie puede entrar de visita en la cárcel del Santo Oficio.

—Pues yo lo haré. No la dejaré a su suerte.

—No sé cómo podría ayudaros en eso, amigo —dijo muy alicaído.

—Lo comprendo y os lo agradezco igualmente, Baldomero. Habéis sido muy amable al atender mi llamada.

—¿Y si don Miguel no acudiera a la cárcel como hermano de doña Julia? —habló Asia por primera vez.

De esta manera había conseguido entrar. Vestido de monje mercedario. Asia me había puesto en contacto con un cliente asiduo, profeso de esa misma congregación y gran aficionado al juego y a las mujeres.

—No tengo gran apego a mi hábito, señor, pero no puedo prestarlo así como así, sin una compensación a mi caridad.

Tras darle los escudos que me prestó Baldomero y la promesa de Asia de introducirle en el mejor burdel de la ciudad, aquel hombre me permitió hacer uso de su identidad y de sus sayas.

—Es aquí, hermano —habló por primera vez el carcelero.

Detrás de aquella puerta estaba ella.

Llevaba allí una semana. No podía imaginar qué habría vivido en aquellos siete días. A punto estuve de empujar a un lado a aquel hombre, que manipulaba con torpeza la cerradura mohosa. La impaciencia no me dejaba casi respirar. Apreté los puños, hice acopio de toda mi voluntad y esperé a que el carcelero terminara de girar la llave y corriera el cerrojo, que chirrió como si gritara. Por fin, la puerta se abrió con un crujido y entré en la celda tras el hombre.

La antorcha iluminó una estancia no mayor de cuatro metros cuadrados. El único mueble, por llamarlo así, era un armazón de madera con forma de cama. Y sentada en él, recostada contra la pared, la vi. No parecía ella. Le habían puesto una especie de sayón blanco lleno de manchas con una gran cruz roja en la parte delantera. El pelo, suelto, le tapaba casi la cara. No levantó la cabeza cuando entré.

El carcelero encendió con la antorcha una lámpara de aceite que había colgada de un clavo en la pared y salió por la puerta.

—Volveré en un rato —gruñó antes de cerrar a su espalda.

Por fin, me quedé solo con Julia.

Intenté hablar y no pude. Ella seguía con la cabeza inclinada, como si no le importara en absoluto saber quién había entrado en la celda.

—Si venís a convencerme de que confiese, ya podéis iros —dijo en voz baja, pero más firme de lo que hubiera esperado—. No voy a inculparme de unos crímenes que no he cometido.

—Siempre tan cabezota.

Levantó de golpe la cabeza y la cara se le iluminó con una sonrisa.

Sin decir nada se levantó y se abrazó a mí como si no fuera a soltarme nunca. Me apretó tanto que podía sentir sus costillas contra las mías. Su mejilla contra mi pecho. Comenzó a llorar en silencio. Así estuvimos unos minutos, callados.

—No entiendo nada, Miguel —dijo por fin sin apartarse de mí, con la boca pegada a la tela de mi hábito—. ¿Qué ha pasado? ¿Cómo pueden haber creído a esa niña histérica?

—La gente es capaz de creerse cualquier cosa si le conviene. Si no creyeran a Mencía tendrían que admitir que es una mentirosa, una manipuladora y que está más loca que una cabra.

—Así que es más fácil deshacerse de mí.

Por un instante estuve seguro de que era la última vez que la veía. Hubiera seguido pegado a ella hasta que nos encontraran convertidos en dos esqueletos entrelazados, pero se apartó. Sentí como si me arrancaran la piel a tiras.

Otra vez la realidad.

—¿Sabes algo de Juan?

—Solo sé que se lo llevaron contigo. Ese mismo día me despidieron y no he tenido ninguna noticia del palacio.

—¿Te despidieron?

—Hicieron bien. Si me quedo, hubiera agarrado a Mencía por el cuello y no la hubiera soltado hasta que confesara.

—¿Podrías enterarte de si sigue preso?

—Haré lo que pueda.

—No te voy a preguntar cómo has conseguido entrar aquí. Tenemos muchas cosas de las que hablar y muy poco tiempo.

—Tienes razón. ¿Cómo estás? ¿Qué te han hecho?

La acerqué hacia la luz de la lamparilla. Tenía la cara llena de churretones, pero sin signos de tortura. Le toqué los brazos, los hombros, la espalda... Ella se encogió.

—Son los pies.

Como el espacio era tan pequeño, no me había dado cuenta de su dificultad para andar. Se sentó en el camastro. Yo me arrodillé a su lado.

—La piel se pega a la suela del zapato y se arranca cuando me los quito. Hay que hacerlo si no quiero que se infecte. De vez en cuando me traen una cataplasma de berros. Es muy eficaz, pero cada vez que me tengo que quitar los zapatos... Hazlo tú esta vez, por favor.

Lo hice lo más suavemente que pude, pero notaba el dolor que debía de sentir. Julia tenía la mano en mi hombro y cuando le empecé a quitar el escarpín me clavó los dedos con fuerza, supongo que para no gritar. Acerqué la lamparilla. Tenía la planta de los pies en carne viva, aunque no parecían infectados.

—Hijos de puta. —Sentía tanta rabia que no me salía ni la voz—. ¿Cómo te han hecho esto? ¿Te duele mucho?

Mientras me contaba le fui extendiendo la cataplasma, un

mejunje verdoso que saqué de una escudilla que había debajo del camastro.

—Me preguntaban cosas tan absurdas que no sabía ni qué decir. Hasta llegué a reírme a pesar del miedo. Entonces me azotaron la planta de los pies con una vara. Mucho tiempo. No te puedes imaginar cómo duele. Creo que me desmayé. Después de eso, solo me han interrogado.

—¿No te han golpeado más?

—Solo preguntas y preguntas interminables. Primero tengo que rezar con ellos unas oraciones en latín que ni entiendo. Y luego, una y otra vez, cómo me llamo, dónde he nacido, por qué estoy presa, si sé quién me ha hecho prender, quién es mi confesor, desde cuándo no me confieso.

Sonrió con tristeza.

—Menos mal que me convenciste para que me confesara a menudo. De no haber sido así, estaría perdida. Después empiezan con el interrogatorio de verdad.

Al hablar, las lágrimas le corrían por las mejillas como ajenas a su voluntad. Nunca la había visto llorar.

—Me preguntan por todas las acusaciones. Varias veces a lo largo del día y de la noche. Apenas me dejan dormir y solo me dan pan duro y alguna castaña rancia para comer.

A pesar del gran alivio que sentía, no imaginaba por qué habían parado y, más aún, por qué le traían aquella cataplasma para curarle las heridas.

—Tengo que sacarte de aquí antes de que pierdan la paciencia —dije mientras le secaba las mejillas con las manos, como si fuera una niña.

—No la van a perder. Al menos, por un tiempo.

—¿Qué quieres decir?

Hinchó el pecho y soltó el aire con fuerza.

—Tengo que contarte una cosa.

Me agarró de las manos y me hizo sentar en el camastro junto a ella. Tenía las manos heladas y rojas de sabañones.

—Iba a contártelo, pero lo descubrí poco antes de que empezara todo este lío y no tuve ocasión. —Me miró a los ojos—. Estoy embarazada.

Si me hubiera dicho que le habían salido alas no me hubiese sorprendido tanto. No era capaz de reaccionar. Seguí callado.

—No es de Juan.

—¿Que no es de Juan? Entonces ¿de quién es?

Julia resopló y por un instante fue la de siempre.

—¿Cómo que de quién es? Pues tuyo, idiota.

—¿Mío? Pero...

—Ya lo sé. Han pasado cuatro meses. Yo sí que soy idiota. ¿Te acuerdas de los mareos y los gases? Pues ni se me ocurrió. Llevaba un DIU.

—Si llevas un DIU, cómo...

—Llevaba. Debió de desaparecer en el viaje. Acuérdate de que no se salvó ni la goma del pelo. ¿Cómo iba a seguir el DIU donde estaba? Es increíble que no pensara en ello.

—¡Joder!

—He estado como idiotizada, y no solo por esto.

Por un segundo, sentí una especie de euforia. Era absurdo e inoportuno y, sin embargo, me alegré. Siempre había querido ser padre, quizá para compensar la falta del mío, de quién sabía muy poco y casi todo malo. Al instante siguiente, estaba aterrorizado. Julia no podía tener un hijo en esa cárcel mugrienta. Moriría en el parto o de una infección, o tendría un aborto y se desangraría. Era imposible un final feliz. Una mujer del siglo XXI con un cuerpo acostumbrado a los antibióticos, a la higiene y a la buena alimentación no sobreviviría en unas condiciones tan extremas. Sí, estaba aterrorizado y Julia me lo vio en la cara.

—Nunca quise tener hijos —dijo en voz muy baja.

—Tengo que sacarte de aquí.

—Cuando desperté después del desmayo, les dije que estaba preñada. Llamaron al obispo, que se cabreó muchísimo, como si estuviera embarazada solo para fastidiarle. Una mujer me examinó y lo confirmó. Al día siguiente, el obispo me dijo que había hablado con el inquisidor y que serían comedidos conmigo hasta que pariera, pero que seguiría encerrada. Por eso no me han vuelto a pegar y me curan las heridas. Al parecer, es una concesión poco común y tengo que estar muy agradecida.

No sabía cómo consolarla. Se me habían acabado las palabras. Solo la atraje hacia mí y me puse a pensar como nunca lo había hecho. Con desesperación, con urgencia.

—¿Creen que Salinas es el padre?

—Claro.

—Eso puede ser muy bueno. Al fin y al cabo, es un noble. Seguro que lo liberan pronto y querrá que la madre de su hijo tenga todas las atenciones posibles.

—Parece mentira que sea yo quien te recuerde dónde estamos. Un hijo bastardo en esta época es menos que nada.

—No es cierto. Mira a Juan de Austria. Nacerá dentro de tres o cuatro años. Será un bastardo, pero su padre Carlos I le protegerá desde el principio y será considerado de la familia real. Además, si Salinas está enamorado de ti, hará lo imposible por ayudarte.

«Y que busque un buen escondite si no lo hace», pensé con rabia.

—De todas formas, él tendrá que saber la verdad —dijo Julia.

—Guárdate tu franqueza por una vez, por favor. Solo faltaba que creyeran que te ha preñado tu hermano. Lo primordial es que salgas de aquí, luego ya veremos. De momento, este embarazo puede salvarte la vida.

—¿La vida? —Abrió mucho los ojos enrojecidos—. ¿Podrían condenarme a muerte?

—Todo se va a aclarar. Hablaré con quien sea. Haré lo que sea. No permitiré que te pase nada. Te lo juro.

Escuché al carcelero manipular los cerrojos.

—Ya vienen a por mí. Procuraré volver pronto.

Le agarré la cara entre las manos. Ella puso sus manos sobre las mías y me miró con una intensidad nueva. Quería grabar cada rasgo, cada gesto. Me dolía el cuerpo de tener que dejarla allí.

La besé y ella respondió a mi beso. Tenía los labios secos y agrietados.

—Te quiero, Julia.

Abrió la boca para hablar, pero yo volví a besarla. No quería que me dijera nada, no quería saber. Durante muchos años, me arrepentí de haberlo hecho.

—Voy a sacarte de aquí.

Ella se abrazó a mí con urgencia.

—No tardes mucho.

26

Llovía. Una lluvia fina, persistente, helada. Me tapé con la capucha del hábito y caminé sin rumbo. Había entrado en la cárcel angustiado por la situación de Julia y salía de ella en estado de shock. ¿Podía ser todo más absurdo? ¿Se habría encontrado alguien en una situación similar? Seguramente no, siempre que asumiera que éramos los únicos viajeros en el tiempo. Mis peores pesadillas se habían hecho realidad: topar con lo más siniestro de la Iglesia. Y como vuelta de tuerca surrealista, me enfrentaba con un deseo tan oculto que ni siquiera había sido consciente de él. Nada me hubiera hecho más feliz que saber a Julia embarazada de aquella noche que no podía olvidar. En las circunstancias presentes, la felicidad se diluía, se volvía amarga en la boca, se convertía en ansiedad y aprensión.

No sé el tiempo que caminé por las calles embarradas. La noche era oscura, como todas las de aquel lugar. Esa noche oscura del alma sobre la que meditaría Juan de la Cruz, aún un bebé en su tierra de Ávila, me envolvía como una telaraña viscosa. El hábito empapado no me dejaba respirar, me pesaba, me hundía.

Llegué a la vivienda de Asia y aparté a varios mendigos que se acurrucaban de la lluvia en el chamizo de entrada. Al subir las escaleras me tropecé con el niño que ya conocía. Estaba sentado en el descansillo, casi desnudo a pesar del frío, y jugaba con un gatito muerto. Qué mejor imagen del horror. Todo en mi entorno hablaba de muerte.

Desde que entré por la puerta, no pude parar. Tenía que desahogarme y Asia era la única con la que podía hacerlo. Le conté de la cárcel, de mi miedo, del miedo de Julia, de su embarazo. Lo único que no le dije, claro, fue la identidad del padre.

—Tengo que saber qué ha sido de Salinas. Y para eso hay que buscar a Gaspar. Pero el alemán sale poco de la botica y yo no puedo entrar.

—Yo iré a buscarlo —dijo Asia mientras me libraba del hábito empapado y me envolvía en una manta para que entrara en calor.

—Esta preñez la ha mandado la Virgen Santa —siguió mientras se santiguaba—. Lo insólito es que monseñor haya tenido la caridad de proteger a vuestra hermana. No es costumbre del clero amparar a los bastardos.

—El padre del futuro nacido es noble y pariente del obispo —dije con dificultad, porque seguía tiritando de frío.

—Por eso ha de ser, pero me sigue amoscando.

Se levantó y se golpeó las faldas. Parecía pensativa.

—Bien está, pues, si eso sirve para resguardar a doña Julia del castigo. Buscaré a vuestro Gaspar. Y no os inquietéis: os traeré noticias prontas.

—No sé qué haría sin ti, Asia. Eres una buena mujer y muy valiente.

—Dejaos de melindres. Vos también me ayudaríais si estuviera en igual apuro.

—Hasta el momento, el apurado he sido yo. Y tú siempre has estado ahí.

Asia me miró con su sonrisa de burla cariñosa. Se sentó a mi lado y me frotó la espalda sobre la manta para hacerme entrar en calor. Debía de tener al menos diez años menos que yo, pero me sentía tan protegido como si fuera mi madre.

—Bueno, bueno, comamos algo y durmamos. Mañana lo veréis todo más claro.

No lo vi más claro. Al contrario, al día siguiente mi ánimo estaba tan negro como las nubes que se cernían sobre Salamanca. Seguía lloviendo. Las paredes se humedecían y los transeúntes se envolvían en sus capas huyendo de la mojadura. Yo me había quedado en el cuarto de Asia mientras ella salía en busca de Gaspar, bien cubierta con una capa encerada que impedía el paso del agua. Los paraguas tardarían en ponerse de moda.

Caminé de un lado al otro de la habitación durante toda la mañana. No podía quedarme inmóvil. Por la inquietud y también por el frío. El día era gélido y en la estancia solo había un pequeño brasero con cuatro ascuas al que había que pegarse para sentir algún alivio.

Mejor así. El frío me hermanaba con Julia, cautiva en aquel cuartucho inclemente. Por fortuna, la celda no tenía ventana y estaba bajo el nivel del suelo. Eso, más su reducido tamaño, resguardaba de la baja temperatura exterior, pero también lo hacía más húmedo. La recordaba con aquel sayón informe y me estremecía. No había visto ninguna manta. ¿Le darían algo para abrigarse al menos durante la noche? No, no lo harían. Esos hombres brutales no iban a aliviar en nada el tormento del encierro. No podía dejar de pensar en ella ni un segundo. Me sentía tan impotente, tan pusilánime.

Nos imaginaba una y otra vez aquel día en que el peligro dio la cara. Salíamos del palacio esa misma noche, a hurtadillas, y dejábamos Salamanca antes de que nuestros enemigos tuvieran tiempo de reaccionar. Nos veía viajando por los caminos, resguardándonos en una posada alejada de la ciudad. Nadie nos hubiera perseguido. Mencía se hubiera conformado con que su rival desapareciera. Podríamos haber vivido en algún lugar apartado hasta que naciera nuestro hijo. Después, Julia habría retomado su investigación y, por fin, habríamos conseguido volver a nuestro tiempo, que ya empezaba a ser en mi cabeza un lugar mítico, inalcanzable. Nuestra vida hubiera sido muy distinta. Tu vida hubiera sido muy distinta.

Asia no volvía. Llevaba ya varias horas fuera y yo me desesperaba. Tenía que hacer algo, participar de alguna forma en lo que estuviera pasando. Tenía que salir.

En aquel momento se abrió la puerta. En el umbral, Asia sacudía la capa encerada. Entró sin decir palabra y se puso a doblar la prenda con una parsimonia desesperante. Aquello me dio muy mala espina.

—¿Qué ha pasado? ¿Por qué has tardado tanto? ¿Has visto a Gaspar? ¿Han soltado a Salinas?

—Parad un instante. No puedo atender a tantas cuestiones. He de comer algo. No he metido nada en el buche desde el amanecer.

Se puso a trajinar en el hornillo, donde metió parte de las ascuas del brasero. Echó un trozo de tocino a la sartén.

—¿No puedes hablar al tiempo que cocinas?

—El hambre me nubla el entendimiento.

Añadió después un puñado de harina y algo de agua que revolvió con una cuchara hasta conseguir unas gachas espesas. Cuando estas estuvieron a su gusto, dividió el mejunje entre dos escudillas, cogió un puñado de castañas asadas y lo puso todo sobre la mesa. Yo, mientras, la miraba con estupor.

—Sentémonos y comamos —dijo por fin—. Os relataré lo que sé.

Había entrado al palacio por la puerta de la cocina y había

preguntado por Gaspar. Dijo que buscaba unas esencias, lo que era frecuente en la botica del alemán. Cuando la acompañaron hasta el sótano, el viejo la recibió con su habitual rudeza, pero Asia era capaz de ablandar a cualquiera y, tras pocos minutos, había conseguido que Gaspar se relajara. Hablaron de esto y de aquello. Asia probó perfumes, ungüentos, pócimas para la tos, para los calambres menstruales. Compró varios productos y entonces preguntó.

—Le dije que había oído del escándalo sucedido en el palacio. Que pobres el hombre y la mujer que habían sido detenidos. Que ya nadie estaba a salvo y que sabe Dios lo que estarían sufriendo en las mazmorras de la Inquisición. Le dije que conocía a don Juan de Salinas, «un hombre sabio y alegre al que había visto más de una vez en la taberna».

Al principio, Gaspar había contestado con gruñidos a los comentarios de Asia y, cuando esta habló de Salinas, el alemán sonrió.

—Me dijo que todo había sido un gran error y que Salinas saldría muy pronto de la cárcel. Yo me congratulé de ello y le pregunté si la señora sería también liberada. Me dijo que no sabía nada y volvió a mostrarse tan huraño como al principio. Me acompañó a la salida y ya no pude indagar más.

—¿Salinas va a ser liberado? ¿Cuándo? ¿Cómo?

—Esperad. No he acabado. Cuando me iba del palacio, se paró frente a la puerta un carruaje del que bajó un hombre completamente embozado. Miró a un lado y a otro de la calle y entró con premura. Me pareció que por el porte podría ser don Juan. No sabía qué hacer, así que esperé guarecida de la lluvia en una esquina mientras pasaba el tiempo. Mi paciencia tuvo su premio. Cuando ya estaba a punto de darme por vencida, el hombre embozado volvió a salir del palacio. Esta vez se fue caminando y ya no me cupo duda de que se trataba de Salinas. Iba con el rostro gacho y encorvado, y llevaba un fardo que antes no tenía.

«Va a escapar», pensé.

—Le seguí hasta una posada inmunda del arrabal. Allí entró y allí ha de seguir si no ha partido en el tiempo que yo llevo con vos.

Me puse de pie de un salto.

—¿Por qué no me lo has dicho nada más llegar?

—Ese hombre acaba de salir del calabozo y parece que no quiere ser reconocido. Me barrunto que es peligroso acercarse a él. Sería mejor que esperarais a que vuestra hermana fuera también liberada.

Sin hacerle caso me puse la capa y me guardé el puñal en la cinturilla del jubón.

—¿Cuál es esa posada?

—No vayáis, os lo ruego. —Asia me agarró del brazo—. No sois un soldado ni un pendenciero. Os ayudaré en lo que me pidáis, pero quedaos aquí. Tengo un mal presentimiento.

—No entiendes lo que está en juego. —Le separé la mano con la que me agarraba—. Descuida, no habrá pendencia.

La posada del Sevillano no estaba lejos. Nada lo estaba en Salamanca. Corrí bajo la lluvia. Si Salinas se marchaba, si desaparecía, estábamos perdidos. Julia seguiría en la cárcel, nadie podría responder por ella. Y el libro desaparecería también para siempre.

Cuando llegué a la posada, no tuve que preguntar por él. Estaba junto al fuego, en camisa, y devoraba una pierna de cordero a grandes mordiscos. Tenía una mano vendada y el pelo suelto y desgreñado.

—Don Juan. Buen provecho —dije, y me senté frente a él.

Se quedó con la boca abierta, llena de comida. La cara le brillaba por la grasa del cordero.

—¿Cómo me habéis encontrado? —balbuceó.

—Me alegra mucho veros. —Le di una palmada en la espalda—. Vuestra liberación es la liberación de mi hermana. No sabéis el miedo que he pasado.

Fue a hablar y se atragantó. Le miré mientras tosía. Aguanté las ganas de darle un puñetazo en esa maldita cicatriz que le cruzaba la cara como si fuera una grieta en una cáscara de huevo.

—Será mejor que vayamos a mi cuarto —dijo por fin mientras se limpiaba la cara con un trapo—. No quiero que nos escuchen.

Se levantó con dificultad. Fui tras él recordando aquella vez en que también lo seguí a su habitación. Apenas había pasado un par de semanas y, sin embargo, me costaba reconocer al hombre que me precedía. Él, tan ufano, tan estirado siempre, casi arrastraba los pies. El paso por la cárcel parecía haberle absorbido toda la fuerza.

El cuarto también era muy distinto de aquel en el que vivía en el palacio. Era un cuchitril sin ventanas con un camastro, un orinal y un taburete sobre el que descansaba un fardo que supuse era el que había mencionado Asia.

—¿Qué sabéis de mi hermana? —le pregunté en cuanto cerró la puerta.

—No sé nada. Pregunté por ella, pero nadie quiso darme razón.

—¿Cómo es eso posible? ¿No habéis hablado con vuestro pariente, el obispo?

—Hablé con él cuando me llevaron preso. —Parecía muy nervioso. No me miraba a la cara, solo se miraba las manos—. Nada más. Nunca volví a verlo.

—¿Qué planes tenéis para liberarla?

—¿Yo? ¿Planes? —Me dio la espalda y se puso a rebuscar en el atado—. Yo no puedo hacer nada.

—Entonces, ¿qué va a pasar con Julia?

—No lo sé —dijo casi gritando. Se irguió y se dirigió a la puerta como para despedirme—. No puedo ayudaros. Mañana parto de Salamanca hacia las Indias. Es la condición que han puesto a mi liberación.

—¿Estáis loco? ¿Qué decís? —Seguía dándome la espalda. No era capaz de mirarme. Le agarré del brazo y le di la vuelta—. No podéis iros así, con Julia en la cárcel. ¿Nadie os ha hablado de su estado?

—¿Su estado?

—Está preñada.

—¡¿Qué decís?! —Me miró con ojos de loco—. Estáis mintiendo.

—No podéis dejar así a la mujer a la que decíais adorar y que ahora va a tener un hijo vuestro.

—¿Por qué nadie me lo dijo? —Miraba al suelo y sacudía la cabeza—. De haberlo sabido, de haberlo sabido...

—Dejad de farfullar y volved en vos. —Le agarré por los hombros y lo sacudí para que reaccionara—. Tenemos que sacarla de la cárcel.

—Yo no puedo hacer nada.

No me iba a ayudar. Julia y yo estábamos solos. Ahora sí que estábamos solos. Mi última esperanza se esfumaba mientras intentaba convencer a ese hombre de mirada huidiza. Aquel cobarde había enamorado a Julia y ahora solo le generaría desprecio. La ira me inundó, no me dejaba respirar. Mientras, él parecía haber perdido la razón.

—No puedo, debo irme —repetía con la mirada gacha—. Debo irme. De haberlo sabido...

—¿Qué hubierais hecho de haberlo sabido? Hubierais salido corriendo igualmente, como el capón que sois.

Algo pareció rebullir en su interior. Levantó la cabeza, me

miró con rabia y avanzó hacia mí. Le golpeé. El primer puñetazo que daba en mi vida. Se tambaleó y empezó a gemir.

—Ellos me obligaron a hacerlo. Me torturaron. Mirad.

Se quitó la venda que le cubría la mano y la extendió. Le faltaban dos uñas. La mano estaba hinchada.

—¿De qué habláis? ¿Qué os obligaron a hacer?

—Mirad —repitió y se levantó la camisa. Tenía el tórax cubierto de cardenales y envuelto con una tira de tela sanguinolenta que se arrancó. La herida le cruzaba el estómago, como si hubieran querido partirle por la mitad.

No podía permitirme sentir lástima por él.

—¿Qué habéis hecho? —Volví a agarrarle por los hombros.

—Les conté la locura de Julia. —gritó. La saliva me salpicó la cara—. Les hablé de ese viaje en el tiempo que decía haber hecho. Les conté todo. Por eso me dejaron salir. Por eso.

Se dejó caer en el camastro, se tapó la cara con las manos y rompió a llorar.

Aquel miserable nos había vendido. La rabia, el odio, la desesperación crecían en mi interior e intentaban escapar en la bilis que me subía por la garganta.

—Debo salir cuanto antes de Salamanca. Firmé la confesión y eso es suficiente para ellos. A Dios gracias no tendré que verla en el juicio. No tendré que testificar.

Después de desahogarse, parecía más entero, más centrado.

—No podéis iros. —Me tragué la rabia e hice un último intento—. Debéis ayudarme a liberar a Julia. Debéis decir que todo era mentira. Morirá si no lo hacemos.

—Lo siento, no puedo. —Negó una y otra vez con la cabeza—. No me pidáis eso. No puedo volver al calabozo.

—Sois un miserable. No tenéis honor —grité.

Entonces sí que se volvió loco. Sacó una daga que llevaba al cinto y me amenazó con ella.

—Largaos de aquí. No entendéis nada. Yo la amo, pero no sabéis lo que es ese lugar. No se puede luchar contra ellos. No se puede.

—No voy a irme hasta que consiga vuestra ayuda. —No dejaba de mirar la punta de la hoja que Salinas dirigía hacia mí—. No podéis abandonarla así. Si decís que la amáis, demostradlo. No creo que seáis tan cobarde como para huir de esta manera.

—¡Salid de aquí! ¡No os lo voy a repetir! —Me puso la punta de la daga en la tripa.

Saqué mi puñal y aparté la daga con él. Me hervía la sangre. El odio y los celos me explotaron en la cabeza de golpe. Estaba fuera de mí.

—Eres un mierda sin nada dentro. ¿Cómo nos iba a ayudar a regresar un gilipollas como tú? Alguien debía de odiarnos mucho para hacer que te buscáramos.

Salinas frunció el ceño. Después pareció entender y me miró con espanto. Yo avanzaba y él retrocedía. Hizo algún amago de atacar con la daga, pero yo lo aparté con facilidad. Sus golpes eran endebles. Las heridas debían de haberle afectado.

—Sois un demonio —balbuceó—. Igual que vuestra hermana.

—Sí, un demonio que te va a arrancar el alma.

Se lanzó con torpeza contra mí. Me aparté de un salto. Agarré el orinal y se lo lancé a la cara. Estaba lleno y la orina le entró en los ojos. Gritó de rabia, volvió a embestirme y yo fui hacia él. Le sujeté la mano que empuñaba la daga y él hizo lo mismo conmigo. Forcejeamos y cayó hacia atrás, lo que aproveché para golpearle la mano herida contra la pared. Aulló de dolor y me soltó. Cerré los ojos. Clavé el puñal. Noté resistencia. Empujé. La hoja entró en la carne con un siseo que me atronó los oídos. Su cuerpo se derrumbó contra mí. No lo pude sujetar y ambos caímos al suelo.

Salinas agonizaba. Me miraba con extrañeza, como sin creer lo que había pasado. Yo tampoco podía creerlo. Me arrodillé a su lado y apreté las manos contra la herida que le empapaba la camisa.

Nunca olvidaré su mirada, fija, mientras se vaciaba de vida. Se aferró a mi brazo con una fuerza inesperada. Intentó hablar y solo consiguió emitir un gorgoteo líquido.

—No me llevéis al infierno —creí entender al fin.

Tardó mucho en morir, pero eso fue lo último que dijo. La respiración se fue ralentizando. Finalmente lanzó un estertor. Los ojos se movieron enloquecidos. El pecho se quedó inmóvil.

Me dejé caer en el camastro y comencé a temblar sin control. Tenía las manos cubiertas de sangre y la mente vacía. No sé el tiempo que permanecí allí sentado. Había matado a un hombre y no sabía si lo había hecho en defensa propia o por venganza. Todo el odio hacia él se había esfumado. Ahora solo sentía estupor.

Cuando la mancha del suelo ya estaba oscura y casi coagulada, me levanté. Junto a mis pies estaba el fardo, caído durante la pelea. Lo abrí. Dentro había alguna ropa, un talego con bastantes monedas y, envuelto en un cuero, el libro de Flamel. Lo guardé todo con precipitación, me eché el atado al hombro y salí de allí sin cruzarme con nadie. La suerte del asesino. Había matado a un hombre y le había robado. Nada, nunca, volvería a ser lo mismo.

27

Ha sido un gran alivio hablar con Bárbara. Ahora los recuerdos son mucho menos venenosos y puede enfrentarse a lo que siente sin deudas antiguas. *Pater noster qui es in caelis.* Los fieles avanzan, se arrodillan, rezan, escuchan a Lope describir las estaciones del Calvario. Lo hace de una forma tan distinta a como lo hacía el mosén que pareciera ser de otro Cristo del que habla. Las palabras del sacerdote trasmiten dolor, sí, pero también perdón y esperanza. La voz de Lope es enérgica, se escucha en cada rincón del claustro. Vuelve a estar orgullosa de él, y eso le produce una sensación desconocida, como de tranquilidad. Quizá por primera vez en su vida, sabe que está en el sitio en el que debe.

Después de un tiempo larguísimo y agotador se llega a la última parada de la vía Dolorosa: la crucifixión. Está fatigada, el manto le pesa, le duelen los pies. No está acostumbrada a estos rezos eternos, al caminar lento, a tanta gente a su alrededor, al olor penetrante de las velas y el incienso. No comprende cómo Lope consigue permanecer erguido, cómo puede salir su voz con la misma energía que al principio después de tantos latines y tantas letanías.

Se corea el último amén y los fieles rompen la procesión. Muchos de los asistentes al rezo de las estaciones van a emprender el regreso a sus hogares, salvo los más principales, que pernoctarán en el monasterio y asistirán a la misa del Sábado de Gloria y al encendido del cirio pascual. Camina con Ana por el claustro.

—Mi padre no da su venia para que salga del convento —dice la novicia, que, a pesar de sus palabras, se muestra relajada y sonriente—. Ya no me importa tanto si tú te quedas. No tengo miedo.

—No deberías estar aquí contra tus deseos.

—¿En qué mundo vives? ¡Solo las locas entran en el convento por su voluntad! —Baja la voz—. Hay otra cosa por la que deseo quedarme: el padre Lope.

Ella se detiene y mira a Ana sin creerse lo que acaba de escuchar.

—Es un hombre sorprendente. ¿Has visto cómo ha dirigido el rezo? Daban ganas de cargar con una cruz y recorrer con él el Calvario.

No responde. Si lo hiciera, teme decir algo que la delate. Escucha a medias a la novicia parlotear sobre las bondades de Lope mientras busca la manera de quedarse sola cuanto antes.

—No quiero escuchar más simplezas, Ana. Tengo mucho sueño.

Las hermanas legas han apagado alguna de las lámparas de aceite y el claustro vuelve a estar en la penumbra habitual. Ella camina sola, tras despedirse de la novicia con precipitación en la puerta del dormitorio. Por una vez no lamenta el ayuno. Está tan fastidiada que solo quiere caer en el camastro y dormir hasta el día siguiente.

Al girar hacia la panda sur del claustro, se topa con cuatro figuras. Son tres mujeres y un hombre. Dos de las mujeres están sentadas en el vano de uno de los arcos. La otra, que es una de las monjas, y el hombre permanecen de pie frente a ellas. Los tres desconocidos lucen atuendos de calidad y grandes gorgueras. Las mujeres, ya retirado el velo, llevan el pelo alto y ahuecado, trenzado con perlas que brillan a la luz de las lámparas. Los cuatro están riendo, pero callan cuando la descubren.

—¿A quién tenemos aquí? —dice el hombre con una sonrisa mirándola de arriba abajo.

—Es el perrito faldero de la boticaria. La barragana del dominico —dice la monja, una con la que nunca ha cruzado palabra.

Hay tanto odio en esas palabras que se queda paralizada, como si la hubieran abofeteado.

—¡Qué mala sois, hermana Sacrificio! —ríe una de las dos mujeres.

El hombre se acerca y la contempla con curiosidad. Ella se cierra aún más el manto y baja los ojos.

—No te escondas, niña. Todas sabemos lo que te traes entre manos. —La monja se vuelve hacia las otras dos mujeres—. Si no tuviera los labios sellados por una obligación sagrada, os descubriría el secreto que se guarda entre estas paredes. Desde que la curandera está en el convento pasan cosas muy extrañas.

—¿Es eso cierto? —pregunta el hombre y antes de que pueda evitarlo, con un gesto rápido, le arranca el manto y la deja expuesta a las miradas de todos.

Sabía que algo iba a pasar. Nunca debería haber acudido a los rezos. Siempre es lo mismo. Esté donde esté. Un sabor amargo le sube por la garganta. Mira con fiereza al hombre e intenta recuperar la capa, pero este la aleja de su alcance como si estuvieran jugando. Las tres mujeres ríen la broma y el hombre parece envalentonarse.

—¡Mirad esos ojos! —exclama de repente—, ¡qué belleza de color! Acercad una luz, quiero contemplarlos con más claridad.

El hombre, entonces, le agarra los brazos con fuerza y la atrae hacia sí. Ella se revuelve; no puede soltarse. Permanece callada, no quiere darles la satisfacción de pedir auxilio.

La monja acerca un candil y se lo pone delante de la cara.

—¡Muéstrame los ojos! —dice el hombre—. ¡No seas mala! Mírame solo una vez y te dejaré marchar.

Jadea por el esfuerzo de intentar soltarse. Las charreteras del jubón de aquel hombre se le clavan en el pecho. No tiene miedo, solo rabia. No cree que le vayan a hacer nada malo de verdad. Están en un convento, acaban de pasar tres horas rezando. Quizá sea cierto; puede que, si hace lo que le pide, aquel majadero la deje en paz.

—¡Pardiez, señorita, que sois terca! Miradme de una vez.

Abre los ojos y le mira de frente. Es un hombre apuesto, no demasiado alto, aún joven; un presumido que quiere gallardear delante de las damas.

—¡Menuda belleza!

—Solo es una curandera con ínfulas —rezonga la monja, a la que no parece que le hagan gracia ya las palabras de aquel individuo.

—No puedes dejarme así, querida. —El hombre le sujeta los dos brazos a la espalda con uno de los suyos y le agarra la barbilla—. Debes pagar el portazgo. Una mirada de esos bellos ojos y un beso de esos labios y podré morir en paz.

Intenta esquivar la boca y el hombre le sujeta la barbilla. Le aplasta los labios con los suyos. Nota la aspereza del bigote, tiene la tentación de morder con todas sus fuerzas esos labios que la invaden. Escucha las risas de las mujeres. Aprieta la boca con fuerza para evitar el contacto.

—¡Quizá vuestros deseos se cumplan antes de lo que pensáis! —escucha a su espalda.

Lope ha usado su mejor voz de exorcista.

Suspira de alivio y aprovecha la sorpresa del hombre para darle un fuerte pisotón y conseguir librarse. Él levanta la mano para golpearla, pero Lope le sujeta el brazo con más energía de lo que cabría suponer por su delgadez. Ella se coloca detrás del dominico.

—¡Tan feroz como bella! —protesta el hombre con la cara contraída por el dolor y una sonrisa forzada, mientras se suelta de la presa de Lope con una sacudida—. Padre, solo estamos jugando. Después de tanto *pater noster* tenemos derecho a cierto solaz, ¿no creéis?

—No, si ese solaz significa avergonzar a una dama y aprovecharse de ella. —La voz de Lope retumba contra las piedras del claustro. Hasta a ella la sobrecoge.

—Sois rígido en exceso. Entiendo que no estéis acostumbrado a los usos de corte. Os aseguro que era una broma inocente. Bien veis que estas damas aquí presentes reían también la chanza.

—Lo que no deja de sorprenderme, sobre todo en vos, hermana. Parecéis haber olvidado las virtudes de la caridad y de la modestia.

La monja enrojece, agacha la cabeza y da un paso atrás.

—No quiero faltaros al respeto, padre, pero estáis cometiendo un error. —El hombre ya no sonríe. Se yergue con soberbia, aunque no puede evitar tener que mirar al sacerdote desde abajo—. Si supierais con quién habláis quizá vuestra reprimenda fuera más templada.

—Os conozco. Os he visto revolotear en la corte alrededor de su majestad. Sois Álvaro de Guzmán y Mendoza, y no por ello me siento más inclinado a disculpar vuestros modos de taberna.

El hombre da un paso atrás y echa mano a la daga que lleva al cinto. Ella ahoga un grito. Lope no se inmuta. Permanece frente al hombre como si pretendiera hacerlo desaparecer solo con la mirada. Sabina se adelanta y pone una mano en el brazo del dominico. Todo lo que no ha temido por ella lo teme ahora por él.

—Padre —susurra—, vayámonos, os lo ruego. Solo ha sido una burla.

Lope la mira a ella y después al hombre, que espera con la mano en la empuñadura de la daga.

—Estamos en lugar sagrado y Cristo Nuestro Señor ha muerto —interviene una de las mujeres—. No es momento de disputas, señores, y menos por una bagatela.

Lope muestra sus dientes de conejo en una sonrisa que da miedo.

—Al parecer, señora, no creéis que todas las damas merezcan el mismo respeto que, supongo, deseáis para vos. Espero, por vuestro bien, que nunca seáis víctima de tales bagatelas.

Lope saluda con una inclinación de cabeza y adelanta la mano para que Sabina le preceda.

A la puerta de la botica, a la que han llegado sin cruzar palabra, se vuelve hacia él. Está temblando, aunque no de miedo.

—Os lo agradezco mucho, padre.

—No he hecho más que lo que cualquier hombre debería hacer. —Se muestra frío, como si se arrepintiera de lo que ha ocurrido.

—¿Tendréis problemas con ese caballero?

—Solo es un bravucón y, cuando medite sobre sus actos, se dará cuenta de que es mejor que nada de esto se sepa en la corte. Su majestad es muy estricto en cuanto a la moral se refiere.

—Estaba tan rabiosa que deseé convertirme en una bruja de verdad y fulminarle con la mirada.

Lope sonríe solo un segundo.

—Es muy tarde —dice—. Debemos descansar. Mañana es día de Gloria.

Cuando entra en la botica, todas las emociones que ha vivido a lo largo del día estallan de repente. Se deja caer en el camastro y solloza como una niña. Llora durante mucho tiempo, hasta que consigue aliviar la opresión que siente en el pecho. Poco a poco, el llanto se va espaciando.

—¡¿Qué ha pasado?!

El grito la sobresalta y la saca de un sueño muy profundo; no sabe muy bien dónde está. Le da la sensación de que acaba de dormirse. Bárbara se acerca, se sienta a su lado y la sujeta por los hombros.

—¿Qué te ha pasado? —repite—. ¿Quién te ha hecho daño?

—Nadie, hermana.

—No me mientas. El padre Lope ha venido a pedirme que te cuidara. ¿Ha sido él?

—¿Él? ¿De quién habláis?

—¿Ha sido Lope? ¿Te ha hecho él algo?

Sabina resopla.

—¿Y para qué iba él a buscaros en ese caso? ¿Qué os ha dicho?

—Solo que habías sufrido un contratiempo y que me agradecería que acudiera a consolarte.

Otra vez tiene ganas de llorar, ella, que tan poco dada es a llantos. Se restriega los ojos para contener las lágrimas.

—¿Vas a contarme qué te ha pasado?

A medida que avanza en el relato de lo sucedido, la cara de Bárbara va adquiriendo un color preocupante. Cuando ella termina de hablar, la monja se levanta de un salto.

—¡Les arrancaría los ojos! —grita—. ¿Quiénes se creen que son? Y esa sor Sacrificio, menuda estúpida lameculos. ¡La voy a ahogar con su propia toca!

Sabina la mira con ojos como platos y, finalmente, suelta una carcajada. Todo el malestar que sentía se ha esfumado.

—Hermana, os lo ruego —dice entre risas—. No ha sido nada. El padre Lope ya se encargó de afearles su conducta y el caballero tendrá un pie negro que le recuerde el lance.

—Esos estúpidos, ignorantes y mimados se creen con derecho a todo, y lo malo es que están en lo cierto. —Bárbara se va calmando poco a poco—. Cada vez me gusta más tu padre Lope. Lástima que nos encontremos en bandos contrarios.

—¿Qué podríamos hacer para que estuviera en el nuestro?

—En el nuestro no, en el mío. Tú eres neutral, eres lo único que nos mantiene en tablas. Lo malo es que esta noche ha ocurrido algo que puede precipitar las cosas.

—¿Cuándo?

—Ha debido de buscarme por todos lados para que viniera aquí y al final me ha encontrado en las caballerizas justo cuando me entregaban una mercancía que me he negado a enseñarle. Quién iba a imaginar que andaría por ahí a esas horas.

—¿Por qué no podíais mostrarle esa mercancía?

—Lo hubiera malinterpretado todo y no tenía ganas de explicaciones. Además, es algo peligroso, para su salud y para la de todos. No podía permitirle que abriera el cofre que lo contenía. Ahora comprendo que ya venía furioso por lo que había pasado. Me ha dicho de mala manera que acudiera a consolarte y se ha alejado hecho una fiera.

—¿Qué vamos a hacer, hermana?

—No hay otra solución. Quizá sea una locura, pero voy a confiar en tu instinto y en el mío. Después de lo que ha pasado hoy, yo también pienso que es un buen hombre, y más listo que la mayoría. Y creo que la única manera de que deje de husmear es contarle la verdad.

28

Asia me cuidó y me curó, como de costumbre. Había deambulado sin rumbo durante horas mientras la sangre de las manos se iba disolviendo con la lluvia. No sentía nada aparte del frío que me recorría las venas como una anestesia. El agua me entraba en los ojos y yo no hacía nada por secarla. Los pies me chapoteaban en el fango de la calle y ya ni los sentía. Llegué a casa empapado, aterido, arrastrando el fardo que era testigo de mi crimen y que me pesaba como si llevara dentro todos mis males.

—Estáis ardiendo —dijo Asia mientras me ayudaba a desnudarme.

Le conté todo. Lo supe más tarde, cuando me bajó la fiebre y conseguí salir de la nebulosa en la que estuve flotando durante dos días. Debí de tener una fiebre de caballo. Solo recuerdo que Asia me hizo tragar un mejunje asqueroso que resultó ser corteza de sauce, la aspirina de la antigüedad. Dormía y soñaba, o deliraba. Julia, Salinas, los pies destrozados de Julia, las uñas arrancadas de Salinas, la sangre. Veía sangre por todos lados. Sé que grité y lloré. Cuando me sentía un poco menos débil, salía tambaleante de la cama. Buscaba mi capa, trataba de llegar a la puerta, pero Asia, diminuta como era, conseguía hacerme volver sin demasiado esfuerzo. No sé qué dije en mi delirio; ella nunca me lo contó del todo. Solo sé que cuando volví en mí, Asia sabía que había matado a Salinas. El resto, porque seguro que hubo un resto, se lo quedó para ella. Me miraba de otra manera, como si se hubiera dado cuenta de que yo no era la persona que ella creía conocer, pero siguió cuidándome con el mismo esmero. Cuatro días después conseguí tenerme en pie. Le conté, ya sin delirio de por medio, lo que había pasado con Salinas.

—Sé que es cierto lo que decís, porque cuando os desnudé traíais el jubón tieso de sangre, pero ninguna señal más hay de ello —dijo—. Envié a un zagal para que indagara con discreción en la fonda del Sevillano. No escuchó nada sobre un difunto.

—¡Si se murió delante de mí! Llamarían a los alguaciles en cuanto lo encontraron.

—Vivís en un mundo de ensueño. En aquel lugar ocurren pendencias diarias y la presencia de la autoridad nunca es buena para el mercadeo. Se oyen cosas...

—¿Nadie sabe que Salinas ha muerto?

—En los desmontes del río hay muchas porquerizas. Más de una vez he escuchado que allí van a parar los cadáveres de quienes no pagan responsos ni merecen cristiana sepultura. Los cerdos están muy bien alimentados.

La miré con horror. Salinas, comido por los cerdos, era una imagen que no era capaz de asumir. Solo unas semanas atrás me hubiera destrozado ser responsable de un suceso así y, en aquel momento, no sentía nada. Tenía una especie de abotargamiento moral. Lo único que pensé fue que, si nadie se había enterado de la pelea y la muerte, yo estaba a salvo, al menos lo suficiente como para intentar sacar a Julia de la cárcel. Había perdido cuatro días con mi inoportuno mal. No podía perder más. Tenía dinero, el dinero de Salinas, y en qué podía utilizarlo mejor que en salvar a Julia.

Asia me puso en contacto con ellos: la corte de los milagros salmantina. Sombras que se intuían entre los resquicios de la ciudad, personajes escurridizos, que aparecían y desaparecían como espíritus incorpóreos, ladrones, tullidos y escrofulosos, ganapanes, tironeros. Todos se reunían en las cuevas cercanas al río.

Acudimos allí cuando la oscuridad, el frío y la nieve que habían cubierto la ciudad dejaron desiertas las calles. Al caer la noche, la gente de bien se apiñaba alrededor de la chimenea y cerraba las ventanas a las sombras, ajena a ese otro mundo que yo tampoco conocía y que estaba a punto de descubrir.

La cueva era muy profunda, mucho más de lo que parecía desde fuera. Habían cuidado muy bien de que no pareciera un lugar habitado. Con la nieve, los ramajes y pedruscos que camuflaban la entrada parecían guardianes fantasmagóricos. Entramos unos metros alumbrados por el candil de Asia y, en el primer recodo del pasadizo, nos topamos con dos hombres envueltos en mantas y sentados junto a una hoguera. Se pusieron en pie con las dagas en ristre hasta que Asia cruzó los dedos de una cierta manera, que supuse un santo y seña. Nos dejaron pasar. Seguimos por el túnel en silencio hasta que este se abrió en una gran sala de techos altos. El frío allí era mucho más llevadero. Había varias fogatas donde hervían sendos calderos. El humo de la leña, unido al del vapor que despedían los guisos, envolvía la cueva en un clima de irrealidad tal que me pareció haber vuelto a los delirios de la fiebre. Miré a mi alrededor, asombrado de la cantidad de gente que había —setenta u ochenta personas, me pareció— entre niños, adultos y ancianos.

—Los ladrones campan por los bosques cuando hace calor, pero al llegar el invierno es menester guarecerse en las ciudades —me dijo Asia al oído.

Junto a mí, una mujer muy gruesa con los pechos al aire desplumaba una gallina. Otra se dedicaba a despiojar a un niño de unos dos años que tenía sentado en el regazo, mientras este chupaba un trozo de tocino. Había bastantes viejos cubiertos de harapos que quizá no tuvieran más de cincuenta años, niños mugrientos que correteaban de acá para allá peleando la comida a los perros, falsos lisiados con las muletas al hombro y ciegos con vista de lince contando sus ganancias. La algarabía era inmensa. Todos alardeaban de sus hazañas en una jerga que me costaba entender, se peleaban a gritos y empujones, se reían. Dientes mellados, caras apergaminadas, bigotes tiesos de roña. Había mujeres de rostros agotados y miradas huidizas. Otras, medio desnudas, buscaban el último cliente antes de dormir. A mi lado, una mujer recibió de manos de una anciana a un bebé con la cara llena de pústulas. Como en un truco de magia, la mujer arrancó las costras con las uñas y dejó a la vista una piel suave, sin deformidades.

—Solo es pan mojado en vino y miel para que atraiga a las moscas —me aclaró Asia ante mi respingo—. Un infante rollizo y sano da pocos beneficios.

Me agarró de la mano y me condujo hacia el fondo de la sala mientras saludaba a unos y a otros. Parecía a sus anchas en aquel lugar de alucinación. Junto a la pared rocosa del fondo había un gran montón de telas de muy distinta apariencia. Desde harapos hasta sedas de variados colores, lanas esponjosas y brocados bordados en oro. Un lujo asombroso para tal lugar. Enterrado hasta la cintura en esa pila de telas, había un hombre de unos treinta y tantos años, de facciones agradables, bigote y perilla cuidados y una gran mata de pelo que le rodeaba la cabeza como la melena de un león. Parecía estar sentado en un trono, sobre todo por el respeto que mostraban aquellos que estaban a su alrededor. Tal montaje podría haber sido gracioso si no fuera porque nada en aquel hombre ni en los secuaces que lo rodeaban inducía a la risa.

—Gracias por recibirme —dijo Asia y le entregó un atado con el dinero que me había pedido.

—Parecías muy afanosa, Eufrasia —replicó el hombre con una voz de tenor que debió de escucharse al otro lado de la sala. Entregó el talego a uno de sus acólitos.

—Necesito vuestra ayuda, mi señor.

¿Mi señor? Asia hablaba a aquel hombre con un respeto que nunca le había visto utilizar con nadie. Debía de ser alguien muy importante, al menos en aquel lugar.

—Es don Miguel Larsón. Quiere proponeros un negocio.

—Soy... —empecé.

—No me interesa lo que eres, sino lo que puedo hacer por ti y, mayormente, lo que tú puedes hacer por mí.

Me pareció estar en la boda de la hija de don Corleone. Igual que Bonasera, supe que tenía que ir al grano.

—Necesito liberar a una persona detenida por la Inquisición.

No pareció sorprenderse en absoluto. Me miró con intensidad, con una sonrisa que no supe definir.

—¿Hereje? ¿Judío? ¿Nigromante?

—Es mi hermana. Ha sido acusada por una mujer celosa.

—¿Y tú qué estás dispuesto a dar a cambio?

—Tengo dinero.

El hombre, entonces, hizo un gesto a dos de sus acólitos. Estos se pusieron uno a cada lado, lo agarraron por debajo de los hombros y lo levantaron. No pude evitar un sobresalto. Lo que me había parecido un cuerpo medio enterrado en telas no era tal. Aquel hombre tan imponente tenía solo unos muñones que acababan un poco más abajo de las caderas. Lo colocaron sobre una plataforma con ruedas, de más o menos un metro de altura. La plataforma tenía varias capas de tela gruesa que debían de servir para que el hombre se mantuviera erguido y cómodo.

—Cuando estuve en las mazmorras de la Inquisición intenté salir por piernas.

Se echó a reír con unas grandes carcajadas que todos secundaron, menos yo, que no veía la gracia del asunto.

—Los reverendos y amantísimos padres me creyeron muerto. Y muerto sigo.

—¿Me ayudaréis?

—Dame tu mano derecha.

Le alargué la mano. Creí que quería estrecharla, pero la cogió, la volvió hacia arriba y empezó a seguir las líneas de la palma con el dedo.

Me miró con una sonrisa socarrona.

—¿Cuánto aprecias la vida de tu hermana?

—Más que cualquier otra cosa.

Volvió a mirarme la mano durante un tiempo eterno. Le contemplamos en silencio, expectantes, yo en especial. Después levantó los ojos y la cueva desapareció a mi alrededor, tal era la intensidad de aquella mirada que ocupaba todo el espacio. Sentí un vahído. Al instante siguiente, el mundo volvió a estar en su sitio.

—Te ayudaré con una condición.

—La que sea.

—La verdad.

—¿La verdad?

—La mujer que está en el calabozo no es tu hermana.

Me quedé de una pieza. Miré a Asia, que me devolvió la mirada sin ningún gesto.

—He visto un pozo muy profundo en tu pasado —siguió el hombre sin piernas señalándome la mano—. Algo que no entiendo.

—Procedo del reino de Suecia.

Volvió a reírse a grandes carcajadas.

—Cuando estés listo a hablar, ven a buscarme. Me muevo poco. Entretanto, cuidaos de la tormenta. Está a punto de estallar.

Me guiñó un ojo e hizo un gesto a uno de sus hombres, que empezó a tirar de la cuerda del carro que se alejó bamboleante hacia el centro de la sala. La gente abría camino a su paso, las conversaciones se detenían, todos inclinaban la cabeza como si fuera el mismísimo rey.

Me quedé allí plantado como un pasmarote. No sabía qué hacer. Me sentí transparente frente a aquel hombre, que parecía leer mis pensamientos como si los tuviera escritos en la frente. Tenía la sensación de que lo sabía todo y que solo estaba jugando conmigo. Pero eso era imposible. O no. Miré cómo se alejaba. No podía irme, no podía perder más tiempo.

—¡Hablaré con vos! —grité.

Todos se volvieron hacia mí. El carro se detuvo. El hombre sin piernas me miró y volvió a hacer un gesto a sus hombres. Uno lo acercó y el resto nos dejó solos, como rodeados por un cordón sanitario de silencio. Asia también se había apartado con los demás. La miré y ella me sonrió e inclinó la cabeza. «Confía en él», me indicaba con su gesto.

—Cuando os cuente mi historia pensaréis que estoy loco y quedaré a vuestra merced —susurré—, pero no me dejáis otra salida. Si no me creéis no será mi culpa.

—Si dices la verdad, te creeré.

—Hay verdades que son más sorprendentes que cualquier cuento.

El hombre no respondió; me miró en silencio, esperando que hablara.

Y hablé. Vaya que si hablé. Algo vi en aquellos ojos que me hizo olvidar toda prudencia. No me dejé nada en el tintero. Una vez abrí la boca, no pude cerrarla. No había sido consciente de la necesidad que tenía de desahogarme. Llevaba más de cuatro meses de mentiras, disimulos, represión y miedos. Todo eso estaba quedando atrás a medida que contaba mi historia.

Él escuchaba en silencio, sin preguntas, sin interrupciones. Me sentí un espía al que han inyectado una dosis de pentotal sódico y no puede evitar contarlo todo, aunque no quiera. Alguien me acercó una jarra de vino que bebí casi de un trago. En otro momento, tuve a mi lado una escudilla con trozos de cordero. Pasó el tiempo y, por fin, me quedé vacío.

—Podéis pensar que estoy loco —terminé—, yo también lo pensaría, pero mi dinero es tan bueno como el de cualquiera. Tomadlo y ayudadme a liberar a Julia. Después desapareceremos, nunca volveréis a saber de mí.

Aquel personaje del que aún no conocía ni el nombre se quedó mirándome un largo rato. Yo no sabía muy bien qué hacer. Miré a mi alrededor. Todos parecían haber vuelto a sus quehaceres sin hacernos caso, aunque descubrí alguna que otra ojeada a hurtadillas. Asia estaba sentada junto a una hoguera y hablaba con unos hombres. Yo esperaba. Él seguía callado.

—¿Qué decís? ¿Me ayudaréis? —dije impaciente.

—Perdí las piernas en el potro por irme de la lengua. De aqueso aprendí a vivir sin unas y a no soltar la otra.

Cerré el pico.

—Trabajaba en ferias —siguió—. Auguraba felicidades y aprendí a ocultar peligros. Me ganaba bien el pan, mas era joven y púdome la arrogancia. Un personaje principal vino en busca de adivinaciones. Vi su muerte tan clara como te veo a ti. Largué todo: cuándo acontecería, de qué manera, en qué lugar. Y lo que dije sucedió. Me llamaron «brujo», «endemoniado», «asesino». Los reverendísimos padres del Santo Oficio quisieron saber de mis tratos con Satán y fueron muy perseverantes. Yo hablé, quién no lo haría, y me condenaron a galeras. La suerte me fue propicia. Las piernas estaban podridas por los estiramientos del potro y los carceleros me echaron a la calle creyendo que moriría.

Se calló. Parecía estar recordando aquellos momentos, porque la cara se le contrajo como si aún le doliera.

—Me apena mucho lo que os ocurrió y no quiero ser insensible, pero ¿me ayudaréis?

—No te cuento esto para despertar tu piedad. Lo hago porque he vuelto a sentir aquello que me llevó a las mazmorras. No tu muerte, sino la certeza de un futuro. No has preguntado si creo tu historia. Desde que te acercaste a mí, vi algo extraño, un halo de otro mundo. Un vínculo más fuerte que el tiempo entre tú y esa mujer que llamabas tu hermana. Algo así no lo había visto nunca. Y os sentí en el futuro; luchabais juntos contra un mal oscuro y poderoso.

Un escalofrío me puso todo el vello de punta. Unos meses atrás, hubiera pensado sin un instante de duda que aquel hombre solo era un charlatán, un tipo pirado a consecuencia de sus desgracias y endiosado por la adoración de sus secuaces. En aquel momento, sin embargo, le creí. Quizá porque necesitaba creerlo. Nos había visto juntos a Julia y a mí en el futuro. Eso me bastaba.

—Te ayudaré —dijo al fin.

—Os daré todo el dinero que tengo.

—No necesito tu dinero. Yo te ayudaré ahora y tú lo harás cuando yo te lo pida. No importa el tiempo que pase.

—Haré lo que queráis.

—Ten cierto que así será.

Ni siquiera sabía cómo se llamaba. Se lo pregunté.

—Ya no recuerdo mi nombre. Soy el Gran Muñón.

Al día siguiente, el Gran Muñón, me costaba mucho llamarlo así, me contó sus planes. Yo entraría, ya anochecido, en la cárcel, de nuevo con mi disfraz de mercedario. Esto serviría para poner a Julia sobre aviso y para saber en qué celda estaba custodiada. Mientras, los hombres del Muñón entrarían por las cloacas del edificio y se apostarían en el pasillo que llevaba a las celdas. El muro tenía un desagüe al río por donde se evacuaban las aguas fecales de presos y carceleros y aquel era el único lugar accesible desde el exterior. Cuando el guardia abriera la puerta, se lanzarían contra él, lo atarían y amordazarían y escaparíamos por el mismo sitio que habían entrado. En el río nos esperaría una barca que nos llevaría corriente abajo, lejos de Salamanca.

Yo tenía que organizarlo todo. Compré mantas, víveres y una barcaza de transporte que llené de paja. Debajo del cargamento, colocamos un armazón de madera cubierto con una manta donde Julia podría esconderse hasta que estuviéramos en un lugar seguro.

Cuando todo estuvo dispuesto, volví a vestirme el hábito y me presenté en la cárcel con la intención de ofrecer confesión a la rea. Todo parecía ir bien. El carcelero de turno comprobó los papeles por encima como si no supiera leer, lo que seguramente era cierto, y me dejó pasar sin más comentarios. Volví a recorrer aquel húmedo pasillo tras un hombre que llevaba una antorcha para iluminar el camino. Cuando íbamos a entrar en el túnel que conducía a las celdas, el hombre torció hacia la derecha y comenzó a subir unas escaleras.

—¿Dónde me lleváis?

—La rea ha sido trasladada a una celda más confortable.

Suspiré de alivio. Esperaba que aquel cambio no fuera un impedimento para los hombres del Muñón. Entonces apareció un nuevo obstáculo. El siguiente tramo de la escalera estaba separado del anterior por una puerta de hierro. El carcelero la abrió, me hizo pasar delante y la cerró tras de sí.

—¿Dónde vamos?

No me contestó. Aquella puerta me separaba de los hombres que iban a liberarnos. Si nos habían seguido por la escalera, no podrían continuar. Mi única esperanza era que pudieran abrir la puerta por sus propios medios. Al fin y al cabo eran ladrones. Subimos unos cuantos peldaños más y llegamos a un descansillo del que salía un pasaje a cada lado. Miré hacia atrás con disimulo para comprobar si nos seguían. Solo vi oscuridad.

Tomamos el pasillo de la derecha. Estábamos en un lugar mucho menos siniestro que la zona inferior de donde veníamos. El suelo estaba cubierto de paja limpia para evitar el frío y el pasillo se iluminaba con varias antorchas ancladas a las paredes. Por fin, el hombre se detuvo ante una puerta que no parecía la de una celda. La abrió y me hizo un gesto para que pasara.

Volví a mirar hacia atrás. No podía entrar allí sin saber si los hombres nos habían seguido. El pasillo iluminado por las antorchas estaba desierto.

—¿Qué buscáis? —preguntó el carcelero y me pareció notar en su voz un tono de burla.

—¿Es aquí donde está la rea? —pregunté para ganar tiempo.

—Entrad, padre —dijo con un tono más adusto.

—¿No os placería, primero, que os escuchara en confesión?

Estaba tan desesperado que no se me ocurrió otra estupidez que decir.

Sin contestarme, el hombre se apartó a un lado y me indicó con la cabeza que entrara mientras echaba mano a un garrote que llevaba al cinto.

Después de que cerrara la puerta a mis espaldas, me quedé completamente a oscuras.

—¿Julia?

Nadie respondió. Empecé a ponerme muy nervioso. Abrí los brazos y recorrí con ellos todo el perímetro de la habitación, que no era muy grande. Toqué una silla, una mesa y un banco. Cuando comprobé que allí no había nadie, empecé a temer lo peor. ¿Qué pasaba? ¿Por qué me había dejado allí ese hombre? Golpeé la puerta de madera. Era tan maciza que apenas conseguí hacer algo de ruido.

—¡Carcelero! ¿Qué es esto? ¡Abrid de inmediato! —grité intentando dar seguridad a mi voz, lo que me costó un gran esfuerzo.

Seguí allí, solo y a oscuras, un tiempo que no supe calcular. Me parecieron horas; quizá fueron solo unos minutos. La esperanza en los hombres del Muñón se fue esfumando poco a poco. No grité más, era inútil, y me dejé caer en el banco de madera, que parecía similar al de la celda de Julia. Esperé y esperé, cada vez más asustado. Cuando creí que me iba a dar un infarto, el cerrojo sonó y se abrió la puerta.

Un farol iluminó la cara de Diego de Covarrubias. Detrás, en el pasillo, pude ver la figura de dos alguaciles.

—Don Miguel. Qué sorpresa veros aquí. Desconocía vuestra nueva vocación de fraile.

Entró con parsimonia, mientras uno de los alguaciles ponía un cojín en la única silla de la celda y dejaba un farol sobre la mesa. Cuando el alguacil salió y nos quedamos solos, el obispo se sentó en la silla, frente a mí. Por una vez, su atuendo era discreto. Llevaba un manteo sencillo de color negro.

—¿Dónde está mi hermana?

—Está a buen recaudo de intrusos.

—He de verla.

—No os preocupéis por ella. Hacedlo por vos. Habéis entrado en las dependencias del Santo Oficio usurpando la identidad de un sacerdote.

—Las acusaciones contra Julia son una patraña urdida por una niña celosa.

—Lo sé.

Me quedé con la boca abierta.

—Pero mi sobrina y sus bagatelas han conseguido que se descubra un asunto de mucha mayor enjundia. Las conversaciones con mi pariente dieron un fruto inesperado del que no sois ajeno.

El corazón empezó a palpitarme en el cuello. Aquel hombre sabía que había matado a Salinas, estaba seguro, y solo quería sonsacarme la verdad. No podía darme por aludido.

—No sé qué os habrá contado Salinas. Ese hombre es un cobarde y un mentiroso. Y bien sabéis que los interrogatorios de vuestros hermanos pueden despertar la imaginación del más zafio.

El obispo sonrió.

—Tenéis razón. Los hermanos de la Inquisición a veces son vehementes en exceso y eso nubla el entendimiento. Pero no creo que este sea el caso. Don Juan habló de un viaje demoníaco, un viaje desde el futuro, y su testimonio fue claro y minucioso. No hay duda de la veracidad de sus palabras.

Así que no tenía nada que ver con el asesinato. Era algo peor.

—Esperad. —Levantó la mano cuando yo quise hablar—. Solo he venido para deciros que estáis detenido y que vuestra hermana y vos seréis acusados de nigromancia.

—¡Esto es una locura! —Me puse de pie de un salto. El obispo no se inmutó: parecía hecho de cera. Solo se atusó con cuidado la perilla mientras yo intentaba convencerle—. No sabéis lo que decís. Salinas hubiera inventado cualquier cosa con tal de salir de aquí, y lo entiendo. Vos sois un hombre culto, de vuestro tiempo, no podéis creer tamañas insensateces.

—Confieso que pensé eso mismo hace unos días. Incluso intenté hablar con mi pariente poco tiempo después de que fuera puesto en libertad. Mas... las circunstancias han cambiado. No estáis al tanto de mis últimas pesquisas.

Me iba a decir que habían encontrado el cuerpo de Salinas. Iba a acusarme de asesinato. Estaba jugando conmigo como si él fuera un gato y yo, una madeja de lana.

—Al no encontrar a Salinas, hice llamar a don Gaspar, el boticario, y, para mi sorpresa, descubrí que existe un libro en el que vuestra hermana y don Juan llevaban un tiempo indagando fórmulas de vida eterna y riquezas sin fin.

—Dudo mucho de que don Gaspar os haya contado algo así.

—Hube de echar mano de toda mi persuasión. Me costó dos días conseguirlo, pero, finalmente, he de confesaros que lo sé todo. Y vos también, por lo que parece. No os habéis mostrado muy sorprendido de mis palabras.

—Acabáis de acusarme de brujería. No tengo la cabeza para pensar en otra cosa.

El obispo se rio de forma muy campechana. Parecíamos dos amigos charlando de lo divino y lo humano, solo que, en este caso, lo divino podía llevarme a la hoguera. No había ninguna posibilidad de que saliera libre de aquella habitación. La esperanza de que los hombres del Muñón vinieran a rescatarnos se había desvanecido. Estaba derrotado. Sin embargo, tenía que hacer un último intento.

—Yo soy el único culpable de todo esto, monseñor. —Si podía salvar a Julia, al menos no habría sido todo en vano—. Fui yo quien contó a Salinas esa farsa. Quería reírme de él, no pensé que tuviera más trascendencia. Mi hermana no tiene nada que ver con ello. Está preñada. Os lo suplico, dejadla en libertad. Sabéis que todo eso del viaje en el tiempo no es más que un sinsentido. Si me lo permitís, os lo aclararé.

—Veo que no habéis perdido vuestra singular palabrería.

—Se levantó de la silla, se arregló el manteo y volvió a atusarse la perilla—. No me interesan los viajes imaginarios. Solo es una mera disculpa para vuestra condena. Necesito el libro y vos me lo vais a dar.

Esa fue la puntilla. Porque el libro del que hablaba el obispo, el libro de Flamel, estaba en aquel momento escondido debajo de mis sayas, sujeto al pecho con una tela. No había querido dejarlo con nadie. No me fiaba. Por mi falta de previsión, el libro acabaría en manos del aquel tipo y Julia y yo, convertidos en cenizas.

No había nada que hacer. Abandoné todo intento de pelea, hundí la cabeza entre los hombros y me entregué a lo que viniera a continuación, que no podía ser nada bueno.

29

Estuve quince días encerrado. Quince días de oscuridad, asfixia y hedor a excrementos. Quince días de miedo, de mucho miedo.

Compartí una celda en penumbra con otro preso, un catedrático de Griego de la universidad, encarcelado por no sé qué asuntos teológicos de la Vulgata y al que apenas conseguía entrever cuando nos daban la comida: un trozo de pan mohoso y una sopa que sabía a agua de cloaca. Cuando me sacaron de allí no quiso acompañarnos. Solo tenía que estar unos meses más encerrado, como penitencia, y podría volver a su cátedra de Griego, siempre que dejara de enseñar lo que había provocado su encierro, algo muy farragoso que no llegué a entender. Nunca supe si lo logró o terminó por morir de alguna de las enfermedades que se podían coger en ese antro.

Dormíamos en el suelo, cubierto de una paja putrefacta que nunca se cambiaba. Los primeros días, me pasé el tiempo acuclillado sobre el agujero del suelo que hacía las veces de letrina. Creía que iba a morirme. Estaba seguro de que había cogido el cólera o algo peor. Por fortuna, el cuerpo se me fue acostumbrando. Era terrible saber que nuestras deposiciones iban directamente a la celda de los condenados a las peores penas. Me negaba a pensar en cómo sería aquella mazmorra, desde la que apenas escuchábamos algún que otro gemido lejano, ni el tiempo en que tardarían en morir los que allí eran arrojados. No hacía falta verdugo. Los presos se morían solos.

Comprobé *in situ* lo que ya sabía, que los instrumentos exhibidos en museos de mi tiempo pertenecían más a la Inquisición centroeuropea que a la española, mucho menos sofisticada. Los métodos de tortura utilizados por nuestra Inquisición eran los azotes, el potro y la toca. Aún se me revuelve el estómago al decir esa palabra.

Fue la toca la que utilizaron conmigo el tercer día de estar encerrado. Ya había pasado lo peor de la diarrea y empezaba a poder pensar con coherencia cuando vinieron a por mí.

Me sujetaron las manos con grilletes y me arrastraron hasta una habitación mucho más grande que la celda donde estaba encerrado. Llevaba tres días en completa oscuridad y la luz de los hachones sujetos a las paredes me molestaba como si hubieran encendido unos focos. Me hicieron sentar en un banco. Había dos sacerdotes dominicos y un hombre, supuse que el verdugo, bastante canijo, con el rostro oculto por un capuchón de cuero como el de las procesiones y un delantal, también de cuero, cubierto de manchas oscuras. Junto a él, encima de una mesa, un paño, un barreño con agua y una jarra.

—Reza, penitente, para que nuestro Señor te conceda la gracia del perdón —salmodió uno de los dominicos mientras levantaba un crucifijo por encima de su cabeza.

—Rezaré, padre. Me someto a la caridad de vuestras reverencias. Soy buen cristiano.

—Pecado de soberbia. Reza y arrepiéntete de tus confusiones.

Así empezó una serie interminable de oraciones en latín que pude seguir con dificultad.

—Habéis sido acusado de nigromancia, uno de los pecados

más nefandos contra nuestra Santa Madre Iglesia —siguió el otro dominico cuando acabó el rezo—. Solo Dios es capaz de hablar con los muertos. Pagaréis vuestra culpa con encerramiento pero, antes, hemos de sacaros el demonio que os ha hecho abrazar esas prácticas paganas. Para limpiar el alma antes habréis de purificar el cuerpo.

Dicho esto, que ni siquiera intenté rebatir, el verdugo me echó la cabeza hacía atrás. Los dos hombres que me habían llevado hasta allí me sujetaron para que no me moviera. No habría podido. Estaba paralizado. El verdugo se acercó, me apretó los carrillos para que abriera la boca y empezó a meterme el paño dentro. Empujó hasta que la tela me llegó a la garganta. Pataleé, me revolví. Me ahogaba. El paño me producía arcadas. Por fortuna, tenía el estómago vacío; si no, me hubiera ahogado en mi propio vómito. El verdugo comenzó a echar agua. Cuando la tela se empapó, el agua me bajó por la tráquea aumentando la sensación de asfixia. Tosía, me atragantaba, me arqueé intentando alejarme de aquel suplicio. Los carceleros me sujetaron con firmeza. Necesitaba aire y solo sentía una masa que me oprimía la garganta y el agua que me inundaba los pulmones. No sé cuánto tiempo pasó. Al final, dejé de respirar y perdí el conocimiento.

Cuando desperté estaba otra vez en mi celda y mi compañero me limpiaba la cara de los mocos y las babas que me había producido la tortura.

—Ánimo, amigo. De esto no muere nadie.

—Dales tiempo. —Tenía la garganta tan irritada que me salió un graznido.

—Me hicieron lo mismo al principio. Ahora, gracias a Dios, se han olvidado de mí.

—Menuda ceremonia de bienvenida.

Durante las dos semanas que permanecí en la cárcel repitieron el ritual tres veces más. No sabía cuándo iban a venir a por mí. La primera vez tardaron solo unas horas. Entre las otras dos pasaron varios días. Cuando escuchaba el cerrojo me faltaba la respiración. Sentía el ahogo desde ese mismo momento. La espera era incluso peor que la propia tortura.

Un día, cuando volví a oír los cerrojos, comencé a temblar, como siempre. Otra vez no, por favor, por favor, otra vez no, rezaba a no sabía qué dios. Cuando el carcelero entró en la celda con un candil, me dispuse a seguirle como el cordero al matarife. Entonces, el hombre cayó al suelo con un estertor. Tras él distinguí a dos hombres que entraron con rapidez en la celda y me alzaron en volandas. Entre la falta de comida, las diarreas y la tortura de la toca, debía de pesar cincuenta kilos.

—El Muñón te manda saludos.

«Julia está muerta. Está muerta. Julia está muerta.»

Repetí aquellas palabras en mi cabeza como un mantra. No podía creerlo. Julia estaba muerta. Mi hijo estaba muerto. Yo estaba muerto.

Asia había sido muy valiente. No vaciló. Cuando los hombres del Muñón me sacaron de la cárcel, solo esperó a que nos encontráramos a salvo en la cueva para contármelo.

—Murió hace una semana —me dijo—. Don Baldomero vino a buscarme. Estaba muy apenado, lloraba como un niño. Al parecer, vuestra hermana tuvo una calentura con modorra y, a pesar de la sangría, no mejoró.

Calentura con modorra. Sangría. Aquel diagnóstico era tan absurdo que solté una carcajada y no pude parar de reír hasta que empecé a boquear. Ni fuerzas tenía para regodearme en la miseria. Una vieja me acercó un cuenco del que bebí sin preguntas y caí en un sopor que me dejó grogui durante varias horas.

Cuando desperté, alguien me había lavado y puesto una ropa

distinta a los harapos de la cárcel. Durante una respiración no recordé nada. Luego, todo me vino a la cabeza como un alud. Julia estaba muerta. Asia, a mi lado, me miraba con los ojos muy abiertos, como si esperara que hiciera una locura.

—¿Don Baldomero la vio?

—Pagó su sepultura.

—¿La vio?

—No lo sé.

Me puse en pie.

—He de hablar con él.

—Nadie sale de aquí —escuché a mis espaldas.

El Gran Muñón se acercaba en el carro de madera, rodeado de su guardia pretoriana.

—No me creo que haya muerto —manifesté—. He de hablar con alguien. Tengo que...

—Nada has de hacer salvo esconderte —dijo el Muñón—. Te sacamos del banasto y eso no les gusta mucho a los reverendos. Habrás de permanecer aquí hasta que sea seguro volver a las calles.

—¡Era a ella a quien había que rescatar! —le grité—. ¡A ella, no a mí!

—La habían trasladado a otro lugar. Mientras indagábamos dónde estaba, nos llegó la noticia de su muerte.

—Puede estar encerrada en algún sitio desconocido.

—Mis soplones son de fiar. —El Muñón me habló como a un tonto al que hay que hacer comprender algo evidente—. El niño estaba muerto dentro de ella y le envenenó la sangre.

—Es otra patraña del obispo.

—Le seguimos los pasos. Covarrubias partió de Salamanca al día siguiente de la muerte.

No había llorado a Julia y seguí sin poder hacerlo. Solo sentía rabia y la rabia no te deja llorar. En lo más oculto de mis pensamientos, aquel lugar donde ni siquiera uno mismo se atreve a mirar, mantenía la esperanza de que todo fuera un engaño. El obispo tenía el libro y la tenía a ella. ¿Por qué no hacerla desaparecer y poder así utilizar sus conocimientos en beneficio propio? Entonces recordaba los pies infectados de Julia, su embarazo, las condiciones de la celda donde estaba encerrada, las mismas que yo había soportado, y aceptaba la posibilidad de su muerte.

Durante dos días no hablé con nadie. Me aparté a un rincón para rumiar mi angustia. Los cinco últimos meses había vivido dos vidas enteras. Había experimentado todos los estados de ánimo posibles, todos los miedos. Había viajado a un tiempo de normas desconocidas creyendo que podría manejarlas, había asesinado a un hombre, había vivido quince días en un infierno del que nunca pensé salir y Julia había muerto. Sobre todo, Julia había muerto. No me quedaba nada. No quería pensar en su muerte, pero la imaginaba una y otra vez, sin descanso. ¿Me llamaría? ¿Esperaría hasta el último momento que la salvara? Era lo que no me dejaba vivir. Veía sus ojos buscándome, segura de que al final conseguiría superar todos los obstáculos y llegar hasta ella. Me llamaba y no tenía ninguna respuesta. Para mí, Julia seguía allí, en ese instante fronterizo, pensando que la había fallado, que la había dejado sola. Para siempre.

No recuerdo con detalle los tiempos que siguieron a aquello. Estuve bastantes días oculto en la cueva, que no se limitaba a la gran sala donde había conocido al Muñón. Era una maraña de túneles que horadaban el subsuelo de la ciudad y que tenían varios accesos por lugares variopintos: sótanos de viviendas, criptas de iglesias, callejones, parajes alejados de Salamanca. Un sistema de fuga infalible. Aprendí las señales que permitían transitar por ese laberinto sin perderse para siempre y, finalmente, entré a formar parte de la banda del Muñón.

Vestí unas calzas rotas, una camisa y un manto con capucha, una ropa mucho más cómoda que la que había llevado aquellos últimos cinco meses. Me cubrieron la cara con escrófulas simuladas, me taparon un ojo con un parche y me embadurnaron los dientes con hollín. Nadie de aquella época, y mucho menos un pordiosero, podía tener una dentadura como la mía, genuina del siglo XXI, hija de la ortodoncia, blanca y, sobre todo, completa.

Los primeros tiempos, me dedicaron a pedir, cosa para la que era bastante negado. No era capaz de poner una voz tan lastimera como para despertar la caridad de los buenos cristianos. La mendicidad no era lo mío. Sacaba poco y el Muñón no me reclamaba más. Durante la noche me instruían en la apertura de cerrojos, en el sigilo para entrar y salir de las viviendas, en la manera de arramblar con el mayor número de objetos valiosos. Había tantas especialidades como en un centro de formación profesional. Estaba el ventoso, experto en entrar por las ventanas; el redero, ladrón de capas; el almiforero, de caballos; el piloto, que guiaba a los demás ladrones, y un sinfín de «oficios» más que olvidé hace mucho.

Yo seguía anestesiado. Había cruzado al otro lado del espejo, me había vuelto invisible. Callaba y aprendía. Solo recobraba algo el ánimo cuando Asia venía a la cueva. Se sentaba a mi lado y me contaba chascarrillos de la ciudad. Quién estaba en amoríos con quién. Lo lujosa que había sido la última procesión, cuántos caballos habían destripado en la última corrida de toros, cómo había aguantado la cabeza en su sitio el ejecutado en la plaza. Asia me hablaba poco de esto último. Le asombraba que los ajusticiamientos, los azotes y castigos públicos me revolvieran las tripas. Yo podía haber sido uno de esos desgraciados, aunque no era lo que me preocupaba. En aquel momento me daba lo mismo vivir que morir. Me asqueaba aquella brutalidad jaranera. La misma Asia disfrutaba como el que más de una tunda de palos o del corte de una mano o de una lengua. No podía evitar sentirme superior a ellos y al momento me desdecía. La falta de costumbre de ver la violencia como espectáculo me hacía más melindroso, pero no mejor persona. Les llevaba cinco siglos de urbanidad, solo eso.

Una urbanidad que no tardé en perder. Cuando aprendí los rudimentos del oficio, me subieron de categoría y empecé a robar. Mi primer cometido fue distraer mientras el boleador, que así llamaban al ladrón de las ferias, normalmente un niño, se hacía con la bolsa del pardillo de turno. Yo hacía malabares con dos manzanas, simulaba una caída aparatosa o me convertía en un borracho que chocaba con la gente. Al principio, el miedo a ser descubierto me entorpecía y me aguaba la diversión. Muy pronto, sin embargo, le empecé a coger el gusto. El corazón me iba a mil, la adrenalina me tonificaba; por primera vez desde que había salido de la cárcel me sentía vivo.

Más tarde, cuando el buen tiempo empezó a sacar de sus casas a las gentes de la ciudad, me subieron de categoría y me uní a una banda. Entrábamos en palacios y en casas de señores principales, atracábamos a punta de navaja a viandantes rezagados, deteníamos carrozas a las afueras de la ciudad y asaltábamos a sus viajeros, dejándolos muchas veces en cueros al borde del camino. Su desnudez, que me dejaba indiferente, también me hacía recordar nuestra llegada a aquel mundo. Aún no había pasado un año y me asombraba comprobar cómo había cambiado yo desde entonces. Seguía las órdenes sin consideración moral alguna. Si había que entrar, se entraba. Si había que golpear, lo hacía. Mis compañeros no eran demasiado sangrientos; no me hubiera importado que lo fueran. Preferían maniatar y amordazar antes que cargarse a sus víctimas. En el fondo, no eran mala gente. El Muñón enseñaba bien a sus acólitos. Yo no me hacía preguntas, no protestaba, no tenía miedo. Por primera vez en mi vida, saboreaba el peligro.

Una noche, nos colamos en una casa que me resultó familiar, aunque la oscuridad y la excitación me impidieron darme cuenta de dónde estaba. Recorrimos la casa con sigilo, echando al saco objetos de peltre, velas de cera, arreos de caballos... Subimos a la planta superior y nos desperdigamos por las habitaciones.

Yo entré en uno de los dormitorios. Cuando iba a acercarme a la cama, algo me golpeó la cabeza. Caí al suelo y, al darme la vuelta, distinguí a la luz del candil una figura conocida.

—¡Voto a Dios! —escuché.

Tras de mí entró un compañero que golpeó a su vez la cabeza de aquel gigante. Se desplomó como un fardo.

—No —dije sujetando el mazo que iba a volver a usar mi colega—. Es un amigo.

Levantamos entre tres a Baldomero, lo sentamos en una silla y lo atamos de pies y manos. Cuando despertó me miró con la misma alegría que si nos hubiéramos encontrado en la taberna. Ni caso hizo de las ataduras.

—¡¡Querido amigo!! Creí que estabais muerto. No os puedo dar un abrazo, pero os aseguro que soy el hombre más feliz del mundo.

—Yo también me alegro de veros. No temáis. No os haremos nada.

—¡No es eso lo que me preocupa, pardiez! ¿Qué hacéis con estos malandros?

—Escapé de una mazmorra. No es una buena recomendación para buscar empleo.

—Quise ayudaros, pero ya sabéis cómo se las gasta el Santo Oficio.

—No os reprocho nada. Siempre he podido confiar en vos.

—Debisteis venir a mí al escapar.

—Sois un buen amigo y os lo agradezco. Estoy bien donde estoy. No deseo comprometeros.

—Cuando supe lo de vuestra hermana...

El estómago se me subió a la garganta.

—¿La visteis?

—Me dejaron verla antes del entierro.

Ese rincón de esperanza que mantenía al margen de la realidad comenzó a desinflarse.

—¿Estáis seguro de que era ella?

—¿Quién iba a ser si no? Confieso que me sentí incapaz de mirarle el rostro, pero esas manos, ese pelo, el porte... Nada me haría más feliz que estar equivocado. Era doña Julia, os lo aseguro.

Me prohibí pensar en ella y a veces casi lo conseguía. Durante mucho tiempo me mantuve en un aturdimiento indoloro. Robaba, bebía, follaba. El gran triunvirato. Llegó lo más duro del verano y las calles de Salamanca pasaron de ser un atascadero insalubre a un secarral inmundo plagado de moscas donde los olores de humanidad, animales y desperdicios que ya apenas notaba volvieron a atacarme la pituitaria con toda su virulencia. Trozos de carne irreconocible colgaban de ganchos herrumbrosos. Los pescados del río Tormes se secaban al sol y aportaban su granito de arena a la peste general. Los puestos de comida y aparejos varios proliferaban con el buen tiempo y con ellos las riadas de gente que se habían mantenido a cierto resguardo durante el invierno. Y con la riada de gente, nosotros hacíamos el agosto.

Me había convertido en un ladrón pasable y, sobre todo, y para mi asombro, en un curandero muy eficaz. No tenía demasiado mérito. La ignorancia absoluta de todo el mundo, incluidos los médicos, sobre las infecciones y la manera de combatirlas, me había otorgado una fama muy merecida entre las gentes del hampa. El asunto era lavar bien las heridas con agua y jabón, lo que para ellos era como el milagro de Fátima. Desde que yo llegué a la cueva no fue necesaria ninguna amputación o viático por cualquier herida infectada. Les hablaba de los bichitos que entran en el cuerpo a través de la sangre y se comen la carne desde dentro y me miraban embobados.

Había un montón de enfermedades e infecciones, como piojos, ladillas, sarna, herpes e impétigos, hasta cojeras y cegueras que podían mitigarse con un poco de higiene. Gracias al Muñón, que confiaba en mi criterio, conseguí que la gente se lavara las manos con frecuencia o, al menos, de vez en cuando y que lavara también la ropa. Se empezó a hervir el agua para beber, sobre todo cuando llegó el calor. Éramos los delincuentes más limpios y sanos del mundo.

—Sois el demonio —refunfuñaba un anciano que fuera soldado en Flandes mientras su hija le lavaba una llaga del pie—. No es de cristiano viejo tantas lavaduras.

—Dicen que la sífilis se mete por las heridas si no las cubres con barro —afirmaba un rufián que se había cortado en el brazo al entrar por una ventana.

—La sífilis entra por otro sitio y por otras coberturas —replicaba yo—. Ya sabes el refrán. Una noche con Venus y toda la vida con Mercurio. Ten tu verga limpia y enfundada y verás cómo la sífilis pasa de largo.

—Voto a tal, Seco, que pecar a bulto menos rico es, pero más fácil.

Me llamaban «Seco»: ese era mi nombre en la germanía. Primero había sido «Sueco», claro, y el silencio y mi carácter huraño de los primeros tiempos habían modificado el apodo.

A veces me preguntaba si esas mejoras sanitarias y, puesto a ello, si todo lo que había hecho o me quedaba por hacer no provocaría un cambio drástico en el futuro. Sabía que nunca volvería al siglo XXI, pero ¿y si mi actuación en el XVI producía alteraciones en los siglos posteriores que impidieran, incluso, mi nacimiento? En cualquier instante podía dejar de existir; nunca lo habría hecho porque nunca habría nacido. Y, si eso ocurría, yo no podría viajar al pasado ni provocar los cambios que habían originado mi desaparición. Otra vez la paradoja del abuelo. Quizá esos mismos cambios impedirían nacer a Julia o quizá naciera y nunca llegara a conocerme y entonces... aquí me paraba. No quería pensar más. Lo cierto es que, en el fondo, me daba lo mismo. Mejor no comerme la cabeza. Cada vez lo hacía menos.

30

Después de más de un año de bandas callejeras, de robos, de vino y juergas enloquecidas tenía suficiente. Quise poner tierra y agua de por medio. Nunca podría avanzar hacia el olvido si seguía en Salamanca, donde las calles, los rincones, las tabernas, todo me recordaba a Julia. Y donde todo me recordaba también que aquel no era mi mundo, pero que seguiría siéndolo hasta mi muerte.

Cuando me fui, el Muñón me atrajo hacia sí y me abrazó.

—Has cumplido bien, hermano. Entiendo que debes largarte, pero recuerda que cuando se ha hecho el juramento de los desarrapados, nunca se va uno del todo. Nos volveremos a ver.

Estuve cuatro años en América y cada mañana, mientras comía aquellas gachas de harina de maíz que tan exóticas les parecían a todos, me hacía la misma pregunta: ¿qué cojones hago aquí?, ¿quién coño me mandó meterme en este lío? Era mi oración particular. Cada noche, cada mañana.

Fui al Nuevo Mundo con las fuerzas de apoyo al virrey del Perú Blasco Núñez de Vela, un tipo odiado hasta por sus amigos, que se enfrentaba a una insurrección de los encomenderos, dirigidos por Gonzalo Pizarro, hermano del conquistador. Llegué en el peor momento, con las tropas que pelearían en la batalla de Iñiquitos, un precioso valle de lo que después sería Ecuador y que quedó empapado en sangre. Para ser mi primera gran batalla, resultó una escabechina. El propio virrey fue decapitado allí mismo, en presencia de todos.

Mi bautismo de fuego fue una pesadilla, sí, y también una epifanía. Cuando me vi envuelto en la lucha, me poseyó algo salvaje que ya no me abandonaría. Me sentí poderoso, violento. Había aprendido con inesperada rapidez a cargar y disparar el arcabuz, esa «diabólica invención» de la que abominaría don Quijote. En Iñiquitos me cobré mi primera víctima. Apunté y disparé. El soldado estaba frente a mí, tan cerca que la bala le entró por el ojo. Cayó como un fardo, con la cara negra de pólvora y roja de sangre; una muerte rápida. No sentí nada o, mejor dicho, no sentí nada de lo que debería haber sentido. Ni arrepentimiento, ni dolor, ni lástima. Solo euforia. En aquella primera batalla descubrí el placer de las emociones primarias: matar, sobrevivir, comer y dormir tras la pelea.

Me convertí, poco a poco, en un mostrenco. Cada mandoble de espada, cada disparo de arcabuz o de ballesta, me alejaban más del hombre que había sido. Al principio, aún era capaz de sorprenderme por lo que me rodeaba. Ese Nuevo Mundo que se creaba y bullía a mi alrededor. Paisajes vírgenes de una fuerza y una belleza cegadoras. Ciudades recién nacidas, como San Francisco de Quito, o la impresionante Cuzco, con sus palacios incas. Los propios indígenas, de ropajes de pavo real y rostros impenetrables. En el tiempo entre batallas todavía era capaz de disfrutar de mi condición única de viajero del futuro.

Eso también fue desapareciendo. Si la delincuencia despertó en mí el gusto por el peligro, la guerra me hizo un yonqui de la adrenalina. El humo de los arcabuces, el relincho de los caballos, el tronar de los cañones, el olor de la sangre, los gritos de dolor y los de triunfo, todo me encendía el ánimo como ninguna otra cosa.

Lo que peor llevaba era el clima. No hay nada más jodido que atravesar una ciénaga con una humedad del noventa por ciento y una temperatura de treinta grados, vestido con una cota de malla y un casco de acero que solo sirve para freírte los sesos. O eso pensé hasta que llegamos a Huarina, cerca del lago Titicaca, otra batalla que perdimos contra los encomenderos. Allí, el frío polar convertía el casco en un frigorífico que congelaba los pocos pensamientos que aún cruzaban por mi mente atontada.

La batalla de Jaquijaguana, en Cuzco, la última, duró poco, por fortuna. A más de tres mil metros, te falta el resuello en un santiamén y si, encima, tienes que llevar un arcabuz a cuestas, más la cota y el casco, parece que peleas bajo el agua o a cámara lenta. Atacamos al amanecer. Éramos más de mil, acaudillados por Pedro de la Gasca. Las tropas rebeldes eran inferiores en número, sobre todo cuando se pasaron en masa a nuestro bando. Casi no hubo lucha y Gonzalo Pizarro y Francisco de Carvajal, su segundo, fueron apresados y decapitados en el propio campo de batalla, como compensación, supongo, por la muerte de nuestro general. Así terminó la rebelión de los encomenderos y allí terminó también mi estancia en América.

Había estado cuatro años luchando con las fuerzas realistas en una guerra sin sentido. Qué novedad. Los encomenderos fueron vencidos y, sin embargo, las leyes contra las que se habían levantado en armas terminaron derogadas. Los privilegios de las encomiendas siguieron como siempre. Bartolomé de las Casas y Francisco de Vitoria, los inspiradores de las Leyes Nuevas, no se merecían nacer cuando lo hicieron. O quizá no se merecían nacer en un país que nunca supo aprender de sus errores ni aprovechar sus oportunidades.

Después de la batalla de Jaquijaguana, me harté. Me habían herido cuatro veces, ninguna de gravedad, y estaba hasta las narices de luchar tan lejos. Si mi estado de ánimo hubiera sido otro, quizá hubiera buscado un lugar tranquilo, uno de esos tan frecuentes en aquella tierra de paisajes que quitaban la respiración. Hubiera conseguido una pequeña encomienda, me hubiera dedicado a plantar cacao y mi vida habría transcurrido sin sobresaltos y sin emociones. Todavía no estaba preparado para algo así. El riesgo me seguía atrayendo, quizá porque no sentía la liberación que precede a la paz. Pasaba los días nadando en una sopa mental, pero las noches eran otra cosa. Entonces me visitaban mis muertos: Julia, Salinas, ese primer enemigo de rostro destrozado, los muertos anónimos de cien batallas, y me decían que aún debía pagar por mis pecados. De nada servía que al despertar me riera de mis terrores nocturnos. Seguían allí, agazapados en mi cabeza, dispuestos a salir en cualquier momento de descuido. Había querido dejar atrás a los fantasmas y se me habían colado en el equipaje.

Así que volví a España. El regreso en la galera fue tan terrorífico como la ida. No podía comprender cómo alguien salía vivo de esas travesías, pero así era. Yo lo hice dos veces. Una falta de espacio claustrofóbica, enfermedades, suciedad incluso para los cánones de la época; peleas, hambre y piojos, muchos piojos. A la ida, para evitar el escorbuto, metí en mi equipaje todos los limones que pude. A la vuelta, me traje guayaba seca, que nadie quería comer y que yo sabía que era una buena fuente de vitamina C. No tuve escorbuto, pero sí sarna, y unas cuantas peleas, y cierto amorío peligroso con la hija de un encomendero que volvía a España para ingresar en un convento.

De las guerras de América pasé a las del norte de África. Lo bueno que tenía ser un soldado en aquella época, como en casi todas, era que podías luchar en cualquier sitio que se te ocurriera. Y si ese soldado, o sea yo, sabía con anterioridad dónde iba a estar la acción, mejor que mejor. Siempre había una buena batalla que echarse al cuerpo. Como mercenario podía dejar un ejército y enrolarme en otro sin demasiados problemas. Me comparaba con mis homólogos del siglo XXI, con sus armas sofisticadas, sus gafas de visión nocturna, sus suculentas pagas, personajes que existían en una dimensión paralela a la de mi mundo académico, seres irreales que nunca hubiera deseado ni soñado emular y ante los que, en otro tiempo, me hubiera cagado de miedo. Y ahí estaba yo, con mi arcabuz, mi espada y mi casco, un ratón de biblioteca transmutado en un salvaje. El progreso no mejora al ser humano, solo le cambia el disfraz.

En 1550 participé en la toma de Mahdía, en Túnez. Era una batalla que había estudiado con detenimiento en la carrera y de la que me había sorprendido la capacidad organizativa de los mandos, poco dados, en general, a la actividad de pensar. Allí me hirieron de nuevo. La quinta cicatriz, esta vez en el muslo. La flecha me tocó algún tendón y me quedó una leve cojera que no me impedía pelear, y sí caminar como siempre lo había hecho. Qué más daba. Ya era todo un soldado de esos Tercios temidos por todos, marcado por mil batallas, endurecido y muerto de hambre al que se le pagaba tarde, mal y nunca.

De aquella reyerta, además de la cojera, conseguí algo muy importante, mucho más de lo que creí entonces. Mi escuadrón era el encargado de recoger agua en las fuentes cercanas. Yo sabía que, en una de estas incursiones, las fuerzas de Turgut se abalanzarían sobre nosotros y nos veríamos cogidos entre dos fuegos, los de la gente de Turgut y los hombres de la guarnición, que saldrían en su ayuda. Por ello, puse sobre aviso a un caballero de Malta con el que había hecho buenas migas, a pesar de que estos tipos eran en general inaccesibles y más engreídos que un pavo real.

—Este sería un momento inmejorable para atacarnos —le dije—. Si yo fuera Turgut, prepararía una emboscada en el olivar y esperaría a que estuviéramos indefensos en las fuentes.

Mi amigo encontró muy prudentes mis palabras y las comentó con su superior. Cuando el ataque se produjo, como yo bien sabía, los caballeros de Malta cargaron sobre los mahometanos que habían salido de la guarnición y los lograron repeler con ayuda de la artillería. Fue allí donde me hirieron con una ballesta. Al menos salí con vida, aunque muchos de los nuestros quedaron en el campo de batalla.

Y pasó algo cuyas consecuencias solo descubriría siete años después. En el fragor de la contienda, esquivé el mandoble de una cimitarra que estuvo a punto de degollar al capitán Carlos de Ayanz, uno de mis mejores compañeros en los Tercios, uno de los pocos con los que se podía mantener una conversación interesante.

Cuando todo hubo pasado y nos encontrábamos reposando en nuestros camastros de campaña, mientras el médico me vendaba la herida del muslo después de que yo me empeñara en lavarla con agua y jabón, Carlos no paraba de agradecerme la ayuda. Yo me sentí un poco culpable. Sí, le había salvado la vida porque era mi compañero de armas, pero seguramente también porque iba a ser el padre de Jerónimo de Ayanz y Beaumont, un proyecto de ser humano que estaba a punto de nacer. Jerónimo de Ayanz sería un hombre adelantado a su tiempo, uno de los inventores más importantes de nuestra historia, aunque casi nadie, salvo algún friqui como yo, lo conocería cinco siglos después.

Mi relación con Carlos se afianzó tras este incidente y, algunos años después, volvimos a encontrarnos camino de Flandes y reanudamos nuestra amistad. Hasta llegué a conocer a su familia en Pamplona. Jerónimo tenía tres años entonces y era un niño tranquilo al que nadie hacía demasiado caso, como era costumbre en la época.

Mi vida siguió sin muchos cambios hasta 1557. Períodos de tranquilidad mezclados con escaramuzas. Después de Túnez, vinieron Lombardía, Portugal y Flandes. Nunca imaginé que pudiera viajar tanto y en tan extremas condiciones. Lo que no mata, engorda y yo, a esas alturas, había desarrollado una coraza lo bastante estable como para, incluso, disfrutar de los buenos momentos, que también los había. Momentos que unos años atrás, o varios siglos más tarde, me habrían repelido. Una buena borrachera con camaradas que, en algunos casos, no sabían ni contar hasta diez y variada compañía femenina a la que sí, pagaba por follar, algo que nunca hubiera imaginado que haría. No estaba el tiempo suficiente en ningún sitio como para conocer a una mujer con quien compartir el lecho sin dinero de por medio. Mis méritos para conseguirlo tampoco eran muchos, la verdad. Y mi escala moral había descendido hasta el subsuelo.

En esas ocasiones me acordaba de Asia, a la que había dejado en Salamanca a punto de convertirse, eso esperaba, en toda una empresaria. Durante mi período de matón y chorizo había reunido un pequeño capital que le dejé casi íntegro cuando partí para las Américas. Era lo menos que podía hacer y ella lo recibió sin aspavientos, y con una gratitud que me demostró durante nuestra última noche juntos. La echaba de menos de tanto en tanto, cuando las batallas me daban algún cuartelillo y el cuerpo me pedía otro cuerpo amable que apaciguara mi soledad. Porque era sorprendente lo solo que se podía llegar a estar. La separación significaba la ausencia absoluta, casi como la muerte. Para alguien de mi tiempo era inconcebible un aislamiento así, sin la inmediatez de comunicaciones del siglo XXI, sin ni siquiera una miserable carta que lo suavizara. Aunque hubiera existido un servicio de correos decente, ni Asia sabía leer ni escribir, ni el Muñón tenía apartado de correos donde enviarle las cartas ni Baldomero, mi único amigo, conocía dónde paraba. Por otra parte, yo no tenía nada que contar, salvo lo que no podía contar a nadie.

Perdí la curiosidad del investigador, el deseo de aprender. Los últimos tiempos en el Nuevo Mundo viví de escaramuza en escaramuza, sin ser consciente ya de lo que me rodeaba. Cuando, más tarde, en el Mediterráneo, me enfrenté a los galeones turcos con sus gallardetes ondeando al viento y su tripulación vociferante con las cimitarras en alto insultando al infiel, que éramos nosotros, no sentí la excitación que un espectáculo así me hubiera producido solo unos años atrás. Lo único que pensé fue en cuántos de ellos podría cargarme con mi arcabuz y mi centella. No miraba con ningún interés especial las ciudades que conocía en mis viajes, lugares donde se fraguaba la Historia que tanto me había importado en otro tiempo. Ya ni siquiera soñaba con mis muertos. Sí, me había convertido en un bruto.

Lo único que me acercaba al Miguel que había sido era Julia, mi mayor dolor, un dolor que me pinzaba el estómago de vez en cuando y me hacía daño como si acabara de escuchar la noticia de su muerte. Hay dolores que nunca se mitigan, que siguen agazapados como una tarántula dispuesta a picar sin previo aviso. A veces pensaba en lo que le parecería a ella ese nuevo yo que llevaba años dando tumbos por el siglo XVI. Se reiría de mí, como siempre había hecho. Me miraría con esos ojos enormes e irónicos, me daría un cachete y me diría que volviera en mí, que estaba haciendo mucho el imbécil y que todo terminaría por solucionarse.

Y entonces llegó San Quintín.

Felipe llevaba apenas un año siendo rey de las Españas, de Sicilia, Nápoles y de no sé cuántos sitios más, además de rey consorte de Inglaterra por su matrimonio con María Tudor. Estaba en plena forma. Tenía treinta años, la mejor edad para un monarca, y nadie le hacía sombra. Recordaba a aquel jovencito algo nervioso y altanero que había conocido en la fiesta de Monterrey y no me podía creer que hubieran pasado ya catorce años desde entonces.

Felipe había aprovechado mejor el tiempo que yo. O no. Viudo a los dieciocho años, había vuelto a casarse con su prima inglesa, lo que hubiera sido un golpe maestro si la reina hubiera tenido descendencia, cosa que no pasó, a pesar de los intentos y las falsas alarmas. Pobre Bloody Mary, ya mayor para esas lides, que tuvo que conformarse con un marido al que solo veía cuando su real esposo necesitaba dinero para campañas bélicas.

Y eso fue lo que hizo Felipe en 1557: buscar apoyo de María Tudor para sofocar los intentos franceses de hacerse con las posesiones españolas del Milanesado y de Nápoles.

Llegué a Bruselas con los Tercios de Alfonso de Navarrete. Éramos los únicos españoles, unos seis mil, entre más de cuarenta mil soldados: ingleses, valones, flamencos, italianos y, sobre todo, alemanes. Una auténtica Unión Europea de los palos. Tendrían que pasar cinco siglos y muchas batallas más en aquellas tierras para que los palos fueran solo verbales y enemigos irreconciliables terminaran por sentarse a una mesa a discutir de forma civilizada sus desacuerdos. Siempre había despotricado de la ineficacia de la Unión Europea del siglo XXI, pero, entre esas gentes, me daba cuenta de lo complicado que iba a ser convertir en aliados a países que llevaban toda la vida matándose los unos a los otros.

Desde Flandes nos dirigimos hacia el sur, hacia San Quintín. El espectáculo era impresionante. Estábamos a finales de julio, había llovido y el suelo seguía embarrado. Los caballos chapoteaban en el lodo, los cañones eran arrastrados por percherones vigorosos y dejaban enormes zanjas en el camino. Y los de infantería, entre quienes me encontraba, teníamos que soportar la caminata, siempre rodeados por un sinfín de personajes que nos surtían de comida, diversión, armas y municiones, ya que los soldados teníamos que abastecernos de nuestro propio equipo. Había saltimbanquis, lectores de la suerte, prostitutas, sacerdotes, vendedores de comida, aguadores. Más parecía una feria ambulante que un ejército preparado para una batalla que seguiría recordándose cinco siglos después. El ruido era atronador. Como escuchar el preludio de *Die Soldaten*, la ópera de Zimmermann, el apabullante sonido de la guerra. Más de cuarenta mil personas avanzando entre gritos, risas y relinchos. Yo reía y gritaba también, como todos, borracho de excitación, sabiendo la gran victoria que nos esperaba y que convertiría a España en un enemigo invencible. En San Quintín se empezaría a fraguar la leyenda de los arcabuceros españoles, de una maestría que nadie, en mucho tiempo, conseguiría igualar. En los libros de Historia había leído mucho sobre aquello: la gloria, el fracaso, las consecuencias políticas, los protagonistas, pero nada de la fiesta que acompañaba los movimientos de tropas, de la gente anónima que peleaba por unos pocos doblones. Y tampoco del día después, de los gemidos de quienes quedaban en el campo de batalla, de los muertos amontonados, del olor de la pólvora, la mierda y la sangre.

Yo, la persona menos patriota del mundo, que siempre había considerado la política internacional un juego perverso de intereses, me exaltaba entonces pensando en la victoria. No tenía nada que ver con el patriotismo. Me hubiera dado lo mismo luchar en el bando contrario, solo que el bando contrario iba a perder la batalla y yo quería ganar. Era solamente la excitación de la lucha, la sensación de formar parte de un acontecimiento que se escribiría en los libros de Historia con letras mayúsculas.

Iba junto a mi amigo el capitán Juan de Ayanz, pertrechados con armaduras y cascos nuevos que habíamos conseguido en Bruselas de un antiguo soldado de los Tercios, por aquel entonces tabernero.

En el camino tuve mi primer encuentro con el pasado. En una de las paradas, a punto estuve de ser atropellado por un caballo que circulaba demasiado rápido entre las tiendas del campamento. Protesté a gritos por la inconsciencia del jinete y este me miró con sorna como si hubiera escuchado hablar a un burro. Era un hombre algo enclenque, bien parecido, con un casco y una armadura brillantes y un caballo que mostraba a las claras su poderío. Mientras me miraba, su cara fue cambiando de expresión. Acercó su caballo y se inclinó para verme más de cerca. Entonces se irguió y mostró una gran sonrisa.

—¡Sois vos! —gritó.

—Siempre lo he sido —respondí aún mosqueado.

—¡Don Miguel! Soy Jaime de Andrade, vuestro pupilo.

Me quedé de una pieza. Jaimito estaba frente a mí y se había convertido en un hombre, un hombre que debía de andar por los veintiséis años, lo que me mostraba a las claras el tiempo que había pasado.

Hizo que le ayudara a descabalgar y nos sentamos frente a una jarra de vino en una taberna improvisada mientras él me contaba sus hazañas guerreras, a las que yo apenas prestaba atención. Me venían a la cabeza hechos en los que hacía mucho que no pensaba y no sabía muy bien cómo encarar unos recuerdos que seguían doliendo casi como el primer día. Jaime era entonces un niño y nunca se había enterado de lo que había pasado en el palacio. Me contó que en aquella época recordaba que lo habían enviado unos meses a casa de unos parientes de Valladolid y, que, a la vuelta, solamente le dijeron que tanto mi hermana como yo habíamos dejado el servicio del palacio.

—¿Por qué os fuisteis? Os tuve poco tiempo como preceptor, pero siempre os he recordado con afecto.

—Asuntos familiares. —Era demasiado tarde para aclarar nada, y, probablemente, nunca volvería a verlo— ¿Vuestros padres se encuentran bien?

—Mi padre murió hace dos años de unas fiebres y mi madre vive en Flandes, con su familia holandesa.

—¿Y vuestras hermanas? —pregunté con el corazón en un puño.

—Las dos pequeñas están casadas. Mencía tuvo viruelas y perdió toda su hermosura. Se retiró del mundo hace varios años.

Conseguí no alegrarme demasiado.

Empezamos el ataque el 2 de agosto. Nos apoderamos de un arrabal, situado al norte del baluarte, defendido apenas por unos fosos. En el fuerte había un contingente pequeño. Mientras, los franceses, pillados por sorpresa, se dirigían a San Quintín a marchas forzadas, comandados por el condestable Montmorency. El 10 de agosto, el condestable intentó cruzar el Somme en barca y penetrar en la plaza con un grupo reducido de soldados. El grueso del ejército cometió el error de desplegarse.

Montmorency creía que el puente sobre el Somme era demasiado pequeño para que le siguiéramos con rapidez, pero no fue así. Además del ya existente, se construyó otro con barcas y tablones, lo que permitió que estuviéramos al otro lado del río mucho antes de lo que esperaban los franceses. Y tuvieron que presentar batalla allí mismo, sin estar preparados.

Los de infantería avanzamos, nos desplegamos y caímos con violencia sobre el enemigo. La carnicería fue brutal, tanto, que los mercenarios alemanes del ejército francés se rindieron en masa y muchos se dieron a la fuga. Yo rugía como una bestia, y golpeaba y disparaba y arremetía contra los franceses sin ninguna prudencia. Dejé tras de mí tantos muertos que podría haber construido yo también un puente de cadáveres para atravesar el río.

Según los libros, el ejército francés perdió más de doce mil hombres y el español solo trescientos. Si mirabas alrededor, la cifra parecía superior aún. Cuerpos atravesados, desmembrados, tripas saliendo por debajo de las armaduras, sangre, sangre por todas partes. Yo mismo estaba empapado de pies a cabeza, aunque ninguna de esa sangre era mía. No tenía ni un rasguño. Había salido ileso de una de las batallas más cruentas de la época y solo sentí un gran vacío, una soledad tan intensa que me ahogaba. Qué propósito tenía mi vida, qué importaba que viviera o que muriera. Sin limpiarme la sangre de la cara me erguí, jadeante, y bajé la espada. Quizá consiguiera la atención de algún enemigo rezagado que acabara con aquel sinsentido.

Fue entonces cuando la vi. Una mujer muy joven me miraba fijamente. Tenía los ojos de un azul tan intenso que deslumbraban, un azul que yo conocía muy bien. Eran los ojos de mi abuela. Por muy absurdo y sorprendente que me pareciera, en medio de la batalla de San Quintín vi a mi abuela como debió de ser en su juventud. La melena negra, alborotada, y esos ojos que a todos sorprendían y que ella, siempre tan arisca, intentó ocultar tras unas gafas oscuras que nunca necesitó.

Hacía muchos años que no me pasaba. De niño, había sufrido unos cuantos brotes de lo que llamaron «psicosis infantil». Casi nunca entendí lo que veía. Eran imágenes sueltas, extrañas, que me daban mucho miedo. Mis padres nunca quisieron administrarme antipsicóticos y, con la adolescencia, los sueños desaparecieron.

Este, sin embargo, era muy tangible, mucho más que en cualquiera de mis anteriores experiencias. No hablaba, pero sabía que me estaba avisando de un peligro, su mirada parecía gritar «¡Corre! ¡Vete de ahí cagando leches!».

Iba a abrir la boca para hablar con la visión, tan real me parecía, cuando escuché un grito. Era Carlos, mi amigo, que me avisaba del ataque de un francés a mi retaguardia. Esquivé la acometida casi sin esfuerzo. Ya no quería morir. La imagen de mi abuela me había dado fuerzas para seguir en aquel mundo que no era el mío. La euforia sustituyó al vacío. Los gritos de los heridos al silencio. No sabía muy bien por qué, pero estaba vivo entre tanta muerte y tenía que aceptar mi destino.

Pasó más de un año. Las que serían llamadas «guerras italianas» seguían su curso tal y como yo las recordaba. A pesar de la gran victoria de San Quintín, los franceses no se daban por vencidos. Participé en varias escaramuzas, siempre al lado de mi amigo Carlos de Ayanz, con el que había creado unos lazos más poderosos que los de la sangre. Era otro tipo de sangre la que nos unía, mucho más fuerte, más densa.

Y, entonces, llegó Gravelinas, cerca de Calais, la última batalla de la guerra, la que propiciaría la paz de Cateau-Cambrésis y la consolidación de la hegemonía española en el mundo.

Luchábamos, a las órdenes del duque de Egmont, más de quince mil hombres entre infantería y jinetes. Los franceses atacaron de forma desordenada y los arcabuceros españoles demostramos una vez más que nadie podía hacernos sombra. Mientras los barcos vizcaínos e ingleses bombardeaban la retaguardia, acribillamos a la caballería francesa.

El resultado fue espantoso para el enemigo. Y también para mí. Cuando la batalla estaba a punto de terminar, alguien se me abalanzó y me tiró al suelo. Me revolví, dispuesto a luchar. Pero entonces lo reconocí. Carlos se había interpuesto entre el disparo del arcabuz de un francés medio muerto y mi cuerpo.

Carlos de Ayanz fue la última baja española de Gravelinas, una baja que nunca se habría producido de no estar yo allí y de no ser su amigo. Era responsable de su muerte. El disparo le entró por la ingle y cuando vi la sangre salir a borbotones comprendí que le había afectado a la femoral. No había solución para eso. Le cogí en mis brazos y le acuné mientras moría.

Algo se desanudó en mí en ese instante y empecé a llorar por primera vez en mucho tiempo. Sollocé por todo: por mi amigo, por mi soledad, por mi pasado, por aquellos años absurdos y, sobre todo, lloré por Julia como nunca lo había hecho. El dique de dureza que había ido construyendo a golpe de batallas se rompió por fin y allí, en una pradera cubierta de despojos, y por un instante, volví a ser yo mismo o, al menos, alguien más parecido al que fui.

Con tantos muertos no había tiempo para responsos individuales, pero Carlos de Ayanz no descansaría en una fosa común. Le cargué a mis espaldas hasta un lugar tranquilo. La sangre se me había secado en la cara y se cuarteaba como una corteza seca. Daba igual. Cavé la tumba con las últimas fuerzas que me quedaban, pero cuando terminé comprendí que faltaba algo. Tenía que encontrar a alguien que rezara por su alma. Mi amigo nunca me hubiera perdonado que no lo hiciera. Coloqué a Carlos en el hueco excavado y me fui en busca de un sacerdote de los muchos que acompañaban al ejército.

Cuando llegué al campamento todo era bulla y festejo. Sin detenerme me dirigí a una de las tiendas. Allí, señalada con una gran cruz de madera, se levantaba una enorme capilla donde los soldados iban a rezar y a confesarse, un lugar que yo nunca había visitado. En aquel momento se celebraba una misa multitudinaria para agradecer a Dios que se hubiera puesto de nuestra parte. Dios cambiaba mucho de bando, así que cuando se decidía por el nuestro, había que ser generoso y rápido en el agradecimiento.

La ceremonia estaba a punto de terminar y esperé con paciencia el *Item misa est*. Entonces todos se santiguaron, se levantaron y se desperdigaron por el campamento dando grandes vítores al rey don Felipe, al duque Filiberto de Saboya, al conde de Egmont y a los fieros Tercios españoles.

Me acerqué al altar. Varios sacerdotes recogían los cálices y demás avíos y me dirigí a uno de ellos.

—Padre, os ruego me acompañéis para dar cristiana sepultura a un hombre valiente.

Cuando el sacerdote se volvió no pude evitar un grito de asombro. Por instinto eché mano a la espada. Salamanca volvía de nuevo a mí y, esta vez, en la forma de mi peor pesadilla: aquel personaje de melena lacia y cara macilenta, la sombra siniestra del obispo, su ayudante, su esbirro. La última vez que lo había visto acompañaba a los guardias de la Inquisición que se llevaban a Julia a la cárcel. No le había olvidado. Su cara se me había aparecido durante muchas noches en mis pesadillas.

Él, sin embargo, me miró con indiferencia.

—¿Os he asustado acaso? —preguntó con una mueca irónica.

—Me habéis sorprendido —dije mientras intentaba mostrar la misma indiferencia—. Esperaba encontrar a otro sacerdote.

No me había reconocido. En Salamanca apenas me había cruzado con él un par de veces.

—Os acompañaré yo si tenéis a bien. ¿Se trata de un oficial? Si es así, debéis traerlo para las exequias.

—Era mi amigo. Ya tiene un lugar donde yacer y quisiera que alguien rezara una oración por su alma. Era un hombre valiente y un buen cristiano.

Caminamos en silencio hasta la tumba abierta junto a un arroyo. Era un rincón apartado, tapizado de hierba, un bello lugar donde Ayanz descansaría para siempre. No sabía qué hacer. Ni siquiera estaba seguro de si aquel tipo se acordaba de los hechos que tan definitivos habían sido para mí. Quizá para aquel hombre arrastrar a una mujer inocente a las mazmorras de la Inquisición era algo cotidiano, sin importancia. ¿Debía decir algo? ¿Debía pedirle explicaciones? ¿O debía, simplemente, clavarle una daga en la garganta después de que hubiera rezado el responso?

—No sabéis quién soy, ¿verdad? —dije casi sin darme cuenta.

Acababa de cubrir la tumba y aquel hombre del que ni siquiera sabía el nombre había ultimado la oración de difuntos. Me miró con el ceño fruncido, como intentando recordar.

—No os conozco.

—Fue hace mucho tiempo, en Salamanca. En casa de don Álvaro de Andrade y Mendoza. Vos erais servidor de monseñor y yo trabajaba en el palacio.

Torció la cabeza como indagando en su memoria.

—Quizá os acordéis más de Julia Larson, mi hermana.

Sus ojos se abrieron de reconocimiento. Ya no parecía tan sereno.

—Estáis equivocado. Disculpadme, tengo muchos cristianos que atender.

Dio media vuelta y se alejó de mí apurado.

—No os vayáis —le grité—. Solo quiero hablar. No os haré daño.

El hombre se detuvo y durante unos segundos eternos permaneció quieto, de espaldas, como si estuviera decidiendo qué hacer. Después suspiró y se volvió hacia mí. Parecía resignado a lo inevitable. Sin que yo tuviera que insistir, habló. Habló mucho más de lo que yo hubiera podido imaginar, dijo cosas sobre las que más tarde tendría que reflexionar y mucho. Sin embargo, en aquel momento, apenas empezó a hablar, dejé de escucharle. En mi cabeza resonaban demasiado fuerte las únicas tres palabras que me importaban: Julia estaba viva.

31

Pasa el sábado en la botica y no vuelve a ver a Lope hasta el domingo, en la iglesia. En el bosque, con Madre Lusina y otras mujeres de la comarca, celebraban ese mismo día el comienzo de la primavera, la fertilidad y la próxima siembra con ofrendas de leche y miel a la diosa Ostara. Reían, bailaban, bebían, alguna se desnudaba alrededor de la hoguera. Aquel día comprende lo lejos que está de todo aquello. En el monasterio asiste a la gran misa de Resurrección, oculta entre los fieles que abarrotan el templo. No hay peligro de que Lope la encuentre. Él está en las primeras filas, junto a los hidalgos, las damas y un gran número de monjes y sacerdotes. Han colocado varios sillones alrededor del ábside para las autoridades y señores principales. Los oficiantes lucen sus casullas blancas bordadas en oro. Las monjas, en el coro, cantan los salmos; el gran cirio pascual alumbra, bendecido, y el humo del incienso impregna cada rincón de la nave.

El caballero y las damas de la otra noche han partido para Salamanca, pero aún no se atreve a ver a Lope. Ha de tomar una decisión y necesita la cadencia de los rezos, el perfume del incienso, el calor de los cuerpos anónimos a su alrededor para hacerlo. Sabe que el plan de la boticaria puede destruir la confianza que se ha creado entre ellos. Sabe que tras esa noche él puede repudiarla, acusarla, incluso entregarla a la Inquisición. Tiene miedo por ella y por Bárbara, y teme mucho más aún el odio del dominico.

Después de un tiempo eterno, llega el *Gloria in excelsis*, que resuena en el templo como si el canto proviniera del propio Paraíso, y comienza el éxodo que vacía la iglesia. Todos hablan a gritos, es la alegría que marca el final de los últimos cuarenta días de ayuno, rezo y sacrificios. En el refectorio se servirá una colación para los principales y el resto recibirá dulces y frutos secos antes de partir hacia la ciudad. Se escabulle sin que nadie se aperciba de su presencia y se aleja, envuelta en su manto, dispuesta a llevar a cabo la decisión que acaba de tomar.

Todos han partido ya del monasterio y la rutina vuelve a instalarse en la vida de la congregación, incluida la rutina con la hermana Teresa, a la que ha visto mucho menos durante aquellos días. Cuando llega, Lope ya está allí. Habla con la monja en voz tan baja que ella no es capaz de escuchar sus palabras. Cuando entra, él la saluda con una leve inclinación de cabeza sin apenas mirarla, lo que agradece; no sabría qué hacer si Lope le prestara más atención.

Teresa parece muy tranquila, casi normal. Está sentada en un sillón y, cuando Sabina entra, repite esa frase que se ha convertido ya en saludo.

—¡Cómo te pareces a ella!

—¿A quién me parezco, hermana? —pregunta por rutina, sin esperar contestación.

—A tu madre.

Sabina mira a Lope y luego a Teresa con los ojos como platos.

—¡¿Conocisteis a mi madre?!

—Para mi desgracia —dice y se echa a reír.

—Hermana...

Teresa no para de reír. Aunque Sabina lo intenta, no dice nada más. Su cabeza está en otro lado y cuando se pone así es inútil insistir.

—Salgamos un rato —dice Lope.

Es la primera vez que se encuentra con él a solas tras los acontecimientos del Viernes Santo. Lope parece haberlo olvidado todo. Sus modos son de nuevo envarados, su mirada tan inaccesible como antes. Ella respira, aliviada, y adopta de inmediato la misma actitud. Así será más fácil.

—¿Habéis escuchado a la hermana Teresa? Dice que conoció a mi madre, pero ella murió hace mucho y nunca salió de la aldea.

—Puede que sea otro de sus delirios —contesta Lope distraído, como si pensara en otra cosa—. Yo no le haría mucho caso.

—Tenéis razón. Teresa era mujer muy principal y mi madre, solo la mujer de un herrero. Es imposible que se conocieran.

Se queda en silencio. No sabe cómo abordar a Lope para conseguir sus propósitos. Él le facilita las cosas.

—No sé si os habrá hablado la hermana Bárbara de nuestro encuentro la pasada noche —dice sin mirarla—. Después de sorprenderla en una situación comprometida, estoy cierto de que este monasterio esconde algo muy peligroso. ¿Seréis capaz de vigilarla y ayudarme a descubrir sus secretos?

—Lo haré, padre, pero aquí no podemos hablar. —El corazón le golpea en la garganta—. ¿Querríais encontraros conmigo en el huerto durante el rosario nocturno?

—¿Vais a revelarme algo?

Ella baja la vista y asiente en silencio. No quiere engañarlo. Si no habla, quizá la mentira sea menor.

Es otra noche despejada y las estrellas son pequeñas motas de luz apenas visibles. Una luna menguante, pero aún luminosa, invade el cielo. Es tan brillante que puede ver su sombra reflejada en la tierra esponjada tras la siembra. Huele al agua de las acequias, a la tierra húmeda del huerto, a las flores que despuntan en los árboles frutales. Huele a la inquietud que siente por lo que está por venir.

Le descubre junto al muro de piedra. Va envuelto en la capa negra del hábito y se cubre la cabeza con la capucha, así que es apenas un bulto oscuro contra la piedra forrada de musgo. A ella le da de nuevo ese temblor que no es de frío ni de miedo, algo nuevo que sigue confundiéndola.

Hay tanta luz que no se precisa farol. Cuando llega a su lado, puede ver sus facciones recortadas por la sombra de la capucha. Está serio, parece nervioso. A pesar de su silencio, su gesto posee una calidez que la reconforta. Lo que ha de decirle, sin embargo, puede destruirlo todo. No sabe cómo empezar. Él espera sus palabras en silencio.

—Padre, ¿confiáis en mí?

—No he tenido motivos para desconfiar. —Sonríe y a la menguada luz de la luna sus dientes se ven aún más blancos.

—¿Haríais lo que os pidiera sin preguntas?

El dominico inclina la cabeza en ese gesto tan suyo, como sopesando lo que acaba de escuchar.

—No vais a hablarme de la hermana Bárbara.

—Haré algo mejor. Voy a llevaros junto a ella y la propia hermana os contará todo lo que queráis saber.

—Le habéis hablado de mis sospechas a pesar de mi advertencia. —La voz de Lope es fría como la noche.

—Debéis fiaros de ella. Lo único que quiere es seguir tranquila con sus estudios.

—Iré con vos, mas...

—¿Qué?

—Indicadme el camino.

Su voz y su mirada han cambiado. Se han vuelto duras, como antes. Ella se encoge. Le duele en la piel sentir ese rigor que los separa.

Bárbara está junto a la puerta de la cilla que da al huerto. Lleva un farol en la mano y, a su luz, Sabina puede ver su cara crispada de preocupación. La monja saluda al dominico con una inclinación de cabeza, a ella solo la mira de reojo. Abre la puerta, entra en el edificio y cierra tras de sí cuando están los tres dentro.

—La cilla está separada del edificio principal y tiene unas características que muy pronto podréis comprobar —explica Bárbara.

Es una enorme sala rectangular, separada a lo largo por columnas y arcos ojivales. Nunca ha estado antes allí. Siempre está cerrada y solo la cillerera tiene la llave, o eso creía. A un lado y a otro se abren dependencias donde se guardan las provisiones del monasterio: cereales, vino, aceite, fruta. El aroma agrio del vino que rezuman las barricas del fondo impregna la sala. A ese olor se unen otros muchos: el dulce de las frutas, el tostado del cereal, el salado del bacalao seco, una mezcolanza que no es desagradable.

Han accedido a la cilla por una puerta pequeña; al otro lado de la sala hay un portón por donde deben de descargar los carros que abastecen al convento. Bárbara camina hacia allí y, antes de llegar, entra en uno de los cubículos. En aquel rincón no hay provisiones. Solo arreos de caballerías, sacos vacíos y hachones amontonados. La monja entrega el farol al padre Lope y aparta unas cuantas cosas a un lado. El suelo es de piedra, como en todo el convento. Bárbara coge un gancho de hierro que hay apoyado en la pared y lo introduce en una ranura disimulada en una esquina. Hace palanca, se escucha un rechinar de piedra y parte del suelo se desliza hacia un lado dejando ver el inicio de unas escaleras. Se endereza y señala el hueco.

—Bajemos.

—¡¿Qué es esto?! —dice el padre Lope con voz gélida mientras se aparta—. ¿Pretendéis que entre ahí? ¿Qué vais a hacer? ¿Matarme y enterrarme en ese sótano para que no haga más preguntas?

Sabina se acerca a él.

—Confiad en la hermana Bárbara, os lo ruego.

Él se separa como si le amenazara una avispa.

—No confío en ella y tampoco confío ya en vos —dice sin mirarla y con su voz más severa—. Habéis abusado de mi buena fe.

Se yergue, ofendida. Si esto es lo que piensa de ella, no insistirá. Todos esos días de amistad, de confidencias, de creer en imposibles, han desaparecido sin dejar ningún rastro. Traga saliva y se acerca a Bárbara para sujetar dos de las antorchas que la monja ha encendido con la llama del farol.

—Sabina solo ha hecho lo que yo le he pedido. Y perded cuidado, no os vamos a matar —dice Bárbara con voz de fastidio—. Estoy en vuestras manos. Sois vos, en todo caso, quien puede condenarme a muerte a mí.

—No, si yo desaparezco. Nadie lo sabría nunca.

—Eso es cierto, padre. No os puedo dar ninguna garantía de mi buena fe. —Bárbara hincha el pecho y suelta el aire de golpe, como si quisiera liberarse de algo que la oprime—. Llevo muchos años escondiéndome, mintiendo. Vivo una vida que no me pertenece. Estoy muy cansada. Quiero que esto acabe y pronto puede hacerlo. Necesito desahogarme, necesito vuestra ayuda, quizá vuestra absolución. No soy una asesina, ni una nigromante ni ningún súcubo del infierno.

—Entonces ¿qué sois?

—Busco respuestas. Ya sé que eso no está muy bien visto, pero es lo que hago. —Se encoge de hombros—. Con Teresa habéis demostrado ser un hombre poco dogmático. Solo os pido un poco de paciencia y que tengáis la mente abierta para lo que vais a ver y a saber.

Sabina asiste expectante a ese duelo de voluntades. Mira a uno y a otro. Sin darse cuenta, aguanta la respiración. Presiente que las próximas palabras de Lope determinarán el futuro de todos ellos. Se da cuenta de cuánto ansía que los dos se entiendan. ¿Y si ha de elegir?

El padre Lope mira a la monja y respira con rapidez, como si acabara de terminar sus ejercicios en la huerta. Le da la sensación de que en la cabeza del sacerdote se libra una batalla.

—No está en mi naturaleza negarme a la verdad —dice por fin como a su pesar, y ella respira.

Va detrás de Bárbara y nota la presencia de Lope a su espalda. No puede evitar sentirse protegida por ambos, como si entre los dos la aislaran de todo lo malo, a pesar de la frialdad del dominico, a pesar de su silencio y su distanciamiento. Junto a ellos está en casa. Caminan por una galería de techo bajo y abovedado. Parece muy antigua. La luz de los hachones que lleva cada uno crea sombras fantasmagóricas en los ladrillos mohosos del pasadizo. El aire es húmedo, como de cueva, y tibio, mucho más que entre las paredes de piedra del convento. Nadie ha vuelto a hablar.

—Estamos aún debajo del monasterio, pero vamos más allá —dice Bárbara por fin mientras caminan—. La galería tiene otras entradas: la de la cilla es la más discreta.

La monja ha tomado ya varios desvíos y lo hace sin dudar

un instante, como si hubiera recorrido ese laberinto innumerables veces. Si en ese momento se quedara allí sola, Sabina no sabría cómo volver, vagaría por los pasillos como un alma en pena y aterrorizaría a las monjas con sus gritos de auxilio. Sacude la cabeza. Eso no va a pasar. Bárbara nunca la abandonaría, aunque no puede decir lo mismo de Lope. Se vuelve a medias para ver si la sigue y ahí está: con la vista al frente, hierático, el brazo de la antorcha en alto, como una estatua de madera que tuviera la facultad de caminar.

Por fin, cuando cree que seguirán recorriendo las galerías eternamente, el pasadizo termina en una puerta de hierro. Bárbara la abre con una llave que saca de un bolsillo del hábito. Dentro, hay una sala en penumbra. Se queda con Lope en la entrada mientras Bárbara enciende con su antorcha varias lámparas de aceite que rodean la habitación. La sala se ilumina y ella jadea de asombro. Este es el lugar que veía en sus visiones, el lugar donde Bárbara gritaba y ella desaparecía. Es el centro de todo, el origen de todo. A su lado, Lope no mueve un músculo.

Parece una cripta. Hay varios sarcófagos junto a las paredes y el techo está nervado con arcos románicos. Junto a la pared hay dos mesas llenas de artilugios extraños, varios libros y un jergón. El resto del espacio está ocupado por un círculo de espejos y cristales redondos, los mismos que apenas distinguía en su visión. En el centro hay un disco brillante dentro de una caja. Esta está encima de un pilar de madera que le llega a Sabina más o menos por la cintura. El disco gira sin parar con un ronroneo grave y constante.

—¿Qué es eso? —pregunta Lope con una voz neutra.

—Un motor magnético de energía libre.

Lope se acerca. Mira por debajo, a los lados del disco.

—¿Cómo conseguís que se mueva?

—Con imanes.

El sacerdote niega con la cabeza.

—No sé de qué habláis. ¿Para qué son esos extraños cristales, los espejos, este mecanismo infernal?

—El arzobispo cree que es una máquina para conseguir la inmortalidad.

Es lo que le había contado Lope. Esa alquimia de la que le habló. Ahora ve que tenía razón: Bárbara quiere desafiar las leyes de Dios. Le parece que aquella sala es como una gigantesca tela de araña que va a atraparlos para siempre.

Lope y Bárbara se miran, enfrentados ante aquel ingenio extraño. Él mira a la monja como si esta hubiera hablado en un idioma desconocido.

—Decís que el arzobispo cree que es una máquina para conseguir la inmortalidad —interviene Sabina—. Eso quiere decir que no es cierto. ¿Qué es, entonces?

—Una máquina para viajar en el tiempo.

32

Atravesé Francia como una exhalación. A caballo, en carruaje, hasta viajé un tiempo en un carromato de gitanos. Antes de llegar a la frontera, unos peregrinos me pagaron para que los acompañara como protector. Llevaba mucho tiempo solo y era demasiado tentador recorrer el auténtico Camino de Santiago antes de los taxis para mochilas y los albergues de tres estrellas.

En el XVI, la ruta no estaba en su mejor momento. Las guerras de religión, el miedo a la entrada de ideas protestantes y las críticas de los humanistas como Erasmo a las peregrinaciones habían reducido mucho el número de penitentes en el camino y quizá por ello los que se aventuraban en él temían más que antes el asalto de bandoleros. Seguí, pues, por un tiempo en su compañía, espada en ristre, sin que ocurriera ningún percance digno de mención mientras intentaba recordar el viaje que hice quinientos años después con mis compañeros de facultad. No podía. Era como si intentara entrar en la memoria de un desconocido tan distinto a mí como ese camino embarrado y peligroso lo era de la verbena para ecoturistas del siglo XXI. Mis protegidos, comerciantes franceses en su mayoría, se jactaban de tener a su servicio a un auténtico mercenario de los Tercios, aunque se mantenían apartados de mí por la misma razón.

Todo iba como la seda hasta que, un día antes de llegar a

Pamplona, cuando me acababa de separar de mis protegidos, me caí del caballo. Nunca había llegado a ser muy ducho en la monta. Con los años había adquirido cierta habilidad, aunque no me gustaba demasiado estar encima de un ser vivo del que dependía mi pellejo. Y eso fue lo que pasó; la yegua que conseguí en Roncesvalles era demasiado brava para mí, era demasiado brava para cualquiera, y los dioses estaban empeñados en hacérmelo todo más difícil aún. Mientras cruzaba un hayedo, un zorro se metió entre las patas del caballo, que se encabritó y salió disparado. Conseguí mantenerme sobre él unos segundos mientras galopaba como una exhalación, daba saltos y giraba en el último momento antes de chocar con los árboles, hasta que terminé volando por los aires y cayendo de mala manera encima de un gran arbusto de zarzas. Me hice varias heridas profundas en el brazo izquierdo y en la espalda y me rompí la muñeca, aunque en aquel momento ni cuenta me di. Tuve que seguir a pie. El caballo apareció, pero me sentía incapaz de montar. A las pocas horas, el brazo se había hinchado como una bota de vino, dolía a rabiar y las heridas mostraban un aspecto preocupante.

Entre el dolor y el cansancio pasé la noche inquieto, tumbado en un jergón infecto de una posada regida por un bestia que en cuanto amaneció me sacó de mi rincón a trompicones pues llegaban nuevos viajeros. Así que vendí el caballo al posadero y me alejé con mi hato a la espalda y el brazo en cabestrillo. Por fortuna, podía mover los dedos de la mano, lo que me pareció buena señal. Estaba tan cabreado por mi mala suerte que pasé los kilómetros que faltaban hasta mi destino repasando a gritos el rico muestrario de blasfemias, reniegos y maldiciones que había aprendido en mis años de soldadesca. Y también solté alguna que otra bravuconada para animarme: «¡Si tienen que cortarme el brazo, que lo hagan!», grité al paisaje. Al fin y al cabo, era el izquierdo; aún podría sujetar una daga para rebanarle el cuello al obispo. Y así llegué a Pamplona: dolorido, febril y colérico.

En Pamplona tenía algo muy importante que hacer: allí vivían la viuda de Carlos de Ayanz y sus hijos. No podía pasar sin verlos, sin entregarles los doblones que encontré en la bolsa de mi amigo, además de su casco nuevo. Tenía que expiar de alguna manera la culpa que me había acarreado su muerte.

Además de pensar en Julia, lo que me ocupaba el ochenta por ciento del tiempo que estaba despierto, no podía olvidar la muerte de Ayanz. No dejaba de decirme que yo no tenía que estar en esa batalla, que era una anomalía inoportuna, que mi presencia había provocado la muerte de Carlos. Me preguntaba si aquel hecho fortuito cambiaría el curso de la Historia. Aunque, lo cierto era que todo lo ocurrido en aquellos años, mis muertos, mis peleas, mis actos cotidianos, podían haber desencadenado cambios de consecuencias imprevisibles. Claro que yo nunca vería cuáles serían, si es que se producían. El mundo seguiría su curso y el futuro sería lo que tuviera que ser, mientras yo me pudría en un siglo que no era el mío. Quizá al igual que en *Terminator*, por mucho que yo interfiriera, los hechos terminarían por imponerse a los cambios. O quizá estaba viviendo en uno de esos universos paralelos de los que habla la mecánica cuántica y mis actos no tendrían ninguna consecuencia en el universo que habíamos dejado atrás. Qué más daba.

Poco antes de entrar en Pamplona empecé a tener fiebre, calambres musculares y ahogos. Cuando llegué a la casa de Ayanz casi no me sostenía en pie. No debía de tener muy buena pinta porque el criado que abrió la puerta quiso cerrármela en las narices. Entonces farfullé el nombre de Carlos y el de su esposa, doña Catalina de Beaumont, y finalmente me franquearon el paso.

Catalina era un mujer aún joven y guapa, nada agradable;

una mujer endurecida que criaba sola a sus hijos, como la mayoría de las de aquella época. No se mostró demasiado apenada por la muerte de su marido, al que veía de Pascuas a Ramos y de cuyas visitas solo conseguía un nuevo embarazo. Cuando le entregué los doblones se suavizó un poco y me invitó a permanecer en su casa hasta que me hubiera curado. Una tía casi centenaria que vivía con ella, viuda de un cirujano de los Tercios, me colocó la muñeca. Para mi vergüenza, me desmayé. Dormí un día entero y a la tarde siguiente, cuando desperté, la muñeca se había deshinchado un poco y dolía algo menos. Las heridas tenían un color raro y la fiebre era más alta. No quería seguir en la cama, así que me levanté para compartir la cena con la viuda de Ayanz, su tía y un clérigo que parecía el dueño de la casa. Tenía la esperanza de ver a Jerónimo, el futuro inventor al que yo había dejado huérfano, y que por aquel entonces tendría unos seis o siete años. Pronto supe que, junto con sus hermanos, pasaba un tiempo en el señorío de Guenduláin al cuidado del ama.

Aquella cena fue mi último buen recuerdo antes de que la fiebre y los vómitos me fulminaran. No es que disfrutase de la comida, que no pudo ser más escasa, pero sí del clérigo, un dómine Cabra a la pamplonesa; un tipejo de sotana llena de lamparones, esquelético y mal encarado, que se pasó la cena mascullando rezos ininteligibles mientras se apropiaba como un buitre de los trozos menos escuálidos del cordero, lo que me hacía mucha gracia, quizá por la fiebre. No pude catar bocado, tanto por las náuseas como por el ansia del clérigo.

Estuve un mes entre la vida y la muerte. Las heridas del brazo se infectaron, al parecer por el veneno de un arbusto que había entre las zarzas, que la tía de Catalina identificó como un ricino por las explicaciones que le di y que casi me lleva al otro barrio. Me había pasado más de dieciséis años peleando por medio mundo y ahora iba a palmarla por unos arañazos absurdos, justo cuando veía la posibilidad de un futuro muy distinto al que me creía condenado. Cuando tenía la esperanza de recuperar a Julia, de que pudiéramos, incluso, volver juntos a nuestro tiempo. Cuando podía ser feliz otra vez. El destino, siempre tan puñetero. Por fortuna, la tía centenaria sabía de remedios y consiguió sacarme adelante con los brazos casi intactos. Aunque pudiera matar al obispo solo con uno, agradecí conservar los dos para el resto de mis actividades.

La convalecencia fue muy larga y tuve mucho tiempo para pensar. Por supuesto en Julia, mi tema favorito, y también en otra cosa en la que no había querido pararme a reflexionar hasta entonces porque no me daba más de sí la cabeza: Julia había tenido una hija. Yo había tenido una hija. Aquel hombre de Gravelinas, claro, no sabía que yo era el padre y solo me lo contó como confirmación de que Julia estaba viva cuando todos creíamos que había muerto. Aunque le presioné todo lo que pude, solo conseguí que me dijera que se la habían entregado al herrero del palacio del obispo, que ya tenía dos hijos varones. «La mujer estaba seca, pero quería una hija. El obispo les dio unos doblones con la condición de que se alejaran para siempre del palacio sin decir adonde —me dijo—. La niña acababa de nacer. Lo más probable es que no sobreviviera.»

Empecé a pensar en eso. En la muerte. Hacía más de dieciséis años, Julia y mi hija vivían cuando yo creí que habían muerto. Una eternidad de peligros, de enfermedades, de abusos. ¿Había alguna posibilidad de que siguieran vivas? Era tan fácil morir, había visto tanta muerte, que me parecía imposible que Julia hubiera conseguido esquivarla. ¿Me había lanzado, entonces, a una carrera contra reloj para descubrir que había perdido a Julia por segunda vez? ¿Que mi hija había sido uno de tantos bebés que no superaban la infancia? ¿Me quedaba alguna fuerza para soportar de nuevo el vacío, la desesperanza?

O quizá todo había ido bien. Quizá Julia había aprendido a mantenerse a salvo, a no decir lo primero que se le pasaba por la cabeza, a ser prudente, cobarde. Puede que hubiera cambiado tanto como yo. Y eso me llevaba a otra cosa: aunque siguiera viva y consiguiera encontrarla, ¿seríamos capaces de reconocernos? Ella había dejado a un hombre de treinta años, estudioso, algo cobarde, pacífico y delgaducho. Y se encontraría con alguien que había perdido cualquier delicadeza. Duro por dentro y por fuera, con músculos que nunca hubiera soñado tener en el siglo XXI, el cuerpo lleno de mataduras mal cosidas, una cojera permanente que me hacía caminar como un pingüino de dibujos animados y ahora una muñeca que seguro que se quedaría tiesa tras la rotura. Tenía el pelo casi blanco, no tanto por la edad como por la genética, y un rictus de amargura que me hacía apartar la vista de cualquier superficie pulida en la que me pudiera reflejar. Una joya.

Y ella, ¿cómo estaría ella? ¿Seguiría tan peleona, tan desesperante, tan cabezota? ¿Aún tendría los mismos ojos que querían abarcarlo todo, esa boca que tantas veces había deseado besar y que solo besé en dos ocasiones muy distintas?

Al problema de la enfermedad y la convalecencia se vino a sumar doña Catalina, que, al parecer, había visto en mí un candidato idóneo para perder su viudedad recién adquirida. No podía reprochárselo. Sin una gran hacienda y con cinco hijos a su cargo, tenía que buscarse el sustento que no iba a recibir ni de la familia ni del dómine Cabra, solo presente en la casa a la hora de las comidas y que siempre terminaba arramblando, además, con alguna limosna para «los pobres».

—Ya es tiempo de que dejéis esos caminos, don Miguel —me susurraba Catalina mientras me aplicaba las cataplasmas de tomillo en las heridas, que, desde hacía un tiempo, se encargaba de curarme—. Aquí tendríais una casa donde cobijaros, una pequeña hacienda que, bien llevada, da sus beneficios y que yo sola no puedo atender. Mis hijos son aún muy pequeños para hacerse cargo de la tierra. Nos robarán, nos engañarán y lo perderemos todo.

Terminaba llorando, lo que lograba conmoverme y me obligaba a quedarme un día más para demostrar que yo no era el partidazo que ella creía. Los días pasaban, yo estaba ya en forma, en toda la forma que podía llegar a estar, y siempre ocurría algo que me impedía la partida.

Tiempo de vendimia. ¿Cómo me iba a largar en aquel momento cuando Catalina se había pasado dos meses cuidándome? Ayudé a vendimiar. Poco después, ella se puso enferma con unas tercianas y me pareció de muy mal gusto dejarla así. Con el frío, la muñeca empezó a dolerme y Catalina me convenció de que con ese dolor era peligroso salir a los caminos. Y, para colmo de males, el techo del granero se hundió y tuve que supervisar el arreglo. Cuando por fin me decidía a reunir mis cosas y partir, siempre ocurría algo que aplazaba mi viaje. Y Catalina se hacía ilusiones, cómo no. Estaba metido en una situación absurda de la que me sacó quien menos imaginaba.

Por Navidad, Jerónimo y sus hermanos, por fin, aparecieron por Pamplona. Llegaron a tiempo para asistir a la misa de difuntos que se celebraba cada mes en memoria de su padre. Juan había legado una suma para sufragar su sepelio, que ya no hacía falta, y las misas que hubiera menester y que se celebrarían hasta que se acabaran los doblones. Doña Catalina, que para mí que era menos devota que su difunto marido, echaba pestes en privado contra aquel gasto innecesario, pero el testamento era el que era, y tuvo que poner buena cara al mosén y llorar bajo el velo de viuda en compañía de las plañideras de turno.

Desde que llegó, Jerónimo y sus hermanos se pegaron a mí y no pararon de preguntarme por las hazañas de su padre, que yo relataba con todo el lujo de detalles que ellos me requerían. Que si cuántos cañones tenían los turcos, que si cómo atacamos a los franceses, que cuántos enemigos había matado su padre y cómo... Me hacían entrenarlos con la espada, enseñarles a cargar el arcabuz. Jerónimo era muy distinto a como yo me lo había imaginado. Solo quería crecer rápido para ser soldado, como su padre. Me recordaba mucho a don Jaimito: el mismo fervor guerrero y la misma aversión a los libros. Si este chico iba a convertirse en inventor, le quedaba mucho trabajo por delante. Una mañana, mientras les contaba por enésima vez la batalla de Marciano, en Italia, donde Carlos había recibido un reconocimiento de los mandos por su valor, Jerónimo se quedó mirándome muy serio.

—¿Vais a desposar a mi madre?

—¿Quién te ha dicho eso?

—Todos lo dicen.

—Pues no es así.

—Mi madre necesita un esposo.

—Puede ser, pero no a mí. Tengo mujer. Y una hija.

No sabía a cuento de qué había confesado aquello. ¿Qué narices me pasaba?

—¿Y dónde están?

—No lo sé y voy a averiguarlo.

—Me gustaría que fuerais mi padre. Iría con vos a la guerra.

—No pienso volver nunca más a la guerra. Ya he tenido suficientes para dos vidas.

—Entonces ¿por qué seguís aquí? —preguntó, enfadado—. ¿Por qué no vais en busca de vuestra esposa y vuestra hija?

Me quedé de piedra. Aquel mocoso había puesto el dedo en la llaga, una llaga, por lo demás, bastante obvia. Se me hizo la luz. Todas aquellas razones «poderosas» para seguir en Pamplona solo habían sido un clavo ardiendo al que agarrarme para no enfrentarme a la realidad. Había estado buscando una excusa para retrasar lo inevitable, lo que a esas alturas ya creía firmemente que era inevitable: descubrir que Julia y mi hija no habían sobrevivido. Desde que había empezado a temer por su integridad, había alargado, sin darme cuenta, el momento de enfrentarme a los hechos. Mientras siguiera en camino, todo era posible. Como si fuera parte de un experimento de Schrödinger en el que, si no se abría la caja, el gato, en este caso Julia, estaba vivo y muerto a la vez.

No podía seguir allí. Tenía que buscar la verdad como se busca el ángulo de tiro para abatir al enemigo: con frialdad, con precisión y sin monsergas. Lo primero era ponerme en marcha. La mejor opción era Salamanca, allí donde todo había empezado. Si el Muñón seguía vivo y en la ciudad, me sería de gran ayuda.

Me despedí de doña Catalina, llorosa; de la tía, indiferente; de Jerónimo y sus hermanos, enfadados, y del dómine Cabra, que parecía muy contento de mi marcha. Delante de él, al despedirme, quise lanzarle un aviso para proteger en la medida de lo posible a la familia de su rapiña.

—Volveré pronto por aquí —le dije a Catalina—. Mientras, mantened vuestra hacienda a buen recaudo y buscaos un esposo que sea bueno con vos.

Tenía que dejarme ver. Yo no iba a encontrar al Muñón, sería él quien lo haría cuando quisiera. Nada más llegar, me acerqué a las cuevas del río. Por fortuna, admitieron el santo y seña de mis tiempos como delincuente, aunque no conocía a nadie de los que paraban por allí y nadie quiso darme razón de mi antiguo jefe.

Había pensado mucho sobre qué hacer y había llegado a la conclusión de que necesitaba ayuda. La opción más lógica era el Muñón, con su infraestructura de personal y sus métodos poco ortodoxos. Yo había ahorrado algo. Le ofrecería todo para que me ayudara a encontrar a Julia. Pero lo mismo que valía para Julia valía para él. ¿Podía una persona inválida sobrevivir diecisiete años en las cloacas de la ciudad? Rezaba a todos los dioses para que así fuera. Tenía también la opción de Baldomero, aunque no le quería poner en apuros. Además, mi amigo sería ya un hombre mayor. Tendría al menos unos quince años más que yo, así que pasaría de los sesenta, una edad avanzada para la época. Y, luego, estaba Asia.

Así pues, pasé todo un día deambulando por la ciudad. Desde la iglesia de San Esteban, con su impresionante fachada, a la catedral vieja. De los barrios bullangueros donde se levantaría con el tiempo la plaza Mayor hasta las tabernas del arrabal. Me fijaba, sobre todo, en los mendigos, demasiado jóvenes para ser de mi época. Me empapé de la ciudad. Era Salamanca, sin duda. Los mismos olores, el mismo cielo enmohecido por las columnas de humo de miles de chimeneas, la misma gente ruidosa que abarrotaba las calles. Los puestos de comida, los caballos y el estiércol, los niños y sus mocos. Salamanca. El centro y la cloaca del mundo. Al mismo tiempo que los olores de la ciudad me ultrajaban la pituitaria, me asaltaron los recuerdos. Nada más alusivo que el olfato. Viví en unos segundos la fascinación de los primeros días, donde todo era nuevo, sorprendente, posible. Y también los últimos tiempos de muerte, cárcel y desesperación. Sentí un pinchazo en el estómago al recordarlo todo y saberme tan distinto, tan embrutecido.

Al día siguiente, al salir de un mesón donde había comido un buen guiso de cordero con acelgas y almendras, noté una palmada en el hombro.

—¡¡Seco!! —me gritó alguien al oído.

Me volví. Delante de mí había un hombre cuya cara me sonaba, aunque era incapaz de reconocerle. Vestía con cierto lujo, pero más parecía un disfraz que su atuendo habitual. Tenía la piel macilenta y escamosa de los habitantes de la corte de los milagros y el apelativo por el que me había llamado no dejaba lugar a dudas: pertenecía a la banda del Muñón.

—Llevo todo el día tras de ti. Nos avisaron. Al verte me dio en la sesera que eras tú.

—Me asombra que me reconozcas. ¿Tú eres...?

—¿No te acuerdas de mí? ¡Tuercededos! Era tu aliviador en las ferias. Mi padre fue uno de los que te sacaron del banasto cuando te apiolaron.

Hacía mucho que nadie me hablaba en la jerga del hampa y me costaba seguirle. Tuercededos era un niño cuando dejé Salamanca y ahora parecía casi un viejo, aunque no debía de llegar a los treinta años. Siempre había sido bastante feo y encima había perdido casi todos los dientes, lo que no contribuía a mejorar su apariencia. Su padre, en efecto, me había sacado de la cárcel.

—¿Cómo te va, amigo?

—No me puedo quejar. Ahora *zoy* la mano derecha del Muñón —ceceó con orgullo.

—Así que el Muñón sigue siendo el mandamás.

—Estuvo en Babilonia unos años y allí se hizo de oro trapicheando con mercancía de las Indias. Luego volvió. Ahora vivimos en un garito principal y sigue siendo el cherinol. Se alegrará de verte.

Es decir, que el Muñón había estado en Sevilla, que ahora vivía en una buena casa y que aún era el jefe de la banda.

—¡Voto a Dios! Así que ese malnacido nos engañó. Me arrancaría un brazo como castigo, pero estoy corto de extremidades —gritó con el mismo humor negro de siempre.

A mi antiguo jefe le había tratado bien el tiempo. Le había tratado de forma milagrosa. Seguía con su melena de león intacta, sin una sola cana, y el rostro tan agraciado como antaño. No parecía que hubiera envejecido ni un solo día desde la última vez que nos vimos. Me pregunté cuántos años tendría. Su medio cuerpo, cubierto por una túnica de brocado verde que se desparramaba a su alrededor, poseía una cualidad atemporal, casi mágica. Llevaba los dedos cuajados de sortijas que debían de valer tanto como aquel palacio y estaba sentado, o más bien colocado, sobre una especie de trono de madera tallada con enormes cojines de seda, del que parecía a punto de levitar como un yogui indio. Más parecía un sátrapa de Oriente que el cabecilla de los ladrones de Salamanca.

El Muñón poseía un palacio en un lugar discreto, extramuros, protegido por una tapia de piedra y árboles que limitaban la visión de los curiosos. Tuercededos me condujo hasta allí. Para franquear la entrada del sanctasanctórum del hampa salmantina tuvimos que atravesar dos controles de seguridad de la guardia pretoriana. El Muñón estaba bien protegido. En el palacio vivían varios de sus hombres y sus mujeres, aquellos que quince años atrás se escondían en las cuevas cercanas al río. Su modo de vida no parecía haber variado demasiado. Más oropel y el mismo guirigay y caos organizado de las cuevas. Habían prosperado mucho en aquellos años, mucho más que yo, por otra parte. Los que me conocían me recibieron como al hijo pródigo y con cada uno tuve que brindar, con lo que al final de la tarde, y a pesar de la práctica de aquellos años, acabé borracho o, como dirían ellos, piorno perdido.

—Tienes que ayudarme a encontrarla —le pedí al Muñón

cuando conseguimos quedarnos solos—. Te daré todo lo que tengo.

—¿Quieres ofenderme después de tantos años? El Gran Muñón nunca deja un trabajo sin acabar. Te dije que encontraría a tu mujer. Ya es hora.

Era sorprendente cómo aquel hombre había sido capaz de superar su infortunio. Cualquier otro habría muerto en los calabozos de la Inquisición, o después, cuando tuvieron que cortarle las piernas; o a lo largo de todos aquellos años, expuesto a mil y un peligros. Y, sin embargo, ahí estaba, como si hubiera hecho un pacto con el más allá: joven, sonriente, rico, respetado... y sin piernas.

—Ahora lo entiendo todo —dijo—. Creí que mis poderes me habían fallado.

Le miré sin comprender.

—Cuando nos conocimos y te leí las rayas de la mano, te dije que os había visto a tu hembra y a ti en el futuro. Luchabais juntos contra un mal poderoso. ¿No te acuerdas?

Aunque fuera ridículo, aquellas palabras disiparon todos mis miedos. Si el Muñón nos había visto en el futuro, Julia no había muerto. Palabra del Muñón.

Entonces escuché un nuevo barullo dentro del barullo que ya existía en la casa. La doble puerta se abrió de par en par y en el umbral, como una diva en un escenario, apareció Asia. Casi no me dio tiempo a verla, porque dio un grito y corrió hacia mí hasta quedar colgada de mi cuello mientras yo también la abrazaba.

Cuando por fin me soltó, la agarré de las manos y la separé de mí para poder contemplarla. Me quedé con la boca abierta. Parecía más alta, quizá por el gran moño entrelazado con perlas que lucía, y estaba mucho más guapa. Iba vestida como una gran dama, aunque más llamativa de lo que correspondía a las buenas maneras. Llevaba una gorguera de un blanco impoluto y un vestido azul intenso, que casaba a la perfección con su piel color caramelo, además de lucir un escote generoso apenas cubierto por una sarta de perlas; un escote más atrayente incluso de lo que recordaba.

—Estáis hecho una piltrafa —fue lo primero que me dijo.

—No seas tan delicada, Asia. Di de corazón cómo me ves.

—Ay, don Miguel, cuánto he rezado por vos estos años.

Volvió a abrazarme, se puso de puntillas y me dio un beso en toda regla al que no tuve más remedio que responder.

—Creo que el don sobra —dije cuando pude hablar—. Soy yo quien debería tratarte de doña. Pareces toda una marquesa.

—Sigo ganándome el pan con mi trabajo, lo que no es muy de nobleza. Pero, gracias a Dios y a vos, ya no he de hacerlo aguantando babas.

No entendía por qué sentía esa atracción por las mujeres sin pelos en la lengua. Así era y debía asumirlo.

—¿Pusiste la pensión para estudiantes que querías?

—Más que eso —intervino el Muñón—. Nuestra Eufrasia se ha convertido en dueña de una taberna, una pensión de estudiantes y las dos casas de mancebía más famosas de Salamanca.

Levanté las cejas con asombro. Con todo lo que la había oído despotricar contra aquel oficio y su clientela de personajes inmundos, me extrañaba que se hubiera convertido en alcahueta ella misma.

—No me miréis con esa cara. Mis chicas reciben una soldada diaria; tienen buena cama, comida y remedios. Y son libres de elegir al cliente. ¿Qué rabiza puede decir lo mismo en Salamanca? El meretricio no se va a acabar. Mejor que sea yo quien lo temple y no un rufián apestoso.

—Imagino que a esos rufianes apestosos no les habrá hecho mucha gracia tu intrusión.

—La hubieran despellejado de haber podido —dijo el Muñón—, pero Eufrasia es intocable. El Muñón la protege. Hubo que romper alguna cabeza al principio. Ahora están al tanto.

—Hay negocio para todos —rio Asia—, pero dejémonos de pamplinas. Quiero saber qué ha sido de vuestra vida. Supongo que habréis venido en busca de Julia.

La miré con los ojos como platos.

—Yo sé dónde está.

Si me hubieran clavado una daga en aquel momento, no habría salido ni una gota de sangre.

33

¿Ha escuchado bien? ¿Una máquina para viajar en el tiempo? Está aturdida, pero no espantada, porque es difícil espantarse de lo que no se entiende. Sin embargo, Lope parece fulminado por un rayo. Nadie habla y el silencio se prolonga tanto que ella se ve forzada a romperlo.

—¿No es acaso lo que siempre se hace? Uno comienza a viajar por la mañana y llega a su destino por la tarde. ¿Qué hace este artilugio que no haga un carro o una caballería?

—Esta máquina no se mueve en el espacio, solo en el tiempo —le explica Bárbara—. Ahora estás aquí, y en un instante apareces en este mismo lugar, muchos años en el pasado o en el futuro.

—¿Cómo es eso posible? —pregunta Sabina.

—¡Rompiendo las leyes divinas y también las de la naturaleza! —grita Lope, tieso como un palo—, como cuando las brujas vuelan en las noches de aquelarre. Pactando con el diablo.

—Sé que no sois un necio, padre. No os esforcéis en parecerlo.

Lope da un paso atrás como si le hubieran abofeteado.

Sabina mira a Bárbara con los ojos muy abiertos. No sabe cómo impedirle que diga palabras tan irritantes.

—Perdonadme. —Bárbara parece entender la mirada—. No sé lo que me digo. Tengo la lengua demasiado larga.

¿Cree ella en lo que ha escuchado? ¿Es capaz de alcanzar su sentido? No le importa. Está donde tiene que estar. Este es el lugar. Y si Bárbara creyó en sus visiones sin discutirlas, ¿por qué no va a creer ella en que esto sea cierto?

—La inmortalidad ha sido la zanahoria para el burro del arzobispo —explica la boticaria—. Todos estos años he estado dándole largas. Conseguí la trasmutación del plomo en oro con un proceso que aprendí del libro de un tal Flamel, lo que los ha mantenido contentos.

—Dejaos de oros. Habéis hablado de moveros por el tiempo como si adelantarais o atrasarais la manecilla de un reloj —dice Lope.

—Una analogía muy acertada.

—¿Acaso deliráis?

—Supongo que es lógico pensar que estoy loca, pero no puedo hacer o decir nada que me haga parecer más cuerda. Esto que veis aquí es lo que es: una máquina para viajar en el tiempo. Y os aseguro que funciona. O funcionará.

—¿Y cómo lo sabéis?

—Porque ya la he probado.

—¡¿Qué decís?!

—Dejad primero que me presente: mi nombre es Julia Serrietz Jiménez. Nací el 1 de febrero de 1990, en Madrid. Hace diecisiete años, en 2015, construí una máquina del tiempo similar a esta que veis aquí y viajé, viajamos, a Salamanca al año del Señor de 1543.

Todo encaja. Es lo primero que se le ha venido a la cabeza y no sabe por qué: todo encaja. El retumbar del corazón en los oídos casi no le deja escuchar. Tiene la misma sensación que en su visión más angustiosa: ella y Bárbara, frente a frente, mientras ella desaparece, absorbida por algo inexplicable, poderoso. Ahora siente que aquel lugar se desvanece, que los tres son cuerpos muertos hace mucho, que a su alrededor solo hay cenizas, piedras derrumbadas, las mismas que le rodeaban en la visión. Respira hondo, con voluntad consigue alejarse de ese precipicio que la arrastra hacia la noche. No es capaz de digerir lo que acaba de escuchar, pero lo cree. Ha visto o sentido demasiadas cosas inexplicables en su vida como para no creerlo.

Lope mira a Bárbara, o Julia, con cara de espanto.

—¿Y decís que no sois un súcubo del infierno? —Le tiembla la voz. Todo su aplomo parece haberse esfumado.

—Sí, lo digo y lo repito —dice Julia con un resoplido de impaciencia—. Os enseñaré el libro de Flamel. Sois un hombre inteligente, aunque no podréis saber que digo la verdad hasta que veáis funcionar la máquina por vos mismo. Más que vuestra inteligencia, necesito vuestra fe.

—¡¿Mi fe?! —exclama—. ¿La misma fe que me dice que os haga detener y os encierre en la mazmorra más profunda de la Inquisición?

—No sería la primera vez.

—Si os habéis inventado todo este asunto, habéis perdido la sesera y no podéis vivir entre vuestros semejantes. Si fuera cierto, y que Dios me condene si lo creo, sois una bruja, un ser diabólico que ha profanado las leyes divinas.

—Padre, vos mismo me dijisteis que la Iglesia se negaba a admitir las ideas de Copérnico y eso parecía enfadaros —interviene ella—. ¿Vais a ser tan necio como vuestros hermanos?

Lope la mira con cara de pasmo. Julia no puede evitar una risa, que disimula con un carraspeo. Se acerca a Sabina, le pone las manos en los hombros y la zarandea con cariño.

—Eres la persona más valiente y más lista que he conocido. Siento no haberte dicho antes la verdad, no quería ponerte en peligro. Ahora, todo se ha precipitado y no podía seguir callada.

—Os ayudaré en lo que haya menester. Ya os lo dije.

Julia le coge la cara entre las manos y le da un sonoro beso en la mejilla.

El sonido del beso parece despertar a Lope, que se encara con Sabina.

—¿Me juráis que no sabíais nada de esto? —le pregunta.

Ella asiente con la cabeza. No quiere decir nada que le enfade aún más.

—Yo también os lo juro. Sabina no tenía ni idea de lo que estaba pasando —responde Julia—. Siempre ha sido honesta con vos y conmigo. Solo os engañó un poco, lo suficiente para traeros hasta aquí. No podéis reprocharle nada más.

—¿Acaso creéis que soy un estúpido? Me estáis embaucando con palabrería. ¿Cómo podría creer algo de lo que me estáis contando?

—Porque es la verdad. Y porque necesito vuestra ayuda. La máquina está casi terminada, y el arzobispo y la abadesa se impacientan. Lo que recibí la otra noche es la última pieza que necesito. Es óxido de uranio, un mineral radiactivo que proporcionará la energía para poner la máquina en marcha. Hay que machacarlo y lavarlo con espíritu de vitriolo para purificarlo y mezclarlo con otros compuestos que ya tengo sintetizados. Es un proceso muy peligroso, pero creo que podré hacerlo. Esta máquina creará el agujero de gusano necesario para que mi yo del futuro viaje hasta aquí. Sin esta máquina, la de 2015 no funcionará.

—No entiendo ni una palabra de lo que habéis dicho —dice Lope.

—Estoy acostumbrada.

—¿Qué haréis cuando terminéis este ingenio? —pregunta Sabina con temor.

Está empezando a pensar que todo aquello no es muy buena idea. Julia va a irse y ella volverá a quedarse sola.

—La usaré. Nada me retiene aquí...

Julia se calla y la mira. Por una vez parece confusa.

—Este no es mi mundo —dice como justificándose.

—No puedo imaginar cómo ha sido vuestra vida.

—Al principio, todo fue maravilloso y sorprendente. Asistí a fiestas, conocí a personajes ilustres, al mismísimo príncipe Felipe durante su primera boda. Hasta viví un enamoramiento enloquecido. Me sentía más a gusto aquí que en mi propia época; siempre había sido un bicho raro. Después, el cuento de hadas acabó: me detuvieron por una denuncia falsa y estuve encerrada en una cárcel de la Inquisición. El arzobispo, que era el hermano de la mujer para la que trabajaba, descubrió la existencia del libro de Flamel y me sacó de la cárcel para usarlo en su propio beneficio. Me tuvo presa en otro lugar, creo que Valladolid, hasta que di a luz un bebé muerto. Estaba enferma, desesperada, tardé mucho en recuperarme. Entonces me dijeron que mi compañero de viaje también había muerto. Lo único que me salvó fue la obsesión por reconstruir la máquina y volver a mi casa.

—¿Decís que viajasteis con otra persona? —pregunta Sabina.

—Miguel, el padre de mi hijo. Era historiador, conocía bien esta época, pero, al final, no le sirvió de nada.

Lope se deja caer en un taburete y se restriega la cara con las manos como si quisiera sacar de su cabeza los pensamientos que le confunden.

—¿Os marcharéis? —pregunta Sabina, aunque ya sabe la respuesta.

—Es lo único para lo que he vivido todos estos años. No me queda nada.

—Me tenéis a mí.

—Nada me gustaría más que llevarte conmigo...

—¡Callad! ¡Callad de una vez! —grita Lope—. ¡Dejadme pensar!

A Sabina le duele mirarlo. Para un hombre como él ha de ser un tormento sentirse tan confuso, tan indefenso. Quisiera acercarse, ponerle una mano en el hombro, intentar aplacar su temor, y no se atreve. Le siente tan alejado que teme que cualquier cosa que intente empeore la situación.

—Entiendo a Satanás, conozco sus trampas —dice por fin en voz muy baja y la cabeza inclinada—. Le he mirado a la cara muchas veces. Pero esto es distinto. No sé qué hacer.

—Dejadme que os lo explique todo —dice Julia—. Aunque hay que muchas cosas que no podréis entender, al menos intentaré convenceros de que no estoy loca ni poseída. Soy una mujer de otra época encerrada en un lugar que no le corresponde. Y necesito vuestra ayuda. La de los dos.

Llevan tanto tiempo en la cripta que han tenido que parar para comer algo. Al principio, Lope se ha negado a probar bocado, pero cuando las ha visto a las dos comiendo pan, queso y vino, que Bárbara ha sacado de un armario, ha terminado por acercarse y aceptar la comida que Sabina le ha ofrecido casi sin mirarle. Al darle el pan, sus manos y sus ojos se han rozado, solo un instante.

Julia da un último trago de vino y se sacude las migas de las sayas.

—¿Seguís pensando que soy una bruja? —pregunta por fin mientras se levanta.

—Habéis trastocado mi espíritu, mi fe. ¿Qué queréis que diga? Hace rato ya que no pienso, solo escucho e intento no perder el juicio.

—Sois un hombre excepcional, padre, os lo aseguro. Cualquier otro me hubiera dado con un palo en la cabeza y no habría parado hasta quemarme en la hoguera.

—No me tentéis, hermana —dice, y Sabina comprende que solo está bromeando.

—Llamadme Julia, por favor. Hace tanto que nadie dice mi nombre que me resulta extraño, pero me gusta escucharlo. Nunca he sido monja, solo fue un disfraz preparado por el arzobispo para mantenerme a buen recaudo.

Sabina suspira aliviada. Lope es capaz de chanzas. Ambos hablan como si fueran amigos, lo que ha deseado tantas veces. En cuanto a ella, la cabeza le da vueltas mientras intenta asimilar los prodigios que ha escuchado decir a Julia estas últimas horas. Les ha hablado de cosas maravillosas y terribles. De carros que llevan personas por el cielo y por la tierra sin necesitad de caballos; de aparatos con los que se puede hablar con otros a muchas leguas, de armas poderosas que matan a distancia. También les ha contado que las mujeres pueden dictar leyes, mandar sobre los ejércitos, investigar los misterios de la naturaleza, apagar fuegos, conducir carros voladores. «Aunque no es un paraíso, os lo aseguro», ha añadido Julia. Les ha hablado de muchas cosas, algunas tan extrañas que es incapaz de recordarlas.

—Es imposible inventar un mundo tan insólito —dice Lope mientras niega con la cabeza—. Puede que me hayáis dado una poción que nuble mis entendederas; empiezo a pensar que lo que decís es cierto, al menos para vos.

—Aristóteles dijo que el ignorante afirma, pero el sabio duda y reflexiona.

—Y San Agustín dijo que una vez al año es lícito hacer locuras —replica Lope con una media sonrisa—. No puede haber un momento mejor para seguir esta máxima.

—¿Vais a ayudarme?

—Creo que no tengo otra salida.

Sabina se acerca a Lope y sujeta una mano entre las suyas. La piel del sacerdote está fría. Tiene unas manos delgadas, de dedos largos y uñas limpias, con alguna que otra mancha de tinta. No son manos de aldeano ni de soldado. Son las manos firmes de un hombre honesto. Él no la mira, pero responde a la presión durante un instante.

—¿Qué necesitáis de nosotros? —pregunta Lope al apartarse de ella.

—Lo primero, que aprendáis a protegeros de la radiación.

Están sentados en el suelo, junto al altar de la ermita bajo la que se encuentra la cripta. Es un altar que sale de la misma roca donde ha sido construido el edificio. Julia tiene la llave del templo y nadie puede molestarlos. Acaban de liberarse de la ropa con la que se envuelven para combatir el veneno del uranio, esa piedra demoníaca que puede matarlos sin ni siquiera tocarla. El mineral está guardado en varios cofres de plomo, cada vez más pequeños; «muñecas rusas», los ha llamado Julia. No les deja acercarse demasiado, solo hacen trabajos sencillos, como limpiar los instrumentos tras la manipulación de la piedra, que, al parecer, es esencial para impedir que el veneno escape de su encierro.

Después de cada sesión de trabajo, tienen que lavarse una y otra vez con agua y jabón. Ella protesta, no entiende cómo puede ser tan ponzoñoso un trozo de piedra, pero Julia no permite ningún descuido. La obliga a frotarse con un estropajo de esparto hasta que la piel se le pone roja e irritada.

—Vais a terminar por sacarnos la piel a tiras —masculla siempre que tiene que someterse a esos restregones que más parecen un castigo.

Le ha costado desnudarse. Julia dice que es imprescindible. Han de lavarse todo el cuerpo, aunque haya estado cubierto por varias capas de sarga, aunque lleven las manos tapadas con guantes de un tejido duro e incómodo que casi no les permite agarrar los instrumentos de la cripta. Aunque se cubran la cara y se protejan los ojos con unas lentes que ha fabricado la propia Julia y que les dan un aspecto como de hormigas gigantes.

Después de lavarse y volverse a vestir con sus ropas, han subido a la ermita. Julia les ha dicho que descansen, aunque ella no parece necesitarlo. Es como si viviera del aire, de un fuego interior que la alimenta y que solo se puede ver cuando la mira a los ojos. Todo ha de estar preparado para dentro de una semana, cuando se espera la vuelta del arzobispo y la madre abadesa.

—No sé si seré capaz de enfrentarme a la reverenda madre —dice Sabina mientras mordisquea unas almendras con miel que ha birlado aquella misma tarde de la cocina del monasterio.

—No sois la única.

Lope está apoyado en la pared y se sujeta las piernas dobladas contra el pecho. Lleva las sayas cortas, sin el hábito, como si fuera un campesino, pues también él ha tenido que someterse a los restregones ordenados por Julia. Cuando le ve así, tan poco solemne, tan poco sacerdote, se le erizan los pelillos de la nuca. Tiene demasiado cerca sus piernas delgaduchas y sus pies, tan flacos como sus manos, enfundados en sandalias de cuero. Le gustaría alejarse un poco para no sentir el calor de su cuerpo, pero sería raro, ahora que han vuelto a ser amigos. Cree que ha logrado guardar bien su secreto, que Lope no imagina lo que le afecta su cercanía, ese trastorno que a veces la deja sin respiración, temblorosa y palpitante. Él, sin embargo, mantiene sus modos de sacerdote, amable e indiferente. Pasan mucho tiempo juntos, y, sin embargo, le nota más lejano que cuando se encontraban en el huerto o cuando paseaban a Teresa hablando del sol y las estrellas. Quiere convencerse de que es mejor que él nunca sospeche de su inquietud.

—¿Creéis de verdad en las palabras de Julia? —le pregunta mientras le ofrece el tarro de almendras con miel.

—Habla de asuntos muy extraños y en su boca todo adquiere una lógica angustiosa. Parece una mujer cuerda, inteligente.

—Es lo primero que pensé. Qué todo era como tenía que ser. No sé deciros otra cosa. Además, habéis visto esos extraños artilugios. Ese no sé qué, que se mueve solo. Yo no entiendo de ciencias, pero para vos también son extraños.

—¿No será que nos tiene hechizados con alguna pócima secreta? —dice Lope volviéndose hacia ella—. No entiendo cómo he aceptado sin más sus locuras. Cuando no estoy con Julia, todo se vuelve confuso y absurdo. Pero cuando empieza a hablar...

—Desde que la conozco siento lo mismo. Confío en ella como si fuera yo misma. No hay ninguna pócima que consiga algo así.

Lope se queda callado. Carraspea. Parece que no se atreve a hablar. Coge otra almendra y la mastica en silencio. Después se chupa distraído los dedos embadurnados de miel.

—¿Qué os preocupa? —pregunta ella.

—¿Además de que estoy ayudando a construir una máquina que podría ser un artefacto del infierno?

—Además de eso —ríe.

Él ríe también, como resignado.

—Hay algo...

—Preguntadme lo que gustéis.

—Decís que confiáis en Julia como en vos misma. Desde que os vi juntas por primera vez, sentí que había algo especial entre las dos, una unión muy poderosa. Siempre temí que esa unión fuera...

Lope se calla. Ella le mira sin comprender.

—¿Qué sentís por ella? ¿Qué siente ella por vos?

—Cuando estoy con Bárbara es como si estuviera en el lugar en que debo estar. Es como un refugio contra todo lo malo. No sé explicarlo mejor.

—Sé que en los conventos se producen en ocasiones prácticas... poco ortodoxas.

—¿Qué prácticas? —Está empezando a enfadarse y no sabe muy bien por qué.

—A veces, entre las monjas se crean uniones que... que solo deben existir entre los esposos.

Lope está muy colorado, como si le fuera a dar un síncope. Ella le mira unos segundos con la boca abierta y luego comienza a reír sin parar. Las carcajadas rebotan en las paredes de la cripta y los envuelven como una catarata.

—¿Tanta gracia os hace? —pregunta enfadado.

Ella no puede parar de reír. Levanta las manos como pidiendo una tregua, se apoya contra la pared y sigue riendo hasta que Lope se levanta y se aparta, hecho una furia.

—Padre, os lo ruego, no os enojéis —dice cuando consigue hablar—. Es tan raro lo que decís... Toda mi vida he estado sola. Mi madre murió cuando era muy niña y mi padre no era buena compañía. El aprecio de Julia es lo único que tengo. Y os aseguro que nada tiene que ver con prácticas, ¿cómo habéis dicho?, poco ortodoxas.

—No es lo único que tienes —dice Lope con voz ronca.

Otra vez el cosquilleo en la nuca. La poca luz que entraba por el ventanuco de la ermita ha empezado a declinar. Debe de estar anocheciendo. Solo un velón encendido en el altar impide la oscuridad.

—Deberíamos bajar a la cripta —dice, y se levanta.

No quiere seguir sola con él. Es demasiado difícil acallar sus emociones. Sabe cómo se unen un hombre y una mujer, en la cabaña le han contado cosas, le han llorado o se han reído con descaro relatando lances amorosos. Ha visto a los animales apareándose. Sabe mucho y no sabe nada. Porque nunca ha sentido aquello que le nace en el bajo vientre y le sube hasta la garganta dejándola sin aliento. Nunca le ha palpitado tan fuerte y tan deprisa el corazón. Tanto, que nota los latidos en la punta de los dedos, en las orejas, en las entrañas.

Se dirige hacia la puerta que conduce a la cripta, como si huyera, pero, antes de llegar, Lope, a su espalda, la sujeta por los hombros. Ella no se mueve, cierra los ojos, no quiere que ese contacto termine. Él la gira lentamente, como si fuera una vasija de un barro muy fino. Aún con los ojos cerrados, siente sus manos en el pelo, sus labios en la frente, en la mejilla, en la comisura de la boca. Él se detiene. Ella levanta la cabeza y le mira por primera vez. Está muy serio, parece indeciso, jadea un poco. Y es ella la que lleva las manos hasta las mejillas del sacerdote y es ella quien acerca su cara a la suya y le besa los labios con fuerza, sin saber muy bien qué hará después. El beso se alarga y se alarga, los labios se acarician, se abren y nota la lengua de Lope dentro de su boca, cálida y viva. Es como la embriaguez en las noches de Ostara, una intensidad de los sentidos que casi duele. No puede más. Separa sus labios de los de Lope y se abraza a él, y nota las costillas, los músculos en tensión, la piel caliente, que parece temblar a su contacto.

—No es lo único que tienes —repite Lope con la boca oculta en su pelo.

34

Cuando Asia me dijo que podía ayudarme a encontrar a Julia, me volví loco. A medida que hablaba comprendí que mi afán por salir corriendo, por abandonar aquellos lugares que tanto me recordaban nuestro fracaso, me había impedido recuperarla. Si me hubiera quedado en Salamanca, Asia me hubiera contado muchos años atrás lo que escuché entonces de sus labios con cara de tonto.

—Hace ocho años, di una fiesta para inaugurar el burdel más lujoso de la ciudad —empezó—. No quiero pecar de inmodestia, pero fue el mayor acontecimiento que se recordaba en la ciudad desde la boda de nuestro rey. ¿Os acordáis? Vos y yo. Fueron buenos tiempos.

—Eufrasia, abrevia —intervino el Muñón.

—En aquella fiesta conocí a un caballero de Flandes. Era rubio, alto, lozano, todo un gentilhombre flamenco. Desde que os fuisteis no había vuelto a sentir esa picazón de las entretelas. Abreviando —dijo y miró al Muñón con el ceño fruncido—, pasé un buen rato con él. Le pregunté qué hacía en Salamanca y me contó no sé qué asunto de herencias. Resultó ser pariente de la esposa de vuestro amo. Y, claro, pariente también del maldito obispo.

Yo sabía lo fácil que era hablar con Asia, confiarse a ella.

Aún recordaba los esfuerzos que hube de hacer en otros tiempos para no confesarle la verdad.

Gracias a la charla de aquel hombre, Asia descubrió que el obispo se había convertido en arzobispo de Valladolid, donde gobernaba con dureza su sede. También se enteró de que la hija mayor de los condes, «la maldita Mencía», afectada de viruelas, acababa de ingresar en un convento cercano a Salamanca tras la muerte de su padre.

—Tuve curiosidad —siguió Asia—. Aquella mujer os había hecho mucho daño y no pude resistir la tentación de verla desfigurada y encerrada entre las cuatro paredes de un monasterio. Ella, tan hermosa y tan soberbia.

Asia había aprovechado la Semana Santa para acudir al convento. Por aquellas fechas, las puertas se abrían a los fieles, en especial para la misa de Resurrección. Se vistió de dama de alcurnia y allí se presentó, disimulada entre lo más ilustre de la ciudad.

—Me coloqué lo más cerca posible del coro donde rezaban las monjas. Yo había visto a Mencía alguna vez, vos me la mostrasteis durante una procesión. Más tarde la vi a menudo en fiestas de toros y en alguna feria. Si no hubiera sido porque sabía que estaba allí, jamás la hubiera reconocido. No era la misma persona. Las marcas de la cara le habían arruinado la belleza, sí, pero era algo más. Nada quedaba de aquella niña impertinente. Parecía una muerta en vida. No lo pude evitar. Me apené por ella.

Se había acercado a hablarle tras la misa, durante la colación servida a los fieles en el refectorio. Le contó una patraña, nombró a su familiar.

—Fui todo lo estirada y decente que podáis suponer, mas ella me miró como se mira a un insecto que no para de fastidiar. Solo acerté a sacarle dos o tres palabras antes de que se diera media vuelta. Lo que más me impresionó fueron sus ojos. Tan vacíos de vida como cuentas de cristal.

Asia se calló, aunque no parecía que hubiera terminado de hablar. Me miró como si tuviera que decir algo difícil y no supiera cómo hacerlo. Nada típico en ella.

—¿Te habló de Julia? —pregunté—. ¿Qué te dijo?

—No, no me habló de Julia.

—¿Entonces? ¡Asia, no me tengas en vilo!

—La vi.

—¿La viste? ¿A quién viste?

—A Julia.

Me quedé tan estupefacto que solo pude repetir sus palabras.

—¡¿A Julia?!

—Sí, era una de las monjas.

—¡¿Te has vuelto loca?! —grité—. ¿Monja? Sería lo último que...

—Hablé con ella.

—¡¿Qué?!

No podía creer lo que estaba escuchando. Me tomaba el pelo. ¿Julia convertida en monja? ¿Julia en un convento a pocas leguas de donde me encontraba? ¿Iba a ser todo tan fácil?

—¿Qué te dijo? ¿Qué le dijiste? —apremié.

—Ella no me conocía. Yo a ella sí. Os vi juntos una vez y nunca olvidé su cara ni sus modos. Modos como de hombre, pero para bien. Se veía a la legua que vos la adorabais y yo me sentí un poco celosa, a pesar de que entonces creía que era vuestra hermana. Cuando Mencía se apartó de mí en el refectorio, se acercó a ella y hablaron en susurros durante un tiempo. Me dije que yo conocía a aquella mujer y no paré hasta recordar que era vuestra... lo que fuera. Quedé pasmada. Esperé a que estuviera sola. Me acerqué y le pregunté si era la hermana de don Miguel

Larsón. Cuando os nombré me miró con asombro. Tiene unos ojos enormes, por cierto. Me presenté, le dije que había sido vuestra amiga, que sabía de sus penurias y que todos creíamos que había muerto. Entonces me arrastró fuera del refectorio, bajamos al sótano y entramos en la botica, porque al parecer era la boticaria del monasterio, y estuvimos un rato de plática. Fue muy cordial conmigo, hasta tomamos un vaso de vino.

—¿Es que quieres que me dé un infarto? ¿Qué te dijo?

—Seguís con vuestras palabras extrañas.

—¡¿Qué te dijo?!

—Poca cosa. Que estaba en aquel monasterio porque era el sitio en el que debía estar y que allí se encontraba a salvo. Hablamos de vos. Cuando supo que no habíais muerto en la cárcel, como le habían dicho, se mostró dichosa, furibunda e impaciente. Al decirle que habíais partido para las Indias y que hacía casi diez años que no se sabía nada de vos, rompió a llorar.

—¿A llorar? Entonces no era Julia.

Estaba tan eufórico que incluso era capaz de bromear. Tan cerca. No podía creerlo. Había imaginado mil y una penurias para dar con ella. Había imaginado incluso que nunca la encontraría, que habría muerto hacía mucho tiempo, que estaba perdida para siempre. Cualquier cosa menos esto. Julia estaba en Salamanca, a pocas leguas de donde yo me encontraba. La navaja de Ockham nunca defrauda.

—¿Volviste a verla?

—No. Me hizo jurar que nunca más iría por allí. Si lo hacía, me advirtió, mi vida correría peligro.

—¿Por qué?

—No lo sé. Solo me aseguró que estaba bien, que no me preocupara por ella y que olvidara todo aquel asunto. Y así lo hice hasta hoy. Los negocios monjiles están muy alejados de los míos. No tuve que hacer demasiado esfuerzo.

Julia estaba viva, o al menos lo estaba ocho años atrás, ocho años en los que me habría ahorrado muchas batallas y muchas amarguras. Ocho años durante los que acabé por convertirme en un tipejo violento, en un atrofiado emocional. Si me hubiera quedado, la hubiera sacado de allí y habríamos empezado una vida juntos. A esas alturas, incluso, podríamos vivir ya en nuestro tiempo, pensé, en lugar de seguir encerrados en aquel espacio que empezaba a sentir más real que la quimera evanescente de ese otro mundo apenas recordado.

Me levanté de un salto. No podía esperar ni un segundo más. Tenía que salir de allí, llegar al monasterio y terminar con todo aquel despropósito de vida.

—Nanay. No puedes irte así —me dijo el Muñón cuando vio mis intenciones—. Recuerda que tu mujer avisó a Eufrasia de un peligro, el mismo que vi en tu mano y que ahora está aquí. Amigo mío, las piernas que no tengo son sabias y una de sus muchas virtudes es que sienten el peligro. Has de ser prudente y dejarme indagar. Mientras, échate al coleto un aguardiente, o cinco. Y remedia esa traza. Pareces mi padre y podrías ser mi hijo.

—No puedo perder más tiempo. Demasiado he perdido ya en guerras y sandeces.

—Pues de aquí no sales hasta que yo lo diga. Y, de momento, no lo voy a decir.

35

Está acurrucada contra él, la cabeza sobre su pecho, las piernas encogidas, la nariz pegada a las sayas de Lope, que huelen un poco a sudor. Es noche cerrada ya y el velón sobre el altar de la ermita da sus últimas boqueadas.

—Ha de ser muy tarde —dice por romper el silencio—. Me ha parecido escuchar la llamada a completas en el monasterio. Deberíamos...

Él no responde a sus palabras. Solo aprieta más su abrazo, como si negara con ello la necesidad de volver al mundo.

—Padre...

—¿Vas a seguir llamándome así?

—Lope —dice, para probar cómo suena.

—Nadie nos buscará a estas horas —dice él—. Cuando bajé a la cripta a por las mantas, Julia dormía. Creo que es la primera vez que la veo dormir desde que estamos aquí, lo que indica su naturaleza humana, por más que en ocasiones lo dude.

—No habléis así. Es más bondadosa que muchos santos de peana, aunque sus modos sean bruscos.

Lope ríe, la estrecha con fuerza y la besa en la coronilla.

—No me importa que la defiendas con tal brío. En este momento ya no.

—Pero sí cuando maliciabais de nuestra amistad.

—Aún me avergüenzo. Los celos son demonios que atacan sin avisar.

El corazón se le acelera. Es tan feliz que teme no poder soportarlo.

—¿Estabas celoso por mí?

Lope se incorpora y hace que ella también se levante un poco para mirarla a los ojos.

—¿Crees que lo que ha pasado entre nosotros ha sido un ardor repentino? Te amo desde hace mucho, aunque me resistiera. Creo que desde que te vi aquella primera vez, con tu pelo salvaje y esos puñales azules que me dejaron sin resuello. Al principio, pensé que era lujuria, un mal que, a mi pesar, me atacó en alguna ocasión; en la corte no faltan las tentaciones. Estaba ansioso por verte, por hablar contigo. Y, entonces, descubrí tu ingenio, tu honestidad, tu libertad de pensamiento, tu dedicación a la hermana Teresa y sus locuras. Me hacías reír, aunque no quisiera, y te aseguro que no quería. Pero lo que de verdad me hizo amarte fue el pisotón que le diste al bellaco de Álvaro de Guzmán.

Podría morir en aquel instante. Podría esfumarse como el humo, colarse como un reguero de agua entre las losas de la ermita, volar hasta subir más alto que un halcón. Tiene ganas de llorar, y no va a hacerlo. Ha de mantener los ojos bien secos y bien abiertos para no dejar de mirarlo. Quiere mirarlo así hasta que sean viejos, hasta que los ojos de ambos se cubran con la tela de la edad y ella recuerde aún este momento como si acabara de suceder.

Lope le coge la cara entre las manos y sus labios vuelven a unirse, ya sin ninguna cautela. Nunca ha sido miedosa y, sin embargo, ahora lo teme todo. Teme incluso este goce repentino porque lo siente breve. Aquella fugaz visión le ha calmado los ánimos, aunque sigue notando el peligro a su alrededor. Ansía con urgencia tener de nuevo a Lope dentro de sí. Quizá sea la última, piensa sin querer pensarlo. Sacude la cabeza. No, no debe pensar en el mañana. Ahora solo son ellos, a la luz casi extinguida de la vela del altar, dos cuerpos ciegos que se reconocen a través de las manos y las bocas.

Las manos y la boca de Lope en su espalda, en su vientre, en sus pechos, en sus labios. Los besos de Lope en lugares de su cuerpo donde nunca imaginó que pudiera ser besada. El placer del dolor, una sacudida que la atraviesa y la deja floja después, sus cuerpos desnudos y enlazados como una de esas quimeras irreales que adornan los capiteles del claustro. Quisiera ser como esas criaturas y formar con él un solo cuerpo que perdurara como la piedra.

Lope está ahora inclinado sobre ella y la acaricia mientras recobra el aliento. ¿Cómo pudo vivir sin esos besos, sin esas caricias? ¿Es esto de lo que hablaban en la cabaña las mujeres, de lo que reían en voz baja? No, no puede ser esto. Esto es solo suyo. Lo han inventado ellos esta noche.

Él se incorpora y ella le intuye apenas. Lope le recoge la melena, la husmea, la lía como una serpiente y le rodea la garganta con ella. Van a comenzar de nuevo a besarse cuando escuchan unos golpes urgentes en la puerta que da a la cripta.

—Vístete. —Lope le tira las sayas mientras él se mete con rapidez la túnica por la cabeza.

—Será Julia —dice ella.

—Julia no llamaría así.

Los golpes vuelven a sonar, esta vez aún más fuertes.

—¿Estás ya vestida? —susurra.

—Sí.

Al abrir la puerta, la luz de varias antorchas le deslumbra. Un soldado con casco y cota de malla entra y se coloca a un lado de la puerta sin mirarlos siquiera. Tras él, aparece la figura de

Diego de Covarrubias, tan de armiños como siempre y, después, varios soldados, que se despliegan por la ermita alumbrándolo todo.

El arzobispo sonríe e inclina la cabeza, como si se hubieran encontrado en los salones de un palacio. Mira el revoltillo de mantas que hay en el suelo, los mira a ellos y vuelve a sonreír.

—Siento interrumpiros, padre, pero me temo que estáis en el lugar equivocado.

—Estoy en una iglesia. Qué mejor lugar para un sacerdote.

El arzobispo suelta un resoplido de burla y ni siquiera le responde. Se acerca a ella.

—Me sorprendéis, hija mía —le dice con un tono suave mientras menea la cabeza—. Os creí buena cristiana, y las buenas cristianas no yacen con hombres de Iglesia. Habéis pecado contra el mandamiento de la castidad y habéis pecado contra lo más sacrosanto de las leyes divinas.

Ella no responde. Está aterrorizada. Se pregunta qué habrá sido de Julia. Si el arzobispo y sus soldados han entrado desde la cripta, han debido de sorprenderla.

—Yo la forcé a ello, monseñor —dice Lope—. No es su culpa.

—Dejaos de monsergas. —Ya no sonríe—. Me habéis decepcionado como nadie lo hizo nunca. Creí que permanecíais en el convento para librar a mi sobrina del maligno. Según parece, Satanás ha sido más fuerte. No solo habéis profanado vuestros votos, sino que lo habéis hecho en un lugar sagrado.

La cara de Lope se crispa, va a hablar y parece arrepentirse. Después inclina la cabeza.

—Admito mi pecado, eminencia, y estoy a vuestra disposición para lo que ordenéis.

—Aún he de pensar en vuestro castigo. Entretanto, abandonaréis este convento de inmediato.

—¡No! —grita ella y se agarra al brazo de Lope.

El arzobispo la mira con sorpresa.

—¿No? ¿Qué o quién os ha dado la idea de que podéis oponeros a mis órdenes?

—No es cierto lo que ha dicho el padre Lope. Yo soy la única culpable.

—¡Qué conmovedor! No os preocupéis, señora, habrá castigo para todos.

36

Me cabreé mucho, grité, rompí cosas, hice demostraciones de fiereza que hubieran asustado al más valiente. A cualquiera menos al Muñón, que me miró impasible mientras yo me desahogaba. Cuando salí en tromba por la puerta, sin hacer caso de sus órdenes, mis antiguos camaradas se echaron sobre mí, me quitaron la espada y me ataron como a un zarajo. Me revolví todo lo que pude, les maldije en varias lenguas, pero me metieron en una habitación y echaron la llave. No tuve más remedio que calmarme, aunque me costó lo mío, y esperar a que el puñetero Muñón decidiera por mi vida.

Recibí la visita de Asia varias veces, siempre que sus múltiples negocios se lo permitían. Me lavó como aquella primera vez, con el mismo cariño y la misma desvergüenza, aunque no estaba yo para lances amorosos. Solo tenía cabeza para Julia, la sentía tan cerca que el vello se me erizaba de impaciencia. Imaginaba una y otra vez nuestro reencuentro y entraba en un estado de beatitud del que me sacaba la posibilidad de que Julia ya no estuviera allí. Habían pasado ocho años. Entonces me cabreaba otra vez y comenzaba a aporrear la puerta reclamando mi liberación, a lo que nadie hacía el menor caso.

Asia me trajo ropa elegante y hasta me arregló el pelo, que parecía una madriguera de ratones. Llevaba tanto sin mirarme de verdad en un espejo que cuando lo hice me pareció ver a un tipejo desconocido, aunque mejor de lo que esperaba. Mi amiga había hecho un buen trabajo. Me había convertido en un ejemplar medio decente. Me recortó la barba y me ató el pelo en una coleta muy similar a la que recordaba de Salinas, lo que por una parte revivió recuerdos que prefería tener encerrados y, por otra, me hizo gracia: si tanto le había gustado aquella coleta a Julia, quizá me hiciera ganar puntos también a mí.

Durante el tiempo que pasó conmigo, Asia me contó de sus andanzas, tan sorprendentes como una novela de capa y espada. Y me enteré, para mi sorpresa, de que tenía un hijo de siete años.

—Aquella noche que os conté me trajo un regalo inesperado. Mi Pedrito es un buen zagal, rubio como su padre y listo como su madre. Lo tengo estudiando con los dominicos. Habrá de heredar una buena hacienda.

Tuvieron que pasar tres días para que el Muñón se dignara dejarme en libertad. Salí como un toro del toril, dispuesto a comerme a quien tuviera delante. El Muñón me recibió con unas palabras que apagaron mi ardor de inmediato.

—Hace una semana, Julia estaba en el convento y gozaba de buena salud.

Me desplomé en una silla.

—La historia tiene su aquel —empezó el Muñón mientras hacía que nos sirvieran vino—. Para empezar, la tal Mencía entró en el monasterio a instancias de su tío. El monasterio es una de las muchas propiedades del arzobispado de Valladolid. Y abre las orejas: la mujer lleva unos meses encerrada en su celda. Por lo visto, tiene algo que ver con Satanás, pero no me preguntes. Bastantes asuntos he tenido ya con el susodicho.

¿Mencía en tratos con el diablo? Si no hubiera estado tan ansioso hubiera disfrutado de la ironía del asunto. Sin embargo, tenía la cabeza en otra cosa.

—¿Y Julia?

—Al parecer, lleva en el monasterio casi quince años, mucho más tiempo que Mencía, y goza de ciertas prebendas especiales. Mis confidentes me aseguran que se debe a que es la barragana del arzobispo, aunque la abadesa es su amante oficial. Una pájara de mucho cuidado, según dicen. La abadesa, no tu mujer. Y una última cosa: Julia estaba en el monasterio hasta hace unos días. Desde un tiempo a esta parte nadie ha sabido nada de ella. Se ha esfumado.

Mis carcajadas debieron de escucharse en toda la casa. Julia, amante del arzobispo. Me habría creído antes que le habían salido cuernos. Pero la risa se me fue congelando. ¿Y si era cierto? ¿Y si el cabrón de Covarrubias la había convertido en su amante a la fuerza? Dieciséis años encerrada entre cuatro paredes soportando aquella situación. No era capaz de concebir lo que podía cambiar a una persona algo así. Luego pensé en la Julia que yo recordaba. Era imposible que ella lo hubiera soportado. Habría matado al arzobispo hacía mucho. Por lo que me había contado Asia de su encuentro, no parecía una mujer sometida ni desesperada. ¿Y si Julia era su amante por voluntad propia? Entonces fui consciente de lo último que había dicho.

—¿Qué quieres decir con que se ha esfumado?

Me despedí del Muñón y escuché impaciente sus últimas palabras sin hacerle mucho caso. No las entendí hasta más adelante.

—Seco, no te afanes por cambiar el destino. Lo que está escrito está escrito con un trazo tan firme como el paso de las estaciones. Todo lo que va a pasar ya ha pasado. Todo lo que pasó está aún por pasar. No lo olvides.

Cuando llegué al monasterio, vestido con mis mejores galas,

pedí hablar con Mencía. ¿Posesión diabólica? Recordé lo liante y manipuladora que había sido de joven y pensé que quizá ya por entonces tenía el demonio metido en el cuerpo. No me dejaron acercarme a ella. Me dijeron que sufría una grave enfermedad y que no podía recibir visitas. Entonces solicité una entrevista con la abadesa.

No hace falta que te explique a ti cómo era: atractiva, fría como un casco en enero y nada amable. Intenté galantearla con mi recién adquirida gallardía, pero no hubo manera.

—No puedo dejaros ver a la hermana Teresa o doña Mencía, como vos la conocéis. Está muy enferma. Y yo, muy ocupada. La hermana portera os acompañará a la salida.

Fue todo lo que saqué de ella. No me atreví a preguntar por Julia. No hubiera servido de nada y aquella mujer me daba muy mala espina. Decidí, pues, seguir mi instinto. Con la ayuda de unos hombres del Muñón salté la valla que rodeaba el convento por la parte más alejada del edificio. Allí me mantuve agazapado hasta que, por la mañana, vi acercarse a un grupo de monjas muy jóvenes. Quise hablar con ellas, pensando que serían más receptivas que la abadesa, pero en cuanto me vieron echaron a correr hacia el monasterio dando gritos como si hubieran visto al diablo. Todas menos una, que se acercó a mí con tranquilidad, como si fuera lo más normal del mundo encontrarse con un hombre en el huerto.

Ana de Clevés me llevó hasta Mencía.

Imposible que fuera la misma persona. Era como si toda la carne de su cuerpo se hubiera consumido. Tenía los labios agrietados, llenos de pupas. Las mejillas hundidas, la piel amarillenta. Tú bien sabes cómo estaba. Me produjo terror ver cómo alguien podía destruirse de aquella manera.

Cuando por fin se fijó en mí, pareció salir de su mundo de alucinaciones. Incluso me sonrió, lo que fue aún más espeluznante.

—¿Juan?

—No soy Juan.

—¿Has venido a por ellas?

—¿Ellas?

—Julia se ha ido. Para siempre.

—¿Dónde se ha ido?

—Yo no quería. Dile que yo no quería.

—Lo haré. Dime dónde está Julia, por favor.

—Era tan apuesto. Entraba en mi alcoba, con ese pelo. Te pareces a él, ¿sabes?, y me susurraba al oído: «Mencía, eres muy bella, eres la más bella».

—¿Dónde está Julia, Mencía?

—¿Quién era la más bella? Dime: ¿quién era la más bella?

Nunca creí que pudiera sentir compasión por aquella mujer.

—Tú, Mencía, tú eras la más bella.

Entonces una monja entró en la celda y me vio allí. Se santiguó y salió a todo correr.

—Tenéis que iros, caballero —dijo Ana, que estaba agazapada tras la puerta—. Si me pillan aquí me castigarán a pan y agua un año.

Quiso salir de la celda, pero Mencía se levantó de un salto, la agarró de un brazo y le susurró unas palabras al oído. La novicia se separó asustada y, sin decir nada más, salió pitando de la celda. Yo estaba desesperado. No había conseguido nada. Solo la palabra de una loca de que Julia se había ido del convento. No sabía qué hacer.

—Por favor, Mencía, dime dónde está Julia.

Me agarró y me hizo agacharme hasta ponerme a su altura. Tenía un aliento como para despertar a un cementerio.

—Ve a rezar a la ermita —susurró—. Reza por tu alma. Y por la mía.

—No tengo tiempo de rezar.

—Ella cree que no lo sé, pero yo lo sé todo. Soy la que todo lo oye y todo lo ve. Soy...

—¡¡Por Dios!!

En aquel momento entraron dos soldados en la celda que me apartaron de ella.

—Ve a rezar a la ermita —repitió en voz alta mientras asentía con la cabeza, como el que habla a un tonto, y me sonrió.

Me echaron del monasterio, y esta vez no fue la monja portera, sino esos dos soldados que habían aparecido de la nada. ¿Qué pintaban unos soldados en un convento de monjas? Quizá era normal; yo no sabía casi nada de conventos. Hubiera podido con ambos, pero no quise montar más jaleo. En cualquier caso, me llevaron entre los dos hasta la puerta del edificio. Iba ensimismado, pensando en qué hacer a continuación: ¿volver y preguntar directamente por Julia? No creía que me dejaran ni abrir la boca. Me había convertido en un intruso muy pesado. ¿Intentar volver a hablar con aquella novicia tan amable? Para ello debía entrar de nuevo y, teniendo en cuenta la presencia de los soldados, no había demasiadas posibilidades de que lo lograra. Algo me rondaba la cabeza y no era capaz de concretar el qué. Era más una sensación que un pensamiento, como si hubiera algo que se me escapaba y que estaba a punto de comprender.

Llegamos a la puerta y la monja encargada la abrió para dejarme salir. Los soldados me dieron un último empujón y esperaron en el umbral a que me alejara. Justo antes de irme recordé las palabras de Mencía.

—Hermana, ¿hay por aquí alguna ermita? Quisiera rezar por mis muchos pecados.

—Y muy milagrosa, por cierto. La ermita de la Virgen de la Vega. Se cuenta que, hace años, unos viajeros fueron atacados a sus puertas y Nuestra Señora envió un rayo que fulminó a los bribones. No quedó de ellos ni las cenizas.

—¿Podéis indicarme el camino?

No tenía nada que perder y, además, sentía que iba en la dirección correcta. Al girar en el último recodo de la senda, la vi. El estómago se me subió a la garganta y tuve una náusea, una que solo había sentido una vez en la vida, y me vi obligado a sentarme un momento. Está claro que el cuerpo tiene memoria. La ermita seguía apoyada contra un gran farallón, bordeada por el mismo riachuelo que serpenteaba entre los árboles verdes de primavera. Me vino a la cabeza el culo de Julia oscilando como un péndulo hipnótico mientras se dirigía a beber del arroyo y yo le gritaba advirtiéndole de todos los peligros que nos acechaban.

Empecé a temblar como un cordero recién nacido. Menudo soldado estaba hecho. Tuve la certeza de que aquí terminaba todo, donde había empezado. ¿Estaría Julia allí? Tenía que estar. Si no, nada tendría sentido. Y si íbamos a encontrarnos, tenía que llegar a ella aligerado de rencores, de miserias, de recuerdos malditos. No podía moverme. ¿Estaba a punto de verla de nuevo? Si entraba en la ermita y estaba vacía, ¿qué haría después?

Respiré tan hondo que el aire me llegó a los talones. Me levanté y comencé a andar despacio, muy despacio. Cuando agarré la aldaba y empujé la puerta permaneció cerrada, indiferente a mi impaciencia. Maldije en voz alta. ¿Todo iba a ser así hasta el final? Me sentía en una prueba de obstáculos interminable. Golpeé la sólida madera. «¡¿Hay alguien ahí?!», grité. Ningún resultado. Volví a golpear y a gritar, esta vez su nombre, una y otra vez. Nada. Busqué algo con lo que hacer palanca, lo intenté con el puñal y la puerta siguió cerrada. Di la vuelta a la ermita, busqué algún hueco por el que colarme. La única apertura al exterior era un ventanuco circular por el que no hubiera cabido. Así y todo, trepé por la pared para intentar ver el interior. Desde allí volví a llamarla: «¡Julia! ¡Julia!». El lugar estaba completamente a oscuras y solo conseguí aplastarme dos dedos en la escalada.

Era casi de noche, el sol ya no calentaba y hacía frío. Me dejé caer en el suelo, apoyado contra la puerta. Me había quedado sin fuerzas, físicas y emocionales. ¿Y ahora qué? ¿Qué podía hacer ahora? ¿Buscar a Diego de Covarrubias? ¿Amenazarle hasta que me dijera el paradero de Julia y después rajarle el cuello? Le veía muerto ante mí, boqueando mientras la sangre salía a borbotones de su garganta, y eso me aliviaba algo la angustia. Y si no, ¿qué?, ¿volver al monasterio? ¿Entrar con los hombres del Muñón y registrar cada hueco del edificio?

Había creído tocar el cielo y se había desplomado sobre mí. No podía seguir allí, lamentándome por mi suerte. Debía ponerme en marcha, ¿o no? El problema era que ya no tenía fuerzas. Estaba desinflado, como una pelota vieja.

Entonces escuché un ruido a mi espalda. Alguien manipulaba la cerradura de la ermita desde dentro. No tuve tiempo de incorporarme. La puerta se abrió de golpe y caí hacia dentro.

Sobre mí había una figura de negro. Me puso un pie en el pecho para sujetarme y bajó un candil hasta mí. Escuché un grito ahogado. La luz que me alumbraba la cara la mantenía a ella en penumbra. Solo era un bulto oscuro.

—Qué viejo estás —escuché—. ¿Y qué haces ahí tirado? ¿Es que eres idiota?

Antes de que pudiera reaccionar, el candil cayó al suelo. Julia se lanzó sobre mí, agarró mi cabeza entre sus manos y me besó como una loca por toda la cara. No me dejaba casi respirar, pero qué más daba. Estaba encima de mí, podía palpar su cuerpo, sentir su peso. Entonces me abrazó con una fuerza inesperada mientras hacía un ruido raro, como entre la risa y el llanto, unos sollozos que me sonaron como la mejor de las músicas.

—¿Por qué coño has tardado tanto?

37

Le parece que lleva una eternidad encerrada en la celda. No sabe si Lope ha dejado el convento. No sabe si Julia está a salvo. No sabe si es de día o de noche. La luz del exterior entra solo por el ventanuco de la puerta, aunque tiene una lámpara de aceite para alumbrarse. Por las veces que le han dado de comer y han vaciado el cubo que le sirve de letrina, por el sonido de las campanas llamando a las horas, deben de haber pasado al menos cuatro días, aunque el tiempo se desdibuja en la invariabilidad de la celda. Junto a la puerta hay siempre un soldado que vigila a la sirvienta que le trae la comida, una sirvienta a la que no conoce y que no responde a ninguna de sus preguntas. Al principio gritó, golpeó la puerta, lloró. No sirvió de nada. Otros gritos más, pensó, como los que despertaban a las novicias cuando ella llegó al convento. Se imagina a Ana tapándose los oídos mientras intenta dormir sin saber que ahora son sus gritos los que la desvelan.

Se hubiera ido con él, incluso aunque eso significara no volver a ver a Julia, pero no tuvo ocasión. Dos soldados la sujetaron por los brazos sin atender a las protestas de Lope y sus intentos por liberarla, lo que le valió un golpe en la cara y argollas en las manos y en los pies. Vio con impotencia cómo lo sacaban a rastras de la ermita. Se retorcía y soltaba amenazas inútiles contra el obispo y no pudieron ni intercambiar una última mirada.

—Me temo que ahora ya no está en mi mano perdonaros, padre —dijo el arzobispo cuando Lope estaba a punto de traspasar la puerta, custodiado por los alguaciles.

Y después esta celda, sin más palabras, sin respuestas a sus muchas preguntas.

Intenta pensar con claridad. Julia no puede estar encerrada. El arzobispo la necesita para sus delirios. A ellos no, y al descubrir que estaban al tanto de su secreto, debió de temer que frustraran sus planes o, incluso, que le arrebataran el acceso a esa inmortalidad que lleva ansiando tantos años. Ha de ser eso. Julia tiene que estar a salvo. ¿Y Lope? ¿Se atreverá el arzobispo a hacerle daño? Lope es un hombre del rey, alguien que no puede desaparecer sin más. Aunque el arzobispo no se puede arriesgar a que Felipe II se entere de la existencia de la máquina. Lope es el mayor peligro para sus planes. ¿Qué le espera pues? ¿La cárcel, la muerte? No quiere pensar en eso, lo arranca de su mente como un bicho que intentara comérsela por dentro.

Entonces, tumbada en el camastro, escucha un raspar cerca de su oído, al otro lado de la pared, como el roer de un ratón. Puede que no sea nada más que eso, un ratón en su agujero. Pero hay algo distinto en este sonido, algo que le suena a humano, un ritmo cadencioso que va en aumento a medida que se acerca. Pega el oído a la pared y puede escuchar con claridad el raspar de los adobes. Se queda así durante mucho tiempo, tanto que hasta se adormece. La despierta un ruido distinto: ha saltado un trozo de yeso. Mira, expectante, el pequeño agujero que se ha formado y, entonces, escucha un susurro que atraviesa la pared.

—¿Sabina, estás ahí? Soy Ana. ¿Estás ahí?

Pega la boca al agujero.

—Estoy aquí. ¿Me oyes?

—¡Qué alegría! ¡Creí que estabas muerta!

—¿Por qué?

—Fue lo primero que pensé. Me dijeron que habías vuelto a tu aldea, pero yo no lo creí. Barrunté que habías muerto y no querían decírmelo.

—¿Y por qué iba a morir, así de repente?

—Deja de hacer preguntas. Tengo poco tiempo y muchas cosas que contarte.

—¿Está el padre Lope en el monasterio?

—Hace varios días que no lo veo. ¿Por qué te han encerrado aquí?

—No lo sé. ¿Y la hermana Bárbara?

—Calla y escucha. Vino un hombre preguntando por Teresa, un soldado. Se montó mucho revuelo. Todas las que lo habían visto hablaban de que era un hombre muy apuesto. La madre abadesa le echó del convento y él se marchó muy enfadado; desesperado, según las palabras de la hermana portera. Al día siguiente estábamos en el huerto. La priora nos quiere ver trabajando todo el día. No tiene caridad...

Intenta aguantar la impaciencia. Aquella mujer es incapaz de centrarse.

—Ana...

—El hombre estaba escondido en el pinar. Debía de haber saltado la valla. Todas salieron a buscar ayuda, pero yo me acerqué, ya sabes lo que me gustan los misterios, y pude hablar con él unos minutos antes de que escapara. En verdad es apuesto, aunque viejo.

—¿Qué tiene todo eso que ver conmigo? —Intenta ser paciente.

—Me preguntó por Teresa. Al parecer, la conoció hace mucho tiempo —sigue Ana sin hacer caso de su interrupción—. La llamó «Mencía», su nombre en el mundo. Aunque le pregunté, no quiso decirme para qué la solicitaba. Me dio pena y deseé ayudarle. Parecía un buen hombre, aunque un poco brusco. Concertamos una cita para después y le ayudé a escapar por la puerta de los frutales. Esa noche le llevé hasta la celda de la hermana Teresa.

—¡¿Qué tengo que ver con todo esto?! Por si no te has dado cuenta, estoy encerrada.

—Escucha. Acompañé a aquel hombre y me quedé en un rincón mientras hablaban. Ya sabes cómo tiene la cabeza la pobre Teresa. Cuando le vio, empezó a llorar y a mascullar unas cosas muy extrañas. Hablaba en susurros, tanto que el hombre tuvo que agacharse hasta pegar la oreja a su boca. Aunque me acerqué con sigilo todo lo que pude, no conseguí entender nada. Después de escuchar un rato a Teresa el hombre se irguió. Parecía un toro encerrado. En aquel momento, alguien entró y dio la alarma. Yo me fui dejándolo allí. No quería que me descubrieran.

—No entiendo nada.

—Cuando me iba de la celda, Teresa me agarró del brazo y se acercó a mí: «Cuéntaselo a Sabina», me dijo al oído.

—¿Que me cuentes qué?

—Supongo que de todo lo que habló con ese hombre, aunque, para ser sincera, no entendí nada.

—Me estás volviendo loca. ¿Qué quieres que haga con todo esto que dices? No tiene nada que ver conmigo.

—Teresa parecía muy ansiosa por que te lo contara.

—Teresa siempre está ansiosa. Al menos ahora sabes que estoy encerrada. ¿Cómo te enteraste?

—Ingenio. Al mismo tiempo que desapareciste, llegó una nueva sirvienta que no habla con nadie. Sospeché de ella. Venga a traer y llevar jarras de vino y platos con comida que luego devolvía vacíos. La seguí hasta aquí esta mañana y vi al soldado apostado delante de la celda. ¿Era a ti a quien custodiaba? Tenía que comprobarlo. ¿Seguro que no sabes por qué te han encerrado?

—No. Tienes que buscar a Bárbara y contarle que estoy aquí. Por favor.

—Creo que ya lo sabe.

—¿Por qué dices eso?

—Porque fue la propia Bárbara la que me dijo que te habías ido y que ella misma te había despedido a la puerta del convento.

Aquella noticia la deja muda. ¿Qué ha pasado fuera de esas cuatro paredes? ¿Julia la ha traicionado? ¿Y con qué objeto? Ana solo ha venido a complicarle más la vida, si es que eso fuera posible.

—¿Para qué me cuentas todo esto? —susurra enfadada—. Si no puedes ayudarme a escapar será mejor que te vayas. Déjame tranquila. Vete a plantar acelgas en la huerta, a hacer dulces o a suspirar por los placeres del mundo.

Ana no contesta. Sabina se arrepiente de sus reproches, pero no pide perdón. Está demasiado enfadada, triste y preocupada.

—Eres una ingrata —susurra Ana por fin—. Si se enteran de lo que he hecho me encerrarán como a ti. Ya te he contado todo lo que venía a decirte, así que si lo que quieres es que me vaya, me iré.

—Vete. No te necesito.

—Me voy.

—Con Dios.

Silencio. Pega el oído al agujero. Tiene miedo de que Ana le haya hecho caso.

—¿Seguro que quieres que me vaya? —escucha por fin.

—No.

La rabia se esfuma. Ana es lo único que la une con el exterior. Es su amiga y se ha arriesgado por ella.

—Busca al padre Lope —dice—. Entérate de qué ha sido de él. Y luego intenta hablar con Bárbara.

—Tanto Lope como Bárbara se han esfumado. Nadie los ha visto desde hace cuatro días. La última vez que vi a la hermana fue cuando me dijo que te habías marchado. Después, nada.

No puede decirle a Ana que busque en la cripta. No se atreve, no quiere ponerla en peligro. ¿Qué puede hacer? ¿Tumbarse en el camastro y dejar que el tiempo pase?

—Veré qué puedo averiguar. Será poco, a pesar de mis dotes para el fisgoneo. Tú no desesperes. Todo se arreglará.

—Nada se va a arreglar, pero te lo agradezco.

—No me des las gracias. Esto es lo más emocionante que me ha pasado en los últimos cinco años. Lo único emocionante. Ojalá las mujeres pudiéramos ser alguaciles. Te aseguro que no estaría en este convento donde nunca pasa nada.

Pobre Ana, piensa, si supiera lo que sucede bajo sus pies, no volvería a protestar por el supuesto tedio que ha de soportar en el monasterio.

Dos días más. Nadie, salvo la sirvienta, aparece por la celda. No puede de inquietud. Ya ni siquiera consigue animarse al recordar las últimas horas pasadas con Lope. Le parece que las campanas de la iglesia solo tocan a difuntos. Todo lo bueno se ha desvanecido, todo parece muerto. Solo le queda la esperanza de que Julia haya conseguido escapar a su mundo. Pero si eso fuera así, ¿qué razón habría para que ella siguiera encerrada sin más? El arzobispo estaría tan furioso que la mataría para vengar la traición de Julia. O, en el mejor de los casos, la interrogaría para averiguar cómo había desaparecido.

Se desespera. Las preguntas sin respuesta se agolpan en su cabeza y no le dejan descansar. Apenas duerme, apenas come.

Entonces escucha unos gritos en la puerta de la celda. Son dos hombres discutiendo. ¿Lope? «Que sea él, por favor, que sea él», reza.

Los gritos se incrementan. Escucha ruidos metálicos, exclamaciones, golpes. Y, luego, el silencio. Alguien manipula la cerradura, la puerta se abre de par en par. El soldado cae al suelo atado de pies y manos y en el umbral aparece un desconocido. ¿O no lo es? Su porte le es familiar: es un hombre alto, de pelo canoso. Le mira con atención.

—¡¿Qué hacéis aquí?!

—¿Eres Sabina?

Ella asiente.

El hombre se acerca, la sujeta por el brazo y tira de ella para que se ponga de pie. Ahora está más cerca y la mira con el ceño fruncido. Levanta la lámpara, le ilumina la cara y, casi de un salto, se separa de ella como si le hubiera dado una bofetada.

—¡Eres tú! —dice con los ojos como platos.

No sabe qué pensar de aquel hombre que se ha quedado pasmado mirándola. ¿Por qué la mira así?

Y, entonces, hace lo último que hubiera esperado. Se acerca a ella y la estruja entre sus brazos. El abrazo apenas dura unos segundos. Ella le da un empujón y le separa de sí.

—¡Soltadme! ¡¿Estáis loco?!

Él sigue sin hablar, solo la mira de arriba abajo. Ella se siente cada vez más extraña. ¿Le conoce de algo?

—Os envía Lope, ¿verdad? —dice para hacerle reaccionar—. ¿Está aquí? ¿Está bien?

—No me envía tu Lope.

El hombre sacude la cabeza, le agarra de la mano y tira de ella para sacarla de la celda.

—Más bien tenemos que ir nosotros a salvarle el culo.

A pesar de que el hombre cojea, a Sabina le resulta difícil seguir sus zancadas.

—Corre.

¿Salvarle el culo, ha dicho? ¿Qué manera es esa de hablar? Aquel hombre parece conocerla. La ha abrazado y ahora tira de ella por los pasillos del convento. A ella también le resulta familiar. Le sigue fascinada. Casi ha olvidado que están en peligro.

38

No conozco palabras capaces de explicar la emoción de volver a ver el rostro de Julia, de besar sus labios, nada que refleje la incredulidad de sentirla entre mis brazos. En muchos aspectos, era igual a la Julia de diecisiete años atrás: brillante, entusiasta, cabezota, pero la madurez parecía haberle otorgado una calidez que antes no existía. Ese autismo emocional que a veces la alejaba del mundo se había esfumado. Creo que fuiste tú, hija, quien la hizo más humana, a pesar de no conocer tu verdadera identidad. O quizá era yo, capaz de ver en ella justo lo que yo había perdido con los años. En cualquier caso, fueron unas horas casi psicodélicas, como si hubiéramos tomado una droga que distorsionara la realidad, que alterara los sentidos.

La cripta, esa misma cripta a la que habíamos llegado desnudos y asustados casi diecisiete años atrás, volvió a acogernos. También nos quedamos desnudos, esta vez por voluntad propia. Y también estábamos algo asustados, asustados de la intensidad de nuestra excitación. Dicen que cuando alguien se encuentra entre la vida y la muerte, los sentidos se le agudizan, se extreman. Quizá eso fue lo que nos pasó. Nos aferramos el uno al otro como los cachorros se aferran a su madre. Nos arrancamos la ropa casi a mordiscos. Habíamos estado tan solos durante diecisiete años que no podíamos dejar de tocarnos.

Éramos más viejos y, en algunos aspectos, más sabios, y yo seguía igual de loco por ella. Ella...

—He tenido muchos años para arrepentirme de cómo te traté —me dijo después de los primeros besos—. Supongo que te sabía tan seguro que no me paré a pensar en cuánto te quería. Y te quería. Muchísimo. Fui tan idiota.

Algo se me aflojó por dentro. El caparazón que me envolvía desde hacía tanto tiempo, ese caparazón que había ido engordando día a día a golpe de espada y de soledad se resquebrajó como una tela vieja. ¡Julia me quería! Sentí caer los trozos inútiles de esa coraza y pude vislumbrar, allí en lo más profundo de mí mismo, a ese otro yo encerrado durante dieciséis años que volvía a ver la luz. ¡Me quería! No podía ser más feliz.

El cuerpo de Julia, sus pechos más llenos, más acogedores; sus caderas; sus labios, tan apetitosos como los recordaba; sus ojos, ribeteados de tiempo. Durante unas horas, todo se desdibujó. Durante unas horas, nada hubo a nuestro alrededor salvo nosotros. Ni siquiera tú, aún.

Hablamos sin parar y sin dejar de tocarnos. Teníamos tanto que decirnos. Mi historia ya la has leído. Ahora lo sabes todo sobre mí, más incluso que la propia Julia. A ella también le hablé de mis cicatrices, las internas y las externas, que recorrió con sus dedos y sus labios, aliviando un dolor de años.

No fui capaz, sin embargo, de hablarle de la muerte de Salinas, o, mejor dicho, del asesinato de Salinas; su homicidio, si quiero ser escrupuloso. No me preguntó por él. Y yo callé. Quizá en algún momento se lo diga, quizá incluso le deje leer este libro, en el que me abro en canal. Pero aún no. Con ella, fui de nuevo un cobarde. Temía tanto perderla si Salinas volvía a interponerse entre nosotros, que callé, que sigo callando.

Tampoco le hablé de ti durante aquellas primeras horas. Tenía que buscar la manera de decirle que nuestra hija no había muerto cuando ella creía y no supe cómo hacerlo hasta que fue la propia Julia quien te nombró.

Comimos pan y queso sentados en el camastro de la misma cripta que, cinco siglos después, sería una ruina a cielo abierto. Me había dado un vuelco el corazón al ver de nuevo las lentes y los espejos, casi idénticos a los que recordaba, aunque de aspecto mucho más tosco. Recordé las superficies pulidas, de circunferencia perfecta, enmarcadas por un perfil de acero, y las comparé con estas lentes deformes, algo opacas, sujetas por estructuras de palos y correas que parecían sacadas de la estética postapocalíptica de *Mad Max*.

En el centro del círculo, que ocupaba como dos tercios de la cripta, había un aparato distinto al láser que habíamos usado en el siglo XXI. Era un disco de oro de unos treinta centímetros de diámetro que giraba a velocidad constante y que Julia denominó «una versión adaptada del motor magnético de energía libre». Lo contemplé todo con mucho más entusiasmo que la primera vez que los vi. Entonces no sabía nada. Ahora era consciente de que estos artilugios eran nuestra tabla de salvación.

Ella había tenido una vida mucho más tranquila que la mía, pero no más aburrida. Consiguió descifrar el libro de Flamel y con ello la posibilidad de trasmutar los metales, lo que convirtió al arzobispo en un hombre muy rico.

—El proceso de trasmutación tiene mucho que ver con la física cuántica. En el fondo no es más que una electrolisis potenciada —me explicó, aunque no entendí una palabra—. Fue más complicado desentrañar todo el palabrerío alquímico que el propio proceso.

La riqueza creada por Julia permitió al arzobispo hacerse con la sede arzobispal de Valladolid y, por extensión, con el monasterio, además de otras muchas posesiones. Entre remesa y remesa de oro, ella misma terminó por fabricar las lentes y los espejos de la máquina, ya que nadie era capaz de hacerlo.

—¿Te acuerdas de que antes era un poco impaciente?

—Qué gran eufemismo.

—Pues ahora soy más flemática que un lama tibetano. ¿Sabes lo difícil que es construir lentes así con la tecnología de este siglo? Tuve que aprender a base de errores. Soplar, cortar, pulir, medir. Cada lente que ves ahí, cada espejo, es un trabajo de meses, de años. Acuérdate de lo poco que tardé en obtenerlos en casa. Aquí fue como subir una duna: cualquier descuido y tenía que empezar desde abajo.

—¿Cómo conseguiste instalar el laboratorio precisamente en esta ermita?

—Cuando comprendí que la máquina tenía que montarse en el mismo lugar que la que nos trajo hasta aquí convencí a Covarrubias. Utilicé su propio lenguaje: fuerzas telúricas, poderes sobrenaturales, lugares mágicos. —Se encogió de hombros—. Fue fácil.

—¿Por qué tenía que construirse en el mismo sitio?

Me cogió la cara entre las manos y me besó.

—En palabras que entienda un zoquete científico como tú, porque este es uno de los lados del agujero de gusano. El otro está en el siglo XXI. Sin uno de los dos, el viaje no puede realizarse.

—Siento engrandecer la imagen de mi ignorancia, pero cuando viajamos aquí este lado no existía.

—¡Claro que existía! Lo había abierto yo hacía quinientos años. Eso es lo alucinante. Es un bucle perfecto. Imposible y perfecto.

Estaba desentrenado. Llevaba diecisiete años sin pensar en algo mínimamente complejo. Comer, beber, matar, follar. Esos habían sido mis pensamientos habituales. Tenía que volver a convertirme en la persona que había sido, en un historiador de mente racional, pero me costaba. Casi podía sentir el chirriar de mi cerebro, como un mecanismo mohoso que se ponía en marcha para pensar.

—Tú fíate de mí. —Julia pareció comprender mi desconcierto, algo que la Julia antigua nunca hubiera hecho—. Este es el único lugar donde puede hacerse.

—¿Quieres decir que, si la máquina no se activara ahora, en este tiempo, nosotros no podríamos viajar al pasado cuando lo hicimos?

—Exacto.

—Y si no viajáramos al pasado, ¿qué sería de nuestros cuerpos? ¿De nuestros recuerdos, de nuestras acciones?

—Supongo que desapareceríamos, no sé si solo aquí o para siempre.

—¿Y si no es así? —Empezaba a desperezarme y estaba entusiasmado—. ¿Y si destruimos la máquina y con ello evitamos que nuestros yoes futuros viajen hasta aquí? Podríamos ahorrarnos todos estos años de sufrimiento. Podríamos volver a ser quienes fuimos, sin ningún recuerdo de lo pasado, sin dolor, sin remordimientos.

—Nos quedaríamos aquí para siempre.

—Si es verdad lo que dices, no. Si la máquina no se activa ahora, si no creamos el agujero de gusano, nosotros no podríamos venir. Volveríamos a ser la científica borde y el historiador friki.

—No creas que yo no he pensado lo mismo. —Julia me miró con pena, y me apretó la mano—. Es una paradoja inquietante y no podemos arriesgarnos. El espacio-tiempo no puede sufrir una distorsión así. Las consecuencias podrían ser catastróficas.

—Eso mismo decía Emmett Brown y al final no pasaba nada.

—No sé de qué me hablas.

—De *Regreso al futuro*.

—¿Has vivido dieciséis años como soldado de los Tercios y sigues con tus chorradas?

—Tú me inspiras.

La acurruqué entre mis brazos. Cómo demonios podía seguir oliendo a manzana. No era capaz de dejar de tocarla, de sentir su cuerpo contra el mío. Era tan sorprendente tenerla a mi lado y que me quisiera. Era tan milagroso. Tenía el pelo mucho más largo de lo que recordaba y me conmocionó descubrir en él unas cuantas canas, testimonio del tiempo que nos habían robado.

—Miguel, lo que propones no es posible, te lo aseguro. Lo más probable es que nosotros desapareciéramos. Además, ¿qué pasaría con todos aquellos con quienes nos hemos relacionado?

—Pues vivirían tan a gusto sin habernos conocido. Tampoco es que hayamos inventado la pólvora. Solo la hemos usado. Salinas, mi amigo Carlos de Ayanz, mis muertos en las batallas. Todos seguirían vivos sin mí. ¿No era razón suficiente para intentarlo?

Julia me miró fijamente y tardó unos segundos en volver a hablar. Y fue entonces cuando habló de ti.

—¿Y nuestro hijo?

—¿Nuestro hijo? —repetí como un memo.

—Nunca vi su cuerpo, pero le sentí salir de mí y fue como si me arrancaran las últimas fuerzas. Solo le escuché un instante, una especie de gorjeo. Después, todo fue silencio. —Mientras hablaba, Julia empezó a llorar. Las lágrimas le desbordaban los ojos sin que ella pareciera notarlas—. Creo que fue con ese dolor cuando aprendí a querer de verdad a otro ser humano. Quizá también fue cuando empecé a quererte a ti.

En ese instante yo también lo sentí. Hasta entonces para mí solo habías sido una idea, un deseo frustrado. Entonces viví el duelo como debió de vivirlo Julia. Recordé la emoción al saber de su embarazo. La esperanza, las ganas de ser padre para compensar quizá el abandono del mío. Imaginé a esa niñita recién nacida arrancada del cuerpo de Julia. Y entonces, por primera vez, viví realmente el dolor de la pérdida. Era el momento de hablar. No podía seguir evitando hablarle de ti, de lo que yo sabía de ti y ella no.

—¿Qué te dijeron?

—Que había nacido muerto, pero nunca llegué a creerlo del todo. No sé cómo explicarte lo mucho que se puede querer a alguien al que no has llegado a conocer.

La voz de Julia, tan triste, se animó antes de que yo pudiera hablar. Me agarró las manos con fuerza y sus ojos, aún húmedos de lágrimas, brillaron como antes.

—¡También me dijeron que tú habías muerto y aquí estás! ¿Y si Covarrubias me mintió también en lo de nuestro hijo?

—Nuestra hija.

Julia me miró en silencio, con el ceño fruncido, como si no fuera capaz de procesar lo que había escuchado.

—Fue una niña y, tienes razón, el arzobispo te mintió.

No paró de llorar mientras le contaba cómo me había enterado de tu existencia. No era un llanto triste, sino rabioso. Al final, me abrazó hasta casi hacerme daño y dijo en voz baja, con la boca pegada a mi oído.

—Si tuviera a ese cabrón delante de mí en estos momentos,

creo que sería capaz de arrancarle la piel solo con mis manos.

Se separó de mí y sus ojos volvieron a iluminarse.

—Al final no consiguió ninguno de sus propósitos. ¡Nuestra hija está viva y tú estás aquí, conmigo!

—No murió cuando te dijeron —intenté disminuir sus expectativas—, pero también hay que ser consciente de la mortalidad infantil en esta época.

—¡No digas bobadas! Es hija mía y tuya. No puede haber muerto.

Se limpió el llanto de un manotazo. Volvía a ser ella, con su entusiasmo, sus argumentos un poco absurdos y su seguridad en sí misma y en sus genes, en nuestros genes.

—Aunque nunca consiga conocerla, sé que está por ahí, viva. Si destruyéramos la máquina, tú y yo nunca nos conoceríamos y, por lo tanto, no nos habríamos acostado y ella dejaría de existir. ¿Es eso lo que quieres?

¿Era eso lo que quería? Si me lo hubiera preguntado una hora antes, hubiera dicho que sí, que si el precio que había que pagar para no vivir los últimos dieciséis años era que una hija a la que no había visto nunca no naciera, estaba dispuesto a aceptarlo. Sin embargo, en aquel momento, cuando acababa de sentir de verdad, por primera vez, la realidad de tu existencia y el dolor por tu pérdida, dudé. Si alguien me podía asegurar que mi hija estaba viva, aceptaría con resignación los años que había pasado en el infierno. Lo daría todo por bueno. Pero no lo sabía y no tenía ninguna posibilidad de descubrirlo.

Sí, dudé. Tienes que perdonarme. Aún no te conocía, no había visto tus ojos, tan iguales a los de mi abuela; no había escuchado tu voz, que era la voz de Julia.

Y había dicho algo más: si destruíamos la máquina, ella y yo nunca nos conoceríamos, nunca estaríamos juntos. ¿Quería renunciar también a eso?

La cabeza me iba a estallar. Y aún me faltaba por conocer lo más sorprendente, lo más inverosímil.

—Hay otra razón para seguir adelante que no sabes —siguió—. Algo alucinante. ¿Te acuerdas de cuando hablábamos de que era imposible que la información técnica y científica que aparecía en el libro procediera del siglo XVI?

—Dijiste muchas veces que esas fórmulas eran demasiado avanzadas incluso para ti.

Era algo sobre lo que habíamos especulado desde el principio y a lo que nunca habíamos encontrado una respuesta coherente.

—Después de mucho darle vueltas, comprendí que solo había una persona capaz de haber escrito el libro. —Hizo una pausa dramática y se dio una palmada en el pecho—: ¡Yo! Yo era la única persona capaz de hacerlo. Las fórmulas eran imposibles para alguien de este siglo porque no las había escrito nadie de este siglo. Yo escribí el libro que me dejé en herencia. Un libro lleno de trampas.

—¿Trampas?

—Las fórmulas para construir las lentes que abrieran el agujero de gusano estaban mezcladas con tonterías esotéricas. No podía ser demasiado evidente. Si yo hubiera entendido a la primera lo que aparecía en el libro, no nos hubiéramos hecho amigos. Casi no nos habríamos conocido antes de viajar hasta aquí. Y teníamos que hacerlo. Todo tenía que ser igual a como había sido. Nosotros pusimos las pistas para encontrar la piedra, nosotros somos nuestros propios antepasados. ¿A que esto deja en pañales tus noveluchas de ciencia ficción?

Todo encajaba como un puzle: aquel libro sobre el que tanto habíamos especulado, aquellas pistas imposibles que remitían a nuestras propias experiencias, la frase de las ovejas, el monasterio del valle del Silencio... Ahora estaba tan claro. ¿Cómo no se me había ocurrido antes? Como Julia había dicho, éramos nuestros propios antepasados, los mismos que guiarían a nuestros yoes futuros. Pensé en todas las penurias que habíamos vivido. Pensé en Salinas, en Mencía, en que nosotros mismos nos habíamos conducido hasta ellos y, por extensión, hasta nuestra desgracia. ¿Por qué?

Las últimas palabras del Muñón me vinieron a la cabeza: «No te afanes por cambiar el destino. Todo lo que va a pasar ya ha pasado. Todo lo que pasó está aún por pasar». ¿Era eso lo que querían decir aquellas palabras? Lo que va a pasar ya ha pasado. No podíamos cambiar nada.

—Sorprendentemente, es lo único que tiene lógica —dije—. ¿Cómo lo descubriste?

—Llegué a la misma conclusión que tú: era lo único que tenía lógica. Siempre me había preguntado cómo supe lo que tenía que hacer, aunque hubiera conceptos que no entendía. Y la respuesta es que todos los postulados científicos que aparecían en el libro procedían de mí misma, pero de un yo más adulto, del que se había pasado diecisiete años trabajando en las fórmulas cabalísticas de Flamel. El libro se escribió, lo escribí, para que llegáramos hasta aquí. Para tener a nuestra hija. Hay que cerrar el círculo, Miguel. Por rigor científico y, sobre todo, por ser fieles a nosotros mismos. Es el único camino.

Aquí vaciló. Parecía que le costaba seguir.

—Además, hay otra cosa. Algo que nunca te dije entonces porque hubieras pensado que estaba loca. Después ya no me atreví.

—No te preocupes. Siempre he pensado que estabas loca.

Hizo caso omiso de mis palabras. Ni siquiera sonrió, lo que me dio mala espina.

—En el libro había una primera página que arranqué antes de entregártelo. —¿Qué iba a decir ahora? Ya no podía aguantar muchas más sorpresas—. Estaba escrito tu nombre: «Miguel Saguar Balibrea. Restaurador». ¿Te das cuenta? Dejamos todo lo suficientemente claro como para asegurar nuestras acciones, ofreciendo solo la información necesaria para que no nos echáramos atrás.

Respiré hondo. ¿Mi nombre aparecía en el libro y nunca me lo había contado? Me había manipulado desde el principio, me había utilizado, me había convertido en un pelele.

—¡¿Dejamos?! ¡¿Echarnos atrás?! —grité—. Hablas como si yo hubiera tenido alguna opción, como si yo hubiera participado en las decisiones que tomaste tú sola. ¡Tú sola!

Me aparté de ella. No podía mirarle a la cara, porque si veía sus ojos no tendría valor para seguir enfadado. Y estaba muy enfadado. Ahora comprendía el porqué de la insistencia de Julia cuando nos conocimos, a pesar de mis reticencias a ayudarla.

Subí las escaleras a grandes zancadas y salí de la ermita. Estaba atardeciendo. El sol era una bola naranja, enorme, que rozaba el horizonte. Seguí furioso durante unos segundos. Después respiré hondo y me desinflé. Julia me había manipulado, sí, y ya estaba hecho. «Todo lo que va a pasar ya ha pasado. Todo lo que pasó está aún por pasar», repetí como un mantra. Podía cabrearme, podía patalear como un niño, pero no podía cambiar las cosas. Y por primera vez me di cuenta de que, quizá, tampoco querría hacerlo. Yo era quien era, con mis miserias, mis pecados, mis crímenes. Había vivido experiencias sorprendentes, terribles en muchos casos, y tan inverosímiles, tan fantásticas que ¿podía quejarme? Julia me había engañado, sí, ¿y qué? ¿Hubiera dado por mí mismo el paso que nos trajo hasta aquí? Nunca. ¿Entonces? Me di cuenta, quizá por primera vez, de que, en cierta manera, me gustaba el hombre en el que me había convertido. Y quizá ese era un momento perfecto para asumirlo.

Bajé a la cripta. Julia estaba sentada en el camastro. Me miró con cara de susto. Abrió la boca, supongo que para disculparse, y yo levanté la mano.

—No digas nada. De verdad. No estoy enfadado.

—Era muy arrogante. Ahora nunca hubiera hecho algo así.

—Lo sé.

Nos besamos, nos abrazamos y prometimos que nunca más nos mentiríamos ni nos ocultaríamos información relevante.

—Y ahora que ya hemos aclarado todo, ¿qué hay que hacer? ¿Cuáles son los siguientes pasos?

—He dejado el libro a buen recaudo. Llegará a las manos de mi yo futuro en su momento. Hace tiempo que escondí el mapa en la piedra del castillo de Cea. No sé qué bucle temporal absurdo nos obliga a dejarlo en un lugar tan complicado, la verdad. Tuve que inventarme una historia muy rocambolesca para convencer al arzobispo de que debía ir allí.

Volvió a ponerse seria. Parecía preocupada.

—Solo me faltaba llevar la piedra filosofal, o como quieras llamarla, a la cueva del valle del Silencio, pero los acontecimientos se han precipitado. El arzobispo nunca me dejará salir de aquí; está demasiado ansioso. La piedra es el último elemento y el que más me ha costado conseguir. No sinteticé el compuesto hasta hace un mes. Una parte la utilizaremos para nuestro viaje y el resto debe esconderse allí, en la cueva, para asegurar el viaje en el futuro.

—¿Y cómo vamos a llevarla?

—Nosotros ya no podemos ir, pero yo tengo un plan alternativo.

No había vuelta atrás. Si estábamos allí era porque antes habíamos estado en otro lugar y habíamos hecho ciertas acciones que, a su vez, eran producto de nuestras decisiones de ese mismo momento. Después de haber aceptado mi pasado y mi presente, tenía que aceptar también mi futuro. Formaba parte de un eterno bucle temporal, un bucle infinito en el que nos movíamos como un hámster en una noria de juguete. No sabía entonces que en aquella noria había dos hámsteres más a los que me faltaba conocer: Lope y tú.

—Primero tenemos algo que solucionar —siguió—. Covarrubias tiene miedo de que le traicione y ha encerrado a una persona a la que quiero mucho para obligarme a continuar con sus planes.

—¿Una persona?

Me eché hacia atrás como si me hubiera pinchado. Sentí unos celos tremendos. ¿Quién podía importar tanto a Julia como para que el arzobispo lo utilizara de moneda de cambio? ¿Quién, aparte de mí?

—Se llama Sabina y es casi una niña. Solo la conozco desde hace unos meses y he llegado a quererla mucho. Es buena, graciosa y muy lista. ¡Aprendió a leer y a escribir en un par de meses! No me había dado cuenta de lo sola y lo triste que estaba hasta que la conocí.

Suspiré aliviado.

—¿Está en el monasterio?

—La tienen encerrada. Y también hay que liberar a Lope.

—¿Quién es Lope?

—Un exorcista.

—¡Un exorcista! ¿Y qué tiene que ver contigo?

—Es un buen tío, aunque te parezca mentira. Nos ha ayudado mucho y lo han detenido por mi culpa.

Volví a ponerme en guardia.

—Pues sí que has tenido una vida interesante. ¿Le conoces desde hace mucho?

—Es amigo de Sabina. Más que amigo.

Alivio de nuevo.

—¡Buenos ayudantes te buscas!

—No podemos irnos ya y dejarlos a merced de ese demonio. Y no nos olvidemos de la bruja de la abadesa. Creen que van a ser inmortales. Cuando comprendan que les he estado engañando todo este tiempo, no quiero ni imaginar las represalias que pueden tomar contra los que nos hayan ayudado. Si no podemos encontrar a nuestra hija, al menos no abandonaré a Sabina.

El corazón me empezó a palpitar a mil. No podía creer lo que se deducía de sus palabras.

—Acabas de decir que no podemos irnos sin liberarlos. ¡¿Significa que la máquina está preparada del todo?!

—Llevo dando largas al arzobispo y a la abadesa desde que volvieron. Sí, está preparada —dijo Julia con una gran sonrisa.

No podía creer que estuviéramos a punto de escapar de aquel infierno. Me daban ganas de saltar y bailar y gritar a todo pulmón. Abracé a Julia y la besé con urgencia.

—¿A qué esperamos? Pongámonos en marcha.

—Falta cerrar el círculo y Lope y Sabina nos ayudarán a hacerlo.

—¿Cómo?

—Tendrán que ser ellos quienes viajen al valle del Silencio y coloquen la piedra donde la encontramos. Es la única solución. Será un *quid pro quo*: nosotros los liberaremos y ellos nos liberarán.

—¿Confías en ellos?

—Tanto como en ti o en mí misma. Pero primero hay que conseguir que se alejen de aquí cuanto antes. Sé que harán todo lo posible por ayudarnos. Cuando hayan escapado, nos iremos. No podemos esperar más.

Había algo que me rondaba la cabeza desde que Julia había empezado a hablar de la cueva.

—Acabo de recordar una cosa. ¿Quién será la momia que

sujetaba el cofre de la piedra? ¿Y si fuera alguno de ellos, la chica o el exorcista? ¿No te preocupa?

—Claro que sí y, en un primer momento, pensé en buscar otra solución. No podía mandarlos a una posible muerte. Al final recordé una cosa: la momia tenía unos mechones de pelo largo y eran más bien rubios. Nada concuerda con ellos, ni la ropa, ni el tamaño, ni el pelo.

Me pareció un argumento un poco endeble, pero me encogí mentalmente de hombros. Podía ser que la tal Sabina o el tal Lope se convirtieran en un daño colateral de nuestra liberación, pensé. No iba a ser yo quien lo cuestionara. Al fin y al cabo, eran unos completos extraños para mí.

Seguí el mapa que me había dibujado Julia para llegar al monasterio. La llama del hachón dibujaba formas fantasmagóricas y las paredes de piedra y adobes rezumaban un agua helada que entumecía los huesos. Olía a humedad y a encierro. Me sentí de nuevo prisionero en los calabozos de la Inquisición, ahogado por la tortura del verdugo. Cuánto tiempo había pasado de aquello. Toda una vida. Qué distintas hubieran sido las cosas si no nos hubiéramos cruzado con aquel miserable de Covarrubias. O quizá no. Todo tenía que suceder como había sucedido, me repetí. No había vuelta atrás, no había atajos. Pensé en él, en el arzobispo, en aquel hombre que había dedicado su vida a una empresa sin sentido. Pensé en la rabia que sentiría cuando lo descubriera. Si las cosas no salían según lo previsto, tendríamos que buscar un buen sitio para escondernos.

Me había despedido de Julia con aprensión. La besé como si no fuera a volver a verla. Tenía miedo de que todo hubiera sido un espejismo, de que el destino se confabulara en nuestra contra y volviera a separarnos. Pero no podía venir conmigo. Tenía que quedarse dando los últimos retoques a la máquina y preparando el recipiente donde guardar la piedra que os entregaría. En cuanto consiguiera liberaros, tendríamos que ser muy rápidos. El arzobispo no nos daría cuartel.

—No te muevas ni un centímetro —le dije antes de irme—. Cierra todas las puertas, no dejes entrar a nadie salvo a mí.

Después de atravesar el laberinto de pasadizos con la ayuda del mapa y de las marcas que Julia había dejado en las intersecciones, llegué al monasterio. Salí por las cuadras y varias vacas mugieron al verme aparecer tras unas balas de heno.

La celda donde te retenían estaba en el sótano, el lugar más alejado de la vida cotidiana de las monjas. En la puerta de la celda había un soldado sentado en un taburete. Dormía apoyado contra la pared. Apagué la antorcha, la dejé en el suelo y me acerqué de puntillas con el mayor sigilo que pude. Si conseguía no despertarle, todo sería más fácil. Llegué a tocar la llave, que colgaba de una argolla amarrada al cinturón. Levanté con lentitud el brazo que descansaba sobre un muslo y que me impedía acceder al cierre de la argolla. El soldado se revolvió, farfulló no sé qué y se colocó de tal manera que ocultó más la llave. Le hice cosquillas en la nariz, levantó la mano, se sacudió la cara y dejó libre el acceso al cinturón. Conseguí desatar la argolla y, cuando estaba a punto de sacar la llave, el soldado abrió los ojos. Tenía la cara a pocos centímetros de la suya. Me miró sin comprender qué estaba pasando. No le di tiempo a más. Le agarré la cabeza y la golpeé contra la pared. Quedó aturdido. Le quité la llave de un tirón. Antes de poder meterla en la cerradura, el hombre se repuso del golpe y se lanzó contra mí. Saqué la espada y él hizo lo propio. Nos rodeamos el uno al otro como dos perros de pelea, midiendo nuestras fuerzas. El hombre era pequeñajo y hábil de movimientos. Pero, aunque esté mal el decirlo, no era rival para mí. Apenas cruzamos el metal un par de veces y ya lo tuve contra la pared. En lugar de ensartarle con la espada, le quité la suya y le golpeé en la sien con la empuñadura. Ya tenía bastantes muertos en mi conciencia. Cayó como un fardo al suelo. Le até las manos con su cinturón, los pies con el tahalí y lo amordacé con un trozo de su camisa. Cuando vi que no podría soltarse ni dar la voz de alarma, abrí la puerta de la celda con la llave.

El interior estaba iluminado con una lámpara de aceite. Había una figura de pie, junto a la pared, a la que no presté atención. Primero tenía que solucionar el asunto del soldado. No podía dejarlo fuera, así que le arrastré dentro de la celda, lo apoyé contra la pared y cerré la puerta.

Y allí estabas.

—¿Eres Sabina? —te pregunté.

Entonces acerqué el candil para verte la cara. Nunca podré olvidar el momento en el que te vi. Eras la alucinación en el campo de batalla. Mi abuela. Sus ojos. Los tuyos. En ese mismo instante, como un destello, como una revelación, supe quién eras.

—¡Eres tú!

Por inverosímil que fuera, tenías que ser tú. Me mirabas con la misma cara de sorpresa que yo debía de tener. Eras tan perfecta. Alta, como yo, y con la misma melena oscura de Julia, aunque más salvaje. Y esos ojos. Di gracias a mi abuela, porque por ese azul imposible te había reconocido. A mi madre le encantaría saberlo. Quizá aún pueda. Siempre se lamentó de que nadie de la familia hubiera heredado aquel color.

—¡¿Qué hacéis aquí?! —preguntaste.

Si había tenido alguna duda de tu identidad, tu voz la disipó del todo. ¿Es que nadie se había dado cuenta de que tenías la misma voz que tu madre?

No me salían las palabras. Estaba conmocionado. Me acerqué a ti como un zombi y te estrujé en un gran abrazo, del que tú te apartaste con un fuerte empujón y con cara de susto.

—¡Soltadme! ¿Estáis loco?

Tenía tantas ganas de decirte quién eras, de decirte quién era yo.

—Os envía Lope, ¿verdad? ¿Está aquí? ¿Está bien?

Otra vez ese Lope. Empezaba a caerme mal, no sabía muy bien por qué, quizá porque dijiste su nombre con un amor que era imposible esconder.

—No me envía tu Lope. —Te agarré de la mano y tiré de ti—. Más bien tenemos que ir nosotros a salvarle el culo.

El tiempo apremiaba. Ya tendríamos ocasión de hablar de todo, pensé. Ahora había que escapar.

—¿Sabes dónde está? —te pregunté mientras corríamos.

—Ha de estar en la zona exterior a la clausura —dijiste—. Por aquí.

Fuiste tú la que tiró de mi mano y me condujo con decisión por los pasillos del monasterio. Conocías muy bien todos los recovecos.

Corríamos ocultos en las sombras de los pasillos cuando una figura apareció de la nada a toda velocidad. Frenamos en seco. Frente a nosotros había un hombre joven, alto y muy delgado, con unas sayas cortas manchadas de sangre, el pelo tonsurado de los dominicos y tal cara de fiereza que me hizo ponerme en guardia. Llevaba un puñal en la mano y, por instinto, levanté mi espada para luchar.

—¡No! —gritaste, y me diste un golpe en el brazo.

39

—¡No! —grita y golpea al hombre en el brazo—. No le hagáis daño.

Cuando ve que ha bajado la espada, corre hacia Lope y se lanza en sus brazos.

—Creí que habías muerto —dice entre la risa y el llanto.

Él la estrecha tan fuerte que escucha su corazón en la garganta. Y después siente sus besos por toda la cara. El cuerpo de Lope contra el suyo es como volver a respirar.

—Yo también te creí muerta. ¿Qué te han hecho?

—Estoy bien. ¿Y esta sangre? ¿Te han herido?

—No es mía. Luché con un soldado para escapar.

—Casi muero de angustia.

—No tenemos tiempo de cháchara —les interrumpe el hombre—. Julia nos espera en la cripta.

—¿Conocéis a Julia? —pregunta—. ¿Quién sois?

—Soy Miguel.

—¿Miguel? ¡¿El padre de su hijo?! ¡¿El que viajó con ella?!

El hombre la mira de una forma extraña, como si fuera a gritar o a llorar. Su cara le resulta conocida. Hay algo en sus ojos... Entonces lo recuerda. ¡Es el hombre de la alucinación! Es el soldado cubierto de sangre al que sintió que debía salvar. Por eso no le ha reconocido antes. Porque en la visión solo le trasmitió soledad y tristeza. Ahora sonríe, parece incluso a punto de soltar una carcajada.

—¿Te ha hablado de mí? —pregunta él.

—No estáis muerto.

—Ahora que ha quedado claro que todos estamos vivos, tenemos que largarnos de aquí cuanto antes —dice el hombre.

Van hacia las cuadras, donde está otra de las entradas al pasadizo. Ella corre sin soltar la mano de Lope. Ha pasado tanto miedo creyendo que nunca volvería a verlo que no quiere apartarse de él ni un instante. El soldado, Miguel, va detrás. Cojea un poco, pero aguanta bien la carrera. ¿Qué puede significar encontrarse con la misma persona que vio en sus delirios? No sabe cómo interpretar su mirada ansiosa, aquel extraño abrazo que le dio al verla. No es tiempo de pensar. Hay que actuar, escapar de aquellas paredes que les cercan como gigantes.

Un ruido tras ellos la pone en alerta. ¡Los han encontrado! Tira con más fuerza de la mano de Lope. Y entonces escucha un susurro.

—Sabina.

Se detiene. Una sombra se acerca a ellos. Jadea.

—Corréis mucho.

—¡¿Qué haces aquí?!

—Chisss. —Ana se pone el dedo en los labios—. Habla más bajo. Hay soldados por todas partes.

Apremia a Ana para que se ponga en marcha. No pueden detenerse.

—Vigilaba la celda y vi como este hombre te liberó. Os seguí —dice Ana mientras corren—. ¿Dónde vais?

—A las cuadras.

—¿A robar unas mulas?

—Hay un pasadizo que lleva a la ermita de la Vega.

—¡Qué emocionante! ¿Puedo ir con vosotros?

—No —dice Miguel, que cojea tras ellas.

Lope va delante, con el puñal en ristre, atento a cualquier movimiento.

—Por favor —suplica Ana—. ¡Mi vida es tan tediosa!

—Es muy comprometido —dice ella—. Tenemos una disputa con el arzobispo.

Nada le gustaría más que conservar a su amiga, pero sabe que el futuro es demasiado incierto para implicarla en él. Los hombres de Covarrubias pueden aparecer en cualquier momento y Ana terminaría también en una celda o algo peor.

—¿Qué habéis hecho?

—Es muy largo de contar.

—Nunca me entero de nada —protesta.

La zona de las cuadras y los establos está apartada del edificio principal, junto al huerto, y se accede por un portón que cruje al abrirse. Dentro hay un fuerte olor a estiércol y las vacas mugen en sus cubículos. Hay cabras en un redil y ovejas en otro. Al fondo, varias caballerías se mueven inquietas.

Mientras Miguel y Lope apartan unas balas de paja, se despide de su amiga.

—Al menos dime si os puedo ayudar —dice Ana mientras se abrazan.

Cuánto va a echarla de menos. Tan dispuesta, tan alegre. Es la única amiga de su edad que ha tenido, la única que se acercó a ella sin miedos y sin prejuicios. Y piensa que quizá sí pueda serles de ayuda.

—En la botica, tras el libro de horas, hay un frasco con un líquido oscuro —dice—. El tapón está sellado con cera negra. Ábrelo con cuidado, no lo huelas. Echa todo el contenido en una jarra de vino y apáñatelas para que la cocinera la lleve a los aposentos del arzobispo.

—¿Morirá? —Ana abre mucho los ojos.

—Solo enfermará unas horas. Necesitamos ese tiempo para escapar. ¿Me harás ese favor?

—No sé cómo voy a vivir sin tus intrigas —dice Ana—. Lloraré y patalearé hasta que mi padre venga a buscarme. Nada me retiene ya aquí.

—Sabrás librarte. —Sonríe.

—Bien, parto a cumplir mi misión. No te defraudaré.

Sabina le da un último abrazo. Le cuesta separarse de ella. Siente que no va a volver a verla y se le encoge el corazón.

Tras comprobar que no hay nadie fuera de la cuadra, deja salir a Ana y cierra la puerta. Miguel y Lope la esperan a la entrada del pasadizo. Coge una de las antorchas que han encendido los hombres y se adentra en el túnel entre los dos.

—Estad alerta —dice Miguel.

Ella va con la vista fija en los muros mohosos del subterráneo, tocando de tanto en tanto las paredes húmedas, el musgo esponjoso. Le recuerda a su casa, a las rocas de su bosque. Delante ve la espalda de Miguel y detrás escucha el aliento de Lope.

—Hay que buscar las manchas rojas en las intersecciones —añade Miguel—. Estuve a punto de perderme al venir.

—No puedo ayudaros —dice ella—. Este corredor es nuevo para mí.

Él mira hacia atrás y le sonríe.

—Me conoces, ¿verdad? —pregunta—. Me viste también en aquella batalla.

—Sí. Y eso me pasma. Siempre tuve visiones, desde niña, pero las personas que aparecían en ellas no me veían a mí.

—Ya tenemos algo en común. —Sonríe—. A mí también me pasó cuando era pequeño. Solo figuras difusas. Luego desaparecieron. Esta, sin embargo, fue mucho más real que cualquiera de ellas.

El hombre se detiene, le toca con delicadeza el brazo y se dirige a ella como si temiera romperla con su voz.

—¿Tu padre era herrero?

—Lo era.

¿A qué viene ahora esa pregunta?

A la luz de la antorcha, los dientes de Miguel brillan tras una gran sonrisa. Parece maravillado, como si en lugar de confirmarle el oficio de su padre, le hubiera regalado el tesoro más valioso.

—Hablaremos cuando lleguemos a la cripta —dice como si saliera de un trance—. Ahora hay que estar pendientes de las indicaciones.

Para su sorpresa, antes de reiniciar la marcha, le acaricia un instante la mejilla. Se siente rara ante ese gesto de intimidad tan imprevisto. Mira a Lope, de reojo. Parece escamado. Ella le sonríe, todo está bien, y le aprieta aún más la mano que lleva agarrada. Nota sus dedos largos y cálidos entre los suyos. Con un pequeño tirón Lope la aparta de Miguel, como si quisiera protegerla. Ella no sabe qué pensar de aquel extraño que no para de mirarla con cara de asombro, como si no fuera un ser de carne y hueso sino aún la aparición del campo de batalla.

A ella tampoco deja de sorprenderle caminar junto al soldado al que vio rodeado de muerte y relinchos de caballos. Se contemplaron a través del tiempo y del espacio y ahora está ahí, junto a ella, y la mira como si fuera la mismísima Virgen aparecida. Tiene el pelo casi blanco, atado en una coleta. La nariz grande, algo torcida, los ojos oscuros y hundidos en las cuencas, ojos de haber visto demasiadas cosas. Es tan alto como Lope y mucho más fuerte, lo que se supone en un soldado. Solo su gesto amable contradice el aspecto de fiereza de su cuerpo.

Lo más sorprendente es que Julia y Miguel, las dos personas que han poblado sus visiones más inquietantes, estén vinculados de una manera tan íntima. Ahora todo adquiere otro significado, aunque no sabe muy bien cuál puede ser.

Siente un escalofrío y Lope la atrae hacia sí, la rodea con un brazo y continúan caminando por el pasadizo abovedado. Van despacio, tienen que comprobar cada recodo, cada bifurcación. Miguel, a la cabeza, se detiene de vez en cuando y consulta un papel. En uno de los cruces, ella es la primera en descubrir la señal, una que parece un pequeño gusano retorcido.

—¡Aquí!

Miguel se acerca y lanza un bufido, como si aquel dibujo le hiciera gracia.

—Julia tiene un sentido del humor muy particular —dice sin dar más explicaciones.

Deben de estar ya cerca. La humedad es aquí menor, el techo algo más alto, y le parece reconocer el último tramo, el que lleva directamente a la puerta de la cripta.

—Julia nos contó una historia que no quiero aceptar —dice Lope rompiendo el silencio que se ha impuesto entre los tres—. Dice que viajasteis con ella. ¿Os creéis, pues, también un hombre del futuro?

—Un personaje de serie B —resopla Miguel sin volverse—. Sí, soy un hombre del futuro, aunque cada vez menos.

—Habláis los mismos sinsentidos que ella —rezonga Lope—. Puede que todo sea cierto, no lo sé. Lo que sí sé es que el arzobispo es un enemigo poderoso y está decidido a alcanzar sus propósitos. Según Julia, lleva muchos años esperando conseguir la inmortalidad.

—El maldito arzobispo no puede alcanzar sus propósitos porque sus malditos propósitos no tienen sentido. —Se vuelve un instante. Parece fastidiado, como si le molestase dar explicaciones a Lope—. Nadie va a ser inmortal. La máquina no sirve para eso.

—Entonces todos moriremos.

—Sí, pero no ahora —dice Miguel con una mueca—. No, si nos vamos de aquí antes de que lo descubra.

—¿Vos y Julia?

—Hablaremos en la cripta —repite.

En la puerta de hierro, Miguel da tres golpes espaciados, tres más seguidos y otros tres lentos. La puerta se abre y una figura que casi no le da tiempo a ver la abraza con fuerza.

—He pasado mucho miedo —escucha la voz de Julia junto a su oído.

—Yo solo temía que os hubierais ido sin despediros.

Julia le da un último achuchón y un beso y se separa de ella.

—Me alegro de veros, padre —le dice a Lope—. Temí que el arzobispo os considerara demasiado peligroso.

—Lo consideró, pero escapé antes de que tomara medidas al respecto.

—Descansad, comed algo. Tenemos mucho de lo que hablar.

Aún le cuesta entender lo que Julia les ha pedido. Ellos deben escapar antes de que el arzobispo descubra su huida de las celdas y viajar hasta un remoto monasterio de los montes de León. Allí, en una piedra concreta del claustro deben tallar un gusanillo igual al que les muestra en un papel, el mismo que vio dibujado en el pasadizo. Después, en una cueva cercana, deberán esconder tras un muro la piedra venenosa que Julia les entregará.

—Nunca abráis el cofre ni toquéis la piedra —les ha dicho—. Tendréis el mismo cuidado que os hice guardar cuando me ayudasteis a fabricarla. Seguid las instrucciones que os entregaré y después alejaos todo lo que podáis. Viajad a Catay, a las Indias, lo más lejos posible. No volváis nunca por aquí.

Después de comer, Miguel ha ido a explorar los alrededores para asegurarse de que nadie les impida la huida. Antes de irse, y sin importarle que ellos estuvieran delante, atrajo a Julia hacia sí y la besó con fuerza en los labios durante mucho tiempo. Sintió cómo la sangre le subía hasta la cara. Un escalofrío le recorrió todo el cuerpo. Nunca había visto hacer algo así a nadie. Le dio tanta vergüenza que se le escapó una risilla nerviosa. A su lado, Lope estaba tan colorado como ella debía de estar.

Después, Julia ha insistido en subir a la ermita. Tiene algo importante que mostrarles. Ahora ella está junto a Lope, delante del altar, y por un instante se imagina a ellos dos jurándose lealtad, convertidos en esposos delante de Dios. Le mira, le agarra de la mano y, por su expresión, comprende que él está pensando lo mismo. Oye un carraspeo y vuelve a la realidad. Julia está delante de ellos y tiene una mirada extraña, entre triste y risueña.

—Quiero compartir algo con vosotros —dice por fin—. O espero poder compartirlo, si es que sigue aquí cuando lleguemos.

Sin decir más, Julia pone las manos en uno de los lados del altar y comienza a empujar.

—Ayudadme —les dice.

La piedra que Julia les ha pedido que empujen se resiste. Por fin, comienza a deslizarse y deja al descubierto una gran cavidad. Se asoma. Hay algo que brilla a la luz de las velas.

—¿Qué es este prodigio? —pregunta.

—Oro —responde Lope con voz neutra—. Muchísimo oro.

Sabe lo que es el oro, sabe que es algo que tienen los poderosos, aunque nunca lo había visto. Son trozos de sol, panes brillantes colocados unos junto a otros, que ocupan todo el hueco del altar.

—Es mi parte por toda la riqueza que he fabricado para el arzobispo —dice Julia con un guiño—. Con esto podremos vivir sin preocupaciones el resto de nuestra vida. Vosotros y nosotros.

Un ruido le aparta de la contemplación de aquella maravilla. Miguel está cerrando la puerta de la ermita, da vueltas a la gran llave de hierro y se acerca a ellos con rapidez.

—Tienen rodeado el edificio —dice apremiante—. No podréis escapar por aquí. También intentan acceder por el pasadizo. La puerta de hierro solo les detendrá un tiempo.

Entonces ve el hueco, se inclina y lanza un largo silbido.

—Nuestra comisión —dice Julia.

—Y yo que me estrujé la mollera imaginando cómo hacernos ricos para el futuro.

Miguel vuelve a besarla en los labios.

—Eres asombrosa.

Nunca ha visto a un hombre y una mujer, salvo a ella misma y a Lope, quererse tanto.

El primer golpe la saca con brusquedad de su ensoñación. Todos dan un respingo.

—¡En nombre del arzobispo don Diego de Covarrubias! ¡Abrid! —grita alguien desde el exterior.

Se queda paralizada. Fuera se escuchan gritos, arrastrar de cosas.

—¿Qué hacemos? —dice Lope.

Se miran, callados.

Un estruendo mata el silencio. Saltan lascas de yeso y el macizo roble de la puerta parece combarse con los embates. Deben de estar utilizando un ariete. Los golpes le retumban en el estómago como puñetazos. Se tapa los oídos con las manos.

—¿Qué hacemos? —repite Lope a gritos.

Julia se vuelve de pronto hacia ella y le agarra la cara entre las manos.

—Venid con nosotros.

—¿Con vosotros? —pregunta Lope—. ¿A dónde?

—Ya sabes adónde —dice Julia.

Siente un entusiasmo inesperado. Mira a Lope con la esperanza de que sienta lo mismo. Él parece confuso, desorientado. Respira con agitación.

—¿Y la piedra de la cueva? —recuerda de pronto.

—Que le den a la piedra —grita Miguel—. Tenéis que venir. No hay otra salida.

—¡¿Habéis perdido el poco seso que os queda?! —Lope parece aterrorizado—. ¡Es una aberración! ¡Yo, viajar en el tiempo!

—¡A la cripta! —grita Miguel para hacerse oír por encima del estruendo—. Encendamos ese trasto cuanto antes. Nos vamos.

Empuja junto a Miguel y a Julia la piedra del altar hasta que la colocan en su sitio. Lope sigue paralizado. Cuando terminan, es la primera que reacciona. Agarra a Lope de la mano y tira de él. Abre la puerta que conduce a la cripta y baja corriendo las escaleras. Julia va detrás y después Miguel, que, antes de bajar, cierra la puerta tras de sí y encaja una barra de hierro contra ella para reforzarla.

Julia se mueve con precisión, como si hubiera ensayado muchas veces lo que ha de hacer. La ve colocar el cofre con la piedra encima de una peana en el centro del círculo de espejos. Después, manipular el artilugio circular que se mueve como por milagro hasta que empieza a girar mucho más deprisa.

Mira a Lope, que tiene una mirada huidiza, como enloquecida. Quisiera tener las palabras precisas para que entienda que todo va a ir bien. Porque lo sabe. No tiene miedo. Solo está ansiosa. Y desearía trasmitirle a Lope aquella misma emoción. Viajar a otro tiempo con las dos personas que más quiere. ¿Es eso tan terrible? Y si no, ¿qué les espera? ¿La cárcel? ¿El hacha?

—¿Qué nos espera, Lope? —dice en voz alta y le coge las manos con las suyas—. Eres un sacerdote, un exorcista. Yo, una bruja para muchos. ¿Nos perdonarían?

—¡Es una aberración! —La coge por los hombros. La sacude. Le hace daño—. Es cosa del diablo, ¿no lo ves? No hay perdón para tal pecado. Seremos seres infernales a los ojos del Señor. Seremos engendros.

—Estaremos juntos y seremos libres —dice ella.

Lope se cubre la cara con las manos y murmura palabras ininteligibles. Fuera, los golpes han parado, es un silencio ominoso que no augura nada bueno.

Detrás de Lope, ve a Julia abrir la caja donde guarda la piedra y la luz de la cripta se tiñe de verde. El disco de oro comienza a girar mucho más deprisa y produce un chillido agudo, como el de un ratón atrapado en una trampa. Julia va de un lado a otro dando pequeños retoques a la posición de los cristales y los espejos.

Lope le agarra la cara entre las manos y la besa con brusquedad. Sus labios están secos y ardientes.

—Yo les retendré. Soy un sacerdote. Me escucharán. Vete con ellos. Si todo esto es verdad, estarás a salvo.

—¿Has perdido el juicio? No me iré sin ti.

—¡Os matarán! —grita Miguel, que está arriba de la escalera, con la oreja pegada a la puerta y la espada en la mano—. En el mejor de los casos, os pudriréis en una celda.

—Creí que erais un hombre valiente —interviene Julia mientras sigue manipulando los espejos—. ¿Y qué si os convertís en engendros? El mundo está lleno de bichos raros. Yo soy uno, Miguel es otro. Decídete de una vez.

Se escuchan unas voces lejanas. Exclamaciones. Han debido de acceder ya a la ermita. Ahora, los golpes están mucho más cerca. Son acompasados, como un gran tambor. El estrépito viene de ambos lados: de la puerta del piso superior y de la puerta de hierro que da acceso al pasadizo. No hay salida posible.

—¡¿Me amas?! ¡¿Confías en mí?! —le pregunta Sabina a Lope. El estruendo y el miedo le hacen hablar a gritos.

—También temo al infierno.

De la piedra escapa como un rayo que se refleja en los espejos creando una telaraña de luz.

—Es el momento. Debemos ponernos en el centro del círculo —dice Julia.

Miguel baja corriendo las escaleras. Se detiene delante de Lope y le mira con el ceño fruncido.

—Estoy harto de tus majaderías.

Después se acerca a ella, le agarra las manos y las aprieta como queriendo trasmitirle toda su urgencia.

—Ven tú —le dice—. Tienes que venir con nosotros. Aún tenemos muchas cosas de las que hablar. Hay algo muy importante que debes saber.

—¿Qué? —preguntan Julia y ella a la vez.

Un golpe más fuerte hace saltar el hierro que se apoyaba contra la puerta.

Sabina mira a Lope, que parece luchar contra un demonio interior. Sus ojos se cruzan.

—Lope —suplica.

Miguel se acerca a él por detrás, le agarra por el cuello con una mano y de un brazo con la otra. Lope se revuelve, pero Miguel es mucho más fuerte. Le da un empujón y le coloca en el centro del círculo.

—Solucionado. Si hay infierno, cargaré con las culpas.

Lope hace intención de salir del círculo.

—No, Lope, por favor.

Él la mira, suspira hondo, su cuerpo parece relajarse. Extiende la mano. Ella se acerca, la agarra con fuerza y se coloca junto a él en el círculo de espejos.

Las embestidas a la puerta de la cripta arrecian y levantan polvo de siglos. Los gritos están muy cerca. La telaraña de luz los envuelve. Con el último empellón, la puerta cede y cae con estrépito por la escalera. En el umbral, aparecen dos soldados con las espadas desenvainadas. Se apartan a ambos lados y dejan paso a Covarrubias. Tiene el rostro amoratado, se apoya en la jamba de la puerta, jadea.

—Matadlos —dice en voz baja.

En el silencio que ha seguido a la entrada del arzobispo, sus palabras resuenan como un grito.

Los soldados bajan las escaleras espada en mano lanzando juramentos que le hacen estremecer. Todo se desmorona. No van a poder escapar. Miguel sale del círculo y se lanza contra los dos hombres. El entorno empieza a desdibujarse, como si contemplara la realidad a través del calor de un fuego. Ve a Miguel intercambiar fintas con uno de los soldados y clavarle la espada en el bajo vientre. El soldado cae al suelo y la sangre que sale de la herida se extiende a su alrededor. Mientras, el otro golpea a Miguel por detrás y este se desploma. Escucha a Julia gritar a su lado. Toda la escena parece teñirse de un blanco lechoso. Julia la roza al pasar junto a ella, sale del círculo, coge la espada de Miguel y golpea al soldado con ella en la cabeza. Entonces se vuelve y la mira. El tiempo se detiene. Es la misma imagen de su visión. Las dos, frente a frente, separándose para siempre, diciéndose adiós sin palabras, para siempre. Sabina sale del trance e intenta seguirla. Lope la sujeta con fuerza por la cintura. Ella se revuelve, trata de zafarse.

—¡Mierda!

Es la voz de Miguel, lo último que escucha.

La habitación se ilumina con un resplandor que la deja ciega por un instante. Los objetos, las personas vibran. Todo se desvanece. Intenta gritar y no tiene voz, no tiene cuerpo. Flota en un limbo lechoso. El mundo se volatiliza.

A su alrededor, todo está oscuro. Se tambalea, cae y se queda sentada. Se apoya en el suelo y nota la piedra fría y la hierba que crece entre las ranuras. Levanta la cabeza. A través de un gran hueco en el techo, puede ver el cielo estrellado, la luna. Intuye la pared rocosa de un farallón. A la escasa luz apenas distingue los primeros peldaños, casi sin forma, de una escalera. Se agarra a una piedra que en otro tiempo debió de ser un capitel e intenta levantarse cuando una náusea profunda le sube por la garganta y le hace vomitar, aún de rodillas. A su lado, escucha las arcadas de otra persona. Intenta limpiarse con la saya, pero está desnuda. Tiene la mente en blanco. Entonces, junto a la escalera, distingue un sarcófago sin tapa que le resulta familiar. Y recuerda: la máquina, los soldados, la pelea, los ojos de Julia que le dicen adiós. Recorre las ruinas con la mirada. No hay rastro de nadie más. Solo la espalda, el cuerpo delgado de Lope. Inclinado, como ella, también vomita. Están solos. Lope y ella están solos. Desnudos. Vuelve a vomitar. A través del techo derruido puede ver unos enormes chopos que se mecen con la brisa nocturna y producen un sonido de lluvia. Escucha un ruido lejano, como el ronroneo de un gato gigantesco. Levanta la cabeza y lo ve. Un pájaro inmenso, con unos ojos rojos y brillantes, que parpadean, cruza el cielo a una velocidad imposible.

40

El paisaje que rodeaba el monasterio de San Pedro de Valdueza era una especie de edén de bosques frondosos, con arroyos que corrían monte abajo hasta desembocar en el río Oza, y los edificios del cenobio, joyas de piedra escondidas en la espesura. El camino era endemoniado. Desde Ponferrada, a apenas cinco leguas, tardamos dos días en llegar a lomos de mulas acostumbradas a esos senderos casi impracticables. Jerónimo se quedó al cuidado de Asia, en Salamanca, pero Julia se negó a dejar allí a Serven, a tu hermano.

—Aún es muy pequeño.

De nada me sirvió hablarle de los posibles peligros a los que nos enfrentábamos. Nunca nos habíamos separado del niño. Supongo que tenía que ver con el hecho de haberte perdido.

Tardó mucho en perdonarme que no le dijera que eras nuestra hija cuando pude hacerlo. Nuestra hija. No me hace falta ninguna prueba de ADN para estar seguro de ello. Me reprochó durante años que te dejara partir en silencio. Puedes imaginar cómo se puso cuando se lo conté. Y todo ese amor, toda esa pérdida, la volcaba en Serven, al que protegía como una leona.

—No voy a dejarlo solo. Está mejor con sus padres —concluyó, tan cabezota como siempre.

Debimos de concebir a tu hermano aquella primera noche

de nuestro reencuentro. Como pareja reproductora, estaba claro que éramos muy compatibles. Pero ya no hubo más hijos, al menos biológicos. Teníamos a Serven y teníamos a Jerónimo, que vivía con nosotros como un hijo más.

El primer lugar en el que pensé para escondernos fue Pamplona. Con doña Catalina y el pequeño Jerónimo de Ayanz estaríamos un tiempo a salvo. Cuando llegamos, la madre de Jerónimo volvía a estar enferma de las mismas fiebres que ya sufrió en mi primera visita. La tía centenaria acababa de morir y Julia se encargó del cuidado de Catalina, lo que nos abrió las puertas de su casa. Pretendíamos estar allí unas cuantas semanas, hasta que todo el revuelo de nuestra huida se calmase, pero la enfermedad nos retuvo más de la cuenta. En ese intervalo, Julia descubrió que volvía a estar embarazada.

Catalina no mejoró, Julia no paraba de vomitar, Jerónimo estaba encantado con que estuviéramos allí y el lugar era perfecto para escondernos de las posibles represalias de Covarrubias. Decidimos quedarnos hasta que naciera el bebé. De no ser por la enfermedad de Catalina, hubieran sido unos meses magníficos. Por primera vez convivíamos como pareja, por primera vez nos amábamos el uno al otro sin tonterías. Fue un tiempo de sosiego, de recuperación, de reencuentro. A medida que la barriga de Julia crecía, algo cambiaba dentro de mí, o quizá era mi yo antiguo, que volvía a resurgir de ese lodazal de miseria en el que se había ahogado durante tantos años.

Nació Serven, un niño rollizo y tan parecido a mí que casi daba risa. El amor que sentí por él desde el primer instante me quitaba el aliento. Al mirar su carita no dejaba de pensar en ti, en el momento de nuestra separación, en las palabras que no dije entonces.

La apertura del agujero de gusano distorsionó el espacio-tiempo y nos dejó fuera de juego durante unos minutos. Hubo lo que Julia llamó una implosión. Todo se esfumó: vosotros, la piedra, las lentes. Los que estábamos alrededor sufrimos una especie de descarga que nos hizo perder el conocimiento.

Quienes estaban más alejados del círculo sufrieron más los efectos. Fue como una onda expansiva que creció inversamente proporcional a la distancia o yo qué sé. Algo así. Nunca entiendo casi nada de lo que me explica Julia. Así que ella, que era la más cercana, fue quien se repuso antes de la sacudida. Me espabiló con un par de tortas y pudimos salir de allí a trompicones antes de que los demás se recuperaran. Solo nos detuvimos para coger al vuelo el zurrón de Lope, donde estaba el cofre con la piedra. Al pasar junto a Covarrubias le miré. Estaba caído, de lado, y tenía la piel gris. Parecía muerto; no me detuve a comprobarlo.

Fuera de la ermita había cuatro soldados sin conocimiento. Y seis caballos que se tambaleaban también por el efecto de la onda expansiva. Conseguimos espabilar a dos de ellos, soltamos al resto y salimos de allí al galope. Teníamos la esperanza de que nuestros enemigos pensaran que habíamos desaparecido también, como vosotros: cuatro súcubos del infierno de regreso a su guarida demoníaca. Tuvimos que irnos sin recoger el oro, claro. Eso lo hicimos tiempo después, cuando ya no había peligro de que nos descubrieran.

Catalina se fue consumiendo poco a poco y cinco meses después de nuestra llegada murió sin despertar de su sopor. Al ser el pequeño de cinco hermanos, Jerónimo se enfrentaba a un futuro incierto: nunca tendría derecho a la poca hacienda que le restaba a la familia y estaba condenado a vivir de la caridad de sus parientes. Pensé en la muerte de su padre y me sentí de nuevo responsable de su destino. No tuve que insistir para que Julia, que le había cogido mucho cariño en aquellos meses, lo aceptase como hijo nuestro.

Decidimos quedarnos un tiempo más en Pamplona, hasta que Serven pudiera viajar sin peligro, un tiempo que se alargó más de dos años. Teníamos miedo de que toda esa tranquilidad, toda esa felicidad, saltara por los aires si nos alejábamos de allí. Trabajé de maestro en una pequeña escuela para niños de familias acomodadas de la ciudad y Julia se dedicó a vender hierbas, ungüentos y todo tipo de mejunjes en un despachito que montó en los bajos de nuestra casa.

Aún teníamos algo pendiente y, mientras no lo hiciéramos, no podríamos seguir con nuestras vidas: viajar a León y esconder la piedra en la cueva donde la encontraríamos cinco siglos después.

El viaje hasta el monasterio de San Pedro de Valdueza fue muy distinto al que hicimos en coche. Si entonces el recorrido estuvo marcado por las curvas mortales que Julia sorteó como pudo, en esa ocasión viajamos con lentitud entre olivos, tejos, laureles, pinos y tamarindos, un verdor absorbente y mágico que nos rodeaba con una cúpula protectora. El desnivel era considerable y había que prestar mucha atención al camino, pero Serven, con dos años y medio, acostumbrado a un paisaje menos frondoso, estaba entusiasmado. No dejaba de señalarnos a los corzos y las liebres que se cruzaban en nuestro camino. Hasta llegamos a ver dos osos que, por fortuna, se alejaron al vernos y varios linces, casi desaparecidos en el siglo XXI. En el cielo, las aves rapaces sobrevolaban el bosque lanzando sus gritos de caza, que competían con los de nuestro hijo cada vez que descubría un nuevo animal.

La belleza del entorno calmaba los nervios, aunque no podía dejar de temer lo que nos esperaba a la vuelta del último recodo. Siempre tenía en mente la momia de la cueva. Nunca hablábamos de ese asunto, pero sabía que Julia también pensaba en ello. ¿Quién era? ¿Cómo había llegado hasta allí? ¿Podría ser, incluso, alguno de nosotros? ¿Había visto en el futuro mi propio cadáver o —me daban escalofríos solo de pensarlo— el de Julia? Mis intentos por convencerla de que se quedara en Pamplona solo habían cosechado un bufido de burla.

El peligro estaba ahí, siempre presente. Si en el siglo XXI había una momia, en el siglo XVI tenía que haber un muerto. ¿Quién iba a morir, pues? Intentaba recordar los detalles de ese cuerpo que se convirtió en cenizas ante nuestros ojos y que apenas llegamos a entrever. ¿Tenía el pelo largo y pajizo, como aseguraba Julia? Yo no podía jurarlo. Habían pasado más de veinte años y durante ese tiempo había tenido cosas más urgentes en las que pensar.

Llegamos al convento como peregrinos en busca de lugares de culto. Esperábamos encontrar un sitio apartado, silencioso, donde sería fácil llevar a cabo nuestros planes sin ser descubiertos. Para nuestra sorpresa, el monasterio estaba lleno de gente. Y para más sorpresa aún, los edificios tenían una distribución muy distinta a la de las ruinas que recordábamos del siglo XXI.

El cenobio vivía una etapa de renovación. Durante décadas había sufrido el abandono de sus bienhechores y había estado a punto de desaparecer. En aquel momento, sin embargo, se construían nuevos edificios y otro claustro junto al que ya existía de origen medieval. El lugar bullía de canteros, albañiles y demás artesanos. La obra debía de ir para largo y, junto al monasterio, se había levantado un pequeño poblado donde vivían los trabajadores con sus familias. Un lugar bullicioso, lleno de niños gritones, barro y suciedad. Allí nos instalamos. Entre tanta gente pasaríamos desapercibidos. Cuanto menos se nos viera, mejor.

Después de dos días, conseguí incorporarme al grupo de canteros por cama y comida, mientras Julia volvía a su antiguo oficio de boticaria. En un lugar así no le faltaba el trabajo. Heridas infectadas, huesos descoyuntados, disentería...

Solo me aceptaron por mis músculos de soldado. Mi cometido era solo traer y llevar sillares hasta las obras, una tarea agotadora que me proporcionaría la ocasión de acercarme al monasterio y así poder tallar la doble hélice. Aunque primero tenía que encontrar el lugar exacto donde la habíamos descubierto en el futuro, tarea nada fácil dada la diferencia entre mis recuerdos y la realidad arquitectónica que tenía ante mí.

No tuve que esperar demasiado para empezar a tallar. A la semana de nuestra llegada, mientras llevaba piedras de acá para allá y recorría el monasterio sin levantar sospechas, lo vi y recordé. Aquella panda del claustro, la más alejada del edificio principal, acababa de ser construida y la piedra donde tenía que tallar era la tercera de la columna que sustentaba el arco de la esquina. Había que actuar con rapidez. En poco tiempo retirarían los andamios y el claustro quedaría más expuesto.

Esa misma noche, cuando todos dormían, me deslicé hasta allí e intenté tallar la mejor hélice posible. No era tan fácil. La piedra era de granito y hacer la menor muesca costaba una eternidad. Apenas conseguí tallar un pequeño gusanillo sinuoso. No olvidaba que Julia se reiría de ella y la definiría como chapuza siglos después sin saber que yo había sido el chapucero.

Estaba agotado. Me había pasado el día acarreando sillares y la noche en vela con la maldita hélice. Decidí dejarlo para el día siguiente. Necesitaba dormir algo antes de volver al tajo. ¿Qué más daba una noche más o menos? Todo marchaba de perlas. En dos o tres días podríamos irnos de allí.

Entonces apareció ella.

Yo había comenzado a trabajar al alba, piedra arriba y piedra abajo, como un Sísifo moderno. Estaba muy nervioso. Esa noche acabaría la talla y podríamos dejar el cofre y desaparecer de allí cuanto antes. Pero no podía olvidarme de la momia, o, mejor dicho, del ser vivo que se convertiría en momia. No era capaz de imaginar quién podía ser. Nadie había mostrado hostilidad hacia nosotros, no conocíamos a nadie.

Vi acercarse a Julia. Llevaba a Server de la mano y estaba pálida como un cadáver. El niño protestaba por los tirones de su madre y ella, por una vez, no le hacía caso. Me agarró por el brazo y me llevó a un lugar apartado.

—La abadesa está aquí —dijo sin ningún preámbulo.

El Muñón nos había mantenido al tanto de las actividades de nuestros enemigos. De vez en cuando aparecía un mensajero con noticias de Salamanca y por ellas sabíamos que Covarrubias solo se dedicaba, al parecer, a los asuntos de su diócesis, que no eran pocos. Meses después de los acontecimientos de la cripta se había celebrado en Valladolid un gran auto de fe en el que se quemó a decenas de herejes y él había presidido el macabro acontecimiento. Estoy seguro de que, mientras contemplaba las llamas, no dejó de pensar en nosotros y quizá así, al imaginarnos achicharrados, alivió algo su rabia. Al año siguiente, como gran justicia poética y cruel, se desató un incendio en la ciudad, que destruyó un gran número de viviendas y produjo muchas víctimas.

En cuanto a la abadesa, ya no estaba en el convento. Había sido acusada de prácticas libertinas por el Santo Oficio y enviada a algún lugar apartado del mundo para expiar sus pecados. Ahora ya sabíamos dónde había sido ese destierro.

—Acabo de cruzarme con ella —dijo Julia—. En el poblado. Iba cargando una olla con desperdicios, supongo que para los cerdos. Nos hemos quedado como dos pasmarotes, frente a frente. Parecía tan sorprendida como yo. Ha balbuceado mi nombre, se ha tapado la boca con la mano y se ha persignado varias veces. Yo he intentado hablarle, pero ella ha dejado caer la olla, ha dado media vuelta y ha salido corriendo hacia el monasterio.

—¿Qué aspecto tenía? —pregunté cuando me repuse de la sorpresa.

—Mamá, vamos —protestó Serven mientras tiraba de la mano de Julia.

—Está muy envejecida y lleva un hábito lleno de remiendos. Parece su hermana gemela pobre.

—Pan —lloriqueó mi hijo.

—Papá y mamá están hablando de algo muy importante —le dije—. Ahora comerás.

Julia y yo nos miramos en silencio. Nos resistíamos a poner en palabras lo evidente. No hacía falta.

Serven no estaba dispuesto a darnos una tregua. Se puso a llorar a grito pelado, lo que llamó la atención del capataz, que se dirigió hacia mí con cara de malas pulgas. Cogí la piedra que había dejado en el suelo y me apresuré a volver al trabajo antes de que el palo de aquel bruto acabara en mis costillas.

En cuanto terminé la jornada, me dirigí al arrabal. No había parado de darle vueltas al asunto. ¿Qué hacer? ¿Esperar? ¿Colocar la piedra y salir corriendo? ¿Enfrentarnos a la abadesa?

Ya era de noche, pero en el poblado había mucho ajetreo. La única iluminación era la de las hogueras donde se preparaban las ollas de la cena: un mejunje de tocino y berzas, aliviado con alguna liebre de los alrededores. Unos niños pequeños, los que aún estaban libres de trabajar en el monasterio, jugaban a las tabas entre las chozas mientras otros, algo mayores, subían del rio acarreando cubos con agua.

Entré en la cabaña. Julia recogía nuestras pocas pertenencias mientras Serven dormía en el jergón con un trozo de tocino chupeteado en la mano. Me acerqué a él y le tapé con una manta.

—Debemos tenerlo todo preparado —dijo Julia sin parar de recoger—. En cuanto termines la talla, levantamos la pared de adobe, ocultamos la piedra y salimos pitando de aquí.

—¿Y la momia?

—He pensado una cosa. —Paró de moverse de un sitio a otro y me miró a los ojos—. ¿No somos nosotros quienes cerramos el círculo?

—No te entiendo, como es habitual.

—Si ahora no muere nadie y guardamos el cofre en la cueva, en el siglo XXI encontraremos un cofre en una cueva. Y nada más. Habrá una pequeña distorsión, pero los elementos seguirán siendo los mismos. Nosotros creamos la realidad.

—Esto contradice todo lo que sabemos o creemos saber de los bucles espaciotemporales...

Alguien golpeó la puerta de la cabaña. Fui a abrir. En el umbral estaba la abadesa, tal y como Julia me la había descrito. Los pocos minutos en que la vi en el monasterio me había parecido una mujer guapa, elegante, fría, altiva. En aquel momento, con el hábito remendado y sucio, la mirada huidiza y la cara envejecida, era apenas una caricatura desvaída de la mujer que había conocido apenas tres años atrás.

Cuando nos vio a los dos se quedó parada. No debía de esperar encontrarme allí. Se me quedó mirando como si intentara recordar dónde me había visto antes y debió de hacerlo porque enseguida su rostro se endureció. Nos miró a Julia y a mí como sopesando nuestra relación.

—No he olvidado vuestra cara —me dijo—. No se recibían demasiadas visitas masculinas en el convento. Y menos de un soldado medio loco. Preguntasteis por la hermana Teresa. Veo que tenéis fijación por las monjas.

—Miguel es mi esposo —dijo Julia y me agarró de la mano. Todavía me producía un cosquilleo escuchar esa palabra—. Ya lo era cuando Covarrubias y vos me encerrasteis en el monasterio.

—Siempre hicisteis lo que os vino en gana. ¡Qué bien nos engañasteis!

—Os proporcioné más oro del que nunca soñasteis tener.

La cara de la abadesa se retorció en un rictus de rabia.

—¡Oro! ¿Me veis rodeada de oro? ¿Acaso voy envuelta en sedas y armiños?

Apreté la mano de Julia.

—Escuchamos que tuvisteis problemas con el Santo Oficio —le dije.

Resopló con desprecio.

—El Santo Oficio hace lo que le mandan. Mi juez y mi verdugo fue Diego de Covarrubias. ¡Que el demonio le arrastre al infierno! —escupió.

Se acercó a Julia con el rostro desfigurado de rabia.

—¡Vos tuvisteis la culpa! Vos. Diego enfermó de rabia y yo era la única con la que podía desahogarse.

—Nunca quise haceros daño —dijo Julia—. Hacía lo que me ordenaban, bien lo sabéis.

—¿Os ordenaron engañarnos, escapar, destruir mi vida?

—Solo intentaba sobrevivir.

La abadesa pareció desinflarse. Agachó la cabeza.

—No tenéis por qué seguir aquí —intervine. Ahora que la

ira había pasado, quizá fuera posible salir bien parados de todo aquello—. Os ayudaremos.

La abadesa soltó una carcajada histérica.

—¡Mirad dónde estamos! Yo acarreando comida para los cerdos. Vos trabajando de sol a sol por un plato de berzas. ¿Cómo me ayudaréis?

—Tenemos oro. O lo tendremos. También es vuestro. Podréis salir de aquí y estableceros donde os plazca.

El rostro de la abadesa mostró el desconcierto que debía de sentir. Nos había encontrado en condiciones penosas. ¿Cómo iba a creer lo que le decía?

En aquel momento, Serven se despertó.

—¡Mamá! —lloriqueó y echó los brazos hacia Julia.

La reacción de la abadesa al ver al niño me dejó perplejo. Parecía como si hubiera visto al mismísimo diablo. Dio un paso atrás y no apartó la vista de Julia, que cogió en brazos a nuestro hijo y le susurró palabras de cariño mientras le acunaba para que volviera a dormirse. Su cara mostró una expresión de odio tan intenso que opacó de un plumazo el vestigio de belleza que, a pesar de todo, conservaba.

—¿De quién es ese niño? —preguntó.

—Nuestro —respondí.

Abrió la boca y la volvió a cerrar sin decir una palabra, apenas un amago de sollozo. Después dio media vuelta y salió a toda prisa de la cabaña.

—¡Está como una cabra! —resopló Julia.

—Tenemos que irnos de aquí cuanto antes. Esta noche terminaré de tallar la hélice.

—No creo que intente hacernos daño. Es soberbia y envidiosa, pero también es lista. Ahora ya no tiene ningún poder.

Sentí un escalofrío premonitorio. Aquella mujer no iba a perdonarnos nunca. Habíamos destruido su mundo, su orgullo, sus expectativas. No le quedaba nada y, al menos para ella, nosotros éramos los culpables.

Julia subestimó la capacidad de reacción de la abadesa y también subestimó su odio.

Pasé la noche tallando la doble hélice a toda prisa y a la mañana siguiente acudí al trabajo como cada día. Tendríamos que esperar a la noche para entrar en la cueva. Emparedaríamos el cofre y nos iríamos sin volver siquiera al poblado.

Al volver de mi última jornada como cantero, Serven, pringoso de barro, jugaba a la puerta de la cabaña. Se abrazó a mis piernas para saludarme y al instante volvió con los otros niños. Entré. Julia me esperaba, dispuesta a partir. Todas nuestras cosas estaban ya recogidas. Solo había que esperar a que todos durmieran. Me senté a su lado mientras daba buena cuenta de un potaje de borraja y liebre con hierbabuena que despaché con una buena jarra de vino.

En aquel momento, uno de los chicos mayores entró corriendo en la cabaña.

—¡A Serven se lo ha llevado una monja! —dijo muy excitado—. Le ha cogido en brazos y le ha tapado la boca cuando iba a gritar.

Ni siquiera hablamos. Salimos corriendo en la dirección que nos señaló el niño. Era mi peor pesadilla. Lo que había temido desde el momento en que Julia se había empeñado en traer a nuestro hijo. Me temblaba todo el cuerpo. La abadesa había sido rápida. Quería vengarse de nosotros y le habíamos dado la mejor herramienta para hacerlo: Serven.

Había cogido el camino hacia el monasterio, nos dijeron los niños que se habían quedado fuera. Corrimos tras ella y llegamos a atisbar su figura cuando cruzaba la puerta de la iglesia. No me daban las piernas para correr más. ¿Qué querría hacer con nuestro hijo?

Le grité a Julia que la siguiera, que yo entraría por el monasterio e intentaría sorprenderla.

Una vez en el claustro, me detuve. Tenía que serenarme. Respiré hondo, caminé con sigilo y abrí con mucho cuidado la puerta que daba a la iglesia. Escuché unas voces y el llanto de mi hijo. Me acerqué poco a poco, manteniéndome a espaldas de la abadesa, oculto en el transepto. Tenía que seguir fuera de la vista de aquella mujer y también de Serven; si mi hijo me veía, todo estaba perdido. La abadesa daba la espalda al altar, y tenía a Serven en brazos, que lloraba y se retorcía para librarse de la presa. Julia estaba frente a ella. Sé que me vio, pero era demasiado lista para hacer cualquier gesto que me delatara.

—Cariño —decía en ese momento—. No llores. Mamá está aquí. Esta señora no te va a hacer daño.

—¿Cariño? ¿Mamá? ¿Qué manera de hablar es esa? —resopló la monja—. Ni siquiera con vuestro hijo podéis ser una mujer normal.

Entonces vi brillar algo. En la mano que tenía libre sujetaba un cuchillo enorme, que movía de un lado a otro mientras hablaba.

—Siempre supe que habíais escapado, pero él nunca me creyó. Estaba convencido de que os convertisteis en humo y volvisteis al infierno.

—Nunca hubo nada demoníaco, madre —dijo Julia—. Os engañé. Solo eso. No tuve elección.

—¡No me llaméis madre, necia! —gritó. Mi hijo lloraba tan fuerte que apenas podía escuchar sus palabras—. Ya no soy nada. No soy nadie. ¡Y todo por vuestra culpa!

Respiró hondo como si intentara calmarse.

—Vuestro hombre dijo que tenéis oro. Dádmelo y me olvidaré de vosotros.

—No lo tenemos aquí. Pero os juro que os lo haremos llegar.

Soltó una carcajada.

—¡Ayer os denuncié! ¿sabéis? Hablé con el prior y no me creyó. Me llamó loca, el muy estúpido —gritó. Tenía los ojos muy abiertos y escupía al hablar—. ¡Quiero el oro que me prometisteis! Quiero escapar de este infierno.

—La vida de mi hijo está en juego. ¿Creéis que sería capaz de arriesgarme a mentiros?

—Cuando Diego sepa que sois libres, que tuvisteis un hijo, se volverá loco. Os buscará y os encontrará. Se alegrará tanto de teneros a su merced que perdonará todas mis faltas. Todo volverá a ser como antes. Él me quiere, solo estaba ofuscado.

—Por favor, os lo suplico, soltad a mi hijo. —El miedo de Julia le hacía temblar la voz. Nunca la había visto tan angustiada—. Vengaos en mí. Estoy dispuesta a hacer cualquier cosa, lo que me digáis.

Conseguí esconderme detrás del altar. Era todo lo cerca que podía llegar sin que mi hijo me viera.

—¿Puedes devolverme mi vida? ¿Puedes hacer que Diego de Covarrubias no me repudie, que no me entregue a la Inquisición?

—¿Por qué lo hizo? Él os quería. —El tono de Julia había cambiado. Buscaba la complicidad, que la abadesa se olvidara de Serven. Buscaba ganar tiempo para que yo pudiera salvarlo.

—¡¿Que me quería?! —Soltó una carcajada que fue como un sollozo—. Me necesitaba. Me utilizaba. Cuando desaparecisteis, me echó la culpa de todo. Hasta me acusó de intentar envenenarle para dejaros escapar.

—¿Por qué pensó algo así?

—Tenía que encontrar a alguien en quien vengarse y yo estaba allí. ¿Recordáis las palabras de Flamel? La maldición caería sobre quien leyera ese libro. Él era el sacrificador del que hablaba el libro y yo, la sacrificada. Yo era la maldita.

—Aún estáis a tiempo de recuperar vuestra vida.

—Ya es imposible. Quemé el libro de Flamel, ¿sabéis? Esas malditas palabras le habían reblandecido el seso. Estaba tan furiosa que lo eché a las llamas. Sabía que era un hombre vengativo. No imaginé que fuera tan cruel. Podía haberme matado, pero hizo algo peor. Me humilló, me despreció, me mandó a este lugar inmundo.

La abadesa hablaba como para sí misma. Parecía haber olvidado que tenía a nuestro hijo en sus manos. Julia aprovechó para acercarse un poco más. Mi hijo no dejaba de llorar y de echar los brazos hacia su madre.

—Os ayudaré a salir de aquí. Volveréis a ser quien erais.

Mientras hablaba, Julia se acercó poco a poco a la abadesa. Estaba a punto de llegar hasta ellos cuando la monja reaccionó y se echó hacia atrás, apretó a Serven contra sí y le puso el cuchillo en el cuello.

—¿Piensas que soy una necia? No vas a volver a engañarme —gritó y retrocedió hacia el altar, lo que la acercó más a mí—. Si yo no tengo el oro, tú tampoco tendrás a tu hijo. Diego siempre dijo que eras un engendro del infierno. Si tiene razón, la muerte del pequeño demonio me salvará. Dios estará de mi lado y me sacará de esta agonía.

Mi hijo ya no lloraba. Solo emitía un hipido más doloroso aún. No podía esperar más. Todo fue muy rápido. La furia de la batalla volvió a mí como en mis tiempos más oscuros. Cogí uno de los candelabros de hierro que adornaban el altar, rugí como si atacara al enemigo y salté sobre la abadesa. El grito la desconcertó, se volvió hacia mí. Entonces golpeé con todas mis fuerzas. Sonó un crujido y el cráneo se le hundió como la cáscara de un huevo.

Así acabó todo. Con un muerto más en mi conciencia, aunque la hubiera matado mil veces para salvar a mi hijo. A él solo le quedó como recuerdo una pequeña cicatriz en el cuello y alguna pesadilla nocturna que, poco a poco, fue desapareciendo.

Esa era nuestra momia. El círculo, por fin, se había cerrado.

Recogimos a Jerónimo y nos instalamos en Córdoba como el matrimonio Serrietz. Por fin éramos marido y mujer a los ojos de todos. El cambio de identidad fue bastante fácil, gracias a la infraestructura delictiva del Muñón.

Recordarás que cuando conocí a Julia me contó que las pesquisas de su padre sobre sus orígenes le habían llevado hasta el libro de una parroquia de Córdoba, donde estaba registrado el nacimiento del primer Serrietz, Serven Serrietz, hijo de Julia Serrietz y de padre desconocido.

Por esa razón nos instalamos allí y por esa razón bautizamos a nuestro hijo con un nombre tan insólito. Porque Serven es la clave de todo. Es nuestro hijo, sí, y también es el origen del apellido Serrietz, el primero de la familia que guardará y trasmitirá el libro de Julia de generación en generación hasta que llegue de nuevo a sus manos, casi quinientos años después.

Mientras Julia seguía con sus asuntos científicos, comencé un negocio de importación de cacao de las Indias gracias al oro que sacamos del altar después de abandonar León. Poco, solo para no empezar de cero. Queríamos que os quedara la mayor parte. La vais a necesitar.

El negocio ha ido bastante bien. Soy un personaje conocido: Serrietz e hijos, aunque Jerónimo participa poco en la empresa. Durante un tiempo mantuvo su idea de ser soldado, como su verdadero padre, y lo consiguió, pero la influencia de Julia le llevó después por otros derroteros más científicos.

Siempre mostró un gran interés por aprender y Julia por enseñarle. Parece más hijo suyo que el propio Serven. Si nuestra intromisión no ha cambiado la Historia, se convertirá en un gran inventor. O quizá gracias a esa misma intromisión. Quién sabe. A tu hermano, sin embargo, le gustan más los negocios, la aventura. Ha viajado varias veces a las Indias y siempre ha conseguido buenos acuerdos comerciales. Es un gran chico. Tan alto y, por supuesto, tan guapo como su padre, aunque con el carácter de Julia. Nada se le pone por delante. Aunque no le ha dado por la ciencia, como a Jerónimo, le gusta investigar. En el siglo XXI le llamarían «emprendedor». Ha creado unos trocitos de cacao compacto, relleno de zanahoria y calabaza, a los que yo bauticé inmediatamente como «chocolatinas».

Nunca nos iremos de aquí. Esta es ya nuestra casa. Y no soportaríamos dejar a Serven, a Jerónimo, a nuestros futuros nietos. Ya perdimos una hija para siempre. No tenemos fuerza para perder a más. Somos casi unos viejos. ¿Qué haríamos en ese mundo que ahora debe de ser tan desconocido para nosotros como lo será para vosotros?

Nada desearía más que volver a verte, pero cuando pudiéramos hacerlo habrían pasado más de veinte años desde vuestra llegada. ¿Qué sentido tendría? Para ti seremos ya un recuerdo difuso, fantasmas de otro tiempo soñado. Aunque, quién sabe, nuestras vidas son tan inverosímiles que todo es posible. Quizá volvamos a vernos algún día, aquí o allí, o en cualquier otro tiempo o lugar.

Esta es nuestra historia, y no sabes cómo me hubiera gustado escuchar la tuya de tus propios labios. Habrá muchos detalles, muchas palabras que no entiendas, pero con el tiempo lo harás. Eres lista y tienes ayuda. Por fortuna, Lope está contigo.

Confieso que, durante las pocas horas que pasé con él, tuve más de una vez la tentación de darle un puñetazo. Se puso muy pesado y esa tonsura de inquisidor no me ayudó a sentir simpatía por él. Julia, sin embargo, asegura que es un hombre honesto y, sobre todo, que te quiere. Sé que aun sin nosotros saldréis adelante, que podréis con todos los desafíos del futuro.

Porque tendréis desafíos, desafíos inimaginables para alguien del siglo XVI. Desde aprender a utilizar un inodoro a buscar información en internet, comprar en un supermercado, encender un horno, coger un taxi o conducir... Soy incapaz de concebir lo que ha de ser el siglo XXI para vosotros. Todos estos asuntos se los dejo a tu madre. Ella también ha escrito durante mucho tiempo recomendaciones para vuestra supervivencia. Hasta os ha dejado ropa para que no os enfrentéis desnudos al nuevo mundo. Hacedle caso en todo. Es la persona más inteligente que conozco.

Según la teoría de Julia, el tiempo corre paralelo en el agujero de gusano, por lo que llegaréis a la Salamanca de 2031. No puedo saber qué habrá pasado en esos diecisiete años desde que nos fuimos. Espero de todo corazón que la humanidad haya conseguido sobrevivir a su propia estupidez.

No nos esperéis. Vivid, aprended, intentad ser felices. Nosotros lo hemos sido. Casi siempre. Estamos juntos. No tenemos derecho a pedir un milagro mayor, el milagro de volver a verte. Ese dolor lo llevaremos siempre dentro.

He rezado a todos los dioses para que salgáis adelante, para que seáis capaces de encajar en ese mundo nuevo que para vosotros estará plagado de retos y de maravillas. Sed precavidos. No sé cómo será la sociedad que os encontréis en cuestión de tolerancia, un asunto que ha oscilado mucho a lo largo de los siglos. Espero que os toque una buena época. Cuando yo lo dejé no estábamos muy sobrados, aunque para vosotros siempre será una mejoría. Nada es comparable con el lugar de donde venís. Por si acaso, no os signifiquéis, no os confiéis, al menos hasta que estéis seguros de vuestro entorno. Usad el oro como os indique tu madre y seguid todas sus instrucciones. Yo lo hice y no me ha ido tan mal, aunque en muchas ocasiones me haya costado admitirlo.

Me resisto a concluir. Cuando deje este escrito en el hueco del altar, nos habremos despedido para siempre. No creo que volvamos por aquí. El camino es pesado, inclemente para nuestros huesos, ya no tan jóvenes.

A través de este desierto de siglos te envío todo mi amor, hija. Si ese puñetero agujero de gusano siguiera abierto, te lo entregaría en persona. Te abrazaría hasta estrujarte los huesos. El único abrazo que te di fue un poco accidentado. En fin, no me quedan más palabras. Solo mandarte un último beso, el beso de todos los besos. Y una última sugerencia: sé que tenéis asuntos más importantes que atender, pero, por Dios, antes de nada, que Lope se cambie ese espantoso corte de pelo.